서하객유기 3

徐霞客遊記

The Travel Diaries of Xu Xia Ke

지은이 서하객(徐霞客, 1587~1641)은 본명이 서홍조(徐弘祖)이며, 명나라 말의 걸출한 문인이자 지리학자, 여행가, 탐험가로서 세계의 문화명인으로 손꼽히고 있다. 그는 중국의 곳곳을 여행하면서 유람일기인『서하객유기』를 남겼는데, 이 책은 유기문학의 최고의 성과이자, 명말의 사회상을 반영한 백과전서로 평가받고 있다.

옮긴이 김은희(金垠希, Kim, Eun Hee)는 이화여자대학교 중어중문과를 졸업하고 서울대학교에서 문학박사 학위를 취득했으며, 현재 전북대학교 인문대학 중어중문과 교수로 재직하고 있다. 주요 논문으로는「1920년대와 1980년대의 여성소설 비교 연구」,「1920년대 중국 여성소설의 섹슈얼리티」등이 있으며, 저역서로는『신여성을 말하다』,『역사의 혼 사마천』등이 있다.

옮긴이 이주노(李珠魯, Lee, Joo No)는 서울대학교 중어중문과를 졸업하고 같은 대학에서 문학박사 학위를 취득했으며, 현재 전남대학교 인문대학 중어중문과 교수로 재직하고 있다. 주요 논문으로는「魯迅의『狂人日記』의 문학적 시공간 연구」,「王蒙 소설의 문학적 공간 연구」등이 있으며, 저역서로는『중국현대문학과의 만남-중국현대문학의 인물들과 갈래』(공저),『중화유신의 빛 양계초』등이 있다.

서하객유기 徐霞客遊記 3

1판 1쇄 인쇄 2011년 10월 20일 **1판 1쇄 발행** 2011년 11월 1일

지은이 서하객 **옮긴이** 김은희·이주노 **펴낸이** 박성모 **펴낸곳** 소명출판
등록 제13-522호 **주소** 137-878 서울시 서초구 서초동 1621-18 (란빌딩 1층)
대표전화 (02) 585-7840 **팩시밀리** (02) 585-7848
이메일 somyong@korea.com **홈페이지** www.somyong.co.kr

ISBN 978-89-5626-625-1 94820   값 33,000원   ⓒ 2011, 한국연구재단
ISBN 978-89-5626-622-0(전7권)

이 번역도서는 2005년도 정부재원(교육인적자원부 학술연구조성사업비)으로 한국연구재단의 지원에 의하여 연구되었음.

▲ 계림의 상비산(象鼻山) _사진 : 노근태

▲ 양삭(陽朔)의 풍광 _사진 : 박하선

▲ 계림의 이강(漓江) 연안의 풍광

▲ 칠성암(七星巖) 내부의 종유석 _사진 : 노근태

서하객 지음 | 김은희 · 이주노 옮김

서하객유기 3

徐霞客遊記

소명출판

◆ 일러두기

1. 역문의 단락은 기본적으로 날짜를 기준으로 나누었으며, 하루의 기록이 긴 경우에는 여정을 기준으로 나누었다.
2. 주석에 기술된 판본은 각각 다음과 같이 간략히 일컬었다. 계회명초본(季會明抄本)은 계본(季本), 서건극초본(徐建極抄本)은 서본(徐本), 양명시초본(楊明時抄本)은 양본(楊本), 양명녕초본(楊明寧抄本)은 영본(寧本), 진홍초본(陳泓抄本)은 진본(陳本), 사고전서본(四庫全書本)은 사고본(四庫本), 서진(徐鑛)의 건륭본(乾隆本)은 건륭본(乾隆本), 섭정갑본(葉廷甲本)은 섭본(葉本), 주혜영교주본(朱惠榮校注本)은 주혜영본(朱惠榮本) 등으로 약칭했다.
3. 역문과 원문의 괄호는 다음과 같은 의미를 지닌다.
   (본문 크기의 글자) : 저본 및 참고문헌의 정리자가 개별적으로 보완한 부분
   (작은 크기의 글자) : 계본이나 건륭본 등의 원문에 주석의 형태로 원래 있던 글자
   [본문 크기의 글자] : 건륭본에는 있으나 계본에 빠져 있는 글자를 보충한 부분
   [작은 크기의 글자] : 계본과 건륭본의 내용이 서로 합치되지만 건륭본의 기술이 계본보다 상세한 부분
4. 매 편마다 해제를 두어 유람의 대강을 설명하고, 이어 날짜에 따라 역문과 역주를 두었으며, 각 편 뒷부분에 원문과 주석을 실었다. 아울러 각 편에 해당하는 여행노선도를 유람일정 혹은 유람노선에 따라 매 편의 앞에 실었다.
5. 권말에 주요 인물과 지명의 색인을 두어 참고하도록 했다.
6. 서하객의 여행노선도에 나타난 지도 기호의 의미는 다음과 같다.

   ◎   성성(省城)의 소재지   ⬭⬮⬭ 호 수

   ◉   부(府) · 직예주(直隸州) · 위(衛)의 치소   ⌐⌐⌐⌐ 성 벽

   ◉   주(州) · 현(縣) · 소(所) · 사(司)의 치소   天台山 산 맥

   ○   진(鎭)과 마을   ▲   산봉우리 및 동굴

   ✕   요새 및 요충지   ⟵   여행 노선

   ⤸   교 량   ◆---- 추측 노선

   〜〜 하 천   ⟷   왕복 노선

7. 유람노선도 일람표

천태산 · 안탕산 유람노선도	제1권 32쪽	강서 유람노선도	제2권 8쪽
백악산 · 황산 · 무이산 유람노선도	제1권 67쪽	호남 유람노선도1	제2권 174쪽
여산 · 황산(후편) 유람노선도	제1권 120쪽	호남 유람노선도2	제2권 175쪽
구리호 유람노선도	제1권 150쪽	광서 유람노선도(1-2)	제3권 8쪽
숭산 · 화산 · 태화산 유람노선도	제1권 166쪽	광서 유람노선도(3-4)	제4권 8쪽
복건 유람노선도(전편)	제1권 216쪽	귀주 유람노선도	제5권 8쪽
복건 유람노선도(후편)	제1권 237쪽	운남 유람노선도(1-4)	제5권 156쪽
천태산 · 안탕산 유람노선도(후편)	제1권 261쪽	운남 유람노선도(5-9)	제6권 8쪽
오대산 · 항산 유람노선도	제1권 305쪽	운남 유람노선도(10-13)	제7권 10쪽
절강 유람노선도	제1권 331쪽		

서하객유기(徐霞客遊記) 3__ 차례

9   광서 유람일기1(粤西遊日記一)

245   광서 유람일기2(粤西遊日記二)

서하객유기 전체 차례

서하객유기 1
　천태산 유람일기(遊天台山日記)
　안탕산 유람일기(遊雁宕山日記)
　백악산 유람일기(遊白岳山日記)
　황산 유람일기(遊黃山日記)
　무이산 유람일기(遊武彝山日記)
　여산 유람일기(遊廬山日記)
　황산 유람일기 후편(遊黃山日記後)
　구리호 유람일기(遊九鯉湖日記)
　숭산 유람일기(遊嵩山日記)
　태화산 유람일기(遊太華山日記)
　태화산 유람일기(遊太和山日記)
　복건 유람일기 전편(閩遊日記前)
　복건 유람일기 후편(閩遊日記後)
　천태산 유람일기 후편(遊天台山日記後)
　안탕산 유람일기 후편(遊雁宕山日記後)
　오대산 유람일기(遊五臺山日記)
　항산 유람일기(遊恒山日記)
　절강 유람일기(浙遊日記)

서하객유기 2
　강서 유람일기(江右遊日記)
　호남 유람일기(楚遊日記)

서하객유기 3
　광서 유람일기1(粤西遊日記一)
　광서 유람일기2(粤西遊日記二)

서하객유기 4
　광서 유람일기3(粤西遊日記三)
　광서 유람일기4(粤西遊日記四)

서하객유기 5
　귀주 유람일기1(黔遊日記一)
　귀주 유람일기2(黔遊日記二)
　운남 유람일기1(滇遊日記一)
　　태화산 유람기(遊太華山記)
　　안동 유람기(遊顔洞記)
　운남 유람일기2(滇遊日記二)
　운남 유람일기3(滇遊日記三)
　운남 유람일기4(滇遊日記四)

서하객유기 6
　운남 유람일기5(滇遊日記五)
　운남 유람일기6(滇遊日記六)
　운남 유람일기7(滇遊日記七)
　운남 유람일기8(滇遊日記八)
　운남 유람일기9(滇遊日記九)

서하객유기 7
　운남 유람일기10(滇遊日記十)
　운남 유람일기11(滇遊日記十一)
　운남 유람일기12(滇遊日記十二)
　운남 유람일기13(滇遊日記十三)
　반강고(盤江考)
　소강기원(溯江紀源)
　부록

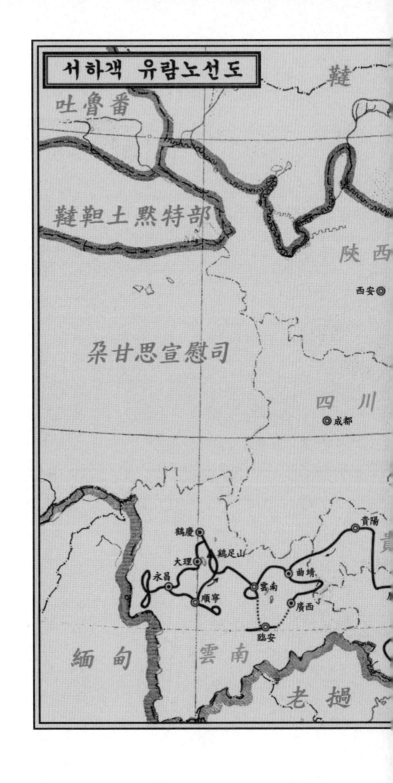

서하객 유람노선도

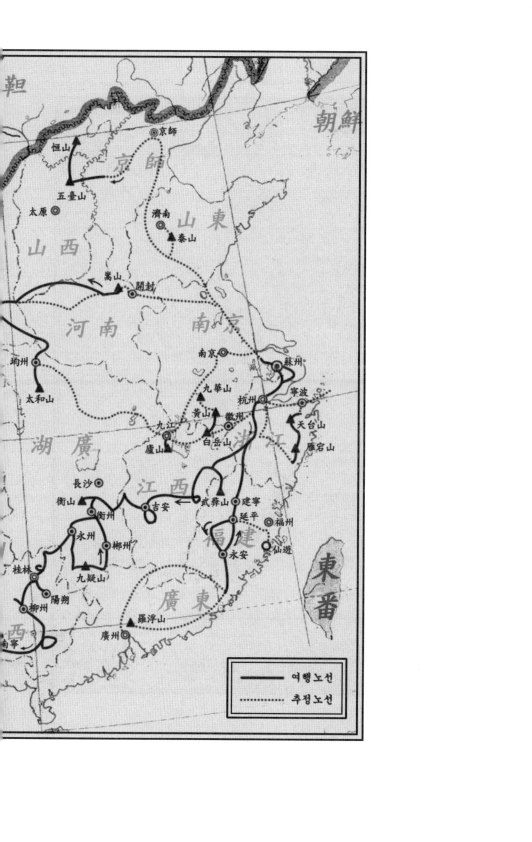

韃

朝鮮

恒山
京師
京師
五臺山
太原◎
山東
濟南◎
泰山
山西
嵩山
開封◎
河南
南京
鈞州◎
南京◎
蘇州◎
太和山
九華山
杭州◎
寧波
黃山
天台山
湖廣
九江◎
徽州
雁宕山
廬山
白岳山
浙江
長沙◎
江西
衡山
武彝山
建寧
衡州◎
吉安
延平
福州◎
永州
郴州◎
福建
仙遊
東
桂林◎
九疑山
永安
番
陽朔
柳州◎
廣東
西
九疑山
羅浮山
南寧
廣州◎

여행노선
추정노선

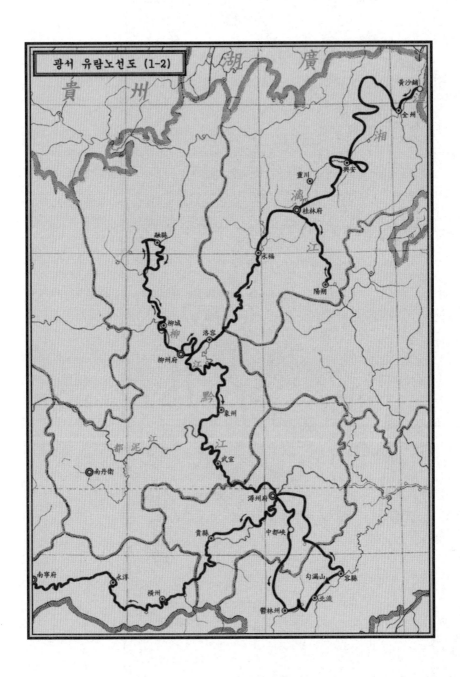

광서 유람노선도 (1-2)

湖廣
貴州
湘
靈川　興安　黃沙鋪
全州
滔
桂林府
江
融縣
永福
陽朔
柳城
洛容
柳州府
黔
江
象州
武宣
都泥江
南丹衛
潯州府
貴縣　中都峽
南寧府　永淳
橫州
勾漏山　容縣
鬱林州　北流

광서 유람일기1(粤西遊日記一)

해제

월(粤) 혹은 월(越)은 광동과 광서 지역을 가리키며, 이 명칭은 본래 이 지역이 옛 백월족(百越族)이 거주했던 데에서 비롯되었다. 월서(粤西)는 지금의 광서성 장족(壯族)자치구이다. 서하객은 호남성 유람에 이어 1637년 4월 8일 광서성으로 들어서서 유람을 계속했다. 「광서 유람일기1」은 4월 8일부터 6월 11일까지 광서성 북동부를 유람한 기록이다. 여기에서 서하객은 계림(桂林) 부근의 60여 곳의 바위동굴을 탐사하여 동굴의 형태를 세밀하게 기록하는 한편, 계림의 도시구성 및 도시민의 일상생활, 다양한 문화유적 등을 생생하게 묘사하고 있다. 「광서 유람일기1」은 건륭본과 계몽량본을 토대로 정리되었다.

이번 유람의 주요 여정은 다음과 같다. 황사포(黃沙鋪) → 보윤사(普潤寺) → 전주(全州) → 타구요(打狗凹) → 금보정(金寶頂) → 동초(桐初) → 상량(上梁)

→ 산조역(山棗驛) → 계수(界首) → 흥안현(興安縣) → 장원봉(狀元峰) → 은산사(隱山寺) → 당회전(唐匯田) → 요촌(廖村) → 계림부(桂林府) → 복파산(伏波山) → 첩채산(疊綵山) → 십리포(十里鋪) → 수월동(水月洞) → 남전참(南田站) → 흥평(興平) → 양삭현(陽朔縣) → 용동암(龍洞巖) → 계림부(桂林府) → 칠성암(七星巖) → 청수암(淸秀巖) → 금담암(琴潭巖) → 양로구(兩路口) → 통성허(通城墟) → 마령허(馬嶺墟) → 소교(蘇橋)

역문

정축년 윤사월 초여드레

밤비가 부슬부슬 내리고, 사방의 산은 짙은 구름에 덮여 있었다. 동틀 무렵에 배를 띄웠다. 서쪽으로 30리를 가자, 정오가 지났다. [헤어져 하인 고(顧)씨는 배로 계림(桂林)으로 가고, 나는 정문(靜聞) 스님과 함께] 상강(湘江)의 남쪽 언덕을 따라 물가에 올랐다. (배는 북쪽에서 오는데 거꾸로 굽이졌다가 남쪽으로 가기에, 언덕은 북쪽에 있다.) 이곳은 산각역(山角驛)이며, 지명은 황사(黃沙)이다.

남서쪽으로 나아가는데, 길 양쪽에 커다란 소나무가 늘어서 있다. 5리를 더 가자, 황사포(黃沙鋪)가 나왔다. (동쪽의 큰 고개는 자운암紫雲巖이고, 서쪽의 큰 고개는 백운암白雲巖이다.) 상강은 길의 동쪽에, 자운암의 서쪽에 있다. 다시 남쪽으로 3리를 가자 쌍교(雙橋)이고, (서쪽의 큰 고개에서 상강으로 흘러드는 물길이 있다.) 다시 7리를 나아가자 석월포(石月鋪)가 나왔다. 그 서쪽 고개가 황화대령(黃花大嶺)이다.

다시 남서쪽으로 5리를 가서 산고개를 나와 평탄한 전답 사이를 걸었다. 5리를 더 가니 심계포(深溪鋪)이다. 여기를 지나 1리를 가자 서쪽의 큰 산에서 동쪽으로 흘러드는 시내가 있고, 조그만 돌다리가 걸쳐져 있다. 틀림없이 심계(深溪)일 것이다.

다시 1리를 나아가 자그마한 고개에 올라섰다. 관도를 버리고 (심계에서 10리를 관도로 가면 태평포太平鋪에 이르고, 다시 10리를 가면 전주全州에 이른다.) 오른쪽을 따라 산으로 들어갔다. 서쪽으로 큰 산을 향해 2리를 나아가자 곧바로 산 아래에 이르렀다. 다시 2리를 가서 우두강(牛頭崗)의 장(蔣)씨 집에서 묵었다. 밤에 큰 비가 내렸다.

윤사월 초아흐레

비를 무릅쓰고 서쪽으로 나아가 5리만에 농암(礱巖)의 보윤사(普潤寺)에 이르렀다. 절에는 송대의 태수 조언휘(趙彦暉)의 시비(詩碑)와 송대 이시량(李時亮)의 기(記)가 있었다. 바위동굴 앞문은 동쪽을 향한 채 [마치 다리와 같으며, 수면 위로 나온 부분이 약 30길이다.] 뒷문은 북쪽을 향하여 있고, [물속에 잠긴 부분이 약 15길이다. 샘물은 산 뒤에서 석굴을 뚫고 세 단으로 흘러내려오기에, 롱(礱)[1])이라 일컬었던 것이다.]

서쪽으로 들어서자 매우 깊었다. 가운데에 우뚝한 석순과 석주가 있다. 동굴을 나와 서쪽으로 3리를 가자 조그마한 바위산이 길가에 우뚝 솟아 있다. 다시 서쪽으로 3리를 가니 장가촌(張家村)이 나왔다. [마을 뒤에는 회룡암(迴龍巖)이라는 큰 산이 있다.] 남쪽으로 5리를 가는 길에 산등성이와 고개를 오르락내리락하다가, 움푹한 평지로 나와 서쪽으로 1리만에 대충(大沖)에 올랐다. 서쪽으로 반리를 가니 복수암(福壽庵)이다. 복수암에서 식사를 했다.

다시 서쪽으로 반리를 나아가 북서쪽의 유산(柳山)에 올랐다. 누각이 있는데, 조학전(曹學佺)이 쓴 편액이 걸려 있다. 이곳은 유중도서원(柳仲塗書院)이다. 더 올라가자 촌월정(寸月亭)이 나오는데, (역시 조학전이 썼다.) 촌월정 앞은 청상서원(淸湘書院)이다. (위료옹槐了翁의 비석이 있다. 이 산은 군수 유개柳開가 강학했던 곳이다. 서원은 임파林㟼에 의해 세워졌으며, 휴양雎陽·악록岳麓·숭산嵩山·여산廬山 등의 4대 서원과 더불어 널리 알려져 있다.)

그 남쪽에 샘물이 한 곳 있는데, 가운데에 '호거석(虎踞石)'이라 이름을 써붙인 바위가 있다. 이곳에서 고개에 올라 넘어 서쪽으로 1리를 나아가니 자혜암(慈慧庵)이 나왔다. 북쪽으로 돌아들어 1리를 가자 사자암(獅子巖)이 나왔다. (바위동굴의 스님 이름은 견성見性이다.) [사자암 남쪽의 청천암(淸泉庵)에서 하룻밤을 묵었다.]

---

1) 롱(礱)은 원래 '맷돌, 연자매, 벼를 찧다'의 의미이며, 여기에서는 '흘러내리는 물이 마치 연자방아를 찧듯 하다'는 의미로 쓰였다.

윤사월 초열흘

사자암에서 남쪽으로 2리를 내려가 상산사(湘山寺)에 이르렀다. 상산사의 동쪽 곁으로 들어가 대전에 올라가 짐을 맡겼다. 동쪽으로 반리를 가서 전주 서문에 들어섰다. 전주 관아 앞을 지나 큰 남문으로 나오니, (나강羅江이 앞에 있다.) 동쪽으로 작은 남문에 이르렀다. (이곳은 세 줄기의 강물이 합쳐지는 곳이다. 배는 흥안興安에서 기다리기로 약속했다.)

다시 성으로 들어가 서문을 나와 절에 이르렀다. 대전에 올라가 무량수불탑(無量壽佛塔)에 참배했다. (무량수불은 당나라 함통咸通1) 연간에 성불했으나, 『전등록』2)에는 실려 있지 않다. 법호가 전진全眞이기에 고을 이름을 전주라 했다. 육신은 만력萬曆 초년에 불에 탔고, 병술년3)에 다시 불에 탔으며, 후에 또다시 불에 탔다.) [탑 뒤에는 비래석(飛來石)이 있다.] 탑의 동쪽에서 긴 복도로 올라가자, 서쪽에 관음각(觀音閣)이 있다.

절을 내려왔다. 절의 서쪽에서 나강을 거슬러 1리 나아가 권운각(捲雲閣)에 올랐는데, 절벽 아래로 강물이 흐르고 있다. [권운각의 서쪽은 반

석인데, 바위의 절반이 강물 속에 박혀 있다. 절벽에는 연꽃 꽃잎 하나가 있다. 검은빛 벼랑에 하얀 꽃잎이 움푹 들어가 있다.] 무량수불의 손톱이 찍힌 바위가 있다. 여섯 개의 가는 점 모양이다. 다시 서쪽으로 [동굴 하나가 강을 마주하고 있다. 샘물이 동굴 동쪽의 갈라진 바위에서 흘러나온다.] 이곳은 옥룡천(玉龍泉)이라는 곳이다. 다시 서쪽으로 바위봉우리 하나가 마치 관문을 지키듯 높이 솟아 있다. 그 위에 '무량수불'이라는 네 글자가 크게 쓰어져 있다.

모두 5리를 서쪽으로 나아가니 단교가 나왔다. 다시 서쪽으로 10리를 더 나아가 석현강(石蜆崗)을 넘었다. (석현은 『지』에 석연(石燕)으로 되어 있다.) 남쪽은 용은동(龍隱洞)이고, [조그마한 산이 강 위에 우뚝 솟아 있다.] 동굴의 문은 서쪽을 향하여 있다. 동굴을 나와 서쪽으로 가자 곧 사목도교(梭木渡橋)가 나왔다. 이곳에서 하룻밤을 묵었다. [교도(橋度)의 물은 동쪽의 용수(龍水)에서 하구로 흘러나오고, 산봉우리는 치솟아 마주 서 있다.]

---

1) 함통(咸通)은 당나라 의종(懿宗)의 연호로 865년부터 873년까지이다.
2) 전등록(傳燈錄)은 과거 7불과 천축의 28조, 진단(震旦)의 초조(初祖) 보리달마와 그 후대로 이어지는 인도와 중국, 그리고 한국의 중국 유학승 등 선종의 인물사이다. 각 조사와 선사의 성, 속가의 가계, 출생지, 수행 경력, 주석(駐錫)한 곳, 입적한 연대, 세수, 시호 등을 자세히 기록하고 있다. 원래 이름은 『경덕전등록(景德傳燈錄)』으로, 북송(北宋) 진종(眞宗)의 연호인 경덕이 앞에 붙은 것은 저자 도원(道原)이 『전등록』을 진종에게 바쳤기 때문이다.
3) 병술(丙戌)년은 만력 14년인 1586년이다.

윤사월 11일

도교에서 북서쪽으로 5리를 가자 석고촌(石鼓村)이 나왔다. 다시 3리를 가자 백옥촌(白沃村)이 나왔다. 칠리강(七里崗)을 지나니 채허(寨墟)이다. (큰 시내 한 줄기가 사천령(四川嶺)에서 흘러나온다.) 북쪽으로 협곡으로 들어서니 [산천구(山川口)이다.] 십리를 가자, 염가촌(閻家村)이 나왔다. 다시 5리를 가자 백죽강(白竹江)에 이르렀다. 이념숭(李念嵩)의 집에서 식사를 했다.

구름이 걷히고 맑은 해가 비쳤다. 북서쪽을 바라보니, 대단히 불쑥 치솟은 곳이 있기에 물었더니 구괘산(鉤掛山)이라고 했다. 그 산위에 또 금보정(金寶頂)이 있는데, 참으로 기이하다고 한다. 처음에 어느 스님께 여쭈었더니 "금보정까지는 60리 길이오"라고 했다. 다시 누군가에게 물었더니 "사천령에서 고작해야 30리 길이오"라고 대답했다. 그때는 이미 남서쪽으로 금보정을 향하고 있었던 터라, 백죽교(白竹橋)쪽으로 되돌아와 북서쪽으로 강을 거슬러 올라갔다.

5리를 걸어 골짜기 입구에 들어섰다. 양쪽의 산이 시내 양쪽에 벽처럼 우뚝 솟아 있다. 매우 가파르다. 시내 북서쪽의 벼랑을 따라 위로 나아갔다. 벼랑을 좇아 오르락내리락 구불구불 10리를 걸어 골짜기를 빠져나오자, 남동(南峒)이 나왔다. [듣자하니 남동은 북쪽으로 5리를 가면 동굴이 끝나는데, 사천령을 따라 금보정에 이를 수 있다고 한다.]

동행하던 스님이 이렇게 말씀하셨다. "사천령 길은 이미 없어졌으니 타구령(打狗嶺)에서 올라가 대죽평(大竹坪)에 이르러 올라야 비로소 길이 나올 것입니다." 그래서 그의 말대로 걸었다. 시내의 다리를 넘어 서쪽으로 고개에 오르자 그 왼쪽 겨드랑이편에 폭포가 있다. 고개 위는 매우 험하고 가팔랐다. 모두 30리를 가서 타구요(打狗凹)에 이르렀다. 날이 이미 저문지라 흥룡암(興龍庵)에 묵기로 했다. [흥룡암 북쪽의 높은 고개가 바로 금보정이다.]

윤사월 12일

흥룡암에서 서쪽으로 올라서서 처음에는 벼랑의 북쪽을 따라 돌아들었다. (구괘산은 그 북쪽에 있는데, 이 산에 가려져 보이지 않았다.) 세 번 오르락 내리락거리고 움푹 꺼져 굽이진 데를 세 차례 건너 모두 3리를 갔다. 토지요(土地坳)를 건너 서쪽을 바라보니, 어느덧 신녕강(新寧江)이 산기슭에 걸려 있다.

산을 5리 내려오자, 대죽평이 나왔다. 대죽평의 오른쪽에서 금보정에 오를 길 안내인을 찾는데, 어떤 사람이 마침 모내기를 하고 있다가 나를 2리 동안 데려다주었다. 고개 하나를 넘어서 다시 1리를 내려와, 대비산(大鼻山)에 이르렀다. 이리하여 나는 짐을 산 아래 유진천(劉秦川)의 집에 맡겼다. (형제 두 사람은 모두 여든 살이 다 되었고, 부인의 나이도 동갑이었다.) 그의 집에는 노인만 있고 젊은이는 이미 집을 나가 있었다.

나는 짐을 맡기고 마을 뒤로 시내를 건너 2리를 거슬러 올랐다. 마땅히 고개를 넘어 서쪽으로 큰길에 올라가야 했었는데, 그만 잘못하여 시내를 따라 똑바로 동쪽으로 올라간 바람에 2리만에 길이 막혀버렸다. 되돌아오는 길에 풀숲에서 갈림길을 찾아 서쪽으로 2리를 걸어서 고개를 넘었다. 이어 남쪽에서 뻗어온 큰길을 만나 이 길을 따라 걸었다.

북쪽으로 2리를 나아가 다시 고개에 올랐다. 북쪽으로 1리를 더 올라가니 각암(角庵)의 옛터가 나왔다. 터의 뒤쪽 수풀 속으로 6~7리쯤 올랐다. 하지만 끝내 길을 찾지 못한지라 유(劉)씨네 집으로 돌아와 묵었다. 유씨네 집 뒤로는 개울물이 흐르고 있다. 그 위로 1리쯤 오르자, 깎아지른 듯한 골짜기에 걸린 폭포가 빙글 돌아 흘러내렸다. 높이 자란 대나무는 바위를 둘러싼 채 서로 어울려 돋보였다. 돌아오는 길에 대나무 숲에서 죽순을 땄다. 물소리를 들으면서 골짜기를 헤치고 달빛 속에 돌아왔다.

윤사월 13일

유씨네 집에서 아침을 먹었다. 유씨의 손자에게 길안내를 부탁했다. 그래서 허리에 표창을 꽂고 도시락을 싼 후, 마을 뒤 좁은 산골물을 따라 올랐다. 1리를 가다 도중에 폭포가 흘러내리는 곳에 이르렀다. 곧바로 서쪽으로 고개에 올랐더니 길은 전에 비해 훨씬 비좁았다. 1리를 가자 남쪽에서 뻗어오는 큰길이 나왔다. [이 길은 남대원(南大源)에서 올라

오는 길이다.] 3리를 가서 고개 위의 좁은 어귀를 넘었다. 다시 1리를 가서 각암의 터에 이르렀다.

다시 각암의 뒤쪽 수풀 속을 몸을 엎드린 채 뱀처럼 기어 4리쯤 갔다. 이전처럼 가시덤불을 뚫고서, 오른쪽 벼랑의 수풀 속에서 뱀처럼 기어 올랐다. 아마 전에는 동쪽의 골짜기에서 곧바로 올라오는 바람에 길을 찾지 못했던 것이리라. 비록 길은 달라도 가시덤불이 우거지기는 마찬 가지였다. 갈림길에서 다시 2리를 가서 관음죽이 우거진 숲속을 걸었다. (이 대나무는 우리 마을에서는 분재 속의 대나무이다. 그러나 이곳에서는 크기가 피리 만 하고, 금보정 위의 것은 더욱 크다. 죽순은 통통하고도 맛있다.) 가는 길 내내 죽 순을 손 한 줌 가득 따서 길 모퉁이에 놓아두었다. 오는 길을 알아볼 수 있도록 하기 위함이었다.

얼마 후 또다시 보니 대나무 위에 열매가 많이 달려 있다. 큰 것은 연 밥만 하고 작은 것은 큰 콩만 하다. 처음에는 가지조차 꺾어 소매 안에 두었으나, 돌아오는 길에 모두 떨어져 버렸다. 관음[죽] 숲에서 올라가 다시 2리를 가서 보정전(寶頂殿)의 터에 이르렀다. 둥근 고리모양의 돌담 은 반은 허물어지고 반만 서 있으며, 대들보는 무너져 썩은 채 땅바닥 에 가로눕어 있다. 오직 불상의 머리부분만 돌로 된 향로 속에 보존되 어 있다.

때는 마침 정오로, 사방의 산들이 모습을 드러내고 있었다. 남쪽 봉 우리의 가까운 곳은 구괘산이다. [바위 벼랑은 깎아지른 듯 우뚝 서 있 는데, 동북쪽은 마치 칼로 잘라낸 듯하다.] 더 남쪽은 타구령이고, 좀더 남쪽은 대모산(大帽山)이며, 다시 더 남쪽은 남보정(南寶頂)이다. 남보정의 제일 높은 곳은 [북쪽 산봉우리와 엇비슷한데,] 보정전 터의 뒤쪽 꼭대 기를 쳐다보니 훨씬 높다.

다시 대나무 숲에서 북동쪽으로 올라갔다. 이곳의 관음죽은 더욱 크 고 죽순도 많기에, 다시 따서 몸에 지녔다. (방금 전에 따서 길가에 놓아두었 던 것은 비교적 가는 편인데, 모두 걸머지고 갈 수는 없는지라 버렸다.) 다시 1리를 올라 꼭대기에 닿았다. 빽빽한 수풀 속에서 사방을 볼 수 없는지라 나무를 올라타 가지위에 올라섰으나, 끝내 훤하게 보이지는 않았다. 얼마 후 대나무 물결 사이로 평대와 같은 커다란 바위가 튀어나와 있다. 곧 그 위로 기어 올라가자 뭇 산들이 똑똑히 보였다.

도시락을 꺼냈다. 정문 스님과 함께 도시락을 쌌던 보자기에서 대나무 가지를 꺾어 식사를 했다. 잠시 후 길잡이는 또 숲속에서 죽순을 따고, 정문 스님은 죽고[1] 몇 개와 옥균[2] 하나를 땄다. 노랗고 하얀 빛깔이 모두 아름다운지라 나도 옥균 몇 개를 땄다. 왔던 길을 되짚어 산을 내려와 유씨네 집에 도착했다. 날은 어느덧 저물어 있었다. 버섯을 삶고 죽순을 구워서 식사를 했다.

---

1) 죽고(竹菰)는 썩은 대나무 마디에 사는 균류로서, 목이(目耳)버섯 모양에 붉은 색을 띠고 있다.
2) 옥균(玉菌)은 균류 식물의 명칭으로, 자루는 흰색이고 갓은 회색이다. 이 명칭은 옥처럼 투명하고 맑기에 붙여졌다.

윤사월 14일

유씨와 작별하고서 길을 떠났다. 시내를 따라 서쪽으로 1리를 가자, 대죽평에서 오는 길과 마주쳤다. 다시 3리를 가니 대원(大源)이다. [이곳에서 대비산 서쪽 골짜기의 물과 마을 뒤쪽 동쪽 골짜기의 물이 만나며] 그 위에 다리가 놓여져 있다. 다리를 따라 몇 칸의 정자가 있으며, 다리의 이름은 조교(潮橋)이다. 다리의 서쪽은 대원촌(大源村)이다.

[나는 남보정으로 가는 길이라, 다리 동쪽에서 산골물을 따라 남쪽으로 나아갔다. 1리쯤 가다가 나무다리를 건너자, 산골물이 갑자기 동쪽으로 꺾어져 산으로 흘러들었다. 길은 남쪽으로 산의 좁은 어귀를 빠져나왔다. 산골물은 다시 길 동쪽으로 떨어져 골짜기에 부딪쳐 흘러나오면서 연거푸 세 곳의 못에 몰아쳤다. 위쪽의 못은 네모지고 폭포가 베

처럼 길게 늘어져 있다. 중간의 못은 움푹 패이고 폭포는 기운 듯 돌아든다. 아래쪽의 못은 둥글면서 가지런하고 폭포는 반듯하여 발을 드리운 듯하다. 아래의 두 못에는 모두 둥근 돌이 가운데 서서 물을 받고 있는데, 물이 못에 떨어지면서 빙글빙글 소용돌이치는 모습이 특히 기이했다.

다시 3리를 가서 다리를 건너자, 동초桐初가 나왔다. 이곳에는 남쪽의 타구령에서 흘러와 합쳐진 물길이 있고, 그 위에 역시 다리가 놓여 있다. 두 물길이 합쳐져 남서쪽으로 흘러가고, 관음교가 그 물길 위에 걸쳐져 있다. 큰길이 관음교 서쪽으로부터 고개를 넘어 뻗어 있다. 나는 다리 아래에서 시내를 따라 남쪽으로 나아갔다. 1리를 가자 물길이 서쪽 골짜기에서 흘러나왔다.]

고개 하나를 넘어 서쪽 방죽으로 나왔다. 서쪽으로 4리를 더 가자, 진묘원(陳墓源)이 나왔다. 폭포가 동쪽 산골짜기에서 솟구쳐 나와, 동쪽 고개에서 흘러온 시내와 합쳐졌다. 두 물길이 만나는 곳에 다리가 놓여져 있고, [큰길은 물길과 함께 남쪽으로 흘러갔다.] 나는 다리를 건너 동쪽으로 고개에 올랐다. [이곳은 솟구쳐 나오던 폭포의 남쪽 고개이다.

2리를 걸어 산등성이를 평탄하게 나아가다가 북쪽을 바라보니, 북보정北寶頂이 우뚝 솟아 있다. 골짜기의 물은 타구령의 남쪽 벼랑을 바짝 끼고서 곧바로 그 아래로 흘러내린다. 남쪽을 바라보니, 신녕강의 강물이 멀리 건자령巾子嶺에서 남보정의 서쪽으로 가로누어 경계를 짓고 있다. 그 남서쪽에 봉우리가 뾰족하게 솟아 마침 진묘원의 하구에 위치하여 있는데, 잠시 후 길은 차츰 그 아래로 나 있다.

2리를 걸어 남쪽으로] 고개를 내려와 움푹 꺼진 곳의 속을 걸었다. 다시 2리를 나아가 조그마한 고개 하나를 넘어서 1리만에 소가대평(蘇家大坪)에 이르렀다. 마을 주민들이 매우 많다. 모두 성이 소(蘇)씨다. 소회강(蘇懷江)이란 사람의 집에서 식사를 했다. 오후에 큰비가 내리는데다 소회강이 붙잡는지라, 그의 집에 묵기로 했다.

윤사월 15일

산길을 지났다. [소가대평 옆으로 커다란 폭포가 산에 부딪치면서 서쪽으로 흘러나왔다. 그 기세가 대단히 웅장하다. 아래쪽은 큰 시내인데, 북서쪽으로 진묘원의 출구와 합쳐졌다. 오후에 남동쪽으로 고개 하나를 넘었는데, 그만 잘못하여 대모령(大帽嶺)으로 가는 길로 가고 말았다.

이에 남서쪽으로 6리를 돌아서 남보정으로 나와 도자평(桃子坪)으로 나아갔다. 가는 길에 상량(上梁)의 묵을 곳을 알아보니 4리 길이라고 했다. 고개를 넘어 동쪽으로 새로 개간한 밭에 이르렀다. 남쪽으로 내려가는 길은 풀숲에 덮여 있었다. 또다시 길을 잘못 들어 그 동쪽으로 나오는 바람에 3리나 험준한 비탈길을 걸었다. 도무지 방향을 분간할 수 없었다. 홀연 감실 한 곳이 나타났다. 지명은 괘번(掛幡)이며 상량과는 5리 떨어져 있다. 여기에서 5리를 가면 쾌락암(快樂庵)에 이르고, 10리를 더 가면 남보정에 이른다. 저물녘에 비가 내리기에 감실에서 쉬었다.]

윤사월 16일

[비가 그치지 않아 불감 안에 머물렀다.] [겨우 5리를 나아가] 쾌락암에 이르렀다.

윤사월 17일

[정심교(定心橋) 아래에서 등성마루를 지나 연꽃잎 모양의 갈라진 틈을 살펴보았다. 하지만 깎아지른 듯한 벼랑이 빽빽하게 붙어 있는지라 옆으로는 달리 길이 없었다. 이에 등성마루의 동쪽에서 골짜기 너머로 바라보았다. 틈이 비록 휑하기는 하여도, 위는 드리우고 아래는 깎아지른 듯 가팔랐다. 초막에 부탁하여 길을 놓아 갈 수 있는 곳이 아니었다.

그리하여 정심석(定心石)에 오르고 성수애(聖水涯)를 지나 다시 사신애(捨身崖)에서 비석봉(飛錫峰)의 꼭대기로 올랐다가 백운암(白雲庵)으로 돌아왔다.] 백운암에서 하룻밤을 묵기로 하고, 상종(相宗)선사를 만나 뵈었다.

윤사월 18일

아침을 먹은 후 상종 선사와 헤어졌다. 동쪽 길을 따라 산을 내려왔다. 1리쯤 가자 길 곁에 험준한 바위들이 줄지어 늘어서 있고, 그 사이에 줄사다리가 놓여 있었다. 이곳은 바로 천문(天門)이다. 천문 밖에 우뚝 솟은 바위가 길 오른편에 서 있다. 이 바위는 금강석(金剛石)이라고 하는데, 위에는 '백운동천(白雲洞天)'이라 크게 씌어져 있다. 여기에서부터 돌층계를 밟아 내려가는데, 험준하기가 서쪽길보다 훨씬 심했다. 서쪽 암자의 이름은 쾌락인데, 어찌 길이 평탄하기 때문이겠는가!

다시 4리를 걸어 현룡암(顯龍庵)을 지났다. [암자는 북쪽을 향하여 있다.] (이에 앞서 관음정(觀音淨)에서 두 사람이 대나무와 가시덤불 속으로 들어가는 것을 멀리서 보았다. 물어보니 청서를 캐러 가는 사람이라 하는데, 청서가 무엇인지는 알지 못했다. 현룡암을 지나다가 또 두 사람이 그물 망태기 네 개를 짊어지고 있는 것을 보았는데, 마치 돼지새끼 모양으로 살진 것이 틀림없이 대나무쥐 종류일 것이다. 죽순을 먹는 어린 새끼를 오늘에야 보게 되었던 것이다. 큰 것은 한 근 남짓 하고, 작은 것은 반 근 정도인데, 가격은 한 마리에 2푼밖에 되지 않았다. 하지만 살아서 소리를 지르는 바람에 광주리에 지고 가기에는 불편할 듯하여 내버려둔 채 그냥 갔다. 산속에는 세 가지 조그맣고 진귀한 것이 있는데, 황서[1]와 시호, 죽돈이 바로 그것이다. 이 가운데 죽돈만은 맛보지 못했는데, 살아있는 놈이라 들고 갈 수도 없으니 어찌 하랴? 게다가 이즈음의 죽순은 너무 살지고, 그리고 이곳에도 관음죽순이 나오기는 하나 그 맛이 반드시 다른 곳의 죽순보다 뛰어나리라는 보장이 없기 때문이다.)

동쪽으로 1리쯤 내려가 남쪽으로 바라보니, 나차산(那叉山)의 폭포가 허공에 걸린 채 떨어져내리고 있었다. [전에 금보정에서 엿보기는 했지만, 이곳에 와서야 비로소 마치 하늘 꼭대기처럼 드높음을 알게 되었다.] 다시 동쪽으로 5리를 내려와서 왼쪽으로 작은 시내를 건넜다. 깊은 대나무숲 속에 고즈넉한 절이 있다. 이곳은 고련암(苦楝庵)이다. [암자는 남쪽을 향하여 있고 좌우에 각각 시내 한 줄기가 뒤쪽에서 흘러와 감싸고 있다. 오른쪽 시내가 조금 더 크고, 그 위에 다리가 가로놓여 있으며, 물은 남서쪽 산겨드랑이에서 산벽을 뚫고 흘러내렸다.]

암자 앞에서 남동쪽으로 다리를 건너 남쪽으로 고개를 올랐다. [그곳의 대나무는 대단히 크다. 길은 동서 두 갈래로 나뉘기 시작했다.] 서쪽 갈림길로 내려가자, [나차산의 폭포가 북쪽으로 층층의 벼랑에 걸려 있는 것이 보이기 시작했다. 고련암에서 흘러내린 시내 역시 허공을 뚫고 골짜기에 매달려 있는데, 나차산의 크기 및 높이와 엇비슷하다. 그러나 고련암의 시내는 맞은편 산 가까이에 있고, 길이 시내를 따라 함께 내려가는지라, 골짜기를 우당탕탕 치며 내려가는 기세가 똑똑히 보였다. 반면 폭포 아래의 산은 빙 두른 채 성을 이루고, 그 가운데에 드리워진 폭포는 서쪽 벽으로 흘러나와 나차산 동쪽의 큰 시내와 합쳐져 남동쪽으로 흘러간다.] 서쪽 골짜기에도 실 모양의 폭포가 보이는데, 산을 뚫고서 잇달아 아홉 층을 흘러내린다. 비록 가늘기는 하지만 무척 길다.

길은 이내 동쪽으로 돌아들었다. [모두 3리를 가자] 북서쪽에서 흘러오는 시내가 나타났다. 시내를 건너 물길을 따라갔다. 시내는 처음에는 조그맣게 느껴졌으나, 내려갈수록 차츰 커지더니 [마침내 요란한 천둥소리에 눈꽃이 피어오르는 장관으로 바뀌었다.] 길은 마땅히 시내 오른쪽을 따라 내려갔어야 했는데, 그만 잘못하여 시내 왼쪽을 따르고 말았다.

다시 2리를 가자 대평(大坪)이 나왔다. 시내를 건너 오른쪽으로 가다가 한 농가에 들어가 물어보니, 연화암(蓮花庵) 아래라고 했다. [대나무 빛이 울창했다.] 마을 아낙이 자기가 끓인 죽과 국을 내왔다. 나는 죽순을 구워 대접했다. (나는 대비산의 유씨 집에서 관음죽순을 구워 먹은 후로 산 광주리 하나를 구해 등에 지고 다녔다. 길을 가다가 고사리순이나 버섯류 등의 먹을 수 있는 것을 주워 담았다가, 숙소에 도착하면 그 안의 것을 꺼내 구워 먹곤 했다.)

　이리하여 [남서쪽으로] 나차산의 큰 시내를 건넜다. [시내는 북동쪽
의 백사강(白沙江)으로 흘러나간다.] 다시 서쪽으로 고개에 올라 3리를
간 다음, 마을의 농가에서 식사를 했다. 이곳은 대평의 남쪽 끝이었다.
다시 남서쪽으로 고개를 넘어 올라가 2리를 가자, 반산령(半山嶺)이 나왔
다. 여러 번 시내를 건너 고개를 넘어 올라가 8리를 나아가 망강령(望江
嶺)에 들어섰다. 망강령을 넘어 시내를 거슬러 올라 다시 10리를 가니
동원산(桐源山)이다.

　남쪽으로 산을 2리 내려가자, 구채원(韭菜園)이 나왔다. 동쪽으로 움푹
꺼진 곳을 지나 산을 3리 내려갔다. 다시 물길 한 줄기를 따라가자, 소
차강(小車江)이 나왔다. 소차강을 따라 남쪽으로 4리 내려갔다. 서쪽에서
흘러오는 [동원산의] 큰 시내가 있다. 이것이 곧 동원구채계(桐源韭菜溪)
이다. 또한 서쪽에서 뻗어오는 큰길이 있는데, 남쪽의 소차강과 합쳐져
남쪽으로 뻗어내린다. 길은 소차강의 강어귀에 있는 다리를 건넌 뒤, 물
길 오른쪽을 따라 산을 1리 오르다가 강을 좇아 남동쪽으로 나아간다.

　[길은 강을 끼고 산을 오르는데, 대단히 험준했다.] 조그마한 바위산
이 있는데, 북쪽이 평평하게 쪼갠 듯하다. 무늬는 가요(哥窯)[2]의 자기와
같고 얇기는 널판과 같다. 강은 그 남쪽으로 감돌아 흐르고, 길은 그 북
쪽으로 감돌아 뻗어있다. [북동쪽에는 또 조그마한 시내가 있는데, 골짜
기에 부딪쳐 폭포를 이루고 있다.] 다시 남동쪽으로 2리를 가서 내려가
기 시작했다가, 다시 1리를 내려가 강언덕에 이르렀다. 약간 올라가자
목피구(木皮口)가 나오는데, 북동쪽에서 흘러드는 시내가 있다. 그 북쪽
봉우리는 부주령(不住嶺)이라 일컫는다. 이에 하룻밤을 묵었다.

---

　1) 황서(黃鼠)는 회황색 들다람쥐의 일종이다.
　2) 가요(哥窯)는 송대의 자기를 굽는 가마의 이름이다. 가마터는 절강성 용천현(龍泉縣)
　　남쪽 70리의 화류산(華琉山) 아래에 있다. 북송대에 이 가마터에는 장생일(章生一)과
　　장생이(章生二) 형제가 자기를 구웠는데, 장생일이 만든 자기를 가요(哥窯), 장생이가

만든 자기를 제요(弟窯)라 일컬었다.

윤사월 19일

아침을 먹은 후 남동쪽으로 고개에 올랐다. 강 왼편을 따라 4리를 가다가 내려가 도석강(跳石江)을 건넜다. 다시 고개에 올라 차만대(車灣臺)를 지난 뒤, 바위를 휘감아돌아 모두 3리를 나아갔다. 두 산 사이의 골짜기 어귀로 나오자, 넓은 제방에 물이 가득 가두어져 있다. 이곳은 상관패(上官壩)라고 한다. 제방 바깥에는 평탄한 들판이 끝없이 펼쳐져 있는데, 남쪽으로 이산외(裏山隈)까지 쭉 뻗어 있다. 골짜기를 나서자 물길은 남동쪽으로 상강으로 흘러들고, 길은 골짜기 오른쪽을 따라 남서쪽으로 내려간다.

평탄한 들판을 걸어 1리만에 조당(趙塘)에 이르렀다. (여기 모여 사는 이들은 모두 조趙씨로서, 대성을 이루고 있다.) 마을 뒤에는 서종산(西鐘山)이라는 바위산 하나가 우뚝 서 있는데, 아래에는 온통 석회암이 가파르고 위에는 평평한 굴이 있다. 토박이들이 마침 돌을 깨어 길을 닦고 오곡대선전(五穀大仙殿)을 짓고 있다. 대선전 동쪽의 험준한 벼랑 위에는 깊이 들어갈 수 있는 동굴이 있다. 이때 길을 내느라 나무를 베고 있는 바람에 오히려 그쪽으로 가는 길을 막아버린지라 기어 건너갈 수 없었다.

다시 남서쪽으로 시내 위의 다리를 [건너] 모두 4리만에 기계령(棄鷄嶺)을 지났다. 다시 4리를 나아가 함수(咸水)를 나왔다. 이곳에 산조역(山棗驛)이 있는데, 이 길은 관도이다. 함수의 남쪽에 이산외라는 큰 산이 가로누어 있다. 함수의 북쪽에는 삼청계(三淸界)라는 높은 고개가 겹겹으로 솟아 있다. 이것이 함수의 남쪽과 북쪽의 경계이다. 함수계(咸水溪)는 삼청계에서 발원하여 흘러서 초천(焦川)이 되고, 남택(南宅)에서 산을 빠져나와 이곳에 이르러 다리를 지나 남동쪽으로 나강 어귀에서 상강으로 흘러든다.

다리를 건너 남서쪽으로 나아갔다. 높이 자란 소나무가 길 양쪽에서 하늘을 덮고 있었다. [마치 도주(道州)에서 영명(永明)으로 가는 길과 매우 흡사했다.] 10리를 가니, 판산포(板山鋪)이다. 다시 10리를 가니 석자포(石子鋪)이다. 샛길을 따라 동남쪽으로 몸을 꺾어 5리를 나아가 계수(界首)에 이르렀다. 이곳은 천 호의 인가가 사는 정기시장으로, 남쪽의 반은 흥안현(興安縣)에 속하고, 동쪽의 반은 전주에 속한다. 계수에 이르자, 이제 겨우 오후였다. 하지만 소낙비가 갑자기 쏟아지는지라, 발걸음을 멈추었다. 이날 모두 50리를 걸었다.

윤사월 20일

날이 밝자 밥을 먹었다. 상강을 거슬러 서쪽으로 5리를 나아가 북쪽으로 탑아포(塔兒鋪)에 들어섰다. 비로소 상강의 언덕에서 벗어났는데, 어느덧 계림의 경내에 들어서 있었다. 오래된 탑이 있는데, 거의 기울어 무너질 지경이었다. 광화관(光華館)이 나왔다. 이곳은 흥안현의 역참 여관이다. 흥안현 경내에 들어서자 오래 묵은 소나무가 띄엄띄엄 이어지매, 전주처럼 줄지어 이어져 있지는 않았다.

10리를 나아가니, 동교포(東橋鋪)이다. 5리를 가자, 소택(小宅)이 나왔다. 다시 상강과 마주쳤다. 다시 5리를 가자 와자포(瓦子鋪)가 나오고, 10리를 더 가서 흥안 현성의 만리교(萬里橋)에 닿았다. 다리 아래의 물길은 북쪽 성을 감아돌아 서쪽으로 흘러간다. 양쪽 언덕에는 바위돌이 쌓여 있다. 강의 물줄기는 평온하되 넓지는 않다. 이곳은 바로 영거(靈渠)[1]로서, 이미 이강(灕江)에 속해 있다. 물길이 나누어지는 곳은 동쪽으로 3리 되는 곳에 있다.

다리를 지나 북문으로 들어섰다. 성벽은 둥근 담 모양이고, 현청은 절간처럼 고요하다. 야채와 쌀을 파는 곳은 만리교 쪽 몇 집뿐이다. 탑사에서 밥을 지어 먹었다. 식사를 마친 후 다리 북쪽에서 영거의 북쪽 언덕을 거슬러 동쪽으로 나아갔다. 얼마 후 방향을 틀어 약간 북쪽으로 큰 시내를 건넜다. 이 시내는 상수(湘水)의 본류이다. 상류는 이미 둑을 쌓아 배가 다니지 않았다.

강을 건너자 다시 동쪽에 조그마한 시내가 있다. 성긴 물길이 마치 띠와 같은데, 뱃길은 이 시내를 따라 나 있다. 대체로 상강에 제방을 쌓아 물길을 나누었다. 즉 서쪽으로 흘러드는 물길은 이강이 되고, 동쪽으로는 상강의 지류를 파내어 배가 다닐 수 있게 하고, 약간 내려가면 다시 상강의 강줄기와 합쳐진다. 지류 위에는 접룡교(接龍橋)라는 돌다리가 놓여 있다. 다리 남쪽의 물굽이에는 관음각(觀音閣)이 서 있다. 어느덧 현성으로부터 2리나 떨어져 있다.

다시 남동쪽으로 5리를 갔다. 상수가 남쪽에서 흘러와 곧바로 바위벼랑 아래로 바짝 다가서 있다. 그 바위벼랑은 우뚝 선 채 남쪽을 향하고 있는데, 사자채(獅子寨)라고 한다. 길은 사자채의 발치를 따라 동쪽으로 개울을 거슬러 들어간다. 북동쪽으로 산에 7리를 들어가 양고령(羊牯嶺)을 넘어 장원봉(狀元峰) 아래에 이르자, 안쪽에 등가촌(鄧家村)이 있다. 마을 사람들은 모두 등승상(鄧丞相)의 후손이다. 마을 남쪽에 회룡암(迴龍庵)이라는 정실이 있다. 이 안에서 하룻밤을 묵기로 했다. 스님의 법호는 오선(悟禪)이다.

---

1) 영거(靈渠)는 진시황이 남방을 개척하기 위해 사록(史祿)에게 명하여 만든 운하로서, 상수(湘水)와 이수(灕水)의 두 물길을 연결시켜 장강(長江)과 주강(珠江)의 두 수계를 통하게 했다. 처음에는 진착거(秦鑿渠)라고 일컬었는데, 이수의 상류가 령수(零水)이기에 훗날 영거(零渠)라 일컫다가 당나라 이후 영거(靈渠)라 일컫게 되었다.

윤사월 21일

회룡암 오른쪽을 따라 조그마한 산을 넘었다. 남쪽으로 1리를 가서 장충(長沖)에 이르고, 동쪽으로 장원봉 기슭에 바짝 다가섰다. 다시 1리를 나아가 비구니의 암자에 이르렀다. 이곳에 비구니가 있었다. 비구니의 남편은 마침 밭을 갈러 나간지라, 비구니에게 산에 오르는 길을 물었다.

이에 앞서 길가는 행인들이 모두들 말하기를, 산은 띠풀에 가로막혀 도저히 오를 수 없다고 말했다. 그런데 이곳의 눈먼 스님만은 "손님은 대금봉(大金峰)에 오를 거요, 소금봉(小金峰)에 오를 거요?"라고 되물었다. 아마도 이곳의 산 가운데 출중하게 빼어난 곳을 '금봉'이라 일컬었을 것이다. 그런데 장원봉의 왼쪽에 봉우리 하나가 꽂힌 듯 솟아 있다. [이것이 소금봉인데,] 장원봉에 버금가기는 하나 험준하기는 장원봉을 능가했다. 생각건대 장원봉은 높기는 하지만 끝이 둥그스름한데, 이 봉우리는 낮긴 해도 바위들이 겹겹이 우뚝하기에, 대(大)와 소(小)라는 이름이 붙게 되었으리라. 두 봉우리마다 각각 [길이 있지만,] 풀에 뒤덮여 있다.

나는 암자 뒤를 따라 시냇가 언덕을 올랐다. 동쪽으로 쭉 올라가 2리만에 [장원봉과] 취미봉(翠微峰) 사이에 이르렀다. 산이 가파르고 풀이 빽빽하여, 뱀처럼 구불거리던 좁은 길마저 풀숲 깊이 숨어버렸다. 차츰 북동쪽으로 돌아들어 3리를 나아가 그 북동쪽 고개의 움푹 꺼진 곳을 타넘었다. 그 동쪽에는 커다란 산들이 첩첩하고, 그 아래로는 시내가 골짜기 깊숙이 휘감아돌고 있다. 이곳은 마천(麻川)이다. 그 남쪽의 겹겹의 산들은 틀림없이 해양산(海陽山)이 동쪽으로 뻗어나간 등성이이고, 그 북쪽의 큰 산은 곧 이산외(裏山隈)일 것이다. 또한 그 서쪽은 바로 현성이고, 남서쪽의 해양평(海陽坪)의 산은 숨어 엎드려 있다. 움푹 꺼진 곳의 북쪽 봉우리 아래는 바로 구룡전(九龍殿)으로 접어드는 골짜기이다. (지명은 협구峽口 또는 금소錦霄라고 한다.)

움푹 꺼진 곳의 남쪽에서 봉우리 꼭대기로 쭉 올라갔다. 그 봉우리는 대단히 좁고 가팔랐다. 일곱 번을 오르내리면서 남쪽으로 모두 1리를 걸어 장원봉에 이르렀다. 장원봉은 홀로 우뚝하게 솟아 있다. 봉우리 위에서 서쪽으로 상강의 원류를 바라보고, 동쪽으로 마천을 바라보니, 모두 발아래에 있다. 남쪽으로 소금봉을 굽어보고, 북쪽으로 금소의 움푹 꺼진 고개를 굽어보니, 모두 아들손자뻘이다.

다만 북쪽의 아홉 봉우리는 서로 잇닿은 채, 남쪽으로 소금봉과 두 봉우리나 떨어져 있다. 이들 봉우리는 모두 가운데를 잘라낸 듯 가파른지라 도저히 날아 건널 수 없다. 그러므로 길은 그 산기슭으로 달리 오르는 수밖에 없었다. 듣자하니, 이 산이 등승상이 구름을 탔던 곳이라 한다. (등승상이 어느 곳 사람인지는 알 수 없다. 생각건대 마은(馬殷)[1] 등이 제왕을 참칭하던 당시의 참모이리라. 토박이들의 이야기에 따르면, 그의 집은 조정과 수백리나 떨어져 있었다. 그런데도 밤에는 집에 돌아왔다가 아침에 다시 조정에 들어갔으며, 늘 이 꼭대기에 있었다. 구름을 타던 산 아래가 바로 그의 집인데, 지금도 모두 등씨 성의 후손들이다. 그의 신이함이 의심을 받자, 마침내 죽임을 당했으며, 그 화가 처자식에게도 미쳤다고 한다.)

꼭대기 북쪽의 세 번째 봉우리에는 뱃머리 모양의 네모진 석대가 허공에 툭 튀어나와 떠 있다. 옛부터 전해지기로는, 벼랑의 끝에 드리워진 대나무가 먼지를 털어냈다고 한다. 이곳의 대나무에도 그런 종류가 있다고 하지만, 유달리 길고 기이한 것을 아직까지는 보지 못했다. 봉우리 꼭대기에 한참동안 앉아 있다가 가져온 밥을 꺼내 광주리에 펼쳐놓고서 나누어 먹었다. 얼마 후 남동쪽에서 우레소리가 들리기에, 봉우리를 내려와 [회룡암으로 돌아왔다.]

---

1) 마은(馬殷, 852~930)은 당나라 말기의 인물이다. 원래 목공일을 하던 그는 군대에 들어가 비장이 되었다가 896년 자립했고, 907년에 후량(後梁)에 의해 초왕(楚王)에 봉해졌는데, 오내십국시기에 지금의 호남성을 근거지로 삼았다.

윤사월 22일

[동쪽으로 2리를 나아가 구궁교(九宮橋)를 지났다. 조그마한 고개를 넘어 모두 2리만에 금소에 이르렀다. 이곳은 협구이다. 마천강(麻川江)은 남

쪽에서 흘러와 북쪽의 계수로 흘러나간다. 강을 가로질러 건너는데, 수심이 깊어 넓적다리까지 잠겼다. 마천강의 물길 가운데 이곳에 이르러 산에 부딪치며 흘러나오는 물길을 칠리협(七里峽)이라 일컫고, 아래로 내려와 다시 산에 부딪치며 흘러나오는 물길을 오리협(五里峽)이라 부른다. 금소는 두 협곡의 가운데에 있으며, 육로의 어귀이다.

강을 건너 동쪽 골짜기의 시내를 거슬러 들어섰다. 3리를 나아가 산등성이로 올라 구룡묘(九龍廟)에 이르렀다. 남쪽과 북쪽, 동쪽은 모두 높은 산에 바짝 끼어 있다. 남쪽 기슭은 바로 시내를 거슬러 온 북쪽 기슭인데, 시냇물 소리가 몹시 사나웠다. 마침내 산을 내려가다 관음각을 지나자, 지류가 나뉘어 관음각의 사방을 감돌고 있다. 남쪽의 돌제방만이 물길을 통하여 놓았고, 동쪽과 서쪽, 북쪽은 배가 오르내리면서 관음각을 휘감아 돈다. 하지만 아쉽게도 관음각이 너무 작아 어울리지 않았다.

관음각에서 동쪽으로 돌다리를 지났다. 나누어진 지류의 서쪽 언덕을 따라 물길을 거슬러 1리만에 분수당(分水塘)에 이르렀다. 거대한 바위로 물길 가운데를 가로막은 분수당은 남북으로 쭉 뻗어 강줄기를 끊은 채, 다만 작은 구멍으로 넘치는 물결을 흘려보낼 뿐이다. 분수당 남쪽에서는 상수의 나뉘어진 지류가 이수(灕水)로 흘러든다. 또한 분수당 북쪽에서는 상수를 준설하여 지류를 만듦으로써 상수를 오가는 배가 관음각 앞까지 통하도록 했다. 이에 배를 저어 남쪽으로 분리구(分灕口)를 건너 분수묘(分水廟)에 들어섰다. 서쪽으로 2리를 가자, 흥안 현성의 남문에 이르렀다. 성을 빠져나와 서쪽으로 3리만에 삼리교(三里橋)에 당도했다. 다리는 영거 위에 가로놓여 있다. 영거는 이곳에 이르러 가늘어져 개울이 되고, 영거 아래의 바위는 돌부리가 앙상하게 드러나 있다. 이때 커다란 배들이 즐비하게 늘어서 있는데, 대나무 발을 쳐서 물을 막았다가 물이 조금 깊어지기를 기다려 발을 치우고 배를 띄웠다.] 은산사(隱山寺)에서 묵었다.

윤사월 23일

아침에 일어나니, 비가 억수같이 내리고 있었다. 식사를 마치자, 비가 잠시 멈추었다. [다리 서쪽에 금정산이 있다. 이 산은 주맥으로서, 여기에서 흥안에 이르러 남쪽으로 해양산으로 돌아든다. 비록 사록(史祿)에게 산을 깎고 이수를 나누게 했지만, 다리 아래에 돌부리가 드러나 있고 물이 한 자를 넘지 않은지라 끝내 산등성이를 깎아내지는 못했다.

1리를 올라 꼭대기에 올랐다. 꼭대기의 크기는 한 길 남짓밖에 되지 않는다. 다만 남쪽으로 떼 지은 산악과 어지러운 숲이 산간의 안개 속에 마치 쌀이 모인 듯, 불이 번지듯 하는데, 엎드려 굽어보니 나타났다 숨었다 하는 곳이 매우 가까웠다. 산을 내려와 삼리교 서쪽에 이르러, 영거의 서쪽을 따라 남서쪽으로 나아갔다. 얼마 후 영거는 차츰 곧바로 쭉 뻗어있다. 길은 더욱 서쪽으로 나아가는데, 길 오른쪽에 바위산이 무리지어 솟아 있다. 빗속에 고개를 돌려 바라보니, 모두 10리를 오는 동안 어느덧 금정산에서 바라보았던 어지러이 첩첩한 산속을 지나와 있었다.

산자락을 뚫고 골짜기를 감아 돌았다. 굽이굽이 많이 돌았으나, 오르내리지는 않았다. 다시 3리를 가니 소일평(蘇一坪)이 나왔다. 동쪽에 유동(乳洞)으로 가는 갈림길이 있다. 나는 먼저 서쪽으로 엄관(嚴關)을 향해 나아갔다. 모두 20리를 걸어 비좁은 산 어귀를 빠져 나오자, 동서 양쪽에 바위산이 나란히 치솟아 있다. 그 아래로 나 있는 길은 마치 가운데가 뚫린 문과 같으며, 옆으로 갈라진 동굴은 규옥과 같다. 벼랑을 타고서 그 안으로 들어가 보니 그다지 넓지는 않은데, 연꽃 꽃잎처럼 허공에서 합쳐졌다. 동굴에 앉아 오가는 나그네들을 바라보니, 분분한 발걸음이 끊이지 않았다. 되돌아와 소일평에서 남동쪽으로 1리를 갔다. 영거를 거슬러 북동쪽으로 올라가니, 한 줄기 시내가 동쪽으로 유동의 골짜기에서 흘러온다. 이것은 청수(淸水)이다. 이에 동쪽으로 영거를 건너 4리만에 대암언(大巖堰)을 지났다. 대암언 동쪽의 돌다리를 건너 산의 남쪽으로 돌아들자, 자그마한 바위산이 갈림길 어귀에 솟아 있고, 동굴이 휑한 채 남쪽을 향해 있다. 마침내 서쪽을 향하여 시내를 따라 2리를 들어가자, 동전거촌(董田巨村)이 나왔다. 동굴은 이 마을의 북쪽 1리 되는 곳에 있다. 날이 저물어 오르기에는 시간이 촉박한지라, 동쪽 산으로 내달려 은산사로 들어갔다.]

밖으로 나와 절 뒤를 거닐다가 바라보니, 남쪽을 향하여 동굴이 있다. 동굴의 문이 높이 매달려 있고, 물은 아래에서 솟아나와 서쪽으로 유동의 북쪽에서 흘러오는 물과 합쳐져 북서쪽의 산허리에 부딪치면서 대암언(大巖堰)으로 흘러나간다. 이때 해가 아직 높이 떠 있기에 서둘러 횃불을 동여매고서 절 오른쪽을 좇아 동굴안으로 들어갔다. 바위 벼랑을 기어오르는데, 바위는 깎아낸 듯 가파른데다 비스듬히 아래로 드리워져 있다. 못의 벽은 갈라진 듯하고 물은 그다지 거세지 않으나 혼탁했다. 어두컴컴한 물속을 헤쳐 보니, 물속 바위가 거칠고 뒤섞여 있는지라 발을 디딜 데가 없었다. 동굴을 나와 절로 돌아와서 벼랑 바깥의 물길이 합쳐지는 곳에서 발을 씻었다. 저녁을 먹은 뒤 잠자리에 누웠다.

윤사월 24일

아침에 일어나니 비가 줄기차게 내리고 있었다. 식사를 마친 후 횃불 몇 개를 갖고서 스님을 앞장세웠다. 1리를 가서 동전(董田)에 이르고, 다시 북쪽으로 1리를 나아가 유암(乳巖)의 윗동굴, 가운데동굴, 아랫동굴에 닿았다. 비가 내리는 가운데 절로 돌아와 점심을 먹었다. 빗줄기가 더욱 굵어졌다. 절에 머무른 채 길을 나서지 않았다.

윤사월 25일

날씨가 매우 맑았다. 아침 식사 후에 동쪽으로 길을 나섰다. 1리를 걸어 산 어귀를 나오자, 봉우리 하나가 우뚝 서 있다. 그 위에 암자가 있으나, 풀만 무성하고 사는 이가 없는데. 관음암(觀音巖)은 아니다. 암자의 왼쪽에서 먼저 그 위쪽 벼랑을 따라 동쪽으로 나아갔다. 벼랑이 몹시 가파르고 풀에 뒤덮여 있는지라, 정문 스님은 따라오지 못했다. 그에게 바윗가에서 짐을 지키고 있으라 했다.

나는 바위틈새를 기어 빈틈을 헤치고 들어갔다. 벼랑의 동쪽으로 돌아드니, 두 개의 바위벽이 갈라져 문을 이루고 있다. [그 안쪽에 쪼개진 한 줄기 선이 굽이돌아 움팬 채 뚫려 있었다.] 그 안의 위쪽 골짜기는 하늘에 닿을 듯한데, 붙을 듯 말 듯 지척간이다. 아래쪽 골짜기는 깊은 못으로 떨어진다. 혹은 마르고 혹은 축축한 채로 몇 길이나 되었다. 골짜기 중간의 양쪽 벼랑에 온통 갈라진 자국이 있는지라, 발을 디뎌 들어갔다. 어깨는 양쪽의 벼랑에 붙고 발은 선처럼 갈라진 자국을 밟으며 손은 바위틈을 붙드니 떨어질 염려는 없었다. 쭉 대여섯 길을 들어가자, 골짜기는 동쪽으로 돌아들었다. 갈래진 봉우리의 움푹 꺼진 등성이에서 북쪽으로 바라보니, 맞은 편 벼랑에 관음애가 보였다. 역시 그윽하고 험준하여 사랑받을 만하다. 어제 왔을 적에는 그 앞을 따라 산을 빙빙 돌면서도 들어가지 못해 아쉬웠는데, 오늘도 북쪽으로 더 이상 갈 수 없었다.

산을 내려와 남동쪽으로 전답 사이를 걷는데, 가득한 물에 언덕이 잠겨 있었다. 3리를 나아가자, 남쪽에서 북쪽으로 흘러가는 물길이 있다. 얼른 바지를 벗고 그 동쪽으로 건넌 뒤 물길을 거슬러 남쪽으로 향했다. 다시 2리를 가니 수당(秀塘)이 나왔다. 다시 남서쪽으로 돌아든 뒤, 시내를 건너 북쪽을 향하여 산기슭을 따라 걸었다. 2리를 가자 북쪽 산골짜기에서 산골물이 흘러나왔다. 산골물 남쪽을 건넜다가 서쪽에서 흘러드는 시내 한 줄기를 따라 나아갔다. 이 시내는 서쪽 고개에서 발원한 물길이다.

3리를 걸어 시내 남쪽으로 넘어가 서쪽 고개를 올랐다가 내려갔다. 어귀는 매우 좁지만 안에는 평평한 들판이 있고, 서쪽에 마을이 있다. 남서쪽으로 고개에 올라 다시 2리를 걸어 서쪽 고개를 올랐다. 고개 동쪽에 또 평지가 있다. 몇 채의 인가가 무성한 대나무 숲 사이에 있다. 마을 아낙의 집에서 식사를 했다.

다시 남서쪽으로 평탄하게 2리를 올라갔다. 동쪽의 움푹 꺼진 곳을 넘은 뒤, 동쪽으로 내려가기 시작했다. 2리를 가자, 개주(開洲)가 나왔다. 이곳은 상강의 서쪽 언덕이다. 상강을 거슬러 남쪽으로 5리를 가서 다시 비탈길에 접어들었다. 동류촌(東劉村)이 나왔다. 다시 5리를 가니 서류촌(西劉村)이 나왔다. 이곳의 물길은 서쪽 골짜기에서 동쪽으로 상강에 흘러든다. 다시 남서쪽으로 3리를 가자 토교(土橋)가 나오고, 2리를 더 가자 대풍교(大豐橋)가 나왔다. 물길은 모두 동쪽으로 상강에 흘러든다. 다시 고개를 넘어 2리를 나아가 당회전(唐匯田)에서 묵었다. [동쪽으로 큰 산이 동쪽 경계에 우뚝 솟아 있는데, 적이산(赤耳山)이라고 한다.]

윤사월 26일

아침 식사를 마치고 나니, 날이 매우 맑았다. 남쪽으로 상강 강줄기를 2리 거슬러 오르다가 시내 한 줄기를 건너자, 태평보(太平堡)가 나왔다. 이곳에는 보루도 있고 병영도 있다. [동서 양쪽의] 산은 이곳에 이르러 툭 트여 움푹한 드넓은 평지를 이루고, [자그마한 바위봉우리들은 하나의 띠처럼 상강의 동쪽에 늘어서 있다.] 다시 남쪽으로 2리를 가니 유전(劉田)이라 하고, 남쪽으로 2리를 더 가니 백룡교(白龍橋)라고 한다. 다시 3리를 나아가 조그마한 고개를 넘으니 우란(牛欄)이고, 2리를 더 가니 장촌(張村)이 나왔다.

다시 1리를 가서 묘각(廟角)에 이르러 쌍천사(雙泉寺)에서 식사를 했다. 그 남쪽은 바로 영천현(靈川縣)의 경계이다. 다시 남쪽으로 2리를 나아가다 남동쪽 갈림길을 따라 산으로 들어섰다. 그 동쪽에 높은 봉우리가 우뚝 솟아 있다. 이 산은 백면산(白面山)이라 한다. 다시 남쪽으로 2리를 나아가 다리 한 곳을 건넜다. 상강 위의 다리는 [여기]에서부터 놓여 있다.

왼쪽 산을 따라 남쪽으로 2리를 나아가자, 전심사(田心寺)가 나왔다. 남쪽으로 1리를 더 가면 옛 용왕묘(龍王廟)가 있다. 남쪽으로 1리를 더 가면, 바위봉우리 하나가 동서 양쪽 경계 사이에 우뚝 서 있다. 이 산은 해양산(海陽山)이다. 봉우리 남쪽 바위벼랑의 중턱에 해룡암(海龍庵)이 있다. 해룡암은 이미 임계현(臨桂縣) 경내에 있는데, 해룡보(海龍堡)는 해룡암의 남서쪽 1리 되는 곳에 있다. 동쪽으로 산에 들어서서 5리를 가면 계릉(季陵)이 나오고, 서쪽으로 15리를 가서 서령배(西嶺背)를 지나면 용구교(龍口橋)가 나온다. 북동쪽으로 5리에 독서암(讀書巖), 백면산이 있고, 북서쪽으로 15리에 묘각이 있으며, 남쪽으로 5리에 강회(江匯)가 있다.

이전에 백면산을 바라보면서, 남쪽에 우뚝 솟은 여러 봉우리들이 매우 기이하다는 느낌을 받았었다. 그 아래에 독서암이 있음을 물어 알았지만, 해양산에 급히 가서 남쪽의 낡은 불전에 들어가 기와를 갈아 먹을 만들어 그 비문을 베껴 썼다. 해룡암에 이르자 해가 이미 서산에 걸렸기에 급히 암자 안에 짐을 내려놓았다. 산을 내려와 동쪽 기슭의 [두 곳의 동굴 입구]에서 북쪽으로 에돌아 서쪽 기슭에 이르러 용모묘(龍母廟)에 들어갔다. 이곳 사당은 이미 무너져버린 상태였다.

곧바로 물길 속을 따라 나아가다 남쪽으로 돌아들었다. 물이 한데 고여 있다. 깊은 곳은 넓적다리까지 잠겼다. 해룡암 아래에는 바위벼랑이 벽처럼 우뚝 서 있고, 벼랑 아래로 깊은 못을 굽어보고 있다. 못에서 남쪽으로 물길 속을 나아가다가 동쪽으로 돌아들어 산에 올랐다. 암자에 들어가니, 옷과 바지가 온통 젖었다. 얼른 저녁밥을 먹은 뒤 속옷 차림으로 잠자리에 들었다. (그제야 이 암자에 불등이 켜졌다.)

[해양산은 이곳저곳이 온통 동굴이고, 물로 가득 차 있다. 물이 흘러 나오는 입구는 두 곳인데, 남쪽은 완만한데 반해 서쪽은 드세게 흘러나 왔다. 동쪽에 마른 동굴의 입구 두 곳이 있는데, 아래로 한두 자 내려가 자 물이 그 안에 고여 있다. 깊은 곳은 대여섯 자 정도였다. 해양산의 남쪽 못에 가느다란 물길이 있다. 동쪽의 발원지 계릉 역시 이곳 아래 이다. 이 산은 여전히 등성이 너머의 북쪽에 있다. 물은 모두 북쪽으로 흘러가며, 상강의 원류이다. 이강(灕江)의 발원지는 해양산의 서쪽인 서 령각(西嶺角)에 있다.]

윤사월 27일

새벽에 일어나니 날씨가 여전히 맑았다. 서둘러 밥을 먹었다. 북동쪽 으로 2리를 가자 전심사가 나왔다. 1리를 더 가서 동쪽으로 산에 들어 선 다음, 다시 1리를 가서 쌍계교(雙溪橋)를 건넜다. 다시 동쪽으로 1리를 가다가 뾰족한 봉우리가 보이기에 올라갔다. 이 봉우리는 백면산의 서 쪽에 있다. 높이는 백면산에 미치지 못하지만, 층층이 높이 쌓인 탑을 표지로 세운 듯이 우뚝하다. 길가는 이들이 모두들 독서암이 봉우리의 중턱에 있다고 가리키기에, 마침내 그곳을 바라보며 빠른 걸음으로 올 라갔다.

고개 북쪽의 움푹 꺼진 곳에 이르러 바라보니, 산 아래의 물길은 오 히려 북쪽에서 남쪽으로 흐르고 있다. 물길 북쪽은 온통 산언덕으로 둘 러싸여 있는지라 물이 있을 만한 곳이 없을 터이니, 필경 물은 동굴 속 에서 흘러나온 것이리라. 이때 산을 오르는 데 급급하여 그저 높은 곳 만 쳐다보며 잰걸음으로 걷다보니 얼마 후 길이 끊겨버렸다. 그래서 벼 랑을 기어오르고 가시덤불을 붙잡고서 올랐다. 1리를 걸어 바위벼랑의 꼭대기로 빠져나오는 길에, 마음속으로 길을 잘못 들었다는 생각이 들 었다. 하지만 꼭대기를 밟아보고 싶은 욕심에 오히려 통쾌한 기분이 들었다. 옷을 털고서 가시덤불에서 나와 다시 벼랑을 붙잡고 쭉 기어올라 마침내 벼랑의 꼭대기에 올랐다. 동쪽으로 백면산을 바라보니, 두 손을 마주잡아 읍을 할 만큼 나란하고, 남쪽으로 건자령을 둘러보니 마주보며 이야기를 나눌 듯하다.

한참 후 북쪽 고개의 움푹 꺼진 곳으로 내려왔다. 가시덤불 속에서 벼랑을 따라 남쪽으로 굽이돌아 바위틈을 부여잡고 돌덩이를 밟고서 올랐다. 봉우리 허리춤에 동굴 하나가 있는데, 남쪽을 향하여 휑하니 뚫려 있다. 동굴 안에 또 서쪽으로 굴이 갈라져 하늘이 내다보였다. 해와 달을 삼키고 구름과 놀이 일렁이는지라, 독서암이 분명코 이곳이리라 여겼다. 그러나 그 안이 평평하여 서너 길쯤 들어가자 점점 좁아져 몸을 둘 곳이 없는데다, 내려가는 길 또한 덮여 막혀버린지라 이상한 느낌이 들었다.

동굴 문을 나왔다. 동굴 왼쪽의 만 길 높이의 깎아지른 듯한 벼랑을 바라보니, 구름 속에 잠긴 채 못을 굽어보고 있다. 벼랑 위에는 바위 하나가 허공속에 툭 튀어나와 있다. 마치 커다란 쥐가 허공을 날아 뛰는 듯하고 머리와 등이 영락없이 닮아 있다. 하지만 길이 없으니 만져볼 수 없었다. 그리하여 마침내 남쪽 기슭으로 내려와 커다란 쥐 모양의 벼랑 아래를 돌아보았다. 그 벼랑은 허공에 매달린 듯 뻗어있고 오래된 물방울 흔적이 얼룩덜룩 남아 있다. 독서암이 틀림없이 거기에 있으리란 생각이 들었다.

그래서 정문을 윽박질러 왔던 길을 되짚어 다시 올랐다. 동굴 문에 이르러 길을 찾았으나 찾을 수가 없었다. 하는 수 없이 가시덤불을 헤치고 나뭇가지를 붙들어 허공에 걸린 듯한 바위에 사다리를 타고 올라 곧바로 커다란 쥐 모양의 벼랑 아래에 이르렀다. 벼랑 아래쪽을 올려다 보니 두 개의 작은 쥐 모양의 바위가 또 드리워져 있다. 커다란 쥐 모양의 바위가 아래에서 그것을 쳐다보는데, 눈을 부릅뜨고 이빨을 벌린 채 흉악한 몰골을 하고 있다. 마치 고양이가 앞의 두 쥐새끼를 날아 덮치는 듯하다. 벼랑 중턱에 한 줄기의 갈라진 흔적이 있다. 발을 딛을 만했다. 아래쪽은 [여전히 깎아지른 듯한 절벽이다. 또한 동쪽에 거대한 손한 쌍이 잡아 이끄는 형상을 하고 있다. 손등과 엄지손가락의 나뉘고 합침이 똑똑히 보였다. 여기에 이르러보니 산허리의 갈라진 흔적은 끊겨서 나아갈 수가 없었다.

이에 왔던 길을 따라 내려가 남쪽 기슭에 이르러 농부에게 독서암의 절경을 구경했노라고 자랑했다. 그러자 농부가 이렇게 말했다. "독서암은 오히려 고개의 움푹 꺼진 곳의 서쪽에 있으니, 마땅히 고개 서쪽을 따라 내려가야지 고개 동쪽을 따라 올라가서는 안 되지요." 이에 산기슭의 서쪽을 따라 산골물을 거슬러 북쪽으로 나아갔다. 방금 전에 건넜던 시내는 산골에서 흘러오는 것이 아니라, 과연 동굴속에서 흘러나오는 것이었다. 독서암이 물동굴 위에 있는 것을 보고서 급히 올랐다.

그 동굴은 서쪽을 향하여 있고, 높지만 넓지는 않았다. 동굴안의 석주는 우산 덮개 모양을 하고, 나란히 늘어선 석순은 연꽃을 매달아 놓은 듯한데, 서로 각각 달라 자못 환상적이고 교묘하다. 세 길의 동굴 안에서 몸을 돌려 북쪽으로 내려갔다. 깊이 무너져 있고 먹처럼 어두워서 굽어보아도 아무 것도 보이지 않았다. 혹시 아래의 물동굴과 통하는 게 아닐까? 동굴 안의 왼쪽 벽에 송나라의 마(馬)씨가 진경광(秦景光)을 위해 '독서암'이라는 큰 글자를 예서로 써놓았다. 그 아래에 동굴이 하나 더 있다. 동굴 입구는 열려 있고 안은 매우 얕으며, 물이 나오는 동굴이 아니다. 물은 독서암 아래의 바위구멍에서 솟아나오는데, 물이 입구와 나란하여 급류가 시내로 솟구쳐 흘러드는 것만 보일 뿐 동굴 문은 보이지 않았다.

어느덧 정오에 가까워져 있었다. 백면산에 오르고 싶었다. 그러나 바라보기만 해도 그 대강의 모습은 알 수 있는데다, 날이 저물어 길이 끊길까 염려스러웠다. 그래서 백면산에 올라 좀 더 자세히 살필 겨를도 없이, 백면산의 서쪽 기슭을 좇아 남쪽으로 나아갔다. 2리를 가서 백원산(白源山)을 지났다. 다시 2리를 가서 계릉의 길 어귀를 지나고서야 서쪽으로 돌아들어 나아갔다. 1리를 가서 산줄기를 따라 해양암에 올라가 식사를 한 후에 길을 떠났다. 벌써 오후였다.

해양산 남동쪽에서 계릉을 지나 동쪽으로 내려가 당계교(堂溪橋)에 들어섰다. 이어 제방 남쪽에서 등성이 너머를 따라 서쪽으로 1리를 가자 해양보가 나왔다. 해양보에서 남서쪽으로 나아갔다. 해양보 앞에는 또 한 갈래의 산줄기가 남쪽으로 뻗어내리고 있다. 이 산 줄기는 서쪽의 산과 서로 끼이면서 양쪽의 경계를 이루고, 물은 졸졸거리며 남쪽으로 흘러내렸다. 물길을 따라 1리를 내려가자, 서쪽 골짜기의 가운데가 갈라지더니 물은 골짜기에 부딪치면서 흘러나온다. 또 나고산(羅姑山)이 서쪽 고개와의 사이에 물길을 이루고 있는데, [모두 이수의 원류이다.]

이곳을 넘어 물길을 따라 남서쪽으로 3리를 내려가자, 강회(江匯)가 나왔다. 이곳에서 물길은 남쪽으로 쏟아져내리고, 길은 서쪽으로 돌아들어 뻗어 있다. 마침내 서쪽으로 고개 하나를 넘어 1리만에 고개의 움푹 꺼진 곳으로 올라갔다. 3리를 걸어 서쪽으로 고개를 따라 올라가자, 문득 한 줄기 물길이 남동쪽에서 내리치며 산골물을 이루고, 길은 산골물을 따라 내려간다. 다시 1리를 걸어 쭉 산골물 바닥까지 내려갔다.

다리의 남쪽을 넘어서자, 그 물길은 다리 아래에서 다시 내리치며 골짜기 속으로 들어가는데, 길은 더 이상 물길을 따라 뻗어 있지 않았다. 다시 고개를 넘어 1리를 가서야 산 어귀로 나왔다. 다시 남서쪽으로 평탄한 들판을 걸어 2리만에 산골물 위에 이르렀다. [서쪽에 은촉산(銀燭山)이 있는데, 날카롭게 가파르며 우뚝 솟구쳐 있다. 남동쪽은 바위벼랑이 물길 어귀를 내리누르고 있다.] 이에 발걸음을 멈추고 황(黃)씨 성의 민가에서 묵었다.

윤사월 28일

날이 밝자 밥을 먹고 길을 나섰다. 2리를 가서 남서쪽으로 산골 어귀를 나와 물길을 건너 조그마한 고개를 넘었다. 3리를 더 가자, 평탄한 들판이 나왔다. 이곳은 백상촌(白爽村)이다. 백상촌의 서쪽에서 다시 고개를 오르니, 이곳은 장충(長冲)이다. 5리를 걸어 북쪽 움푹 꺼진 곳을 돌아 북서쪽을 바라보니, 다섯 개의 봉우리가 우뚝 솟아 있다. 꼭대기가 마치 평대와 같아서 오대산(五臺山)의 이름을 빼앗아 올 만도 하다.

다시 서쪽으로 5리를 걸어 곧바로 다섯 봉우리의 남쪽에 이르렀다. 어지럽고 날카로운 봉우리들이 겹겹이 나타나고 수십 수백 개가 떼 지어 있다. 가로로 보이고 옆으로 나타나니 일일이 손으로 헤아릴 수 없었다. 그 남쪽은 용촌(鎔村)인데, 저자 위의 마을이 매우 번성했다. 이런 일은 산골짜기에 없는 일일 뿐만 아니라, 남부지방에서도 보기 (드문) 일이었다. 시장에는 면을 파는 이, 참깨 기름을 짜는 이가 많았다. 면을 사서 점심을 때웠다. [남동쪽으로 30리에 영금동(靈襟洞)이 있고, 남쪽으로 2리에 양류암(陽流巖)이 있다고 한다.]

다시 서쪽으로 5리를 가자, 상교(上橋)가 나왔다. 물길이 북동쪽의, 날카로운 산이 무리를 이룬 곳의 남쪽에서 흘러나와 서쪽으로 다리 아래를 지나더니 둘로 나누어진다. (한 줄기는 남쪽으로, 다른 한 줄기는 서쪽으로 흘러간다.) 다시 남서쪽으로 [바위산의 겨드랑이를 뚫고서] 모두 3리를 걸어 요촌(寥村)을 지났다. 그 북서쪽에 우뚝 치솟은 산이 있고, 날카로운 봉우리들이 떼를 지어 겹겹이 쭉쭉 뻗어 있다. 물어보니 우뚝 치솟은 산은 금산(金山)이고, 그 동쪽에 떼를 지은 날카로운 봉우리들은 이름을 알 수 없다고 한다.

다시 2리를 가자, 금산의 동쪽 겨드랑이에서 흘러나오는 물길이 있고, 제방을 쌓아 커다란 저수지가 만들어져 있다. 제방을 걸어 서쪽으로 다시 3리를 가서 다시금 바위산골짜기를 뚫고서 서쪽으로 나아갔다. 여러 봉우리들이 따로따로 치솟아 앞쪽에 겹겹이 나타났다. 봉우리들은 나란히 늘어설수록 더욱 기이하고, 끊임없이 이어지면서 뛰어남을 다투었다. 바위봉우리 아래마다 물이 고인 채 흐르지 않았다. 물이 깊은 곳은 한 자 남짓이고, 얕은 곳은 반 자 정도이다. 뭇 봉우리들은 물속에 거꾸로 박혀, 마치 푸른 연꽃이 수면위로 쭉쭉 뻗어 오른 듯하다. 처음에는 두 개의 큰 봉우리가 길 양쪽에 솟아 있더니, 나중에는 두 개의 날카로운 봉우리가 길 양쪽에 솟아 있다.

길은 온통 물속에 층층이 잠겨 있다. 봉우리 틈새로 길을 가노라니, 눈은 쉴 틈이 없었다. 그러나 바위가 날카로와 발을 찔러대니, 눈으로 보기에는 좋아도 발로 걷기에는 좋지 못했다. 뇌벽산(雷劈山)이라는 봉우리가 있는데, 완전히 반쪽이기에 붙여진 이름이다. 만세산(萬歲山)이라는 곳은 끄트머리가 둥글고 유난히 우뚝 솟아 있기에 붙여진 이름이다. 이 가운데에 이름이 붙여지지 않은 곳이 매우 많았다. 모두 5리를 가서야 물속의 층계에서 벗어나 평탄한 비탈길로 올라섰다.

다시 2리를 나아가서야 비로소 평탄한 들판이 나왔다. 이곳은 하당촌 (河塘村)이다. 마을로 들어가 차를 끓여 마시면서 햇살을 피했다가, 해가 진 후에 길을 나섰다. 하당촌 서쪽에는 제방을 쌓아 길을 냈다. 남쪽은 평탄한 들판으로, 푸른 모가 구름처럼 뒤덮고 있다. 북쪽은 물이 고여 있는 저수지로, 북쪽의 여러 산봉우리의 기슭에까지 물이 잠겨 있다. 반짝거리면서 일렁거리는 푸른 물결이 세속의 찌든 때를 말끔히 씻어준다.

제방을 지나 산의 남쪽 기슭을 따라 서쪽으로 5리만에 돌다리를 건너 드디어 산비탈로 올라섰다. 다시 5리를 나아가 두 산 사이의 골짜기에 이르렀다. 이 산의 남북 양쪽은 마치 문처럼 마주하여 우뚝 치솟아 있다. 북쪽 산의 동쪽 자락에 바위봉우리가 갈라져 솟아 있다. 날카롭고 가파르기가 마치 칼로 깎아낸 듯하다. 갈라진 봉우리는 더욱 매끈하게 쭉쭉 뻗은 채 머리를 빗고 있는 자태를 드러냈다. 토박이들은 이곳을 부녀낭봉(婦女娘峰)이라 부른다. 벼랑의 중턱에는 갈라진 틈새로 빛이 통했다. 그러나 오직 정남쪽에서 바라보아야 한 줄기 빛이 반짝일 뿐, 몇 걸음만 옮겨도 이내 볼 수가 없다. 남쪽 산의 머리맡에는 바위가 튀어나와 이어져 있다. 사람들은 그 아래로 가면서 좌우로 눈을 돌려 구경하느라 역시 쉴 겨를이 없었다.

이때 날은 이미 저문데다, 하인 고씨의 행방을 알지 못하는 터라, 서둘러 뜬다리를 알아본 뒤 발걸음을 빨리 했다. 서쪽으로 커다란 돌다리를 지났다. 다시 서쪽으로 나아가니 뜬다리가 있었다. 이수는 이곳에 이르러 이미 기세가 대단히 웅장해졌다. 북쪽으로 황택만(皇澤灣, 곧 우산嵬山 아래이다)에서 남쪽으로 돌아들자, 성성(省城)인 계림(桂林)이 동쪽으로 강위를 굽어보고 있다. (성 북동쪽 모퉁이는 역참인데, 황택만에서 남쪽으로 꺾어지는 요충지이고, 역참 남쪽이 바로 성이다. 성이 강물을 굽어보는 곳의 북동쪽은 동진문東鎮門이고, 남쪽으로 목룡동木龍洞을 지나면 취일문就日門이며, 다시 남쪽으로 복파산伏波山 아래를 나오면 계수문桂水門이고, 더 남쪽으로 가면 행춘문行春門이며, 다시 또 남쪽으로 가면 부교문浮橋門이다. 이들은 동쪽으로 강물을 굽어보는 성문으로, 북쪽 모퉁이에서 남쪽으로 뜬다리에 이르기까지 문은 모두 다섯 개이다. 북쪽 문은 보적산寶積山과 화경산華景山의 사이에 있다.) 뜬다리에서 강줄기를 가로질러 건너 하인 고씨를 찾았으나, 숙소를 구하지 못했다. 그래서 성에 들어가 성을 따라 남쪽으로 가서 여인숙에서 묵었다.

윤사월 29일

여인숙에서 식사를 기다리지 못한 채 길을 떠났다. 서쪽으로 도사[1]의 관아 앞을 지나 다시 서쪽으로 나아갔다. 이 길은 정강왕부(靖江王府)[2]의 한 가운데 길이다. 다시 서쪽으로 나아가자, 큰 거리가 북쪽에서 남쪽으로 뻗어내린다. 저자에서 식사를 했다. (이곳의 고기만두는 부추로 버무리고, 소금 대신 설탕을 사용했다. 아침 죽은 닭고기를 섞어 버무렸는데, 역시 맛이 일품이었다.) 다시 남쪽으로 누각 한 군데에 올랐다. (이 누각은 3층인데, 앞에 돌다리가 있다. 다리 동서쪽에는 물이 고여 커다란 못을 이루고 있다. 누각 위에서 내려다보면, 붉은 문과 흰 담이 푸른 나무숲 사이로 들쭉날쭉하고, 안에 호숫물이 고여 있으며 뭇 봉우리가 바깥을 둘러싸고 있다. 한 성의 절경을 모두 담아놓은 듯하다. 가운데 층은 진무대제(眞武大帝[3])의 상을 받들어 모시고 있었다.)

이때 하인 고씨를 찾는 게 급했는지라 몸을 돌려 큰 거리를 좇아 북쪽으로 갔다. 동쪽으로 안찰사의 문 앞을 지나 동쪽으로 취일문을 나왔다. 하인 고씨가 배를 타고 북쪽에서 온다면, 먼저 성 북쪽의 강가부터 찾아야 마땅하리라는 생각이 들었다. 그래서 남쪽으로 갔다가 성 아래에서부터 북쪽으로 나아가기로 했다. 얼마 후 성 위로 산봉우리 하나가 정면으로 솟아 있고, 산자락 아래는 강물 속에 박혀 있다. 성 밖에 나 있는 길은 홀연 산을 뚫고서 가로질러 가는데, 남북으로 횅하여 참으로 자연이 빚어낸 관문이다. [서쪽은 산을 따라 성을 쌓고, 성 안쪽은 첩채산(疊綵山)의 동쪽 모퉁이이다.]

동굴을 뚫고 나오니, 아래로는 깊은 강물을 굽어보고, 위로는 산 절벽을 감아 돌고 있다. 다시 산겨드랑이를 지나 들어가자 목룡동이 나왔다. 이 동굴 역시 남쪽에서 북쪽으로 뚫려 있는데, 높이는 두 길이며, 남북으로 뚫린 입구의 거리는 대략 10여 리이다. 동굴의 동쪽으로는 갈라진 창과 쪼개진 틈새로 자주 빛이 새어 들어왔다. 동굴 밖으로는 강 너머로 길이 나 있다. 길가는 이들은 혹은 안에서 동굴을 따라 거닐거나, 혹은 바깥에서 강언덕을 따라 거닐어 북쪽에 닿을 수 있다.

동굴을 나오자 얄팍한 바위가 양쪽에 우뚝 서 있고, 위에 둥그런 바위가 걸쳐져 있다. 바위의 형태는 굴곡이 지고 색깔은 파란색과 붉은색이 엇섞여 있어서, 영락없이 물고기 비늘과 같다. 이 산의 바위가 아니라, 어디에선가 이곳으로 옮겨다가 걸쳐놓은 게 아닌가 싶었다. 동굴 북쪽은 툭 트여 벼랑을 이룬 채 허공에 띄운 듯한 복도를 이루고 있다. 이곳은 앞으로는 커다란 강을 굽어보고, 뒤로는 깎아지른 듯한 절벽에 기대어 있다. 쉬면서 멋진 경치를 감상하기에는 이곳보다 더 나은 곳이 없었다. (복도 위에는 나무로 두 마리의 용을 깎아 벼랑 사이에 끼움으로써 북쪽의 강물을 억누르고 있다. 복도의 북쪽에 암자와 사원이 있다.)

다시 성을 따라 [강을] 거슬러 북쪽으로 1리를 나아가 동진문을 지났다. 다시 북쪽으로 성의 북동쪽 모퉁이를 지나니 [동강역(東江驛)이 나왔다. 동강역은 동쪽을 향해 있는데, 틀림없이 황택만 남쪽 아래의 요충지이리라.] 동강역에 들어서서 하인 고씨가 타고 왔을 법한 배를 수소문해보았다. 배가 뜬다리 북쪽에 정박해 있음을 알았다. 동강역을 나와 북쪽으로 황택만을 바라보니, 두 척의 배가 산 아래에 정박해 있었다. [하인 고씨가 혹 이 배에 있을까 하여] 정문 스님에게 가서 살펴보라 하고, 나는 잠시 길 어귀에서 쉬었다.

성의 북쪽 모퉁이를 바라보니, 온통 산세를 따라 성이 지어져 있다. 빙 두른 담의 틈새를 따라 바짝 다가가 아래를 내려다보았다. 커다란 동굴이 북쪽으로 봉긋 솟아 있는데, 안은 매우 깊숙하고 밖은 옆으로 뚫려 있다. 마침 어떤 아이가 사다리를 타고 그 위로 기어오르고 있었다. 아마 그 부근의 여러 가구가 땔감을 쌓아놓거나 기물을 보관할 때 이곳에 가져다 놓는 것이리라.

정문 스님이 돌아올까 싶어 얼른 길 어귀로 나와 기다렸다. 한참을 기다려도 오지 않기에 강을 따라 북쪽으로 찾아나섰다. 배를 정박한 산까지 쭉 왔을 때, 정문 스님이 소나무 그늘 속에서 나를 불렀다. "산 아래에 동굴이 있습니다. 그 앞에 정자가 있고 위에는 암자가 있으니, 얼른 가서 둘러볼 만합니다." 나는 그의 말에 따랐다.

먼저 강을 따라 산에 올랐다. 이곳은 훈풍정(薰風亭)이다. (조학전4)이 글을 덧붙여 썼다.) 정자의 사방에는 제기를 새겨놓은 바위가 많이 있다. 흙먼지를 털어내고 읽어보고서야 이곳이 우산(虞山)임을 알았다. 곧 순(舜) 임금이 남쪽으로 순유했던 바로 그곳이다. 그 아래의 대전은 순임금의 사당인 순사(舜祠)이고, 그 뒤가 바로 소음동(韶音洞)이다. 그 동쪽으로 강을 굽어보니, 곧 훈풍정이 있다.

훈풍정은 황택만의 위를 굽어보고, 뒤로는 우산의 벼랑에 기대어 있다. (벼랑에 새겨진 시가 대단히 많았다. 그 가운데 정통正統5) 연간에 포정사와 안찰사를 지낸 왕기王驥6)가 지은 칠언율시 「동료들과 함께 중양절에 우산을 오르다與同僚九日登虞山」가 제법 볼 만하다. 시는 이러하다. "순임금의 덕의 깊은 빛은 고금에 미치고, 우산의 멋진 경치는 오르는 길을 즐겁게 하네. 봉우리는 큰 고개에 이어져 연꽃처럼 빼어나고, 물은 상강에 잇닿아 고죽이 그윽하도다. 봄비 이역 땅을 스치니 성상의 은택으로 촉촉하고, 바람 옛 동굴에 불어오니 순임금의 음악 떠오르누나. 함께 즐기매 마침 맑은 가을철이니, 다시 산수유나무 잡고 술 가득 따르리.")

정자에서 내려와 서쪽의 순사에 이르렀다가 소음동에 들어갔다. 서쪽을 향해 있는 동굴은 높이가 두 길이며, 동쪽으로 뚫려 약 열 길 남짓 뻗어 있다. 동굴의 동쪽에는 높은 벼랑이 도려낸 듯 가파르고, 그 앞에 물이 약간 고여 있다. 그윽한 못이 벼랑에 움패어 있으니, 황홀하여 인간세상이 아닌 듯했다. 그 물이 북쪽의 움푹한 평지에서 남쪽으로 흘러오고, 그 위에 동굴을 마주한 채 접룡교(接龍橋)라는 돌다리가 걸쳐져 있다. 다리 위에 앉아 동굴 입구의 벼랑을 둘러보니, 기세가 한층 가파르다. 동굴 입구 왼쪽 벼랑에 장서명(張西銘, 이름은 식栻)의 「소음동기(韶音洞記)」를 새겨놓았는데, 글씨가 그런대로 임모(臨摹)할 만했다.

곧이어 동굴 안에서 서쪽으로 나와 계단을 따라 동쪽으로 오르자, 마애비(磨崖碑)가 있었다. 여기에는 주희(朱紫陽)가 지은 「순사기(舜祠記)」가 새겨져 있다. (이것은 장식張栻이 사당을 세운 것을 위해 지었다.) 이에 여호문(呂好問)7)이 글을 쓴지라 역시 임모할 만했으니, 디만 벼랑이 너무 높아 불편했다. 여기에서 위로 오르자, 최근에 새로 돌을 쌓아 만든 계단이 있다. 바위틈 사이를 구불구불 돌아 산꼭대기에 거의 이르렀을 때 정실이 놓여 있다. 역시 새로 지었으나, 스님은 이미 떠나고 없었다. 창문은 서쪽을 향하여 나 있고 문과 침상은 소탈하고 자연스러우며, 방은 크지 않으나 깨끗했다. 이에 정문 스님과 함께 겉옷을 벗고 안궤에 기댄 채,

구운 빵을 씹으면서 서쪽 산을 구경했다. 참으로 흐뭇했다.

한참을 앉아 있노라니, 객이 올라간 지 한참이 지나도 내려올 기미가 없자, 순전(舜殿)의 스님이 꼭대기로 올라와 우리를 불렀다. 산을 내려가 차를 대접받았다. 나는 하인 고씨를 찾는 일이 급한지라 산을 내려왔다. 남쪽을 향하여 왔던 길을 되짚어 2리를 걸어 취일문에 들어섰다. 성문 안에서 성 남쪽을 따라 반리만에 복파산을 내려와 계수문으로 나왔다.
(계수문 안에는 복파사(伏波祠)가 있으며, 문 밖에는 완주동(玩珠洞)이 있다.)

성밖에서 남쪽으로 나아가 다시 반 리를 가자 행춘문이 나왔다. 다시 남쪽으로 반리를 가니 부교문이 나왔다. 비로소 하인 고씨를 문밖 가게에서 만났다. 이때 어느덧 정오가 지나 있었다. 어제 묵었던 성안의 여인숙으로 돌아가 밥을 지어먹었다. 오후에 비가 억수같이 내리다가 그쳤다. 도사 관아 앞의 조(趙)씨네 집으로 옮겨 묵었다. 이곳이 제법 넓고 깨끗하기 때문이다.

---

1) 명대에는 각 성마다 도지휘사사(都指揮使司)를 두어 한 성의 군사업무를 관장했는데, 이를 줄여 도사(都司)라 일컫는다.
2) 남송대에는 계림에 정강부(靜江府)를 두고, 원대에는 정강로(靜江路)를 두었는데, 명대에는 계림에 분봉된 번왕을 '정강왕(靖江王)'이라 일컬었다.
3) 진무(眞武)는 현무(玄武)라고도 하며, 본래 북방의 일곱 개의 별의 총칭이었기에 북방신으로 여겨졌다.
4) 조학전(曹學佺, 1574~1647)은 복건성 민후현(閩侯縣) 사람으로, 자는 능시(能始)이고 호는 석창(石倉)이다. 명말에 사천우참정(四川右參政), 절강안찰사 등을 역임했으며, 명나라가 망하자 목을 매어 자살했다. 저서로는 『석창시문집(石倉詩文集)』, 『촉중문기(蜀中文記)』 등이 있다.
5) 정통(正統)은 명나라 영종(英宗)의 연호로서, 1436년부터 1449년까지이다.
6) 왕기(王驥, 1378~1460)는 자가 상덕(尚德)이며, 병부상서를 지냈다.
7) 여호문(呂好問, 1064~1131)은 자가 순도(舜徒)이다. 주희, 장식과 함께 '동남삼현(東南三賢)'으로 일컬어졌던 여조겸(呂祖謙)의 증조부이다.

5월 초하루

아침을 먹은 후, 옷과 이불을 세탁하도록 하인 고씨를 집에 있게 했다. 나는 정문 스님과 함께 북쪽으로 1리를 나아가 정강왕부(靖江王府)의 동화문(東華門) 밖에 이르렀다. (그 동쪽은 복파산이고, 서쪽은 독수봉이다. 독수봉은 왕부 안에 있는지라 들어가기가 쉽지 않았다.) 왕성을 좇아 북쪽으로 1리를 나아가 첩채산에 올랐다.

첩채산은 성성 북동쪽 모퉁이에 웅크리고 있다. 산문은 두 봉우리 사이에 있고 어지러운 바위들이 층층이 엇섞여 솟구쳐 있다. 마치 파도가 솟구치는 듯하고 꽃받침이 빽빽이 모인 듯하여 사람들의 눈을 어질어질하게 만든다. 이것이 이른바 '첩채'이다. 산문의 편액에 '북유동천(北牖洞天)'이라 씌어 있는데, 이 역시 조학전이 썼다. (생각건대, 북유北牖는 은산隱山의 여섯 동굴의 이름인데, 오늘 이곳의 편액에 빌려온 것은 이 산이 성의 북쪽에 있을 뿐더러, 두 동굴이 뚫려서 창을 이루고 있기 때문이다.)

산문 위는 불전이고, 불전 뒤로 동굴 하나가 굽이지면서 산 뒤쪽으로 뚫려 있다. 동굴의 입구는 남쪽을 향하고 높이는 두 길, 깊이는 다섯 길이다. 북쪽으로 자그마한 문을 통과하자 홀연 돌아들면서 동쪽으로 툭 트여 있다. 앞에는 화려한 추녀가 걸려 있다. 뒤에는 높은 대가 겹겹이 쌓여 있고, 그 위에 관음보살상이 빚어져 있다. 동굴 앞에서 성의 동쪽을 내려다보니, 휘감아 흘러내리는 강물이 발치에 철썩거리고 있다.

동굴 안의 바위문이 굽이돌아 뚫린 곳에는 바람이 앞 동굴에서 불어오는지라, 이곳에 이르면 더욱 선선한 바람이 불어오는 느낌이 들었다. 그래서 토박이들은 이곳을 풍동(風洞)이라 일컫는다. 바위문은 북쪽을 향해 있으며, 동쪽으로 돌아드는 곳 위쪽에 석각 와상 하나가 구멍 사이에 가로놓여 있다. 바람을 맞으면서 팔뚝을 구부린 채 바위에 드러누워 배를 두드리며 웃는 듯한 모습이 사람들의 웃음을 자아낸다. 그 위에는 석판이 평평하게 걸려 있고, 위로 통하는 둥근 구멍이 있다. 마치 누각이 층층이 걸쳐져 있는 듯하고, 창문이 갈라져 있는 듯하다.

급히 정문 스님과 길을 골라 따로따로 걸음을 재촉했다. 나는 와상 위쪽에서 굽이돌아 바위 등성을 기어올랐고, 정문 스님은 관음좌 왼쪽에서 옆의 구멍으로 엎드려 지났다. 우리 두 사람은 층층의 누각 위에서 만났다. 그곳은 동쪽으로 홀연 틈새가 갈라져 멀리서 햇빛이 새어들어왔다. 서쪽에는 종유석이 많이 있고, 가까이에는 허파꽈리 모양의 석순이 바닥을 뚫고서 솟아 있다. 나는 다시 정문 스님과 함께 종유석을 헤치고 허파꽈리같은 석순을 뚫고서 북쪽으로 나와 관음좌를 엿보았다. 관음좌는 어느덧 발 아래에 있었다.

옷을 층층의 누각 틈새 가장자리에 놓아두었기에 그곳으로 되돌아가려고 둥근 구멍 속을 따라 아래로 내려갔다. 동쪽으로 앞의 추녀로 나온 뒤 동굴 왼쪽을 좇아 오르다가 담을 따라 올라가니, 공극정(拱極亭)의 옛 터가 나왔다. 이 터에서 남쪽으로 동굴 꼭대기를 넘어 돌계단을 기어올라 반 리만에 드디어 꼭대기에 올랐다. 이곳은 곧 월왕단(越王壇)으로, 계산(桂山) 혹은 북산(北山)이라고도 한다. 산꼭대기의 바위는 마치 꽃받침이 짝지어 벙그러지는 듯하다. 꼭대기 옆에 두 개의 평평한 석판이 있으니, 이것이 어찌 이른바 '석단(石壇)'이 아니랴? (『지』에 이르기를, 오대五代 때에 마은馬殷이 지은 것으로 산꼭대기의 바위에 계수나무가 자랐는데, 지금은 없어졌다고 한다.) 그 앞에 바위 봉우리 하나가 우뚝 서 있다. 누군가 이것을 사망산(四望山)이라 일컬었지만, 첩채암임에 틀림없다. 그 서쪽의 바위 봉우리 하나는 이 봉우리와 높이가 엇비슷하다. 봉우리 중턱에 동굴이 높이 매달려 있는데, 바라보니 가운데가 휑하니 비어 있다.

서둘러 내려와 풍동을 따라 절 왼쪽으로 나왔다. 세 칸짜리 건물이 있다. 관료들의 휴양지이다. 건물은 앞쪽으로 사방을 굽어보고, 뒤쪽으로는 드높은 꼭대기에 기대어 있다. 나는 이때 몹시 피곤한지라 누워 한 숨을 잤다. 복희(羲皇)시대와 참으로 멀지 않다는 기분이 들었다. 절 안의 오른쪽 움푹 꺼진 곳에서 다시 서봉(西峰)에 올랐다. 이 봉우리는 우월산(于越山)이라고도 일컫는다.

봉우리 중턱까지 오르자, 동굴이 봉긋이 동쪽을 향한 채 봉우리 허리를 서쪽으로 뚫고 나 있다. 길은 십여 길이고 높이는 네 길 남짓이다.

그 안에서 바라보니, 동서 양쪽 모두 휑하니 뚫려 있다. 동굴의 서쪽은 골짜기를 이루며 뻗어내린다. 몹시 험준하다. 벽돌을 빙 둘러 문을 만들었는데, 위는 문지방과 같고, 아래는 요새와 같다. 굽어보니 사람들이 다니는 곳 같지가 않았다.

계속하여 동쪽으로 내려가 절 오른쪽에 이르렀다. 큰길이 북쪽에서 두 봉우리 사이를 꿰뚫고 뻗어왔다. 그 기슭으로 내려와 관문 한 곳을 나섰다. 관문의 동쪽으로는 동진(東鎭)에 갈 수 있고, 관문의 북쪽으로는 북문에 이를 수 있다. 이에 산을 따라 서쪽으로 1리를 나아갔다. 산에 기댄 채 북쪽을 향해 있는 동굴 한 곳이 보였다. 바로 돌계단을 타고서 올라갔다. 그 아래에 먼저 동굴이 하나 있다. 높이는 한 길 다섯 자에 드넓고 굽이져 있다. 역시 종유석이 많이 드리워져 있는데, 구멍을 경계로 갈라져 있다. 토박이들은 이곳을 마구간으로 이용하고 있었다. 몇 마리의 말이 그 안에 흩어져 누워 있었다. 그 지독한 냄새에 숨이 막힐 지경이었다.

그 왼쪽을 따라 계단을 타고 더 올라가서 동굴 문을 지나 들어갔다. 이 동굴은 북쪽을 향해 있다. 봉우리 꼭대기가 평탄하게 툭 뚫려 있는 게 기이했다. 이 산의 동굴은 서쪽으로 또한 산허리에 층층으로 뚫려 멋진 경관을 이루고 있다. [밖으로는 겹겹의 문으로 갈라지고 안으로는 층층의 동굴이 걸쳐져 있으니] 각기 드러내는 기이한 면이 그야말로 한없는 환상을 안겨주었다.

산을 내려와 서쪽으로 나아갔다. 봉우리 꼭대기의 동굴 입구가 서쪽으로 뚝 떨어지는 곳이 보였다. 다만 허공에 매달린 듯 가파른 골짜기라는 느낌이 들 뿐, 쳐다보아도 끝이 보이지 않는다. 그 아래에는 기나긴 담이 에워싸고 있다. 이곳은 번부(藩府)의 농원이다. 다시 서쪽으로 큰 거리로 나오자, 길옆에 커다란 비석이 있었다. 비석에는 '계령(桂嶺)'이라는 두 글자가 크게 씌어져 있다.

북쪽으로 돌아들어 1리를 갔다. 두 곳의 산봉우리가 치솟아 골짜기를 이루고, 그 사이에 성가퀴를 쌓아 드나드는 관문으로 삼고 있다. 이곳이 북문이다. [성문은 우뚝 솟은 두 산 사이에 있으며, 성문 밖 양쪽의 산은 모두 험준하다. 이곳에 화경산(華景山)과 보적산(寶積山) 등의 여러 명승이 있다고 한다.] 성문을 나서자 길이 나타났다. 정문 스님은 미리 앞서 소식(素食)을 찾았다.

얼마 후 다시 남쪽으로 1리를 갔다. 안찰사의 관서를 지나 정문 스님을 찾았으나 보이지 않았다. 이에 동쪽으로 분순도(分巡道)[1]의 관아에서 정강왕부의 후재문(後宰門)을 거쳐 다시 동쪽으로 나아갔다. 1리만에 정강왕부의 성 북동쪽 모퉁이에 이르렀다가, 서쪽으로 돌아들어 후재문 안으로 향했다. 정강왕부는 마침 제단을 쌓아 예불을 드리면서 『양황참(梁皇懺)』[2]을 읊조리고, 난간을 둘러친 채 「목란전기(木蘭傳奇)」를 공연하고 있었다. 술을 사고 음식을 전하는 이들이 길 양쪽에 구름처럼 모여 있었다. 정문 스님은 과연 그곳에 있었다.

나는 그를 잡아끌고 동쪽으로 반리를 걸어 계수문(癸水門)을 나왔다. 곧바로 경진관(慶眞觀) 아래에 이르러 작은 배 한 척을 구한 뒤, 북쪽으로 강을 건너 완주암(玩珠巖)에 들어섰다. 완주암은 복파산의 동쪽 기슭이다. 바위 절벽은 아래로 두 줄기 강을 굽어보고 있는데, 두 층의 갈라진 틈이 있다. 하나는 산 아래에서 물결 위에 가로 누워 있고, 다른 하나는 위로 산꼭대기까지 세로로 뻗쳐 있다.

물결 위에 누워 있는 것은 아래의 바위가 평평하고 넓어 평대를 이루고 있으며, 위의 바위는 비스듬히 치켜 올라 뒤덮고 있다. 돌기둥 하나가 벼랑 밖 아래로 드리워져 뒤덮은 채 곧바로 아래 바위에 닿아 있으니, 마치 연꽃받침이 거꾸로 매달린 듯하다. 아래와 떨어져 있는 거리는 기껏해야 한 치 남짓밖에 되지 않는다. 이것이 '복파시검석(伏波試劍石)'인데, 아마 그 검은 세로로 쪼갠 것이 아니라 가로로 가른 것이리라.

뒤쪽 암벽에는 실가닥 모양의 무늬 한 쌍이 있다. 흰색과 붉은색이 뒤섞여 눈이 부시고, 서로를 마주하여 구불구불 꿈틀거린다. 둥근 바위에 세 개의 햇무리가 어려 있다. 마침 머리 부분의 것은 두 마리의 용이 구슬을 희롱하는 듯하는지라 예전에는 '완주'라 일컬었는데, 송나라때 장유(張維)가 '환주(環珠)'로 바꾸었다.

무늬 한 쌍의 뒤쪽에 안으로 갈라진 틈이 곧추서 있는 골짜기 아래의 바위에까지 닿아있다. 사다리를 끼워 넣거나 층계를 매단다면, 곧바로 수직의 골짜기를 기어서 드리워진 돌기둥의 서쪽에 오를 수 있으리라. 바위의 평대는 가운데가 갈라져 있는데, 바위를 놓아 건널 수 있게 해놓았다. 좀 더 북쪽으로 조그마한 구멍을 뚫고 지나 아래로 두 줄기 강물을 내려다보았다. 못은 푸르러 바닥이 보이지 않았다. 복파(伏波)장군[3]이 율무를 빠뜨렸다는 곳이 바로 이곳이다. 다시 남쪽으로 산허리로 들어가자, 봉긋이 가운데가 비어 있다. 그런데 빛이 서쪽으로 꺾여 북쪽으로 앞의 문까지 뚫고 비치니, 참으로 그윽하고 오묘했다. [다만 이곳의 바위 색깔과 물결 빛깔은 바깥의 바위동굴만큼 영롱하고 맑지는 않았다.]

한참동안 배회하다가 뱃사공이 거듭 돌아가기를 재촉해서야 비로소 동굴을 떠나 배에 올랐다. 노를 두드리며 돛을 돌린 채 맑고 푸른 물결을 헤치고 되비치는 햇살을 싣고 가노니, 인간세상에 이처럼 기이한 명승이 있으리라 생각이나 했으랴. 강언덕에 올라 부교문(浮橋門)에서 성에 들어섰다. 모두 1리 남짓을 걸어 조씨네 집으로 돌아갔다. 정문 스님은 우산을 들고서 연극 「목란」을 보러갔다. 나는 집에서 쉬면서 『도』와 『지』를 꺼내 계림의 둘러볼 만한 곳을 펼쳐보았다.

---

1) 분순도(分巡道)는 옛 관직의 명칭이다. 명대에는 안찰사 아래에 안찰분사(按察分司)를 두었는데, 우두머리는 소속된 주와 주, 현의 정치와 사법 등의 상황을 감독, 순찰하는 책임을 지고 있는 바, 이를 분순도라 일컬었다.

2) 양황참(梁皇懺)은 불교서인 『자비도량참법(慈悲道場懺法)』의 별칭이다. 전해오는 이야기에 따르면, 양(梁)나라 무제(武帝)가 처음에 옹주(雍州)자사를 지낼 적에, 아내 치씨(郗氏)가 질투가 심하더니 병들어 죽었다. 무제가 황제로 즉위한 후에 꿈을 꾸었는데, 치씨가 이무기로 변해 있었다. 이에 무제가 치씨를 대신하여 죄업을 참회하기

위해 불경의 문구를 모아 참법 10권을 만들었는데, 이것이 양황참이다.
3) 복파장군(伏波將軍)은 한나라 장군의 칭호이며, 여기에서는 후한의 장수 마원(馬援,
    B.C. 14~49)을 가리킨다. 마원은 자가 문연(文淵)이며, 섬서성 무릉(茂陵) 사람이다.
    월남을 정벌했던 그는 풍토병을 예방하기 위해 율무를 복용했으며, 회군할 때에도
    율무 종자를 한 수레나 싣고 돌아왔다.

5월 초이틀

아침 식사를 마친 후 정문 스님, 하인 고씨와 함께 채소와 양식을 싸고 침구를 들고서 동쪽으로 부교문을 나왔다. 뜬다리를 건너서 다시 동쪽으로 화교(花橋)를 건넜다. 다리 동쪽에서 곧바로 북쪽으로 돌아들어 산을 따라 나아갔다. (화교의 동쪽 언덕에는 자그마한 바위가 툭 튀어나와 다리 머리맡을 굽어보고, 기다란 시내는 마을을 감아 돈다. 동쪽으로 가는 길이 각별히 마음을 설레게 한다.) 산은 화교의 북동쪽에 우뚝 솟아 있지만, 그 치솟은 기세는 오히려 남동쪽의 길 양쪽의 봉우리만 못했다. 칠성암(七星巖)이 거기에 솟아 있는데, 뜬다리로부터 1리 남짓 떨어져 있을 따름이다. 칠성암은 서쪽을 향해 있고, 그 아래에 수불사(壽佛寺)가 있다.

곧바로 절 왼쪽을 따라 산에 올랐다. 먼저 날개를 활짝 편 듯한 정자가 나그네를 맞이해준다. 이곳은 적성정(摘星亭)이라는 곳인데, 조학전이 세우고 적성정이라고 썼다. 정자 위에는 가로로 치켜올라간 벼랑이 있다. 벼랑은 간신히 발을 딛을 만한데, 여기에서 성의 담과 서쪽 산을 내려다보니 훤히 트여 있다. 정자의 왼쪽은 불사이며, 바위동굴의 입구에 있다. 그 안에 들어서자, 불사가 바위동굴임을 도무지 알지 못했다. 절의 스님에게 칠성암이 어디 있는지 묻자, 스님은 뒤쪽 사립문을 밀어 나를 들어가도록 이끌었다.

층계를 밟아 약 세 길쯤 올라가자, 동굴 입구는 방에 가려져 어두컴컴했다. 문득 북서쪽으로 돌아들자, 툭 트여 넓어졌다. 위는 봉긋 솟아 있고 아래는 평평하며, 가운데에는 수많은 석순이 줄을 짓고 석주가 드

리워져 있다. [상쾌하고 밝으며 바람이 잘 통했다.] 이곳은 윗동굴로 곧 칠성암이다.

그 오른쪽을 따라 층계를 밟아 내려가다가 다시 아래동굴로 들어섰다. 이곳은 서하동(棲霞洞)이다. 이 동굴은 크고 밝으며 웅장하고, 문 역시 북서쪽을 향해 있다. 올려다보니 높다랗다. 동굴의 꼭대기에는 가로로 틈새가 갈라져 있고, [돌]잉어 한 마리가 틈새에 매달린 채 아래쪽으로 팔딱거리고 있다. 머리와 꼬리, 비늘과 아가미가 돌을 쪼아 만든다 할지라도 이렇게 비슷할 수는 없으리라. 그 옆에 우산 모양의 덮개가 용이 서린 듯 빙글빙글 감아도는데, 오색찬란하기 그지없다. 북서쪽에 층층의 평대가 겹쳐 있다. 층계를 따라 올라갔다. 이곳은 노군대(老君臺)[1]이다. 노군대에서 북쪽으로 향하니 동굴이 마치 두 군데로 경계가 지워진 듯하다. 서쪽으로는 높은 [평대] 위를 가고, 동쪽으로는 깊은 골짜기 속을 따라간다.

평대 위를 따라 걷다가 한쪽 문으로 들어가 쭉 북쪽의 컴컴한 곳에 이르렀다. 위는 봉긋한 채 끝이 없고, 아래는 움푹 꺼진 채 못을 이루고 있다. 끝없이 험준해지고 갈라지며, 평탄함은 홀연 험준함으로 바뀌었다. 이때 나는 먼저 길잡이를 구해 동굴 바닥에서 관솔불을 밝혀 동굴에 들어오게 했었다. 그런데 길잡이는 미처 평대 위로 오르지 않은지라 나를 좇을 겨를이 없었으며, 이곳 또한 밝지 않다는 사실을 미처 알지 못했다. 그래서 나는 평대에서 내려와 동굴 바닥에 이르렀다. 길잡이가 횃불을 들고 앞장서서 평대 동쪽을 따라 골짜기 속을 나아갔다. 그제야 평대 [벽]의 갈라진 틈들이 눈에 들어왔다. 수놓은 무늬인 양 엇섞인 채 여러 영묘하고 환상적인 모습을 갖추고 있었다. 이 몸이 위에서 왔음을 더욱 실감나게 했다.

쭉 북쪽으로 나아가 드높은 문에 이르렀다. 돌기둥이 드리워져 있는지라, 오직 한사람밖에 지날 수 없었다. 문을 들어서자 다시 봉긋이 높고 드넓어졌다. 그 왼쪽에 바위난간이 가로로 늘어서 있고, 아래는 푹 꺼져 깊고 어두워 [밑바닥이] 아득히 보이지 않았다. 이곳은 달자담(獺子潭)이다. 길잡이는 이 못이 깊어 바다로 통한다고 하지만, 꼭 그렇지만은 않을 것이다. 아마 이곳은 노군대가 북쪽을 향해 푹 떨어져내린 지점이리라. 이곳에 이르자, 높고 깊은 위치가 바뀌고, 모이고 트임이 엇섞여 또 다른 경계를 이루고 있다.

그 안으로 다시 잇달아 두 곳의 높은 문을 들어섰다. 길은 점점 북동쪽으로 돌아들어 나아갔다. 안에는 '꽃병속의 대나무', '펼친 그물', '바둑', '팔선', '만두' 등 여러 이름의 바위들이 있고, 양쪽에 '선재동자(善財童子)'2)가, 그리고 가운데에는 여러 관음상이 있다. 급히 걷는 길잡이를 억지로 만류하여 자세히 살펴보았지만, 어차피 두루 다 볼 수는 없었다. 하지만 내가 보고 싶은 것은 이것이 아니었다.

다시 벼랑을 넘어 올라가자, 그 오른쪽에 못이 있다. 깊고 컴컴하기는 달자담과 마찬가지이나, 달자담보다는 훨씬 크고 넓다. [이곳은 용강(龍江)이라고 한다.] 아마 달자담과 서로 통하여 있으리라. 다시 북쪽으로 가다가 동쪽으로 돌아들어 홍전(紅氈)과 백전(白氈)을 지났다. 그 모습은 매달린 가죽옷과 늘어뜨린 양탄자인 양하고, 그 무늬는 마치 손으로 짠 듯하다. 다시 동쪽으로 '물장난하는 봉황(鳳凰戲水)'을 지나 문 한 곳을 지났다. 음산한 바람이 쏴쏴 불어오자, 등불은 꺼질 듯 가물거렸다. 바람은 살을 에이는 듯이 차가왔다. 아마 동굴 밖에서 들어온 바람이 이곳에 이르러 폭이 좁아지는 바람에 세기가 더욱 커졌으리라. (첩채산의 풍동 역시 이러했으나, 첩채산에는 예전에 풍동(風洞)이란 명칭이 없었다가 요즘 사람들이 붙여 부르는 데 반해, 이 동굴 안에 예전에 풍동이 있었다는 사실을 이제는 아는 사람이 아무도 없다.)

이곳을 나오자 문득 하얀 빛 덩어리가 안으로 깊은 골짜기를 비추는 게 보였다. 망망하고 자욱하여 마치 날이 밝아오는 것 같았다. 드디어 동쪽의 뒷동굴로 나왔다. 물길이 동굴의 북쪽에서 빙글 돌아나와 남쪽으로 동굴속으로 흘러들었다. [생각해보니 아래는 용강이며], 그 위에 조그마한 돌다리가 걸쳐 있다. 이 다리는 송나라때 승상을 지냈던 증포공(曾布公)[3]이 만든 것이다. 다리를 건너 동굴 입구의 오른쪽 벽의 흙먼지를 털어내니, 증포공이 쓴 글이 거기에 있었다. 이에 비로소 동굴의 옛 이름이 냉수암(冷水巖)인데, 증포공이 계림을 다스릴 적에 기이한 경관을 찾아내어 다리를 놓고서 증공암(曾公巖)으로 개명했으며, 서하동과는 하나의 동굴로서 땅속으로 통한 채, 문만 서로 달리 하고 있을 뿐임을 알게 되었다.

나는 다리 위에 우두커니 서 있다가, 산골속에서 빨래를 하고 물을 긷는 이들을 보고서 물었다. "이 물은 북동쪽에서 흘러오는데, 물길을 거슬러 들어갈 수 있나요?" 그 사람은 이렇게 대답했다. "물동굴의 위를 따라 몇 리쯤 깊이 들어갈 수 있어요. 그 안의 빼어난 경관은 바깥 동굴에 비한다면, 길은 배나 멀어도 기이한 경관 또한 배나 많지요. 물동굴의 경우는 그 깊이를 헤아릴 수 없어서 겨울철에만 건널 수 있을 테니, 지금은 적당한 때가 아닙니다."

나는 즉시 그 사람에게 길안내를 해달라고 부탁했다. 그 사람은 집에 돌아가 관솔을 가지고 왔다. 나는 그를 따라 동굴을 나서서 오른쪽으로 갔다. 경림관(慶林觀)이 나왔다. 나는 등에 지고 있는 보따리를 그곳에 맡기면서, 기장밥을 지어놓고 기다려달라고 부탁했다. 드디어 길잡이와 함께 들어갔다. 비좁은 입구의 동쪽 문에서 '물장난하는 봉황'을 지나홍전과 백전에 이르러, 갈림길에서 북쪽으로 나아가기 시작했다.

그 안에는 '공놀이하는 사자', '코를 말아올린 코끼리', '긴 목에 등이 볼록한 낙타' 등의 형상이 있고, 흙무덤에 제사지내 듯 돼지수염과 거위 물갈퀴 등의 형상이 그 앞에 늘어져 있으며, 나한의 연회석인 양 금술잔과 은 좌석의 형상이 아래에 깔려 있다. 높은 곳에는 산신이 있다. 길이는 한 자 남짓이고 낭떠러지에 날듯이 앉아 있다. 깊은 곳에는 불상이 있다. 길이는 고작 일곱 치이고 벽의 중간에 단정하게 앉아 있다. 보살 옆에는 좌선용 평상이 하나 있는데, 책상다리를 하고서 앉을 만하다. 관음좌 앞에는 둥근 법륜이 하나 있다. 마치 둥글둥글 구르려는 듯하다. 깊은 곳에는 시커먼 못이 또 있다. 틀림없이 다리가 놓여 있던 산골물의 상류이리라.

이곳에 이르자 길잡이조차 감히 들어가지 못한 채 이렇게 말했다. "등불과 횃불을 들고서 며칠을 간다 해도 끝까지 가지는 못합니다. 여기까지만 해도 여태껏 들어온 이가 없었어요. 하물며 지금은 물이 불어난 후이니, 예상치 못한 위험을 당할 수가 있습니다." 이에 되돌아서서 홍전과 백전, '물장난하는 봉황'을 따라 밖으로 나왔다. 가만히 헤아려 보니, 이전에 서하동에서 증공암까지 지나간 거리가 모두 2리이고, 나중에 증공암에서 들어갔다가 나오기까지 이리저리 돌아다닌 거리가 모두 3리이니, 두 동굴의 멋진 경관은 거의 빠짐없이 다 구경한 셈이었다.

동굴을 나와 경림관에서 식사를 했다. 바라보니 올 때 눈에 띄었던 낭식부봉(娘媳婦峰)[4]이 바로 동쪽에 있기에, 샛길을 따라 그 아래로 가보았다. 봉우리 아래에 서쪽으로 동굴이 하나 열려 있고, 밭에 씨 뿌리고 물 대는 이들이 모여 살고 있다. (금계초[5]를 심는데, 연기를 마시는 약으로 쓴다.) 그 북쪽에 또 갖가지의 바위동굴이 있는데, 아마 증공암의 위아래 좌우에 일일이 다 들 수 없을 정도로 많았다.

이리하여 칠성산(七星山)의 남쪽 기슭을 따라 북쪽으로 풀숲을 지나, 잇달아 세 개의 동굴에 들어섰다. 성춘암(省春巖)은 틀림없이 그 북쪽에 있을 터이니, 고개를 넘으면 닿을 수 있으리라 여겼다. 북쪽으로 고개의 움푹 꺼진 곳을 바라보며 나아갔다. 처음에는 오솔길이 있었다. 그런데 1리 반쯤 걸어 산꼭대기에 이르자, 뾰족한 바위가 험준하여 발 딛을 곳이 없었다. 바위 틈새가 벌어진 곳이 적은지라, 가시덤불이 우거진 곳을 오르기가 더욱 힘들었다. 그러나 멀리서 바라보니, 바위 조각의 기묘함과 꽃잎 모양의 봉우리의 특이함이 서로 어우러져 돋보였다. 앞으로 헤쳐 나갈수록 더욱 멋진 광경에 마음과 눈이 아찔해졌다. 다시 반리를 나아가 고개를 넘어 내려갔다. 바위를 [뚫어] 만든 층계가 나왔다. 층계를 밟아 내려오자, 성춘암이 나왔다.

성춘암의 동굴 세 곳은 나란히 늘어선 채, 모두 북동쪽을 향해 있다. [맨 서쪽의 것은 구름을 피워 올리고 있었다.] 안으로 깊숙이 들어가자, 바위들이 허파꽈리처럼 드리워져 있다. 서쪽으로 들어서서 남쪽으로 돌아들자, 동굴은 점점 어두워졌다. 아쉽게도 주민들이 없어서 횃불을 들고 들어갈 수가 없었으나, 맨 안쪽에도 기이한 게 없다고 하니 들어갈 필요가 없을 듯했다.

동굴 오른쪽 옆에 중앙의 동굴로 통하는 구멍이 뚫려 있다. 중앙에 위치한 동굴은 바깥에서 보면 깊어서 안으로 멀리 들어갈 수 없을 듯했다. 동굴 앞에도 뗏목이 드리워진 모양과 용이 거꾸로 누운 듯한 모양의 바위가 있다. 동굴 오른쪽에 동쪽의 동굴로 통하는 문이 뚫려 있다. 맨 동쪽의 동굴에는 위에서 드리워진 바위가 더욱 많았다. 동굴 역시 옆으로 갈라져 있으며, 가운데에는 맑은 샘이 흘러 못을 이루고 있다. 못물은 차갑고도 푸르러, 거울처럼 비춰볼 수 있다.

나는 하인 고씨에게 중앙의 동굴에서 여행 짐을 지키고 있으라 하고서, 정문 스님과 함께 동굴 앞에서 벼랑을 따라 동쪽으로 나아갔다. 동굴 위에 우뚝 솟은 바위는 사람과 흡사하고, 웅크리고 있는 바위는 길짐승과 같다. 동굴의 동쪽에 기와 모양의 바위가 허공에 높이 걸려 있는데, 올려다보니 마치 칼로 베어낸 듯하다. 그 아래로 맑은 물이 감돌아 흐르고 있다. 이 물길은 타검강(拖劍江, 곧 계수癸水이다)이라 일컫는다. [이 물길은 요산(堯山)에서 발원하여] 북동쪽에서 칠성산의 북쪽 기슭에 이르렀다가, 서쪽으로 갈로교(葛老橋)를 나와 서쪽으로 이수로 흘러든다.

이때 나는 돌아들어 산의 동쪽 모퉁이에 와 있었다. 벼랑 중턱을 바라보니, 겹겹의 갈라진 틈새는 마치 구름을 내뿜고 비단 장막을 펼쳐놓은 듯하다. 잇달아 세 곳의 동굴 구멍을 지나면서 생각해보니, 구멍이 안에서 옆으로 통해 있다면 세 곳의 동굴이 하나로 이어져 있어, 마치 하늘 가운데에 신선궁이 겹겹이 포개진 듯하고 하늘 저 멀리 옥으로 만든 창문이 뚫려 있는 듯할 터이니, 이 또한 기이한 경관이리라.

하지만 반드시 도달할 수 있다고 단정할 수도 없는지라, 그 아래에서 이리저리 거닐다가 풀숲 틈새를 헤치고 낭떠러지를 기어서 한 층 한 층 올랐다. 동굴 구멍 한 곳에 이르니, 과연 동굴 안은 중앙의 동굴로 통해 있다. 다만 중앙의 동굴이 낮게 엎드려 있는지라 고개를 쳐들지 못한 채 구멍 바깥을 따라 가로 질러야 했다. 마치 누대 위의 정자 같아서 가운데의 깊은 곳은 갈 수 없었다.

세 번째 동굴 구멍에 이르러 틈새를 뚫고 들어가자, 뒤쪽을 따라 감실이 있다. 감실 앞에 창이 열려 있고, 창 안에 옥과 같은 돌기둥이 중앙에 매달려 있다. 기둥 왼쪽에는 또 하나의 둥근 감실이 있는데, 위의 꼭대기는 둥글고 아래쪽 자리는 평평한지라 책상다리를 하고 앉아도 사지가 편안할 듯하다. 깎고 쪼아도 이렇게 기묘하지는 않을 것이다. 그 앞은 정면으로 옥같은 돌기둥과 마주하고 있다. 종유석이 아래로 드리워져 있고, 구슬 같은 샘물이 때때로 똑똑 흘러내렸다.

나와 정문 스님은 기둥 앞의 창 틈새에 따로따로 앉았다. 아래로 깎아지른 듯한 벼랑이 굽어보였다. 길을 가다가 우리를 목도한 이들은 모두들 그 아래를 여기저기 배회했으며, 한참동안 배회하고도 떠나지 못하는 자도 있다. 잠시 후에 마을의 나무꾼 두 명이 우리를 한참동안 쳐다보더니, 역시 기어 올라와 나에게 말했다. "이곳에 집을 지어놓으면 참 좋겠네요. 우리 마을이 이곳에서 가까우니 아무 때라도 쳐다볼 수 있으니까요." 나는 이렇게 대꾸했다. "이 공중누각은 다만 조금 얕고 좁은 게 아쉽군요. 만약 조금만 더 넓고 깊다면 살 수도 있었을 텐데요." 그가 말했다. "중앙의 동굴 구멍 위에 또 하나의 동굴이 있는데, 아주 넓습니다."

그는 나를 위해 기어오르고자 했으나, 한참이 지나도 당도하지 못했다. 이에 나는 창에서 내려와 소나무 그늘에 기댄 채, 방금 전에 나무꾼 두 명이 쳐다보던 곳에서 위에 있는 두 나무꾼을 쳐다보았다. 나무꾼들은 가지를 움켜잡고 층계를 찾아 올라갔으나, 끝내 낭떠러지에 가로막혀 올라갈 길이 없었다. 한참 뒤에 서쪽으로 나아가 성춘암의 동쪽 동굴 안으로 들어가 중앙의 동굴을 지났다. 다시 그 서쪽 겨드랑이를 따라 서쪽 동굴로 뚫고 들어갔다. 동굴 안에는 최근 사람들의 마애석각이 많이 있다.

동굴을 나와 서쪽으로 가자, 또 하나의 동굴이 나타났다. 동굴 문은 북쪽을 향해 있고 높이는 대략 다섯 길이다. 안으로 조금 내려가서 서쪽으로 돌아들자, 차츰 어두워지기는 해도 더욱 크고 널찍해졌다. 그러나 횃불이 없어서 들어가지는 못했다. 이곳은 오래된 동굴이다. 왼쪽 벼랑에 '오미사악(五美四惡)'의 장구[6]가 큰 글씨로 씌어 있었다. 장식(張栻)의 필적으로서 힘차고 아름다우나, 안타깝게도 이를 아는 이도 없고, 동굴의 이름 역시 알 수 없다. 어떤 이는 이곳을 회선암(會仙巖)이라 하고, 또 어떤 이는 탄환암(彈丸巖)이라 했다. 동굴 벽의 흙먼지를 털어내고 살펴보니, 송나라 때 보전 사람인 진보(陳黼)[7]가 글을 지었으며, 이름은 청암동(淸巖洞)이다. 어찌 동굴이 계수의 물가에 있었기에 지어진 이름이 아니겠는가?

동굴 서쪽의 타검수가 북동쪽으로부터 곧바로 벼랑 아래로 바짝 붙어 흐르고, 벼랑은 더욱 봉긋 깎아지른 듯 높이 구름 속을 꿰뚫은 채 연못에 깊숙이 박혀 있으니, 웅장하기 그지없다. 물위에 걸쳐진 돌다리를 넘어 서쪽으로 건너자, 벼랑과 물은 모두 길 남쪽에 있다. 이곳은 아마 칠성산의 북동쪽 모퉁이로서, 탄환산이라 일컫는다. 이곳은 성춘암으로부터 1리쯤 와 있다.

그 남서쪽에서 각로교(各老橋, 각 마을의 어르신들이 세웠기에 각로교라 불렀다)를 건넜다. 벼랑의 꼭대기를 바라보니, 봉긋 솟은 동굴이 높이 매달려 있는데, 위아래가 모두 몹시 험준했다. 서하동의 입구이겠거니 생각했다. 그런데 찬찬히 그 왼쪽을 살펴보니, 또 하나의 벼랑이 있다. 그 위로 구름 속에 집이 엮어져 있는데, 칠성동의 뒷문과는 다른 점이 있었다.

서둘러 동쪽으로 산에 올랐다. 산 아래에 절이 있다. 이 절은 수불사, 칠성관과 함께 남북으로 우뚝 솟은 산 앞에 세 발 솥마냥 서 있다. [남쪽은 칠성관이고 그 동쪽 위는 칠성동이다. 가운데는 수불사이고 그 동쪽 위는 서하동이다. 북쪽은 이 사찰이고, 그 동쪽 위는 조운암(朝雲巖)이다.]

얼굴을 쳐들고 무릎을 구부린 채 위로 쭉 수백 층계를 올라 마침내 조운암에 들어섰다. 조운암은 서쪽을 향한 채 서하동의 북쪽에 있으며, 각로교에서 다시 1리만큼 떨어져 있다. 동굴 입구는 높이 매달려 있다. 동굴 안은 북쪽으로 돌아들자, 더욱 높고 드넓어졌다. 휘주(徽州)의 태허(太虛) 스님이 돌층계를 쌓고 동굴 입구에 누각을 세웠다. 누각은 날듯이 절벽을 굽어보고 아래로 강줄기와 성을 내려다보면서, 멀리 서산(西山)을 향하여 손을 맞잡아 읍하고 있으니, 대단히 시원스러웠다. 다만 이때 되비치는 햇빛이 벽에 비추어드는지라, 온힘을 다해 오를 때 숨이 차고 땀이 비 오듯 흘러내렸다.

막 몸을 굽혀 부처님께 절을 하려고 할 때, 갑자기 스님 한 분이 앞에서 나를 불렀다. 융지(融止) 스님이었다. 이전에 융지 스님과는 형산(衡山)의 태고평(太古坪)에서 만난 적이 있고, 형주(衡州)의 녹죽암(綠竹庵)에서 또다시 만난 적이 있었는데, 융지 스님이 먼저 계림으로 돌아가신다기에 칠성암에서 만나기로 기약했었다. 나는 칠성암에 이르러 사람을 만날 때마다 물어보았으나, 아는 이가 없었다. 칠성암을 지나면서 이제는 이미 찾을 길이 없다고 여겼는데, 여기에 이르러 뜻밖에 그를 만났던 것이다. 잠시 그의 동굴에 묵어가기로 했다.

그리하여 그 북쪽으로 높은 바위동굴로 올라가는 길을 묻자, 융지 스님이 이렇게 말했다. "이 바위동굴은 비록 높이 치솟고 벼랑 오른쪽과 가깝기는 하여도, 오를 수 있는 층계가 없습니다. 아마 이 동굴의 남쪽 암벽이 이 동굴의 북쪽 바닥과는 단지 한 길 남짓밖에 떨어져 있지 않으니, 만약 동굴 안에서 구멍을 뚫으면 지날 수 있겠지만, 동굴 밖에는 사다리를 매달만한 곳이 없습니다." 난간에 기대어 북쪽으로 바라보니,

동굴은 바위에 가로막혀 가까운 곳은 오히려 보이지 않았다. 다만 머리를 쳐들어 멀리 서산 쪽을 바라보니, 여러 봉우리들은 똑똑히 셀 수 있을 따름이었다.

(서산은 북쪽에서 남쪽으로 뻗어오는데, 맨 북쪽은 우(산)이요, 조금 남쪽은 동(진)東(鎮)의 문산門山이요, 더 남쪽은 목룡木龍의 풍동산風洞山, 즉 계산桂山이요, 좀 더 남쪽은 복파산이다. 이것이 성 동쪽의 갈래이다. 우산의 서쪽으로는 맨 북쪽이 화경산이요, 조금 남쪽은 마류산馬留山이요, 더 남쪽은 은산이요, 좀 더 남쪽은 후산笑山과 광복왕산廣福王山이다. 이것은 성 서쪽의 갈래이다. 복파산과 은산의 가운데는 독수봉이며, 독수봉 남쪽에 마주한 채 강어귀에 자리잡은 것은 이산離山과 천산穿山이다.) [이들 모두 이강의 서쪽에 있기에 서산西山이라고 한다.]

1) 노군(老君)은 이로군(李老君) 혹은 태상로군(太上老君)의 약칭으로, 노자(老子)를 가리킨다.
2) 선재동자(善財童子)는 불교의 보살 가운데의 하나로, 범어로는 sudhana이다.
3) 증포(曾布, 1035~1107)는 강서성 남풍(南豊) 사람으로, 자는 자선(子宣)이다. 왕안석의 신법에 적극 참여한 적이 있으며, 관직은 한림학사 겸 삼사사에 이르렀다.
4) 낭식부봉(娘媳婦峰)은 앞의 4월 28일의 기록에는 '부녀낭봉(婦女娘峰)'이라 적혀 있으며, 6월 초닷새의 기록에는 '식부낭봉(媳婦娘峰)'이라 적혀 있다.
5) 금계초(金系草)는 국화과의 한해살이 식물로서, 9~10월에 파종하여 5~6월에 꽃이 핀다. 꽃색은 노란색과 자줏빛 갈색으로 이루어져 있으며, 관상용이나 화단용으로 재배한다.
6) 오미사악(五美四惡)은 『논어 · 요왈(堯曰)』에서 비롯되었다. 자장이 공자에게 "어떻게 해야 바른 정치를 할 수 있겠습니까?"라고 묻자, 공자는 이렇게 대답하셨다. "다섯 가지 미덕을 존중하고 네 가지 악덕을 물리치면 바른 정치에 종사할 수 있다." "무엇이 다섯 가지 미덕입니까?" "군자는 은혜를 베풀되 함부로 쓰지 않으며, 백성을 부리되 원망을 사지 않으며, 하고자 하되 욕심내지 않으며, 태연하되 뽐내지 않으며, 위엄이 있되 사납지 않아야 한다." …… "그렇다면 무엇을 네 가지 악덕이라고 합니까?" "백성을 가르쳐보지 않고 죽이는 것을 학살이라 하고, 미리 경계시키지 않고 결과만을 따지는 것을 포악이라 하며, 명령을 소홀히 하고 기한을 재촉함을 적해라 하고, 이왕 내주어야 할 것을 내주기에 인색하게 구는 것을 유사라 한다."(子張問於孔子曰; '何如斯可以從政矣?' 子曰; '尊五美, 屏四惡, 斯可以從政矣.' 子張曰; '何謂五美?' 子曰; '君子惠而不費, 勞而不怨, 欲而不貪, 泰而不驕, 威而不猛.' …… 子張曰; '何謂四惡?' 子曰; '不敎而殺爲之虐, 不戒視成謂之暴, 慢令致期謂之賊, 猶之與人也, 出納之吝謂之有司.')
7) 진보(陳黼)는 진당(陳讜, 1134~1216)으로 자는 정중(正仲)이며, 남송대에 병부시랑을 역임했다.

5월 초사흘

조운암의 누각 위에 머물러 서쪽을 마주한 채 며칠간의 「유기」를 기록했다. 땅거미가 질 무렵 융지 스님과 작별하고서 산을 내려왔다. 남쪽으로 수불사, 칠성관을 지나 모두 1리를 간 다음, 서쪽으로 화교를 건넜다. 서쪽으로 1리를 더 나아가 뜬다리를 건너 동강문(東江門)에 들어섰다. 남쪽으로 반리를 가서, 조(趙)씨네 집에 이르러 하룻밤을 묵었다.

5월 초나흘

아침 식사를 마친 후 북쪽으로 1리만에 정강왕부의 동문을 지났다. 북동쪽 모퉁이를 따라 다시 1리를 나아가 북문으로 돌아왔다. 참회 예불단의 영실(靈室) 스님은 영주(永州)의 다암(茶庵)의 회원(會源) 스님의 손제자이다. 그는 우리를 이끌어 왕성의 북문으로 들어갔다. 문 안에는 연못 하나가 남쪽의 독수산의 북쪽 기슭을 감싸고 있다. 이 연못은 월아지(月牙池)이다. 연못에서 남서쪽으로 독수산의 서쪽 기슭을 지나자, 길양쪽에 비석이 서 있다. (서쪽 비석은 「태평암기太平巖記」요, 동쪽 비석은 「대비존승大悲尊勝」의 두 경문 구절이다.)

다시 남쪽으로 나아가자, 독수산의 서쪽에 서암(西巖, 곧 태평동太平洞)이라는 동굴이 있다. 동굴을 마주하여 겹문이 동쪽을 향해 있는데, 불사가 있었다. 마침 여러 예인들을 불사 안에 가둔 채 출입이 매우 엄격했다. 공연이 끝났을 때 그들이 부정한 일을 할까봐 염려했기 때문이리라. 절 안은 영실의 사부인 감곡(紺谷) 스님이 주지를 맡고 있다. (수염을 기른 이가 바로 영주 다암의 회원 스님의 제자이다. 왕부의 참회 예불을 드리고 예인들을 단속하는 일은 모두 그가 주관하고 있다.) 영실은 문을 두드려 손님을 들여보내고는 곧바로 참회 예불단으로 갔다.

감곡 스님이 차를 다려 손님을 대접하면서 나에게 말씀하셨다. "그대가 독수봉에 오르고자 한다면, 반드시 먼저 왕께 아뢰어야 합니다. 참회 예불이 끝나고 왕께서 궁으로 돌아가신 후에 아뢰시기 바랍니다." (이때 왕이 봉우리에 올라 때때로 참회 예불과 연극 무대를 구경했다. 많은 궁녀들이 그를 뒤따랐기에, 우리가 오르기에 불편했다. 아마 정문이 먼저 영실에게 부탁했고, 영실이 사부에게 알렸으리라.) 11일에 아뢰고 12일에 오르기로 약속했다.

이에 다시 겹문을 열어 손님들을 절에서 내보냈다. 문을 나서자 곧 독수암(獨秀巖)이 나왔다. 서쪽으로 나아가 동굴에 들어섰다. 이 동굴은 남쪽을 향해 있고 그리 높지 않으며, 동굴 내에 시와 그림이 매우 많이 새겨져 있다. 그 서쪽에는 갈라진 틈새가 있고, 아래로 움푹 떨어져 둥근 웅덩이가 있는데, 역시 그다지 깊지 않으며 두 층으로 나뉘어져 있을 따름이다.

동굴의 왼쪽 벼랑에는 「서암기(西巖記)」가 새겨져 있다. 원나라 지순(至順)[1] 연간에 순제(順帝)가 몰래 이곳에 묵었던 일[2]을 기록하고 있었다. 순제가 손으로 새긴 불상, 그리고 실과 천으로 꾸민 바위와 벼랑은 모두 대단히 정교하지만, 때로 글자가 이끼에 가려져 알아볼 수가 없다. 동굴 위의 네모진 바위에는 전서로 '태평암(太平巖)'이라 크게 씌어져 있다.

(길의 서쪽의 비석에는 이렇게 쓰여 있다. 서암은 원나라 순제가 불상을 새기고 그의 내관이 새겨 기록한 후로 우리 명나라 번왕의 봉토가 되었다. 이 동굴은 오랫동안 막아두고 겹겹의 담으로 닫혀 있었다. 가정(嘉靖) 연간에 짐승이 틈새로 드나드는 것을 본 번왕께서 짐승을 쫓아내고 이 동굴을 열었다. 비로소 막혀있는 부분을 파내고 널리 알렸으며, 태평암이라 일컬었다.) 동굴 오른쪽에 길이 있었다. 벼랑을 감돌아 오를 수 있으나, 이때 길잡이가 없는지라 이튿날로 잠시 미루었다.

이에 계속하여 월아지의 서쪽을 따라 북쪽으로 나아가 번성을 나왔다. 이리하여 다시 서쪽으로 반리를 나아가 분순도의 관아를 지났다. 관아의 서쪽에 번왕의 종친이 살고 있는데, 갖가지 정교한 돌을 수집하여 문 안팎에 빙둘러 놓았다. 나는 들어가 감상하다가, 그 가운데 작은 것 다섯 개를 정해 훗날 가져가기로 했다.

이어 뒤쪽의 안찰사 관아 앞에서 남쪽의 큰 길로 1리를 나아가 초루 (譙樓)[3]에 이르렀다. 초루의 북쪽에서 서쪽으로 반리를 나아가 용수문(榕 樹門)을 지났다. 용수문은 북쪽을 향해 있으며, 커다란 용수가 성문 꼭대 기를 타넘고 있다. 용수의 거대한 가지는 휘감아돌면서 위로 솟구치고, 빙빙 휘감긴 뿌리는 좌악 갈라져 아래로 뻗어 있다. 이 성문은 옛날 당 나라와 송나라 때에는 남문이었다. 그러다가 원나라 때에 성을 밖으로 넓히는 바람에 오랫동안 닫혀 있다가, 가정 연간 을묘년[4]에 대장군 주 우덕(周于德)이 막힌 곳을 파내어 다닐 수 있게 했다.

성문에서 남쪽으로 나오니, 앞은 바로 물이 고여 큰 못을 이루고 있 다. 뒤는 바로 성문 꼭대기인데, 커다란 바위로 돌층계를 쌓아 동서 양 쪽으로 나누어 올라가게 했다. 두 그루의 커다란 용수 역시 남쪽을 향 한 채 동서 양쪽으로 나뉘어 있다. 성문 위에는 관제전(關帝殿)이 남쪽으 로 연못을 굽어보고 있는데, 매우 웅장하고 시원스럽다. 관제전 서쪽 아 래에 대장군의 관아가 있다. 길은 대장군 관아의 서쪽에서 성을 따라 나 있다. 남쪽으로 1리를 나아갔다가 서쪽으로 무승문(武勝門)을 나선 뒤, 이어 북쪽으로 서강(西江)을 거슬러 1리를 나아가 은산(隱山)에 이르렀다.

은산은 북쪽으로 마류산의 여러 봉우리에 의지하여 있고, 서쪽으로 후산의 여러 봉우리와 닿아 있으며, 동쪽으로 성벽을 두르고 있고, 남쪽 으로 서강을 굽어보고 있다. 움푹한 평지에 홀로 우뚝 서 있는데, 높지 는 않아도 가운데가 텅 비어 있기에 은산이라 일컫는다. 산의 사방에는 여섯 곳의 동굴이 둥글게 늘어서 있다. [동쪽은 조양동(朝陽洞)이고, 그 아래에 조양사(朝陽寺)가 있다. 동굴 입구는 동쪽을 향해 있으며, 아래층 은 물이 통하고 위층은 북쪽으로 문이 하나 열려 있다. 바위에 노군상 (老君像)을 새겨놓았기에 오늘날 노군동이라 일컫는다.

은산의 북쪽 기슭에는 북유동(北牖洞)이 있다. 북유동의 동쪽에 네모진 바위 연못이 한 곳 있다. 넘쳐 기슭을 흐르던 물이 이곳에 고여 있다. 동굴의 바깥 구멍은 낮게 엎드려 있으나, 안은 대단히 드넓고 깊숙하다.

앞에는 암자가 있다. 암자 뒤에서 틈새를 헤치고 들어가면, 동굴은 둥그스레 높고 밝다. 뒤로 올라 감실을 감돌면 왼쪽에 창이 서쪽으로 트여있다. 돌기둥이 그 곁에 늘어서 있으며, 물구멍으로 통해 있지는 않다.

은산의 북쪽 벼랑의 위에는 백작동(白雀洞)이 있다. 이 동굴은 조양동뒷 동굴의 서쪽에 있다. 동굴 문은 북쪽을 향해 있으며, 입구는 매우 비좁다. 앞에는 한 줄기 틈새가 가로로 늘어서 있으며, 위에서 빛이 새어들어온다. 차츰 남쪽으로 나아갈수록 점점 내려가고 곧바로 물길로 통한다.

다시 서쪽으로 가면 가련동(嘉蓮洞)이 나온다. 역시 북쪽을 향해 있으며, 백작동과 나란히 늘어서 있다. 가련동은 동서 두 갈래 틈으로 나누어지며, 모두 남쪽으로 푹 꺼져내린다. 동굴 안에는 때로 자그마한 구멍이 뚫려 서로 바라보다가 몇 길 지나면 문득 서로 합쳐진다. 안은 어두컴컴한 못으로 떨어져 역시 물에 닿는다. 다시 서쪽으로 한 줄기 바위틈새를 지나면 북서쪽에 바위가 있는데, 시렁처럼 평평한 바위가 꽃받침 같은 바위 속에 섞여 있다. 그 아름다움이 아름다운 누대보다 훨씬 낫다.

이어 남쪽으로 돌아들면 석양동(夕陽洞)이 나온다. 동굴은 서쪽을 향해있다. 동굴 입구에는 바위가 날듯이 걸려 있고, 중간의 문은 둘로 나뉘어져 있다. 문 왼쪽의 골짜기에 고인 물은 물구멍을 따라 동쪽의 안으로 흘러든다. 문 오른쪽에는 굽이진 구멍이 북쪽으로 돌아드는데, 안은대단히 차갑고 어두우며 아래로 깊은 못으로 떨어진다. 아마 남쪽과 북쪽 모두 물과 만날 것이다

다시 남쪽으로 가다가 남서쪽 산기슭으로 돌아들면 남화동(南華洞)이있다. 이 동굴은 남쪽을 향해 있다. 지세는 차츰 낮아지는데, 고인 물이동굴 문을 막고 있는지라 어렵사리 들어갈 수 있다. 깊이 들어가면 여섯 동굴이 하나의 물줄기를 이루고 있다. 다섯 동굴의 밑바닥은 모두서로 이어져 있다. 오직 북유동만은 따로 물구멍이 뚫려 있으며, 애초부

터 다른 동굴과 통해 있지 않는다고 한다. 듣기로 옛날] 당나라와 송나라 때, 서강의 물은 동쪽으로 용수문(榕樹門)을 감아돌고, 그 산은 서호(西湖)라 일컬어지는 거대한 늪 가운데에 모여 있었다. 유람을 기록한 많은 이들은 모두들 "배를 타고서 술을 싣고 들어갔다"라고 했다. 지금은 서강이 남쪽으로 이동하여 호수가 밭이 되었다. 상전벽해의 감회는 여전히 남아 있기는 하지만, 일렁거리던 모습은 많지가 않다.

나는 막 조양사에 이르러, 동쪽 동굴의 월인(月印) 스님의 안내를 받아 불전 뒤를 좇아 동굴에 들어섰다. 노군동의 옆을 지나 올라가 산의 북쪽으로 나왔다. 이어 서쪽으로 백작동, 가련동을 지났다. 이 동굴들은 모두 북쪽 모퉁이의 동굴이다. 남서쪽으로 평평한 석대를 돌아서자, 해가 뜨겁게 비추었다. 쉬지도 못한 채 곧바로 남쪽으로 석양동을 지났다. 이곳은 서쪽 모퉁이의 동굴이다. 다시 남쪽으로 몸을 돌렸다가 동쪽으로 나아가 남화동을 지났다. 이 동굴은 남쪽 모퉁이의 동굴이라고 한다.

나는 여기에서 물을 건너 들어가고 싶었으나, 월인 스님이 이렇게 말했다. "가을[과 겨울]에는 물이 마르고 벌레들이 겨울잠을 자니 물속을 건널 수 있습니다. 하지만 지금은 물이 많아 깊은 곳은 가늠할 수조차 없는데다 뱀이 그 안에 살고 있는지라, 노승은 더 이상 안내할 수 없습니다. 북쪽으로 가서 북유동을 구경하시지요. 그곳에서 밥도 지어먹을 수 있습니다. 이제 어느덧 정오도 지났습니다."

나는 그의 말에 따라 동쪽으로 서호(西湖)의 신묘(神廟)를 지났다. 다시 북쪽으로 몸을 돌려 조양동을 지나는 길에 월인 스님과 작별하고서, [은산의] 북동쪽 모퉁이를 넘었다. 이곳에는 바위조각이 나뉘어 쪼개져 있는데, 찢어진 비단처럼 얇고 손바닥을 내뻗듯이 솟아 있다. 바위 바탕의 신기함은 이루 형언할 수 없을 정도이다. 바위 봉우리 하나가 있다. 네모진 바위 연못이 봉우리의 북쪽 산기슭을 적시고 있다. 연못 안의 물은 때로 방울져 떨어지는데, 그 소리가 커다란 종소리와 같다.

서쪽으로 북유암(北牖庵)에 들어섰다. 하인 고씨에게 암자 안에서 밥을 짓게 했다. 나는 정문 스님과 함께 북유동의 서쪽 창 위에 따로 걸터앉아, 밖으로 뭇 봉우리들을 구경하고, 안으로 신선의 거처를 살펴보았다. 한참 만에 나와서 암자 앞의 소나무 그늘 아래에서 식사를 했다. 다시 노군동을 따라 들어가 차근차근 동굴을 살펴보았다.

남쪽으로 남화동에 이르렀다. 노인 한 분을 만났는데, 그가 이렇게 말했다. "이 안의 물구멍은 사방으로 통하여 비록 깊이를 헤아릴 수 없지만, 나만은 그 안을 잘 알고 있다오. 당신이 들어가고 싶다면 내일 횃불을 들고 앞장서서 안내해드리겠소." 나는 억지로라도 즉시 들어가고 싶었지만, 그가 이렇게 말했다. "지금은 시간도 촉박한데다, 관솔도 없소이다." 그리하여 내일 아침 일찍 만나기로 약속했다.

나는 이에 남쪽으로 서강의 동쪽 언덕을 따라 1리를 나아가 무승문(武勝門, 즉 서문)을 지났다. 다시 남쪽으로 성 서쪽을 따라 1리를 나아가 영원문(寧遠門, 즉 남문)을 지났다. 중심거리에서 남쪽으로 다리를 지나 반리를 나아가 동쪽으로 갈림길에 들어섰다. 길은 남쪽으로 갈라진 서강의 물길을 따라 1리를 가자, 이산(灘山)에 이르렀다. 이산의 동쪽은 곧 이강이며, 남쪽에는 천수관음암(千手觀音庵)이 있다.

이산의 서쪽 기슭을 따라 그 북쪽으로 돌아들었다. 이수는 북쪽에서, 서강은 서쪽에서 흘러와 모두 곧장 산 아래로 내달려 쏟아졌다. 산은 노하고 벼랑은 붕새처럼 치켜 오른 채, 위로 솟구치고 아래로 찢어져 두 물길의 만나는 요충을 지키고 있다. 돌층계를 올라 산허리를 감아돌자, 치암사(雉巖寺)가 나타났다. 이때 어느덧 땅거미가 내려앉은지라, 치암사에서 발걸음을 멈추었다.

벗 양자정(楊子正)을 우연히 만났는데, 마침 치암사에서 글을 읽고 있었다. 절 뒤로 바위골짜기를 타고서 함께 청라각(靑蘿閣)에 올랐다가 옥황대제상(玉皇大帝像)을 배알했다. 나는 양자정과 함께 청라각에 기댄 채 날이 어둡도록 이야기를 나누다가 치암사로 돌아왔다. 밥을 먹고 잠자리에 들었다.

5월 초닷새

오늘은 단오절이다. 아침에 일어나니 억수같은 비가 쏟아졌다. 마음
속으로 좋은 철에 멋진 산에 왔으니 어찌 잠시 쉬지 않으랴 싶어, 하인
고씨에게 성에 들어가 야채와 술을 사오게 했다. 내가 마침 난간에 기
대어 산을 구경하고 있는데, 느닷없이 양자정의 동창 정자영(鄭子英), 주
초범(朱超凡)과 주척[범](朱滌凡) 형제가 함께 왔다. 모두 청라각에서 공부
를 하고 있었다.

오전에 비가 개자, 치암사로 내려와 간단하게나마 며칠간의 유람의
발자취를 기록했다. 음식을 가져온 이들이 온지라, 나는 그곳을 내어주
고 치암사의 정자로 나와 앉아 있었다. 양자정과 정자영 등 네 분이 또
초대장을 보내와 약속을 정했다. 정오에 나는 정자 안에 앉아 창포주와
웅황주1)를 자작하며 단오절의 뜻을 새겼다.

오후에 네 분이 술을 가지고 왔다. 다시 청라각으로 가서 술을 마셨
다. 주(朱)군에게는 집안의 악사가 있는데, 오지방 악곡을 본뜨는 것을
이곳의 대단한 일로 여기고 있었다. 그는 내가 그걸 듣기 싫어한다는
것은 알지 못했다. 이때 마침 용선 경기를 금하고 있던 터라, 뱃사람들
은 각기 산 아래에서 남몰래 조각배를 띄웠다. 악어가죽으로 만든 북이
둥둥 울리자, 휘감기는 물결이 눈송이처럼 흩날렸다. 지방은 달라도 풍
속은 같은지라, 잠시 내친 김에 굴원(屈原)을 조문했다. 나도 모르게 다
시금 눈시울이 뜨거워졌다.

[어느덧 날이 저물었다.] 산을 내려와 서쪽의 동굴 한 곳에 들어갔다.

동굴은 [산발치에 있고] 서쪽을 향한 동굴 입구는 높다랗다. 가운데는 평평하며, 그 위에는 '낙성동(樂盛洞)'이라는 세 글자가 새겨져 있다. 그러나 너무 오래된 지라 누가 글을 썼는지 알 수가 없었다. 동굴 앞에 도관이 있으나, 역시 황량하게 무너져 내리고 있다.

동굴을 나서서 다시 동쪽으로 치암(雉巖) 벼랑의 기슭을 따라 나아갔다. 강을 따라 동쪽으로 가는데, 그 동쪽 모퉁이에 바위가 있다. 바위는 위로 산꼭대기에서 뻗어 나와 아래로 강 속에 박혀 있다. 가운데는 도려낸 듯 움푹 패여 빛이 새어드는데, [깊이는 두 길이고 높이는 세 길이다.] 마치 파서 만든 문과 같다. [강물은 북쪽에서 문 안으로 흘러들어 고여 있다. 그 남쪽을 건너 벼랑 위로 뚫고 오르니, 곧 천수대사암(千手大士庵)이다.] 나는 발을 씻고 물장난을 치다가 날이 저물어서야 치암사로 올라와 묵었다.

『일통지』에서는 치암이 곧 이산이며, 성 남쪽의 3리에 있다고 했다. [양수(陽水)는 남쪽의 지류로서 치암의 북쪽을 지나고, 이수는 남쪽으로 흘러내려 치암의 동쪽을 지난다. 동쪽으로는 석문(石門)이 강에 박혀 있고, 서쪽에는 드넓은 동굴이 깊숙이 들어가 있으며, 남쪽으로는 천수대사암이 있는데, 모두 산발치에 늘어서 있다.

치암사는 산중턱에 높이 매달려 있다. 북쪽의 두 줄기 강은 아래로 흐르는 물을 맞이하고, 허공을 날 듯한 난간은 벼랑을 장식하며, 강물에 비친 그림자는 맑고도 푸르다. 치암사의 서쪽은 치산정(雉山亭)이요, 남쪽은 치산동(雉山洞)이다. 치산동 밖은 날아갈 듯 가파른 벼랑이 우뚝 솟아 있고, 갈라진 틈새는 솟구쳐 골짜기를 이룬 채 꼭대기에서 끝까지 쭉 뻗어내린다. 곁에는 매달린 용모양의 바위가 구불구불 변화하고 바위 색깔은 모두 제각각이다.

앞쪽의 거대한 바위는 평평하게 솟아 있다. 이것은 연대(蓮臺)이다. 연대의 오른쪽 뿌리가 뒤쪽 골짜기와 서로 이어지는 곳에서 아래로 조그마한 동굴을 뚫고 들어갔다. 이어 서쪽으로 연대의 틈새를 향하여 벼랑을 더듬으면서 연대에 올랐다. 골짜기에 걸쳐져 있던 매달린 용 모양의 바위가 바로 그 위에 나온다. 예전에는 청라각이라는 누각이 있었는데, 지금은 연대의 끝으로 옮겨놓았는지라, 이 위에 올랐음에도 이것이 누대임을 알지 못했다. 그러나 빼어난 경관이 청라각으로 인해 가려지지는 않았다. 이 산은 마침 성의 남쪽을 마주보고 있으며, 성밖의 두 번째 겹의 안산이다. 북쪽 1리에는 상비산(象鼻山) 수월동(水月洞)이 있고, 남쪽 3리에는 애두(崖頭)의 정병산(淨瓶山)의 하엽동(荷葉洞)이 있다. 두 동굴은 모두 동쪽으로 이강에 바짝 붙어 있다. 이 산은 가운데가 비교적 넓은데, 『지』에서는 이곳을 이산이라 일컫는다.] 그런데 범성대(范成大)[2]는 상비산 수월동을 이산으로 여겼다. 이로 인해 후인들이 갈피를 잡을 수 없으니, 어느 것을 따라야 좋을지 모르겠다. 그렇지만 두 산의 형상은 자못 비슷하다.

[다만 치암의 석문은 수월동만큼 드넓게 장관을 이루고 있지는 않다. 그래서 놀이객들은 모두 거기를 버리고 이곳으로 온다. 그러나 나에게 평가하라고 한다면, 강 근처의 남쪽에 세 개의 산이 있는데, 이 두 산이 서로 짝을 이룰 뿐만 아니라, 애두의 북서쪽 산기슭은 구멍이 뚫린 채 물길에 박혀 있는 바위가 다리를 벌려 조그마한 문을 이룬 채 강물이 합쳐지는 곳에 나란히 서 있으니, 세 산 모두 이산이라 일컬을 수 있으리라.]

---

1) 웅황주(雄黃酒)는 웅황가루와 창포뿌리를 잘게 썰어 넣은 술이다. 창포뿌리는 넣지 않을 수도 있는데, 음용하는 외에 주로 재액을 막거나 독을 푸는 용도로 쓰인다.
2) 범성대(范成大, 1126~1193)는 강소성 오현(吳縣) 출신으로, 자는 치능(致能)이고 호는 석호거사(石湖居士)이다. 남송 4대가의 한 사람으로서, 청신(淸新)한 시풍으로 전원의 풍경을 읊은 시가 유명하며, 저서로는 『석호거사시집(石湖居士詩集)』과 『석호사(石湖詞)』가 있다.

5월 초엿새

아침 식사를 마친 후, 두 수의 시를 지어 정자영, 양자정 등과 작별했다. 정자영은 또다시 조금만 더 머무르라고 강권하며 시 한 수를 지어 내게 주었다. 마침내 산을 내려와 남서쪽으로 1리를 걸어 큰길로 들어섰다. 남동쪽으로 1리를 나아가 남계교(南溪橋)를 지났다. 남계의 산은 다리 동쪽에 높다랗게 우뚝 솟아 있다. 물길은 남서쪽에서 곧바로 서쪽 기슭에 바짝 붙어 흐르다가 [산의 북동쪽을 따라 이수로 흘러가고,] 그 위에 돌다리가 걸려 있다. 이것이 곧 이른바 남계(南溪)이다.

백룡동(白龍洞)은 산꼭대기에 있다. 층계를 따라 올라갔다. 높고 휑한 동굴 입구가 서쪽으로 시내를 굽어보고, 두 개의 바위가 동굴 입구에 거꾸로 매달려 있다. 이게 백룡동이란 말인가? 동굴 아래에 높다란 전각이 쭉 늘어서 있다. 쳐다보아도 [동굴]인지 알 수 없었다. 전각 왼쪽을 따라 층계를 지나 올랐다. 층층의 누각처럼 화려하게 장식한 궁실이 나왔다. 궁실 안에는 자연히 이루어진 감실이 있고, 그 안에 천수관음이 모셔져 있다. 앞으로 전각의 궁실의 위를 굽어보고 동굴 꼭대기를 둘러보았다. 이곳이 이 동굴의 가장 멋진 곳이다. 여기에서 북쪽으로 가다가 동쪽으로 몸을 돌리니, 어두컴컴해졌다.

이에 앞서 산속의 스님에게 횃불을 샀는데, 스님이 이렇게 말했다. "동굴 안을 따라 가면 유선암(劉仙巖)에 이를 수 있으니, 이 동굴을 나올 필요가 없습니다." 돈을 주고 횃불을 사서 들어갔다. 가운데가 제법 드넓고 갈림길이 많았다. 먼저 그 동쪽 모퉁이 끝까지 걸어가 한 줄기 틈새를 기어올랐다. 나는 이 길이 유선암으로 가는 길이라 여겼으나 끝내 길이 끊겨 나아갈 수 없었다.

다시 남쪽으로 웅덩이로 내려오자, 갈라진 구멍들이 사통팔달하고 위아래가 뒤얽혀 있다. 나는 또 유선암으로 가는 길이라 여겼는데, 산속의 스님이 이렇게 말했다. "[이곳은] 호주암(護珠巖)으로 가는 길로, 몹시 험하여 넘어갈 수가 없습니다. 컴컴한 어둠 속에서 헤매느니, 차라리 동굴을 나가 평지로 가는 것이 편할 것입니다." 이때 가져갔던 띠풀 횃불도 이미 헛되이 다 타버렸기에 스님을 따라 백룡동을 나왔다.

산을 내려가 다리에 이르렀다. 백룡동의 오른쪽을 바라보니 허공에 휘감겨 있는 동굴이 또 있다. 그러나 유선암에 급히 가는 길인지라, 다리 동쪽으로부터 산의 남쪽을 따라 동쪽으로 돌아들었다. 남쪽에 바위 벼랑 하나가 층층이 불쑥 튀어나와 솟구쳐 있고, 아래에도 동굴 구멍이 사방으로 뒤얽힌 채 때때로 어깨를 스쳐 간다. 느닷없이 산속에 비가 흩뿌렸다. 벼랑 아래로 달려가 쉬다가, 갈라진 틈새를 기어올라 날듯이 뻗은 바위에 앉아 구운 떡을 꺼내 씹어 먹었다. [밖에는 발 같은 빗줄기가 내다보이고, 안에는 유백색의 휘장을 드리우니,] 마치 신선이 되어 구름을 타고 노을을 토해내는 듯하다.

한참 뒤에 비가 그쳤다. 바위동굴에서 [내려와] 동굴의 동쪽을 돌아들자, 유선암이 거기에 있었다. 유선암과 백룡동은 각각 동서쪽으로 향해 있는데, 산 남쪽에서 산기슭을 감돌아 나아가면 서로 1리 밖에 떨어져 있지 않다. 비를 피하던 동굴은 그 한 가운데에 있고, 동굴 아래에 도관이 있다. 우선 들어가 도사를 찾아 밥을 지어먹으려 했다. 그러나 도사가 아직 잠자리에서 일어나지 않았기에, 꼬마 도사의 안내를 받아 도관 오른쪽을 따라 층계를 올랐다. 먼저 문을 지나 서쪽으로 들어가 빙글빙글 돌아서 문 위로 올랐다.

다시 문을 빠져 나오자, 남동쪽을 향해 있는 동굴이 보였다. 동굴 속에는 세 분의 신선상을 모시고 있으니, 곧 유선(劉仙)과 그의 스승 장평숙(張平叔)[1] 등이다. 다시 왼쪽으로 방금 지나온 문 위에서 다시 북쪽으로 넘어가자 또 하나의 바위동굴이 펼쳐져 있다. 동굴 안에는 선비상(仙妃像)이 놓여 있고, 동굴 앞에는 엄청나게 커다란 바위가 동굴 문을 가로막고 있다. 바위는 마치 똑바로 선 병풍과도 같고 드리운 발과도 같다. 위쪽 동굴의 오른쪽 벽에 유선이 전서로 쓴 뇌부(雷符)가 있고, 구준(寇

准)[2]이 쓴 커다란 글씨가 있었다. 이 모두 내가 얻고 [싶었던] 것이다.

[나는 유선암에 이르러 즉시 동굴의 여러 구멍을 둘러보았다. 백룡동과 보이지 않게 통한다는 곳을 물어보았으나, 끝내 찾아내지는 못했다. 알고 보니, 백룡동으로 통하는 곳은 바로 비를 피했던 바위 아래의 동굴 구멍이며, 곧 안내를 해준 스님이 말했던 호주암(護珠巖)이 그곳임을 알았다.] 이때 비가 다시 주룩주룩 쉬지 않고 내렸다. 나는 하인 고씨에게 꼬마 도사를 따라 도관으로 내려가서 쌀을 구해 밥을 지어놓도록 시켰다.

나는 상자를 꺼내 뇌부와 구준의 글을 임모했다. 바위벼랑이 옆으로 기울고 바위에 빗물이 줄줄 흐르는지라, 날이 저물도록 그다지 많이 임모하지 못했다. 정문 스님에게도 장평숙과 유선, 두 분 신선의 「금단가(金丹歌)」를 베끼라고 했으나, 역시 마치지 못했다. 또한 벼랑 사이에 새겨진 유선의 『양기탕방(養氣湯方)』과 당소경(唐少卿)의 『우선기(遇仙記)』도 다 베끼지 못한 채 도관에 묵었다. 도사가 죽을 내와 우리에게 먹으라 했다. 한밤중에 큰비가 내리는데, 그 기세가 산골짜기를 뒤집어엎을 듯했다.

유선의 이름은 경(景)이고 자는 중원(仲遠)이다. 그는 장평숙의 제자로서, 각각 「금단비가(金丹秘歌)」를 벼랑 안에 새겼다. 또한 동굴 입구의 벼랑 위에 「사진인가(夑眞人歌)」가 있는데, 반은 이미 떨어져나간 상태였다. 『양기탕방』은 매우 기묘하고 당소경의 글은 기이한데, 모두 여기에 덧붙여 새겨져 있었다.

---

1) 장평숙(張平叔)은 북송대의 인물로 도교 남파(南派)의 창시자이며, 호는 자양(紫陽)이다. 그가 남긴 『오진편(悟眞篇)』은 남파 도교의 이론적 토대를 쌓은 책으로 평가받는다.
2) 구준(寇准, 961~1023)은 북송대의 정치가이자 시인으로, 섬서성 하규(下邽) 출신이며, 자는 평중(平仲)이고 시호는 충민(忠愍)이다.

5월 초이레

억수같은 비가 그치지 않고 내렸다. 하인 고씨에게 도관 안에서 밥을 짓게 했다. 나는 정문 스님과 함께 비를 무릅쓴 채 바위동굴에 올라가, 어제 임모(臨摹)를 마치지 못했던 것을 마저 끝냈다. 그리고서 드디어 옥황사(玉皇祠) 뒤쪽을 따라 풀숲에 숨겨진 층계를 찾아내 북동쪽으로 산을 올랐다. 풀숲이 깊고 빗물에 젖은지라 속옷까지 온통 젖었으나, 동굴의 바위를 둘러보니 층층마다 그만 둘 수 없었다. 꼬마 도사가 우리를 찾아 동굴로 왔다가 사방을 둘러보아도 손님이 보이지 않자, 큰 목소리로 식사하라고 외쳤다. 나는 절로 돌아와 밥을 먹었다.

식사를 마친 후, 도사와 꼬마 도사가 천운암(穿雲巖)으로 안내했다. 천운암은 상암(上巖)의 남동쪽 절벽 아래에 있으며, 동굴 입구 역시 남동쪽을 향해 있다. 이 동굴은 드넓고 환하며, 뒤쪽에는 좌우와 더불어 세 개의 구멍이 뚫려 있다. 왼쪽의 구멍은 옆으로 뚫려 동굴 앞으로 나오며, 뒤쪽의 구멍과 오른쪽의 구멍은 작고 어두운지라, 어둠속에 나아가지 못했다. 동굴 안에는 「계림12암12동가(桂林十二巖十二洞歌)」가 새겨져 있는데, 송나라 사람의 필적이다. 나는 그 명칭이 마음에 들어 베끼고자 했으나, 너무 높아 눈길이 미치지 못했다. 도사가 두 개의 사다리를 가져와 벼랑 사이에 기대어 준 덕분에, 차례차례 나누어 기록했다.

모두 베끼고서 동굴을 나왔다. 동굴 오른쪽에 문창사(文昌祠)가 있었다. 그 앞에서 동쪽으로 선인족적을 지났다. 발자취는 바위에 남아 있는데, 나의 발보다 반 너머 긴데다, 너비 역시 마찬가지이고, 깊이는 다섯 치이다. 발가락 자국이 선명한데, 왼발이다. 그 옆의 바위 위에는 '선적(仙蹟)'이라는 두 글자가 씌어 있다. '적'자는 손가락으로 그은 것이지만, '선'자는 파서 새긴 것이었다.

선인족적에서 북쪽으로 올라가자, 선적암(仙蹟巖)이 나왔다. 선적암은 천운암의 북동쪽 벼랑 위, 상암의 동쪽 모퉁이에 있다. 동굴 입구는 남동쪽을 향해 있고, 바깥은 높고 환하다. 이곳에서는 노군상(老君像)을 모시고 있다. 그 안에는 종유석이 거꾸로 드리워진 채 두 층으로 나뉘어져 있다. [마치 관아 대청의 뒤쪽에 창살 모양의 병풍이 나란히 늘어서서 안팎의 방을 나누고 있는 듯하다.] 동굴에는 두 갈래의 구멍이 뚫려 있다. 모두 그다지 깊지 않으나 영롱하기 그지없다.

한참동안 이리저리 다녔으나 비가 그치지 않았다. 계속해서 선적석(仙蹟石)에서 1리를 걸어 도관 앞에 이르렀다. 도사 및 꼬마 도사와 작별하고서 남쪽으로 [2리를] 나아가 십리포(十里鋪)로 [나왔다.] [십리포는 투계산(鬥鷄山) 서쪽에 있으며, 부성에서 평락(平樂)으로 가는 큰길에 있다.] 십리포에서 남쪽으로 영의석방(靈懿石坊)으로 들어서서 동쪽의 갈림길로 나아갔다. 1리를 들어가 북쪽으로 천산(穿山)을 바라보니, 강 너머에 눈구멍과도 같은 동굴이 높이 매달려 있다. 예전에는 북쪽에서 바라보았는데, 이번에는 몸을 돌려 남쪽에서 쳐다보니, 비가 부슬부슬 내리는 가운데 이렇게 둥글고 밝은 동굴이 나타난 것이다. 마치 중추절에 반은 흐리고 반은 맑은 양하다.

다시 앞으로 나아가 애두산 북쪽 모퉁이의 소장대(梳粧臺) 아래를 바라보았다. 날 듯한 바위가 강물 속에 박힌 채 도려내어져 궐문을 이루고 있다. 멀리서 바라보니 수월동보다는 좀 작은 듯하지만, 치산의 석문과 기세가 흡사하다. 그러나 급류가 그 속에 용솟음치고 일렁이는 모습이 매우 기이하다. 눈 깜짝할 사이에 위로 보니 밝고도 둥근 동굴이 구름에 닿고, 아래로 보니 네모진 모래섬이 강물 속에 박혀 있다. 잠간 돌아보는 사이에 이토록 기이한 절경은 이제껏 본 적이 없었다.

모두 1리를 나아가 동쪽으로 애두묘(崖頭廟)에 이르렀다. 애두산은 치산의 남쪽에 있으며, 성 남쪽의 세 번째 겹의 정남쪽의 안산이다. 이강은 서쪽의 치산에서 양강(陽江)과 합쳐지고, 다시 동쪽의 천산에서 상수와 만난 다음 남쪽으로 세차게 내달린다. 애두산은 바로 그 요충에 버티고 있다. 산은 그다지 높지 않으나 우뚝 솟은 채 강물을 가로막고 있는데, 곰과 맞붙은 기세를 지니고 있다.

서쪽을 향하여 가응비(嘉應妃)를 받드는 제사를 모시는 사당이 있다. 매우 영험하다고 한다. 이 사당은 영의묘(靈懿廟)이다. (송나라 가정 연간[1])에 가응선리비嘉應善利妃로 봉했다.) 그 북쪽 언덕에 소장대라는 정자가 있다. 그 아래에는 날듯이 가파른 벼랑이 높다랗게 움패어 있고, 그 가운데는 칼로 도려낸 듯 문을 이루고 있다. 벼랑이 툭 튀어나오고 물결이 기우는지라 내려다볼 수 없고, 그저 미친 듯이 뛰노는 소용돌이가 바위를 휘감아돌다가 때로 우르르 쿵쾅 하는 소리를 내는 게 보일 뿐이다.

한참동안 앉아 있다가 영의묘로 돌아왔다. 영의묘의 뒤쪽을 따라 동굴 하나로 들어갔다. 동굴 입구는 서쪽을 향해 있다. 문을 지나 층계를 밟아 내려가자, 그 뒤쪽이 휑하여 사방이 [바라보인다.] 허파꽈리 모양의 바위가 동굴 안에 드리워져 있는데, 순록색의 빛깔에 층층이 겹겹으로 잎사귀가 이어진 듯하다. 이곳은 하엽동이다. 하엽동 바닥을 뚫고 산의 북동쪽을 지나자, 빛이 새어드는 입구가 나왔다. 동굴 입구 아래는 이강이 휘감고 있다.

하엽동 앞에서 왼쪽으로 내려가다가 동쪽으로 돌아들었다. 칠흑같은 어둠 속에 동굴이 봉긋 솟아 있으나, 횃불을 찾아 들어가볼 겨를이 없었다. 애초에 나는 치산의 스님에게서 하엽동의 이름을 듣고서 그 위치를 물어보았으나 알지 못했다. 그런데 이곳에 이르러 벼랑의 기록을 닦아내고서야 하엽동이 이곳임을 알게 되었던 것이다. 뜻밖의 소득인데다 동굴 또한 신묘하고 환상적이니, 빗속을 쏘다닌 보람이 있는 셈이었다.

영의묘 안에는 아무도 살고 있지 않았다. 그러나 새신(賽神)[2]을 지내러 온 사람들이 불씨를 가지고 벼랑에 와서 밥을 짓는지라, 앞뒤로 오고 가는 이가 끊이지 않았다. 그 북동쪽 모퉁이의 바위 벼랑이 강물 속에 박혀 있는데, '정병(淨瓶)'이라는 산의 이름은 여기에서 비롯되었다. 이곳은 반드시 배를 타고 물길을 따라 구경해야지, 위에서는 엿볼 수 없다.

계속하여 2리를 나아가 큰길로 나와 십리포를 스쳐지났다. [백룡동을 지나 북쪽으로 시내를 따라 이전에 바라보았던 백룡동의 왼쪽 동굴, 즉 현암(玄巖)을 찾아갔다. 동굴은 동쪽을 향해 있으며, 동굴 입구는 높이 솟구쳐 있다. 골짜기로 내려와 남쪽의 산겨드랑이에서 동쪽으로 윗동굴에 들어섰다. 동쪽으로 오르자 북쪽의 깊은 곳을 지나지 않으면 안 되는데, 온통 높고 깊고 그윽하여 횃불 없이는 멀리 돌아다닐 수 없었다. 동굴 앞에 어지러이 널린 종유석 기둥은 백룡동에 조금도 뒤지지 않았다. 위쪽에 '현암'이라고 새겨져 있는데, 글씨가 대단히 오래되었다. 동굴을 나와 식사를 하고 나니 비가 갰다. 5리를 걸어 영원문(寧遠門, 곧 남문이다)으로 들어섰다. 숙소로 돌아와 옷을 갈아입고 더러운 때를 씻어냈다.

---

1) 가정(嘉定)은 남송대 영종(寧宗)의 연호로, 1208년부터 1224년까지이다.
2) 새신(賽神)은 가을철에 농촌에서 가을걷이가 끝난 뒤 마을의 수호신을 집단으로 제사지내는 일을 가리킨다.

5월 초여드레

아침 식사를 마쳤다. 안찰사 관아의 동쪽의 왕손인 주초양(朱初暘)의 집에서 돌을 샀다. 하인 고씨에게 작은 것 세 점을 가지고 숙소로 먼저 돌아가게 하고, 큰 것 세 점은 포장하도록 남겨두었다. 나는 정문 스님과 함께 북문을 나서서 반리를 나아간 뒤, 동쪽으로 돌아들어 반리만에 북쪽의 오솔길로 접어들었다. 못 하나를 지나 드디어 유암산(劉巖山)에 올랐다.

앞쪽 산기슭에 암자가 있고, 그 뒤쪽에 동굴이 있다. 이 동굴은 유암동(劉巖洞)이다. 유암동의 입구는 서쪽을 향해 있고, 동쪽 아래는 어두컴컴한 못이다. 동굴 입구 밖에는 문을 설치하여 물쑥의 저장고로 사용하고 있었다. 이 동굴은 유씨 성을 가진 이로 인해 유암동이라 일컫는데,

성의 남쪽에 있는 유선(劉仙)과 이름은 같지만 실제는 다르다.

동굴 오른쪽에서 가파른 층계를 기어올랐다. 명월동(明月洞)이 나왔다. 명월동은 가파르기 그지없는 벼랑의 중턱에 높이 이어져 있다. 위로는 천 길 낭떠러지이고, 아래로는 겹겹의 골짜기를 굽어보고 있다. 동굴의 입구 역시 서쪽을 향해 있다. 백운(白雲) 스님이 동굴 입구 위에 불각을 지었는데, 층층이 겹겹으로 동굴에 기대어 있는 기세가 마치 떠가는 구름이 하늘을 수놓은 듯하다. 동굴은 불각 아래에 있다. 동쪽으로 들어서자 휑하니 넓었다. 하지만 어두워 아무 것도 분간할 수 없는지라 기이하달 것이 없었다.

동굴을 나와 망부산(望夫山)이란 곳을 찾았다. 망부산은 그 북쪽에 있는데, 여전히 가려져 보이지 않았다. 이에 밥을 먹고 내려오는 길에, 벼랑 중턱에 북쪽으로 나 있는 오솔길이 보였다. 벼랑을 따라 약간 북쪽으로 나아가자, 서쪽을 향해 있는 동굴이 보였다. 그 동굴의 입구는 높게 매달려 있다. 스님이 땔나무를 동굴 앞에 제멋대로 어지럽게 쌓아놓은지라 올라갈 길이 없었다. 마침 이리저리 헤매고 있는데, 위에서 이 모습을 보신 백운 스님이 급히 달려 내려와 올라오기를 권했다.

사다리를 타고서 한 겹 한 겹 올라서자, 바위 하나가 곧추선 병풍마냥 입구에 버티고 서 있다. 그 왼쪽을 따라 틈새를 지나는데, 구불거리고 영롱하기 그지없다. 바위등을 타넘어 동쪽으로 내려갔다가, 곧바로 산허리를 뚫고 나왔다. 입구를 열고 동쪽으로 나오니, 밖으로는 층층의 벼랑이 굽어보이고, 안으로는 깊은 곳이 늘어서 있다. 허공 속에서 아래를 내려다보노라니, 마치 몸을 구름 속에 맡겨놓은 듯하다.

동굴 입구에는 석주가 사방으로 어지럽고, 길의 구멍은 거꾸로 갈라져 있다. 북쪽에 높은 곳에서 떨어져 내려오는 길이 있다. 동쪽으로 돌아들자 어두컴컴했다. 동쪽으로 나가는 문이 있으나, 어두워서 더 이상 내려갈 수가 없었다. 다시 백운 스님과 따로따로 뾰족한 바위등에 걸터앉았다. 백운 스님이 이 동굴의 신령함에 대해 이야기해주었다. 예전에 그의 제자 가운데에 미욱한 녀석이 있었는데, 동굴에 들어갔다가 정신이 혼미해져 어디로 갔는지 알 수 없는 일이 일어났다. 백운 스님이 이곳저곳 찾아보았으나 끝내 찾지 못하자, 부처님 앞에서 간절히 빌었다. 닷새가 지나 그의 제자가 다시 동굴 옆에서 나왔다. 신에게 붙들려 막 고해(苦海)에 놓여지는 순간, 스승의 간절한 기도 덕분에 죄를 면하고 풀려났다고 한다. 그러나 예전에 동굴 안을 여러 번 찾아보았으나, 어디에서 나왔는지 알 길이 없었다고 한다.

이 일대는 동서 양쪽으로 훤히 트여 있으며, 가운데에 경계를 이루고 있는 등성이와 문도 있다. [천산, 첩채산, 중은산(中隱山), 남봉(南峰) 등의 여러 동굴들만큼 드넓게 뚫려 있지는 않다. 아래로 바라보면 매우 밝으며, 안은 그다지 깊숙하지 않다.]

동굴을 내려와 백운 스님과 작별했다. 계속하여 1리를 나아가 서쪽으로 북문을 지났다. 문의 서쪽 봉우리가 마주보며 솟아 있는데, 산을 깎아 성을 만들어 놓았다. 그 북쪽 산기슭을 따라 북서쪽의 성 모퉁이를 돌아들자, 아래로는 층층의 바위가 휘감아돌고 위로는 깎아지른 듯한 성벽이 우뚝 서 있다. 그 서쪽은 바로 마류산(馬留山)이 동쪽으로 건너뻗은 줄기이다. 그 남쪽에는 성 가까이에 못을 만들었는데, 남쪽에 모인 물은 양수동교(凉水洞橋, 신서문 밖에 있다)와 만나 남쪽의 양강으로 흘러든다. 그 북쪽에는 웅덩이물이 산에 둘러싸인 못이 있는데, 동쪽의 우산(虞山)의 접룡교 아래의 것보다 낮다. 『지』에서 일컫는 바의 시안교(始安嶠)가 틀림없이 그곳에 있으리라. (또한『지』에 기록되어 있는 냉수동(冷水洞)은 성의 동쪽에 있다. 증공암(曾公巖) 역시 냉수동이라 일컫는데, 여기에도 냉수동이 있다. 양수동교(凉水洞橋)의 북쪽은 온통 연꽃으로 가득차 있다. 향기가 멀리까지 퍼져 나가니, 역시 절경이다. 양수동은 신서문 밖에 있다. 북문은 두 산 사이에 있고, 동서 양쪽의 봉우리는 우뚝 치솟아 있다. 동쪽 봉우리는 속칭 마안산(馬鞍山)이요, 서쪽 봉우리는 흔히 진무암(眞武巖)이라 일컫는다. 동쪽 봉우리는 진남봉(鎭南峰)이 아닌가 싶은데, 『지』에서는 당나라 사람이 새긴 비석이 있다고 했으나, 아직 찾지 못했다. 서쪽 봉우리의 남쪽 기숲에 있는 것은 왕양명의 사당王陽明祠이다.) 산세를 따라 성을 쌓으니, 굳게 지킨 기세가 대단히 웅장하다. 그러나 북쪽 성은 산을 따라 남쪽으로 돌아들기에 북쪽 모퉁이는 매우 비좁지만, 남쪽으로 차츰 뻗어가면서 동서 양쪽이 넓어진다.

나는 성밖 북서쪽 모퉁이에 들어앉은 벼랑 위에서 잠시 쉬었다. 잠시 후 북문으로 들어가 서쪽에 있는 왕양명의 사당을 배알했다. 다시 동쪽의 한길을 따라 남쪽으로 나아갔다. 동굴의 서쪽 동굴 구멍을 바라보니, 빛이 환하다. 마치 희고 맑은 달이 높이 걸려 있는 듯하다. 다시 남쪽으로 모두 1리를 나아가 「계령비(桂嶺碑)」 옆에 이르렀다.

서쪽으로 나아가 성 가까이 다가가자, 또 하나의 산이 나타났다. 화경동이 그곳에 있었다. 화경동의 입구는 동쪽을 향해 있다. 앞에는 큰 못이 있고 뒤로는 산에 의지하고 있는데, 역시 산세를 따라 서쪽 성벽이 쌓여 있다. 화경동의 앞쪽 동굴은 평탄하고 밝다. 위쪽은 덮여 있고 아래쪽은 툭 트여 있다. 그 남쪽에는 예전에 누각이 있었으나, 지금은 모두 무너져 지탱해주는 것이 없다. 그래서 스님은 동굴로 옮겨가 기거하고 있다.

동굴 뒤쪽은 구멍이 뚫려 입구가 되어 있다. 동굴 안은 깊고 휑하며, 세 곳으로 나누어져 있다. 즉 남쪽으로 들어가는 곳은 웅덩이가 어둡고 깊다. 서쪽으로 뚫린 곳은 예전에는 성 밖으로 통했는데, 지세를 따라 성문을 만들었다가 나중에 돌을 쌓아 막아버렸다. 북쪽으로 돌아드는 곳은 위로는 동굴 앞으로 나오고, 아래로는 날 듯한 바위를 타고서 동쪽의 동굴 위를 굽어보고 있다. 벼랑에는 옛날에 새긴 글이 하나 있다. 개경(開慶)[1] 원년의 황제의 친필 조서인데, 변방의 장수에게 내린 글이다. 개경이 어느 시대의 연호인지 모르지만, 조서의 문장과 문채가 모두 볼 만하다. 또 아래에 감사의 상주문과 발문이 있으나, 떨어져 나가 읽을 수 없었다.

얼마 후 다시 앞쪽 동굴로 나왔다. 스님이 "동굴의 왼쪽을 따라 성에 올라가면 산꼭대기에 「제갈비(諸葛碑)」가 있습니다"라고 알려주었다. 나는 그의 말을 듣고 이상하게 여겨 서둘러 서쪽으로 성가퀴에 올랐다. 성벽을 따라 남쪽으로 올랐다가, 얼마 후 [꽃받침 모양의 바위가] 어지러이 섞인 사이로 산꼭대기에 올랐다. (이 꼭대기는 보적산寶積山임에 틀림없다. 『지』에 따르면, 보적산은 화경산華景山과 서로 이어져 있고, 산 위에 기암과 괴목이 많다. 이제는 또 와룡산臥龍山이라 하지만, 생각건대 하나의 산을 남북에서 달리 부를 따름이다.)

꼭대기 남쪽의 황량한 풀숲 속에 두 개의 비석이 있다. 하나는 성화(成化)[2] 연간에 개부(開府)의 공용(孔鏞)이 지은 글이고, 다른 하나는 가정 연간에 총병관 유대유(兪大猷)[3]가 쓴 글이다. 두 개의 비문에 따르면, 이 산의 옛 이름은 와룡(臥龍)이다. 그래서 제갈량(諸葛亮)의 제사를 모셨는데, 이는 제갈량의 공덕과 업적이 천하에 두루 알려져 있었기에 지역에 구속받지 않았던 것이다. 이제 꼭대기의 사당은 이미 폐허가 되었기에, 산기슭에 새로 지어져 있다.

꼭대기 위에서 동쪽으로 부성의 거리를 굽어보니 저녁밥을 짓는 연기가 눈앞에 역력하고, 서쪽으로 흐릿한 모습의 삼각주를 바라보니, 연잎이 끝없이 이어져 있다. 가까이로는 마류산의 그림자가 물속에 되비치고, 멀리로는 후산의 여러 봉우리가 비취빛으로 늘어서 있다. 비록 제갈량이 남긴 자취가 없었더라도, 계림부의 명승지라 할 만하다.

꼭대기 옆 벼랑의 가시덤불 사이로 백합화 한 그루가 있는데, 다섯 송이의 꽃받침이 대단히 크다. 아예 뿌리채 뽑아 어깨에 둘러맨 채 산을 내려오니, 바로 안찰사 관아의 뒤쪽이 나왔다. 날은 어느덧 땅거미가 내려앉았다. 모두 2리를 걸어 숙소에 이르렀다.

---

1) 개경(開慶)은 남송대 이종(理宗)의 연호로, 1259년 1년뿐이다.
2) 성화(成化)는 명대 헌종(憲宗)의 연호로 1465년부터 1487년까지이다.
3) 유대유(兪大猷, ?~1580)는 복건성 진강(晉江) 출신으로, 자는 지보(志輔)이고 호는 허강(虛江)이다. 광동 지역에 출몰하는 왜구를 정벌하여 이름을 날렸다. 훗날 광서 총

병관이 되어 위은표(韋銀豹)가 이끄는 농민반란을 진압했다.

5월 초아흐레

나는 숙소에서 잠시 쉬었다. 오전에 남쪽으로 한길에서 1리를 나아가 초루를 지났다. 부채를 사서 「등수시(登秀詩)」를 써서 감곡 스님과 영실 스님 두 분께 드리려고 했으나, 쓸 만한 부채가 없었다. 이에 현 뒤쪽 거리를 따라 서쪽으로 황족인 염천(廉泉)의 정원에 들어갔다. (염천은 풍채 가 좋고 단정했으며 예의범절이 바른데다 겸손하고 충후했다. 그는 서재에서 일하는 아이를 시켜 정원을 두루 구경시켜주었다.) 정원은 거실의 오른쪽에 있었다. 뒤 쪽으로 커다란 못을 굽어보고 있는데, 멀리 있는 산과 가까운 물이 서 로 어우러져 자못 아름다웠다. 과일나무와 바위봉우리가 그 안에 여기저 기 심어져 있으나, 정자와 누각에 새기고 장식되어 있는 것들이 판에 박 은 듯하고 문양도 특색이 없었다. 발걸음을 멈추고서 한참동안 쉬었다.

남동쪽으로 1리를 나아가 오악관(五嶽觀)을 지났다. 다시 1리를 걸어 문창문(文昌門), 곧 동남문을 나왔다. 남계산(南溪山)이 그 앞에 정면으로 마주하고 있다. 약간 돌아들어 쭉 올라가 남쪽으로 돌다리를 지났다. [다리 아래는 곧 양강의 북쪽에서 갈라져 나온 지류이다.] 곧바로 동쪽 으로 돌아들어 반리를 나아가 계림회관(桂林會館)을 지났다. 반리를 더 나아가 바위산 남쪽 기슭에 이르니, 삼교암(三敎庵)이 거기에 있었다.

삼교암의 뒤쪽에는 우군애(右軍崖)가 있다. 이곳은 방신유(方信孺[1])가 집을 엮어지은 곳이다. 방신유의 시는 삼교암의 뒤쪽 벼랑 위에 새겨져 있는데, 그런대로 완벽하여 탁본할 만했다. 그 산 역시 이산이며, 요즘 사람들은 상비산이라 부른다. 치산의 이산과 함께 하나는 저기 있고 다 른 하나는 여기 있는데, 어느 것이 더 나은지 알 수가 없다. 산의 남동 쪽 모퉁이에도 동굴이 있었다. 남쪽을 향한 채 바로 암자의 곁에 있는 데, 울타리를 두르고 자물쇠를 채워 놓았다. 토박이들이 그 안에 물쑥을 저장했기 때문이다. 동굴은 그다지 넓지 않다. 예전에는 곧바로 북동쪽 모퉁이로 통했으나, 지금은 그 뒤쪽 구멍에 돌을 쌓아 막아버렸다.

바위벼랑을 따라 북동쪽으로 나아가 드디어 이강에 이르렀다. 산을 감돌아 거슬러 나아가자, 바위 벼랑이 까마득히 움패어 있는 곳에 또 하나의 동굴이 보였다. 북쪽을 향해 있는 이 동굴은 남극동(南極洞)이다. 동굴 안은 그리 깊지 않다. 동굴 앞으로 나와 곧장 북서쪽 모퉁이로 돌 아들었다. 이곳은 상비암(象鼻巖)이며, 수월동이 여기에 있다. 아마 산은 같은데 형상에 따라 이름을 달리했으리라.

날아갈 듯한 벼랑은 산꼭대기에서 날듯이 걸쳐 내려와 북쪽으로 강 물 한가운데에 꽂혀 있고, 높다란 동서 양쪽은 칼로 도려낸 듯 문을 이 루고 있다. 성 남쪽에서 흘러온 양강이 이곳을 뚫고 지나 이강에 합쳐 진다. 위쪽은 텅 비어 달처럼 밝고, 아래쪽은 다시 안팎으로 물결을 휘 감으니, '수월(水月)'이라는 명칭은 여기에서 비롯되었다. 강물 속에 꽂혀 있는 벼랑은 아래로 물속에 걸터앉은 채 위로 산에 이어져 있으며, 가 운데는 아래로 드리우다가 바깥으로 치켜들어 코를 말아쥔 기세를 취 하고 있다. '상비(象鼻)'라는 명칭은 여기에서 비롯되었다.

물 동굴의 남쪽으로 벼랑 중턱에 또 하나의 물 동굴이 열려 있다. 그 벼랑 역시 산꼭대기에서 동쪽으로 강가에 걸쳐져 있고, 가운데는 칼로 도려낸 듯 둥근 구멍이 있다. 구멍은 복도처럼 기다랗게 곧장 물 동굴 의 위로 뚫고 나온다. [북쪽의 구멍 입구에 걸터앉아 아래로 물동굴을 굽어보니] 동서 양쪽으로 서로 통하여 어우러진 경치가 참으로 절경이 다. 송나라의 범성대가 동굴의 벽에 새겨놓은 글이 남아 있었다. 글씨의 크기는 일정하지 않고 반은 이미 갈라지고 닳아져 버렸다. 이 끊기고 잘린 문장은 참으로 범성대의 명기(銘記)와 마찬가지로 진귀한 것이니, 기술자를 찾아 탁본하여 일실되지 않도록 해야 함이 마땅하다.

이때 고깃배가 동굴 입구의 벼랑바위 사이에 배를 댔다. 나는 뱃사공 에게 동굴 밖으로 에돌아나갔다가 다시 동굴 속으로 뚫고 들어오게 하여 물과 뭍의 경관을 두루 구경했다.

이어 남쪽으로 1리를 나아가 이강의 동쪽 언덕으로 건넜다. 2리를 더 나아가 천산 아래에 이르렀다. 천산은 서쪽으로 투계산과 마주하고 있다. [투계는 유선암의 남쪽, 애두산의 북쪽에 있으며, 이강의 서쪽 언덕쪽으로 강에 닿아 있는 산이다. 산의 동서 양쪽은 이강을 사이에 낀 채, 성이 난 닭 벼슬과 툭 튀어나온 닭의 뒷발톱의 모습을 지니고 있다. 따라서 두 산을 합쳐 투계라 불러야 마땅하다. 특히 동쪽의 산은 가운데가 뚫려 있는데, 뚫린 부분이 둥근 거울처럼 밝은지라, 다시 천산이라 이름 지었던 것이다.]

산의 서쪽에도 넘어질 듯 위태롭게 서 있는 봉우리 하나가 있다. 처음 볼 때에는 하나인 줄 알았다. 그런데 그 아래에 이르러보니, 곧추선 바위가 아래로 쪼개져 있고, 쭉 산자락까지 이르면 갈라진 듯 합쳐진 듯 양쪽에 높다랗게 우뚝 서 있다. 아마 이 산은 가볍게 날아오르는 모습이 기이하게 보이기에 토박이들이 하엽산(荷葉山)이라 불렀을텐데, 아주 알맞은 이름이다.

천산의 북쪽 기슭에는 가희교 아래로 흘러가는 타검강(拖劍江) 물이 곧바로 벼랑 뿌리에 부딪치면서 산을 따라 남쪽으로 흘러내리다가 마침내 이강과 합쳐진다. 나는 강 북쪽에 이르러, 시내 너머로 건너지 못했다. 벼랑 벽은 매달린 듯 높이 솟구친데다, 동굴 입구가 밝았다가 어두웠다 어지럽게 뒤섞여 늘어서 있는지라, 설사 건넌다 해도 오를 수 없을 것 같았던 것이다.

이에 시내를 따라 남쪽으로 나아갔다. 시내 너머 동쪽을 바라보니 천암(穿巖)은 어느덧 돌아들어 있었다. 뚫린 채 밝은 부분은 보이지 않고, 봉우리를 이룬 산의 옆면이 마치 손가락을 치켜든 듯 뾰족했다. 다시 조각배에 몸을 싣고서 동쪽으로 건넌 뒤, 천산의 남쪽 기슭으로 나와 북쪽을 향하여 올랐다. 잡초를 뽑아내면서 돌길을 찾아 한 바위동굴에 올랐다. 동굴은 높이 산중턱에 기대 있고, 입구는 남쪽을 향해 있다. 이곳이 바로 천암이겠거니 싶었다.

동굴 안에는 종유석 기둥이 가운데에 매달려 있고 옥 같은 바위모서리가 층층이 겹쳐 있다. 자못 굽이굽이 휘감아 도는 경관을 지니고 있다. 동굴의 왼쪽에서 깊이 들어가자, 차츰 웅덩이지고 어두워지며 물이 가운데에 고여 있다. 그제야 천암이 아님을 알고 밖으로 나왔다.

동굴 오른쪽을 따라 다시 기어올랐다. 높다란 동굴이 툭 트인 채 산허리를 평평하게 꿰뚫고 있다. 길은 산속으로 십여 길인데, 높이와 폭은 모두 대여섯 길이다. 위는 둥글게 말린 다리와 같고, 아래는 복도와 같다. 가운데에는 줄지어 매달린 종유석이 없는지라, 한눈에 훤히 들여다 보였다. 동굴의 북쪽 벼랑 오른쪽에는 '공명(空明)'이라는 글자가 새겨져 있다.

동굴 밖을 따라 벼랑에 올라 동쪽으로 꺾어 돌자, 동굴 하나가 또 열려 있다. 북쪽을 향한 채 천암과 나란히 늘어서 있다. 뒤로는 통해 있지 않으며, 안은 층층의 구멍으로 나누어져 있다. 천암이 드넓고 시원스러운 전당이라면, 이곳은 그윽하고 깊숙한 내실이라 할 수 있다. [이곳의 동쪽에는 세 개의 동굴 입구가 더 있다. 아래로 바라 볼 수는 있어도, 이곳에 이르러보니 험준하여 길이 끊겨 있다.] 천암의 남쪽 위편에 또 하나의 동굴이 매달려 있다. 남쪽을 향한 채 천암과 겹쳐져 솟구쳐 있는데, 뒤쪽은 북쪽으로 뚫려 있지 않고 안에는 겹겹의 휘장이 늘어선 듯하다. 천암을 평대라고 한다면, 이곳은 높게 쌓은 누각이라 할 수 있다.

기대어 한참동안 바라보다가 왔던 길을 되짚어 동쪽으로 물이 고인 동굴까지 [내려왔다.] 남쪽으로 산기슭에 다다를 즈음, 또 동굴이 보였다. 입구는 남쪽을 향해 있으며, 고인 물의 동쪽에 늘어서 있다. 그 안에도 갈라진 구멍이 있다. 서쪽으로 들어가 보니, 좁고 어두워 기이한 것은 없었다. 이때 저녁 어스름이 깔려오는지라, 서쪽의 하엽산 아래로 건너갔다. 북쪽으로 2리를 나아가 선착장을 지나 이강의 동쪽 언덕을 거슬러 올랐다. 다시 북동쪽으로 3리를 나아가 뜬다리를 건너 숙소로 돌아왔다.

1) 방신유(方信孺, 1177~1223)는 복건성 포전(莆田) 출신으로, 자는 부약(孚若)이고 호는 호암(好庵)이며 자모산인(柴帽山人)이라 자처했다. 그의 저작으로는 『남해백영(南海百詠)』과 『관아헌집(觀我軒集)』 등이 있다.

5월 초열흘

숙소에서 쉬었다. 오전에 그제 주초양의 집에 맡겨 포장해 놓은 돌을 가져오라고 했는데, 그 가운데 검은 봉우리 하나는 도끼로 다듬어 이어 붙인 흔적이 여러 군데였다. 오후에 다시 직접 가서 바꾸려고 했으나, 주초양이 왕성 후문으로 연극을 보러 가버렸기에, 잠시 돌을 그의 집에 놓아두었다. 그리고는 정문 스님과 함께 시를 적은 부채와 악록산의 찻잎을 감곡 스님에게 보내드리러 갔다.

왕성 후문에 이르렀을 때, 마침 연극을 공연하고 있었다. 연극을 구경하는 이들이 성문 가로막 앞에 줄지어 늘어서 있는 바람에 들어갈 수가 없었다. 정문 스님은 부채와 차를 옷소매에 넣고서 참회 예불단에 올랐다. 마침 감곡 스님이 예불단에 계시기에 13[일]에 만나기로 약속했다. 나는 이때 찌는 듯한 태양 속에 무더위가 심하여 도무지 연극을 보고 싶은 마음이 들지 않았다. 그래서 서둘러 가로막 안의 스님에게 부탁하여 정문 스님더러 어서 돌아오라 하고는 숙소로 돌아와 쉬었다.

5월 11일

식사를 마친 후 동강문(東江門)을 나섰다. 뜬다리를 건너 10리만에 가회교를 지났다. 용은암(龍隱巖)으로 가는 길을 물었다. 용은암은 다리 동쪽의 남쪽 벼랑에 있는데, 계림에 들어올 적에 지났던 곳이다. 길 양쪽에 산이 있다. 북쪽은 칠성산(七星山)이고, 남쪽은 용은산(龍隱山)이다. 산 위의 동굴은 모두 서쪽을 향하여 강을 굽어보고 있다. 칠성산 뒤쪽으로 산을 뚫고 지나면 증공암이다. 그 앞에는 갈라져 나온 봉우리가 길 북쪽에 우뚝 솟아 있다. 용은암 뒤쪽으로 고개를 넘어 남쪽으로 가면 은진암(隱眞巖)이다. 그 북쪽에 바위 하나가 마치 인사하듯 손을 맞잡은 모습으로 길 남쪽을 내려다보고 있다.

. 이곳은 들어왔을 적에 처음 들어섰던 좁은 길목인데, 이곳에 이르러서야 상세한 사정을 알게 되었다. 다리 위에서 남쪽을 바라보니, 용은암과 월아암(月牙巖)이 동쪽 벼랑에 나란히 늘어서 있다. 다만 월아암이 약간 북쪽에 있을 따름이다. 다리를 지나 산을 따라가면 그곳으로 가는 길이 있다. 반면 용은암은 약간 남쪽에 있으며, 다리 아래에서 강을 건너야 오를 수 있다. 그 큰길은 손을 맞잡은 모습의 바위에서 남쪽으로 고개의 움푹 꺼진 곳을 넘어 은진암을 따라 서쪽으로 나아간 다음, 다시 이운정(怡雲亭)에서 북쪽으로 꺾어들어야 이를 수 있다. 이 사이에 1리 남짓을 우회한다.

나는 손을 맞잡은 사람 모양의 바위를 보고 싶었다. 그래서 다리 동쪽을 따라 곧바로 고개를 짓쳐내려간 뒤, 남쪽으로 올라 그 사람 모양의 바위를 마주보았다. 다시 남쪽으로 내려오자 큰 둑이 있다. 둑의 북쪽에서 산을 따라 서쪽으로 돌아들자, 벼랑의 바위들은 모두 깎아낸 듯하고 날듯이 튀어나와 있었다. (벼랑에는 은진암이 있고, 누각의 사당이 세워져 있다.) 모두 1리를 나아가 산의 남서쪽 모퉁이에 이르렀다. 이곳의 봉우리는 더욱 울쑥불쑥 층층으로 겹쳐 있다. 가운데는 비고 밖은 우뚝 솟으니, 위쪽이 마치 오작교가 허공에 매달려 있는 듯하여 매우 기이했다.

용은암이 바로 아래 있음을 알고 있기에, 틈새를 기어오르기 시작했다. 위에 평대의 터가 있다. 벼랑의 흙먼지를 털어내고 기록을 읽어보니, 이운정이 폐허가 된 자취이다. 그 위에서 틈새를 돌아들고 허공을 기어오르며 칼날 같은 바위등을 뚫고 올랐다. 바위들이 조각조각 매달려 이어지는데, 기운 것은 골짜기를 꿰뚫고 평평한 것은 다리를 만들고 있다. 바위들은 허공에 박혀 영롱하게 빛나지 않은 것이 없다. 잠시 후 다리 아래에서 책상다리를 하고 앉으니, 위쪽은 덮여 감실을 이루고 있다. 다리 위로 기어오르자, 아래쪽이 허공에 매달린 듯한 누각을 이루고 있다. 이는 참으로 용각(龍角)성군의 궁전이요, 월궁 가운데의 굴이로다!

아래의 이운정으로 내려오니, 그 오른쪽에 바로 용은동이 있다. 동굴 입구는 서쪽을 향한 채 드높고 넓게 뻗어 있다. 깊숙하고 따로 떨어진 구멍은 없으나, 평평하게 덮여 있는 꼭대기의 바위는 마치 휘장을 펼친 듯하고, 용처럼 구불구불한 두 줄기 무늬는 한데 모여 용의 머리를 이루고 있다. 매달린 종유석은 아래로 늘어진 채 물이 그 끝에서 똑똑 떨어지는데, 마치 옥구슬과 같다. 이것이 용은암이라는 명칭을 얻게 된 유래이다.

이 동굴은 예전에 석가사(釋迦寺)였으며, 스님과 정실이 대단히 많고 흥성했다. 송대 사람의 석각이 이곳에 많이 모여 있는데, 뒤쪽에 있는 「원우당인비(元祐黨人碑)」는 특히 널리 알려진 것이다. 지금은 이미 버려진 채 폐허가 되어버려 쓸쓸하게도 아무도 사는 이가 없다. 어찌 불교의 성쇠이거나 아니면 인간세상의 상전벽해가 아니랴! 동굴 오른쪽은 입구와 가까운데, 얽어맨 누대와 드리워진 돌기둥이 둥글게 층층의 감실을 이루고 있다. 안으로는 겹겹의 동굴이 보이고, 밖으로는 깊은 강물이 굽어보이니, 이곳이 가장 멋진 곳이다. 동굴을 나오니, 어느덧 정오가 지나 있었다.

계속하여 이운정 남쪽 기슭에서 북동쪽으로 단령을 넘어 '손을 맞잡은 사람 모양의 바위'를 지났다. 서쪽으로 돌아들어 거리를 따라 1리 남짓을 나아갔다. 화교에 이를 즈음, 하인 고씨에게 북쪽으로 조운암(융지 스님이 거처하는 곳이다)에 가서 밥을 지으라고 시켰다. 모두 1리 남짓만에 나는 정문 스님과 함께 남쪽으로 서쪽 기슭을 따라 나아갔다. 물길을 따라 돌층계를 밟아 반리를 나아가 월아암에 들어섰다. 월아암은 서쪽을 향한 채 용은암과 어깨를 나란히 하여 서 있다. 다만 이쪽이 돌을 쌓아 돌층계를 냈다면, 저쪽은 절벽이 끊기고 벼랑이 깎아지른 듯하니, 길이 통하고 막힘의 차이가 있을 따름이다. 월아암 위쪽은 패옥처럼 둥글며, 서쪽으로 그 입구가 터져 있다. 동굴 안은 그다지 깊지 않으며, 반은 둥글고 반은 툭 뚫려 있다. 그 형태가 상현달이나 낫 모양으로 드리워 진 휘장과 같다. 동굴 아래에는 맑은 물이 떨어져 내리니, 역시 그윽한 경지이다.

잠시 후 계속하여 거리 북쪽에서 칠성암을 지나 수불사로 들어섰다. 수불사는 칠성관의 북쪽에 있으며, 절 뒤에는 서하대동(棲霞大洞)이 있다. 공생(空生) 스님은 상당히 고상하고 점잖은 태도로 나그네에게 잠시 쉬 어가기를 권했다. 이때 나는 서둘러 조운암으로 가서 식사를 하여야 했 기에 사양했다. 이에 절 북쪽에서 동쪽으로 돌길을 걸었다. 조운암에 식 사가 이미 준비되었기에 급히 먹었다. 오후 나절이었다.

산을 내려와 북쪽으로 갈로교를 지나, 동쪽으로 한 왕손의 정원으로 들어갔다. 안에는 과일나무가 많은데, 마침 정자를 짓고 복도를 손질하 고 있던 중이었다. 장소는 그윽하나 구조가 단조로워 내가 보고자 하던 것이 아니었다. 이때 나는 병풍암(屛風巖)을 찾던 참이었으나, 여기저기 물어보아도 아는 이가 없었다. 어떤 이가 황금암(黃金巖)이라 알려주면서 성에서 북동쪽으로 5리 길에 있다고 했다. 가는 길이 딱 들어맞은지라 이 산인가 여겼다. 황금암을 물어보자, 많은 이들이 조운암 아래의 불사 를 그곳이라고 가리키면서 환관인 왕공(王公)이 지은 것이라고 말했다. 하지만 그곳은 왕공암(王公巖)이지 황금암이 아니었다.

병풍암을 찾아도 찾지 못하고 황금암 또한 좇을 수 없는 터라, 답답 한 마음으로 북동쪽을 바라보며 나아갔다. 약 3리를 가서 짐을 지고 가 는 이를 만나 그에게 물었더니, 그는 마을 북쪽의 산을 가리키며 "여기 가 바로 그곳이요"라고 말했다. 이 마을의 토박이들 가운데에는 그곳의 이름을 아는 이가 거의 없었다. 이에 마을 오른쪽을 따라 북쪽으로 내 달려가다가 마을 사람에게 물어보았으나, 그 역시 알지 못했다.

가는 길 내내 반신반의하다가 산 동쪽 기슭에 이르렀다. 깎아지른 듯 한 벼랑이 평평하게 펼쳐져 있고, 늘어선 봉우리가 매달린 듯 솟아 있다. 이른바 병풍암이 아마도 멀지 않은 듯했다. 잠시 후 북쪽 기슭으로 돌아들자, 동굴 입구가 골짜기처럼 아래에서 드높이 솟아 있다. 산꼭대기 양쪽 벼랑은 너비가 다섯 길이요, 높이는 십여 길이다. 처음에는 남쪽을 향하여 평평하게 들어가더니, 열 길도 채 가지 않아 갑자기 약간 남동쪽으로 꺾어들자 홀연 환한 동굴이 펼쳐져 있다. 아래에서 바라보니, 층층의 누각이 신기루를 이루는 듯하고, 맑은 거울이 허공에 걸려 있는 듯하다. 설사 병풍암이 아니더라도 신이한 경관이었다.

이곳에서 높이 올라가서, 다시 십여 길을 나아가 환한 동굴의 입구로 나왔다. 우선 나 혼자서 동굴에 들어가 연한 소나무가지를 꺾어 양쪽 벼랑의 흙먼지를 털어내고 가린 것들을 떼어냈다. 오래된 비각(碑刻)이 드러났다. 글자는 모두 송진으로 반질거렸다. 탁본을 뜨는 자가 그렇게 한 듯한데, 비록 닳긴 했어도 차츰 알아볼 수는 있었다. 오른쪽 벼랑에는 '정공암(程公巖)'이라는 세 글자가 크게 새겨져 있었다. 서쪽에 기록된 문장 따르면, 이 동굴은 파양(鄱陽)의 정공(程公)이 [숭녕(崇寧)[1] 연간에 계림에 임직했을 때] 개척했으며, 그의 아들 정린(程鄰)이 뒤를 이어 계림의 장관을 지낼 적(대관大觀[2] 4년이다)에 후팽로(侯彭老)[3]에게 부탁하여 글을 짓고 스님 조견(趙岍)에게 써달라고 한 것이다. 『지』에서 병풍암은 정공암이라고도 했으니, 이곳에 이르러서야 불현듯 모든 의혹이 사라졌다. 돌이켜 생각해보니 짐을 지고 가다가 길을 가리켜준 사람을 우연히 만난 것도 참으로 신기한 일이라 여겨졌다.

이에 다시 벼랑을 털어내니 그 서쪽에 또 「호천관명서(壺天觀銘序)」가 새겨져 있다. 그 가운데에 "석호거사(石湖居士)께서 이를 공명동(空明洞)이라 이름지었다"라는 글귀가 있으나, 뒤에 글쓴이의 이름은 적혀 있지 않다. 다만 뒷부분에 두 줄의 초서로 이렇게 씌어 있었다. "순희(淳熙) 을미년[4] 28일에 주연을 베풀어 벽허(碧虛) 등 7분과 작별하고 나서 호천관(壺天觀)에 들렀다." 성명이 서하동에 있다하니, 범성대임에 틀림없을 것이다. 다시 한번 서하동에 가서 상세하게 고증하지 않을 수 없다. 왼쪽 벼랑에는 장안국(張安國)의 시제(詩題)가 새겨져 있는데, 그 글씨가 대단히 분방하고 표일했다. 그 서쪽에는 또한 「대송마애비(大宋磨崖碑)」가 새겨져 있는데, 이언필(李彦弼)이 큰 글씨로 깊게 새긴 것이다. 그의 글자는 대단히 크고 높은지라 모두 털어내어 읽을 겨를이 없었다.

그리하여 마침내 서쪽으로 층계를 올라 동굴 입구에 올랐다. 동굴 안 꼭대기의 바위들은 층층으로 드리워져 있는데, 마치 구름 속을 나는 새가 힘차게 허공을 나는 듯, 대단히 웅장하고도 험준하다. 동굴 입구에 이를 즈음, 그곳은 조금씩 평평해졌다. 북쪽 깊은 곳에 석당(石幢)[5]이 꼭대기까지 빙 둘러 쌓여 있다. 석당은 굴러가는 수레바퀴처럼 둥글고 뒤집힌 연꽃마냥 겹쳐져 있으며, 색깔은 푸르고 모양은 신이하기 그지없다. 조물주께서는 어찌하여 이처럼 기이한 것을 만들어내셨단 말인가! 이곳은 필경 호천관(壺天觀)의 옛터이리라. 속세의 겁난은 모조리 씻겨져버린 채 신령스러운 동굴이 마주 걸려 있으니, 텅 비고 밝아 비좁다는 느낌은 더욱 들지 않았다.

동굴을 나와 서쪽으로 나아갔다. 동굴 밖에는 산이 벼랑을 휘감아돌고 뾰족한 바위등이 빽빽하게 들어차 있으며, 아래에는 휘감겨도는 봉우리들이 우묵한 구덩이를 이루고 있다. 우묵한 구덩이의 바닥에 북쪽을 향해 있는 동굴이 보였다. 마음속에 자못 이상한 느낌이 들었다. 되돌아가 앞 동굴을 구경하기에는 시간이 촉박한지라, 밝은 동굴의 뒤쪽을 따라 길을 찾아나섰다. 남서쪽으로 내려가다가 우묵한 구덩이에 이르러 동굴에 들어갔다. 이 동굴은 그다지 깊숙하지 않았다.

이에 곧바로 우묵한 구덩이를 넘어 서쪽으로 나아갔다. 바위봉우리가 한 쌍의 엄지손가락처럼 나란히 솟아 있다. 하나는 석공이 쇠망치로 몽땅 내리쳐 거의 망가진 상태이고, 다른 하나만 홀로 우뚝 솟아 있다. 그 동쪽을 따라 다시 남쪽으로 3리를 나아갔다. 어느덧 갈로교의 서쪽으로 빠져 나와 있었다. 이곳에서 조운암과 칠성암의 서쪽 기슭을 따라 서쪽으로 화교를 건넜다. 이때 막 해가 뉘엿뉘엿 지는 참인데, 저자 사람들이 영주성(永州城)에 도적떼가 가까이 다가온지라 성의 경계가 삼엄하고 성문도 진즉 닫혔다고 분분히 이야기했다. 나는 서둘러 1리를 내달려 뜬다리를 건넜다. 성문이 아직 반쯤 열려 있기에 숙소로 되돌아올 수 있었다.

---

1) 숭녕(崇寧)은 북송대의 휘종(徽宗)의 연호로, 1102년부터 1106년까지이다.
2) 대관(大觀)은 북송대의 휘종(徽宗)의 연호로, 1107년부터 1115년까지이다.
3) 후팽로(侯彭老)는 송대 대관(大觀)에 벼슬길에 올라 남송 소흥(紹興) 3년에 등주(藤州) 지사(知事)를 역임했으며, 시사에 매우 능했다.
4) 순희(淳熙)는 남송대의 효종(孝宗)의 연호이며, 순희 을미년은 1175년이다.
5) 석당(石幢)은 고대의 사묘(祠廟)에 경문이나 그림 혹은 제목 등을 새긴 커다란 돌기둥을 가리킨다. 탑의 형상을 지니고 있고, 자리와 덮개를 갖추고 있다.

5월 12일

다시 2리를 나아가 종실인 주초양을 방문하여 돌 하나를 바꿨다. 하인 고씨에게 어깨에 지도록 했다. 도사의 관아거리 동쪽의 표구공인 호(胡)씨에게 맡길 참이었다. 마침 큰비가 쏟아지는 속에 모두 1리 남짓을 걸어 호씨 집에 도착했다. 호씨가 황망하게 나와 맞이하고서 손에 돌을 받아드는 순간, 돌이 쨍그렁 하는 날카로운 소리와 함께 가운데가 끊어지고 말았다. 나는 어찌 할 길이 없어 잠시 그의 집에 두기로 했다.

비가 조금 그치기를 기다렸다가 서쪽으로 도사의 관아 앞을 지났다. 다시 서쪽으로 학궁을 거쳐 남쪽으로 나아가 2리만에 여택문(麗澤門)을 나왔다. 문밖에 물이 고인 거대한 못이 있다. [못물은 북서쪽 성 모퉁이의, 마류산의 등성이가 넘어오는 곳에서 흘러나와 남쪽으로 진무문(振武門) 북쪽에 이르러 양강으로 흘러든다.] 북쪽에서 남쪽으로 흘러가고, 그 위에 [양수동교(凉水洞橋)라는] 돌다리가 걸쳐 있다. 그 다리의 북쪽 못에는 연꽃이 만발해 있다. 그윽한 향기와 고운 빛깔에 다리 끝의 나무 아래에 앉아 바라보노라니, 차마 떠나고 싶지 않았다.

다시 남서쪽으로 1리를 걸으니, 어느덧 은산 밖에 나와 있었다. 그 서쪽을 따라 서호교(西湖橋)를 건너 양강의 북쪽 언덕을 거슬러 서쪽으로 나아가자, 후산 너머로 가는 길이 나왔다. 큰길은 여전히 남서쪽에 있으니, 마땅히 진무문(振武門)에서 서쪽으로 정서교(定西橋)를 건너야 할 터였다.

이때 나는 중은산(中隱山)[1]을 찾아가고 싶어 한참을 알아보았으나, 어디에 있는지 도무지 알아내지 못했다. 『지』에서 성 남서쪽 10리에 있다고 밝히고 있는지라, 이에 남쪽으로 돌아들어 나아갔다. 다시 1리를 나아가 진무문에 이르렀다. 여기에서 다리를 건너 서쪽으로 1리를 가자, 홀연 길 오른쪽에 나무가 빽빽한 산이 솟아 있고 휑한 동굴이 있는 것이 보였다. 즉시 북쪽을 향해 그 아래로 갔다. 그 앞에는 낡은 절이 있었다. 비문의 흙먼지를 털어내고 읽어보니, 바로 서산이다.

서산의 아름다움에 대해 나는 은산이나 서호와 엇비슷하다고 여겼다. 이전에 서산에 대해 여러 차례 알아보았으나, 찾지 못했을 뿐만 아니라 동굴이 있다는 사실도 전혀 알지 못했다. 급히 절을 놓아둔 채 동굴로 달려갔다. 동굴 입구는 남쪽을 향해 있다. 동굴 동쪽에도 갈라진 바위가 있는데, 봉우리 꼭대기에서 뻗어내려 벌어진 채 문을 이루고 있다. 다시 동굴을 제쳐두고 그곳으로 달려갔다. 그 바위문은 남북으로 툭 트인 채 치산과 상비산처럼 가운데가 텅 비고 바깥쪽으로 벌리고 있다. 다만 저쪽은 급류가 가운데를 관통하고 있다면, 이쪽은 맑은 못이 바깥을 휘감고 있을 따름이다. 그런데 바깥쪽으로 벌리고 있는 바위는 그 위로 비스듬히 겹치고 엇섞여 있는지라 더욱 기이한 빛을 드러내고 있다.

역시 바위문으로 곧장 들어가지 않고 먼저 그 동쪽으로 에돌아 산의 북쪽에 이르렀다. 북쪽에도 동굴이 휑하니 뚫려 있다. 동굴을 뚫고서 남쪽으로 산허리를 가로질렀다. 동굴은 남쪽 동굴과 남북으로 뚫려 있다. 다만 중간에 문이 좁고 돌기둥이 드리워져 있는지라, 천산의 가운데 동굴이나 풍동의 서쪽 동굴처럼 한 눈에 훤히 트여 보이지 않을 따름이다. 그렇지만 동굴 안은 평평하고 굽이지며, 작고 정교함으로써 기이함을 드러내고 있다. 참으로 뜻밖의 절경이었다.

남쪽 동굴을 나와 동굴의 왼쪽을 바라보았다. 울쑥불쑥 치솟은 산 사이로 길이 나 있다. 그 길을 따라 북쪽으로 봉우리 꼭대기에 올랐다. 기암괴석이 칼날처럼 떼 지어 모여 있다. [가운데는 빙글 감아돌면서 평탄하게 움푹 패어 있다. 마치 도랑처럼 길쭉한데, 유난히 빛나고 매끄러워 보였다.] 남쪽 동굴 앞까지 내려와서야 동쪽으로 [바위]문에 들어갔다. 바위문에는 조각 모양의 바위들이 아래에 모여 있고, 드리워진 바위들이 위에 덮여 있다. 가운데 문은 높이 열린 채 수많은 구멍들이 옆으로 통해 있다. 안에는 석실이 휑하고 밖에는 여덟 개의 창이 열려 있다. 이 또한 작고 정교함으로써 기이함을 드러내고 있다. 이 또한 절경이었다.

걸음을 멈추고 한참동안 쉬었다. 그 서쪽 봉우리를 바라보니, 역시 바위가 우뚝 솟아 줄지어 있다. 절 뒤를 따라 서쪽으로 위로 올라갔다가 봉우리의 낭떠러지 속을 따라 층계를 밟아 남쪽으로 내려왔다. 경원백사(慶元伯祠)가 나타났다. (이곳은 홍치弘治 연간에 효목孝穆 황태후가 자신의 아버지를 제사지냈던 사당이다.)

서쪽으로 큰길을 따라 가다가 3리만에 갈림길을 따라 북쪽으로 목릉촌(木陵村)에 갔다. 이에 앞서 중은산을 알아보았으나 찾지 못했었다. 그런데 이곳에 이르러 성이 주(朱)씨인 주민을 만나자, 그가 내게 이렇게 말했다. "중은산과 여공암(呂公巖)은 내가 들어본 적이 없고, 목릉촌에는 불자암(佛子巖)이 있을 뿐이오. 그 동굴은 3층인데, 길과 마을이 서로 [같으니] 혹 이 동굴인지 모르겠습니다." 나는 그의 말에 고개를 끄덕이고서 이 갈림길을 따라 들어갔다.

북서쪽으로 2리를 가자, 후산(侯山)의 동쪽 기슭에 바위 봉우리가 보였다. 동굴 입구가 드높이 걸려 있다. 이에 하인 고씨에게 마을의 민가에 가서 밥을 지으라 하고는, 나는 정문 스님과 함께 북쪽으로 동굴 아래에 이르렀다. 그 동굴의 동쪽에 먼저 남쪽을 향해 있는 동굴이 두 곳이 있다. 나는 우선 맨 동쪽의 동굴로 들어갔다. 동굴은 훤히 뚫린 채 깊숙하지는 않았다. 조금 서쪽으로 갔다. 동굴 입구는 옆으로 갈라지고 밖으로 종유석들이 줄 지어 늘어져 있으며, 중간에 병풍 같은 바위가 가로 놓여 있다. 병풍 같은 바위 뒤로는 깊은 골짜기가 아래로 푹 꺼져 있고, 그 바위 동서 양쪽으로는 문이 있어 내려다볼 수 있다. 골짜기에서 북쪽으로 들어서자, 동굴의 구멍은 옆으로 갈라지고 차츰 좁아지면서 어두워졌다.

이에 다시 나와 서쪽으로 올라가 큰 동굴로 들어갔다. 그 동굴은 남쪽이 낮고 북쪽은 높으며, 봉긋 솟은 채 훤히 트여 있다. 자못 정공암과 흡사했다. 오른쪽 벼랑을 쳐다보니 글의 제목이 있었다. 급히 소나무 가지로 흙먼지를 털어내니, 송대 소흥(紹興) 갑술년[2] 7월 15일에 여원충(呂願忠)이 중은산을 제재로 지은 「여공동시(呂公洞詩)」였다. [뒤쪽에 서명하기를] "지부 서리인 낙양(洛陽) 사람 여숙공(呂叔恭)이 중은산의 이름없는 동굴을 구경하는데, 어느 객이 '이 동굴은 그대로 말미암아 드러나게 되었으니 여공(呂公)이라 이름을 지어주는 것이 마땅합니다'라고 말했다. 나는 감히 나서지 못하는데, 앉아 있던 이들이 모두들 '지당한 말씀입니다'라고 말했다. 이리하여 56자를 써서 벽에 새긴다."

나는 이것을 보고서 더욱 분명히 깨닫게 된지라 기쁨을 억누를 수 없었다. 불자암이 곧 여공암이요, 여공암이 곧 중은산이었던 것이다. 이리하여 북쪽으로 뒤쪽 동굴을 기어올랐다. 그 안의 바위는 구름 속의 새가 허공을 날아오르듯 겹겹으로 층층이 거꾸로 치켜든 채, 동굴과 더불어 모두 위로 향하는데, 바짝 좁아지는 경관을 만들어내지는 않았다. 또한 높고 밝은 동굴 입구는 정공암의 뒤쪽 [동굴]보다 훨씬 컸다.

입구를 나와 북쪽으로 가자, 두 줄기의 돌길이 나타났다. 한 줄기는 북동쪽으로 산기슭을 내려가고, 다른 한 줄기는 북서쪽으로 산꼭대기로 올라간다. 나는 먼저 내려가는 길을 따라나아갔다. 북쪽을 향한 기슭은 온통 동굴로 가득하여, 마치 구름이 뿜어져 나오고 휘장이 내리덮인 듯하다. 바깥쪽은 거꾸로 선 바위가 경계를 나누어 문을 이루고, 줄을 지어 창을 이루고 있다. 안쪽은 구불구불 사방으로 통하여, 마치 복도를 거닐듯 에돌아간다. 이곳은 아래 동굴에서 가장 그윽하고도 기묘한 곳이다.

잠시 후 다시 가운데 동굴의 뒤쪽 동굴에 올라가 그 왼쪽을 따라 북서쪽으로 층계를 기어올랐다. 홀연 동굴 하나가 나타났다. 그 동굴은 북쪽으로 들어가자 남쪽으로 휑하니 툭 트인 채 밝았다. 남쪽을 향해 가는 중간에 바위 하나가 누대처럼 우뚝 서 있는데, 위에 석불상이 있다. 그러나 이 석불상이 어디에서 온 것인지 알 수가 없다. (동굴 오른쪽에 다음과 같은 기록이 있다. 즉 이 동굴은 이전에 길이 막혀 오를 수 없었는데, 어느 날 한 나무꾼이 들어가 쉬다가, 홀연 이 불상을 보고 기이하게 여겨 만들어 세웠으니, 이때가 송나라 초이다.) 불자동(佛子洞)이라는 명칭은 여기에서 비롯되었다. 석불상 앞에 거대한 돌기둥이 있다. 마치 병풍처럼 중앙에 솟아 동서 양쪽으로 나뉘어 두 개의 문을 이루고 있다. 즉 서쪽 구멍은 크고 바르며, 아래로 멀리 바라보면 구멍을 통해 쭉 북쪽의 산까지 내다보이지만, 동쪽은 가려져 보이지 않는다. 반면 동쪽 구멍은 좁고 치우쳐 있다. 동쪽 구멍 안은 동쪽으로 감실 하나가 휘감아돌고, 가운데는 둥글게 덮여 있으며, 구멍 바깥은 문처럼 비좁다. 문 위에는 양쪽에 용과 호랑이가 엇갈려 있는데, 누군가 그곳에 색칠을 해놓았다. 그 바람에 천연의 참된 맛을 잃어버렸으니 참됨의 치욕이다.

구멍 밖으로 벼랑의 동쪽을 따라 돌아들자, 또 하나의 문이 열려 있다. 내려가 가운데 동굴의 위를 굽어보니, 관제(關帝)의 신좌이다. 내가 불자암 한 곳을 찾음으로써 중은산과 여공암 등 여러 명승의 자취가 모두 드러나니, 참으로 뜻밖의 기이한 만남이다. 계속하여 동굴 북쪽에서 동쪽으로 내려와 가운데 동굴을 뚫고서 남쪽으로 나왔다. 다시 한 번 여공의 56자를 외웠다. 돌아가 이것을 기록할 생각이었다.

가운데 동굴을 나와 다시 산을 따라 서쪽으로 나아갔다. 또 하나의 동굴이 열려 있다. 이 동굴은 남쪽을 향하여 가운데 동굴과 나란히 늘어서 있다. 동굴 안에 불좌와 주춧돌이 있는 걸로 보아, 옛적의 불사이다. 내부는 그다지 넓지 않다.

그 동굴의 서쪽에서 돌길을 기어오르자, 남쪽을 향해 있는 동굴이 또 있다. 나는 이때 배가 몹시 허기진지라, 서둘러 산을 내려가 목릉촌의 민가에서 밥을 먹었다. 마을 주민이 이렇게 말했다. "서쪽으로 후산 아래로 내려가면 동전암(銅錢巖)이 있는데, 앞쪽 산으로 빠져나갈 수 있습니다. 북쪽으로 조가산(趙家山)에 가면 역시 깊숙이 들어갈 수 있는 동굴이 있으며, 남쪽으로 다암의 서쪽에 가면 또 진박암(陳搏巖)이 있는데, 자못 기이하답니다."

나는 여러 동굴을 두루 돌아다닐 수 없는데다, 후산이 여러 봉우리의 으뜸이므로, 그 동굴만큼은 그냥 지나칠 수야 없다고 생각했다. 그래서 중은산의 왔던 길을 되짚어 조그마한 다리를 넘었다. 서쪽으로 모두 1리를 나아가 후산의 동쪽 기슭에 올랐다. [후산묘(侯山廟)에 이르니, 후산묘 뒤쪽의 산기슭에 물이 가득차 있다. 그래서 물속을 헤엄치고 풀숲을 헤치고 나아갔으나] 아득하여 동굴을 찾지 못했다. 위로 올라가는 돌층계만 보일 뿐이었다. 기운을 내어 막 꼭대기에 오르려는 찰나, 산 앞으로 길을 가던 이가 큰 소리로 "날이 저무니 오르지 마시오"라고 외쳤다.

그래서 그저 남서쪽으로 멀리 큰길의 남쪽을 바라보니, 깎아지른 듯한 봉우리가 동쪽으로 돌아드는데, 북동쪽에 휑한 동굴이 있다. 동전암인지 진박암인지 알 길이 없었다. 잠시 바라보다가 걸음을 서둘렀다. 큰길을 비껴 남쪽으로 모두 1리를 나아가 그 아래에 이르렀다. 동굴의 입구는 북동쪽을 향한 채 높다랗게 산 중턱에 기대어 있고, 앞쪽에는 물이 고여 못을 이루고 있다. 못 위에서 층계를 찾아 가시덤불을 붙들고 기어올라 드디어 동굴 안에 들어섰다.

동굴 입구에는 돌들이 어지러이 쌓여 있으며, 바깥은 높고 안은 깊숙하다. 돌층계를 밟고서 남서쪽으로 내려가 쭉 동굴 바닥으로 떨어져 내렸다. 깊은 물가가 나왔다. 안을 바라보니 바위 하나가 가로로 툭 튀어

나와 있다. 마치 용 머리가 허공을 날아오르듯 하다. 아래에는 비스듬한 벼랑이 물길에 박혀 있으며, 안에는 옆으로 통하는 틈새가 있다. 나는 용머리의 아래에 이르러, 비스듬한 벼랑이 험준하고 미끄러운 것이 두려워 머뭇거리며 나아가지 못하고 있었다. 그때 따라온 사람이 큰 소리로 외쳤다. "날이 저물고 길이 험하니, 이곳은 들어가지 마시오!"

이에 그의 말을 좇아 동굴을 나와 산을 내려왔다. 산기슭을 따라 남동쪽으로 나오니, 이 산의 뒤쪽이었다. 또 동굴 입구가 있는 듯하고, 앞에 물이 고여 있었다. 설마 동전암에서 앞쪽 산으로 빠져나올 수 있다더니, 바로 여기란 말인가? [이곳의 서쪽 봉우리는 나란히 솟구쳐 있는데, 후산만큼 높지는 않으나 험준하고 가파르기는 그보다 더 심했다.] 날이 저물었는지라 급히 돌아가지 않으면 안 되었기에, 이곳은 훗날 유람할 곳으로 남겨두었다.

모두 2리를 나아가 남쪽의 큰길로 나왔다. 고개를 돌려 서쪽의 길과 남쪽의 길 양쪽의 산을 되돌아보았다. 위쪽에 동서 양쪽으로 뚫려 텅 비어 있는 구멍 하나가 있다. 역시 불자암 및 천암과 다를 바가 없었다. 모두 훗날 유람하기로 남겨둔 채 짬이 없는지라 길가는 이를 붙들고 물었다. ["방금 전에 들어갔던, 북쪽을 향해 있는 동굴은 이름이 무엇입니까?" 그러자 가제암(架梯巖), 일명 석고동(石鼓洞)이라고 했다.]

이때 도중에 또 성문이 이미 닫혔다는 말이 분분히 들려왔다. 온힘을 다해 동쪽으로 3리를 내달려 다암을 지났다. 다시 2리를 나아가 전에 이르렀던 목릉촌의 갈림길을 지났다. 어느덧 날은 어둑어둑해졌다. 이미 성에 들어가기에는 늦었다는 생각이 들었지만, 다시 3리를 나아가 진무문에 이르렀다. 문이 아직 완전히 닫히지는 않았다. 몸을 모로 틀어서 들어간 다음, 여유있게 숙소에 이르렀다.

---

1) 중은산(中隱山)은 계림시의 서쪽 5㎞ 지점에 위치하고 있으며, 상·중·하의 세 개의 동굴이 있다. 아래쪽 동굴은 장공동(張公洞)이라고 불리며, 몹시 구불구불 돌아든

다. 가운데 동굴은 여공암(呂公巖)이라고 불리며, 안이 크고 둥글다. 위쪽 동굴은 불자암(佛子巖)이라 불리며, 커다란 무대 모양을 띠고 있다.

2) 소흥(紹興)은 남송대 고종(高宗)의 연호로, 1131년부터 1162년까지이다. 소흥 갑술년(甲戌年)은 1154년이다.

5월 13일

아침에 식사를 재촉하여 마쳤다. 즉시 정강왕 왕성의 북문을 나와 독수봉의 서쪽 암자에 들러 감곡 스님을 뵈려 했다. 그러나 그는 이미 참회 예불을 드리러 내궁에 들어간 뒤였다. 봉우리에 오르기로 한 약속은 다시 훗날로 미루어야 할 듯했다. 나는 그의 제자인 영실 스님을 불러 약속을 잡고, 잠시 먼저 양삭(陽朔)에 갔다가 후에 다시 이곳에 오겠노라고 했다.

이에 취일문을 나서서 목룡동의 남쪽 동굴을 지나고, 그 아래에서 강을 건넜다. 목룡동의 아래층을 돌아보니, 동굴이 강 가까이로 기슭을 꿰뚫고 있고, 강물이 휘감아 돌아 아름다웠다. 강의 동쪽 물가에 올라 곧바로 강물을 거슬러 북쪽으로 나아갔다. 반리도 채 가지 않아 천불각(千佛閣)이 나왔다. 이곳은 평전(平殿)이다. [앞에는 커다란 용수나무 한 그루가 있었다.] 진산(辰山)이라는 곳에 대해 물어보니, 암자에서 나루터 동쪽 거리에 이르기까지 스님이든 속인이든, 노소를 막론하고 아는 이가 한 사람도 없었다.

이에 동쪽으로 끝없이 광활한 들판을 걸으면서, 마치 병풍암에서 일어났던 일처럼 가까운 산이거나 아는 이를 만나기를 기대했다. 큰길을 따라 북동쪽으로 5리를 나아갔다. 멀리 동쪽으로 요산(堯山)이, 남쪽으로 병풍암이 보이건만, 유독 진산은 아득하여 알 수가 없었다. 꼴을 지고 가는 이를 붙들고 물어보자, 그가 이렇게 대답했다. "나는 이곳에서 태어나고 자랐지만 진산이라는 곳은 들어본 일이 없소이다. 정 그만 둘 수 없다면, 남동쪽 몇 리쯤에 채산각(寨山角)이 있다오. 이 동굴이 앞뒤로

서로 통하여 있으니, 아마 이곳일지도 모르겠소"

나는 그의 말에 따를 요량으로 남동쪽으로 걸어갔다. 홀연 북쪽에 산하나가 보이는데, 그곳까지는 채 1리가 되지 않았다. 그 산에 봉긋 솟은 동굴이 있었다. 동굴 입구는 바위에 가로막혀 있는데, 홍갈색의 무늬가 알록달록 빛을 내어 특이했다. 급히 이름을 묻자, 꼴을 지고 있는 이가 "노호산(老虎山)입니다"라고 대답했다. 나는 정문 스님에게 말했다. "어찌 먼저 이 산을 둘러본 다음에, 진산을 찾지 않을 까닭이 있겠소?"

그리하여 마침내 북쪽의 갈림길에서 1리를 나아가 산 아래에 이르렀다. 밭을 가는 이가 있기에 다시 물었더니, 하는 말이 앞의 사람과 똑같았다. 이에 쳐다보면서 기운을 내어 우선 동굴 입구의 무늬가 알록달록한 바윗가에 올라갔다. 뚫고 들어가 내려가니, 그 안에는 밝은 햇빛이 꼭대기에서 사방으로 비치고 있다. 아래쪽에서 북쪽으로 산허리를 지나 겹문으로 들어섰다. 골짜기의 갈래는 뒤쪽이 갈라지고 시렁같은 바위가 층층이 위에 매달려 있는지라, 도저히 건너갈 수 없었다.

남쪽을 향해 있는 겹문으로 되돌아와 벼랑 위로 기어올랐다. 층층의 누각을 밟고서 이리저리 돌아보면서 내려가지 않았다. 홀연 어떤 사람이 동굴 앞에서 기다리고 있기에 곧 내려가 물었더니, 이렇게 말했다. "이 산의 이름은 노호산이고, 이 동굴의 이름은 사자구(獅子口)인데, 모습에서 따온 이름이라오. 또 황리암(黃鸝巖)이라고도 하는데, 색깔에서 따온 것이지요. 산 앞에는 세 개의 동굴이 있는데, 아래쪽은 평지암(平地巖), 가운데는 도사암(道士巖), 위쪽은 황리암이오." 마치 나를 위해 앞장을 서주려는 듯했다.

동굴을 나오니, 산꼭대기에 무더기진 바위가 들쑥날쑥 엇섞여 있다. 그 사람과 이야기를 나눌 겨를도 없이 길을 따라 올라갔다. 바위는 조각조각 모두 얼음처럼 날카롭고 쇠붙이 같은 색깔을 띠고 있다. 한참 후에 고개를 내려가자 뾰족한 바위모서리는 평탄해지고, 가시덤불로 가득한 길도 차츰 사라졌다. 마침 머뭇거리고 있노라니, 방금 전에 동굴 앞에서 기다리던 사람이 산에서 내려와 쟁기를 내려놓고서 올라왔다. 그는 나를 끌고서 도사암으로 들어갔다.

도사암 역시 남쪽을 향해 있으며, 황리암의 동쪽 약간 아래에 있다. 이곳이 이른바 가운데 동굴이다. 동굴의 앞 벽에는 오른쪽에 이언필의 시가, 왼쪽에는 호규(胡槻)[1]의 시가 새겨져 있는데, 모두 유승지(劉升之)에게 바치는 것이었다. 유승지의 집은 산 아래인데, 동굴 속에서 책을 읽는 그를 벼슬아치들이 모두 존중했다. 흙먼지를 털어내고 시의 서문을 읽고서야 이 산이 바로 진산임을 알게 되었다.

진산을 찾았으니 달리 찾아 나설 필요가 없어졌다. 이번 일은 더욱 기이했다. 이전에 병풍암을 찾았을 때에는 산 가까이에서 누군가가 가리켜 주었고, 또 중은산을 찾을 때에는 그때 산을 오르면서 짐작하여 찾아냈다. 그런데 이 산은 부근 사람들이 아니라고 하고, 오른 뒤에도 이 산임을 알지 못했는데, 수백 년의 유적만이 홀로 나에게 분명하게 밝혀주었던 것이다. 누군가 나를 깨우치고, 나를 남몰래 이끄는 것일까?

나는 동굴로 다가가 시를 기록했다. 하인 고씨에게 길잡이를 따라 그의 집에 가서 밥을 지어놓으라고 시켰다. 그 사람은 기뻐하며 함께 갔다. 아직 다 베끼지 못했는데, 그 사람이 다시 와서 밥 먹으러 가기를 기다렸다. 나는 이에 그를 따라 동쪽 옆의 바위문을 뚫고 나왔다. 그 바위문은 안에는 겹겹의 감실이 갈라져 있고, 밖에는 골짜기의 벽이 솟구쳐 있다. 동쪽을 향하여 산을 내려오면서 그의 집이 멀지 않겠거니 생각했다. 그런데 아무리 둘러보아도 근처에 마을이 없었다. 비로소 북동쪽 1리 밖에 있음을 알게 되었다 (이 사람의 성은 왕王이고 이름은 세영世榮이며, 호는 경우慶宇이다. 이 산의 사방으로 이 성만이 가장 가까우니, 이 산의 주인이다.)

왕씨의 집에 이르자 주인은 콩을 더하여 음식을 준비했으며, 잠시 묵어가라고 붙들었다. 나는 요산이 차츰 가까워지는 것을 보고는 내일 유람하기로 마음먹고서 그의 청을 받아들였다. 남은 시간에 근처의 멋진 경관을 돌아볼 요량이었다. 경우는 이에 사다리를 어깨에 짊어지고 횃불을 묶어 앞장을 섰다. 나는 그의 안내를 받아 청주동(靑珠洞)으로 구경을 나섰다. 약속하지도 않았는데 수십 명의 사람들이 뒤따랐다. 모두 왕씨들이었다. 이리하여 진산의 북쪽 기슭으로 다시 나아갔다.

청주동은 북쪽을 향해 있고, 갈라진 골짜기가 위로 산꼭대기까지 쭉 뻗어 있다. 동굴 안은 두 층으로 나뉘어 있다. 처음에 남쪽을 향하여 십여 길 들어가서 벼랑을 기어올랐다. 그 안은 봉긋 솟은 채 툭 트여 있으나 어두웠다. 약간 서쪽으로 돌아들어 사다리를 세워 북쪽의 벼랑 위로 기어올랐다. 올라서서 북쪽의 골짜기 속으로 다섯 길 남짓 들어가, 가로로 누워있는 골짜기를 빠져나왔다. 이 골짜기는 동서로 가로누워있는데, 위쪽은 높아서 꼭대기가 보이지 않을 정도였다.

동쪽을 따라 네다섯 길을 가자, 차츰 트이면서 빛이 비치기 시작했다. 커다란 돌기둥이 가운데에 걸려 있다. 돌기둥을 감아돌아 서쪽으로 나아가자, 골짜기는 다시 남북으로 세로로 갈라져 있다. 남쪽으로 들어가 동굴의 밑바닥을 굽어보니, 봉긋 솟았으나 어둡던 꼭대기의 위였다. 북쪽으로 나가 동굴 입구를 굽어보니, 갈라진 골짜기가 층층이 나누어진 꼭대기이다. 동굴 입구의 가운데에는 두 개의 기둥이 늘어선 채, 하나의 문과 두 개의 창으로 갈라져 있다. 빛이 스며들어 마침 둥근 기둥을 비추고 있었다.

내가 아주 기이하게 여기자, 길잡이가 "아직은 멀었습니다"라고 말했다. 몸을 돌려 가로 누워 있는 골짜기의 입구를 따라 걸었다. 다시 서쪽으로 네다섯 길을 나아가자, 남쪽으로 들어가는 구멍이 있는데, 매우 비좁았다. 모두들 옷을 벗고 알몸으로 뱀처럼 땅바닥을 기어 들어갔다. 그 구멍은 길이가 세 길이고 기껏 커보아야 대나무 대롱만 한데다, 구불구불거린 채 가운데에 기둥이 매달려 있다. 마치 사람의 몸 크기에 맞추어 구멍을 만든 듯했다.

이때 구경하러 따라온 두 사람이 횃불을 들고 먼저 들어가고, 나는 뒤따라 들어갔다. 한참만에야 구멍을 지나 곧바로 서쪽으로 꺼져내려

판자 같은 바위를 건넜다. 뒤따라오는 이들이 줄을 지어 들어오는데, 한 사람씩 지나오는데 거의 두 시간이 걸렸다. 좁은 입구를 지나자, 동굴은 다시 툭 트여 환해졌다. 위는 드높고 아래는 푹 꺼져 있어, 몸을 구부린 채 남쪽으로 내려갔다. 종유석이 어지럽게 늘어서 있는지라, 바깥과는 사뭇 달랐다. 길잡이가 "아직 멀었습니다!"라고 말했다.

다시 서쪽으로 다리 하나를 넘었다. 다리는 문지방인 양 [남북으로] 가로지르고 있다. 아래로는 동굴을 따라 내려갈 수 있고, 위로는 다리를 가로지를 수 있다. 다리를 넘어 서쪽으로 내려가자, 종유석의 모습은 더욱 신기해졌다. 서쪽 웅덩이의 끝까지 갔다가 다시 북쪽으로 돌아들어 올라가자, 아름다운 경관이 눈에 가득하고, 돌아들수록 더욱 빼어났다.

아마 이 동굴은 산 남쪽의 황리암과 남북으로 마주하고 있을 터이다. 남쪽의 동굴은 층층이 겹치고 훤히 트여서 근심을 씻어주고 마음을 기쁘게 하는지라 오래도록 몸을 기탁할 만한데 반해, 북쪽의 동굴은 겹겹이 닫히고 험준하여 마음과 눈을 놀라게 하는지라 잠시 유람하기에 알맞았다. 참으로 온 산에 구멍 투성이였다. 빙 둘러 치솟은 채 문을 나누고 있는 곳은 비록 많으나, 이 두 곳의 기묘함을 뛰어넘는 곳은 없었다. [북쪽으로 뚫려 있는 동굴 입구는 세 곳인데, 이곳이 가운데이다. 동서 양쪽의 동굴은 모두 깊지 않았다.]

동굴을 나와 다시 동쪽으로 북쪽 기슭을 따르다가 동굴 입구 한 곳을 들렀다. 이 동굴은 그다지 깊지 않았다. 남쪽으로 돌아들어 동쪽 기슭을 따라 먼저 높고 휑한 동굴 하나를 지나고, 다시 내부가 깎아지른 듯 가파른 동굴 세 곳과 구불구불힌 동굴 한 곳올 지나고, 또다시 구두암(狗頭巖)을 지났다. 모두 높은 곳에 매달려 있는지라 들어가지는 못했다.

다시 남쪽으로 도사암(道士巖) 뒤쪽의 골짜기 입구를 지나고, 또다시 남쪽으로 화합암(和合巖)에 들렀다. 화합암 역시 동쪽을 향해 있으며, 동굴 안은 남쪽으로 갈라져 골짜기를 이루고 있다. 골짜기 동쪽 벽 위에는 화(和)와 합(合) 두 신선의 상이 새겨져 있다. 그런데 옷의 주름이 진

짜인 듯 교묘한 것으로 보아, 틀림없이 속세의 화공이 그린 솜씨는 아니리라.

[남쪽을 향해 있는 동굴이 셋 있으니, 평지암, 도사암, 황리암이다. 『지』에서는 진산에 세 개의 동굴이 있다고 했는데, 이는 단지 남쪽만을 가리켰을 따름이다. 서쪽 측면만은 내가 아직 다 가보지 못했다. 청주동을 나와 북쪽으로 동굴 하나를 지나자, 동쪽 기슭에 다섯 개의 동굴이 있다.] 서쪽으로 돌아들어 남쪽 기슭을 따라 드디어 평지암에 들어섰다.

평지암의 입구는 남쪽을 향해 있다. 막 들어가자 비스듬히 기울어 있는지라 평평하게 갈 수 없어서 몸을 옆으로 누인 채 북쪽에 바짝 붙어 동쪽 틈새를 따라 올라갔다. 안쪽은 이미 휑하니 솟아 있고, 바깥의 빛은 차츰 어두워졌다. 이때 횃불은 모두 북쪽 모퉁이에 내버린 터라 경우가 다시 나가 가져오려 했다. 그러나 땅거미가 이미 짙어오는지라 늦도록 머물러 있을 수 없었다. 그에게 고마움을 표시하고 동굴을 나왔다. 이 동굴이 가운데 동굴과 통하여 있는데다, 이미 두 곳을 끝까지 돌아보았으니, 더 이상 중간에 파고들 필요가 없었던 것이다.

이에 진산에서 북동쪽으로 1리를 걸어 다시 왕씨의 집에 이르렀다. 경우의 어머니는 벌써 저녁 준비를 해놓고서 기다리고 있었다. 이날 밤 달빛이 휘영청 밝은데, 모여든 모기의 웽웽거리는 소리가 우레와 같았다. 경우가 자신의 모기장을 걷어 손님에게 제공한 덕분에, 나와 하인은 편안하게 잠잘 수 있었다.

---

1) 호규(胡槻, 생졸년 불상)는 강서성 길안(吉安) 출신으로 자는 백원(伯圓) 혹은 중위(仲威)이다. 남송대 가정(嘉定) 연간에 활동했던 그는 관직이 상서에 이르렀으며, 두 차례에 걸쳐 계림에서 임직했다.

5월 14일

경우의 집에서 아침을 먹고서 동쪽으로 길을 나섰다. 마을 한 곳을 지나 다시 북동쪽으로 모두 3리만에 왜산(矮山)을 지났다. 왜산은 요산의 서쪽, 이수의 동쪽에 있다. 왜산의 북쪽에는 마치 엄지손가락이 손에 붙어있듯이 갈래 봉우리가 치솟아 있다. 이곳은 바위산의 맨 북쪽의 첫째 봉우리이다. 왜산의 남쪽 벼랑은 깎아지른 듯한데, 벼랑 아래에 백암동(白巖洞)이 있다.

백암동의 입구는 남쪽을 향해 있으며, 세 개의 구멍이 옆으로 통해 있다. 그 안에는 바위가 마치 연잎이 둥글게 말려 엎어진 듯 드리워져 있고, 아래에는 구멍이 많이 뚫린 채 늘어서서 문을 이루고 있다. 백암동의 뒤쪽은 약간 가파르다. 내려가노라니 문득 다시 평탄하고 널찍해졌다. 서쪽으로 돌아들어 몇 길을 나아가자, 남쪽에서 빛이 새들어왔다.

동굴을 나와 동쪽으로 나아가자, 2층의 암자가 나왔다. 암자 뒤에는 아주 밝은 동굴이 또 있다. 그런데 동굴에 스님이 소와 돼지의 우리를 만들어놓았으니, 명승을 꾸밈이 어찌 이러하단 말인가! 북쪽의 조그마한 산의 꼭대기에 자그마한 바위 하나가 우뚝 솟아 있는데, 일어서 있는 모양이 사람을 닮았다. 산의 이름이 '왜(矮)'인 것은 뭇산에 비해 작기 때문이다. 나는 산세가 우뚝한 것을 보고 우아한 이름으로 바꾸어주고 싶었으나, 떠오르지 않았다.

이곳에서 동쪽으로 자그마한 개울을 거슬러 2리만에 요산의 서쪽 기슭에 이르렀다. 정강왕의 왕실 묘지의 왼쪽에서 조그마한 돌다리를 건넜다. 산에 올라 고석산방(古石山坊)에 들어서서 2리만에 옥허전(玉虛殿)에 이르렀다. 이곳은 산이 빙글 돌아들어 산간의 움푹한 평지를 이루고 있으며, 서쪽으로 훤히 트여 있다. 물이 산 뒤쪽에서 굴찌기를 돌아나오는지라 물을 대어 농사를 지을 수 있다. 이러한 밭은 천사전(天賜田)이라 일컫는데, 토박이들은 천자전(天子田)이라 잘못 부르고 있다.

옥허전 오른쪽에서 산 뒤쪽으로 돌아들자, 두 산 사이로 산골물이 보였다. 이에 남쪽으로 산골물을 따라 반리를 갔다. 다시 산골물을 넘어 동쪽으로 반리를 오르고서야 고개 모퉁이에 올랐다. 이리하여 고개 위에서 북동쪽의 가장 높은 봉우리를 바라보며 오르기 시작했다. 마침 나무꾼을 만나 요제묘(堯帝廟)의 위치를 물어보았다. 나무꾼은 제일 높은 봉우리를 가리키면서 말했다. "요제묘는 이 산의 꼭대기에 있는데, 지금은 이미 산기슭으로 옮겨버리고 두 개의 바위만 표지로 남아 있는지라 볼 만한 것이 없을 겁니다."

이에 동북쪽으로 더 올라갔다. 세 곳의 비좁은 산등성이를 지나고 세 번을 오르내렸다. 2리를 더 나아가서야 첫 번째 높은 봉우리에 올랐다. 하지만 요제묘의 터는 흔적조차 없고, 두 개의 바위 역시 분간할 수가 없었다. 대체로 이 산의 일대는 온통 바위봉우리가 빽빽하게 치솟아 있는지라, 흙산을 만나면 오히려 기이하게 여기기에 모두들 흙산을 칭찬한다. 이는 마치 온통 흙산인 나의 고향에서 우연히 바위봉우리를 보는 것과 마찬가지이리라. 순임금의 우산(虞山)은 이미 근거없는 견강부회에 속하는데도, 『사기』에 순임금이 창오(蒼梧)를 유람했다는 구절이 있다. 요임금이 어찌 이곳까지 왔겠는가!

만약 그의 명성과 교화가 이곳 남쪽까지 전해졌다면, 또한 이 산뿐만이 아니리라. 어떤 이는 "산세가 가파르고 높다(嶢)"고 하고, 또 어떤 이는 "옛날 요(猺)족들이 구멍을 파고 살았던 곳이다"라고 하는데, 이는 다 소리나는 음이 같기에[1] 교화를 위해 이르렀다고 잘못 오해했던 것이다. 마치 와룡산의 제갈공명처럼, 이곳이 어찌 삼국시대의 판도이겠는가! 이 산의 동쪽에는 바위봉우리가 떼를 지어 모여 있고, 시내가 그 사이를 휘감아돈다. 이 시내는 틀림없이 대패(大壩)의 상류로서, 요가[촌](廖家村)의 서쪽에서 흘러나오는 것이리라.

한참동안 바라보다가 5리를 내려와 옥허전에서 밥을 먹었다. 다시 2리를 나아가 산기슭의 자그마한 다리에 이르렀다. 그 북쪽에 요묘(堯廟)가 있었다는데, 복날과 음력 섣달에 제사를 편히 지낼 수 있도록 현 안으로 옮겨갔다고 한다. 그 남동쪽에는 채산각(寨山角)과 철봉산(鐵峰山)이 있다. 그 이름이 제법 널리 알려져 있다. 이에 다시 남쪽으로 다리 하나를 건너고, 이곳에서 남동쪽으로 요산의 남쪽 기슭을 따라 나아갔다. 먼저 철봉산을 찾아보기로 하고, 남서쪽으로 돌아들어 채산각과 황금암에 갔다가 돌아올 작정이었다.

5리를 나아가자, 어느덧 요산의 남동쪽에 있는 움푹한 평지로 나와 있었다. 그 남쪽에는 바위봉우리가 빽빽이 솟구쳐 있는데, 남동쪽의 봉우리 하나가 유독 두드러지게 멋지게 우뚝 솟아 있다. 나는 그 산이 철봉산이 아닐까 생각하던 참에, 마침 동쪽에서 걸어오는 두 사람을 만나 물었더니, "철봉산은 서쪽에 있으니, 이미 지나쳐 동쪽으로 와버렸군요!"라고 대답했다. 나는 그들의 말을 믿지 않은 채 "철봉산을 놓칠 망정, 이 우뚝 솟은 멋진 산을 놓칠 수야 없지요!"라고 말했다. 다시 남동쪽으로 소나무숲과 대나무숲 사이를 내달렸다. 다시 어린 사미승을 만나 철봉산을 물었더니 "앞쪽이 바로 철봉산이오!"라고 말했다.

숲을 나와 오른쪽을 끼고 바위산을 꺾어돌아 남쪽으로 나아갔다. 우뚝 솟은 멋진 봉우리의 서쪽에 막 이를 즈음, 지팡이를 짚은 노인이 홀연 나타났다. 그에게 다시 묻자, 오른쪽을 끼고 꺾어돌았던 곳이 바로 철봉산이고, 그 남동쪽으로 우뚝 솟은 멋진 봉우리는 천동관(天童觀)의 뒤쪽 봉우리라고 대답했다. 아울러 우뚝 솟은 멋진 봉우리는 바라볼 수 있을 뿐 오를 수는 없고, 철봉산은 오를 수는 있으나 들어갈 수는 없다고 했다.

철봉산은 독수봉과 사뭇 흡사하며, 그 아래에 바위동굴이 있다. 예전에 신선이 "철봉산을 열어젖히는 이가 있다면, 진주와 금은보화를 가득 매고 가리라."는 기록을 남겨두었다고 한다. 그리하여 수많은 사람들이 너도나도 벼랑을 파고 구멍을 뚫었는데, 그 동굴 문을 막 열려는 순간, 문득 바위가 쏟아져 막아버렸다고 한다. 노인이 나에게 남쪽 기슭을 따라 두루 찾아보라고 손가락으로 가리켜보였다. 이에 되돌아가 동쪽 기슭을 살펴보았지만, 몸이 들어갈 만한 동굴은 한 군데도 없었다.

이에 서쪽으로 1리를 내달려 남쪽 갈림길로 돌아들었다. 다시 1리를 나아가 냉수당(冷水塘)에 이르렀다. 조그마한 다리를 지난 물은 세차게 용솟음치면서 남서쪽으로 흘러갔다. 마을 한 곳이 산에 의지한 채 산골물을 좇아 펼쳐져 있었다. 이 또한 호젓하여 머물만한 절경이었으나, 마을 사람들은 그 아름다움을 느끼지 못했다. 마을 남쪽으로 병풍 같은 바위봉우리가 동서로 가로누워 있는데, 서쪽의 산부리에서 바라보면 마치 손가락을 세운 듯 얄팍했다.

산겨드랑이에서 동쪽으로 남쪽 산의 움푹 꺼진 곳으로 돌아들어, 마침내 산 남쪽의 큰길로 나왔다. 서쪽으로 내달리기 시작하여 모두 3리를 나아가 만동사(萬洞寺)를 지났다. 채산각은 그 서쪽에 있다. 이곳은 바위산이 열리기 시작하고, 들판은 마치 숫돌처럼 평탄했다. 채산각은 그 가운데에 우뚝 서 있었다. 채산각의 동쪽 벼랑을 바라보니, 봉긋이 벽처럼 솟아 있다. 낭떠러지 위에 석실이 날듯이 박혀 있으나, 그곳으로 올라가는 길은 보이지 않았다.

몸을 돌려 산의 남쪽을 따라 산의 서쪽 기슭에 이르렀다. 층계를 밟아 북쪽으로 올라갔다. [채산각] 북서쪽 모퉁이에 이르니 벼랑에 틈새가 열려 있고, 위에 다리가 가로놓여 있다. 다리를 건너 동굴 안에 들어간 다음, 그 안을 관통하여 동쪽으로 나아가 동쪽 벼랑으로 빠져 나왔다. 어느덧 날듯이 박혀 있는 석실의 안이었다. 나는 이때 동쪽으로 나오는 게 급했는지라, 서쪽 동굴의 참된 모습은 꼼꼼하게 살펴볼 겨를이 없었다. 동쪽 동굴을 빠져나와서야 비로소 옷을 벗고 쉬었다. 이곳에서 하룻밤을 묵을 작정이었기에 다른 절경을 더 물어볼 겨를이 없었다.

---

1) '높다'의 요(嶢)와 '요족'의 요(饒)는 요임금의 요(堯)와 음이 같다.

5월 15일

채산각의 동굴 안에는 모기가 아주 많아서 모기장 없이는 잠을 제대로 잘 수가 없었다. 아침에 일어나니 떠오르는 해가 동굴 안으로 비쳐 들어왔다. 나는 세수하고 빗질할 겨를도 없이 동굴 안을 두루 살펴보았다. 대체로 이 동굴은 북서쪽과 남동쪽의 두 쪽을 앞뒤로 하여 터져 있는데, 가운데의 통로는 비좁아서 한 사람이 겨우 지날 수 있다.

서쪽 기슭을 따라 산허리를 올랐다. 날듯이 허공에 뜬 바위 아래로 뚫고 들어와, 빙글 돌아 바위 위로 올랐다. 둥글게 말린 바위가 다리 노릇을 해준 덕에, 동굴 입구에 닿았다. 입구는 북서쪽을 향해 있다. 입구 안에는 동굴이 양쪽으로 나뉜 채, 남북 양쪽이 나란히 늘어서 있는데, 평평하여 거주할 만했다. 북쪽 동굴의 뒤는 비좁은 입구로 통하여 산허리로 뚫고 나가는 곳이다. 비좁은 통로는 길이가 세 길이다. 비좁은 통로를 들어서자 금방 넓어져 동굴을 이루었다. 매달린 종유석은 연꽃을 드리운 듯하고, 자욱한 연기가 좌우에서 뿜어져 나오는데, 스님이 집을 지어놓아 문을 가리고 있다.

동쪽 동굴의 위아래는 몹시 높고 가파르다. 오직 집 왼쪽 모퉁이에 손바닥만한 크기의 날듯한 평대만이 집에 가려지지 않은 채 남아 있다. 나는 이에 앞서 한밤중에 모기에게 내몰려 잠시 나와 그 위에 앉아 있었다. 하늘에 걸려 있는 달빛 아래, 평탄한 들판은 기슭을 에두르고 논에는 물이 가득 넘쳤다. 경치가 매우 그윽하고 광활했다.

동쪽 동굴 아래에도 깊숙한 동굴이 있는데, 다만 밝지 않을 따름이었다. 길은 산기슭에 뻗어 있고, 남쪽으로 돌아들어서야 동쪽으로 오를 수 있었다. 내가 아침 식사를 마치고 북서쪽을 바라보니 황금암이 자못 가깝게 보였다. 더 이상 동쪽의 아래 동굴을 찾아가지 않은 채, 서둘러 그곳으로 걸음을 재촉했다.

산의 서쪽 기슭으로 내려와 대나무다리를 건넌 뒤, 마을 북쪽에서 북서쪽으로 3리만에 황금암의 남쪽에 이르렀다. 이 산은 길 북쪽에 마치 뼈처럼 서 있는데, 위에는 관음처럼 곧추선 바위, 두꺼비처럼 엎드린 바위가 있다. 토박이들은 이 바위를 '두꺼비가 관음에게 절하다(蟆揚拜觀

畜)’라고 부른다. (괴拐는 개구리의 토속어이다. 구의산九嶷山의 요동瑤峒에서부터 모두 개구리잡이를 주업으로 삼고 있다.)

그 아래는 바로 갈라져 동굴을 이루고 있다. 동굴은 깊지 않으나 매우 높고, 남북으로 서로 통하여 있으며, 앞쪽은 낮고 뒤쪽은 가파르다. 뒤쪽 입구의 중간에 또 하나의 바위가 날듯이 가로지르고 있는데, 마치 무지개가 허공에 걸려 있듯이 입구를 둘로 나누고 있다. 안팎으로 나뉘어 열려 있고, 위아래 역시 층층이 나누어져 있다. 환히 비추는 경관이 여기보다 더 아름다운 곳이 없는지라, 토박이들은 모두들 이곳을 가리켜 황금암이라 한다.

나는 황금암을 찾아낸 일 말고도, 이 동굴에서 기이함을 느꼈다. 비록 동굴 안에 새겨진 글은 없지만, 마음속으로 운이 좋다고 여겼다. 동굴 안에서 위로 올라 북쪽으로 무지개가 걸려 있는 듯한 바위 아래로 나와 북쪽 기슭을 내려다보았다. 타검강이 곧바로 그 아래에서 철썩이면서 서쪽으로 흘러가고 있었다. 책상다리를 하고서 한참동안 앉아 있다가 남쪽으로 내려가 동굴을 나왔다.

동굴 오른쪽에 또 하나의 동굴이 있었다. 입구는 남쪽을 향한 채 높이 갈라져 있다. 그 안으로 깊숙이 들어갔으나 막혀 있다. 마치 겹겹의 골짜기와 같을 따름이다. 잠시 후 서쪽 기슭에서 북쪽으로 돌아들자, 산의 북서쪽에 또 하나의 동굴이 서쪽을 향해 있다. 동굴은 가운데가 둥글게 높이 솟아 있으나, 그다지 깊숙하지 않고 뚫려 있지도 않았다.

그 맞은 편 산에는 동쪽을 향해 있는 동굴이 있다. 이 동굴과 서로 마주하고 있는 모습이 마치 대문 옆의 곁채가 마주보고 늘어서 있는 듯하다. 이 동굴은 안쪽이 열 십(十)자의 네 갈래로 나뉘어져 있다. 북쪽과 동쪽의 두 문은 밖으로 뚫려 환하지만, 동쪽은 들어가는 곳이고 북쪽은 낭떠러지이다. 서쪽과 남쪽의 두 골짜기는 안으로 들어서면 캄캄하지만, 서쪽은 이 동굴 위쪽의 그윽한 곳이고, 남쪽은 깊은 못이다. 타검강의 물길은 동쪽 봉우리의 북쪽에 있는데, 이 동굴 앞에 이르러 북쪽으로 돌아들어 산을 따라 흘러간다. 동굴을 마주하여 강에 걸쳐진 다리가 있다. 다리 안쪽에 물이 고여 못을 이루고 있다. 이곳 또한 산이 첩첩하고 물이 굽이진 그윽한 곳이다.

동굴을 나왔으나, 동굴의 이름을 알 수 없었다. 마음속으로 동굴의 기이함에 놀라, 못 안에서 물을 긷는 이에게 잠시 물어보았다. 그 사람은 "이 동굴은 이름이 없습니다. 그 위에 또 하나의 동굴이 있는데, 올라가 찾을 수 있을 겁니다"라고 대답했다. 나는 얼른 그의 말을 좇아 올라갔다. 마침 비가 내렸지만, 나는 아랑곳하지 않은 채 대나무숲을 헤치면서 벼랑을 타고 올라갔다. 남북 양쪽에 바위 병풍이 나란히 우뚝 솟아 있다. 그 가운데에 나 있는 오솔길은 대단히 가팔랐다.

동굴은 남쪽의 바위 병풍 뒤에 치솟아 있다. 입구는 동쪽을 향해 있으나, 그다지 크지는 않았다. 입구의 왼쪽에 네모진 비석이 있는데, 송나라 사람의 유적이다. 이 비석에 따르면, 산이 감아돌고 물이 굽이도는 이 동굴은 황금암이며, 동파거사(東坡居士)가 예불을 드렸던 사원이다. 동굴 안의, 소식이 쓴 편액은 탁본할 만한지라, 나는 서둘러 그것을 찾았다. 동굴 오른쪽에 옛날에 새긴 바위가 있다. 위쪽의 '황금암'이라는 글자는 알아볼 수 있었다. 그 아래쪽에 쓰인 글씨는 깎이고 떨어져나가 하나도 남아있지 않았다.

그제야 이 동굴이 황금암이고, 앞의 것은 그 동쪽 봉우리의 동굴임을 알았다. 황금동(黃金洞) 한 곳을 찾아냄으로써, 토박이들이 알지 못하는 곳을 알게 되었고, 토박이들이 잘못 가르쳐 주었음 또한 알 수 있으며, 아울러 이곳이 명현이 남겨준 곳임을 알게 되었다. 다만 소식(蘇軾)이 계림에 왔다는 이야기는 들어본 적이 없기에 의심스럽기는 했다.

동굴 안에는 달리 기이한 점은 없었다. 북쪽으로 돌아들어 올라가자, 밝은 빛이 새어들었다. 끊어질 듯 가파른 벼랑이 무너져 흘러내리고, 올라갈 만한 층계가 없었다. 이에 입구 왼쪽으로 나왔다. 북쪽의 바위 병풍 안의 골짜기에 오를 수 있는 길이 보이는데, 다만 쌓여진 잡초더미에 가려지고 비가 쏟아져 덩굴이 미끄러운지라 발을 디딜 수가 없었다. 나는 기운을 내어 곧장 앞으로 나아가는데, 정문 스님은 따라오지 못했다.

올라서서 남쪽으로 돌아들자, 위쪽 동굴이 나왔다. 동굴의 입구는 북쪽을 향해 있다. 입구 밖에는 가시덤불과 덩굴이 서로 얽혀 있다. 나는 가닥가닥 풀어내고 마디마디 잘라내고서 입구 안으로 들어갔다. 입구 안쪽의, 옆으로 뻗은 구멍은 밖으로 통하고, 3층 누각이 겹쳐 있다. 아래로 굽어보니 몹시 깊고, 위로 쳐다보아도 기이했다. 그러나 위에는 오를 수 있는 층계나 틈새가 전혀 없다.

한참동안 꼼꼼히 살펴보니, 가운데 동굴 안에 옆 구멍이 [영롱하게 반짝이고 틈새가 구불구불 매달려] 있는지라 뚫고 오를 수 있었다. 다만 비좁고 층층이 굽어 있는지라 사지를 제대로 펴기 힘들었다. 그래서 옷을 벗은 채 알몸으로 뱀처럼 폈다가 자벌레처럼 오므려, 마침내 윗층의 [평평한 시렁 같은 누각 위로] 나왔다. 동굴 입구에 다리처럼 걸린 날듯한 바위 위에 걸터앉아 정문 스님을 큰 소리로 불렀다. 한참 후에야 그가 보였다. 방금 내가 했던 방식대로 원숭이처럼 올라오라고 한 다음, 함께 내려갔다.

이때 하인 고씨는 아랫 동굴의 다리 어귀에서 한참동안 기다리고 있었다. 내려가면 나는 다리를 넘어 서쪽으로 병풍산(屛風山)에 가서, 「정공암기」와 「호천(관)명서」를 다시 베낄 작정이었다. 그런데 고개를 돌려 황금암 아래를 바라보니, 그 북서쪽 산기슭에 동굴들이 유달리 많았다. 그래서 다시 다리를 건너 서쪽으로 타검강을 따라 산의 북쪽 기슭을 감아돌았다. 그곳에는 북쪽을 향해 있는 동굴 두 곳, 그리고 서쪽을 향해 있는 동굴 세 곳이 있다. 어떤 것은 옆으로 뚫린 입구가 많고, 어떤 것은 안에 깊은 골짜기를 끼고 있다. 온 산의 기슭에 구멍이 박혀있지 않은 곳이 없으니, 마치 구름이 낮게 드리우고 새의 날개가 덮고 있는 듯하다. 맨 서쪽의 동굴 입구 역시 북서쪽에서 남동쪽으로 뚫려 있는데, 북쪽은 낮고 남쪽은 험준하여 동쪽 봉우리와 (이하 결락되어 있음)

정오에 하인 고씨에게 먼저 왕경우의 집에 가서 밥을 지어놓으라 시키고서, 나는 정문 스님과 함께 병풍산을 바라보며 달려갔다. 타검수를 막 넘으려다 [병풍암과 황금암]의 두 산 사이를 바라보니, 남쪽으로 산 하나가 경계를 짓고 있고, 그 아래에 북쪽을 향해 있는 동굴이 있다. 다시 길을 에돌아 그쪽으로 나아갔다. 그 동굴 역시 옆으로 두 곳의 입구로 나누어져 있는데, 하나는 북쪽을, 다른 하나는 동쪽을 향해 있다. 이 동굴은 이 산의 북동쪽 모퉁이의 동굴이다.

그 서쪽에는 위로 올라가는 층계가 있다. 층계를 따라 더 올라가자, 층계는 무너진 채 길이 가팔라졌다. 북쪽을 향해 있는 동굴이 또 있다. 그 앞에 담이 있고, 그 뒤에는 불좌가 있다. 옛적에 불사가 있었던 곳이다. 뒤쪽의 왼편에 들어갈 수 있는 깊숙한 구멍이 있지만, 어두운지라 끝까지 가지는 않았다.

이에 동굴에서 내려와 북서쪽 모퉁이에 이르렀다. 옆으로 뚫린 동굴이 나타나고, 가운데가 텅 빈 골짜기가 잇달아 펼쳐져 있다. 황금암의 북서쪽과 매우 흡사했다. 정서쪽으로 봉긋 솟은 동굴 하나가 층층이 늘어선 채 [어지러이 뒤섞이고 높다랗게 펼쳐져 있다. 이] 또한 웅장함으로 기이함을 드러냈으며, [보통의 그윽하고 고요한 동굴은 아니다.]

내가 들어간 지 오래되었는데도 나오지 않자, 토박이들은 이상하게 여겨 찾으러 들어왔다. 나는 되돌아가는 길에 이곳의 이름을 물어보고서야 비석동(飛石洞)임을 알았다. 여기에서 서쪽의 바위로 쌓은 방죽을 지나 1리만에 정공암에 들어섰다. 이곳에서 동쪽 벼랑 위의 기문(記文)과 명문(銘文)을 두 장의 종이에 베껴 적었다. (명문은 범성대의 것이고, 기문은 후팽로의 것이다.) 벼랑은 높고 바위는 기울어져 있는지라, 기어올라 흙먼지를 털어낼 수 없었다. 그래서 한참동안 베껴 적었으나 몇몇 글자는 끝내 알아낼 수 없었다.

이때 어느덧 정오가 지나 있었다. 뱃속이 텅텅 비었기에, 동굴을 나와 북쪽의 왕씨 집으로 갔다. 그러나 반리를 채 가지 못해 마을에 들러 옷을 저당잡혀 사다리를 빌렸다. 사다리를 어깨에 지고서 다시 동굴로 돌아온 다음, 기어올라 흙먼지를 털어내고서 몇 글자를 모두 남김없이 베껴 적었다. 또 서쪽 벼랑으로 기어올라 「장안국비(張安國碑)」를 닦아냈으나, 초서인데다 떨어져 나간 것이 많은지라 몇몇 글자는 끝내 판독하지 못했다.

어느덧 오후가 되었다. 동굴에서 나와 사다리를 돌려주고, 북쪽으로 2리를 나아가 왕씨 집에서 식사를 했다. 왕씨는 닭을 잡고 기장밥을 지었다. 손님을 대접함이 더욱 융숭했다. 그의 어머니는 더 묵었다 가라고 붙잡았지만, 나는 성에 서둘러 들어가야만 했다. 호규의 시 아래에 있는 유거현(劉居顯)의 발문을 아직 베끼지 못했기 때문이다. (유거현은 유승지의 자제이다.) 걸상에 올라 흙먼지를 털어 닦아내야 했기에, 경우는 또다시 의자를 걸머지고 앞장서 달려갔다.

서쪽으로 1리만에 도사암의 동쪽 골짜기 입구에 들어섰다. 동굴 속으로 뚫고 들어가 오른쪽 벼랑을 닦아내고 다시 발문을 읽었으나, 끝내 떨어져 나간 부분이 많아 포기하고 말았다. 다시 호규의 시 가운데 서너 글자를 바로잡은 후, 동굴 오른쪽 모퉁이의 뒷겨드랑이로 들어가니, 아랫 동굴인 평지암과 통해 있다. 그 틈새는 처음에는 들어가기에 매우 좁았으나, 조금 들어가서 서쪽으로 나아가자 위아래로 훵하게 툭 트였다. 그러나 어두워서 아무 것도 분간할 수 없었다. 경우가 횃불을 가져와 안내하고자 했으나, 나는 "차라리 남은 시간에 바깥쪽의 아직 알지 못하는 동굴을 찾아보는 게 낫겠소"라고 말했다.

그리하여 동쪽 골짜기를 나와 동쪽 기슭을 따라 북쪽으로 나아가 구두동(狗頭洞)에 들렀다. 구두동은 비록 기이하기는 했지만, 이름이 고상하지 않은지라 포기하고 말았다. 그 북쪽 기슭에 또 하나의 동굴이 있었다. 이 동굴 입구는 동쪽을 향해 있으며, 바깥은 마치 갈라 터져 있는 듯하다. 틈새를 기어올라 세 차례 굽이돌아 마침내 세 개의 창을 지났다. 참으로 그윽하고 고요한 독수리의 궁전이요, 영롱하게 반짝이는 봉황의 전당이로다!

동굴을 나와 다시 북쪽으로 나아갔다. 봉긋 솟아 있는 동굴이 나타났다. 동굴의 입구는 남쪽을 향해 있다. 드높이 산꼭대기에 자리를 잡은 동굴은 북쪽의 청주동(靑珠洞)과 나란히 서 있다. 동굴 안으로 들어가자마자 동쪽으로 돌아들어 위로 올랐다. 잠시 후 북쪽으로 돌아드니, 올라갈수록 점점 어두워졌다. 비록 높고 험준하여 이채를 띠고 있으나, 환하게 뚫린 곳이 별로 없다. 그다지 마음에 들지 않았다.

동굴을 나오자, 해가 이미 뉘엿뉘엿 지고 있었다. 왕경우와 작별하고서 남쪽으로 2리를 달려 병풍산 서쪽 기슭을 지났다. 이곳에 이르니, 이미 산의 사면을 모두 둘러본 셈이었다. 다시 3리를 나아가 칠성암을 지나고, 또다시 1리를 나아가 부교문에 들어섰다. [뜬다리는 모두 36척의 배로 이루어져 있었다.] 숙소를 떠난 지 벌써 사흘이나 되었다.

5월 16일

잠시 조씨 집에서 쉬면서 형주의 김상보(金祥甫)에게 부칠 편지를 쓰고, 유기 가운데 부족한 부분을 보충하여 기록했다.

5월 17일

비가 내렸다. 나는 또다시 조씨 집에서 쉬면서, 집에 보내는 편지와 상보에게 보내는 편지를 쓰고, 사온 돌을 점검했다. 이날 오후 갑자기 여러 성문이 닫혔다. 정강왕부에서 돌아가신 조상의 제사를 모시기 때문이었다. 이에 앞서 며칠 전에 왕성 뒤쪽에서 참회 예불을 드리고 연극을 공연했는데, 왕성 문앞에 세 개의 나무 무대를 설치했다. (아버지와 어머니, 그리고 왕비의 세 사람의 위패를 모시는지라 세 개의 무대를 설치한 것이다.) 이날 밤 이경이 되자, 무대의 사방에 두루 백련등을 걸고, 무대 위에 폭죽을 설치하여 터뜨렸다. 무대의 중앙에 위패를 모셨는데, 이 무대를 '승천대(昇天臺)'라고 불렀다. 도사(都司)의 관리들은 제례복을 입고서 술을 올렸다. 정강왕은 상복을 입고 절을 한 다음, 다시 제례복으로 바꾸어 입고서 두 번 절을 올렸다. 이렇게 한 뒤, 도화선에 불을 붙여 폭죽을 터뜨리니, 화염이 일어나면서 폭발소리가 온 성과 골짜기를 뒤흔들었다. 이때 온 성의 남녀들이 떠들썩하게 구경하면서, 드물게 보는 성대한 행사를 신기하게 여겼다. 나에게 가서 구경하자고 졸라댔지만, 나는 누운 채 꼼짝도 하지 않았다. 이 내용은 정문에게서 전해들은 것이다.

5월 18일

정문 스님에게 부탁하여 조운암에 가서 융지 스님을 찾아 숙소로 와달라 했다. 식사를 마친 후, 김상보에게 부치는 편지와 집에 보내는 편지, 그리고 돌을 산 영수증을 융지 스님에게 넘겨주면서, 형주(衡州)로 부쳐달라고 부탁했다. 아울러 김상보에게는 다시 집으로 부쳐달라고 당부했다.

5월 19일

짐을 정리하여 주인인 조시우(趙時雨)에게 맡겼다. 나는 빗속에 뜬다리를 나와 양삭으로 가는 배에 오를 작정이었다. 이때 배가 막 떠나려 하자, 사람들로 몹시 붐볐다. 나는 잠시 빈 배에 들어가 비를 피했다. 그런데 배는 곧바로 떠나지 않았다. 정문 스님에게 배에서 짐을 지키고 있으라 부탁하고서, 다시 성으로 들어갔다.

성루에 올라 소요루(逍遙樓)의 옛터를 찾아보고자 했다. 옛터 안에는 이미 성을 지키는 백호(百戶)[1]의 집이 자리 잡고 있다. 그리하여 성 위에서 남쪽으로 2리를 나아가 문창문에 이르렀다. 문창문 밖은 오승교(五勝

橋)이다. 이강의 지류와 양강의 지류가 이 다리 아래에서 엇섞였다. 다시 성밖을 따라 서쪽으로 영원문을 지나고, 남쪽으로 남문교(南門橋)를 넘어 비석을 탁본하는 이를 찾아갔으나 이미 외출한 뒤였다.

나는 애초에 탁본 기술자와 함께 수월동에 가서 육무관(陸務觀)[2]과 범성대가 남긴 비각을 탁본하기로 약속했었다. 이곳에 왔으나 그가 약속을 어긴지라, 이에 정자영, 양자정 등과 작별인사를 나누러 치산에 갔다. 이틀 전에 두 사람이 사람을 보내 나를 초대했기 때문이다. 이곳에 갔다가 백익지(白益之, 이름은 홍겸弘謙이다)라는 사람을 알게 되었다. 참으로 행동거지가 겸손하고 단정한 사람이다.

이때 양자정이 아직 오지 않아 잠시 기다리는 참에 큰비가 쏟아졌다. 치암정(雉巖亭)에 앉아 종이를 펼치고서 막 유기를 보충하여 쓰려는 참에, 양자정과 주초범 등이 잇달아 왔다. 정자영이 「소서」를 써서 내게 주고, 주초범의 아우인 주척범 역시 시를 써서 내게 주었다. 나도 시를 지어 그들에게 화답했다. 해저물녘에 수월암의 서쪽에 있는 배 안으로 돌아와 잠을 잤다.

---

1) 명대에는 병제(兵制)로서 위소제(衛所制)를 실시했는데, 천호소(千戶所) 아래에 백호소(百戶所)를 두어 120명을 지휘하고, 2개의 총기(總旗)와 10개의 소기(小旗)로 나누었다. 백호(百戶)는 백호소의 장관이다.
2) 육무관(陸務觀)은 송대의 애국시인인 육유(陸游, 1125~1210)를 가리키며, 무관은 그의 자이고 방옹(放翁)은 그의 호이다. 금(金)나라에 대한 항쟁을 시로써 표출했던 그는 중국의 대표적인 애국시인으로 받들어지고 있다. 그의 저서로는 『위남문집(渭南文集)』과 『검남시고(劍南詩稿)』가 있다.

5월 20일

배가 여전히 승객을 기다리기에, 하인 고씨에게 탁본 기술자를 다시 한 번 찾아가보라고 했다. 마침내 탁본 기술자와 함께 수월동에 가서 동굴을 둘러보았다. 탁본하고 싶은 곳을 가리켜 알려주고, 종이값을 그에게 치른 뒤, 양삭 유람을 마치고 돌아오는 길에 탁본을 찾아가기로 약속했다.

이날 배안에서 유람의 여정을 보충하여 기록했다. 오승교 아래에 정박해 있던 배는, 저녁이 되자 사람들이 타기 편하도록 북쪽의 뜬다리로 이동했다. 이날 날이 유달리 맑고 아름다웠으나, 더위가 기승을 부렸다. 이날 오후에 왕손 다섯 명이 배에 들어와 억지로 구걸했다. 그들에게 쌀 한 됫박을 주자 떠났다.

5월 21일

배는 승객을 기다리다가 해가 중천에 뜨고서야 출발했다. 남쪽으로 수월동의 동쪽을 지나 남쪽으로 나아갔다. [치산(雉山), 천산, 투계산, 유선암, 애두 등의 여러 산들이 나타나는데, 모두 육로로 두루 유람했던 곳이다. 다만 투계산만은 가보지 못했는데, 마침 오늘 배가] 투계산 동쪽 기슭을 지났다. [애두에는 석문과 정병의 절경이 있는데, 배가 삼각주와 떨어져 가는지라 가까이 살펴볼 수가 없었다. 성에서 어느덧 10리를 왔다.]

다시 남동쪽으로 20리를 달려 용문당(龍門塘)을 지났다. 강물은 시원스럽게 흐르고, 남쪽에는 산이 나란히 우뚝 치솟아 있다. 그 가운데 봉우리의 가장 높은 곳은 마치 달이 봉우리 끝에 걸린 양 환하다. 남북으로 서로 뚫려 있는 듯하다. 다시 동쪽으로 5리를 달리자, 횡산암(橫山巖)이 강 오른쪽에 우뚝 솟아 있다. 돌아들수록 차츰 북동쪽으로 나아가 5리를 달리자, 강 오른쪽에 대허(大墟)가 나왔다. 뒤쪽에는 산이 북동쪽에서 쭉 뻗어내려오며, 가운데에는 물길의 어귀가 있다. 용촌(榕村)을 흐르는 산골물이 남쪽으로 흘러내려 이곳에 이른 것이리라.

남쪽으로 돌아들어 다시 5리를 달렸다. 강 오른쪽에 깎아지른 듯한 벼랑이 병풍처럼 우뚝 서 있다. 그 강 너머는 두일정(逗日井)이다. 역시 수백 가구가 살고 있으며 정기시장이 열리는 곳이다. 다시 남쪽으로 5리를 달리자 벽애(碧崖)가 나왔다. 강 왼쪽에 서 있는 벼랑이 서쪽으로 강을 굽어보고 있으며, 벼랑 아래에는 암자가 있다. 횡산(橫山)과 벽애 두 벼랑이 강을 낀 채로 강의 좌우에 서 있는데, 그 기세가 엇비슷하다. 그렇지만 두 곳 모두 깎아지른 듯한 벼랑만큼 높고 크지는 않다.

벽애의 남쪽으로 강 너머에 우뚝 솟아 늘어선 바위봉우리가 가로누운 채 남쪽 하늘을 가로막고 있다. 위쪽의 갈라진 채 깎아지른 듯한 봉우리는 거의 무산(巫山)과 맞먹고, 아래쪽의 무너진 채 불쑥 튀어나온 벼랑은 여산보다 낫다. 이리하여 바위봉우리는 강을 억누른 채 동쪽으로 뻗어간다. 강물은 그 북쪽 기슭에 철썩이고 성난 파도는 벼랑의 벽을 뒤집으며, 층층의 아지랑이에 산 그림자가 되비치니, 적벽(赤壁)과 채석기(采石磯)[1]도 그 장려함을 잃고 말 것이다. 벼랑 사이에는 검은 줄에 하얀 무늬가 진 바위가 있다. 영락없이 바다 위를 떠가는 관음대사와 같기에 침향당(沈香堂)이라 일컫는다. 이곳의 남쪽은 대단히 높고 깊지만, 북쪽의 언덕은 [평탄하고] 툭 트여 있다. 이곳은 매시부(賣柴埠)이다.

동쪽으로 5리를 달려 촌금탄(寸金灘)으로 내려갔다가, 남쪽으로 돌아 들어 산골짜기로 들어섰다. 강의 좌우 양쪽에는 여기에서부터 온통 바위봉우리가 우뚝 솟구치고 기이함을 다투어 자랑하니, 사람의 예상을 뛰어넘지 않는 곳이 없었다. 골짜기에 들어서서 다시 두미탄(斗米灘)으로 내려가 남쪽으로 모두 5리를 달리자, 남전참(南田站)이 나왔다. 백 가구가 모여사는 마을이 강의 동쪽 언덕에 있으며, [임계현과 양삭현의 경계이다.] 산은 이곳에 이르러 골짜기를 돌아들어 움푹한 평지를 이루고 있다. [사방은 층층으로 둘러싸인 채 오직 이 마을만을 받아들이고 있을 뿐이다.]

남전참을 지나자 산색은 이미 저물었으나, 뱃사공은 밤에도 쉬지 않고 노를 저었다. 강은 산세에 의탁한 채 동쪽으로 가다 문득 남쪽으로 나아갔다. 골짜기를 감돌아 벼랑을 뚫고서 25리를 달려 화산(畵山)에 이르렀다. 달은 아직 떠오르지 않고, 산색은 희미하게 보일 듯 말 듯했다.

다시 남쪽으로 5리를 달려 흥평(興平)에 닿았다.

뭇봉우리들은 이곳에 이르러 동쪽으로 한 줄기 틈새를 벌리고 있고, 몇 가구가 강의 왼쪽에 이어져 있다. 참으로 산수 가운데 은밀한 곳이로다! 달 역시 동쪽의 틈새 속에서 떠올랐다. 배는 갈 길을 멈춘 채 날이 밝기를 기다렸다. 내일 아침 일찍 일어나 공성(恭城)으로 가려는 손님들이 있기 때문이었다. (여기에서 동쪽으로 가면, 공성으로 가는 육로가 있다.)

[이강은 계림의 남쪽에서 흘러온다. 양쪽 벼랑에는 암벽이 빽빽하고 봉우리가 굽이돌며, 강물 속에는 많은 삼각주들이 나누어졌다가 합쳐진다. 이강에는 강물을 뒤집어엎는 바위도 없고 곧바로 쏟아져내리는 여울도 없는지라, 배가 바위동굴 사이를 굽이굽이 다닐지라도 한밤중의 항해를 방해받는 일이 없다. 다만 달이 더디 떠오를 적에는 어둠 속을 달리더니, 달 떠올라 밝아지자 갈 길을 멈추니, 실망스럽기 그지없다.]

---

1) 적벽(赤壁)은 208년 손권(孫權)과 유비(劉備)의 연합군이 조조(曹操)의 군대를 패퇴시켰던 싸움터로서, 통상 지금의 호북성 포기현(蒲圻縣) 북서쪽의 적벽산을 의미하지만, 최근의 고증에 따르면 호북성 무창현(武昌縣) 서쪽의 적기산(赤磯山)이다. 채기(采磯)는 채석기(采石磯)로서, 안휘성 마안산(馬鞍山)시에 있으며, 강의 폭이 좁고 형세가 험준하여 강의 요충지이자 옛 싸움터이다.

5월 22일

닭이 울자 공성으로 가는 손님들이 뭍에 올라 떠났다. 배는 즉시 노를 저어 남쪽으로 달려가기 시작했다. 새벽달은 물결에 일렁거리고, 기이한 봉우리는 노를 휘감으니, 밤중에 느꼈던 그윽하고 기이한 경관이 다시 넓고도 밝은 경색을 드러냈다. 남쪽으로 3리를 달리자, 나사암(螺蛳巖)이 나왔다. [봉우리 하나가 빙글빙글 돌며 올라가다가 돌아들어 강 오른쪽에 우뚝 서 있다.] 아마 흥평의 강어귀에 있는 [산]이리라.

다시 7리를 나아가 남동쪽으로 수록촌(水綠村)을 나오자, [산은 봉우리들을 거두어들인다.] 날이 아직 밝지 않았기에 나는 뜸을 닫고 잠이 들었다. 20리를 달리니 고조역(古祚驛)이다. 다시 남쪽으로 10리를 달리자 용두산(龍頭山)이 힘차게 바위등을 드러낸 채, [양삭]현의 사방을 둘러싸고 있다. 비취빛 연꽃과 옥 같은 죽순인 양 아름답고 멋진 세계를 빚어내고 있다.

양삭현은 북쪽의 용두산에서 남쪽의 감산(鑑山)에 뻗어 있다. 두 산봉우리는 웅장하게 우뚝 치솟은 채 이강의 상류와 하류를 마주하고 있으며, 그 가운데에는 손바닥처럼 평평한 땅이 있다. 동쪽으로 강가를 굽어보면서 언덕을 따라 쌓은 성은 남북으로 두 산에 이어져 있다. 서쪽으로 담을 쌓아 만든 성벽 역시 남북으로 산에 이어져 있기는 마찬가지이다. 서쪽 성의 너머로 가장 가까운 곳은 내선동(來仙洞)의 산이고, 석인(石人)과 우동(牛洞), 용동(龍洞) 등의 여러 산이 이곳을 빽빽하게 에워싸고 있다. 성으로 통하는 큰길은 이곳을 따른다. 대체로 육로는 서쪽을, 그리고 수로는 동쪽을 따라 뻗어있다.

양삭 현성의 동남문(東南門)의 감산(鑑山) 아래는 곧 남쪽의 평락부(平樂府)로 가는 길인데, 수로와 육로 모두 이곳에 모여든다. 정남문의 길 역시 북서쪽으로 돌아 성성(省城)으로 가는 길이다. 남쪽으로 쭉 나아가면 남두산(南斗山), 연수전(延壽殿)이 나온다. 지금 그 길을 따라 문창각(文昌閣)이 지어져 있는데, 달리 통하는 길은 없다. 정북쪽은 양삭산(陽朔山)이며, 층층의 봉우리가 병풍처럼 치솟은 채, 동쪽의 용두산과 닿아 있다.

동서 양쪽의 성은 모두 남쪽 모퉁이에 이어져 있지만, 북쪽은 산을 병풍처럼 삼고 있기에 성도 없고 성문도 없다. 동부문은 북극궁(北極宮) 아래에 있는데, 동쪽으로 강물과 통하고 북쪽으로는 의안사(儀安祠)와 독서암에 이를 뿐, 모두 잡초에 막혀 있어 다니는 사람이 없다. 오직 이강을 굽어보는 동쪽에만 물을 길을 수 있도록 세 개의 문이 열려 있다. 동남문 밖을 따라 강을 건너 동쪽으로 가면, 강 가까이의 마을로 백사만(白沙灣), 불력사(佛力司) 등의 여러 곳이 있는데, 민가가 제법 많다고 한다.

오전에 현성에 이르러 정동문에 들어서자, 바로 문묘(文廟) 앞이다. 문묘 서쪽을 따라 현성의 관아로 들어갔다. 매우 황량하고 적막했다. 현성 남쪽으로 반리를 나아가자 '시교쌍월(市橋雙月)'이라는 다리가 있다. 이 다리는 팔경(八景) 가운데의 하나이다. [다리 아래의 물길은 용동암(龍洞巖)에서 흘러내려 현성으로 흘러들어] 다리의 동쪽으로 날듯이 흐르다가 골짜기로 쏟아져내린다. [골짜기는 크기가 네다섯 길이고 사방에 떼를 이룬 바위들이 툭 튀어나와 있다.] 이곳은 용담(龍潭)인데, 물이 흘러들기는 하지만 넘치지는 않았다.

다리 남쪽에는 봉우리가 홀로 우뚝 치솟아 있다. 토박이들에게 물어보니 역산(易山)이라 한다. 대체로 남쪽으로는 이 산에 의지하여 성을 쌓았다. 그 동쪽 기슭에는 감산사(鑑山寺)가 있는데, 이곳 역시 팔경 가운데의 하나이다. (이 경관을 감사종성(鑒寺鐘聲)이라 한다.) 감산사는 남쪽으로 산에 의지하면서 강을 굽어보고 있으며, 길이 통하는 곳에 문을 설치했다. 이 것이 곧 동남문이다. 역산의 서쪽 기슭에는 정남문이 있다. 그 남쪽 벼랑의 측면 사이에는 마치 손을 마주잡은 듯한 모습의 틈새가 있다. 토박이들은 이곳을 자산(雌山)이라 일컫고 있었다. 동남문 밖의 조그마한 돌길을 따라가면 틈새 옆에 닿을 수가 있다.

나는 처음에 북쪽 기슭에 오르자마자 곧 위로 올라가는 길을 찾아보았다. 그 산의 남쪽과 동쪽 양쪽은 벼랑을 따라 성을 쌓았다. 오직 북쪽만은 성 안에 있고 작은 길의 층계가 있기는 하지만, 오래도록 가시덤불에 가려져 있었다. 이에 나뭇가지를 잡고 틈새를 더듬어 한참만에야 가파른 절벽 아래에 이르렀지만, 잡초더미에 묻힌 길마저도 끊기고 말았다. 다시 절벽 옆으로 가파른 바위에 올라, 날 듯한 돌길을 따라 허공 속을 빙글빙글 감아돌았으나 끝내 닿지 못했다.

이내 산을 내려오니, 어느덧 정오가 넘어 있었다. 이때 하인 고씨는 배에서 짐을 지키고 있었다. 동남문 밖의 나루터 옆에서 기다리기로 약속해 두었던 것이다. 이리하여 남쪽으로 감산사를 지나 남동쪽 문을 나서서 배를 찾았으나 찾을 수가 없었다. 그래서 저자에서 간편하게 죽을 사서 끼니를 때웠다. 사람들에게 물어보니, 강 건너 동쪽으로 10리를 가면 장원산(狀元山)이 있다고 한다. 서문을 나서서 2리를 가자, 용동암(龍洞巖)이 나왔다. 이곳은 이 일대의 명승지이다. 이밖에는 사람의 눈길을 끌만한 고적이나 신기한 곳은 더 이상 없었다.

서둘러 배를 찾으러 다시 성에 들어갔다가 감산사에 올랐다. 감산사는 산에 의지한 채 강을 굽어보면서 푸르름 속에 잠겨 있다. 성곽이 이러한지라, 심빈(沈彬)은 시를 지어 "푸른 연꽃 봉우리 속에 사는 이 있네"라고 읊었을지니, 참으로 헛소리가 아니다. 이때 정오의 뙤약볕이 몹시 뜨거운지라 옷을 벗은 채 창 앞에 서 있다가 한 선비를 만났다. 그가 팔경을 알려주었다. (팔경은 시교쌍월, 감사종성, 용동선천龍洞仙泉, 백사어화白沙漁火, 벽련파영碧蓮波影, 동령조하東嶺朝霞, 장원기마狀元騎馬, 마산람기馬山嵐氣 등이다.)

다시 북쪽으로 성문 두 곳을 지나 배를 찾았다. 문묘문(文廟門)에 이르러서도 끝내 배를 찾을 수가 없었다. 그리하여 계속하여 동남문을 나와 강을 건너 동쪽으로 1리를 나아가 백사만에 이르렀다. 뱃사공의 집이 거기에 있었던 것이다. 배는 그 남쪽에 정박해 있었다. 배 안으로 들어가 옷을 벗고서 더위를 식혔다. 발을 물에 담근 채 막걸리를 사 마신 후, 더 이상 기이한 경관을 찾아 나서지 않은 채 하룻밤을 묵었다.

백사만은 현성 남동쪽 2리에 있으며, 주민이 자못 많다. 이곳에 선착장이 있다. 그 남쪽에는 세 개의 봉우리가 나란히 늘어서 있다. [맨 동쪽의 봉우리는 백학산(白鶴山)이라 한다.] 강물은 남쪽으로 그 아래에 이르러 굽이져 북동쪽으로 흘러가면서 물굽이를 싸안고 있다. 모래흙이 온통 하얗기에 백사(白沙)라는 이름이 붙었다. [그 남동쪽의 시내는 남쪽의 이룡교(二龍橋)에서 흘러와 북쪽의 강에 흘러든다. 시내는 남쪽의 세 봉우리의 동쪽에 있으며, 백학산 서쪽의 터에 바짝 붙어 흘러간다. 시내 동쪽에는 또 여러 개의 봉우리가 있다. 이 봉우리들은 남쪽에서 북쪽으로 뻗어 있는데, 시내가 강으로 흘러드는 어귀와 경계짓고 있다. 맨 북쪽의 것은 서동산(書童山)이며, 강줄기는 이곳에서 북동쪽으로 거꾸로 돌아든다.]

5월 23일

아침 일찍 밥을 달라 하여 먹고서, 백사만에서 강을 따라 북동쪽으로 나아갔다. 1리만에 강을 건너 남쪽으로 나아가 동쪽 경계인 서동산의 동쪽으로 나왔다. 나루터에서 동쪽을 바라보니, 강의 북동쪽 언덕에 높은 봉우리가 우뚝 솟아 있는데, 네 개의 뾰족한 봉우리가 나란히 솟구쳐 남쪽으로 흘러가는 강물을 가로막고 있다. 그 북쪽에 봉우리 하나가 있다. 갈라져 나온 바위가 봉우리 머리에 이어진 채 서 있는 모습이 마치 사람인 듯하고, 북서쪽으로 손을 맞잡아 절을 하고 있다. 이 또한 동인산(東人山)의 하나이다.

강을 건너 남쪽으로 동쪽 경계인 동쪽 기슭에 이르렀다. 제방의 위아래에는 나무숲이 제멋대로 우거져 있다. 그곳에 징심정(澄心亭)이 우뚝 솟아 있는데, [쉴 만했다.] 다시 동쪽으로 1리를 나아가 목산촌(穆山村)을 지났다. 다시 강을 건너 동쪽으로 나아가 네 개의 뾰족한 봉우리의 남쪽 기슭을 따라 그 동쪽으로 나왔다.

[산이 트이고 시야가 넓어지자, 기이한 경치가 더욱 두드러진다. 앞쪽을 바라보니] 북동쪽으로 또 하나의 봉우리가 솟아 있는데, 위는 두 갈래로 나누어져 있다. 동쪽 갈래는 낮고 비스듬이 기울어져 [마치 스님의 모자가 허공에 드리워진 듯하고,] 서쪽 갈래는 높고 홀로 솟구쳐 있다. 이것은 하나의 산의 두 가지 기이함이다. 네 개의 뾰족한 봉우리 가운데, 동쪽 가지의 봉우리가 제일 빼어나고, 둘로 갈라진 서쪽 봉우리가 가장 웅장하다. 이것은 두 산의 한 가지 경치이다. 고개를 돌려 남서쪽의 강 너머를 바라보았다. 아래에는 날카로운 벼랑이 나란히 우뚝 서

있고, 위에는 두 개의 봉우리가 나란히 매달려 있는 듯하다. 이 또한 서동산의 남쪽이며, 뭇 봉우리들이 변환하여 드러내는 것이다.

이때 산을 따라 동쪽으로 향했다. 다시 5리만에 어느덧 두 갈래로 나누어진 봉우리를 나와 있었다. 남동쪽으로 고개 하나를 넘어 내려가자, 불력사(佛力司)가 나왔다. [불력사는 강이 남쪽으로 돌아드는 곳을 마주하고 있으며, 북쪽의 현성과 10리 떨어져 있다.] 짐을 여인숙에 맡겨놓고, 장원봉으로 가는 길을 물었다. 동쪽으로 올라가려 하자, 주민이 서쪽을 가리켰다. 그제야 두 갈래로 나누어진 봉우리가 바로 장원봉임을 깨달았다. 서쪽 봉우리가 제일 높기에 장원이라는 이름을 붙인 것이다.

이리하여 뒤쪽 고개를 넘자마자 고개 위를 따라 북쪽으로 갔다. 고개를 넘어 북쪽으로 내려가서 서쪽으로 1리를 나아가자, 홍기동(紅旗峒)에 이르렀다. 홍기동을 두루 둘러보고나서 북서쪽으로 1리를 나아가 산 아래에 이르렀다. 길이 풀에 덮여 올라갈 수가 없었다. 기어오르면서 이리저리 헤매다가 차츰 높이 올라가면서 돌길을 찾았는데, 금방 또 길이 사라져 버렸다. 대체로 길이 없어졌다 나타났다 하는 것은 모두 풀이 듬성한지 혹은 무성한지에서 비롯된 것이다. 북서쪽으로 1리를 오르면 산을 넘어 서쪽의 움푹 꺼진 곳으로 내려가고, 북동쪽으로 2리를 오르면 산을 넘어 동쪽의 움푹 꺼진 곳으로 오른다. 이 움푹 꺼진 곳이 바로 두 봉우리의 분기점인 셈이다.

움푹 꺼진 곳에서 북서쪽으로 넘어갔다. 어지러운 바위들이 겹겹이 뻗은 채 높은 봉우리까지 이어졌다. 벼랑 가에 동쪽을 향해 있는 동굴이 있다. 동굴 입구는 비록 높다랗지만, 안은 깊지도, 넓지도 않다. 인에는 수없이 많은 선비상(仙妃像)이 놓여 있고, 옆에서는 토박이들이 돌을 깎고 있다. 비를 내려달라 빌면 영험하기에 부교산(富敎山)이라고도 일컫는다고 한다. 동굴 위에는 2층의 구멍이 매달려 있다. 하지만 처마가 뒤짚힌 채 튀어나와 있는 듯한지라 오를 수 없었다. 동굴 앞에는 동쪽을 향해 있는 봉우리가 있는데, [스님의 모자와 흡사했다. 그 봉우리에도]

서쪽으로 이 산과 마주보고 있는 동굴이 있으나, 낭떠러지가 잡초더미에 가로막혀 모두 다 보이지는 않았다.

동굴 안에 한참동안 앉아 있다가 동쪽으로 공성현(恭城縣)을 바라보았다. 남동쪽으로 멀리 평락부(平樂府)가 보이고, 남서쪽으로는 여포현(荔浦縣)이 엿보이는데, 모두 겹겹의 산이 가로놓여 있다. 이때 나는 단숨에 높은 봉우리의 꼭대기에 오르고 싶었다. 하지만 동굴 밖의 남북 양쪽 모두 절벽이 곧추서 있고 돌길도 없는지라, 동굴 남쪽에서 험준한 벼랑을 기어오르고 가파른 바위를 따라 올랐다. 마치 원숭이가 매달리고 표범이 튀어 오르듯 험한 곳은 사다리를 타고 허공은 뛰어 건넜다. 몸을 돌려 험준한 절벽의 남쪽을 따라 곧바로 벼랑 중턱에 이르렀다. 그러나 봉긋 솟은 채 틈새가 전혀 없어서 손발의 힘으로는 도저히 미칠 수가 없었다.

이때 남쪽 산과 서쪽의 저자에 비가 사납게 흩뿌렸다. 생각해보니 위에는 틈새 하나 없고 아래에는 관목과 잡초가 무성하다. 게다가 비에 젖고 나뭇가지가 얽혀 있으니, 발을 내딛기가 더욱 힘들었다. 급히 벼랑을 뛰어내려 3리만에 산발치에 이르렀다. 다시 2리를 나아가 고개를 넘어 불력사의 가게에서 식사를 했다. 성이 소(蘇)씨인 주민은 대대로 밭 갈고 책을 읽으면서 집안을 일으켰다. (명경과에 응시하여 공생이 된 사람도 서너 사람이나 되었다.)

손님이 온 것을 보고 모두들 구경하러 나왔다. 그들의 말에 따르면, 이 봉우리는 높고도 가파른지라 일찍이 올라가는 길이 있어본 적이 없다고 한다. 수 년 전에 봉우리 옆에 고목 한 그루가 있었는데, 그 집의 하인 세 사람이 기도를 한 후 올랐다. 사다리와 밧줄로 한 층 한 층 돌아 올라가 온갖 어려움을 겪고서 겨우 나무가 있는 곳에 이르렀지만, 끝내 꼭대기까지는 오르지 못했다. 이후로는 물어보는 이조차 없었다고 한다. 오후에 빗속에 불력사에서 되돌아왔다. 10리만에 두 차례 강을 건너 백사만에 이르렀다. 배에서 쉬었다.

불력사의 남쪽에는 산이 더욱 훤히 트여 있다. 안에는 비록 남은 바위봉우리들이 나란히 서 있지만, 밖에는 온통 산과 고개가 이어져 있다. 산과 고개는 마치 푸른 옥비녀나 백옥의 죽순처럼 빽빽이 늘어선 채, 북쪽의 계림에서 시작되어 남쪽의 이곳에서 끝난다. 듣자하니, 평락부 아래로는 사방이 온통 흙산이며, 가파르고 거친 바위는 뭍에 우뚝 솟아 있지 않고, 물속에 잠겨 있다고 한다. 대체로 산세는 이곳에 이르러 무 뎌지지만, 물살은 이곳에 이르러 험해진다.

5월 24일

백사만에서 아침을 먹자마자, 곧바로 강을 가로질러 남쪽 봉우리 아래로 건너왔다. 벼랑을 올라 전가동(田家洞)으로 가는 길을 물었다. 기슭을 따라 남동쪽으로 나아가다 다시 봉우리 한 곳을 돌아들었다. 높이 치켜든 동굴이 있는데, 밖에 문과 담이 있었다. 서둘러 들어가보니, 이 동굴은 동쪽을 향해 있고, 널찍하고 밝은데다 평탄하고 툭 트여 있다. 위에는 종유석이 많이 늘어져 있고, 왼쪽 뒤에는 구멍이 있다. 그윽하면 서도 밝았다. 동굴 안에는 신선상을 모셔 놓았는데, 매우 소탈하고 자연 스럽다. 아래에 있는 비석에는 지현인 왕지신(王之臣)이 이 동굴을 다시 열었던 일이 기록되어 있다. 기록을 읽고서야 이 동굴이 바로 토박이들이 말하는 전가동이며, 옛적의 기록에 백학산이라 했던 곳임을 알게 되었다. 사흘 동안 백학산을 뒤졌으나 찾지 못했는데, 잠깐 사이에 동굴한 곳을 유람하다가 두 가지를 모두 찾아냈으니, 그 기쁨이 어떠하겠는 가! (나는 양삭에 이르자마자 백학산을 물었으나, 아는 이가 없었다. 전가암에 들어서서 그곳이 곧 백학산임을 알게 되었던 것이다.)

백학산은 동쪽으로 서동산과 마주본 채 문짝이 늘어선 듯이 남쪽으로 뻗어있다. 안에는 움푹한 평지가 길게 이루어져 있는데, 이룡교(二龍 橋) 아래의 물은 북쪽의 이곳으로 쏟아져 내린다. 움푹한 평지에서 배로

60리를 가면 이룡교에 닿을 수 있다.

백학산을 나와 북쪽 기슭을 따라 강을 거슬러 서쪽으로 3리만에 동남문에 들어섰다. 다시 정남문을 나와 짐을 여관에 놓아두었다. 이어 불씨를 들고 횃불을 걸머진 채 북서쪽으로 큰길을 따라 용동암(龍洞巖)으로 향했다. 먼저 1리를 가자, 길 오른쪽에 하나의 산이 멀리 바라보였다. 휑하게 드넓으며 구멍이 겹겹이 갈라져 있는지라, 용동이라 여겼다. 길 가는 이가 가리키면서 "용동은 북쪽에 있습니다"라고 말했다.

이에 둥근 테로 문을 휘감은 듯한 바위를 나와 1리만에 조그마한 다리를 지나 동쪽으로 나아갔다. 서쪽을 향해 있는 동굴이 두 곳 있는데, 하나는 남쪽으로, 다른 하나는 북쪽으로 늘어서 있다. [그 남쪽에 늘어서 있는 것은 용약암(龍躍巖)인데, 지형이 조금 내려가고 입구는 대단히 높고 밝다. 북쪽 동굴은 지형이 조금 높고, 풀숲이 입구의 길을 막고 있다.]

먼저 남쪽 동굴에 들어가 동굴 안에서 동쪽으로 [다섯 길을 나아갔다. 한 층 한 층] 평대를 올랐다. 평대의 오른쪽에는 동굴 앞까지 깊숙이 들어가는 구멍이 있다. 왼쪽에는 쉬면서 생각에 잠길 수 있는 바위 평대, 바위 좌석과 바위 감실이 있다. 오른쪽에는 이곳 사람 효렴 막지선(莫之先)이 쓴 「개동기(開洞記)」가 있다. 이 기록에 따르면, "북쪽은 신룡이 깊숙이 숨어 조용히 지내는 용궁이고, 이곳은 신룡이 뛰어 날아오른 곳이기에, 용약암이라는 이름을 붙였다"고 한다. 동굴을 나와 동굴 북쪽에서 용동암에 올랐다.

횃불에 불을 붙여 들어갔다. 동굴은 너비가 다섯 길이고 높이는 한 길이며, 그 남쪽 벼랑 중턱의 절벽은 복도처럼 평탄하게 뻗어있다. 몇 길을 들어가니 동굴은 남쪽으로 툭 트여 있고, 동굴 꼭대기는 높아지기 시작한다. 그 뒤쪽 절벽에는 용 모습의 침상이 있는데, 온통 하얀 바위가 드리워져 있다. 그런데 바위의 위는 뒤짚히고 아래는 갈라져 있다. 바위를 캐내기 위해 절반은 쇠망치로 캐내가고, 겨우 흔적만 남아 있을 따름이었다.

바위 아래에는 네모진 못과 둥그런 못이 각각 하나씩 있는데, [깊이는 대여섯 치이다.] 못 안에는 거울처럼 맑은 샘이 있다. 샘물은 오래도록 쏟아져 들어오되 새어나가지 않고, 거듭 퍼내도 금방 가득 차오른다. 고요하고 신비한 궁에 이처럼 신령한 샘물이 있으니, 마땅히 팔경 가운데의 으뜸이다.

못 앞에는 단사를 굽는 둥그런 부뚜막이 한 군데 있다. 부뚜막은 사방으로 둥글게 에워싸여 있고, 아래에는 칼로 도려낸 듯 문과 같은 구멍이 있다. 영락없이 돌을 겹쳐 쌓아 만든 듯하다. 못 위에는 조그마한 감실이 층층이 이어져 있다. 마치 꿀벌 집이나 제비집과 같으나, 통하는 길이 전혀 없다. 왼쪽 절벽의 움푹한 곳을 따라 땅에 엎드려 기어들어갔다. 들어갈수록 점점 작아지니, 구멍은 기껏해야 커다란 대나무 피리만하다. 뱀처럼 꿈틀거리면서 남쪽으로 대여섯 길을 뚫고 나아간 후에야, 겨우 몸을 오므렸다 펼 수 있었다. 이리하여 남명(南明)과 소유(小酉)가 각기 동굴을 열어젖히니, 마침내 용약암의 뒤쪽 겨드랑이에 이르렀다.

동굴을 나와 계속하여 반리를 나아갔다. 둥근 테로 휘감은 듯한 문을 좇아 들어가자, 동쪽으로 용동암 남쪽에 늘어선 봉우리가 바라보였다. 하늘문이 겹겹인지라, 용에 올라타고 싶은 마음을 억누를 수가 없었다. 그리하여 둥근 테로 휘감은 듯한 문 안에서 시내를 건너 동쪽으로 나아갔다. 가시덤불이 우거진 늪 속에서 다시 반리를 나아가 산 아래에 이르렀다.

처음에 서쪽을 향해 있는 첫 번째 문에 들어섰다. 문은 골짜기처럼 높게 봉긋 솟아 있다. 동굴 안쪽은 소아 말에 짓밟혀 더러운지라 발을 딛을 수가 없었다. 동쪽으로 몇 길을 들어가서 북쪽으로 돌아들자, 더욱 어두워져 끝까지 갈 수가 없었다. 이에 남쪽으로 돌아들자, 이내 밝은 구멍이 서쪽으로 뚫려 있다. 밝은 곳을 따라 골짜기에 오른 다음, 계속하여 서쪽의 동굴 입구 위로 나왔다. 이곳은 처음 동굴에 들어갈 때 남쪽 위의, 서쪽을 향해 있던 두 번째 문이다.

그 바깥에서 한층 남쪽의, 서쪽을 향해 있는 세 번째 문에 올랐다. 그 동굴에 들어서자 처음 들어갔던 동굴처럼 골짜기를 이루고 있다. 다만 골짜기 아래가 골목처럼 비좁고, 골짜기 위가 누각처럼 층층이 겹쳐 있을 뿐이다. 다섯 길이 채 안되어 아래쪽의 골짜기는 끝이 났다. 위쪽에는 겹문이 매달려 있는데, 파내고 다듬은 양 둥글고 가지런하다. 다만 골짜기 절벽이 깎아지른 듯 가팔라서 올라갈 길이 없었다. 정문 스님과 함께 백방으로 생각해 보았으나, 골짜기 한 층을 올라간다 해도 윗층이 또 매달려 늘어져 있는지라 도저히 이를 수가 없었다.

그래서 동굴 앞으로 나와 쳐다보니, 동굴 위에 두 개의 문이 잇달아 열려 있다. 이것은 남쪽에서 올라가는, 서쪽을 향해 있는 네 번째, 다섯 번째 문이다. 동굴 안의 아래쪽이 골짜기안의 겹문과 통해 있기를 바랐다. 정문 스님은 동굴 밖에서 나뭇가지를 붙들고 틈새를 타고서 곧장 올라가고자 했다. 나는 동굴 밖에서 구멍을 찾고 벼랑을 더듬어 다른 길로 들어가고자 했다. 이리하여 다시 남쪽 위의, 서쪽을 향해 있는 여섯 번째 문을 지났다. 고개를 들어 쳐다보니 깎아지른 듯한 낭떠러지는 더욱 가팔라서, 바라볼수록 가까이 다가갈 수가 없었다.

다시 남쪽 위의, 서쪽을 향해 있는 일곱 번째 문을 지나자, 층이 져 있는 바위 결이 보였다. 불쑥 튀어나온 부분이 있어 발을 딛을 수 있고, 구멍이 쏙 들어간 부분이 있어 손가락을 넣어 잡을 수 있었다. 그리하여 몸을 엎드려 기어올라 수십 층을 넘어 동굴 입구에 이르렀다. 동굴이 북쪽으로 또다시 움푹 꺼진 곳을 낀 채로 곧추서 있는데, 높이가 대여섯 길이다. 위층으로 오르기 시작하였으나, 비좁고 미끄러워 오를 길이 없었다. 이에 하인 고씨에게 산을 내려가 나무를 찾아보라 했다. 가운데에 박아 끼워 오를 요량이었으나, 이때 칼을 차고 있지 않아 단단한 나뭇가지가 있다 해도 나무를 베어내기 어려운 처지였다. 잠시 하릴없이 찾으러 다닌 셈이었다.

이때 정문 스님은 다섯 번째 문 바깥에서 기어오르고 있었다. 뛰어오르기 어렵겠다고 여긴 나는 그에게 이쪽으로 와서 함께 힘을 합치자고 재촉했다. 하인 고씨가 내려온 뒤, 나는 홀로 찬찬히 살펴보았다. 이 골짜기는 비록 틈새나 층계가 있지는 않지만 양쪽의 절벽이 구불구불하여 손과 발로 지탱하면 허공에 매달려도 떨어지지는 않으리라는 생각이 들었다. 그래서 몸을 곧추세워 이 방법을 따라 마치 우물을 뚫고 나오듯이 하였다. 가로로 묶고 세로로 곧추세우니, 사다리나 층계에 의지할 필요가 없었다.

골짜기의 등성마루에 올랐다. 등성마루의 북쪽은 다시 푹 꺼져 골짜기를 이루고 있다. 뚫고 들어가자, 밝은 빛이 비춰 들어왔다. 앞서 바라보았던 동굴 가운데 한 곳과 틀림없이 통해 있으리라 짐작은 하지만, 어느 문과 통해 있는지는 알 수가 없었다. 이에 담에 다리를 벌리고 걸터앉아, 동굴 꼭대기를 둘러보니 사통팔달하여 궁려[1]와 같고, 아래의 골짜기 밑바닥을 굽어보니 옥으로 장식한 신선의 방과 같다. 그래서 큰 소리로 정문 스님에게 어서 오라고 불렀다. 정문 스님과 하인 고씨가 잇달아 이르렀다. 하인 고씨가 가지고 온 약한 나뭇가지는 너무 가늘어 사용할 수가 없는데다, 나 역시 이미 등성이로 올라온 터라 사용할 필요가 없었다. 정문 스님에게 내가 했던 대로 올라오게 했다. 참으로 원숭이 흉내를 가르친 것이다.

정문 스님이 올라오자, 나는 등성이를 따라 남서쪽으로 오르고, 정문 스님은 등성이를 따라 북동쪽으로 올랐다. 각기 눈길이 미치지 않은 곳까지 둘러보았으나, 그리 멀리 이르지는 못했다. 그리하여 등성이 북쪽에서 골짜기 안으로 내려와 북쪽으로 나아갔다. 시쪽 위에 문 하나가 높이 매달려 있었다. 이곳은 여섯 번째 겹문인데, 오를 겨를이 없었다. 골짜기를 따라 좀 더 들어가서 서쪽으로 돌아나오자, 다섯 번째 문이 나타났다. 문 입구에 있는 용 모양의 바위는 아래로 서너 길을 드리우고, 머리 부분이 두 갈래로 나뉘어져 있다. 이 바위를 두드리자 쟁쟁 하는 소리가 울렸다. 그 곁에는 평평한 시렁 같은 좌석이 하나 있다. 이 좌석은 아래로 겹겹의 벼랑을 굽어보고, 위로는 종유석을 바라보고 있다. 이 좌석에 누우면, 옆에 드리워진 용을 누워서 건드릴 수도 있다.

용 옆에서 벼랑의 끄트머리를 따라 북쪽으로 나아가자, 또 하나의 문이 있다. 이곳은 곧 네 번째 문이다. 문 입구를 뚫고 동쪽으로 들어가서 다음 층으로 약간 내려가자, 그 안은 훤히 트인 채 사방으로 뚫려 있다. 오른쪽은 동쪽으로 돌아든다. 깊고 어두워 끝이 보이지 않는다. 왼쪽은 서쪽으로 나오는데, 앞의 세 번째 문의 위층이다. 마치 도려낸 듯한 겹문이 안에 있음을 알고 있기에 벼랑을 따라 끝까지 가보니, 다시 기둥 하나를 사이에 두고 있다. 기둥의 틈새를 돌아 들어갔다. 문 안은 또다시 빙 둘러 그윽한 경관을 이루고 있는데, 멀지도 않고 뚫려 있지도 않았다.

세 번째 문에서 위로 올라가 잇달아 네 개의 문을 지나자, 처음에는 오르는 길이 아예 없더니, 일곱 번째 문을 들어서자 한데 꿰어진 구슬인 양, 층층이 나누어진 채 구불구불 뚫려 있다. 층층이 겹쳐진 누각 사이를 오르니, 얕고 깊음은 제멋대로인 채 층층이 겹겹으로 허공에 떠 있다. 참으로 무리 지은 옥처럼 아름다운 산이요, 신선이 사는 궁전이도다! 막공신(莫公臣)이라는 사람이 네 번째 동굴과 다섯 번째 동굴에 두루 '주명동(珠明洞)'의 세 글자를 써놓았는데, 이 역시 이 동굴을 널리 알리려는 마음이 배어 있다.

이때는 마침 오후인지라 하인 고씨에게 먼저 남문의 여인숙에 가서 밥을 지어놓고 기다리라 했다. 나는 정문 스님과 함께 매달려 있는 용 모습의 바윗가에 앉아 쉬었다. 가만히 앉아 쉬노라니, 바람에 날려 마치 신선이 되려는 듯 멍하니 나 자신을 잊으니, 이 또한 인간세상의 지극한 한 때이리라.

한참 뒤에 여섯 번째 문의 골짜기 안을 따라 서쪽의 벼랑 위로 기어 올랐다. 그 입구는 높이 벌려져 있으나, 안팎 모두 빈 땅이 전혀 없다. 밖에는 정자가 매달려 있고 안에는 누각이 겹겹이 쌓여 있는 네 번째와 다섯 번째 문만 못했다. 등성이를 넘어 계속하여 [남쪽으로] 일곱 번째 문으로 내려왔다. 문밖에서 벼랑을 따라 다시 남쪽으로 내려가다가 남쪽 아래의, 동쪽을 향해 있는 여덟 번째 문을 만났다. 이 동굴 역시 골짜기를 이루고 있는데, 동쪽으로 올라가면 비록 높이 치솟아 있기는 하지만, 옆으로 통하지는 못한다. 동굴 오른쪽에 대리사(大理寺) 승(丞)[2]이 쓴 글이 있는데, 어느 시대의 누구인지는 알 수 없다.

이 산에는 서쪽을 향해 있는 동굴이 여덟 곳이다. 이 가운데 남쪽과 북쪽의 두 동굴만은 서로 통하지 않지만, 중앙의 네 동굴은 제일 높은 데다 사방으로 통할 수 있다. 다른 곳의 동굴이 한두 군데의 문이 뚫려 있고 한두 곳의 구멍이 이어져 있음에 비한다면, [문득 기이한 경관에 멋진 이름을 구경할 수 있으니] 참으로 하늘과 땅의 차이라 할 수 있으리라.

남쪽의 벼랑에서 다시 북쪽으로 돌아들어 첫 번째 동굴에 이르렀다. 산을 내려와 기슭을 따라 남쪽으로 반리를 갔다. 왼쪽에 우뚝 솟구친 봉우리가 마치 병풍처럼 치솟아 있고, 오른쪽에는 가파른 봉우리가 둘로 나뉜 채 마주서 있다. 왼쪽의 것은 이름이 무엇인지 알 길이 없고, 오른쪽의 것은 마음속으로 석인봉(石人峰)이겠거니 생각했다. 그런데 『지』에서 석인봉은 현성 서쪽으로 7리에 있다고 하였으니, 이처럼 가깝지는 않을 것이다. 설사 또다른 봉우리라 할지라도, 이 봉우리를 '인(人)'이라 불러서 안될 까닭이 있겠는가?

잠시 후 석인(石人)의 남쪽에 또 하나의 바위가 불쑥 튀어나와, 마치 허리를 굽혀 명령을 받드는 듯했다. 봉우리가 하나이자 둘이며, 사람이자 바위이다. 그 변환이 이와 같으니, 내가 어떻게 분간해낼 수 있으리오! 다시 남쪽으로 반리를 나아가 남문의 여인숙에 다다를 즈음에 길 남쪽의 산중턱을 바라보았다. 불사가 높이 매달려 있었다. 새로이 다시 지은 것이기에 기운을 내어 그곳에 올랐다. 새로 지은 것은 문창각이고, 더 위로 오르자 남두연수당(南斗延壽堂)이 나왔다. 이 산이 현성의 정남쪽에 위치하고 있기에 '남두(南斗)'라 일컫는다.

이때는 마침 정오였다. 날이 몹시 무더운지라 옷을 벗고 북쪽 창을 향하여 잠시 더위를 식히다가 내려갔다. 저자에서 밥을 먹었다. 남문으로 들어가 북산(北山)에 이르러 성황묘(城隍廟)와 보은사(報恩寺)를 둘러보았다. 모두 동쪽을 향해 있다. '대석암(大石巖)'이란 곳을 찾아보니 곧 대승암(大乘庵)인데, 부서진 채 황폐해져 있다. 이에 동쪽으로 안찰원(동쪽을 향하여 있고 성위를 굽어보고 있다.)을 지나서 북쪽으로 북신궁(北宸宮)을 올라갔다. 이곳을 용두산의 자광사(慈光寺)라고 여겼는데, 이곳에 이르러서야 북신궁임을 알았다. 그래서 "용두산은 어디에 있습니까?"라고 묻자, "북문 밖에 있습니다"라고 대꾸했다. 다시 "자광사는 어떻게 생겼습니까?"라고 묻자, "이미 무너진 지 오래되었습니다"라고 대답했다. 또다시 "독서암은 어디에 있습니까?"라고 묻자, "이름은 있으나 동굴은 없고, 집은 있으나 길이 없으니, 번거롭게 가실 필요가 없습니다"라고 대답했다.

나는 그의 말에 개의치 않은 채 서둘러 북문을 나와 강을 좇아 기슭을 따라갔다. 문득 세 칸짜리 불전이 나타났다. 이곳은 의안묘(儀安廟)인데, 토박이들이 경건하게 떠받드는 곳이다. 다시 북쪽으로 나아갔다. 길은 풀숲에 덮이고 가시덤불과 덩굴로 가려져 있었다. 얼마 후 퇴락한 동네의 낡아빠진 집이 나왔다. 이곳이 바로 독서암이다. 이곳 역시 효렴 막지선이 다시 세웠다. 독서암 안에는 조학전의 「비기」가 있고, 그 옆에 가정 연간에 다시 세운 비석이 있는데, 학사 해진(解縉)의 다음과 같은 시를 인용하고 있었다. 즉 "양삭현 성 북쪽에 절이 있으매 당나라의 현인이 옛적에 은거했다고 하네. 산은 텅 비고 절은 허물어져 기거하는 스님도 없는데, 다만 독서라 일컬어지는 바위동굴만 남아 있네" 이로써 보건대, 절이 황폐해짐은 어제 오늘의 일이 아니다.

이때 우르르 쾅쾅 우레소리가 비를 재촉했다. 서둘러 북문으로 들어서서 시교(市橋)를 지나 용담암에 들어가, 이른바 용담이라는 곳을 구경했다. 바위 벼랑이 사방을 에워싸고, 가운데의 웅덩이는 못을 이루고 있

다. 물은 시교에서 동쪽으로 쏟아져들어와 못 속으로 떨어지는데, 흘러
드는 물은 있어도 새나가는 물이 없었다. 지하로 스며들어 성밖의 큰
강으로 흘러들고 있는 것이다.

용담암에 막 들어서자, 막(莫)씨 성의 사람이 나를 따라 오더니 이렇
게 물었다. "동굴 구경은 즐거우셨습니까?" 나는 주명암(珠明巖)에 대해
칭찬을 늘어놓았다. 그러자 그는 이렇게 말했다. "그곳은 우동입니다.
여러 개의 동굴이 이어져 있습니다만, 이상공암(李相公巖)만큼 빼어나지
는 못합니다. 이 일대에는 동굴이 산마다 다 있지만, 가시나무를 베고
덩굴을 잘라내어 그것을 드러내는 일이 드물 뿐이지요. 오직 이상공암
만은 빼어난 데다 가까와 바로 서문 밖에 있으니, 이 기회를 놓치지 마
십시오."

고개를 들어 살펴보니, 해가 아직 높이 떠 있었다. 그래서 급히 막씨
와 작별하고서 지팡이를 짚어 서문을 나섰다. 불씨를 구하고 도구를 지
니고서, 곧장 갈림길에서 북쪽으로 나아가다가 조그마한 돌다리를 만났
다. 돌다리 옆의 갈림길에서 서쪽으로 나아갔다. 어느덧 이 산의 동쪽과
북쪽을 감아돈 셈이었다. 그제야 이 산이 방금 전에 보았던, 병풍처럼
우뚝 치솟은 봉우리, 곧 서쪽으로 석인과 마주보고 있는 봉우리임을 깨
달았다.

얼마 후 에돌아 서쪽 기슭에 이르렀다. 이 동굴은 정서쪽으로 석인봉
을 향해 있다. 동굴 입구의 오른쪽에 글이 새겨져 있다. 급히 읽어보고
서야 이 동굴이 내선(來仙)이라는 이름을 지녔으며, 이(李)공은 복건(福建)
사람인 이두(李杜)라는 사실을 알게 되었다. 아울러 동굴 밖에 늘어서 있
는 산의 이름이 천마(天馬), 석인이라는 것도 알게 되었으니, 석인봉은
현성의 7리에 있는 것이 아니라 바로 이곳에 있음이 더욱 확실해졌다.

(이두의 「내선동기」에는 이렇게 적혀 있다. "융경 4년[3] 하지에 복건 운대산(雲臺山)
사람인 이두가 양삭에 와서 성곽을 나와 명승을 돌아다니다가, 하늘에 기대어 가운데
에 우뚝 솟아 있는 이 산을 보았다. 남쪽을 향해 있는 구멍 하나가 있으니, 넘어 들어

갈 수 있었다. 안에는 커다란 바위가 문을 가로막고 있었다. 기술자를 모아 이 바위를 뚫으니, 마치 진흙을 파고 기와를 쪼개는 듯했다. 안에는 여덟 가지 음과 다섯 가지 빛깔⁴⁾의 경관이 펼쳐져 있는데, 대단히 기괴했다. 바깥에는 병풍, 반도蟠桃, 석인, 천마, 진박, 종리鐘離 등의 여러 봉우리가 둥글게 늘어서서 에워싸고 있는데, 넓고 밝으며 깊어서, 여름에는 시원하고 겨울에는 따뜻한지라, 참으로 즐길만한 곳이다. 이듬해 큰 홍수가 져서 길이가 여러 길이나 되는 거대한 교룡이 물살을 타고 동굴 속을 떠났다. 원래 수레 한 대를 가득 채울만한 뼈다귀가 있었는데, 이 역시 갑자기 보이지 않았다. 이를 이상히 여긴 현성의 사람들은 나를 신선이 왔다고 여겨 내선동來仙洞이라 불렀다. 나는 본래 인륜을 좇고 본업을 열심히 하면서, 고요하고 담박함을 즐거움으로 여기는 사람으로, 터무니없이 신선의 이치를 꾸며대지 않으니, 어찌 교룡을 몰아내고 뼈다귀를 사라지게 할 수 있단 말인가! 그러나 이 산의 그윽하고 기이함은 천지가 개벽하던 태초에 배태된 이래, 수억만 년 동안 오래도록 은밀하게 숨어 있었다. 현성으로부터 채 1리도 되지 않건만, 현성의 사람들은 이 동굴이 있음을 알지 못했다. 일단 나에 의해 이렇게 드러나게 되었으니, 무릇 말하지 않고 억지로 행하지 않음은 산천보다 더 나은 것이 없고, 빼어난 경관은 끝까지 아름다움을 품어 변함이 없고 때맞추어 피어나는 법이다. 이런 까닭에 군자는 기다림을 귀하게 여기는 것이다. 이 의미를 새겨 세상을 깨우치기에 족하리라. 그렇기에 이를 기록하노라. 제자 정강왕 운악雲岳 주경엄朱經广 쓰다.")

위의 기록에는 이 동굴이 남쪽을 향해 있다고 했다. 이때 내가 해그림자로 따져보니, 석인봉을 서쪽이라고 가리키는 듯하고, 이 동굴은 대체로 서쪽을 향해 있되 약간 남쪽을 향해 있다.

동굴에 들어서서 동쪽으로 나아갔다. 동굴은 그다지 높거나 밝지 않은데, 남쪽으로 돌아들자 어두컴컴해졌다. 횃불을 밝혀들고서 남쪽으로 들어서자, 갈래진 구멍이 있다. 정남쪽의 구멍은 몇 길 만에 돌연 끝나버렸다. 그러나 종유석으로 가득 찬 남동쪽의 구멍은 처음에는 좁았으나 들어갈수록 점점 넓어졌다. [옥 같은 꽃과 구름송이 같은 잎사귀 모양의 바위가 위아래에 어지럽도록 많았다.] 북동쪽으로 돌아들자, 마침내 툭 트인 골짜기가 나왔다. 골짜기는 높아서 꼭대기가 보이지 않았다.

[드리우고 툭 튀어나오며 웅크리고 갈라진 갖가지 자태가 절경을 빚어냈다.]

깊숙이 들어가자 홀연 골짜기는 다시 아래로 푹 꺼져내려 깊고 어두워졌다. 몇 길인지 도무지 헤아릴 수가 없었다. 횃불의 불티를 흩트려 던져보니, 환하게 빛나면서 아래로 쭉 떨어지는데, 한참이 지나도 밑바닥이 보이지 않았다. 그 왼쪽의 깎아지른 듯한 벼랑은 발을 내딛을 수 없고, 그 오른쪽의 종유석 기둥은 모서리가 나뉘어져 창문처럼 또렷하다. 횃불로 벼랑 너머를 살펴보니, 안은 복도와 같고 영롱하게 빛나는지라 멀리 이를 수 있을 듯하다. 다만 골짜기 위쪽으로는 가로질러 건너기 어려울 듯하다. 게다가 횃불이 꺼지려 하는지라 깊숙이 들어갔다가 나오기 어려울까 염려스러웠다. 그래서 왔던 길을 되짚어 동굴 앞으로 나와 「내선동기」를 베껴 적었다. 남쪽 기슭을 따라 동쪽으로 서문에 들어갔다가, 동남문의 나루터로 나왔다. 뱃사공은 이미 배를 대고서 기다리고 있었다. 배 안에 들어가 잠을 잤다.

---

1) 궁려(穹廬)는 고대의 유목민족이 거주하는 천막 형태의 집으로, 가운데가 둥글고 높게 솟아 있다.
2) 대리사(大理寺)는 남북조로부터 청대에 이르기까지의 중앙심판기구로서, 형사사건의 심판을 담당했다. 주요한 관리는 경(卿)이라 일컬으며, 이하의 직급은 순서에 따라 소경(少卿), 승(丞)이라 한다.
3) 융경(隆慶)은 명대 목종(穆宗)의 연호이며, 융경 4년은 1570년이다.
4) 여덟 가지 음이란 옛날의 아악에 쓰이던 여덟 가지, 즉 쇠(金), 돌(石), 대(竹), 박(匏), 흙(土), 가죽(革), 나무(木) 등으로 만든 악기의 음을 가리키며, 다섯 가지 빛깔이란 푸른색(靑), 노란색(黃), 붉은색(赤), 하얀색(白), 검은색(黑)을 가리킨다.

5월 25일

양삭 남동쪽의 나루터에서 배를 띄워 물길을 거슬러 벽련봉(碧蓮峰) 아래에 이르렀다. 성 동쪽에서 북쪽으로 달리면서 용두산을 지나자, 여기에서부터 바위 봉우리가 점점 희미해졌다. 10리를 달리자 고조역이 나왔다. 다시 15리를 달리자, 강 왼쪽에 네 개의 뾰족한 산이 나타나기 시작했다. 그 오른쪽에도 강을 끼고서 뾰족한 봉우리들이 무리 지어 솟아 있으니, 이곳은 수록촌(水綠村)이다.

다시 북쪽으로 7리를 달리자 강의 서쪽 언덕에 동굴이 있다. 동굴 입구는 대단히 높고 널찍하며 동쪽으로 강을 굽어보고 있다. [앞쪽에는 드리워진 바위가 용 모양을 이루는지라, 교두암(蛟頭巖)이라 한다.] 오른쪽 겨드랑이에서 깊숙이 들어가자, 점점 높아지고 어두워지더니, 한참 후에는 희뿌옇게 바뀌었다. 동쪽에 또 하나의 문이 열려 있다. 동굴의 왼쪽 겨드랑이에서 위로 올라가자, 그 위의 앞쪽에 평대가 이루어져 있고, 뒤쪽에는 구멍이 얽어져 있다. 이곳에 비구니가 살고 있다. 담장을 두르지도 않고 지붕도 얹지 않은 채, 평대를 따라 담을 두르고, 사다리를 매달아 길로 삼았는데, 대단히 높고 환했다. 구멍의 뒤쪽은 또한 깊이 꺼져 골짜기를 이루었으며 어두컴컴했다. 동쪽으로 내려가 횃불을 비춰들고 깊숙이 들어가려 했는데, 비구니가 기이한 경관은 없고 험준하기만 하다면서 한사코 말렸다. 게다가 우레소리가 우르르 쾅쾅 발걸음을 재촉했다. 이때 배는 이미 홍평(興坪)으로 옮겨가 있었기에 동굴을 빠져나왔다.

동굴 왼쪽에서 기슭을 따라 강을 거슬러 올랐다. 길게 자란 풀이 목까지 솟아 있다. 반리를 달려 나사봉(螺螄峰) 아래에 닿았다. 나사봉은 여러 번 빙글빙글 돌아오르는데, 층층이 겹쳐 있는 모양이 다슬기와 흡사하다. 우뚝 치솟은 봉우리는 뭇 봉우리를 압도하고 있다. 이곳은 홍평 남동쪽 강어귀의 산이다.

이전에 동굴이 그 아래에 있었다. 토박이들이 그 동굴을 가리켜 나사암(螺螄巖)이라 했다. 나는 이 동굴이 나사봉의 남쪽의, 두 갈래로 갈라진 낮은 봉우리의 기슭에 있다는 느낌이 들었다. 동굴에 들어가 비문을 읽어보고 난 후에야 이 동굴은 나사암이 아니라 교두암이라는 것을 알았다. 나사봉은 봉우리가 빼어나고, 교두암은 동굴로 빼어나며, 나사봉은 휑하게 위로 휘감아 돌고, 교두암은 아래로 드리워져 내려간다. 나사봉과 교두암은 결코 하나의 산도 아니고, 하나의 이름도 아닌 것이다.

나사봉을 에돌아 2리만에 배에 올랐다. 반리를 간 뒤 잠시 홍평에 배를 댔다. 그곳에는 북동쪽에서 흘러오는 시내가 있다. 바위산 틈새 사이로 멀리 바라보니, 거대한 고개가 안쪽에 늘어서 있다. 이곳은 바로 공성으로 가는 길이다. 벼랑 위에는 세 칸의 방이 있는데, 아래로 강의 모래섬을 굽어보고, 난간이 가로로 이어져 있다. 이러한 모습은 이 일대에서만 보이는 것이다. 방의 편액에는 '월도풍래(月到風來)'라고 씌어져 있는데, 문체 역시 바람에 날리듯 빼어났다. 이 집은 웅(熊)씨의 서당이다. 나는 그 안을 들여다보았으나 책을 읽는 이는 한 명도 보이지 않았다. 배를 타자, 어느덧 날이 저물었다. 다시 북쪽으로 2리를 달려 배를 댔다.

5월 26일

날이 밝기도 전에 배를 띄웠다. 북서쪽으로 3리를 달리니 횡부보(橫埠堡)이고, 다시 북쪽으로 2리를 달리니 화산(畵山)이다. 화산은 강의 남쪽 언덕에 가로로 늘어서 있다. 북쪽에서 흘러오던 강물은 이곳에 이르러 서쪽으로 꺾어지는데, 산이 침식을 당하여 반쯤 깎여나가는 바람에 가파른 벼랑이 되었다. 바위결은 층층이 이어지고, 푸른 나무가 벼랑을 따라 어우러져 있다. 바위의 바탕은 노란색, 붉은색, 푸른색과 하얀색이 엇섞여 무늬를 이루고, 위에는 아홉 개의 머리[1]가 있다. 산의 이름이 화산인 것은 형태가 아니라 색깔로 말미암은 것이었다.

(현지의 속담에 '요산은 18면이요, 화산은 아홉 대롱의 머리이다. 이곳에 장사를 지내면 대대로 왕후가 나온다'라는 말이 있다. 훗날 풍수가들은 화산 북쪽의 강 너머 뾰족한 봉우리 아래의, 물이 감아돌아 평지를 이루는 곳을 가리켜 길한 땅이라고 한다. 토박이 가운데 어느 어리석은 이가 자기 어머니를 잔인하게 살해하여 그곳에 묻으려 했다. 그런데 그날 밤 봉우리가 꺼져내려 바위가 그 구멍을 막아버린 바람에 끝내 장

사를 지낼 수 없었다. 이로 인해 그곳을 '거역의 땅'이라 일컬었다. 내가 유감스럽게 여기는 점은 바위가 꺼져내릴 때 그 불효자를 함께 내리쳐 죽이지 못했다는 점이다.)

뱃사공은 배를 화산 아래에 댄 채 아침을 먹었다. 나는 그 화산 산기슭에 올라 정문 스님과 함께 바위를 골라 멋진 절경에 책상다리를 하고 앉았다. 위쪽은 채색의 벽이 덮여 있고 아래쪽은 푸른 물결에 담그고 있으니, 그야말로 그림 속에 내 몸을 놓아둔 듯하다. 벼랑의 절벽 중턱에 북쪽을 향해 있는 동굴이 있다. 바라보니 매우 깊고, 위아래 모두 발을 딛을 곳이 없다. 만약 바위결 사이에 사다리를 놓고 층계를 이어놓는다면, 공중누각일 뿐만 아니라 그림 속의 동굴 거처이리라.

[되돌아와 배에 올랐다.] 다시 북쪽으로 1리를 달려 소산탄(小散灘)에 올랐다. 다시 북쪽으로 2리를 달려 대산탄(大散灘)에 올랐다. 다시 북쪽으로 7리를 달리니 나고탄(羅鼓灘)이 나왔다. 이 여울에는 코끼리 모양의 바위 두 개가 동쪽 언덕에 있다. 이곳 강의 서쪽 물가에 둥그런 봉우리가 있는데, 단아하면서도 아름답다. 강의 동쪽 물가에는 수많은 험준한 바위가 우뚝 튀어나와 있다. [이 산의 남쪽 동굴의 구멍 안에서는 물이 솟아 나오는데, 우뚝 튀어나온 바위를 따라 날듯이 강으로 떨어졌다. 그 기세가 낭떠러지의 폭포와 같다. 광동과 광서에서는 바위 봉우리가 솟구쳐 있는지라, 물은 사방으로 쏟아져 내릴 뿐, 산골에 부딪쳐 허공으로 날아오를 필요가 없다. 이 폭포는 높은 동굴 구멍에서 쏟아져 나오니, 절경이 더욱 기이하다.]

다시 북쪽으로 8리를 달려 난주(攔州)를 지났다. [북서쪽 강 언덕에는 온통 구멍이 뚫려 있는 봉우리가 하나 있다. 처음 볼 때에는 용문(龍門)에 뚫린 동굴이 아닐까 생각했는데, 여정의 거리를 헤아려보고서야 봉우리에 달리 뚫린 구멍임을 깨달았다. 이전에는 밤중에 배로 지났기에 지나쳐버렸던 것이다.]

배는 북서쪽으로 꺾어돌아 다시 3리를 달렸다. 관암(冠巖)이 나왔다. [이에 앞서 강 동쪽 언덕에 가파른 벼랑이 있었다. 붉은색과 푸른색이 환하게 비치고, 그 고운 빛이 화산과 같았다. 관암은 바로 그 북쪽에 있다.] 산 위로 층층의 벼랑이 툭 튀어나와 있는데, 영락없이 조정에 나갈 때 쓰는 예모 같다. 북쪽의 산기슭에는 툭 트인 동굴이 서쪽을 향한 채 강을 굽어보고 있고, 물이 동굴 안에서 흘러나와 밖으로 강과 이어진다.

배를 저어 들어가니, 동굴 입구는 대단히 높고, 안은 더욱 드넓고 밝다. [온통 종유석 기둥이 매달려 있는데, 아쉽게도 물길이 통하는 구멍이 얕게 엎드려 있는지라 멀리 거슬러 들어갈 수가 없었다.] 동굴 벽 사이에는 임해(臨海) 사람 왕종심(王宗沈, 호는 경소敬所이고, 가정 연간 계축년[2]의 학관이다)이 쓴 시가 있는데, 시는 그다지 대단치 않았다. 그러나 당시 그를 이어 화답한 수십 명(길吉 사람인 유천수劉天授 등이다)이 모두 벽에 새겼다. 한참동안 구경하며 즐기다가 배를 저어 동굴을 나왔다.

[강 너머를 바라보니, 뭇 봉우리들이 한데 모여 있었다. 돌이켜보니, 전에 난주에서 보았던 천산(穿山)이 마땅히 그 서쪽에 마주하고 있어야 할 터인데, 애석하게도] 시내가 산을 감돌아 굽어도는 바람에 [그 봉우리조차 어느 것인지 분간할 수 없다. 오래지 않아] 고개를 쳐들자, 북쪽에 밝은 동굴이 한 곳 보였다. 강의 동쪽 봉우리 중턱에 매달려 있는 동굴은 관암의 북쪽 가까이에 있다. 급히 뱃사공을 불러 배를 대라 하여 강 언덕에 올랐다. 그에게 배를 저어가 남전참에서 기다리라고 했다.

나는 이에 북동쪽을 바라보며 1리를 달려가 산 겨드랑이에 이르렀다. 먼저 덩굴을 밟으면서 가파른 바위를 올라간 다음, 허리를 구부려 가시덤불을 뚫고서 반리만에 고개의 움푹 꺼진 곳을 넘었다. 밝은 빛이 새어나오는 동굴은 동쪽에 있으리라 짐작했다. 남쪽의 벼랑은 기이오를 수 없기에 몸을 돌이켜 벼랑 북쪽을 따라 허공에 매달린 층계를 조금 내려왔다. 층층이 쌓인 바위가 비좁게 가로막고 있는 것이 보였으나, 동굴에서 멀리 떨어져 있지 않음을 알고 있었다.

좀 더 북쪽으로 내려가자 동굴이 과연 남쪽으로 툭 트여 있다. 이 산은 대단히 얄팍한데, 위쪽은 손을 모은 듯 횅하고 가운데는 틈새가 갈라져 있다. 북쪽 아래에는 커다란 바위가 무더기져 있고, 남쪽에는 가파른 벼랑이 허공에 매달린 듯 이어져 있다. 이런 까닭에 동굴로 오르는 길은 남쪽이 아니라 북쪽을 따른다고 한 것이다. 동굴 오른쪽에는 또 옆문과 겹으로 된 석실이 있다. 밖에는 드문드문 바위 모서리가 이어져 있고, 안에는 둥근 기둥이 매달려 있다. 갈라진 틈새는 휘장이 나누어진 듯한데, 북동쪽으로 더욱 깊이 들어가자 이전에 누군가 거주했던 듯하다. 아울러 동굴 북쪽에서 간간이 웃음소리와 함께 말소리가 들려왔다. 사람이 있는 곳과 멀지 않다는 생각이 들었다. 북쪽으로 길을 잡아 나아가면 남전참에 가까이 이르리라 여겼다.

이때 우레소리가 우르르 쾅쾅 비를 재촉했다. 서둘러 밝은 빛이 새어 나오는 동굴을 나왔다. 북쪽 모퉁이의 커다란 바위의 틈새 사이에는 바위가 수북이 쌓이고 가시덤불이 우거져 있다. 구불구불 몇 군데를 돌아 들어 북쪽을 바라보았다. 띠집 한 채가 매우 가까이 있으나 도저히 갈 수 없었다. 어쩔 수 없이 계속하여 서쪽의 움푹 꺼진 곳을 넘어 방금 전에 걸었던 가시덤불을 따라 남쪽으로 내려왔다. 다행히 우레소리만 요란할 뿐 비가 내리지는 않았다.

1리를 걸어 북서쪽 모퉁이를 돌아들었다. 또 하나의 동굴이 나타났는데, 남북으로 가로로 뚫려 있었다. 그 북쪽 봉우리의 기슭은 (관암에서 뻗어오는데, 이곳은 북쪽 봉우리이다.) 북쪽 끄트머리 역시 빼어나지만, 그다지 높거나 넓지는 않다. 계속하여 남문을 나와 북서쪽으로 평탄한 들판 속을 걸었다. 벼는 벌써 곧 이삭이 패려고 하나, 말라붙어 물 한 방울 없다. 이때 비바람이 불어오니, 무척 다행이라는 생각이 들었다.

[그 서쪽으로 강 너머에 병풍처럼 치솟아 있는 것은 온통 휑한 벼랑과 가파른 절벽인데, 육로에서 바라보니 더욱 우뚝 솟아 보인다. 그 동쪽에는 바위 봉우리가 나란히 서 있고, 뒤로는 높은 산줄기가 떠받치고 있다.] 4리만에 남전역에 도착하여 배를 찾았으나 보이지 않았다. 강가를 따라 북쪽으로 다시 1리를 가서야 배에 들어섰다.

뱃사공은 비를 맞으며 밤중에 배를 저었다. 5리를 달려 두미탄(斗米灘)과 촌금탄(寸金灘) 사이에 배를 댔다. 한밤중에 쳐다보니 반딧불이가 떼를 지어 온 산을 밝힌 채 멀리 가까이 서로 비추었다. 대단히 작은 몸으로 지극히 기이한 경관을 이루고, 작은 것들이 모여 커다란 장관을 드러낸다. 나는 미처 생각지 못했건만, 산은 스스로 그려낼 수 있을 뿐만 아니라, 더욱이 그려내지 못할 것이 없다.

1) 화산(畵山)은 현재 구마화산(九馬畵山)이라 일컫는데, 깎아지른 듯한 절벽의 윤곽이 마치 아홉 마리의 준마와 흡사하다고 하여 지어진 이름이다.
2) 가정 연간 계축년은 가정 32년인 1553년이다.

5월 27일

날이 채 밝기도 전에 골짜기 어귀를 나왔다. 촌금탄에 올라 2리를 달려 매시부(賣柴埠)에 닿았다. 서쪽 봉우리에 벼랑이 나란히 솟아 있는데, 이곳에 침향당(沉香堂)이 있다. 다시 북서쪽으로 3리를 달리자, 그 북쪽 기슭에 동굴이 강에 박혀 있다. 그러나 배가 동쪽으로 휘감아 도는지라 들어갈 겨를이 없었다. 동쪽으로 3리를 달려 벽암(碧巖)에 이르렀다. 벽암은 북쪽을 향해 있으며, 바위 부리가 강에 닿아 있다. 벽암의 위에는 가파른 벼랑이 높이 매달려 있고, 벼랑 속에 동굴이 움패어 있다. 동굴은 그다지 깊숙하지 않다. 다만 기둥 하나가 문을 막고 있는데, 구름에 기댄 채 강을 맞이하고 있다. 배의 돛대가 그 아래를 스쳐지나며, 휘장 같은 바위가 그 위를 빙 두르고 있다. 이 또한 허공에 기댄 채 먼 곳의 기이한 경관을 구경하기에 더없이 좋은 곳이다.

이곳에서 북쪽으로 돌아들어 5리를 나아가 두고정(豆豉井)을 지났다. 다시 북서쪽으로 5리를 달려 대허(大墟)에 닿았다. 저자가 제법 흥청대기에, 뭍에 올라 채소와 밀가루를 샀다. 다시 북서쪽으로 5리를 달려 횡산암(橫山巖)에 이르렀다. 횡산암은 동쪽을 향해 있는데, 강물을 굽어보며 석실을 꾸미고 있다. 벽암과 무척 흡사했다. [오른쪽 겨드랑이에 구멍이 있다. 구멍 옆을 뚫고서 남쪽으로 나아갔다. 남쪽에 매우 넓은 동굴이 하나 트여 있는데, 문이 있고 그윽한 곳도 있다. 그윽한 곳의 서쪽 위는 깊숙이 들어가자 어두컴컴해지고, 그윽한 곳의 남쪽은 푹 꺼져내린 채 온통 구멍이 뚫려 있다. 동굴 입구는 푹 꺼진 그윽한 곳의 동쪽에 있는데, 널찍하게 강물에 기댄 채 앞쪽의 동굴 입구와 나란히 서 있다.]

다시 북쪽으로 5리를 가자, 용문당이 나왔다. [남쪽으로 횡산암을 바라보니, 서쪽의 정상의 봉우리로 뚫려 있다. 바위를 뚫어놓은 듯한데, 오를 길이 없다.] 다시 서쪽으로 5리를 달려 신강구(新江口)에 이르렀다. 밤에 10리를 더 달려 배를 댔다.

5월 28일

날이 밝기도 전에 배가 떠났다. 급히 뜸집을 밀어젖혔으나, 벌써 애두산을 지난 뒤였다. 10여 리를 달려 수월동의 북쪽 성 아래에 이르렀다. 하인 고씨에게 배를 좇아 뜬다리로 가게 하고, 나는 정문 스님과 함께 문창각 밖을 지나 서쪽의 영원문 남쪽에 이르렀다. 다시 남관교(南關橋)를 지나 비문을 탁본하는 이를 찾아갔다. 탁본해 놓은 것이 몇 장 되지 않는지라, 서둘러 달라고 재촉했다.

영원문으로 들어가 정강왕부의 성 후문을 거쳐 들어가서, 감곡 스님을 뵙고 독수봉을 유람할 시기를 여쭈어보려 했다. 그러나 후문이 닫혀 있는지라 들어갈 수 없었다. 이에 그 동쪽을 따라 동강문을 나왔다. 하인 고씨에게 짐을 들고 조시우의 거처로 가라고 했다. 그런데 조시우의 딸이 천연두에 걸려 있는지라, 짐을 들고서 맞은편의 당규오(唐葵吾)의 집에 갔다. 듣자하니, 융지 스님은 이미 출발할 준비를 갖추었다고 한다. 그러나 돌을 아직 되돌려 받지 못한 처지였다. 식사를 한 후 정문 스님에게 가서 찾아오라 했다. 가보니 이미 떠나버리고 쪽지만 남아 있었다. "팔월 중에 가지러 오십시오"라고 씌어 있었다. 가소롭기 그지없다.

5월 29일

정문 스님에게 정강왕부의 정문으로 들어가 감곡 스님을 뵙게 했다. 나는 하인 고씨와 함께 다시 영원문을 나와 탁본 뜨는 사람을 재촉하러 갔다. 그곳에 이르니 탁본 기술자는 그제야 종이를 사고 공구를 가져와 탁본하러 갈 준비를 하고 있었다. 나는 숙소로 돌아왔다. 정오에 너무나 무더워 달리 나갈 수가 없는지라, 그저 뒹굴뒹굴 누워서 쉴 따름이었다.

오후에 정문 스님이 돌아와 감곡 스님의 말씀을 전해주었다. 감곡 스님은 전혀 신경을 쓰지 않는 듯했다. 나는 애초에 다시 성성(省城)으로 가서 독수봉을 한 번 오른 다음 유주(柳州)로 갈 작정이었다. 그런데 뜻밖에 봉우리에 오르는 날짜가 늦추어지는데다, 탁본 뜨는 일마저 지연되니, 무척 실망스럽고 우울했다.

5월 30일

나는 당규오의 집에 있었다. 연일 폭염이 불타듯 맹렬하고, 한바탕의 폭우가 불시에 쏟아졌다. 산속을 오르는 일도 번거롭고 저자를 다니는 일도 지겨웠다. 그저 정문 스님에게 수월동에 가서 탁본하는 이를 살펴보라고만 했다. 정문 스님이 오후에 돌아와 보고하기를, 내일은 틀림없이 용은암에 가서 탁본하겠노라 했다고 한다.

6월 초하루

당규오의 집에서 지냈다. 이날 무더위가 심한지라 나는 잠시 쉬면서 나가지 않았다. 듣자하니, 감곡 스님은 제사를 모시는 문제로 강정왕과 유쾌하지 못한 일이 있는지라 오래도록 기다려야 할 것이라 한다. 그런데 이때 전해오는 소식에 따르면, 형주와 영주는 이미 도적떼에게 포위되었으며, 왕성 역시 경계를 더욱 강화했다고 한다. 나는 기다리다가 독수봉에 오를 마음이 없어지고 말았다.

게다가 탁본 기술자는 시간을 질질 끌면서 돈만 밝혔다. 나 역시 더이상 기다릴 수 없어서, 먼저 탁본해놓은 육유의 비문 두 부의 끄트머리에 두 글자가 빠져 있으니 그에게 다시 탁본하라고 했다. 그런데 다시 탁본하면서 오히려 한 장을 빼먹어 버렸다. 다시 보충하라 재촉하자, 그는 더욱 질질 끌기만 하면서 나의 갈 길을 지연시키고 말았다.

[독수산은 북쪽으로 못을 굽어보고 있다. 남쪽과 서쪽 두 기슭은 모두 돌아내려가 보았고, 서쪽의 동굴 역시 이미 두 번이나 살펴보았다. 오직 동쪽 기슭과 꼭대기만은 오르지 못했다. 이곳이 다른 봉우리와 다른 점은 오직 정자와 누각뿐이다.]

6월 초이틀

하인 고씨에게 탁본 기술자를 재촉하라고 시켜놓고, 나는 정문 스님과 함께 칠성암과 서하동의 유람에 나섰다. 칠성암 왼쪽에서 동굴로 들어가는 '쟁기문(爭奇門)'의 글씨는 조능시(曹能始)가 쓴 것이다. 층계를 오르니 바로 벽허각(碧虛閣)이다.

벽허각은 적성정(摘星亭)의 왼쪽에 있다. 칠성동 앞의 일편운(一片雲, '일편운'이라는 세 글자는 순무도어사 허여란許如蘭이 쓴 것으로서, 글씨가 매우 예스럽고 질박했다)과 방향이 같으나, 일편운의 약간 남쪽에 있는지라, 오르내리는 이들은 먼저 이곳을 거쳐 간다. 나는 이전에 유람할 적에 칠성암에 가는 게 급하여 이 누각은 군이 번거롭게 발걸음을 옮길 필요가 없다고 여겼다. 나중에 여러 번 이 아래를 지나면서 위쪽에 거꾸로 매달린 암석을 보고서 마음속으로 좋아하게 되었는지라, 이번에 이곳에 이르자 먼저 들르게 되었던 것이다.

벽허각의 편액은 흡현(歙縣) 사람인 오국사(吳國仕)가 썼다. '벽허'라는 이름은 이전에 서하동에 있었는데, 이제 이곳으로 뒤따라온 것이다. 그런데 어찌하여 저쪽은 정(亭)이라 하고, 이쪽은 각(閣)이라 했는가! 나는 그 사이에서 차를 마시면서 쳐다보았다. 누각은 기와에 가려지고 동굴 꼭대기도 보이지 않았다.

잠시 후 현무좌(玄武座) 뒤쪽으로 돌아들었다. 석굴이 여기에서 끝나려니 생각했는데, 뜻밖에도 훤히 트여 있고, 꼭대기 위에는 바위가 다리처럼 높이 걸려 있다. 만약 그 중간의 누각을 없앤다면, 앞뒤가 시원하게 터져 천산이나 수월암과 같은 부류일 터이다. 그런데 기와를 얹고 창문을 겹겹이 달았기에, 석굴 안에 앉아 있으면서도 석굴 안이라는 느낌이 전혀 들지 않게 되어버렸다. 방죽(方竹)을 깎아 무늬를 가려 덮어버린 셈이라고 할 수 있다. 누각 뒤의 툭 트여 밝은 곳 아래에는 누각과 엇비슷한 높이로 돌을 쌓아 담을 만들어 사람들의 출입을 막고 있었다.

나는 그곳의 스님과 이야기를 나누어 보았다. "동굴 안에 기와를 얹을 필요가 있습니까?" "비바람이 비스듬히 내리치면 종유석이 흘러내릴까 봐서 그랬지요." "누각 뒤에 담을 꼭 쌓아야 했습니까?" "바깥의 산에 갈림길이 많아 동굴 안에 은거하기가 어려울까봐 그랬지요." "왜 누각을 동굴 뒤로 옮기지 않았습니까? 그렇게 하면 앞쪽은 빈 동굴을 문으로 삼아 출입하도록 하고, 뒤쪽은 누각에 기대어 담을 만들어 거주와 방어에 편할 텐데요. 이렇게 하면 명산의 면모를 잃지 않으면서도 요지에서 떨어져 방을 들일 수 있으니, 어찌 일거양득이 아니겠습니까?" "돈이 없어서지요." 그렇다면 동굴 속의 구조물과 동굴 뒤쪽을 가득 메운 물건들은 배를 곯으면서 허공에 그려 이루어진 것이란 말인가?

나는 다시 물었다. "담 밖의 뒷산은 어디에서 길을 들어서야 합니까?" "남쪽으로 대암암(大巖庵)에서 길을 들어서야지요." (대암암은 화교 북쪽의 첫 번째 암자로서, 암자의 스님은 칠성로암七星老庵이라 일컫고 있다. 내가 이전에 들어가 보니, 뒤쪽에 이언필의 비석이 있었다.) 나는 그의 말에 고개를 끄덕였다. 밖으로 나와 적성정에 오른 다음, 일편운에서 칠성암의 앞 동굴로 [들어갔다.] [누각 뒤쪽에서 동쪽으로 수십 층계를 오르자, 자그마한 평지가 보였다. 그 가운데에 석반(石盤)이 있었다. 마침내] 북쪽의 뒷동굴로 나왔다.

동굴 오른쪽 벽 바깥의 벼랑 위로 갈라진 틈새에 꽃 모양의 바위가 매달려 있고, 구름 모양의 바위 모서리가 어지러웠다. 나는 급히 옷을 벗고 가장자리를 따라 올라 이층으로 겹쳐진 감실을 잇달아 올랐다. 온통 늘어선 문과 드문드문한 창살 모양에, 연꽃이 드리워지고 휘장이 바람에 나부끼는 기세이다.

그 북쪽 아래에 서하동이 봉긋이 서쪽을 향하여 감아돌고 있다. 동굴 밖 오른쪽 벽에는 오래전에 새긴 글이 많이 남아 있는데, 범성대의 「벽허정명(碧虛亭銘)」과 「장부성도작별칠인(將赴成都酌別七人)」의 제명이 이곳에 남아 있다. (이 일곱 명은 「호천관명壺天觀銘」에 이름이 적혀 있는데, 서하동에 있는 비문에는 그 해가 을미년1) 28일이라고 씌어 있다.) 당나라 정관경(鄭冠卿)이 서하동에 들어와 일화(日華)와 월화(月華) 두 분을 만나 준 시에 "지난날 적절히 깨우침을 베풀어주시지 않았다면, 어찌 오늘 아침 벽허에서 만날 수 있으리오?"라는 시구가 있다. 벽허정은 바로 이 시구에서 이름을 취했다. 범성대는 「석호명(石湖銘)」에서 "이름은 노옹께서 명명하셨고 나는 그것을 새겼다"고 말하고 있다. 오늘날 정자는 이미 폐허가 되고 말았다. 신안(新安) 사람 오(吳)공이 이 이름을 빌려 남암(南巖)의 누각을 일컬었는데, 차라리 남암의 누각을 뜯어내어 여기에 정자를 짓는 편이 나았을 것이다. 남암의 절경도 가리지 않고 명실상부할 터이니, 어찌 즐겁지 않겠는가! 이곳의 동굴은 세 곳이 나란히 늘어서 있다. 서하동은 북쪽에 있으며, 아래로 산의 동서를 뚫고 있다. 칠성암은 가운데에 있으며, 산의 북서를 뚫고 있다. 그리고 남암은 남쪽에 있으며, 위로 산의 동

서를 뚫고 있다. 그러므로 서하동은 가장 멀어 호젓하고 어둡다. 칠성암
은 안으로 감아돌기에 밝지 않다. 그리고 남암은 날듯이 걸쳐진 채 텅
비고 밝다. 세 동굴 구멍은 똑같이 높이 매달려 있지만, 여섯 개의 문은
각기 다르다. 곡은 달라도 교묘한 솜씨는 같다고 할 수 있다. 다만 남암
의 벽허각은 사람에 의해 가려져 버렸으니 이를 어찌하랴! 서하동에서
다시 북쪽으로 갔다. 조운암과 고치암(高峙巖)의 두 동굴이 있는데, 모두
서쪽을 향해 있다. 이것들은 칠성암 서쪽의 동굴로서, 그 숫자는 모두
다섯이다.

　서하동을 내려와 수불사(壽佛寺)에서 잠시 쉬었다. 다시 칠성관을 지나
남쪽의 대암암(大巖庵)에 들어갔다. 남암의 뒤를 바라보니, 산의 바위들
이 층층이 빽빽하다. 마치 암자 밖에서 북동쪽으로 뻗어오르는 듯하다.
때가 어느덧 정오를 넘었으나, 나는 "이곳을 다 둘러보고 난 후에 점심
을 먹읍시다"라고 말했다. 나는 암자의 문 오른쪽 풀밭을 따라 올라갔
다. 정문 스님은 그늘진 산문으로 나아갔으나, 따라오지 못했다. 산의
움푹 꺼진 곳에 이르자, 풀숲 속에 또 돌층계가 있다. 오른쪽 벼랑의 바
위 위에 장효상(張孝祥)[2]의 「등칠성산시(登七星山詩)」가 새겨져 있는데, 장
유(張維)가 운에 맞추어 화답해 놓았다.

　모두 1리를 걸어 다시 올라가자 평지가 나왔다. 자그마한 바위 봉우
리가 그 평지를 빙 둘러 싸안고 있다. 바위 봉우리는 비단 휘장처럼 얇
고 꽃받침이 나뉜 듯 수려하다. 그 북쪽 절벽의 가시덤불 속에도 비문
이 있는데, 글이 새겨진 벼랑이 동굴 구멍을 뚫는 사람에 의해 파괴되
어 읽을 수가 없었다. 이곳의 서쪽은 남암의 빛이 새어드는 구멍이다.
스님에 의해 담이 쌓여 막힌 곳이다. 그 북쪽은 곧 칠성암의 꼭대기로
서, 다른 봉우리와 한데 모여 다투어 늘어서 있다. 옛 사람들이 칠성암
을 오를 때에는 이곳이 그 바른 길이었으나, 이제는 묻는 이조차 없어
졌다.

　풀숲 속에서 길을 찾으니, 남동쪽의 움푹 꺼진 곳으로 뻗어나가는 오

솔길이 있다. 그 길을 따라 1리만에 남동쪽으로 산을 내려가자, 동굴이 한 곳 나타났다. 이 동굴에는 여러 신들이 늘어서 있으나, 동굴의 이름을 알 수 없었다. 산을 내려와 서쪽으로 나아갔다. 증공암이 눈에 들어왔다. 홀연 시원한 회오리바람이 불어와 뙤약볕 아래의 뜨거운 열기를 식혀주었다. 서늘한 기운은 동굴에서 불어나오고 있었다. 이곳에 현풍동(玄風洞)이 있었다. 전에 찾으려해도 끝내 찾아내지 못한 적이 있다. 전에는 서하동에서 들어왔다가 증공암에 막 다다를 즈음, 우선 비좁은 입구를 지나는데 홀연 차가운 바람에 등불이 꺼질 뻔했었다. 이제 이곳에 이르자 다시 음산한 기운이 하늘에 솟구쳤다. 이곳에 현풍동이 있음이 틀림없다. 훗날 증공에 의해 가려졌을 뿐, 결코 별개의 동굴이 아니다.

동굴에 들어서서 잎사귀를 뜯어 벼랑의 흙먼지를 털어냈다. 유의(劉誼)의 「증공암기(曾公巖記)」 및 진천(陳倩) 등의 시를 두루 살펴본 뒤, 산골물 속에서 발을 씻었다. 한참 후에 나와 동굴 오른쪽을 쳐다보니, 봉우리 중턱에 또 하나의 동굴이 있다. 여러 신들이 늘어선 동굴과 동서로 나란히 치솟아 있다. 동굴에 들어가 물을 긷는 사람을 붙들고서 물었더니, "이곳에도 동굴이 있지만, 오를 수 없는 지 오래되었소"라고 대답했다. 내가 그 까닭을 다시 물었지만, 그 사람은 대답하지 않은 채 가버렸다.

나는 급히 벼랑을 기어올라 우거진 풀숲을 나아갔다. 동굴 입구는 증공암처럼 남동쪽을 향해 있다. 처음에 동굴안의 바위골짜기를 따라 들어서자 평탄하게 펼쳐진 곳이 나타났다. 약간 북쪽으로 돌아들자 그 너머에 감실이 동쪽으로 늘어서 있다. 감실은 모서리가 나누어져 마치 창문이 겹쳐져 있는 듯 하다. 밖으로는 여러 군데가 뚫려 환하고, 안으로는 둥글게 장막이 겹쳐진 듯한지라, 마치 집의 안방과 같다. 그 뒤쪽으로 바위 문을 뚫고 서쪽으로 들어갔다. 바위 문은 바퀴처럼 둥글었다. 그 안으로 들어서자 돌아들수록 점점 깊어지는데, 캄캄하여 아무 것도 보이지 않았다.

이에 돌아 나와 동굴 앞에 막 이르렀을 때, 누군가 틈새를 타고서 험준한 길을 걸어왔다. 경림관(慶林觀)의 도사였다. 나 혼자 동굴에 들어가는 것을 보고서 의심스러워 뒤따라오던 그가 내게 다가와 이렇게 말했다. "경림관은 오래된 도관인데, 지금은 도관의 입구를 옮겨 방향이 바뀌었는지라 손상이 많이 되었습니다. 하지만 공께서는 틀림없이 풍수에 밝으신 분이실 터이니, 가르쳐주시기를 원합니다." 나는 학식이 보잘것없다고 하여 사양하면서 이 동굴의 이름을 물었다. 그러나 도사는 알려주지 않은 채 억지로 나를 도관으로 이끌었다.

막 산을 내려오는 참에, 정문 스님이 내가 오래되도록 돌아오지 않는 것을 보고서 역시 뒤따라왔다. 때가 어느덧 해질녘인지라 서둘러 도사와 작별했다. 도사가 도관의 새로 지은 문까지 나를 배웅했다. 나는 다시 한 번 그에게 동굴의 이름을 물었는데, 도사는 이렇게 대답했다. "동굴은 사실 이름이 없습니다. 예전에 스님 한 분이 이곳에 거처했는데, 도관에 이롭지 않다고 해서 쫓아버리고 길을 막아버렸지요. 공께서 혹시 이곳에 마음을 두고 계신 것은 아니겠지요? 도관에 이롭지 않을까 걱정일 따름입니다." 나는 그제야 그가 뒤따라온 까닭을 알게 되었다. 내가 자리를 잡을까 알아보려는 것이었지 풍수를 물어보려는 게 아니었던 것이다. 나는 빙긋이 웃으며 그와 작별했다.

얼마 후 화교의 동쪽 거리로 나왔다. 이곳에는 세 곳의 바위동굴이 나란히 솟아 있다. 증공암은 가운데에 있으며, 아래로 서쪽으로 뚫려 있다. 신상이 늘어선 동굴은 동쪽 위에 있으나, 너무 얕아 옆으로 통하지는 않는다. 경림관 뒤쪽의 동굴은 서쪽 위에 있는데, 어두워 다 돌아볼 수가 없었다. 그런데 증공암과 서하동은 앞뒤로 입구가 나누어져 있으나 가운데가 통해 있으니, 실은 하나의 동굴인 셈이다. 그 북쪽 아래로는 이것과 나란히 두 곳의 동굴이 더 늘어서 있다. [내가 이전에 성춘암을 유람하면서 이곳을 지난 적이 있었는데,] 역시 모두 남동쪽을 향해 있다. 이것은 칠성산 남동쪽의 동굴로서, 그 개수 역시 다섯이다.

북쪽 기슭에는 성춘암의 동굴 세 곳, 회선암의 동굴 한 곳, [곁에 또 얕은 동굴 한 곳] 등이 있다. 이곳들은 내가 전에 유람했던 곳이며, 모두 북쪽을 향해 있다. 이것은 칠성산 북쪽의 동굴로서, 그 개수 역시 다섯이다. [산 하나에 모두 15곳의 동굴이 있다고 한다.] 화교를 건너 정문 스님과 함께 가게에서 국수로 점심을 때웠다. 뜬다리를 지나 당씨 집으로 돌아오니, 저녁 식사가 마련되어 있었다.

1) 을미년(乙未年)은 남송대 효종(孝宗) 순희(淳熙) 2년인 1175년이다.
2) 장효상(張孝祥, 1132~1169)은 남송대의 저명한 시인으로 역양(歷陽) 사람이며, 자는 안국(安國)이다. 남송대 건도(乾道) 원년(1165년)에 정강부 지부 겸 광남서로(廣南西路) 경략안무사(經略按撫使)를 지냈다.

6월 초사흘

하인 고씨가 탁본 기술자에게 재촉하여 탁본한 「수월동비」를 점검하였다. 육유의 비문 가운데 마지막 장의 행마다 두 글자씩 빠져 있음을 알고서, 정문 스님과 함께 직접 탁본을 들고 가서 다시 탁본하기로 했다. 2리를 걸어 남문을 나서서 1리만에 탁본 기술자의 집에 이르러, 그가 식사를 마치기를 기다렸다. 오전에 그와 함께 수월동에 가서 손으로 필획을 짚어주었다. 나와 정문 스님은 산의 남쪽 삼교암에서 잠시 쉬면서, 우왕(羽王) 장명봉(張鳴鳳)[1]의 부친이 쓴, 방신유와 범성대 두 분의 「이산사기(灕山祠記)」를 베꼈다.

마침내 2리를 걸어 남쪽으로 치산암을 지나 다시 청라각(青蘿閣)에 올라가 정자영 및 양자정 등과 작별했다. 수월동에 들러 탁본한 것을 살펴보려 했는데, 무더위에 비가 쏟아질 듯이 우레소리가 우르르 쾅쾅 했다. 정문 스님이 탁본 기술자가 틀림없이 점심을 먹으러 집에 돌아갈 것이니, 차라리 그의 집으로 가는 편이 나을 거라고 말했다. 서쪽으로 1리를 걸어 탁본 기술자의 집에 갔는데, 그는 아직 돌아오지 않았다.

이리하여 북쪽으로 1리를 걸어 남문으로 들어가 저자에서 국수로 점심을 때우매, 벌써 오후가 되었다. 비가 곧 내릴 기세인데, 정자영의 말을 들어보니 사거리 동쪽 입구의 저자에 『계고(桂故)』와 『계승(桂勝)』(둘 다 우왕 장명봉이 펴낸 것) 및 『서사이(西事珥)』(학헌[2] 위준魏濬[3]이 펴낸 것), 『백월풍토기(百粤風土記)』(사도 사조제謝肇淛[4]가 펴낸 것) 등의 여러 책이 있다고 한다. 정문 스님을 억지로 보내 사오게 했다. 돌아오는 길에 정강왕부의 정문에서 남쪽으로 나아갔다. 막 처소에 닿았을 때, 비가 내리기 시작했다.

<hr>

1) 장명봉(張鳴鳳, 1567년 전후에 생존)은 광서성 풍성(豊城) 출신으로, 자는 우왕(羽王)이며, 명나라 목종(穆宗) 융경(隆慶) 초에 생존했다. 가정(嘉靖) 31년인 1552년에 거인(擧人)이 되었으며, 계림부 통판(通判)을 역임했다. 저서로는 『우왕선생집략(羽王先生集略)』과 『계고(桂故)』 등이 있다.
2) 학헌(學憲)은 학정(學政)으로서, 교육에 관한 업무를 담당한다.
3) 위준(魏濬)은 복건성 송계(松溪) 출신으로, 자는 우경(禹卿)이고 호는 창수(蒼水)이다. 만력(萬曆) 연간에 벼슬에 나아가 호광(湖廣) 안찰사를 역임했으며, 저서로는 『역의고상통(易義古象通)』이 있다.
4) 사조(謝肇, 1567~1624)는 복건성 장락(長樂) 출신으로, 자는 재항(在杭)이며, 사조절(謝肇浙) 혹은 사조제(謝肇淛)라고도 한다. 만력 30년에 벼슬에 올라 광서 좌포정사를 역임했으며, 저서로는 수십 권의 시문집 외에 『오잡조(五雜組)』가 있다.

6월 초나흘

하인 고씨에게 다시 한 번 탁본 기술자의 집에 가서 비문을 찾아오게 했다. 돌아와 보니, 탁본해놓은 것은 육유의 비문 중 앞의 세 장뿐인데다 뒷장 한 장은 아예 없었다. 전번에 탁본한 것을 보충하기는커녕, 이번에 탁본한 것은 이마저 빼먹어버렸으니, 이 사람이 우습기가 이 모양이다 다시 정문 스님에게 가보라 했더니, 탁본 기술자는 "내일이면 디될 거요"라고 했다. 이날 나는 돈을 바꾸어 간식거리를 샀다. 떠날 준비를 한 것이다.

6월 초닷새

아침 식사를 마친 후 곧바로 도구를 가지고 남문을 나섰다. 보충한 비문을 구하는 대로 즉시 은산으로 가서 동굴 여섯 곳의 깊숙한 곳을 살펴볼 작정이었다. 그런데 탁본 기술자의 집에 이르러보니, 비문은 아직 탁본하지도 않은 상태였다. 그는 내게 "오늘은 꼭 갈 터이니, 번거롭게 몸소 기다릴 필요는 없습니다"라고 약속했다.

이에 나는 남문으로 들어가 북쪽으로 성 끝까지 간 다음, 화경산(華景山)의 왼쪽에서 서청문(西淸門)으로 나왔다. 서청문은 북서쪽 모퉁이에 있다. 좀 더 북쪽으로 가자 북성문(北城門)이 나오는데, 서쪽의 산(이곳 남쪽에 문성文成 왕수인王守仁[1]의 사당이 있다)이 이곳과 이어져 있다. 성 밖의 깎아지른 듯한 벼랑의 중턱에 서쪽을 향해 있는 동굴이 있는데, 매우 깊숙했다. 이때 [「청수암기(淸秀巖記)」를 읽고] 청수암(淸秀巖)을 찾아보고 싶었다.

성을 나서자마자 곧바로 해자의 둑을 넘어 서쪽으로 나아갔다. (해자안에는 연잎이 무성하게 이어져 있다. 붉고 하얀 빛깔로 어우러진 꽃이 향기로운 바람 속에 푸른 봉우리와 분홍빛 성가퀴 사이에 멀리 띠를 두르고 있으니, 참으로 아름답다.) 두 갈래 길이 나왔다. 한 갈래는 산의 북쪽을 따라 서쪽으로 뻗어있고, 다른 한 갈래는 남쪽으로 산의 남쪽을 좇아 골짜기로 들어간다. 북쪽 기슭을 따라가는 길은 북쪽 문에서 서쪽으로 뻗어 나오는 큰길이다. 그 북쪽에 또 하나의 바위 봉우리가 우뚝 솟구쳐 있다. 조각조각 칼로 잘라낸 듯하다. 봉우리 아래에는 커다란 동굴이 열려 있는데, 남서쪽을 향해 있다. 성 벼랑의, 서쪽을 향해 있는 동굴과 더불어, 하나는 높고 하나는 낮다. 동굴이 깊고 휑한지라 가보고 싶은 생각이 들었지만, 청수암이 아님을 잘 알고 있기에 남쪽 골짜기로 가는 길을 잡아들었다.

서쪽으로 1리를 나아갔다. 골짜기 남쪽과 골짜기 북쪽의 산들은 모두 문을 열어놓은 듯이 가운데가 끊긴 채 남북 양쪽을 향하고 있다. 그 문의 길들은 사방으로 교차하고 있다. 길의 북서쪽에 남쪽을 향해 있는 동굴이 보였다. 급히 길을 잡아 올라갔다. 그 동굴은 북쪽으로 들어가는데, 들어갈수록 더욱 깊숙해졌다. 옆으로 통하는 구멍은 없고, 동굴 속 양쪽의 벽은 높고 바닥은 평탄하다. 굽이져 돌아들자, 그윽하여 그 깊이를 헤아릴 수 없었다.

동굴을 빠져나와 길가는 이를 기다렸다가 물어보니, "이곳은 흑동(黑洞)이오"라고 대답했다. 다시 "청수암은 어디에 있습니까?"라고 묻자, "모르겠소"라고 대답했다. "이 근처에 동굴이 몇 곳이나 있습니까?"라고 묻자, 이렇게 대답했다. "정서쪽의 골짜기 속에 산이 병풍처럼 우뚝 솟아 있는데, 그 아래 동굴의 이름은 우각동(牛角洞)이오. 남서쪽으로 골짜기를 나가면 은산인데, 그 동굴의 이름은 노군동(老君洞)이오. 북쪽에서 골짜기를 나가면 청(당, 淸塘)이라는 못이 있는데, 그 동쪽의 경계를 이루는 산의 동굴은 횡동(橫洞)이라 하고, 남서쪽으로 못가에 있는 동굴은 하장암(下莊巖)이라 하오. 근처의 동굴은 이들뿐이며, 청수암이라는 곳은 없소"

나는 청당이라는 이름을 듣는 순간, 그곳에 청수암이 있으리라 확신했다. 그리하여 북쪽으로 돌아들어 큰길을 따라 골짜기 입구를 나왔다. 그 골짜기 입구에는 동서 양쪽에 조그마한 동굴이 있었다. 그러나 오를 수 있는 길이 없었다. 북쪽으로 나와 못을 굽어보니, 고여 있는 물이 산의 북서쪽 기슭의 큰길에까지 찰랑거리고 있다. 나는 큰길을 따라 서쪽으로 나아가 청당을 좇아 그 오른쪽으로 감아돌았다. 청수암이 그 위에 있겠거니 싶어 서둘러 길을 따라 걸었다. 이 길은 남쪽으로 벼랑의 가장자리에 움펜 채 나 있고, 북쪽으로 못의 푸른 물결을 굽어보고 있다.

얼마 후 한 줄기 길이 남쪽으로 뻗어있었다. 나는 청수암으로 가는 길이 틀림없다고 여겼다. 오를수록 차츰 높아지던 돌길이 갑자기 사라져버렸다. 산속의 움푹 꺼진 곳을 쳐다보니, 높이 매달린 동굴 구멍이 한 곳도 없었다. 동굴이 있을 만한 곳이 아님을 깨달았다. 이에 산을 내려와 길을 따라 못의 서쪽으로 나왔다. 그 남쪽으로 산이 굽이돌고 움푹한 평지가 빙 둘러 산골짜기를 이루고 있다. 그러나 동굴 입구는 묘연한 채 찾을 길이 없었다. 이곳은 흑동에서 어느덧 1리나 떨어져 있었다.

이리하여 벼랑의 가장자리에서 동쪽으로 되돌아온 뒤, 다시 골짜기 입구에서 남쪽으로 내려왔다. 하지만 끝내 동굴로 오르는 길을 찾아내지 못했다. 다시 흑동 앞을 지나 서쪽으로 병풍처럼 우뚝 솟은 골짜기 속의 산으로 나아갔다. 1리를 가서 병풍 같은 골짜기의 북동쪽에 이르자, 비스듬히 치켜 오른 동굴이 있다. 입구는 북동쪽을 향해 있으며, 동굴 안은 남쪽으로 내려가면서 들어갈수록 차츰 어두워졌다. 흑동에 비해보면, 비록 남북으로 방향을 달리하고 높낮이의 위치가 다르지만, 둥글게 굽이져 들어가는 것은 다름이 없다.

동굴을 나와 병풍 같은 골짜기의 북쪽을 에돌아 서쪽으로 나아가는데, 나무를 찍어대는 소리가 쩡쩡 들려왔다. 나무꾼이 멀지 않은 곳에 있으리라 여겨 사방을 둘러보니, 병풍처럼 치솟은 벼랑의 중턱에 있었다. 이 동굴의 이름을 물어보자 "우각동입니다"라고 말했다. "청수암은 어디에 있습니까?"라고 묻자, 그 사람은 엉뚱한 곳을 가리키면서 "병풍 같은 골짜기의 남쪽을 따라 동쪽으로 돌아들었다가 남쪽 골짜기로 나오면, 바로 거기입니다"라고 말했다.

나는 그의 말을 듣는 순간, 몹시 기뻐했다. 서쪽 기슭을 감돌아 남쪽 기슭으로 돌아들자, 병풍처럼 치솟은 남쪽 벼랑은 깎아지른 듯 가파르고 색깔은 온통 자황색이었다. 아래에는 물이 고인 웅덩이가 있다. 물은 산기슭의 바위 벼랑에서 흘러나오고 있다. 바위 벼랑은 그다지 높지 않고 가운데가 툭 트여 있다. 아마 우각동에서 남쪽으로 통해 있는 구멍이 이곳에 이르러 푹 꺼지면서 물웅덩이를 이룬 듯하다.

다시 동쪽으로 1리만에 남쪽 골짜기의 입구에 이르러 북쪽에서 뻗어오는 큰길로 들어섰다. 다시 한 사람을 만나 그에게 물어보니, 그는 이렇게 대답했다. "이곳에서 남쪽으로 가면 노군동이오만, 청수암이란 곳은 들어본 적이 없소이다. 다만 북쪽 골짜기에 청당이 있는데, 그 위에 있는 동굴이 남쪽으로 흑동과 통해 있다오. [이외에는 다른 동굴이 없소.] 이곳은 당신이 왔던 길이오." 나는 그제야 병풍처럼 치솟은 벼랑의 가장자리에서 가리켜준 이는 이곳을 은산으로 잘못 알았으며, 청수암이 있는 곳은 절대로 북쪽 골짜기를 벗어나지 않으리라는 것을 깨달았다.

때는 어느덧 정오가 되었다. 북쪽으로 돌아들 시간이 없는지라, 어쩔 수 없이 남쪽의 은산에 이르러 밥을 지어먹었다. 다시 1리를 나아가자, 은산이 시야에 들어왔다. 길 서쪽을 바라보니 길이 서로 엇갈리는데, 북서쪽의 벼랑을 오르는 길이 대부분이었다. 하인 고씨에게 먼저 조양동으로 가서 암자에 이르러 밥을 지으라고 시켰다. 나는 정문 스님을 불러 길을 따라 북서쪽으로 들어갔다. 잠시 후 벼랑에 올라 산꼭대기에 올라섰다. 무리 지은 바위들이 구름처럼 뒤덮고 있다. 허공에 걸쳐진 바위를 타고 들어서자 위에 '영함감응(靈咸感應)'이라는 네 글자가 크게 씌어 있다. 신묘(神廟)임을 알 수 있었다.

이 동굴에 들어가니, 갈라진 틈새가 감실을 이루고 있다. 향과 지전을 태운 연기가 그 안에 자욱하였으나, 신상은 보이지 않았다. 밖에 깃발을 매단 대나무 장대가 서 있었지만, 이것이 무슨 동굴이고 무슨 신인지 도무지 알 길이 없었다. 산을 내려오는 길에 닭과 술을 가지고 오는 이가 보이기에 물어보고서야, 도록암(都錄巖)임을 알았다. (이곳의 신은 대단히 영험하다. 개고기를 즐겨 먹는지라, 동굴 안에는 늘상 개뼈다귀가 가득 쌓여 있다고 한다.)

남쪽으로 반리만에 은산에 이르러 조양암에서 밥이 익기를 기다렸다. 다시 암자 뒤쪽에서 동굴로 들어가 노군을 알현하고, 위아래 두 곳의 동굴을 뚫고 나왔다. 암자 안에서 식사를 했다. 월인 스님이 간곡하게 "여섯 곳의 동굴 아래에는 물이 깊고 길이 막혀 있으니, 필경 들어갈 수 없을 것입니다"라고 말씀하셨다. 나는 "등(鄧)씨 어르신이 길안내를 해주겠다고 허락했습니다"라고 말하자, 스님은 "그건 속이는 말씀입니다.

믿을 수 없으니, 직접 하셔야 할 겁니다"라고 말했다.

식사를 마치고 다시 반리를 나아가 남쪽의 등씨 어르신이 거처하는 곳에 들렀다. 등씨 어르신은 마침 도끼를 휘둘러 장작을 패고 있었다. 나는 길안내를 부탁하러 왔다는 뜻을 말씀드렸다. 등씨 어르신은 이렇게 말했다. "기왕에 동굴을 구경하고 싶다면서, 왜 관솔을 가지고 오지 않았소? 나는 구할 데가 없으니, 그대가 내일 아침 가지고 온다면 반드시 그대를 위해 앞장서주겠소" 나는 적이 실망스러운 모습으로 물었다. "관솔은 어디에서 구할 수 있습니까?" "동강문으로 가야지요. 거기에는 칠성암을 구경하도록 안내하는 이들이 많은데, 관솔을 사는 사람과 쌓아놓고 파는 사람이 모두 그곳에 있소." 나는 다시 그와 약속을 하고서, 서쪽으로 서호교를 지나 1리를 나아가 조그마한 바위 봉우리 아래에 이르렀다.

이 봉우리는 칼로 자른 듯이 조각조각 갈라진 채, 여러 봉우리 사이에 우뚝 서 있다. 동쪽, 북쪽, 서쪽의 세 면이 온통 담으로 둘러싸여 있고, 남쪽으로는 양강에 맞닿은 채 남쪽 고개에 이어져 있다. 사면이 모두 막혀 있는 셈이다. 드나드는 큰길은 이곳에 이르러 꺾어졌다가 그 북쪽 기슭을 따라 뻗어 있다.

이에 서쪽으로 양강 근처로 되돌아와, 그 담 안을 들여다보았다. 그러나 얼마나 대단한 곳인지 도무지 알 수가 없었다. 담 밖을 이곳저곳 감돌아 걷다 보니, 북서쪽 모퉁이에 담을 넘을 만한 틈새가 있다. 그곳을 따라 넘어갔다. 담 안에는 가시덤불이 사방에 가득 차 있고, 무덤 하나가 높이 자란 풀숲에 파묻혀 있을 따름이다. 그 북동쪽을 헤치면서 조그마한 봉우리의 남쪽 기슭으로 나아갔다. 돌층계는 여전하고 주춧돌이 첩첩이 이어져 있다. 그 봉우리는 비록 작으나 마치 연잎 사이로 잎사귀마다 연방(蓮房)이 있는 듯하다. 구름처럼 높고 크던 건물은 이미 사라졌으나, 형체의 흔적은 그림처럼 아름다웠다.

그 벼랑 중턱의 평지에는 코뿔소 뿔 모양의 바위가 있다. 어느 것에도 기대지 않은 채 홀로 우뚝 선 채, 사방이 갈고 깎여 비석이 되어 있다. 태산(泰山)의 무자비(無字碑)2)처럼 글자가 하나도 없는지라, 더듬어 살펴볼 것이 없었다. 비석 뒤쪽으로 허공을 감아돌듯 올랐다. 조각조각 칼로 잘라낸 듯한 바위가 나뭇가지처럼 모여 있다. 더욱 기이하고 환상적이었다.

바위의 동쪽을 따라 내려갔다. 벼랑 중턱에 또 바위가 갈라져 동굴을 이루고 있다. 위에는 세 글자가 새겨져 있으나, '동(東)' 한 글자만 알아볼 수 있을 뿐, 뒤의 두 글자는 두세 번 흙먼지를 닦아보았으나 도무지 무슨 글자인지 짐작할 수도 없었다. (계림성의 네 모퉁이에는 각각 조그마한 봉우리가 우뚝 솟아 있다. 동쪽에는 증공암이 있고 그 동쪽에는 식부낭봉(姙婦娘峰)이 있다. 그 봉우리는 두 갈래로 갈라진 채 가운데가 쪼개져 있다. 북쪽에는 명월동(明月洞)이 있고, 그 서쪽에는 망부산(望夫山)이 있다. 그 봉우리는 조각으로 우뚝 솟은 채 두 손을 모아 읍을 하고 있는 모양이다. 남쪽에는 천산암이 있고 그 서쪽에 하엽산이 있는데, 그 봉우리는 아름다우며 가운데는 붙을락말락 쪼개져 있다. 서쪽에는 서봉정(西峰頂)이 있고 그 남쪽에 이 산이 있는데, 이 산의 봉우리는 층층이 겹쳐 있고 가운데는 움푹 들어간 채 쪼개진 듯 모인 듯하다. 네 곳의 봉우리는 각각 성에서 1~2리 떨어져 있으며, 작음으로써 기이함을 보여주는데, 대롱의 마디를 합쳐놓은 듯하다.)

한참동안 이리저리 찾아다니는 동안, 그 기이함은 알겠건만 그 이름은 알 길이 없었다. 계속하여 서쪽으로 가시덤불을 밟으면서 담을 넘어 빠져 나왔다. 길가는 행인을 기다려 물어보았더니, "추아장(秋兒莊)이오"라고 대답했다. 그의 이야기에 따르면, 옛날 황실의 종친 가운데 추영(秋英)이라는 호를 지닌 이가 이 산에 집을 지어 은거했다. 훗날 이 사람 저 사람의 손을 거쳐 팔리다가 풍(豐)씨 성의 사람이 이것을 사들여 (무덤)으로 가꾼 뒤, 아비와 아들이 잇달아 향시에 합격했다. 후에 도적에게 무덤이 파헤쳐졌으나, 다행히 날이 밝아 관이 드러나자 그만두었다. 그 이후로 담을 쌓아 길을 막았다고 한다. 추아(秋兒)라는 말은 추영의 잘못이리라. 그 서쪽에는 양강이 서쪽에서 흘러오고 있고, 건너갈 수 있는 제방이 쌓여 있다. 남쪽으로 조가산(趙家山), 목릉촌, 중은산의 여러 동굴이 어렴풋이 바라보였다.

강 북쪽의 언덕을 따라 들어갔다. 서쪽으로 1리를 가자, 사자암이 나왔다. 서봉정의 서쪽에는 봉우리가 끝나면서 남쪽으로 불쑥 튀어나와 있다. 마치 사자가 몸을 틀어 웅크린 채 머리를 치켜들고 있는 듯하다. 이곳은 사암산(獅巖山)이다. 그 서쪽에 또 하나의 봉우리가 치솟아 있는데, 홀로 드높이 솟구쳐 사암산과 서로 부축하고 있다. 그 아래에는 사암촌(獅巖村)이라는 마을이 있다.

그 서쪽의 솟구친 봉우리에는 동쪽을 향해 있는 동굴이 가파른 바위 위를 굽어보고 있다. 동굴 가운데에는 돌기둥이 드리워져 있고, 옆으로 두 개의 모서리가 갈라져 있으며, 정동쪽으로 사암산의 머리를 내려다보고 있다. 이 동굴은 깊숙하지 않으나, 툭 트이고 좁혀짐이 나름의 운치를 지니고 있으니, 가히 바람과 구름을 타고 오르는 듯하다.

북쪽으로 돌아들자, 북쪽을 향해 있는 동굴이 있다. 그 입구는 높고 휑하며, 그 안은 깊이 푹 꺼져 있다. 토박이들은 동굴 속이 산의 남쪽과 통한다고 여기지만 그 길을 알지는 못하며, 예전에 도관의 터가 있었다고 여기지만 그 이름을 알지는 못했다. 비문을 닦아내어 읽어보고서야 이 동굴이 천경암(天慶巖)임을 알았다. 층계를 따라 남쪽으로 내려오자, 가운데에 뻗어 있는 동굴을 둘로 나누고 있다. 몇 길을 들어가자 두 골짜기는 다시 합쳐졌다. 그 북쪽 골짜기 위에 겹겹의 입구가 구멍이 뚫린 채 매우 높이 매달려 있는데, 쳐다볼 수는 있으나 기어오를 수는 없었다. 생각건대, 이곳을 올라가면 멀리 가지 않아 남쪽으로 통할 것이다.

동굴을 나와 북쪽으로 내려와 북서쪽으로 나아갔다. 바위산에 초목이 무성한 채, 산은 온통 둥글게 치솟은 나무숲으로 빽빽하다. 그 사이로 사람이 걸어간다. 소나무 그늘에 바위 그림자가 들쭉날쭉 가리며 어우러져 있다. 다시 북쪽으로 1리를 나아가 바위산의 서쪽 기슭을 지나자, 두 곳의 동굴이 어깨를 나란히 한 채 서쪽을 향해 있다. 문득 가시덤불을 헤치고 벼랑 틈새로 들어갔다. 남쪽 동굴에서 대여섯 길을 들어가다가 돌아들어 북쪽 동굴을 따라 나왔다. 동굴 안은 굽이지고 음산한지라, 뙤약볕이 서쪽으로 비스듬히 비쳐들건만 더운 줄을 몰랐다.

동굴을 나와 다시 북쪽으로 나아가 동굴 위의 날아오를 듯한 벼랑을 쳐다보았다. 벼랑이 조각조각 마치 춤을 추는 듯하니, 나도 모르게 마음이 날아오를 듯했다. 마침 길을 가는 행인이 있기에 물어보았더니, 왕지부산(王知府山)이라고 했다. 그 서쪽에 무성한 숲이 평탄한 들판 사이를 빙 둘러 빽빽하고, 양강이 서쪽으로 그것을 에워싸고 있다. 행인은 이곳을 가리켜 왕지부원(王知府園)이라 했다. 상전벽해와 같은 변화를 겪었는데도, 연이은 산들은 여전하건만, 마을과 세상은 전과 같지 않으니, 왕지부가 어느 시대의 누구인지, 이름이 무엇인지 끝내 알지 못했다.

나는 걸음을 뗄 때마다 뒤돌아보면서 북서쪽 모퉁이를 돌아서려던 참에, 그 남서쪽에 건너갈 만한 움푹 꺼진 곳이 있다는 생각이 났다. 그래서 발걸음을 돌이켜 남쪽으로 향하여 한 쌍의 동굴 왼쪽을 따라 북동쪽으로 올랐다. 홀연 돌층계가 나타났다. 모두 1리를 걸어 움푹 꺼진 곳을 넘자, 돌층계는 끊기고 길이 끝났다. 이에 서쪽으로 칼날 같은 바위를 기어오르는데, 정문 스님과 하인 고씨는 따라오지 못했다. 기어오르는 바위는 칼날처럼 날카롭고 숲속의 죽순처럼 빼곡하다. 바위는 끊기고 벼랑은 떨어져 있으며, 그 가운데는 온통 가시덤불 투성이이다. 나는 벌이나 나비처럼 가시덤불 사이로 뚫고 지났으며, 원숭이나 날다람쥐처럼 벼랑을 따라 걸었다.

고개 허리를 감돌아 서쪽으로 무공석(舞空石) 위로 나왔는데, 가시덤불에 가려져 오히려 쳐다보았던 것만큼 분명하지는 않았다. 한참 후에 계속하여 동쪽의 움푹 꺼진 곳으로 내려왔다. 북쪽 기슭을 굽어보니, 깎아지른 듯 가파른지라 내려가기 어려웠다. 그래서 방금 전에 올라왔던 돌층계를 찾아 1리만에 서쪽 기슭을 내려와 그 북쪽으로 돌아나왔다.

다시 북쪽으로 봉우리 한 곳을 지났다. 그 남쪽에 바위가 겹겹이 쌓인 갈래진 봉우리가 있다. 관리의 모자나 구름송이인 양 모양이 기이하다. 그 동쪽 기슭에 이르자, 동쪽을 향해 있는 동굴이 있다. 서둘러 기운을 내어 올랐다. 동굴 안에는 온통 온갖 신들이 늘어서 있다. 죄다 형상이 험상궂었다. 신상의 오른쪽에서 안으로 돌아들자, 빛이 새어드는 구멍이 나타났다. 이 갈래진 구멍은 남쪽으로 통해 있다.

동굴을 나왔다. 동쪽을 바라보니, 우거진 숲속에 마을이 있다. 때는 오후, 몹시 목이 말랐다. 마을을 바라보며 동쪽으로 나아갔다. 1리를 가자, 송(宋)씨 마을이 나타났다. 마을은 한데 모인 채, 남북 양쪽 산의 움푹한 평지에 자리잡고 있다. 서쪽에는 여러 신상이 있는 동굴의 산이 마을 뒤에 병풍처럼 서 있고, 동쪽에는 우각동의 산이 마을 앞에 병풍처럼 서 있다. 마을 앞에는 물이 고인 못이 있고, 그 위에 조그마한 돌다리가 걸쳐져 있다.

마을 아낙에게 물을 좀 달라고 하여 표주박 한 사발의 시원한 물을 다함께 나누어 마셨다. 물 긷는 이들이 동쪽의 조그마한 바위 벼랑 쪽에서 오는 것이 보였다. 그곳으로 달려가보니, 바위 벼랑은 두 산 가운데에 있고, 그 서쪽에 샘물이 고여 있다. 물은 서쪽 벼랑에서 흘러나오는데, 아마 우각동의 서쪽에서 흘러오는 물길이리라. 그 샘물은 맑고 시원하여 입을 가실 수도 있고 삼킬 수도 있다. 그 달콤함이 먼지로 가득한 가슴속에 스며들었다.

다시 동쪽으로 1리를 나아갔다. 병풍처럼 서 있던 우각동의 산이 나타났다. 그 남쪽 기슭을 따라 동쪽으로 나아갔다. 다시 1리만에 북쪽 골짜기의 입구를 지나 북쪽으로 서쪽 골짜기의 중턱을 바라보니 휑한 동굴이 있다. 청수암임에 틀림없었다. 어느덧 땅거미가 짙어지는지라, 온 힘을 다해 성을 향해 나아갔다. 1리만에 서청문에 들어섰다. 고개를 돌려 정문 스님과 하인 고씨를 바라보니, 두 사람 모두 따라오지 않았다. 성문에 쫓아가서야 두 사람이 문지기에게 쫓겨나 있음을 알게 되었다.

(소문으로 듣기에, 형주와 영주에 경계가 내려진 후, 곧바로 성성에 네 곳의 문만 열

어두고 나머지는 모두 닫기로 논의했다고 한다. 주민들이 물 긷기가 불편한지라 어렵사리 세도가에게 부탁하여 땔나무를 하고 물을 긷는 것만은 허락을 받았으나, 짐은 모두 네 곳의 문에서 가로막혔다.) 이에 그들과 함께 나와 성을 따라 북쪽으로 나아갔다. 반리를 나아가 성 밖의 서쪽에 매달려 있는 동굴을 지났다. 그 아래에 기어오를 수 있는 층계가 있으나, 날이 저문지라 오를 시간이 없었다. 마침내 동쪽으로 돌아들어 반리만에 북문에 들어왔다. 어느덧 캄캄해져 있었다. 다시 2리를 걸어 당(唐)씨의 집에 당도했다.

---

1) 왕수인(王守仁, 1472~1528)은 명나라의 사상가로서 양명학(陽明學)의 시조라 일컬어진다. 그는 절강성 여요현(餘姚縣) 출신이며, 자는 백안(伯安), 호는 양명(陽明)이다. 문성(文成)의 시호이다.
2) 태산(泰山)의 무자비(無字碑)는 태산의 옥황정(玉皇頂)의 옥황묘(玉皇廟) 산문 앞에 있으며, 한나라 무제(武帝)가 봉선(封禪)할 때 자신의 공이 더할 나위 없이 크기에 아무 글자도 쓰지 않은 채 세웠다고 전해진다. 무자비는 전체적으로 사다리꼴로 높이는 5.91미터, 너비는 1.2미터, 두께는 0.88미터이다.

6월 초엿새

아침에 일어나니 비가 퍼붓듯이 쏟아지고 있었다. 아침 식사를 마친 후 급히 비를 무릅쓴 채 남문으로 가는데, 시내의 산골짝 물을 건너듯이 길거리를 걸었다. 탁본 기술자의 집에 이르렀다. 그는 어제 약속했건만 여전히 탁본하러 가지도 않았으면서, 먹즙을 뒤집어 맑게 한다고 얼버무렸다. 다시 함께 가자고 재촉했더니, 비에 젖어 비석이 축축한지라 종이를 붙일 수가 없노라고 변명을 해댔다. 그의 속셈을 헤아려보건대, 시간을 끌어 돈이나 뜯어내려는 수작에 지나지 않았다. 얼굴빛을 바꾸어 거친 소리를 내자, 그제야 내일 가지러 오라고 약속했다. 나는 숙소로 돌아왔다. 이날 비가 그치지 않고 계속 내리다가 오후에야 조금 그치더니, 저물녘에는 쏟아붓듯이 쉬지 않고 내렸다. 결국 밤새 내내 내렸다고 한다.

6월 초이레

밤새 내리던 비가 날이 밝을 때까지 내렸다. 저자거리에는 마치 둑이 터진 듯 물이 솟구쳤다. 사람을 시켜 거리를 내다보라 했더니, 강에 배가 없다고 탄식했다. 정문 스님과 하인 고씨에게 물을 건너 탁본 기술자의 집에 가서 비문을 찾아오게 했다. 나는 집에서 쉬면서 『서사이(西事珥)』와 『백월풍토기(百粤風土記)』를 읽었다. 저물녘에 하인 고씨와 정문 스님이 돌아와 보고했다. 내가 "왜 이리 늦었소?"라고 묻자, "함께 가서 탁본하는 걸 기다리느라구요"라고 대답했다. "탁본한 비문은 어디 있소?"라고 묻자, "여전히 돈을 달라던데요"라고 대답했다. 이 일대 사람들의 교활함과 탐욕이 이 지경에 이르다니! 일소에 부칠 따름이었다. 이날 하인 고씨가 나가고 없었기에 점심을 먹지 못했다. 그가 돌아오고서야 불을 지펴 밥을 지으니, 어느덧 저녁식사를 겸하게 되었다.

6월 초여드레

밤비가 여전히 아침까지 내렸다. 아침을 먹을 겨를도 없이 정문 스님과 하인 고씨에게 돈을 가지고 탁본을 찾아오라 보냈다. 나는 홀로 숙소에 앉아 있는데, 비가 주룩주룩 그치지 않았다. 오전에 정문 스님과 하인 고씨가 탁본한 비문을 가지고 왔다. 탁본한 기법이 심히 조잡하고 졸렬했으나 어찌할 도리가 없었다. 막 밥을 짓기 시작했다. 아침과 점심을 겸하니, 다시 차려 먹을 필요가 없었다. 오후에 짐을 꾸려 내일 아침에 떠날 채비를 하는데, 정문 스님과 하인 고씨 모두가 병이 났다.

6월 초아흐레

아침에 일어나니 하늘빛이 어두웠다. 병든 두 사람 모두 뻣뻣하게 누운 채 걷지를 못했다. 어찌할 도리가 없는지라 내가 직접 취사도구를 집어들었다. (개고기를 샀는데, 살지고 부드러웠다. 이제껏 본 적이 없는 것이었다.) 술을 마시고 고기를 씹으면서 시간을 보낼 따름이었다.

(계림의 여지는 대단히 작은데, 씨는 큰 편이다. 형태는 용안[1]과 같은데, 씨는 그보다 훨씬 크다. 5월에 익었다가 6월에는 바로 사라진다. 내가 양삭에서 성성으로 돌아와 보니 벌써 없어졌다. 껍질의 색깔은 순녹색이고 속살은 매우 얇지만, 일종의 감미로운 향기가 풍정風亭의 여지 맛에 뒤지지 않는다. 용안은 매우 드물다. 6월중에는 또한 이른바 '황피'라는 것이 있는데, 크기는 용안과 같고 금귤 종류이다. 맛은 달콤하면서도 신 맛을 내는데, 성질이 열을 내는 것이기에 많이 먹으면 안된다. 맞는지 어떤지는 모르겠다.)

---

1) 용안(龍眼)은 상록교목으로서, 광동성과 복건성 등지의 특산이다. 열매는 여지와 흡사하며 7월에 익는데, 흔히 과일 가운데의 진품이라 일컬어지며 계원(桂圓)이라고도 불리운다.

6월 초열흘

아침 일찍 짐꾼을 구했다. 아침 식사를 마치자마자 길을 떠났다. 진무문을 나와 [유주(柳州)로 가는 길에 올랐다.] 5리만에 서쪽의 다암을 지났다. 하인 고씨에게 짐을 가지고 먼저 소교(蘇橋)로 가게 한 다음, 나는 정문 스님을 이끌고서 다암 남쪽의 오솔길을 따라 연무장을 거쳐 남서쪽으로 2리만에 금담암(琴潭巖)에 이르렀다. 금담암 동쪽에 마을이 있는데, 토박이들은 진박(陳搏)이라 잘못 알고 있었다. 그 북서쪽의 큰길에 또 평당가(平塘街)가 있다.

내가 전에 중은산을 유람할 적에 물어보고서 그곳에 가다가 날이 늦어 가지 못한 적이 있었다. 그런데 다만 그곳이 진박이라고만 알 뿐, 금담암인 줄은 알지 못했다. 나중에 『계승(桂勝)』을 구해, 부약(孚若) 방신유(方信孺)[1]가 [기록한 바] "마침내 청수, 옥유(玉乳), 금담, 여지(荔枝)의 네 동굴을 보았다."는 내용을 알게 되었다. 그래서 초나흘에 서쪽으로 유람을 떠나자마자 맨 먼저 청수암을 찾았는데, 거의 닿을 뻔했으나 다시 지나치고 말았다. 청수암을 제외한 다른 동굴 세 곳은 더욱 아는 이가 없었다. 그러나 나는 이미 마음속으로 진박이 곧 금담이 아닐까 싶어 잠시 서쪽으로 유람을 떠날 때를 기다려 가보려고 했다.

이제 이 마을에 이르러 길잡이를 찾으니, 모두들 물이 깊어 들어갈 수 없다고 했다. 잠시 후 한 사람이 길잡이를 해주겠노라 허락했다. 그러나 그는 마침 저자에 갈 참이었다면서, 오후에 길안내를 해주겠노라고 약속했다. 나는 고개를 끄덕여 그의 말대로 하기로 했다. 듣자하니, 그 남동쪽에 또 칠보암(七寶巖)이 있다고 하니, 잠시 우선 가보기로 했다.

이에 남동쪽으로 나아가 고개 하나를 넘어 3리만에 다리 하나를 건넜다. 다리 아래로 물길이 서쪽에서 동쪽으로 흐르고 있다. 다시 남쪽으로 나아가자 이씨 마을이 나왔다. 마을의 남쪽에는 바위 봉우리가 서쪽을 향하여 불쑥 튀어나와 있고, 그 아래에 세 칸의 암자가 이어져 있다. 앞에 있는 건물은 이미 무너진 채 사는 이가 없다. 그 동굴은 깊숙하지는 않으나 가팔랐다. 이곳은 아마 남계산(南溪山) 백룡동의 정서쪽으로, 이전에 백룡동을 유람할 적에 서쪽으로 바라보이던, 뭇 산들이 굽이진 곳이리라.

이때 정문 스님의 병이 심해졌다. 아무리 쉬어도 그는 제대로 걷지 못한지라, 억지로 진박촌으로 되돌아가기로 했다. 한 걸음을 뗄 때마다 쉬어가니, 3리 길이 몇 리보다 더 먼 듯했다. 마을에 이르자, 길잡이를 해주겠다던 사람은 이미 돌아와 있었다. 나는 나이든 아낙에게 억지로 부탁하여 차를 끓이고 간식을 먹었다. 동굴에 들어갈 요량이었다. 정문 스님에게는 그 집에 누워 나를 기다리라 했다.

잠시 후 길잡이가 관솔과 사다리를 메고서 왔다. 서쪽으로 조그마한 산의 남쪽으로 가는 길에, 그가 나에게 이렇게 말했다. "먼저 물동굴을 구경하시지요. 하지만 들어갈 수는 없을 겁니다." 나는 그의 말에 따랐다. 동굴 입구는 남쪽을 향해 있고, 동굴 속에 물이 고여 있었다. 위쪽은 동굴 입구에까지 물이 찰랑거리고, 아래쪽은 몹시 어두웠다. 깊숙한 동굴 속은 넓게 툭 트여 있었지만, 사방에 온통 물이 넘실거렸다.

동굴 왼쪽으로 깊숙이 들어가자 속이 움푹 팬 채 휑하다. 동굴 앞의 왼쪽 벼랑의 물에 닿는 발치부분에 글이 새겨져 있다. 그것은 방신유의 필적이었다. 그래서 동굴 앞으로 나와 두루 둘러보다가, '금담(琴潭)'이라는 커다란 두 글자를 발견했다. 비로소 '진박'이 과연 음을 잘못 읽은 결과임을 확신하게 되었다. 금담은 끝내 세속에서 말하는 대로 사라진 게 아니었던 것이다.

동굴 왼쪽에는 옆으로 통하는 문이 터져 있다. 이 문은 뒤쪽의 동굴과 통하여 있으나, 그다지 기이하지는 않았다. 나는 금담에 대한 증거를 찾았으니, 여지암(荔枝巖)이라는 곳도 틀림없이 멀지 않으리라 짐작했다. 길잡이는 불을 붙여 횃불을 들고 그윽한 동굴을 구경하자고 했다. 나는 그윽한 동굴의 이름이 무엇인지 알아보려고 물어보았더니, 바로 여지암이라는 것이었다. 내가 "물이 있습니까?"라고 묻자, "물은 없습니다"라고 대답했다. 그제야 토박이들이 물이 깊어 들어갈 수 없다던 곳은 금담을 가리켜 말한 것이고, 길잡이가 사다리를 타고서야 깊숙이 들어갈 수 있다고 했던 곳은 여지암을 가리켜 말한 것임을 알게 되었다. 이 일대에는 동굴이 매우 많다. 사람들이 제멋대로 가리키는 바를 따르다보면 그들의 말이 모순되는 점도 많지만, 그 실체를 따라가 보면 나름대로 일리는 있다.

금담암을 나와 산 왼쪽의 물이 고인 못을 따라 걸었다. 못의 북쪽을 에돌아 서쪽으로 꺾어들자, 동굴 입구가 동쪽으로 금담암의 서쪽 기슭을 향해 있다. 이곳이 바로 여지암이다. 입구는 그다지 높지 않은데, 들어가자 조금 아래로 기울어져 있다. 서쪽으로 몇 길 들어가다가 동굴 바닥의 오른쪽 구멍을 따라 그 아래 동굴로 들어갔다. 그 안은 높지 않으나 넓고 평평하다. 네모진 못이 있는데, 한 길 남짓의 길이에 너비는 대여섯 자이고, 깊이는 한 길이다. 못의 사방은 대단히 가파르고, 고인 물은 매우 차갑다.

다시 남동쪽으로 돌아들어 수십 길을 평탄하게 들어가다가 낮고 좁은 입구를 두 차례 돌아들었다. 오른쪽 벼랑의 중턱에 구멍이 있다. 너비는 두 자에 높이는 한 자이다. 안에 동굴이 있는데, 위는 봉긋하고 아래는 평평하다. 물은 구멍바닥의 높이만큼 고여 있다. 머리를 구멍에 집어넣어 동쪽으로 바라보았다. 고인 물은 넓고도 깊다. 그 속에 구불거리는 바위는 마치 용이 물속에 떠서 헤엄치는 듯하다. 동굴 속의 남쪽 벼랑에 네모진 바위그릇이 있다. 두 자의 길이에 너비는 한 자이며, 높이는 예닐곱 자이다. 수면을 평평하게 재보니 마치 먹줄을 당기고 곧은 자를 댄 듯이 조금도 어그러지지 않았다. [몸은 들어갈 수가 없었다.]

계속해서 동굴 바닥으로 나와 조금 서쪽으로 들어갔다가, 다시 오른쪽 구멍을 따라 그 위의 골짜기로 들어섰다. 골짜기 안은 홀연 두 층으로 나누어져 있다. 아래쪽 구멍은 줄지어 선 듯한데, 조금 서쪽으로 돌아들자 문득 끝이 났다. 위쪽 구멍은 누각과 같은 모양이다. 사다리를 타고 올라가자, 안에는 다시 늘어선 기둥이 모서리를 나누고 있다. 모서리를 뚫고 약간 서쪽으로 나아가 마침내 남쪽 골짜기 속으로 내려왔다. 평평하게 수십 길을 들어가다가 다시 남쪽으로 빙글 돌아섰다. 감실이 이루어져 있다. 감실 밖의 동굴 꼭대기에는 두 줄기의 바위 흔적이 있다. 이 흔적은 나뉘었다가 이어지고 굽었다가 펴지면서, 그 끄트머리가 엇갈렸다.

골짜기를 나와 사다리를 타고서 동굴 바닥에 이르렀다. 다시 왼쪽의 구멍을 따라 그 위의 골짜기로 들어서자, 층층의 암벽이 겹겹으로 드리워져 있다. 허공에 매달린 연꽃이 기둥에 박힌 채 암벽 사이에 어지러이 장식되어 있다. 틈새를 헤치고 꽃잎과 같은 바위를 딛고 오를 수 있었다. 대체로 이 동굴은 깊고 그윽함으로써 기이함을 드러내기에, 깊숙이 들어갔다. 오른쪽의 물이 고인 구멍 곁에 탄환 모양의 자그마한 돌덩어리가 있고, 그 흔적이 여기저기 많이 흩어져 있다. 돌덩어리는 색깔이 검고 누르스름하며 형태는 여지와 같다. 동굴의 이름은 여기에서 비롯되었던 것이다. 구의산(九疑山)의 양매동(楊梅洞)과 매우 흡사하지만, 기이하다 할 정도는 아니다.

동굴을 나와 금담암의 북쪽을 따라 1리만에 마을에 이르렀다. 어느덧 오후였다. 정문 스님을 이끌고 북서쪽의 샛길을 타고서 2리만에 평당가에 당도했다. 그 서쪽에 몹시 가파른 바위 봉우리가 마치 문처럼 양쪽에 서 있다. 남쪽 봉우리의 산꼭대기에 홀연 산허리를 꿰뚫고 있는 구멍이 있는데, 거울을 펼쳐놓은 듯이 밝았다. 나는 이전에 중은산을 따라 동전암(銅錢巖)을 끝내 찾지 못한 채, 밤에 서문으로 바삐 가면서 마음이 못내 허전했던 적이 있었다.

그런데 이제 다시 그 아래를 지나자, 뛰어오르고 싶은 마음을 참을 수 없었다. 길을 물어보니 모두들 오를 수 있는 길이 없다고 했다. 마침 정문 스님은 병이 나서 갈 수 없는 처지였다. 길가에서 물을 파는 사람이 있는데, 전에 중은산에서 나오다가 천암의 멋진 풍광을 물어보았던 바로 그 사람이었다. 그는 내게 이렇게 말했다. "갈림길이 길가 기름 짜는 동네 뒤쪽에 있으니, 더듬어 들어갈 수는 있을 겁니다. 남동쪽으로 돌아들어 낡은 사당에 이르면 산을 올라갈 수 있습니다."

나는 이에 짐을 서까래에 매달아 놓고서, 정문 스님에게 띠집에 누워 기다리라고 했다. 나는 지팡이를 짚고서 길을 나섰다. 기름 짜는 집을 지나다가 물어보니, 동굴은 올라갈 수 없으며, 자기 집 옆으로도 들어갈 수 있는 길이 없다고 했다. 내가 고개를 돌려 집 뒤쪽을 바라보니, 뱀처럼 구불구불한 길이 풀숲에 덮여 있다. 울타리를 헤쳐 틈새를 빠져나와 산기슭을 따라 동쪽으로 나아갔다. 다시 남쪽으로 돌아들어 낡은 사당에 이르렀다. 서쪽으로 뻗어오르는 길이 보였다. 그 길을 따라갔다.

처음에는 돌층계를 더듬어 오르다가 얼마 되지 않아 벼랑을 기어올랐다. 벼랑이 가파른 곳은 바위결이 날카로워 발을 딛어도 밀려나가지 않고, 손으로 붙들어도 미끄러지지 않았다. 벼랑이 곧추선 곳은 구불구불 늘어진 나뭇가지가 있는지라 발로 덩굴을 딛을 수 있고 손가락으로 나뭇가지 끝을 붙들 수 있었다. 벼랑이 끝나고 골짜기를 건너자, 가득 메운 가시덩굴이 머리끝까지 잠기고 발을 칭칭 감았다. 갈고리가 어지러이 널려 있는 듯했다. 마치 약수(弱水)[2]를 밟는 듯, 겹겹이 포위된 속을 걷는 듯, 끝내 빠져나올 수 없었다.

이에 바위 구멍에 우산을 내려놓고 지팡이를 끼워넣어 손발에 온힘을 다 주어 한참만에야 바위투성이 벼랑 아래에 이르렀다. 그 위에는 사자가 고개를 돌리듯, 코끼리가 춤을 추듯, 봉황이 날개 치듯, 용이 솟구치듯, 갖가지 괴수 모양의 바위들이 어지럽게 늘어서 있다. 나는 밝은 빛이 비치는 구멍이 이미 어깨를 나란히 하고 있을 터이니, 북쪽으로 가로건너 돌고돌아 봉우리 꼭대기로 나오면, 움팬 벼랑과 깎아지른 석굴이 굽어보이리라고 예상했다. 그런데 그 구멍은 오히려 그 아래에 있었다.

게다가 아래에서 누군가 길을 잘못 들었다고 고함치면서, 나에게 내려오는 층계를 가리켜주었다. 나는 그의 뜻을 알아차리고서 그의 말을 좇아 내려왔다. 하지만 끝내 우산을 놓고 지팡이를 끼워넣은 곳을 찾지 못했다. 나에게 고함쳤던 이는 가축을 방목하는 노인 두 사람이었다. 그들은 내가 내려오지 못할까봐 측은하게 여겼던 것이다. 층계를 내려온 뒤, 나는 그분들께 감사의 인사를 드렸다. 그 분들은 벼랑에 오르는 길이 낡은 사당 남쪽에 있다고 가리키면서, 그 동굴은 벼랑 뒤로 돌아들어가야 하며, 벼랑 동쪽으로는 들어갈 수 없다고 했다. 나는 벼랑 사이에 우산을 놓아둔 일을 이야기하고서, 다시 산에 오르던 때의 길을 따라 그것을 찾으러 갔다.

얼마 지나지 않아 평당가의 아이들이 요란스럽게 외치는 소리가 들려왔다. 잠시 후 수십 명의 사람들이 산 아래에서 외치는데, 그 소리가 몹시 다급했다. 그때까지도 나는 나 때문에 그들이 그러는 줄을 몰랐다.

우산을 가지고 내려온 후에야 그 사실을 알았다. 낡은 사당 옆에 내려오자, 그들은 창을 들고 화살을 끼고 있었다. 나를 풀숲에 매복한 강도라 의심했던 것이다. 내가 동굴을 유람한 까닭을 설명했으나, 도무지 믿지 않았다. 그래서 옷을 벗어 보이면서 그들에게 말했다. "내 짐이 길가에서 물을 파는 사람의 띠집에 맡겨져 있으니, 당신들이 가서 조사해보아도 좋소." 그제야 사람들이 하나둘 흩어졌다.

나는 계속해서 낡은 사당의 남쪽에서 돌길을 따라 가시덤불을 헤치며 올라갔다. 마침내 남서쪽으로 돌아들어 산 뒤쪽의 움푹 꺼진 곳으로 나왔다. 그 남쪽을 바라보니, 바위 봉우리 하나가 갈라진 채 우뚝 솟아 있다. 봉우리 꼭대기에 몇 길 높이의 바위 하나가 곧추서 있는데, 영묘하고 괴이하기 짝이 없다. 이미 동굴 뒤로 나왔으리라 추측했으나, 암벽 아래를 멀리 바라보니 여전히 동굴 입구는 보이지 않았다. 갑자기 아래에 아이가 보였다. 아이는 길을 잘못 들었다고 외치면서, 올라가기에는 시간이 촉박하다고 말했다.

이때 해는 어느덧 서쪽 봉우리에 걸리고, 가시덩굴이 앞을 가로막고 있다. 도저히 오를 수 없으리라는 생각이 들었다. 게다가 정문 스님이 띠집에 있는데, 만약 가게 주인이 떠나기라도 한다면 묵을 곳이 없을까봐 걱정되었다. 이에 서둘러 산을 내려오는데, 그 아이는 이미 훌쩍 떠나버린 채 보이지 않았다. 나를 동정하는 건지, 아니면 의심하는 건지, 어느 쪽인지 알 길이 없었다.

이에 북쪽 기슭을 돌아들어 기름 짜는 동네 뒤로 나왔다. 물을 파는 가게 주인은 막 벌여놓은 물건을 등에 지고 집에 돌아가려던 참이었다. 나는 서까래에 걸어놓은 물건을 찾아들고, 그 사람을 따라 동쪽의 평당가에 가서 묵을 곳을 찾았다. 그 사람은 "집이 좁아 사람을 들일 수 없습니다"라고 말하고서, 나를 위해 이리저리 이웃집을 찾아 묵을 곳을 잡아주었다. 뿐만 아니라, 그는 몸소 밥을 지어주고, 내일 아침에 유람을 안내해줄 집안사람을 찾아주었다.

이날 저녁 날씨는 후텁지근하고 우레소리가 우르르 쾅쾅 울렸다. 정문 스님은 병세가 심하고, 하인 고씨는 헤어진 지 얼마 되지 않은 처지였다. 저녁 식사를 마친 후 문을 나서 거리의 밝은 달 아래에 앉았다. 맑은 바람이 산들산들 불어왔다. 뭇 봉우리 사이에서 상쾌하기 그지없다. 시골 아낙들이 번갈아 노래를 부르면서 농지거리하는 소리를 듣고 있노라니, 이 또한 옥같은 봉우리 속에서 맛보는 색다른 경계이리라.

---

1) 방신유(方信孺, 1177~1222)는 흥화군(興化軍) 보전현(莆田縣) 출신의, 남송대의 정치가이자 문인이다. 자는 부약(孚若)이고 호는 호암(好庵)이다. 대리승(大理丞), 진주지부(眞州知府), 광서조운관(廣西漕運官), 소주지부(韶州知府) 등을 역임했다.
2) 약수(弱水)는 옛날 중국에서 신선이 살던 곳에 있다는 물의 이름이다. 이 물길은 부력이 몹시 약하여 기러기 털처럼 가벼운 물건도 가라앉는다고 한다.

6월 11일

아침에 일어나니, 정문 스님은 여전히 누워 있었다. 나는 집 주인에게 밥을 지어 놓으라고 부탁했다. 그리고 곧바로 먼저 물을 파는 사람의 집에 들러, 그 집안사람과 함께 낡은 사당에 이르러 산을 올랐다. 길잡이는 표창을 꺼내 가시덤불을 잘라냈다. 1리만에 산 남서쪽의 움푹 꺼진 곳에 이르렀다. 바위 틈새를 좇아 다시 한두 걸음 올라가자, 곧바로 남서쪽을 향해 있는 동굴 입구가 보였다. 이에 바위 벼랑을 수십 걸음 기어올라 동굴 속으로 들어갔다.

동굴 입구의 앞쪽은 북동쪽을 향해 있고, 뒤쪽은 남서쪽을 향해 있다. 동굴 속은 똑바로 뚫린 채, 굽이지거나 험준하여 가로막힌 곳이 없다. 길잡이는 이 동굴은 방암동(榜巖洞)이고 이 산은 풍목산(楓木山)이라고 말했다. 산을 내려와 계속해서 낡은 사당을 지났다. 남쪽으로 밭두둑 사이를 따라 서쪽에서 흘러오는 조그마한 산골물을 건넜다. [이 물길은 양로구(兩路口) 서쪽의 못에서 구불구불 이어져 동쪽으로 산기슭을 지나는

데, 남계(南溪)의 발원지이다.]

남동쪽으로 1리만에 석암동에 들어섰다. 동굴의 입구는 북서쪽을 향해 있고 뒤쪽 입구는 북동쪽을 향해 있다. 동굴 속은 아늑하면서 밝고 굽이져 있으며, 뒤쪽 입구의 오른쪽 벼랑에는 허공에 걸쳐진 평대와 허공을 휘감은 덮개가 있다. 모두 옆으로 통하는 창틀이 있는지라, 쉬면서 글을 읽을 수 있었다. 뒤쪽 동굴에서 나와 북쪽으로 1리를 걸어 평당가에 이르렀다. 평당가의 북쪽에는 병풍처럼 뾰족하게 솟은 바위 봉우리가 있고, 동쪽 모퉁이에 동쪽을 향해 있는 동굴이 있다. 이 동굴은 사암(社巖)이다. 동굴 밖은 얕아 깊지 않은데, 토박이들이 그 속에 토지신을 모시고 있다.

길잡이가 다시 그 북서쪽을 가리켰다. 가운데가 우뚝 솟은 바위 봉우리가 있고, 산 아래의 남북 양쪽에는 물이 고인 못이 있다. 북쪽 못의 위에는 동굴 입구가 높이 늘어서 있고, 남쪽 못의 곁에는 동굴 입구가 낮게 엎드려 있다. 그 안쪽 동굴 속은 눈에 뜨이지 않게 통하여 있고, 물길이 동굴 속을 뚫고 지난다. 이곳의 이름은 가제암(架梯巖) 또는 석고동(石鼓洞)이다. 아마 내가 전에 동전암을 찾아가려다가 찾지 못한 채 남쪽으로 들어갔던 동굴이리라. 길잡이는 이야기를 하면서도, 내가 이미 유람했다는 사실을 알지 못하고, 나는 이전에 유람했으면서도 이곳 동굴의 이름이 무엇인지 알지 못했던 것이다. 이제 듣지 못했던 것을 듣게 되니, 보지 못했던 것을 보는 것보다 훨씬 좋았다.

이리하여 숙소로 돌아와 밥을 먹었다. 억지로 정문 스님에게 온힘을 다해 병든 몸으로 길을 떠나도록 했다. 서쪽으로 2리를 걸어 두 산 사이의 골짜기를 지났다. 골짜기 북쪽의 산은 병풍을 지고 있듯 우뚝 치솟아 있고, 그 아래에 광복왕묘(廣福王廟)가 있다. 골짜기 남쪽의 산은 울창한 채 북쪽으로 두 손을 맞잡고 있고, 그 동쪽에 동굴이 있다.

동굴 입구는 동쪽을 향해 있고, 문 앞에는 석탑이 있는데, 대단히 가지런하다. 탑 안은 텅 비어 있으며, 탑 뒤쪽은 그다지 높거나 크지 않다.

그 오른쪽 동굴로 들어가자 들어갈수록 점점 좁아지고 어두워졌다. 몇
명의 낭병[1]이 이곳을 지키고 있다. 동굴 속에서 숙식을 하는 모양이다.
동굴 입구 밖 오른쪽에 오래전에 새겨진 마애가 있는데, 벗겨져나간지
라 읽을 수가 없었다.

이에 내려가 서쪽의 골짜기 어귀로 나왔다. 이곳은 양로구이다. 저자
는 길 양쪽에 늘어서 있다. 북서쪽으로 산을 따라가면 의녕현(義寧縣)으
로 가는 길이고, 남서쪽으로 산을 따라가면 영복현(永福縣)으로 가는 길
이다. 나는 남서쪽으로 나아갔다. 1리도 채 가지 않았는데, 뒤따라오던
정문 스님이 아무리 기다려도 오지 않았다. 길 동쪽을 바라보니 서쪽을
향해 있는 동굴이 있다. 가시덤불을 헤치고 동굴을 살펴보았다. 동굴은
깊지 않으나, 입구가 기이했다.

동굴에서 내려와 정문 스님이 오는지 살펴보았다. 그의 모습이 여전
히 보이지 않았다. 되돌아가 찾아보려 했으나, 혹시 그가 앞서 가지 않
았을까 걱정스러웠다. 잠시 서둘러 그를 쫓아갔다가 다시 발걸음을 늦
추었다. 그를 기다리는 동안, 앞뒤로 오가는 이들을 붙들어 물어보았으
나, 모두들 막연한 표정을 지으면서 알려주는 것이 없었다. 참으로 나아
가지도, 물러서지도 못하는 어정쩡한 처지에 빠지고 말았다.

한참이 지나 다시 서쪽으로 4리를 가자, 길 오른쪽에 조그마한 봉우
리가 있다. 마치 부처님 손바닥처럼 높이 치켜들려 있는데, 아래는 합쳐
지고 위는 갈라져 있다. 아래는 묶여 있고 위는 펼쳐져 있는지라, 여러
봉우리 가운데에서 특히 영묘하고도 괴이한 느낌을 자아냈다. 그 남쪽
에 또 두 개의 산이 나란히 치솟아 있다. 두 개의 산이 조여지면서 골짜
기를 이루고 있다. 길은 그 가운데를 따라 나 있다. 골짜기 남쪽의 봉우
리는 그 동쪽의 층이 갈라져 두 곳의 동굴을 이루고 있다. 별안간 위쪽
동굴이 훤히 뚫려 있는 느낌이 들었다.

서둘러 남쪽을 향하여 달려갔다. 그런데 아래 동굴만 들어갈 수 있을
뿐, 윗동굴은 층층이 높이 매달려 있는지라 도저히 오를 수 없었다. 그

래서 아래 동굴로 들어갔다. 동굴 속에는 휘장을 끌듯이 돌기둥이 늘어서 있다. 돌기둥은 나뉘어져 골짜기를 이루고, 쪼개져 창문을 이루고 있다. 동굴 속은 굽이지고 밝았다. 돌아들어 동굴 뒤쪽으로 뚫고 나왔다. 이 동굴 역시 산허리를 가로지르고 있다. 뒤쪽 구멍에서 서쪽으로 나오면 위쪽 동굴의 뚫린 곳으로 되돌아올 수 있으리라 여겼는데, 뒤쪽 구멍의 위아래가 온통 깎아지른 듯하여 옆으로 붙잡고 오를 만한 것이 없었다.

이에 계속해서 동쪽의 동굴 앞으로 나왔다. 북동쪽 모퉁이를 바라보니, 바위가 움푹 패여 있다. 잠시 틈새를 기어올라 마침내 위층에 이르렀다. [앞뒤 두 곳의 입구는 모두 아래 동굴과 나란히 늘어서 있고, 입구 안에는 휘장 모양의 종유석과 연꽃 모양의 돌기둥이 좌우로 둥글게 감아돌면서 뒤쪽 입구까지 이어져 있다. 몇 길의 동굴 속은 굽이지고 꺾인 채 끝이 없다. 앞쪽의 입구에 있는 평대는 북동쪽의 불장봉(佛掌峰)과 정면으로 마주하고 있다. 뒤쪽의 감실과 바위 창문에 기대어] 멀리 가까이 바라보았다. 눈에 들어오는 동굴 밖의 경치가 신기하고, 동굴 안에 얽혀 있는 바위 또한 기이하니, 참으로 빼어난 경관을 이루고 있다. [내가 광서 지역에서 보았던 누각들의 빼어난 경관 가운데, 이곳이 으뜸이었다.]

잠시 후 산을 내려왔다. 정문 스님이 앞서가는지 뒤쳐져 오는지 알지 못한 채, 잠시 서쪽으로 나아갔다. 큰길의 왼쪽을 바라보자, 북쪽을 향해 있는 동굴이 또 있다. 올라가보니 역시 얕아 깊지 않다. 이 또한 골짜기 남쪽의 산이다. 골짜기 북쪽에 있는 산에는 서쪽을 향한 채 두 곳의 동굴이 층층이 늘어서 있다. 동굴 입구의 위아래에는 매달려 있는 것이 거의 없고, 바위의 색깔은 온통 자황색이다. 마치 홀로 있음으로써 기이함을 드러내는 듯하다.

골짜기 어귀를 나섰다. 고인 물이 두 골짜기의 서쪽까지 찰랑대고 있다. 중앙에 돌을 쌓아 만든 제방이 수면까지 쭉 이어져 있다. 옆에 거대한 못이 있는지라, 물을 건너 자황빛 동굴로 올라갈 길이 없었다. [팔자암(八字巖)이 있다는 말을 또 들었으나, 역시 가볼 수가 없었다.] 마침내 돌길을 따라 서쪽으로 물이 고여 있는 곳을 걸었다. 다시 그 서쪽 봉우리의 동쪽을 바라보니, 벼랑의 암벽이 높다랗게 펼쳐져 있다. 암벽 위에는 동굴 세 곳이 매달려 있는데, 서로 각각 20여 길 떨어져 있다.

이 동굴들은 모두 동쪽을 향해 나란히 늘어서 있으며, 남쪽, 북쪽, 가운데에 나뉘어 있다. [이 산은 물이 고여 있는 곳의 남서쪽에 있으며, 동쪽 골짜기의 남쪽 봉우리와의 사이에 동서로 물이 고인 못을 이루고 있다.] 멀리 벼랑 끄트머리를 바라보니, 온통 미세한 자국 투성이이다. 남쪽에서 북쪽으로 가면 올라갈 수 있을 듯했다. 다만 북쪽 동굴만은 매달려 있듯 가파른지라 도저히 올라갈 수 없을 것 같았다.

길을 가던 행인들이 내가 동굴로 가는 것을 보더니, 모두들 걸음을 멈춘 채 나아가지 말라고 외쳤다. 나는 잠시 제방 위에서 발걸음을 늦춘 채, 앞뒤의 행인들이 뜸해지기를 기다렸다. 제방 서쪽의 풀숲 속의 길이 눈에 띄었다. 물길을 좇아 남쪽 기슭을 따라 나아갔다. 정문 스님이 앞서 가는지 뒤쳐져 오는지 돌아볼 겨를이 없었다. 잠시 후 남쪽 동굴 아래에 이르러 올려다보니 층계가 없다. 하는 수 없이 벼랑을 붙들고 틈새를 기어오르는 방법으로 원숭이가 뛰어오르듯이 올라갔다.

마침내 남쪽 동굴에 들어섰다. 동굴 입구는 대단히 높고, 그 속은 드넓게 움팬 채 가파르다. 규모가 사뭇 달랐다. 동굴 속을 약간 내려가자, 동굴 한 갈래가 오른쪽에서 뻗어들어왔다. 남서쪽으로 돌아들자, 점점 어두워지는지라 동굴 바닥을 살펴볼 수 없었다. 또 한 갈래의 동굴이 왼쪽에서 뻗어들어왔다. 다섯 길도 채 가지 않아 홀연 문 하나가 나타났다. 이 문은 서쪽을 향해 산 뒤쪽으로 뚫려 있는지라, 빛이 되비쳐 들어와 환하다. 또 하나의 문이 북쪽의 가운데 동굴로 통해 있다. 굽이진 빛이 여기까지 뚫고 들어왔다.

이리하여 먼저 서쪽의 뒤쪽 동굴을 헤치고 들어갔다. [동굴 입구의 높이는 동쪽의 산만하고,] 위아래 모두 깎아지른 듯하여 굽어볼 수는 있어도 내려갈 수는 없었다. 멀리 남서쪽의 맞은편 산을 바라보니, 마치 엎어놓은 다리 모양의 동굴이 있다. 입구가 넓고 속이 깊숙한 이 동굴은 [우동(牛洞)이라 일컫는데,] 동쪽을 향한 채 어두컴컴한지라 그 끝이 어떤지 알 수 없었다.

계속해서 안으로 들어가다가, 잠시 후 북쪽을 향하여 가운데 동굴로 올라갔다. 동굴 안은 북쪽으로 돌아들어 동쪽으로 터져 있다. 먼저 그 북쪽을 살펴본 다음, 돌아들어 동굴 입구에 이르렀다. 바위가 시렁처럼 걸쳐진 채 두 층을 이루고 있다. 위쪽은 겹쳐져 누각을 이룬 채 뒤집혀 동굴 안을 향하고 있으며, 아래쪽은 갈라져 문을 이룬 채 암벽 사이에 움패어 있다. 아마 멀리서 바라보았던 북쪽 동굴이리라. 여기에 이르러 보니, 이 동굴에서 굽이져 옆으로 통해 있는 구멍은 대단히 높고 큰데다 몹시 구불거리며, 넉넉하고 널찍한데다 그윽하고 기이했다. 내가 보아왔던, 옆으로 뚫린 멋진 경관 가운데에서 이곳이 으뜸이었다.

계속해서 가운데 동굴 속으로 들어갔다. 동쪽의 동굴 입구를 굽어보니, [입구는 더욱 높고 봉긋했다. 아래로 내려가자,] 그 바깥 길은 끊기고 벼랑이 무너져 있었다. 하는 수 없이 동굴 속으로 되돌아와 남쪽 동굴을 따라 나왔다. 이에 비로소 세 곳의 동굴이 바깥에서 보면 입구가 나누어져 있지만, 동굴 속은 모두 구멍으로 연결되어 있음을 알게 되었다. 남쪽 동굴은 그 문에 해당되고, 북쪽 동굴은 그 깊숙한 곳에 해당되며, 가운데 동굴은 좌우로 만나 통하고 안팎으로 뚫려 있었던 것이다. 동굴의 신령스럽고 기이함이 어찌 이토록 예상 밖이란 말인가!

이리하여 왔던 길을 따라 내려가 1리만에 북쪽의 큰길로 나와, 서둘러 서쪽으로 나아갔다. 남쪽의 산의 북쪽 기슭을 따라 서쪽으로 3리를 걸어 평탄한 비탈을 넘었다. [그 남북 양쪽에 바위동굴이 대단히 많으나, 하나하나 다닐 겨를이 없었다.] 갈림길을 따라 남쪽으로 나아가니, 통성허(通城墟)가 나왔다. 통성허에는 가게들이 층층이 겹쳐 있는데, 비둘기집처럼 작고 벌집인 양 늘어서 있다. 하지만 사람이 없이 텅 빈 채, 시장이 열리기를 기다리고 있다.

통성허에서 남쪽으로 1리를 가자, 상암(上巖)[의 뒷동굴]이 나타났다. 서쪽 길을 따라 동굴에 올라갔다. 동굴 입구는 북쪽을 향해 있고, 앞으로 깊은 못을 굽어보고 있다. 동굴 속으로 들어가자, 널찍하고 드높으며, [골짜기가 좌우로 나누어져 있다.] 오른쪽 골짜기는 아래로 푹 꺼져내려 이미 깊이 패인 채 못을 이루고 있다. 바닥에는 물이 고여 있다. 암벽이 동서 양쪽에서 못을 끼고 있는지라, 가팔라서 내려갈 수 없었다.

[그 바닥은 남쪽으로 바라보니 어두컴컴했다. 암벽 서쪽의 벼랑은 못 위를 빙 둘러 뒤덮고 있는데, 내가 발걸음을 멈춘 채 굽어보았던 그곳이다. 암벽의 동쪽은 절벽 아래이다. 두 곳의 구멍이 나란히 뚫려 있다. 마치 고리모양의 다리가 이어져 있는 듯하다. 그 사이로 물이 흐르고 있지만, 어디로 흘러가는지 도무지 알 수 없다. 암벽의 북쪽에는 암벽이 동굴 꼭대기에서 아래로 못의 바닥에 꽂혀 있다. 암벽 중턱에 기둥이 갈라져 틈새가 나 있고, 그 틈새 끄트머리에서 샘물이 졸졸 흘러 내렸다. 오른쪽 골짜기를 나와] 왼쪽 골짜기를 따라 올라갔다. 웅크린 모양의 바위가 문을 가로막고 있다. 바위의 가운데는 우뚝 솟아 평대를 이루고 있으며, 평대 위에는 버팀목과 같은 돌기둥이 동굴 꼭대기까지 걸려 있다. 길은 양쪽 옆을 따라 들어가는데, 그 서쪽에 또 바위벼랑이 있다. 바위벼랑은 동굴 북쪽에서 남쪽으로 불쑥 튀어나온 채, 마치 동굴 입구를 막아선 듯하며, 동굴의 남쪽 암벽과의 사이에 틈새를 이루고 있다.

길은 벼랑을 따라 서쪽으로 나왔다가 벼랑의 뒤쪽으로 감아돌았다. [바깥은 봉긋 솟아 동굴 입구를 이루고 있다. 입구 아래에는 문지방이 가로놓여 있으며, 위에는 추녀처럼 드리워진 바위가 많다.] 입구의 문지방에 걸터앉았다. [입구 밖의 골짜기는 다시 높이 치솟고, 양쪽 옆에는 거꾸로 매달려 아래로 늘어진 바위가 많다. 바위들이 마치 용의 발톱과 원숭이의 팔처럼 그 입구에 어지럽게 뒤섞여 있다.] 굽어보이고 쳐다보이는 것 모두가 절묘하기 그지없다.

동굴을 나와 동굴의 동쪽 기슭을 따라갔다. 또 하나의 동굴 입구가 동쪽을 향해 열려 있다. 동굴 속은 웅덩이를 이루고 있다. [아래로 떨어지는 물소리가 황량한 분위기를 자아낸다. 남쪽으로 돌아들자 점점 어두워지는데, 틀림없이 뒤쪽 동굴의 고리 모양의 다리로 흘러가는 물구멍일 것이다.]

동굴 입구의 남쪽으로 내려오자, [상암촌(上巖村)]의 마을 주민이 모여 살고 있다. 마을 뒤에는 돌을 쌓아 길을 냈는데, 구불구불 위로 올라가 보니 상암의 [앞쪽 동굴]이다. 동굴 입구는 동쪽을 향해 있다. [높이는 뒤쪽 동굴과 어깨를 나란히 하고 있는데, 깊숙하고 구불거려 가보지는 않았다.] 동굴 앞에는 신을 모신 사당이 있고, 곁에는 평대의 터가 있다. 마을의 글 읽는 이가 평대 위에 여러 아이들을 모아 두고 있었다.

[평대에서 곧바로 동굴 뒤에 올랐다. 구멍에 들어서자, 감실이 이루어져 있고, 닭 발톱 모양의 바위가 드리워져 있다. 바위 가운데 어떤 것은 땅바닥에서 한 줄기 선만큼의 간격을 둔 채 아래로 늘어져 있고, 어떤 것은 중앙에 매달린 채 사방으로 말려 올라가 있으며, 어떤 것은 기둥 모양으로 동굴 가운데에 우뚝 서 있고, 어떤 것은 발톱처럼 갈라진 채 갈래갈래 나누어져 있다. 그 남동쪽의 맞은편 산에 용천(龍泉)이라는 샘의 근원이 있다.]

평대 끄트머리를 내려와 [뒤쪽 동굴의 못의 북쪽으로 나왔다.] 이어 북서쪽으로 1리를 나아가 동쪽에서 뻗어오는 큰길에 들어섰다. 다시 2리를 나아가자, 고교(高橋)가 나왔다. 돌다리가 제법 빈듯하다. 고교를 넘어 남서쪽으로 나아가자, 바위산이 점점 훤히 트였다. 북쪽으로 멀리 바라보니, 산들이 이어진 채 서쪽에서 동쪽으로 뻗어 있다. 이것은 바로 고전소(古田所)와 의녕현의 서쪽에서 뻗어오는 산줄기이다.

다시 7리를 가자, 산조포(山蚤鋪)가 나왔다. 그 사방으로 간혹 흙언덕이 나타나지만, 바위 봉우리가 더욱 우뚝 솟아 있다. 다시 남서쪽으로 8

리를 가니 마령허(馬嶺墟)이다. 이날 마침 장이 서는 날이었다. 그러나 내가 도착했을 때가 어느덧 오후인지라 장은 이미 파한 채, 모두들 분분히 차를 마시거나 술을 마시고 있었다. 마령허에서 비로소 정문 스님과 만났다. 그와 함께 밥을 먹었다.

다시 남서쪽으로 2리를 나아가 요강교(繚江橋)에 이르렀다. 다리를 건너자 요강포(繚江鋪)가 나왔다. 이곳에서부터 산은 온통 흙언덕과 산구릉이 이어진 채, 험준하게 치솟은 바위 봉우리는 더 이상 나타나지 않았다. 다시 남쪽으로 8리를 가자 언석포(焉石鋪)가 나왔다. 이에 서쪽으로 산의 움푹한 평지에 들어섰다. 2리만에 남서쪽으로 돌아들어 다시 10리를 가서 소교(蘇橋)에 이르렀다. [다리 아래의 물길은 낙청강(洛靑江)의 상류이다. 이 물길은 계림을 버리고 유주부로 흘러든다. 나는 드디어 계림의 뭇 산들과 헤어졌다.] 다리 서쪽은 소교의 보루이다.

동쪽 문으로 들어서서 남쪽 문에 이르렀다. 이때 하인 고씨는 이미 하루 전에 이곳에 당도하여 남쪽 문안의 여인숙에 누워 있었다. 이날 밤 몹시 후텁지근하고 우레소리가 우르르 쾅쾅거리는데다가, 환자 두 사람과 함께 있노라니 더욱 답답하고 울적했다. 다행히 이미 배를 구해 놓았으니, 내일 길을 떠나는 데에는 지장이 없을 것이다.

---

1) 낭(狼)은 명대 중엽부터 청대에 이르기까지 주로 광서성 일대에 분포했던 장족(壯族)을 가리킨다. 낭병(狼兵)은 명대에 광서의 낭인(狼人)으로 이루어진 군대이다.

원문

丁丑閏四月初八日 夜雨霏霏, 四山霱霮,[1] 昧爽放舟. 西行三十里, 午後, [分顧僕舟抵桂林, 予同靜聞從湘江南岸登涯. (舟從北來, 反曲而南, 故岸在北.) 是爲山角驛, 地名黃沙. 西南行, 大松夾道, 五里, 黃沙鋪. (東面大嶺曰紫雲巖, 西面大嶺曰白雲巖.) 湘江在路東紫雲巖西. 又南三里, 雙橋, (有水自西大嶺注於湘.) 又七里, 石月鋪, 其西嶺曰黃花大嶺. 又西南五里, 出山隴行平疇間. 又五里, 深溪鋪. 過鋪一里, 有溪自西大山東注, 小石梁跨之, 當卽深溪也. 又一里, 上小嶺, 捨官道, (深溪一十里官道至太平鋪, 又十里至全.) 右入山. 西向大山行, 二里, 直抵山下, 又二里, 宿於牛頭崗蔣姓家. 夜大雨.

---

1) 애체(靉靆)는 '구름이 많이 낀 모양'을 가리킨다.

初九日 冒雨西行五里, 至礱巖普潤寺. 寺有宋守趙彦暉詩碑, 宋李時亮記. 巖洞前門東向[如橋, 出水約三十丈;] 後門北向, [入水約十五丈. 泉自山後破石竇三級下, 故曰'礱'.] 西入甚奧, 中有立笋垂柱. 出巖, 西三里, 有小石山兀立路旁. 又西三里, 張家村, [村後大山曰迴龍巖.] 南五里, 崗嶺高下, 出平塢中西行一里, 上大冲, 西行半里, 爲福壽庵, 飯於庵. 又西半里, 西北上柳山, 有閣, 曹學佺額, 爲柳仲塗書院. 又上爲寸月亭, (亦曹書.) 亭前爲清湘書院. (有魏了翁碑. 此山爲郡守柳開講道處. 院爲林虵所建, 與睢、岳、嵩、廬四書院共著.) 其南有泉一方, 中有石題曰'虎踞石'. 由此躡嶺, 踰而西, 一里, 爲慈慧庵. 轉北一里, 爲獅子巖, (巖僧見性.) [宿獅子巖南清泉庵.]

初十日 由獅子巖南下, 二里, 至湘山寺. 由寺東側入, 登大殿, 寄行李. 東半里, 入全州西門. 過州前, 出大南門, (羅江在前.) 東至小南門, (三江合處.) 約舟待於興安. 復入城, 出西門至寺, 登大殿, 拜無量壽佛塔. [無量壽佛成果於唐咸通間, 『傳燈錄』未載, 號全眞, 故州以全名. 肉身自萬曆初燬, 丙戌又燬, 後又燬.] [塔後有飛來石.] 從塔東上長廊, 西有觀音閣. 下寺, 由寺西溯羅江一里, 上捲雲閣, 絶壁臨江. [閣西爲盤石, 半嵌江中. 絶壁有蓮花一瓣, 凹入壁間, 白瓣黑崖], 有無量指甲印石, 作細點字六個. 又西, [一洞臨江, 泉由洞東裂石出,] 名玉龍泉. 又西, 有一石峰高豎如當關者, 上大書'無量壽佛'四大字. 共五里, 又西爲斷橋. 又西十里, 度石蜆崗. (石蜆, 『志』作石燕.) 南爲龍隱洞, [小山獨立江上,] 洞門西向. 出洞而西, 卽爲杪木渡橋, 宿. [橋度水東自龍水出口, 山聳秀夾立.]

　　十一日 由渡橋西北行, 五里爲石鼓村, 又三里爲白沃村, 過七里崗爲寨墟. (有大溪自四川嶺出.) 北入峽[爲山川口,] 十里爲閻家村. 又五里爲白竹江, 飯於李念嵩家. 雲開日麗, 望見西北有山甚屼突, 問之爲鉤掛山, 其上又有金寶頂, 甚奇異. 始問一僧, 曰: "去金寶有六十里." 復問一人, 曰: "由四川嶺祇三十里." 時已西南向寶頂, 遂還白竹橋邊, 溯西北江而上. 五里, 進峽口, 兩山壁立夾溪, 甚峭. 路沿溪西北崖上行, 緣崖高下屈曲, 十里出峽, 爲南峒. [聞南峒北五里洞盡, 可由四川嶺達寶頂.] 有一僧同行, 曰: "四川路已沒, 須從打狗嶺上, 至大竹坪而登, 始有路." 遂隨之行. 由溪橋度而西上嶺, 有瀑布在其左腋, 其上峻極. 共三十里至打狗凹, 已暮, 宿於興龍庵, [庵北高嶺卽金寶頂也.]

　　十二日 由興龍庵西上, 始沿涯北轉, (鉤掛山在其北, 爲本山隱而不見.) 三下三上, 三度坳曲, 共三里, 踰土地坳, 西望新寧江已在山麓. 下山五里, 爲大竹坪. 由坪右覓導登金寶者, 一人方挿秧, 送余二里, 踰一嶺, 又下一里, 至大鼻山. 余因寄行李於山下劉秦川家. (兄弟二人俱望八, 妻壽同.) 其家惟老者在, 少者已出. 余置行李, 由村後渡溪, 溯而上二里, 當踰嶺西登大道, 誤隨溪直東上, 二里路窮. 還至中道, 覓岐草中, 西二里, 踰嶺上, 得南來大道, 乃從之. 北二里, 又登嶺, 又北上一里, 爲舊角庵基. 由基後叢木中上六七里, 不得道, 還宿劉家. 劉後有澗, 其上一里, 懸峽飛瀑, 宛轉而下, 修竹迴巖, 更相掩映. 歸途採笋竹中, 聞聲尋壑, 踏月乃返.

　　十三日 早飯於劉, 倩劉孫爲導, 乃腰鑊[1]裹餐, 仍從村後夾澗上. 一里, 中道至飛瀑處, 卽西攀嶺, 路比前上更小. 一里, 至南來大道, [乃從南大源上此者.] 三里, 蹂嶺隘, 一里, 至角庵基. 復從庵後叢中伏身蛇行入, 約四里, 穿叢棘如故, 已乃從右崖叢中蛇行上. 蓋前乃從東峽直上, 故不得道, 然路雖異, 叢棘相同. 由岐又二里, 從觀音竹叢中行. (其竹卽余鄉盆景中竹, 但此處大如管, 金寶頂上更大, 而笋甚肥美.) 一路採笋盈握, 則置路隅, 以識來徑. 已而又見竹上多竹實, 大如蓮肉, 小如大豆. 初連枝折袖中, 及返, 俱脫落矣. 從觀音[竹]中上, 又二里, 至寶頂殿基, 則石墻如環, 半圮半立, 而棟梁頹腐橫地, 止有大聖像首存石爐中. 時日色甫中, 四山俱出. 南峰之近者爲鉤掛山, [石崖峭立, 東北向若削;] 再南卽打狗嶺, 再南爲大帽, 再南[南]寶頂, 而[南]寶頂最高, [與北相頡頏,] 仰望基後絶頂更高. 復從叢竹中東北上, 其觀音竹更大而笋多, 又採而携之. (前採置路側者較細, 不能盡肩, 棄之.) 又上一里至絶頂. 叢密中無由四望, 登樹踐枝, 終不暢目. 已而望竹浪中出一大石如臺, 乃梯躋其上, 則群山歷歷. 遂取飯, 與靜聞就裹巾中以叢竹枝撥而餐之. 旣而導者益從林中採笋, 而靜聞採得竹菰數枚, 玉菌一顆, 黃白俱可愛, 余亦採菌數枚. 從舊路下山, 抵劉已昏黑, 乃瀹菌煨笋而餐之.

---

1) 표(鑣)는 표(鏢)와 통하며, 여기에서는 표창을 의미한다.

十四日 別劉而行. 隨溪西下一里, 得大竹坪來道. 又三里爲大源, [則大鼻西峽水與村後東峽水會,] 置橋其上, 有亭隨橋數楹, 橋曰潮橋. 由橋以西爲大源村. [予往南頂, 則從橋東隨澗南行. 里許, 渡木橋, 澗忽東折入山, 路南出山隘. 澗復墜路東破峽出, 連搗三潭: 上方, 瀑長如布; 中凹, 瀑轉如傾, 下圓整, 瀑勻成簾. 下二潭俱有圓石中立承水, 水墜潭作勢漱迴[1]尤異. 又三里, 度橋爲桐初, 有水南自打狗嶺來會, 亦橋其上. 二水合而西南, 則又觀音橋跨之. 大道從觀音橋西逾嶺出, 予從橋下隨溪南. 一里, 水從西峽出.] 蹂一嶺出西堰, 又西四里爲陳墓源, 有瀑自東山峽中湧躍而出, 與東嶺溪合, 有橋跨其會處, [大道與水俱南.] 余渡橋, 東躋嶺而上, [卽湧瀑南嶺也. 二里, 平行嶺脊, 北望北寶頂嶪然, 峽中水迫自打狗南崖, 直逼其下.
南望新寧江流, 遠從巾子嶺橫界南寶頂之西. 其西南有峰尖突, 正當陳墓
水口, 已而路漸出其下. 二里, 南下嶺從坳中行. 又二里, 踰一小嶺, 一里至
蘇家大坪, 聚居甚盛, 皆蘇姓也. 飯於蘇懷江家. 下午大雨, 懷江堅留, 遂止
其處.

---

1) 형회(滎迴)는 '물이 굽이져 감도는 모양을 가리킨다.

十五日 過山路. [坪側大瀑破山西向出, 勢甚雄偉; 下爲大溪, 西北合陳墓
源出口. 下午, 東南上一嶺, 誤東往大帽嶺道. 乃西南轉六里, 出南寶頂, 道
桃子坪. 問上梁宿處, 四里而是. 踰嶺東至新開田所, 有路南下伏草中. 復
誤出其東, 歷險陂三里, 不辨所向. 已忽得一龕, 地名掛幡, 去上梁五里矣.
其處五里至快樂庵, 又十里乃至南頂. 以暮雨, 遂歇龕.][1]

---

1) 15일의 ( )부분은 건륭본에 따르면 14일의 '소회강이란 사람의 집에서 식사를 했다
(飯於蘇懷江家)'에 이어져 있으나, 여정으로 볼 때 이 부분은 15일의 여정으로 보는
것이 타당하다.

十六日 [雨不止, 滯龕中.] [僅五里], 快樂庵.

十七日 [從定心橋下過脊處, 覓蓮瓣隙痕, 削崖密附, 旁無餘徑. 乃從
脊東隔峽望之, 痕雖岈然, 然上垂下削, 非託廬架道處也. 乃上定心石,
過聖水涯, 再由捨身崖登飛錫絶頂, 返白雲庵.] 宿白雲庵, 晤相宗師.

十八日 晨餐後, 別相宗, 由東路下山. 一里餘, 則路旁峭石分列, 置懸級出
其間, 是爲天門. 門外有聳石立路右, 名金剛石, 上大書'白雲洞天'. 從此歷
磴而下, 危峭踰于西路. 西庵之名'快樂', 豈亦以路之坦耶! 又四里, 過顯龍
庵, [庵北向.] (先是, 從觀音淨室遙見兩人入箐棘中, 問云知爲掘菁署者, 而不辨其爲

何. 過顯龍庵, 又見兩人以線絡負四枚, 形如小猪而肥甚, 當卽竹䶂也. 笋根稚子, 今始見之矣. 大者斤許, 小者半斤, 索價每頭二分, 但活而有聲, 不便筐負, 乃聽而去. 蓋山中三小珍: 黃鼠、柿狐、竹豚. 惟竹豚未嘗, 而無奈其活不能携, 況此時笋過而肥, 且地有觀音美笋, 其味未必他處所能及.)

東下里許, 南望那义山飛瀑懸空而墜. [先從寶頂卽窺見, 至此始睹崇隆若九天也.] 又東下五里, 左渡小溪, 深竹中有寺寂然, 則苦煉庵. [庵南向, 左右各一溪自後來繞, 而右溪較大, 橋橫其上, 水從西南山腋透壁下.] 從庵前東南渡橋南上嶺, [其地竹甚大, 路始分東西岐.] 從西岐下, [始見那义瀑北掛層崖, 苦煉溪亦透空懸壑, 與那义大小高下勢相頡頏. 然苦煉近在對山, 路沿之同下, 朗朗見其搗壑勢; 其下山環成城, 瀑垂其中, 出西壁, 與那义東大溪合而東南去.] 見西峽中又一瀑如線, 透山而下, 連泄九層, 雖細而甚長. 路乃轉東, [共三里], 又一溪自西北來. 渡而隨之, 始覺甚微, 漸下漸大, [遂成轟雷湧雪觀.] 路應從溪右下, 而誤從溪右.[1] 又二里, 是爲大坪. 渡溪而右, 入一村家問之, 則在蓮花庵之下矣, [竹色叢鬱.] 村媪出所炊粥羹餉, 余以炙笋酬之. (余自大鼻山劉家炙得觀音笋, 卽覓一山籃背負之. 路拾蕨芽, 萱菌[2]可食之物, 輒投其中, 抵逆旅, 卽煮以供焉.) 於是[西南渡]那义大溪, [溪東北出白沙江.] 又西上嶺, 三里, 飯於村家, 其處乃大坪之極南也. 又西南踰嶺而上, 二里, 是爲半山嶺. 屢渡溪, 踰嶺而上, 八里, 入望江嶺. 踰嶺溯溪, 又十里, 爲桐源山. 南下山二里, 爲韭荚園. 東過坳下山三里, 又循一水, 爲小車江. 隨江南下四里, 有[桐源]大溪自西來, 卽桐源韭荚溪, 有大路亦自西來, 南與小車江合而南去. 路渡小車江口橋, 從水右上山一里, 隨江而東南, [路行夾江山上, 極險峻.] 有小石山, 北面下剖, 紋如可窰, 而薄若片板. 江繞其南, 路繞其北. [東北又有小溪, 破峽成瀑.] 又東南二里始下, 又一里下至江涯. 稍上爲木皮口, [有溪自東北來入. 其北峰曰不住嶺.] 乃宿.

---

1) '路應從溪右下, 而誤從溪右'에 나오는 두 곳의 '溪右' 중의 한 곳은 '溪左'로 바뀌어야 한다.

十九日 晨餐後, 東南上嶺. 隨江左行四里, 下涉跳石江. 又上嶺, 過車灣臺盤石, 共三里, 出兩山峽口, 有壩堰水甚巨, 曰上官壩. 壩外一望平疇, 直南抵裏山隈. 出峽, 水東南入湘, 路隨峽右西南下. 行平疇中又一里, 抵趙塘, (其聚族俱趙, 巨姓也.) 村後一石山峙立, 曰西鐘山, 下俱青石峭削, 上有平窩, 土人方斥石疊路, 建五穀大仙殿. 其東峭崖上有洞可深入. 時以開導伐木, 反隘其路, 不得攀緣而渡. 又西南[渡]一溪橋, 共四里, 過棄雞嶺. 又四里, 出咸水, 而山棗驛在焉, 則官道也. 咸水之南, 大山橫亘, 曰裏山隈; 咸水之北, 崇嶺重疊, 曰三清界: 此咸水南北之界也. 咸水溪自三清界發源, 流爲焦川, 自南宅出山, 至此透橋東南羅江口入湘. 渡橋西南行, 長松合道, 夾徑蔽天, [極似道州永明道.] 十里, 板山鋪. 又十里, 石子鋪. 從小路折而東南, 五里抵界首, 乃千家之市, 南半屬興安, 東半屬全州. 至界首纔下午, 大雨忽至, 遂止不前. 是日共行五十里.

二十日 平明飯. 溯湘江而西, 五里, 北向入塔兒鋪, 始離湘岸, 已入桂林界矣. 有古塔, 傾圮垂盡, 有光華館, 則興安之傳舍¹⁾也. 入興安界, 古松時斷時續, 不若全州之連雲接嶂矣. 十里, 東橋鋪. 五里, 小宅, 復與湘江遇. 又五里, 瓦子鋪, 又十里, 至興安萬里橋. 橋下水繞北城西去, 兩岸甃石, 中流平而不廣, 即靈渠也, 已爲灘江, 其分水處尚在東三里. 過橋入北門, 城牆環堵, 縣治寂若空門, 市蔬市米, 唯萬里橋邊數家. 炊飯於塔寺. 飯後, 由橋北溯靈渠北岸東行, 已折而稍北渡大溪, 則湘水之本流也. 上流已堰, 不通舟. 既渡, 又東[有]小溪, 疏流若帶, 舟道從之. 蓋堰湘分水, 既西注爲灘, 又東潴湘支以通舟楫, 稍下復與江身合矣. 支流之上, 石橋曰接龍橋, 橋南水灣爲觀音閣, 已離城二里矣. 又東南五里, 則湘水自南來, 直逼石崖下. 其崖突立南向, 曰獅子寨. 路循寨脚東溯溪入, 已東北入山七里, 踰羊牯嶺, 抵狀元峰下, 內有鄧家村, 俱鄧丞相之遺也. 村南有靜室名迴龍庵, 遂託宿於其中. 僧之號曰悟禪.

1) 전사(傳舍)는 오고가는 행인이 쉬어갈 수 있는 여인숙이다.

二十一日 從庵右踰小山南一里, 至長冲, 東逼狀元峰之麓. 又一里, 至一尼庵, 有尼焉. 其夫方出耕, 問登山道. 先是, 路人俱言, 上茅塞, 決不可登, 獨此有盲僧, 反詢客欲登大金峰、小金峰? 蓋此處山之傑出者, 俱以'金峰'名之. 而狀元峰之左, 有一峰片挿, [曰小金峰], 亞於狀元, 而峭削過之. 蓋狀元高而尖圓, 此峰薄而嶙峋, 故有大、小之稱. 二峰各[有路], 而草翳之. 余從庵後登溪壠, 直東而上, 二里抵[狀元]、翠微之間, 山削草合, 蛇路伏深莽中. 漸轉東北三里, 直上踰其東北嶺坳, 望見其東大山層疊, 其下溪盤谷閟, 卽爲痲川; 其南層山, 當是海陽東渡之脊; 其北大山卽裏山隈矣; 其西卽縣治, 而西南海陽坪, 其處山反藏伏也. 坳北峰之下, 卽入九龍殿之峽. (地名峽口, 又曰錦霄.) 從坳南直躋峰頂, 其峰甚狹而峭, 凡七起伏, 共南一里而至狀元峰, 則亭亭獨上矣. 自其上西瞰湘源, 東瞰痲川, 俱在足底; 南俯小金峰, 北俯錦霄坳嶺, 俱爲兒孫行. 但北面九峰相連, 而南與小金尙隔二峰, 俱峭若中斷, 不能飛渡, 故路由其麓另上耳. 聞此山爲鄧丞相升雲處. (其人不知何處, 想是馬殷等僭竊之佐. 土人言, 其去朝數百里, 夜歸家而早入朝, 皆在此頂. 登雲山下卽其家, 至今猶俱鄧姓後. 一疑其神異, 遂誅而及其孥焉.) 頂北第三峰, 有方石臺如舡首, 飛突凌空. 舊傳有竹自崖端下垂拂拭, 此旁箐亦有之, 未見有獨長而異者. 坐峰頂久之, 以携飯就筐分噉. 已聞東南有雷聲, 乃下, [返迴龍庵.]

二十二日 [東行二里, 過九宮橋, 踰小嶺, 共二里至錦霄, 是爲峽口. 痲川江自南來, 北出界首, 截江以渡, 江深沒股. 痲川至此破山出, 名七里峽, 下又破山出, 名五里峽. 錦霄在其中, 爲陸行口. 過江, 溯東夾之溪入. 三里, 登山脊, 至九龍廟, 南北東皆崇山逼夾, 南麓卽所溯溪之北麓, 溪聲甚厲. 遂下山, 過觀音閣, 支流分環閣四面, 惟南面石堰僅通水, 東西北則舟上下俱繞之, 惜閣小不稱. 閣東度石橋, 循分支西岸, 溯流一里, 至分水塘. 塘以巨石橫絶中流, 南北連亙以斷江身, 祇以小穴洩餘波, 由塘南分湘入灘, 塘之北, 卽溳湘爲支, 以通湘舟於觀音閣前者也. 遂刺舟南渡分灘口, 入分水廟. 西二里, 抵興安南門. 出城, 西三里, 抵三里橋. 橋跨靈渠, 渠至此細流成涓, 石底嶙峋. 時巨舫鱗次, 以箔竹簾子阻水, 俟水稍厚, 則去箔放舟焉.] 宿隱山寺.

二十三日 晨起大雨, 飯後少歇. [橋西有金鼎山. 山爲老龍脊, 由此至興安, 南轉海陽, 雖爲史祿鑿山分灘水, 而橋下有石底, 水不滿尺, 終不能損其大脊也. 上一里至頂, 頂大止丈許; 惟南面群巒紛紛叢嵐霧中, 若聚米, 若流火, 俯瞰其出沒甚近. 下至三里橋西, 隨靈渠西南去. 已而渠漸直南, 路益西, 路右石山叢立. 雨中迴眺, 共十里, 已透金鼎所望亂山堆疊中, 穿根盤壑, 多迴曲, 無升降. 又三里爲蘇一坪, 東有岐可達乳洞. 予先西趨嚴關, 共二里而出隘口, 東西兩石山駢峙. 路出其下, 若門中闢, 傍裂穴如圭, 梯崖入其中, 不甚敞, 空合如蓮瓣. 坐觀行旅, 紛紛沓沓. 返由蘇一坪東南行一里, 溯靈渠東北上, 一溪東自乳洞夾注爲淸水. 乃東渡靈渠, 四里, 過大嚴堰. 渡堰東石橋, 轉入山南, 小石山分岐立路口, 洞岈然南向. 遂西向隨溪入, 二里至董田巨村. 洞卽在其北一里, 日暮不及登, 乃趨東山入隱山寺.] 出步寺後, 見南向有洞, 其門高懸, 水由下出, 西與乳洞北流之水合, 從西北山腋破壁而出大嚴堰焉. 時日色尙高, 亟縛炬從寺右入洞. 攀石崖而上, 其石峭削, 圮側下垂, 淵壁若裂, 水不甚湧而渾, 探其暗處, 水石粗混, 無可着足. 出而返寺, 濯足於崖外合流處, 晚餐而臥.

二十四日 晨起雨不止. 飯後以火炬數枚, 僧負而導之. 一里至董田, 又北一里, 至乳嚴下洞、中洞、上洞. 雨中返寺午飯. 雨愈大, 遂止不行.

二十五日 天色霽甚, 晨餐後仍向東行. 一里, 出山口, 支峰兀立處, 其上[有]庵, 草翳無人, 非觀音嚴也. 從庵左先循其上崖而東, 崖危草沒, 靜聞不能從, 令守行囊於石畔. 余攀隙披篠而入, 轉崖之東, 則兩壁裂而成門, [內裁一線剖, 宛轉嵌漏.] 其內上夾參九天, 或合或離, 俱不過咫尺; 下夾隆九淵, 或乾或水, 俱凭臨數丈. 夾半兩崖俱有痕, 踐足而入, 肩倚隔崖, 足踐線痕, 手攀石竅, 無隕墜之慮. 直進五六丈, 夾轉而東, 由支峰坳脊北望, 見觀音崖在對崖, 亦幽峭可喜. 昨來時從其前盤山而轉, 惜未一入, 今不能愈北也. 下山, 東南行田塍間, 水漫沒岸. 三里, 有南而北小水, 急脫下衣, 涉其東, 溯之南. 又二里, 爲秀塘, 轉而西南行, 復涉溪而北, 循山麓行. 二里, 又一澗自北山夾中出, 涉其南, 又循一溪西來入, 卽西嶺之溪也. 三里, 越溪南, 登下西嶺, 入口甚隘, 而內有平疇, 西村落焉. 西南上嶺, 又二里而蹟上西嶺, 嶺東復得坪焉. 有數家在深竹中, 飯於村嫗. 又西南平上二里, 乃東蹟一坳, 始東下二里, 爲開洲, 則湘之西岸也. 溯湘南行五里, 復入崗陀, 爲東劉村. 又五里爲西劉村, 有水自西谷東入湘. 又西南三里, 爲土橋, 又二里, 大豐橋, 俱有水東注於湘. 又蹟嶺二里, 宿於唐匯田. [東有大山巋然出東界上者, 曰赤耳山.]

二十六日 晨餐後, 日色霽甚. 南溯湘流二里, 渡一溪爲太平堡, 有堡、有營兵焉. [東西]山至是開而成巨塢, [小石峰一帶, 駢立湘水東.] 又南二里, 曰劉田. 又南二里, 曰白龍橋. 又三里, 蹟一小嶺, 曰牛欄. 二里, 張村. 又一里至廟角, 飯於雙泉寺, 其南卽靈川界. 又南二里, 東南岐路入山, 其東高峰片聳, 曰白面山. 又南二里, 渡一橋, 湘水之有橋自[此]. 循左山行, 南二里, 爲田心寺. 又南一里, 古龍王廟. 又南一里, 有一石峰峙立東西兩界之中, 曰海陽山. 有海龍庵, 在峰南石崖之半. 海龍庵已爲臨杜界. 海龍堡在西南一里, 東入山五里爲季陵, 西十五里, 過西嶺背爲龍口橋, 東北五里讀書巖、白面山, 西北十五里廟角, 南五里江匯. 先是, 望白面山南諸峭峰甚奇, 問知其下有讀書巖, 而急於海陽, 遂南入古殿, 以瓦磨墨錄其碑. 抵海龍庵, 日已薄崦嵫, 急卸行李於中. 乃下山, 自東麓[二洞門繞北至西, 入龍母廟, 已圮. 卽從流水中行, 轉南, 水遂成匯, 深者沒股. 庵下石崖壁立, 下臨深塘.

由塘南水中行, 轉東登山. 入庵, 衣裩[1]俱濕, 急晚餐而臥以褻衣.[2] (是庵始有佛燈.)

[海陽山俱峙峒貯水. 水門二: 南平, 西出甚急. 東旱門二, 下一二尺, 卽水匯其中, 深者五六尺. 山南水塘有細流, 東源季陵亦下此. 則此山尙在過脊北, 水俱北流, 惟爲湘源也. 灘源尙在海陽西西嶺角.]

---

1) 곤(裩)은 가랑이가 짧은 잠방이를 가리키며, 곤(褌)과 같다.
2) 설의(褻衣)는 속옷을 의미한다.

二十七日 曉起, 天色仍霽, 亟飯. 從東北二里, 田心寺, 又一里, 東入山, 又一里, 渡雙溪橋. 又東一里, 望一尖峰而登. 其峰在白面之西, 高不及白面, 而聳立如建標纍塔, 途人俱指讀書巖在其半, 竟望之而趨. 及登嶺北坳, 望山下水反自北而南, 其北皆山崗繚繞, 疑無容留處, 意水必出洞間. 時銳[1]於登山, 第望高而趨, 已而路斷, 攀崖挽棘而上. 一里, 透石崖之巓, 心知已誤, 而貪於涉巓, 反自快也. 振衣出棘刺中, 又捫崖直上, 遂出其巓. 東望白面, 可與平揖; 南攬巾子, 如爲對談. 久之, 仍下北嶺之坳, 由棘中循崖南轉, 捫隙踐塊而上, 得峰腰一洞, 南向岈然, 其內又西裂天窟, 吐納日月, 蕩漾雲霞, 以爲讀書之巖必此無疑; 但其內平入三四丈, 輒漸隘漸不容身, 而其下路復蔽塞, 心以爲疑. 出洞門, 望洞左削崖萬丈, 揷霄臨淵, 上有一石飛突垂空, 極似一巨鼠飛空下騰, 首背宛然, 然無路可捫. 遂下南麓, 迴眺巨鼠之下, 其崖懸亙, 古溜間駁, 疑讀書巖尙當在彼, 復强靜聞緣舊路再登. 至洞門, 覓路無從, 乃裂棘攀條, 梯懸石而登, 直至巨鼠崖之下. 仰望崖下, 又有二小鼠下垂, 其巨鼠自下望之, 睜目張牙, 變成獰面, 又如猫之騰空逐前二小鼠者. 崖腰有一線微痕可以着足, 而下[仍峭壁. 又東有巨擘一雙, 作接引狀, 手背拇指, 分合都辨. 至其處, 山腰痕絶不可前. 乃從舊路]下至南麓, 誇耕者已得讀書巖之勝. 耕者云: "巖尙在嶺坳之西, 當從嶺西下, 不當從嶺東上也." 乃從麓西溯澗而北, 則前所涉溪果從洞中出, 而非從澗來者. 望讀書巖在水洞上, 急登之. 其洞西向, 高而不廣, 其內垂柱擎蓋, 駢笋懸蓮, 分門列戶, 頗幻而巧. 三丈之內, 卽轉而北下, 墜深墨黑, 不可俯視, 豈與下水洞通耶? 洞內左壁, 有宋人馬姓爲秦景光大書'讀書巖'三隸字. 其下又有一洞, 門張而中淺, 又非出水者. 水從讀書巖下石穴湧出, 水與口平, 第見急流湧溪, 不見洞門也. 時已薄午, 欲登白面, 望之已得其梗槪, 恐日暮途窮, 不遑升堂入室,[2] 遂遵白面西麓而南. 二里, 過白源山, 又二里過季陵路口, 始轉而西. 一里, 隨山脈登海陽庵, 飯而後行, 已下午矣.

由海陽山東南過季陵東下, 入堂溪橋, 遂由塘南循過脊西行, 一里, 爲海陽堡. 由堡西南行, 則堡前又分山一支南下, 與西山夾而成兩界, 水俱淙淙南下矣. 隨下一里, 則西谷中裂, 水破峽而出. 又羅姑與西嶺夾而成流[者, 皆爲灘水源矣.] 越之, 循水西南下三里, 爲江匯. 於是水注而南, 路轉而西, 遂西踰一嶺, 一里, 登嶺坳. 三里, 西循嶺上行, 忽有水自東南下搗成澗, 路隨之下. 又一里, 直墜澗底. 越橋南, 其水自橋下復搗峽中, 路不能隨. 復踰嶺一里, 乃出山口, 又西南行平疇中, 二里, 抵澗上. [西有銀燭山, 尖削特聳, 東南則石崖正扼水口也.] 乃止宿於黃姓家.

---

1) 예(銳)는 '몹시 절박함, 몹시 급함'을 의미한다.
2) 승당입실(昇堂入室)은 『논어・선진(先進)』의 "유는 마루에는 올랐으나 아직 방안에는 들지 못했다(由也昇堂矣, 未入於室.)"에서 비롯되었다. 원래는 도달한 경지에 정도의 깊고 얕음의 차이가 있음을 의미했지만, 후에는 학문이나 기예가 차츰 나아짐을 가리키기도 한다. 여기에서는 '백면산을 좀 더 구경함'을 의미한다.

二十八日 平明, 飯而行. 二里, 西南出澗口, 渡水, 踰一小嶺, 又三里得平疇, 則白爽村也. 由白爽村之西復上嶺, 是爲長冲. 五里, 轉北坳, 望西北五峰高突, 頂若平臺, 可奪五臺之名. 又西五里, 直抵五峰之南, 亂尖疊出, 十百爲群, 橫見側出, 不可指屈. 其陽卽爲鈴村, 墟上聚落甚盛, 不特山谷所無, 亦南中所[少]見者. 市多餳麵、打胡麻爲油者, 因市麵爲餐, 以代午飯焉. [東南三十里, 有靈襟洞; 南二里, 有陽流巖云.] 又西五里爲上橋, 有水自東北叢尖山之南, 西過橋下, 卽分爲二. (一南去, 一西去.) 又西南[穿石山腋, 共]三里, 過廖村. 其西北有山危峙, 又有尖叢亭亭, 更覺層疊. 問之, 謂危峙者爲金山, 而其東尖叢者不能名焉. 又二里, 有水自金山東腋出, 堰爲大塘. 歷堰而西, 又三里, 復穿石山峽而西, 則諸危峰分峙疊出於前, 愈離立獻奇, 聯翩[1]角勝矣. 石峰之下, 俱水匯不流, 深者尺許, 淺僅半尺. 諸峰倒挿於中, 如出水靑蓮, 亭亭直上. 初二大峰夾道, 後又二尖峰夾道, 道俱疊水中, 取徑峰隙, 令人應接不暇. 但石俱廉厲鑿足, 不免目有餘而足不及耳. 其峰曰雷劈山, 以其全半也; 曰萬歲山, 以尖圓特聳也. 其間不可名者甚多. 共五里, 始舍水磴而就坦坡. 又二里, 始得平疇, 爲河塘村, 乃就村家淪茗避日, 下舂而後行. 河塘西築塘爲道, 南爲平疇, 秧綠雲鋪, 北爲匯水, 直浸北界叢山之麓, 蜚晶漾碧, 令人塵胃一洗. 過塘, 循山南麓而西, 五里, 渡一石梁, 遂登崗陀行. 又五里, 直抵兩山峽中, 其山南北對峙如門. 北山之東垂, 有石峰分岐而起, 尖峭如削, 其岐峰尤亭亭作搔首態, 土人呼爲媷女娘峰. 崖半有裂隙透明, 惟從正南眺之, 有光一線, 少轉步卽不可窺矣. 南山之首, 又有石突綴, 人行其下, 左右交盼, 亦復應接不暇. 時日色已暮, 且不知顧僕下落, 亟問浮橋而趨. 西過大石梁, 再西卽浮橋矣. 灕水至是已極汪洋, 北自皇澤灣(卽虞山下)轉而南, 桂林省城東臨其上. [城東北隅爲驛, 在皇澤灣轉南之冲, 其南卽城也. 城之臨水者, 東北爲東鎭門, 南過木龍洞爲就日門, 再南出伏波山下爲桂水門, 又南爲行春門, 又南爲浮橋門. 此東面臨流者, 自北隅南至浮橋共五門. 北門在寶積、華景二山.] 浮橋貫江而渡, 覓顧僕寓不得, 遂入城, 循城南去, 宿於逆旅.

---

1) 련편(聯翩)은 '끊이지 않고 계속 이어지는 모양을 가리킨다.

二十九日 從逆旅不待餐而行. 遂西過都司署前, 又西, 則靖江王府之前甬[1]也. 又西, 則大街自北而南, 乃飯於市肆. (此處肉饅以韭爲和, 不用鹽而用糖, 晨粥俱以鷄肉和食, 亦一奇也.) 又南登一樓. (其樓三層, 前有石梁, 梁東西大水匯成大沼. 自樓上俯眺, 朱門粉堞, 參差綠樹中, 湖水中涵, 群峰外繞, 盡括一城之勝. 中層供眞武像.) 時呍於覓顧僕, 遂轉遵大街北行, 東過按察司前, 遂東出就日門. 計顧僕舟自北來, 當先從城北瀕江覓, 而南從城下北行. 已而城上一山當面而起, 石脚下挿江中, 路之在城外者, 忽穿山而透其跨下, 南北岈然, 眞天關關津也. [西則因山爲城, 城以內卽疊綵東隅.] 穿洞出, 下臨江潭, 上盤山壁, 又透腋而入, 是爲木龍洞. 其洞亦自南穿北, 高二丈, 南北透門約十餘里. 其東開窗剖隙, 屢逗天光, 其外瀕江有路, 行者或內自洞行, 或外由江岸, 俱可北達. 出洞, 有片石夾峙, 上架一穹石, 其形屈曲, 其色青紅間錯, 宛具鱗鬣, 似非本山之石, 不知何處移架於此. 洞北闢而成崖, 綴以飛廊, 前臨大江, 後倚懸壁, 憩眺之勝, 無以踰此. (廊上以木雕二龍挿崖間, 北壓江水. 廊北有庵、有院.) 又循城溯[江]北一里, 過東鎭門. 又北過城東北隅, [爲東江驛. 驛東向, 當皇澤灣南下衝.] 入驛, 問顧僕所附江舟, 知舟泊浮橋北. 出驛, 北望皇澤灣, 有二江舟泊山下, [疑顧僕或在此舟,] 因令靜聞往視. 余暫憩路口. 見城北隅, 俱因山爲城, 因從環堵之隙, 逼視其下, 有一大洞北向穹然, 內深邃而外旁穿. 有童子方以梯探歷其上, 蓋其附近諸戶, 積薪貯器, 俱於是託也. 恐靜聞返, 急出待路口. 久之不至, 乃瀕江北行覓之, 直抵泊舟之山, 則靜聞從松陰中呼曰: "山下有洞, 其前有亭, 其上有庵, 可急往游." 余從之. 先沿江登山, 是爲薰風亭. (曹學佺附書.) 亭四旁多鑴石留題, 拂而讀之, 始知是爲虞山, 乃帝舜南游之地. 其下大殿爲舜祠, 祠後卽韶音洞, 其東臨江卽薰風亭. 亭臨皇灣之上, 後倚虞山之崖. (刻詩甚多, 惟正統藩臬[2]王驥與同僚九日登虞山一律頗可觀. 詩曰: "帝德重華亘古今, 虞山好景樂登臨. 峰連大嶺芙蓉秀, 水按二湘[3]苎竹深. 雨過殊方需望澤, 風來古洞想韶音. 同游正值淸秋節, 更把茱萸酒滿斟.") 由亭下, 西抵祠後, 入韶音洞. 其洞西向, 高二丈, 東透而出約十丈. 洞東高崖嶄絶, 有小水匯其前, 幽澤嵌壁, 恍非塵世. 其水自北塢南來, 石梁當洞架其上, 曰接龍橋. 坐橋上, 還眺[洞]門崖壁, 更盡崢嶸之勢. 洞門左崖張西銘(栻)刻『韶音洞記』, 字尙可摹. 仍從洞內西出, 乃緣磴東上, 有磨崖, 碑刻朱紫陽所撰『舜祠記』, (爲張栻建祠作.) 乃呂好問所書, 亦尙可摹, 第崖高不便耳. 從此上躋, 有新疊石爲級者, 宛轉石隙間, 將至山頂, 置靜室焉, 亦新構, 而其僧已去. 窓楞西向, 戶榻洒然, 室不大而潔. 乃與靜聞解衣凭几, 噉胡餠而指點西山, 甚適也. 久之, 舜殿僧見客久上不下, 乃登頂招下山待茶. 余急於覓顧僕, 下山竟南, 循舊路, 二里入就日門. 從門內循城南行半里, 由伏波山下出桂水門, (門以內爲伏波祠, 門以外爲玩珠洞.) 由城外南行又半里, 爲行春門, 又南半里, 爲浮橋門, 始遇顧僕於門外肆中. 時已過午, 還炊飯於城內所宿逆旅. 下午, 大雨大至, 旣霽, 乃遷寓於都司前趙姓家, 以其處頗寬潔也.

---

1) 용(甬)은 관청 문앞의 한 가운데 큰길을 의미한다.
2) 번얼(藩臬)의 번(藩)은 번대(藩臺)로서 명청대의 포정사의 별칭이며, 얼(臬)은 얼대(臬臺)로서 명청대의 안찰사의 별칭이다.
3) 삼상(三湘)은 흔히 상수의 세 단계를 가리킨다. 즉 상수가 발원하여 이수와 합류한 뒤에는 이상(灕湘)이라 일컫고, 중류에서 소수(瀟水)와 합류한 뒤에는 소상(瀟湘)이라 일컬으며, 하류에서 증수(蒸水)와 합류한 뒤에는 증상(蒸湘)이라 일컫는다. 요즘에는 상동(湘東), 상서(湘西), 상남(湘南)의 세 부분을 총칭하며, 호남성 전체를 가리키기도 한다.

五月初一日 晨餐後, 留顧僕浣衣滌被於寓. 余與靜聞乃北一里, 抵靖江王府東華門外. (其東爲伏波山, 其西爲獨秀峰. 峰在藩府內, 不易入也.) 循王城北行, 又一里, 登疊綵山. 山踞省城東北隅, 山門當兩峰間, 亂石層疊錯立, 如浪痕騰湧, 花蕚攢簇, 令人目眩, 所謂'疊綵'也. 門額書'北牖洞天', 亦爲曹能始書. (按北牖爲隱山六洞之名, 今借以顔此, 以此山在城北, 且兩洞俱透空成牖也.) 其上爲佛殿, 殿後一洞屈曲穿山之背, 其門南向, 高二丈, 深五丈. 北透小門, 忽轉而東闢. 前架華軒, 後疊層臺, 上塑大士像. 洞前下瞰城東, 江水下繞, 直漱其足. 洞內石門轉透處, 風從前洞扇入, 至此愈覺涼颻逼人, 土人稱爲風洞. 石門北向, 當東轉之上, 有一石刻臥像橫置竇間, 迦風曲肱, 偃石鼓腹, 其容若笑, 使人見之亦欲笑. 因見其上有石板平庋, 又有圓竇上透, 若樓閣之層架, 若窓楞之裂. 急與靜聞擇道分趨, 余從臥像上轉攀石脊, 靜聞從觀音座左伏穿旁竅, 俱會於層樓之上. 其處東忽開隙, 遠引天光, 西多垂乳, 近穿地肺. 余復與靜聞披乳房而穿肺葉, 北出而瞰觀音之座, 已在足下. 以衣置層樓隙畔, 乃復還其處, 從圓竇中墜下. 於是東出前軒, 由洞左躋蹬, 循垣而上, 則拱極亭舊址也. 由址南越洞頂, 攀石磴, 半里, 遂登絶頂, 則越王壇也, 是爲桂山, 又名北山. 其上石萼駢發, 頂側有平板二方, 豈卽所謂'石壇'耶? (『志』云五代時馬殷所築, 有巖桂生其巔, 今已無.) 其前一石峰支起, 或謂之四望山, 當卽疊綵巖. 其西一石峰高與此峰並, 峰半有洞高懸, 望之呀然中空. 亟下, 仍從風洞出寺左, 有軒三楹, 爲官府燕[1]之所. 前臨四望, 後倚絶頂, 余時倦甚, 遂憩臥一覺, 去羲皇眞不遠. 由寺中右坳復登西峰, 一名于越山. 上登峰半, 其洞穹然東向, 透峰腰而西, 徑十餘丈, 高四丈餘. 由其中望之, 東西洞然, 洞西隤壑而下, 甚險而峻. 其環磚爲門, 上若門限, 下若關隘, 瞰之似非通人行者.

乃仍東下至寺右, 有大路北透兩峰之間. 下至其麓, 出一關門, 其東可趨東鎭, 其北徑達北門. 乃循山西行, 一里, 仰見一洞倚山向北, 遂拾級而登. 其下先有一洞, 高可丈五, 而高廣盤曲, 亦多垂柱, 界竅分岐, 而土人以爲馬房, 數馬散臥於其中, 令人氣阻. 由其左躋級更上, 透洞門而入, 其洞北向, 以峰頂平貫爲奇. 而是山之洞, 西又以山腰疊透爲勝, [外裂重門, 內駕層洞,] 各標一異, 直無窮之幻矣. 旣下, 又西行, 始見峰頂洞門西隤處, 第覺危峽空懸, 仰眺不得端倪, 其下有遙墻環之, 則藩府之別圃也. 又西出大街, 有大碑在側, 大書'桂嶺'二字. 轉北行一里, 則兩山聳峽, 其中雉堞[2]爲關, 而通啓閉焉, 是爲北門. [門在兩山聳夾中, 門外兩旁, 山俱峭拔, 卽爲堇景、寶積衆勝云.] 出門有路, 靜聞前覓素食焉.

旣而又南一里, 過按察司, 覓靜聞不得. 乃東從分巡司經靖藩後宰門, 又東共一里, 至王城東北隅, 轉而西向後宰門內. 靖藩方結壇禮『梁皇懺』, 置欄演『木蘭傳奇』, 市酒傳餐者, 夾道雲集, 靜聞果在焉. 余拉之東半里, 出癸水門, 仍抵慶眞觀下, 覓小舟一葉, 北渡入玩珠巖. 巖卽伏波之東麓, 石壁下臨重江, 裂隙兩層, 一橫者下臥波上, 一竪者上穹山巔. 臥波上者, 下石浮敞爲臺, 上石斜騫覆之. 一石柱下垂覆崖外, 直抵下石, 如蓮萼倒掛, 不屬於下者, 僅寸有餘焉. 是名'伏波試劍石', 蓋其劍非竪劈, 向橫披者也. 後壁上雙紋若縷, 紅白燦然, 蜿蜒相向. 有圓巖三暈, 恰當其首, 如二龍戲珠, 故舊名'玩珠', 宋張維易曰還珠. 雙紋之後, 有隙內裂, 直抵竪峽下巖; 嵌梯懸級, 可直躋竪峽而上垂柱之西. 石臺中坼, 橫石以渡, 更北穿小竇, 下瞰重江, 淵碧無底, 所云伏波沉薏處也. 更南入山腹, 穹然中虛, 有光西轉, 北透前門, 是其奧矣. [但石色波光, 俱不若外巖玲瓏映徹也.] 徘徊久之, 渡子候歸再三, 乃捨之登舟. 鼓枻迴橋, 濯空明³⁾而凌返照, 不意身世之間有此異境也. 登涯, 由浮橋門入城, 共里餘, 返趙寓. 靜聞取傘往觀「木蘭」之劇. 余憩寓中, 取『圖』、『志』以披桂林諸可遊者.

---

1) 연(燕)은 '연(宴)'과 통하며 '쉬다, 휴식하다'를 의미한다.
2) 치첩(雉堞)은 '성위에 이빨 모양으로 늘어선 낮은 담, 즉 성가퀴'를 가리킨다.
3) 공명(空明)은 '공활하고 맑음', '달빛 아래의 푸른 물결', '공활하고 맑은 하늘', '맑고 영명한 심성' 등을 의미한다.

初二日 晨餐後, 與靜聞、顧僕裹蔬粮, 携臥具, 東出浮橋門. 渡浮橋, 又東渡花橋, 從橋東卽北轉循山. (花橋東涯有小石突臨橋端, 修溪綴村, 東往殊逗人心目.) 山峙花橋東北, 其嵯峨之勢, 反不若東南夾道之峰, 而七星巖卽峙焉, 其去浮橋共里餘耳. 巖西向, 其下有壽佛寺, 卽從寺左登山. 先有亭翼然迎客, 名曰摘星, 則曹能始所構而書之. 其上有崖橫騫, 僅可置足, 然俯瞰城堞西山, 則甚暢也. 其左卽爲佛廬, 當巖之口, 入其內不知其爲巖也. 詢寺僧巖所何在, 僧推後扉導余入. 歷級而上約三丈, 洞口爲廬掩黑暗, 忽轉而西北, 豁然中開, 上穹下平, 中多列笋懸柱, [爽朗通漏], 此上洞也, 是爲七星巖. 從其右歷級下, 又入下洞, 是爲棲霞洞. 其洞宏朗雄拓, 門亦西北向, 仰眺崇赫. 洞頂橫裂一隙, 有[石]鯉魚從隙懸躍下向, 首尾鱗鬣, 使琢石爲之, 不能酷肖乃爾. 其旁盤結蟠蓋, 五色燦爛. 西北層臺高疊, 緣級而上, 是爲老君臺. 由臺北向, 洞若兩界, 西行高[臺]之上, 東循深塹之中. 由臺上行, 入一門, 直北至黑暗處, 上穹無際, 下陷成潭, 頩洞[1]峭裂, 忽變夷爲險. 時余先覓導者, 燃松明於洞底以入洞, 不由臺上, 故不及從, 而不知其處之亦不可明也. 乃下臺, 仍至洞底. 導者携燈前趨, 循臺東塹中行, 始見臺[壁]攢裂綉錯, 備諸靈幻, 更記身之自上來也. 直北入一天門, 石楹垂立, 僅度單人. 旣入, 則復穹然高遠, 其左有石欄橫列, 下陷深黑, 杳不見[底], 是爲獺子潭. 導者言其淵深通海, 未必然也. 蓋卽老君臺北向下墜處, 至此則高深易位, 叢闢交關, 又成一境矣. 其內又連進兩天門, 路漸轉而東北, 內有 '花瓶揷竹'、'撒網'、'弈棋'、'八仙'、'饅頭'諸石, 兩旁善財童子, 中有觀音諸像. 導者行急, 強留諦視, 顧此失彼. 然余所欲觀者, 不在此也. 又踰崖而上, 其右有潭, 淵黑一如獺子潭, 而宏廣更過之, [是名龍江], 其蓋與獺子相通焉. 又北行東轉, 過紅氈、白氈, 委委垂毲, 紋縷若織. 又東過鳳凰戲水, 始穿一門, 陰風颼飀,[2] 卷燈洌肌, 蓋風自洞外入, 至此則逼聚而勢愈大也. (疊綵風洞亦然, 然疊綵昔無風洞之名, 而今人稱之; 此中昔有風洞, 今無知者.) 出此, 忽見白光一圓, 內映深壑, 空濛若天之欲曙. 遂東出後洞, 有水自洞北環流, 南入洞中, [想下爲龍江者] 小石梁跨其上, 則宋相曾公布所爲也. 度橋, 拂洞口右崖, 則曾公之記在焉. 始知是洞昔名冷水巖, 曾公帥桂, 搜奇置橋, 始易名曾公巖, 與棲霞蓋一洞潜通, 兩門各擅耳.

余竚立橋上, 見澗中有浣而汲者, 余詢 : "此水從東北來, 可溯之以入否?" 其人言 : "由水穴之上可深入數里, 其中名勝, 較之外洞, 路倍而奇亦倍之. 若水穴則深淺莫測, 惟冬月可涉, 此非其時也." 余卽覓其人爲導. 其人乃歸取松明, 余隨之出洞而右, 得慶林觀焉. 以所負囊褁寄之, 且託其炊黃粱以待. 遂同導者入, 仍由隘口束門, 過鳳凰戲水, 抵紅、白二氈, 始由岐北向行. 其中有弄球之獅, 卷鼻之象, 長頸盎背之駱駝, 有土冢之祭, 則猪蹄鵝掌羅列於前; 有羅漢之燕, 則金盞銀臺排列於下. 其高處有山神, 長尺許, 飛坐懸崖; 其深處有佛像, 僅七寸, 端居半壁. 菩薩之側, 禪榻一龕, 正可趺跏而坐; 觀音座之前, 法藏一輪, 若欲圓轉而行. 深處復有淵黑, 當橋澗上流. 至此導者亦不敢入, 曰 : "挑燈引炬, 卽數日不能竟. 但此從無入者, 況當水漲之後, 其可嘗不測乎?" 乃返, 循紅白二氊、鳳凰戲水而出. 計前自棲霞達曾公巖, 約徑過者共二里, 後自曾公巖入而出, 約盤旋者共三里, 然二洞之勝, 幾一網無遺矣.

出洞, 飯於慶林觀. 望來時所見娘媳婦峰卽在其東, 從間道趨其下, 則峰下西開一竅, 種圃灌園者而聚廬焉. (種金系草, 爲吃煙藥者.) 其北復有巖洞種種, 蓋曾公巖之上下左右, 不一而足也. 於是循七星山之南麓, 北向草莽中, 連入三洞. 計省春當在其北, 可踰嶺而達, 遂北望嶺坳行. 始有微路, 里半至山頂, 石骨峻嶒, 不容着足, 而石隙少開處, 則棘刺叢翳愈難躋; 然石片之奇, 峰瓣之異, 遠望則掩映, 而愈披愈出, 令人心目俱眩. 又里半, 踰嶺而下, 復得[鑿]石之級, 下級而省春巖在矣.

其巖三洞排列, 俱東北向. [最西者騫雲上飛] 內深入, 有石如垂肺中懸. 西入南轉, 其洞漸黑, 惜無居人, 不能索炬以入, 然聞內亦無奇, 不必入也. 洞右旁通一竅, 以達中洞. 居中者外深而中不能遠入, 洞前亦有垂槎倒龍之石, 洞右又透一門以達東洞. 最東者垂石愈繁, 洞亦旁裂, 中有淸泉下注成潭, 寒碧可鑒. 余令顧僕守已行囊於中洞, 與靜聞由洞前循崖東行. 洞上聳石如人, 蹲石如獸. 洞東則危石亘空, 仰望如劈. 其下淸流縈之, 曰拖劍江, (卽癸水也.) [源發堯山,] 自東北而抵山之北麓, 乃西出葛老橋而西入灘水焉. 時余轉至山之東隅, 仰見崖半裂竅層疊, 若雲噓綃幕. 連過三竅, 意謂若竅內旁通, 連三爲一, 正如疊蕊閣[3]於中天, 透瓊楞於雲表, 此一奇也. 然而未必可達, 乃徘徊其下, 披莽隙, 梯懸崖, 層累而上. 旣達一竅, 則竅內果通中竅. 第中竅卑伏, 不能昂首, 須從竅外橫度, 若臺榭然, 不由中奧也. 旣達第三竅, 穿隙而入, 從後有一龕, 前闢一窗, 窗中有玉柱中懸, 柱左又有龕一圓, 上有圓頂, 下有平座, 結跏而坐, 四體恰適, 卽刮琢不能若此之妙. 其前正對玉柱, 有小乳下垂, 珠泉時時一滴. 余與靜聞分踞柱前窗隙, 下臨危崖. 行道者望之, 無不回旋其下, 有再三不能去者. 已而有二村樵, 仰眺久之, 亦攀躋而登, 謂余: "此處結廬甚便, 余村近此, 可以不時瞻仰也." 余謂: "此空中樓閣, 第恨略淺而隘. 若少宏深, 便可停棲耳." 其人曰

：“中竅之上尙有一洞甚宏.” 欲爲余攀躋而上, 久之, 不能達. 余乃下倚松陰, 從二樵仰眺處, 反眺二樵在上, 攀枝覓級, 終阻懸崖, 無從上躋也. 久之, 仍西行入省春東洞內, 穿入中洞, 又從其西腋穿入西洞. 洞多今人摩崖之刻.

出洞而西, 又得一洞, 洞門北向, 約高五丈, 內稍下西轉, 雖漸昏黑, 而崇宏之勢愈甚, 以無炬莫入, 此古洞也. 左崖大書“五美四惡”章, 乃張南軒筆, 遒勁完美, 惜無知者, 並洞亦莫辨其名, 或以爲會仙巖, 或以爲彈丸巖. 拂巖壁, 宋莆田陳黼題, 則淸巖洞也, 豈以洞在癸水之渚耶? 洞西拖劍水自東北直逼崖下, 崖愈穹削, 高插霄而深嵌淵, 甚雄壯也. 石梁跨水西度, 於是崖與水俱在路南矣. 蓋七星山之東北隅也, 是名彈丸山, 自省春來, 共一里矣.

由其西南渡各老橋, (以各鄉之老所建, 故以爲名.) 望崖巔有洞高懸穹, 上下俱極峭削, 以爲卽栖霞洞口也. 而細諦其左, 又有一崖, 展雲架廬, 與七星洞後門有異. 亟東向登山, 山下先有一剎, 蓋與壽佛寺、七星觀南北鼎峙山前者也. [南爲七星觀, 東上卽七星洞; 中爲壽佛寺, 東上卽棲霞洞; 北爲此剎, 東上卽朝雲巖也.] 仰面局膝攀蹬, 直上者數百級, 遂入朝雲巖, 其巖西向, 在棲霞之北, 從各老橋又一里矣. 洞口高懸, 其內北轉, 高穹愈甚, 徽僧太虛疊磴駕閣於洞口, 飛臨絶壁, 下瞰江城, 遠把[4]西山, 甚暢. 第時當返照入壁, 竭蹶而登, 喘汗交迫. 甫投體叩佛, 忽一僧前呼, 則融止也. 先是, 與融止一遇於衡山太古坪, 再遇於衡州綠竹庵, 融止先歸桂林, 相期會於七星. 比余至, 逢人輒問, 並無識者. 過七星, 謂已無從物色. 至此忽外遇之, 遂停宿其巖. 因問其北上高巖之道, 融止曰：“此巖雖高聳, 雖近崖右, 曾無可登之級. 約其洞之南壁, 與此洞之北底, 相隔只丈許, 若從洞內可鑿竇以通, 洞以外更無懸杙梯之處也.” 憑欄北眺, 洞爲石掩, 反不能近矚, 惟灑髮[5]向西山, 歷數其諸峰耳. (西山自北而南：極北爲虞[山], 再南爲東鎭門山, 再南爲木龍風洞山, 卽桂山也, 再南爲伏波山. 此城東一支也. 虞山之西, 極北爲華景山, 再南爲馬留山, 再南爲隱山, 再南爲侯山、廣福王山. 此城西一支也. 伏波、隱山之中爲獨秀, 其南對而踞於水口者, 爲灕山、穿山.) [皆灕江以西, 故曰西山云.]

1) 홍동(澒洞)은 '끝없이 이어져 있는 모양'을 가리킨다.
2) 수류(颼飀)는 '솨솨, 윙윙' 등 바람이 부는 소리를 가리킨다.
3) 예각(蕊閣)은 예궁(蕊宮)이라고도 하며, 도교에서 말하는 선궁(仙宮)을 가리킨다.
4) 읍(挹)은 읍(揖)과 통하는 바, 두 손을 맞잡아 읍함을 가리킨다.
5) 쇄발(灑髮)은 원래 머리카락이 흐트러진 모양으로, '머리를 치켜들어 멀리 바라보다'를 의미한다.

初三日 留朝雲巖閣上, 對西追錄數日「遊記」. 薄暮乃別融止下山, 南過壽佛寺、七星觀, 共一里, 西渡花橋, 又西一里, 渡浮橋, 入東江門, 南半里, 至趙寓宿焉.

初四日 晨餐後, 北一里, 過靖江府東門, 從東北角又一里, 繞至北門. 禮懺壇僧靈室, 乃永州茶庵會源徒孫也, 引余輩入藩城[1]北門. 門內卽池水一灣, 南繞獨秀山之北麓, 是爲月牙池. 由池西南經獨秀西麓, 有碑夾道. (西爲「太平巖記」, 東爲「大悲尊勝」兩呪) 又南, 獨秀之西, 有洞曰西巖. (卽太平洞.) 對巖有重門東向, 乃佛廬也. 方局[2]諸優於內, 出入甚嚴, 蓋落場時恐其不淨耳. 寺內爲靈室師紺谷所主. (有鬚, 卽永州茶庵會源之徒, 藩府之禮懺局優, 皆俾主之.) 靈室敲門引客入, 卽出赴懺壇. 紺谷瀹茗獻客, 爲余言 : "君欲登獨秀, 須先啓王, 幸俟懺完, 王撤宮後啓之." (時王登峰時看懺壇戲臺, 諸宮人隨之, 故不便登. 蓋靜聞先求之靈室, 而靈室轉言師者.) 期以十一日啓, 十二日登. 乃復啓重門, 送客出. 出門卽獨秀巖, 乃西入巖焉. 其巖南向, 不甚高, 巖內刻詩縷畫甚多. 其西裂一隙, 下墜有圓窪, 亦不甚深, 分兩重而已. 巖左崖鐫「西巖記」, 乃元至順間記順帝潛邸於此. 手刻佛像, 縷石布崖, 俱極精巧, 時字爲苔掩, 不能認也. 洞上篆方石, 大書'太平巖'三字. (夾道西碑言 : 西巖自元順帝刻像, 其內官鐫記, 後卽爲本朝藩封. 其洞久塞, 重坦閉之. 嘉靖間, 王見獸入其隙, 逐而開之, 始抉其閉而表揚焉, 命曰太平巖.) 巖右有路, 可盤崖而登, 時無導者, 姑聽之異日.

乃仍從月池西而北, 出藩城. 於是又西半里, 過分巡. 其西有宗藩, 收羅諸巧石, 環置戶內外. 余入觀之, 擇其小者以定五枚, 俟後日來取. 乃從後按察司前南行大街一里, 至譙樓. 從樓北西向行半里, 穿榕樹門. 其門北向, 大樹正跨其巔, 巨本盤聳而上, 虯根分跨而下. 昔爲唐、宋南門, 元時拓城於外, 其門久塞, 嘉靖乙卯, 總閫[3]周于德抉壅閉而通焉. 由門南出, 前卽有水匯爲大池, 後卽門頂, 以巨石疊級分東西上, 亦有兩大榕南向, 東西夾之. 上建關帝殿, 南面臨池, 甚爲雄暢. 殿西下, 總閫建牙.[4] 路從總閫西循城而南, 一里, 西出武勝門, 乃北溯西江行, 一里而達隱山.

其山北倚馬留諸岫, 西接侯山諸峰, 東帶城垣, 南臨西江, 獨峙塢中, 不高而中空, 故曰隱山. 山四面有六洞環列: [東爲朝陽洞, 寺在其下. 洞口東向, 下層通水, 上層北闢一門, 就石刻老君像, 今稱老君洞. 山北麓下爲北牗洞. 洞東石池一方, 水溢麓下, 匯而不流, 外竇卑伏, 而內甚宏深. 前有庵, 由庵後披隙入, 洞圓整危朗, 後復上盤一龕, 左有一窗西闢, 石柱旁列, 不通水竇. 其北崖之上爲白雀洞, 在朝陽後洞西. 門北向, 入甚隘, 前有線隙橫列, 上徹天光, 漸南漸下, 直通水. 又西爲嘉蓮洞, 亦北向, 與白雀並列. 洞分東西兩隙, 俱南向下墜, 洞內時開小穴, 彼此相望, 數丈輒合, 內墜淵黑, 亦抵水. 又西過一石隙, 西北有石, 平庋錯薺中, 絶勝瓊臺. 乃南轉爲夕陽. 洞西向, 洞口飛石, 中門爲兩. 門左一側壑匯水, 由水竇東通於內, 右有曲穴北轉, 內甚淒暗, 下墜深潭, 蓋南北皆與水會焉. 又南轉西南山麓, 爲南華洞. 洞南向, 勢漸下, 匯水當門, 可厲入. 深入則六洞同流. 五洞之底, 皆交連中絡, 惟北牗則另闢一水竇, 初不由洞中通云. 聞昔唐宋時, 西江之水東漾榕樹門, 其山匯於巨浸中, 是名西湖. 其諸紀遊者, 俱[云]"乘舟載酒而入." 今則西江南下, 湖變成田, 滄桑之感有餘, 蕩漾之觀不足矣.

余初至朝陽寺, 爲東洞僧月印導, 由殿後入洞, 穿老君之側上, 出山北, 乃西過白雀、嘉蓮, 皆北隅之洞也. 西南轉平石臺, 是日甫照不能停, 乃南過夕陽, 此西隅之洞也. 又南轉而東, 過南華, 則南隅之洞云. 余欲從此涉水而入, 月印言: "秋[冬]水涸蟲蟄, 方可內涉; 今水大, 深處莫測, 而蛇龍居焉, 老僧不能導. 請北遊北牗, 可炊焉. 茲已逾午矣." 余從之, 乃東過西湖神廟, 又北轉過朝陽, 別月印, 踰[隱山]東北隅. 其處石片分裂, 薄若裂綃, 聳若伸掌, 石質之異, 不可名言. 有一石峰, 卽石池一方, 下浸北麓, 其內水時滴瀝, 聲如宏鐘. 西入北牖庵, 令顧僕就炊於庵內, 余與靜聞分踞北牖洞西窓上, 外攬群峰, 內闚洞府. 久之, 出飯庵前松蔭下. 復由老君洞入, 仍次第探焉.

南抵南華, 遇一老叟曰: "此內水竇旁通, 雖淺深不測, 而余獨熟經其內. 君欲入, 明當引炬以佐前驅." 余欲强其卽入, 曰: "此時不及, 且未松明." 乃以詰旦爲期. 余乃南隨西江之東涯, 仍一里, 過武勝門, (西門.) 又南循城西一里, 過寧遠門, (南門.) 由正街南渡橋, 行半里, 復東入岐. 路循西江南分之派, 行一里, 抵灘山. 山之東卽灘江也, 南有千手觀音庵. 從山之西麓轉其北, 則灘水自北, 西江自西, 俱直搗山下, 山怒崖鵬騫, 上騰下裂, 以厄其衝. 置磴上盤山腰, 得雉巖寺. 時已薄暮, 遂停囊巖寺. 遇庠友楊子正, 方讀書其間, 遂從其後躋石峽, 同躡靑蘿閣, 謁玉皇像. 余與子正倚閣暮談至昏黑, 乃飯巖寺而就枕焉.

---

1) 번성(藩城)은 정강왕부의 왕성을 가리킨다. 정강왕부는 홍무(洪武) 5년에 세워지기 시작했는데, 명대의 번왕부에 대한 규정에 따라 건축되었다. 왕성은 직사각형으로 둘레는 총 1.5km이고, 동서남북에 각기 문이 있다. 성의 터는 계림시의 중심에 있으며, 지금도 성벽과 성문이 잘 보존되어 있다.
2) 경(扃)은 '빗장을 닫아걸다'를 의미한다.
3) 곤(閫)은 원래 문지방을 의미하는데, 문지방 밖의 군사업무를 전담한 사람을 가리키기도 한다. 총곤(總閫)은 대장군을 의미한다.
4) 아(牙)는 아문을 의미하는 '아(衙)'와 통한다.

初五日 是爲端陽節. 晨起, 雨大注, 念令節名山, 何不暫憩, 乃令顧僕入城市蔬酒. 余方凭檻看山, 忽楊君之窓友鄭君子英、朱君兄弟超凡、滌[凡]俱至, 蓋俱讀書靑蘿閣. 上午雨止, 下雉巖寺, 略紀連日遊轍; 而携飮者至, 余讓之, 出坐雉巖寺亭, 楊、鄭四君復以柬來訂. 當午, 余就亭中, 以蒲酒、雄黃自酬節意. 下午, 四君携酒至, 復就靑蘿飮之. 朱君有家樂, 效吳腔, 以爲此中盛事, 不知余之厭聞也. 時方禁龍舟, 舟人各以小艇私櫂於山下, 鼉鼓雷殷, 迴波雪涌, 殊方同俗, 聊資凭弔, 不覺再熱. [既暮,] 復下山, 西入一洞. 洞[在山足,] 門西向, 高穹而中平, 上鐫'樂盛洞'三字, 古甚, 不知何人題. 前有道宮, 亦就荒圮. 出洞, 復東循雉巖崖麓, 沿江而東. 其東隅有石, 上自山巔, 下揷江中, 中剜而透明, [深二丈, 高三丈,] 若闢而成戶, [江流自北匯其中. 涉其南透崖以上, 卽爲千手大士庵.] 余因濯足弄水, 抵暮乃上宿雉巖.

雉巖, 『一統志』以爲卽灕山, 在城南三里. [陽水南支經其北, 灕水南下經其東, 東有石門嵌江, 西有穹洞深入, 南有千手大士庵, 俱列其足. 雉巖寺高懸山牛, 北迎兩江頹浪, 飛檻綴崖, 倒影澄碧. 寺西爲雉山亭, 南爲雉山洞. 洞外卽飛崖斗發, 裂隙迸峽, 直自巔下徹, 旁有懸龍矯變, 石色都異. 前大石平湧爲蓮臺. 臺右根與後峽相接處, 下透小穴入, 西向臺隙, 摩崖登臺, 則懸龍架峽, 正出其上. 昔有閣曰青蘿, 今移置臺端, 登之不知其爲臺也. 然勝槪鬮[1]集, 不以閣掩. 是山正對城南, 爲城外第二重案山. 北一里曰象鼻山水月洞, 南三里曰崖頭淨瓶山荷葉洞, 俱東逼灕江, 而是山在中較高, 『志』遂以此爲灕山.] 范成大又以象鼻山水月洞爲灕山, 後人漫無適從. 然二山形象頗相似. [但雉巖石門, 不若水月擴然巨觀, 故遊者捨彼趨此然以予權之, 瀕江午向[2]三山, 不特此二山相匹, 崖頭西北山脚, 石亦剜空嵌水, 跨成小門, 其離立江水衝合中, 三山俱可名灕也.]

---

1) 균(鬮)은 '노루, 혹은 노루가 떼지어 모이다'의 의미이며, 균집(鬮集)은 '떼지어 모이다'를 의미한다.
2) 오향(午向)은 '남향'을 의미한다.

初六日 晨餐後, 作二詩別鄭、楊諸君. 鄭君復强少留, 以一詩酬贈焉. 遂下山, 西南一里入大道, 東南一里過南溪橋. 南溪之山高峙橋東, 有水自西南直上逼西麓, [繞山東北入灕去,] 石梁跨其上, 卽所謂南溪也. 白龍洞在山椒. 累級而上, 洞門高張, 西向臨溪, 兩石倒懸洞口, 豈卽所謂白龍者耶? 洞下廣列崇殿, 仰望不知爲[洞]. 由殿左透級上, 得璇室[1]如層樓, 內有自然

之龕, 置千手觀音. 前臨殿室之上, 環瞻洞頂, [爲]此洞最勝處. 從此北向東
轉, 遂成昏黑. 先是, 買炬山僧, 僧言, "由洞內竟可達劉仙巖, 不必仍由此洞
出." 及徵錢篝火入, 中頗寬宏多岐. 先極其東隅, 上躋一隙, 余以爲劉仙道
也, 竟途窮莫進. 又南下一窪, 則支竇傍午, 上下交錯, 余又以爲劉仙道也,
山僧言 : "[此乃]護珠巖道, 嶮巇[2)]莫逾. 與其躑躅於杳黑, 不若出洞平行爲
便." 時所賣茅炬已浪爇垂盡, 乃隨僧仍出白龍. 下山至橋, 望白龍之右復
有洞盤空, 而急於劉巖, 遂從橋東循山南東轉, 則南面一崖, 層突彌聳, 下
亦有竅旁錯, 時交臂而過. 忽山雨復來, 乃奔憩崖下, 躋隙坐飛石上, 出胡
餅啖之. [雨簾外窺, 內映乳幕,] 仙仙乎有凌[雲]餐霞之想. 久之雨止, [下]
巖, 轉巖之東, 則劉仙巖在是矣. 巖與白龍洞東西分向, 由山南盤麓而行,
相去不過一里, 而避雨之巖正界其中, 有觀在巖下. 先入覓道士炊飯, 而道
枕未醒, 有童子師[3)]導從觀右登級, 先穿門西入, 旋轉逾門上, 復透門出, 又
得一巖, 東南向, 中置三仙焉, 則劉仙與其師張平叔輩也. 又左由透門之上,
再度而北, 又開一巖, 中置仙妃, 巖前懸石甚巨, 當洞門, 若樹屏, 若垂簾.
劉仙篆雷符於上巖右壁, 又有寇忠愍准大書, 俱余所[欲]得者. [予至巖, 卽
周覽各竇. 詢與白龍潛通處, 竟不可得. 乃知白龍所通, 卽避雨巖下竇, 導
僧所云護珠巖是也.] 時雨復連綿不止, 余仍令顧僕隨童子師下觀, 覓米自
炊. 余出匣中手摹雷符及寇書, 而石崖欹側, 石雨淋灕, 抵暮而所摹無幾.
又令靜聞抄錄張、劉二仙「金丹歌」, 亦未竟. 又崖間鐫劉仙『養氣湯方』及
唐少卿『遇仙記』未錄, 遂宿觀. 道士出粥以餉. 中夜大雨, 勢若倒峽.

　劉仙名景, 字仲遠, 乃平叔弟子, 各有「金丹秘歌」鐫崖內, 又有「佘眞
人歌」在洞門崖上, 半已剝落, 而『養氣湯方』甚妙, 唐少卿書奇, 俱附鐫
焉.

---

1) 선실(璇室)은 '보옥 등으로 화려하게 장식한 궁실'을 가리킨다.
2) 험희(嶮巇)는 '가파르고 울퉁불퉁하여 몹시 험함'을 의미한다.
3) 동자사(童子師)는 '도를 배우면서 도사를 시중드는 아이'를 가리킨다.

初七日 雨滂沱不止. 令顧僕炊飯觀中. 余與靜聞冒雨登巖, 各完未完之摹錄. 遂由玉皇祠後, 尋草中伏級, 向東北登山. 草深雨濕, 裏衣沾透, 而瞻顧巖石, 層層猶不能已. 而童子師追尋至巖中, 顧不見客, 高聲招餐, 余乃還飯寺中. 飯後, 道士童師導由穿雲巖. 其巖[在]上巖東南絶壁下, 洞口亦東南向. 其洞高穹爽朗, 後與左右分穿三竅. 左竅旁透洞前, 後與右其竅小而暗, 不暗行也. 洞內鐫「桂林十二巖十二洞歌」, 乃宋人筆. 余喜其名, 欲錄之, 而高不可及. 道士取二梯倚崖間, 緣緣分錄, 錄完出洞. 洞右有文昌祠, 由其前東過仙人足蹟. 蹟在石上, 比余足更長其半, 而闊亦如之, 深及五寸, 指印分明, 乃左足也. 其側石上書'仙蹟'二字, '蹟'字乃手指所畵, 而'仙'字乃鑿鐫成之者. 由蹟北上, 即爲仙蹟巖. 巖在穿雲東北崖之上, 在上巖東隅, 洞口亦東南向, 外亦高朗, 置老君像焉. 其內乳柱倒垂, 界爲兩重, [若堂皇之後, 屏列窗櫳, 分內外室者.] 洞巖穿竇兩岐, 俱不深, 而玲瓏有餘.

徘徊久之, 雨霏不止, 仍從仙蹟石一里, 抵觀前. 別道士童師, 遂南行[二里, 出]十里鋪. [鋪在鬥雞西, 郡往平樂大道.] 由鋪南進靈懿石坊, 東向岐路, 入一里, 北望穿山, 隔江高懸目竇. 昔從北顧, 今轉作南瞻, 空濛雨色中, 得此圓明, 疑是中秋半晴半雨也. 再前, 望崖頭北隅梳粧臺下, 飛石嵌江, 剜成門闕, 遠望之, 較水月似小, 而與雄山石門, 其勢相似. 然急流湧其中, 蕩漾尤異, 倏忽之間, 上見圓明達雲, 下睹方渚嵌水, 瞻顧之間, 奇絶未有. 共一里, 東至崖頭廟. 其山在雄山之南, 乃城南第三重當午之案也. 灕江西合陽江於雄山, 又東會湘水於穿山,[1] 奔流南下, 此山當其衝. 山不甚高, 而屹立扼流, 有當熊之勢. 西向祀嘉應妃, 甚靈, 即靈懿廟. (宋嘉定間加封嘉應善利妃.) 其北崖有亭, 爲梳粧臺, 下即飛崖懸嵌, 中剜成門處, 而崖突波傾, 不能下瞰, 但見迴浪躍瀾, 漩石而出, 時鐙[2]然有聲耳. 坐久之, 返廟中. 由其後入一洞, 其門西向. 穿門歷級下, 其後岈然通[望], 有石肺垂洞中, 其色正綠, 疊覆田田,[3] 是爲荷葉洞. 穿葉底透山東北, 即通明之口也, 灕江復漾其下. 由葉前左下, 東轉深黑中, 其勢穹然, 不及索炬而入. 初, 余自雄山僧聞荷葉洞之名, 問之不得其處, 至是拭崖題知之, 得於意外, 洞亦靈幻, 不負雨中躑躅. 廟中無居人, 賽神携火就崖而炊, 前後不絶. 其東北隅石崖揷江, 山名‘淨瓶’以此, 須泛舟沿流觀之, 其上莫窺也.

仍二里出大道, 傍十里鋪, [經白龍洞, 北隨溪探前所望白龍左洞, 則玄巖也. 巖東向, 洞門高聳. 下峽, 由南腋東入上洞; 東登必由北奧, 俱崇深幽邃, 無炬不能遐歷. 洞前乳柱繽紛, 不減白龍. 上鐫‘玄巖’, 字甚古. 出洞,] 飯而雨霽. 五里入寧遠門, (南門.) 返寓, 易衣浣汚焉.

---

1) 이 부분이 건륭본에서는 ‘다시 동쪽으로 천산에서 타검수 및 이강의 지류와 합쳐진다(又東會拖劍水及灘江支水於穿山.)’라고 되어 있다.
2) 공(跫)은 ‘터벅터벅, 쿵쿵, 뚜벅뚜벅’ 등의 발자국 소리를 의미한다. 여기에서는 파도가 바위에 부딪쳐 내는 소리를 형용하고 있다.
3) 전전(田田)은 연잎이 이어져 있는 모습을 가리킨다.

初八日 晨餐後, 市石於按察司東初賜王孫家, 令顧僕先携三小者返寓, 以三大者留爲包夾焉. 余遂同靜聞里半出北門, 轉而東半里, 北入支徑, 過一塘, 遂登劉巖山. 先有庵在[山]麓, 洞當其後, 爲劉巖洞. 洞門西向, 東下淵黑, 外置門爲藏蔓之所. 此巖以劉姓者名, 與城南劉仙同名實異也. 由洞右躋危級而上, 是爲明月洞. 其洞高綴危崖之半, 上削千尺, 下臨重壑, 洞門亦西向. 僧白雲架佛閣於洞門之上, 層疊倚巖, 有飛雲綴空之勢. 洞在閣下, 東入岈然, 然昏黑莫辨, 無甚奇. 出洞, 覓所謂望夫山. 山在其北, 猶掩不可睹. 乃飯而下, 崖半見北有支徑, 遂循崖少北, 復見一洞西向, 其門高懸, 爲僧伐木倒架, 縱橫洞前, 無由上躋. 方徘徊間, 而白雲自上望之, 亟趨而下, 慫惥引登. 梯疊門而上, 一石當門樹屛; 由其左透隙, 則宛轉玲瓏; 蹴石脊東下, 穹然直透山腹; 闢門東出, 外臨層崖, 內列堂奧, 憑空下瞰, 如置身雲端也. 洞門乳柱縱橫, 徑竇逆裂, 北有一徑高穹下墜, 東轉昏黑, 亦有門東出, 闇不復下. 復與白雲分踞石脊之中, 談此洞靈異. 昔其徒有不逞者, 入洞迷眛, 不知所往. 白雲遍覓無可得, 哀求佛前. 五日, 復自洞側出, 言爲神所縛, 將置之海, 以師乞免貰1)之. 然先是覓洞中數遍, 不知從何出也. 此間

東西透豁, 而有脊有門中界之. [不若穿山、疊綵、中隱、南峰諸洞, 擴然平通, 下望明皎, 內無餘奧也.]

下洞, 別白雲. 仍一里, 西過北門, 門西峰當面起, 削山爲城. 循其北麓轉西北城角, 下盤層石, 上削危城. 其西正馬留山東度之脈; 其南瀕城爲池, 南匯與涼水洞橋(新西門外)而南入陽江; 其北則窪匯山塘, 而東淺於虞山接龍橋下者. 『志』所稱始安嶠當在其處也. (『志』又有冷水洞, 在城東, 而曾公巖亦名冷水, 而此又有冷水焉. 涼水洞橋北, 滿堂皆蓮花, 香艷遠暨, 亦勝地. 涼水洞在新西門外. 北門在兩山夾中, 東西二峰峭豎而起, 東峰俗呼爲馬鞍, 西峰俗呼爲眞武. 東峰疑卽鎭南峰, 『志』言有唐人勒石, 尙未覓得. 西峰南麓, 王陽明祠.) 因之爲城, 鎖鑰甚壯. 然北城隨山南轉, 故北隅甚狹, 漸迤而南, 則東西開擴矣.

余少憩城外西北角盤崖之上, 旋入北門, 西謁陽明祠. 復東由大街南行, 則望洞西巖之穴, 正當明處, 若皎月高懸焉. 又南, 共一里, 至「桂嶺碑」側. 西向瀕城, 復得一山, 則華景洞在焉. 洞門東向, 前有大池, 後倚山, 則亦因爲西城者. 洞前巖平朗, 上覆外敞, 其南昔有樓閣, 今俱傾圮莫支, 僧移就巖棲焉. 巖後穿穴爲門, 其內峭岈,[2] 分而爲三 : 南入者, 窪暗而邃; 西透者, 昔穿城外, 因爲城門, 後甃石塞而斷焉, 北轉者, 上出巖前, 下履飛石, 東臨巖上. 崖有舊鐫一, 爲開慶元年手敕, 乃畀其鎭將者. 開慶不知是何年號, 其詞翰俱爲可觀. 而下有謝表幷跋, 則泐不能讀矣. 已復出至前巖, 僧言; "由洞左攀城而上, 山之絶頂有「諸葛碑」." 余從聞異之, 亟西登城陴, 乃循而南登, 已[從石罅]叢錯中攀躋山頂. (此頂當是寶積山. 『志』言寶積與華景相連, 上多危石怪木, 然今又爲臥龍山, 想一山而南北異名耳.) 頂南荒草中有兩碑, 一爲成化間開府孔鏞撰文, 一爲嘉靖間閫帥兪大猷修記. 皆言此山昔名臥龍, 故因而祀公, 以公德業在天下, 非以地拘也. 今頂祠已廢, 更創山麓. 從其上東俯宮衢, 晚烟歷歷, 西瞰濛渚, 荷葉田田, 近則馬留山倒影, 遠則侯山諸峰列翠, 雖無諸葛遺踪, 亦爲八桂[3]勝地. 其側崖棘中, 有百合花一枝, 五萼甚鉅, 因連根折之, 肩而下山, 卽爲按察司後矣. 薄暮, 共二里, 抵寓.

1) 세(貰)는 '용서하다, 관대하게 대하다'를 의미한다.
2) 함하(嚂岈)는 함하(岭岈)와 같으며, '깊고 텅 비어 넓은 모양'을 가리킨다.
3) 팔계(八桂)는 원래 『산해경』의 "桂林八樹, 在賁隅東."이라는 구절에서 비롯되었으며,
송대 이후 점차 광서지역으로 좁혀지면서 계림부의 별칭이 되었다.

初九日 余少憩寓中. 上午, 南自大街一里過樵樓, 市扇欲書「登秀詩」贈紺
谷、靈室二僧, 扇無佳者. 乃從縣後街西入宗室廉泉園. (廉泉豐儀修整, 禮度
謙厚, 令童導遊內園甚遍.) 園在居右, 後臨大塘, 遠山近水, 映帶頗勝, 果樹峰
石, 雜植其中, 而亭榭則雕鏤繢飾, 板而無紋也. 停憩久之. 東南一里, 過五
嶽觀. 又一里, 出文昌門, 乃東南門也, 南溪山正對其前. 轉若一指, 直上南
過石梁, [梁下卽陽江北分派.] 卽東轉而行, 半里, 過桂林會館, 又半里, 抵
石山南麓, 則三敎庵在焉. 庵後爲右軍崖, 卽方信孺結軒處. 方詩刻庵後石
崖上, 猶完好可搨. 其山亦爲灕山, 今人呼爲象鼻山, 與雉山之灘, 或彼或
此, 未知祖當誰左.[1] 山東南隅亦有洞, 南向, 卽在庵旁而置柵鎖, 因土人藏
蔓其中也. 洞不甚寬廣, 昔直透東北隅, 今其後竅已疊石掩塞. 循石崖東北,
遂抵灘江. 乃盤山溯行, 從石崖危嵌中又得一洞, 北向, 名南極洞. 其中不
甚深. 出其中前, 直盤至西北隅, 是爲象鼻巖, 而水月洞現焉. 蓋一山而皆
以形象異名也. 飛崖自山頂飛跨, 北揷中流, 東西俱高剜成門, 陽江從城南
來, 流貫而合於灘. 上旣空明如月, 下復內外瀠波, '水月'之稱以此. 而揷江
之涯, 下跨於水, 上屬於山, 中垂外掀, 有捲鼻之勢, '象鼻'之稱又以此. 水
洞之南, 崖半又闢陸洞. 其崖亦自山頂東跨江畔, 中剜圓竅, 長若行廊, 直
透水洞之上, [北踞竅口, 下瞰水洞,] 東西交穿互映之景, 眞爲勝絶. 宋范石
湖作銘勒竅壁以存. 字大小不一, 半已湮泐,[2] 此斷文蝕束, 眞可與范銘同
珍, 當覓工搨之, 不可失也. 時有漁舟泊洞口崖石間, 因令櫂余繞出洞外,
復穿入洞中, 兼盡水陸之觀.

乃南行一里, 渡灘江東岸, 又二里抵穿山下. 其山西與鬪鷄山相對. [鬪
鷄在劉仙巖南, 崖頭山北, 灘江西岸瀕江之山也. 東西夾灘, 怒冠鼓距, 兩
山當合名鬪鷄, 特東山透明如圓鏡, 故更以穿山名之.] 山之西又有一峰危

立, 初望之爲一, 抵其下, 始見竪石下剖, 直抵山之根, 若岐若合, 亭亭夾立. 蓋山以脆薄飛揚見奇也, 土人名爲荷葉山, 殊得之也. 穿山北麓, 嘉熙拖劍之水直漱崖根, 循山而南, 遂與灘合. 余始至其北, 隔溪不得渡. 望崖壁危懸, 洞門或明或暗, 紛紛錯列, 卽渡亦不得上. 乃隨溪南行, 隔水東眺, 則穿巖已轉, 不睹空明, 而山側成峰, 尖若竪指矣. 又以小舟東渡, 出穿山南麓, 北面而登. 撥草尋磴, 登一巖, 高而倚山半, 其門南向, [疑]卽穿巖矣. 而其內乳柱中懸, 瓊楞層疊, 殊有曲折之致. 由其左深入, 則漸漥而黑, 水匯於中. 知非穿巖, 乃出. 由其右復攀躋而上, 則崇巖曠然, 平透山腹, 徑山十余丈, 高闊俱五六丈, 上若卷橋, 下如甬道, 中無懸列之石, 故一望通明. 洞北崖右有鐫爲'空明'者. 由其外攀崖東轉, 又開一洞, 北向與穿巖幷列, 而後不中通, 內分層竇, 若以穿巖爲皇堂, 則此爲奧室矣. [其東尙有三洞門, 下可望見, 至此則峭削絶徑.] 穿巖之南, 其上復懸一洞, 南向與穿巖疊起, 而後不北透, 內列重幛, 若以穿巖爲平臺, 則此爲架閣矣. 憑眺久之, 仍由舊路東[下匯]水巖. 將南抵山麓, 復見一洞, 門亦南向, 而列於匯水之東. 其內亦有支竅, 西入而隘黑無奇. 時將薄暮, 遂仍西渡荷葉山下. 北二里, 過河船所, 溯灘江東岸, 又東北行三里, 渡浮橋而返寓.

---

1) 고대에는 예를 행할 때 웃옷의 왼쪽 소매를 벗어 웃통을 드러냈는데, 이를 단좌(袒左)라 한다. 단좌는 후에 '비호하다, 감싸다, 편들다'의 의미로 확장되었다.
2) 륵(泐)은 바위가 결을 따라 갈라지는 것을 가리킨다. 인륵(湮泐)은 갈라지고 닳아짐을 의미한다.

初十日 余憩寓中. 上午, 令取前留初暘所裹石, 內一黑峰, 多斧接痕. 下午, 復親携往換, 而初暘觀戱王城後門, 姑以石留其家. 遂同靜聞以所書詩扇及岳茗賞送紺谷. 比抵王城後門, 時方演劇, 觀者擁列門闥, 不得入. 靜聞袖扇茗登懺壇. 適紺谷在壇, 更爲訂期十三[日]. 余時暴日中暑甚, 不欲觀戱, 急託闌內僧促靜聞返, 乃憩寓中.

十一日 飯後出東江門, 渡浮橋, 共一里, 過嘉熙橋, 問龍隱路. 龍隱巖卽在橋東之南崖, 乃來時所過. 夾路兩山, 北爲七星, 南爲龍隱, 其巖洞俱西向臨江. 七星之後穿山而東者, 爲曾公巖, 其前有峰分岐, 植立路北. 龍隱之後踰嶺而南者, 爲隱眞巖, 其北有石端拱, 俯瞰路南. 此來時初入之隘, 至是始得其詳也. 從橋上南眺, 龍隱與月牙幷列東崖, 第月牙稍北, 度橋循山, 有路可通; 而龍隱稍南, 須從橋下涉江而上; 其大道則自端拱之石南踰嶺坳, 循隱眞而西, 又從怡雲北轉始達, 其間又迂迴里餘矣. 余欲幷眺端拱石人, 遂由橋東直趨嶺下, 乃南上平瞻石人. 又南下, 卽得一大塘. 由塘北循山西轉, 其崖石俱盤削飛突. (崖有隱眞巖, 建閣祠.) 共里餘, 抵山之西南隅. 其峰益嵯峨層疊, 中空外聳, 上若鵲橋懸空, 心異之. 知龍隱在下, 始攀隙而登, 上有臺址, 拂崖讀記, 則怡雲亭之廢跡也. 由其上轉磚梯空, 穿石鍔上躋, 其石片片懸綴, 側者透峽, 平者架橋, 無不嵌空玲瓏. 旣而踞坐橋下, 則上覆爲龕, 攀歷橋上, 則下懸成閣, 此眞龍角之宮, 蟾[口]之窟也. 下至怡雲, 其右卽龍隱在焉. 洞門西向, 高穹廣衍, 無奧隔之窾, 而頂石平覆, 若施幔布幄, 有紋二縷, 蜿蜒若龍, 萃而爲頭, 則懸石下垂, 水滴其端, 若驪珠[1]焉. 此龍隱之所由其名也. 其洞昔爲釋迦寺, 僧廬甚盛, 宋人之刻多萃其間, 後有「元祐黨人碑」, 則其尤著者也. 今已廢棄, 寂無人居. 豈釋敎之盛衰, 抑世變之滄桑也! 洞右近口, 復綰臺垂柱, 環爲層龕, 內矚重洞, 外瞰深流, 此爲最勝. 出巖, 已過午矣.

　　仍從怡雲南麓, 東北逾端嶺, 過'拱石人'處. 乃西轉循街共里餘, 將至花橋, 令顧僕北炊於朝雲巖. (卽融止所棲處.) 共里餘, 余與靜聞南沿西麓, 隨流歷磴半里, 入月牙巖. 其巖西向, 與龍巖比肩而立, 第此則疊石通磴, 彼則斷壁削崖, 路分通塞耳. 其巖上環如玦而西缺其口, 內不甚深而半圓半豁, 形如上弦之狀, 鉤簾[2]垂幌, 下映清泠, 亦幽境也. 旣而仍由街北過七星, 入壽佛寺. 寺在七星觀北, 其後卽棲霞大洞. 僧空生頗雅飭, 因留客. 時余急於朝雲之餐, 遂辭. 乃從其北而東躡磴, 則朝雲之餐已熟, 亟餐之, 下午矣.

　　下山, 北過葛老橋, 東入一王孫之苑, 中多果木, 方建亭飭廡焉. 地幽而製板, 非余所欲觀也. 時余欲覓屏風, 而徧詢莫識, 或有以黃金巖告者, 謂去城東北五里, 其道路吻合, 疑卽此山. 及詢黃金, 又多指朝雲下佛廬當之, 謂內閣王公所建. 此乃王公, 非黃金也. 求屏風而不得, 幷黃金而莫從, 乃貿貿³⁾焉望東北而趨. 約三里, 遇負擔而詢之, 其指村北山曰:"此卽是矣." 此中土人鮮知其名, 乃從村右北趨, 問之村人, 仍不知也. 中猶疑信參半, 及抵山東麓, 則削崖平展, 列嶂危懸, 所云屏風, 庶幾不遠. 已轉北麓, 則洞門如峽, 自下高穹, 山頂兩崖, 闊五丈, 高十餘丈. 初向南平入, 十丈之內, 忽少轉東南向, 忽明穴天開, 自下望之, 層樓結蜃, 高鏡懸空, 卽非屏風巖, 亦異境也. 從此遂高躋也, 又十餘丈而出明穴之口. 先, 余一入洞, 卽採嫩松拭兩崖, 開蘚剔翳, 而古刻露焉. 字盡得松膏之潤, 如摹搨者然, 雖蝕亦漸可辨. 右崖鐫'程公巖'三大字. 西有記文一通, 則是巖爲鄱陽程公[崇寧帥桂時]所開, 而程子鄰嗣爲桂帥, (大觀四年.) 屬侯彭老爲記, 梵仙趙岍書之者也. 『志』言屏風巖一名程公, 至此乃憬然無疑, 而轉訝負擔指點之人所遇之奇也. 乃更拭, 其西又鐫「壺天觀銘序」, 有"石湖居士名之曰空明之洞"之文, 而後不著撰名, 第復草書二行於後曰:"淳熙乙未廿八日, 酌別碧虛七人復過壺天觀." 姓字在棲霞, 必卽范公無疑, 又不可無棲霞一番詳證矣. 左崖鐫張安國詩題, 其字甚放逸. 其西又鐫『大宋磨崖碑』, 爲李彦弼大書深刻者. 其書甚大而高, 不及盡拭而讀之. 遂西向登級, 上登穴口, 其內巖頂之石, 層層下垂, 若雲翼勢空, 極其雄峻. 將至穴口, 其處少平. 北奧有大石幢, 盤疊至頂, 圓若轉輪, 累若覆蓮, 色碧形幻, 何造物之設奇若此也! 是處當壺天觀故址, 劫塵蕩盡, 靈穴當懸, 更覺空明不夾. 出穴而西, 其外山迴崖轉, 石骨森森, 下卽盤峰成窩. 窩底有洞北向, 心頗異之. 遂不及返觀前洞, 竟從明穴之後覓徑西南下, 及抵窩入洞, 洞不甚深. 乃卽蹤窩而西, 有石峰駢枝幷起, 一爲石工鎚鑿垂盡, 一猶亭亭獨立. 從其東更南三里, 已出葛老橋之西, 於是循朝雲、七星西麓, 西度花橋. 時方日落, 市人紛言流賊薄永城, 省城戒嚴, 城門已閉. 亟馳一里, 過浮橋, 而門猶半啓, 得返寓焉.

1) 여주(驪珠)는 진귀한 옥구슬로서, 전해지는 이야기로는 깊은 연못에 사는 흑룡의 턱 밑에 있는 구슬이다. 여주라는 말은 『장자·열어구(列御寇)』에 "무릇 천금의 값어치가 있는 구슬이란 반드시 깊은 연못 속의 흑룡의 턱 밑에나 있는 것이다(夫千金之珠, 必在九重之淵, 而驪龍頷下)"라는 구절에서 비롯되었다.
2) 구렴(鉤簾)은 낫을 의미하는 구렴(鉤鎌)과 같다.
3) 무무(貿貿)는 '눈이 어질어질함, 우둔하여 잘 알지 못함' 등을 의미한다.

十二日 復二里, 過初昜宗室, 換得一石, 令顧僕肩之, 欲寄於都府街東裱工胡姓家. 適大雨如注, 共里餘抵胡. 胡亟來接, 入手而石尖硍然[1]中斷, 余無如之奈何, 姑置其家. 候雨少止, 遂西過都府前, 又西徑學宮, 乃南行, 共二里而出麗澤門. 門外有巨塘匯水, [水自西北城角馬留過脊處, 南抵振武門北, 入陽江,] 自北而南, 有石梁跨之, [曰涼水洞橋.] 其梁北塘中, 蓮花盛開, 幽香艶色, 坐梁端樹下眺之, 令人不能去. 又西南行一里, 已出隱山之外. 從其西度西湖橋, 溯陽江北岸而西, 通侯山背; 而大道猶在西南, 當自振武門西度定西橋. 時余欲覓中隱山, 久詢不得, 『志』言在城西南十里, 乃轉而南向行. 又一里抵振武門, 於是越橋西行, 一里, 忽見路右有山森然, 有洞岈然, 卽北趨其下. 前有古寺, 拭碑讀之, 則西山也.

西山之勝, 余以爲與隱山、西湖相近, 先是數詢之不獲, 然亦不知有洞也. 亟捨寺趨洞, 洞門南向. 其東又有裂石, 自峰頂下跨成門. 復捨洞趨之, 則其門南北豁然, 亦如雉山、象鼻之中空外跨, 但彼則急流中貫, 此則澄潭外繞耳. 然其外跨之石, 其上欹疊交錯, 尤露奇炫異放. 亦未遽入門中, 先繞其東, 遂抵山北, 則北向亦有洞岈然. 穿洞而南, 橫透山腹, 竟與南洞南北貫徹, 第中有夾門, 有垂柱, 不若穿山中洞、風洞西巖一望皎然耳. 然其內平整曲折, 以小巧見奇, 固居然一勝也. 出南洞, 望洞左有磊疊嵯峨. 循之北躋峰頂, 則怪異之石, 鍔簇鋒攢, [中旋爲平凹, 長若溝洫, 光滑特異.] 旣下至南洞前, 始東入石門. 其門乃片石下攢, 垂石上覆, 中門高闊, 衆竅旁通, 內穹一室, 外啓八窗, 亦以小巧見奇, 又一勝也. 停憩久之, 望其西峰, 石亦聳列. 從寺後西歷其上, 由峰崿中歷級南下, 出慶元伯祠, (乃弘治時孝穆皇太后祠其父者.)

西循大道行, 又三里, 由岐徑北趨木陵村. 先是, 求中隱不[得], 至此有居人朱姓者. 告余曰："中隱、呂公, 余俱未之聞, 惟木陵村有佛子巖, 其洞三層, 道里相[同], 或卽此巖未可知." 余頷之, 遂從此岐入. 西北二里, 望見石峰在侯山東麓, 洞門高懸. 乃令顧僕就炊村氓家, 余同靜聞北抵巖下. 其巖之東, 先有二洞南向, 余先入最東者, 則洞敞而不深. 稍西, 則洞門側裂, 外垂列乳, 中橫一屏. 屏後深峽下墜, 屏東西俱有門可瞰而下. 由峽中北入, 其竅旁裂, 漸隘而黑. 乃復出, 又西上入大洞. 其洞南下北上, 穹然高透, 頗如程公巖. 瞻右崖有題, 亟以松枝磨拭之, 則宋紹興甲戌七月望呂願忠題中隱山「呂公洞詩」也. [後署云]："假守洛陽呂叔恭遊中隱山無名洞, 客有言：'此洞因君顯, 當以呂公名之.' 余未敢披襟, 在坐者, 皆曰：'當甚.' 因書五十六字鑴於壁." 余見之, 更憬然喜, 始知佛子巖之卽呂公, 呂公巖之卽中隱也. 於是北躋後穴, 其內雲翼劈空, 疊層倒騫, 與洞俱上, 不作逼隘之觀. 而穴口高朗, 更大於程公巖之後[穴]也. 出口而北, 有石磴二道, 一東北下山麓, 一西北躋山頂. 余先從其下者, 則北向之麓, 皆崆峒如雲嘘幔覆, 外有倒石, 界而爲門, 列而爲窗, 而內蜿蜒旁通, 繞若行廊複道, 此下洞之最幽奇者也. 旣而復上中洞後穴, 從其左西北躋級而上, 忽復得一洞. 其洞北入南穹, 擴然平朗, 南向之中一石聳立如臺, 上有石佛, 不知其自來. (洞右有記, 言此洞從前路塞莫上, 一日有樵者入憩, 忽覩此像, 異而建之, 此宋初也.) 佛子洞之名所由也. 其前有巨石柱, 如屏中峙, 東西界爲兩門：西竅大而正, 自下遠眺, 從竅直透北山, 而東則隱焉; 東竅狹而偏, 其竅內東旋一龕, 中圓覆而外夾如門, 門上龍虎交兩旁, 有因而雕繢[2]之者, 及失天眞, 則眞之宮[3]也. 竅外循崖東轉, 又闢一門, 下臨中洞之上, 則關帝之座也. 余得一佛子, 而中隱、呂公巖諸跡, 種種畢現, 誠意外之奇遇也. 仍由洞北東下, 穿中洞南出, 再讀呂公五十六字題, 識之以待歸錄. 出中洞, 復循山西行. 又開一洞, 南向與中洞幷列, 中存佛座、柱礎, 則昔時梵宇也, 而內不甚宏.

由其西攀磴而上, 又有南向之洞, 余時腹已枵然, 急下山, 飯於木陵氓家. 氓言："西向侯山之下, 尚有銅錢巖, 可透出前山; 北向趙家山, 亦有洞可深入; 南向茶庵之西, 又有陳搏巖, 頗奇." 余思諸巖不能遍歷, 而侯山爲衆峰之冠, 其巖不可交臂而過. 遂由中隱舊路越小橋西, 共一里, 登侯山東麓. [抵侯山廟, 廟後山麓漫衍, 蹈水⁴⁾披叢], 茫不得洞. 但見有級上躋, 幾欲賈勇一登絶頂, 而山前行者, 高呼日暮不可登. 第西南遙望大道之南, 削峰東轉, 有洞東北穹焉. 不知爲銅錢、爲陳搏, 姑望之而趨. 交大道南去, 共一里抵其下. 洞門東北向, 高倚山半, 而前有潈水, 匯而成潭. 從潭上拾級攀棘, 遂入洞中. 其洞亂石堆門, 外高內深, 歷石級西南下, 直墜洞底, 則水涯淵然. 內望有一石橫突而出, 若龍首騰空, 下有仄崖嵌水, 內有裂隙旁通. 余抵龍首之下, 畏仄崖峭滑, 逡巡未前, 而從者高呼: "日暮, 路險. 此可莫入!" 乃從之出, 下山. 循麓轉出東南, 則此山之背, 似復有門, 前復匯水, 豈所云銅錢巖可透前山者, 乃卽此耶? [其處西峰駢聳, 無侯山之高, 而峭拔過之.] 日暮急馳, 姑留以爲後日之遊. 共二里, 南出大道, 回顧其西路南夾道之山, 上有一竅東西透空, 亦與佛子、穿巖無異, 俱留爲後遊, 不暇執途人而問. ["前所入北向洞何名?" 則架梯巖, 一名石鼓洞也.]⁵⁾ 時途中又紛言城門已閉, 竭蹶東趨三里, 過茶庵, 又二里, 過前木陵分岐處, 已昏黑矣. 度已不及入城, 又三里抵振武門, 猶未全掩也. 側身而入, 從容抵寓.

---

1) 갱연(硜然)은 돌이 깨지는 소리를 형용한다.
2) 궤(繢)는 회(繪)와 같으며, 채색으로 그리거나 수놓은 무늬를 가리킨다.
3) 궁(宮)은 고대의 다섯 가지 형벌 가운데 가장 치욕스러운 형벌인 궁형(宮刑)을 가리킨다.
4) 도수(蹈水)는 물속에서 선 채로 하체를 이용하여 앞으로 나아가는 것을 가리킨다. 『장자・달생(達生)』에 "물속을 헤엄치는 데에 특별한 도가 있습니까(請問蹈水有道乎?)"라는 구절이 있다.
5) ( )의 부분은 건륭본에 덧붙여져 있는 내용이다.

十三日 早促飯, 卽出靖藩城北門, 過獨秀西庵, 叩紺谷, 已入內官禮懺矣. 登峰之約, 復欲移之他日. 余召與其徒靈室期, 姑先陽朔, 而後來此. 乃出就日門, 過木龍南洞, 由其下渡江. 還望木龍洞下層, 復有洞濱江穿麓, 潆流可愛. 上江東涯, 卽溯江流北行, 不半里, 入千佛閣, 乃平殿也. [前有大榕一株.] 問所謂辰山者, 自庵至渡頭東街, 僧俗少及長俱無一知. 乃東向蒼莽¹⁾行, 冀近山處或得一識者, 如屛風巖故事. 隨大路東北五里, 眺堯山在東, 屛風巖在南, 獨辰山茫然無辨. 一負芻者, 執而問之, 其人曰: "余生長於此, 未聞所謂辰山. 無已, 則東南數里有寨山角, 其巖前後相通, 或卽此也." 余欲從之, 將東南行, 忽北望一山, 去路不一里, 而其山穹然有洞, 洞口有石當門, 赭色斑爛, 彪炳有異. 亟問何名, 負芻者曰: "老虎山也." 余謂靜聞: "何不先了此, 而後覓辰山." 遂北由岐行一里, 抵山下. 有耕者, 再問之, 語如初. 乃望高賈勇, 遂先登洞口斑爛石畔, 穿入跨下, 其內天光自頂四射. 由下北透其腹, 再入重門, 支峽後裂, 層皮上懸, 俱莫可度. 返南向重門內, 攀崖上躋, 遂履層樓, 徘徊未下. 忽一人來候洞前, 乃下問之, 曰: "是山名老虎山, 是洞名獅子口, 以形也. 又名黃鸝巖, 以色也. 山前有三洞: 下曰平地, 中曰道士, 上曰黃鸝." 似欲爲余前驅者. 余出洞, 見山頂石叢參錯, 不暇與其人語, 遂循路上躋. 其石片片, 皆冰稜鐵色. 久之下嶺, 石稜就夷, 棘道轉沒. 方躑躅間, 前候者自山下釋耒趨上, 引余左入道士巖. 巖亦南向, 在黃鸝之東而稍下, 所謂中洞也. 洞之前壁, 右鐫李彦弼, 左鐫胡槻詩, 皆贈劉升之者. 升之家山下, 讀書洞間, 故當道²⁾皆重之. 拂讀詩叙, 始知是山之卽爲辰山. 又得辰山之不待外索, 更奇甚. 前得屛風巖於近山之指示, 又得中隱山於時登之摹擬, 若此山近人皆以爲非, 旣登莫知其是, 而數百年之遺跡, 獨耿然示我也, 又孰提醒而孰嘿導之耶?

余就巖錄詩, 因令顧僕隨導者往其家就炊, 其人欣然同去. 錄未竟, 其人復來, 候往就餐, 余乃隨之穿東側門而出. 其門內剖重龕, 外聳峽壁. 東向下山, 以爲其家不遠, 瞻眺無近村, 始知尙在東北一里外也. (其人姓王名世榮, 號慶宇, 山四旁惟玆姓最近, 爲山之主.) 抵王氏, 主人備餐加豆, 且留宿焉. 余見堯山漸近, 擬爲明日遊, 因兪其請, 而以餘晷索近勝. 慶宇乃肩梯束炬前導, 爲靑珠洞遊. 不約而隨者數十人, 皆王姓. 遂復趨辰山北麓.

其洞北向, 裂峽上幷山頂, 內界兩層. 始向南, 入十餘丈, 乃攀崖而上, 其中穹窿而暗. 稍轉而西, 乃豎梯向北崖上躋. 旣登, 遂北入峽中五丈餘, 透出橫峽. 其峽東西橫亘, 上高俱不見頂. 由東行四五丈, 漸闢生光, 有大石柱中懸. 繞出柱西, 其峽又南北豎裂 : 南入而臨洞底, 卽穹窿暗頂之上也; 北出而臨洞門, 卽裂峽分層之巔也. 洞門中列二柱, 剖爲一門二窗, 延影內射, 正當圓柱. 余詫以爲奇, 而導者曰: "未也." 轉從橫峽口, 又由西行四五丈, 有竅南入, 甚隘. 悉去衣赤體, 伏地蛇伸以進. 其穴長三丈, 大僅如筒, 又曲折而有中懸之柱, 若範人之身而爲之竅者. 時從遊兩人以火炬先入, 余繼之. 半晌而度, 卽西隆度板, 然後後入者得頂踵而入, 幾幾乎度一人須磨挃一時矣. 過隘, 洞復穹然, 上崇南陷, 乃俯南降, 垂乳紛列, 迥與外異. 導者曰: "未也!" 又西踰一梁, 梁橫[南北]若閾, 下可由穴以墜, 上可截梁而度. 越梁西下, 石乳愈奇. 西窪旣窮, 復轉北上, 靡麗盈眸, 彌轉彌勝. 蓋此洞與山南之黃鸝正南北相當, 而南則層疊軒朗, 滌慮怡神, 可以久託; 北則重闉險巇, 駭心恫目, 所宜暫遊. 洵一山皆空, 其環峙分門者雖多, 無逾此二妙矣. [北向開洞門者三, 此爲中, 東西二門俱淺.]

出, 復東循北麓, 過洞門一, 不甚深. 轉南向而循東麓, 先過高穹之洞一, 又過內削三曲一, 又過<u>狗頭巖</u>一, 皆以高懸不入. 又南過<u>道士</u>後峽門, 又南得<u>和合巖</u>. 其巖亦東向, 內輒南裂成峽, 而峽東壁上鐫<u>和</u>、<u>合</u>二仙像, 衣褶妙若天然, 必非塵筆可就. [南向者三, 卽<u>平地</u>、<u>道士</u>、<u>黃鸝</u>也. 『志』稱辰山有洞三級, 第指其南耳. 惟西面予未之窮. 出<u>靑珠洞</u>, 過北洞一, 東麓洞五], 轉西向而循南麓, 遂入<u>平地巖</u>. 其門南向, 初入欿側, 不堪平行, 側身挨北緣東隙而上, 內境旣穹, 外光漸閟. 時火炬俱棄北隅, <u>慶宇</u>復欲出取, 而暮色亦上, 不堪棲遲, 乃謝之出. 亦以此洞旣通中洞, 已窮兩端, 無復中撷矣. 乃從山東北一里, 復抵<u>王氏</u>. <u>慶宇</u>之母, 已具餐相待. 是夜月色甚皎, 而蚊聚成雷, <u>慶宇</u>撤己帳供客, 主僕俱得安寢.

---

1) 창망(蒼莽)은 '끝없이 광활한 모습'을 의미한다.
2) 당도(當道)는 '집정하다, 권력을 잡다'를 의미한다.

十四日 早餐於慶宇處, 遂東行. 過一聚落, 又東北共三里, 過矮山. 其山在堯山之西, 灘水之東, 其北復聳一枝, 如拇指之附, 乃石山最北之首峰也. 山南崖削立, 下有白巖洞. 洞門南向, 三寶旁通; 其內垂石, 如蓮葉卷覆, 下多透漏, 列爲支門; 其後少削, 而下輒復平曠; 轉而西入數丈, 仍南透天光. 出洞而東, 有庵兩重, 庵後又洞甚爽, 僧置牛欄猪苙於中, 此中之點綴名勝者如此! 北小山之頂, 一小石尖立, 特起如人. 山之名"矮", 以矮於衆山; 余見其嶙峋, 欲以雅名易之, 未能也.

於是東向溯小溪行, 共二里, 抵堯山西麓. 由王墳[1]之左渡一小石橋, 乃上山, 入古石山坊, 共二里, 抵玉虛殿. 其處山迴成塢, 西向開洋, 水自山後轉峽而來, 可潤可耕, 名天賜田, 而土人訛爲天子田. 由殿右轉入山後, 則兩山夾而成澗. 乃南向溯澗半里, 又踰澗東上半里, 始登嶺角, 於是從嶺上望東北最高峰而登. 適得樵者, 詢帝堯廟所在. 其人指最高峰曰: "廟在此頂, 今已移麓, 惟存二石爲識, 無他可覩也." 乃益東北上, 三過狹峽, 三登三降. 又二里, 始登第一高峰, 然廟址無影響, 并二石亦莫辨焉. 蓋此中皆石峰森立, 得土山反以爲異, 故群而稱之, 猶吾地皆土山而偶得一石峰也. 大舜虞山已屬附影, 猶有『史記』蒼梧之文, 而放勳[2]何與於此哉! 若謂聲教南暨, 則又不獨此山也. 或者曰: "山勢巖嶢." 又或曰: "昔爲瑤人所穴." 以聲音之同, 遂訛爲過化所及. 如臥龍之諸葛, 此豈三國版圖哉! 其山之東, 石峰攢叢, 有溪盤繞其間, 當卽大墟之上流, 出於廖家[村]西者也.

憑眺久之, 仍五里下, 飯於玉虛殿. 又二里, 抵山麓小橋. 聞其北有堯廟, 乃縣中移以便伏臘[3]故事者. 其東南有寨山角鐵峰山, 其名頗著. 乃又南渡一橋, 於是東南循堯山南麓而趨, 將先探鐵峰, 遂可西南轉及寨山, 黃金而返也. 五里, 已出堯山東南塢. 其南石峰森森, 而東南一峰, 尤錚錚屼突. 余疑其爲鐵峰山, 得兩人自東來, 問之, 曰: "鐵峰在西, 已踰而東矣!" 余不信, 曰: "寧失鐵峰, 此錚錚者不可失也!" 益東南馳松篁間, 復得一小沙彌, 詢鐵峰, 曰: "前卽是矣!" 出林, 夾右轉石山而南, 將抵錚錚突峰之西, 忽一老者曳杖至. 再詢之, 則夾右而轉者卽鐵峰, 其東南錚錚者乃天童觀後峰,錚錚者可望而不可登, 鐵峰山則可登而不可入. 蓋鐵峰頗似獨秀, 其下有巖洞, 昔有仙留記, 曰: "有人開得鐵峰山, 眞珠金寶滿担擔." 故先後多鑿崖通竅者, 及將得其門, 輒墜石閉塞焉. 老者指余循南麓遍探, 仍返勘東麓, 俱無深入容身之竅.

乃西馳一里, 轉入南岐. 又一里抵冷水塘. 小橋跨流, 急湧西南而去, 一村依山逐澗, 亦幽棲之勝, 而其人不之覺也. 村南石峰如屏, 東西橫亘, 從西嘴望之, 只薄若立指. 從其腋東轉南山之坳, 則逶出山南大道. 始馳而西, 共三里過萬洞寺, 則寨山在其西矣. 其地石山始開, 平疇如砥, 而寨山兀立其中. 望其東崖, 穹然壁立, 懸崖之上, 有室飛嵌, 而不見其徑. 轉循山南, 抵山西麓, 乃歷級北上. 當[寨山]西北隅, 崖開一罅, 上架橫梁, 乃踰梁入洞, 貫腹而東, 透出東崖, 已在嵌室之內矣. 余時急於東出, 西洞眞形俱不及細按. 及透東洞, 始解衣憩息, 竟圖託宿其間, 不暇更問他勝矣.

---

1) 왕분(王墳)은 명대 정강왕의 왕실 묘지를 가리킨다.
2) 방훈(放勳)은 요(堯)임금의 이름이다. 『서경・요전(堯典)』에 "옛 일을 상고해보건대, 요임금은 방훈이라 일컬었다(曰若稽古, 帝堯曰放勳)"라고 씌어 있다.
3) 복랍(伏臘)은 고대에 지냈던 제사의 명칭으로, 복(伏)은 여름철 복날에, 랍(臘)은 음력 섣달에 지냈다.

十五日 寨山洞中多蚊, 無帳睡不能熟. 晨起, 曉日卽射洞而入, 余不候盥櫛, 輒遍觀洞中. 蓋其洞西北東南, 前後兩闢, 而中則通隘, 僅容一人. 由西麓上山腰, 透入飛石下, 旋轉躡其上, 卷石爲橋, 以達洞門. 門西北向, 門內洞界爲兩, 南北幷列, 俱平整可居. 北洞之後, 卽通隘透腹處也, 隘長三丈. 旣入, 卽寬闢爲巖, 懸乳垂蓮, 氤氳左右, 而僧結屋掩其門. 東巖上下, 俱極崇削, 惟屋左角餘飛臺一掌, 不爲屋掩. 余先是中夜爲蚊所驅, 時出坐其上. 月色當空, 見平疇繞麓, 稻畔溢水, 致甚幽曠. 東巖之下, 亦有深洞, 第不透明. 路當山麓, 南轉始得東上. 余旣晨餐, 西北望黃金巖頗近, 亟趨焉, 不復東尋下洞也.

下山西麓, 過竹橋, 由村北西北行, 三里, 抵巖之陽. 其山骨立路北, 上有豎石如觀音, 有伏石如蝦蟆, 土人呼爲‘蟆拐拜觀音’. (拐卽蛙之土名也. 自九疑瑤峒, 俱以取拐爲務.) 其下卽裂爲洞, 洞不深而高, 南北交透, 前低後峻. 後門之半, 復有石橫飛, 若駕虹空中, 門界爲二, 旣內外分啓, 亦上下層分, 映徹之景, 莫此爲甚, 土人俱指此爲黃金巖. 余旣得之黃公之外, 又覺此洞之奇, 雖中無鐫刻, 而心有餘幸. 由洞內上躋, 北出駕虹之下, 俯瞰北麓, 拖劍江直囓其下而西去焉. 踞坐久之, 仍南下出洞. 其右復有一洞, 門亦南向高裂, 其內則深入而不透, 若重峽而已. 已從西麓北轉, 山之西北, 亦有一洞西向, 則中穹而不深, 亦不透. 其對山有東向之洞, 與此相向, 若門廡對列. 其洞則內分四支如‘十’字. 東北二門則外透而明, 然東其所入, 北乃懸崖也; 西南二峽則內入而黑, 然西其上奧, 南乃深潭也. 拖劍之水在東峰之北, 抵此洞前, 轉北循山. 當洞有橋跨之, 橋內匯而爲池, 亦山叢水曲之奧矣. 出洞, 不知其名, 心詫其異, 見汲水池中者, 姑問之. 其人曰: “此洞無名. 其上更有一洞, 可躋而尋也.” 亟從之. 適雨至不爲阻, 披箐透崖而上. 南北兩石屛幷立而起, 微路當其中, 甚峻. 洞嶂南屛後, 門亦東向, 而不甚宏. 門左刻石一方, 則宋人遺跡也, 言此洞山回水繞, 洞名黃金, 爲東坡居士香火院. 巖中東坡題額可搨, 予急覓之. 洞右有舊鐫, 上有‘黃金巖’三字可辨. 其下方所書, 則泐剝無餘矣. 始知是洞爲黃金, 而前乃其東峰之洞. 一黃金洞而旣能得土人之所不知, 又能知土人之所誤指, 且又知其爲名賢所遺; 第東坡不聞至桂爲可疑耳. 洞內無他奇, 而北轉上透天光, 斷崖崩溜, 無級可攀. 乃出門左, 見北屛內峽, 有路上躋, 第爲積莽所翳, 雨深蔓濕, 不堪置足, 余賈勇直前, 靜聞不能從焉. 旣登, 轉而南, 則上洞也. 門洞北向. 門外棘蔓交絡, 余縷分而節斷之, 乃得入門. 門內旁竇外通, 重樓三疊, 下俯甚深, 上眺亦異, 然其上俱無級磴可攀. 諦視久之, 見中洞之內, 有旁竇[玲瓏, 懸隙宛轉], 可穿而上, 第隘而層折, 四體難舒. 於是脫衣赤體, 蛇伸蠖[1]曲, 遂出上層[平庋閣上], 踞洞口飛石駕梁之上, 高呼靜聞, 久而後至, 亦以前法教猱而升, 乃共下焉.

時顧僕待下洞橋端甚久. 既下, 越橋將西趨屛風山, 欲更錄「程公巖記」
并「壺天[觀]銘序」. 迴望黃金巖下, 其西北麓諸洞尤多, 乃復越橋而西, 隨
拖劍繞山北麓, 其處又[得]北向洞二, 西向洞三, 或旁透多門, 或內夾深峽,
一山之麓, 靡不嵌空, 若垂雲覆翼焉. 極西一洞門, 亦自西北穿透東南, 亦
北低南峻, 與東峰 (缺) 午, 令顧僕先炊王慶宇處, 余與靜聞西望屛風山而
趨. 將渡拖劍水, 望[屛風、黃金]兩山之中, 又南界一山, 其下有洞北向, 復
迂道從之. 則其洞亦旁分兩門, 一北一東, 此山之東北隅洞也. 其西有級上
躋, 再上而級崩路削, 又有洞北向. 其前有垣, 其後有座, 乃昔時梵宇所託,
雖後左深竅可入, 然闇不能窮. 乃下抵西北隅, 則旁透之洞, 中空之峽, 又
連闢焉, 頗與黃金巖之西北同. 而正西一洞, 高穹層列, [紛挐傑張, 此又以
雄厲見奇, [非尋常窈窕窟也.] 土人見予久入, 詫而來視. 余還問其名, 知爲
飛石洞. 從此遂西度石堰, 共一里入程公巖, 錄東崖記、銘二紙. [銘乃范成
大, 記乃侯彭老.] 崖高石側, 無從緣拭, 抄錄甚久, 有數字終不能辨. 時已過
午, 腹中枵然, 乃出巖北趨王氏. 不半里, 過一村, 以衣質梯, 復肩至巖中, 緣
拭數字, 盡錄無遺. 復緣拭西崖「張安國碑」, 以其草書多剝, 有數字不辨焉.
　時已下午, 於是出洞還梯, 北二里, 飯於王氏. 王氏殺鷄爲黍, 待客愈隆.
其母再留止宿, 余急於入城, 第以胡槻詩下劉居顯跋未錄, (居顯, 升之乃郎.)
攀檯拂拭, 而慶宇復負而前趨. 西一里, 入道士巖東峽門, 穿入洞中, 拭左
崖, 再讀跋, 終以剝多置. 又校得胡詩三四字, 乃入洞右隅之後腋, 卽與下
洞平地巖通者. 其隙始入甚隘, 少進而西, 則高下穹然, 闇不可辨. 慶宇欲
取火爲導, 余曰 : "不若以餘晷探外未悉之洞也." 遂仍出東峽, 循東麓而
北, 過狗頭洞. 洞雖奇而名不雅, 竟捨之. 其北麓又有一洞, 北門亦東向, 外
若裂罅. 攀隙而上, 歷轉三曲, 遂透三窻, 眞窈窕之鷟宮, 玲瓏之鷟宇也.[2]
出洞再北, 卽爲高穹之洞. 其門南向, 上盤山頂, 與北之靑珠幷. 入其內, 卽
東轉而上躋, 已而北轉, 漸上漸黑, 雖崇峻自異, 而透朗獨慳,[3] 非余之所心
艷也. 出洞, 日已薄暮, 遂別慶宇南趨二里, 過屛風山西麓, 至是已週其四
面矣. 又三里, 過七星巖, 又一里, 入浮橋門, [浮橋共三十六舟云.] 則離寅

已三日矣.

1) 확(蠖)은 자벌레를 가리킨다.
2) 취(鷲)는 수리과의 대형 맹금류의 충칭이며, 작(鸑)은 봉황의 별칭이다.
3) 간(慳)은 '아끼다, 째째하게 굴다, 인색하다, 부족하다'를 의미한다.

十六日 余暫憩趙寓, 作寄衡州金祥甫書, 補紀遊之未盡者.

十七日 雨. 余再憩趙寓, 作家報倂祥甫書, 簡點所市石. 是日下午, 輒閉諸城門, 以靖藩燔靈也. 先是, 數日前先禮懺, 演劇於藩城後, 又架三木臺於府門前. (有父、母及妃三靈, 故三臺.) 至是夜二鼓, 遍懸白蓮燈於臺之四旁, 置火炮花霰於臺上, 奉靈主於中, 是名'昇天臺'. 司道官吉服奠觴, 王麻冕[1]拜, 復易吉服再拜, 後乃傳火引線發炮, 花焰交作, 聲震城谷. 時合城士女喧觀, 詫爲不數見之盛擧. 促余往寓目, 余僵臥不起, 而得之靜聞者如此.

1) 마면(麻冕)은 고대의 제왕이나 제후 등이 입는 상복을 가리킨다.

十八日 託靜聞從朝雲巖覓融止上人入寓. 飯後, 以所寄金祥甫書及家報、石帳付之, 託轉致於衡, 囑祥甫再寄家中.

十九日 以行囊簡付趙主人時雨. 余雨中出浮橋, 將附舟往陽朔. 時卽開之舟, 挨擠不堪; 姑入空舟避雨, 又不卽去, 乃託靜聞守行李於舟, 余復入城. 登城樓, 欲覓逍遙樓舊跡, 已爲守城百戶置家於中. 遂由城上南行, 二里, 抵文昌門. 門外爲五勝橋, 灘之支流與陽江之分派, 交通於下. 復循城外, 西過寧遠門, 乃南越南門橋, 覓摹碑者, 已他出. 余初期摹匠同往水月, 搨陸務觀、范石湖遺刻. 至是失期, 乃赴雉山別鄭、楊諸君, 以先兩日二君託人來招也. 比至, 又晤白益之, (名弘謙.) 眞謙謙君子[1]也. 時楊君未至, 余少待之, 雨大至, 遂坐雉巖亭, 方伸紙欲書補紀遊, 而楊君、朱君繼至, 已而鄭君書『小序』見投, 而朱君之弟滌凡亦以詩貺, 余交作詩答之. 暮, 抵水月巖西舟中, 宿.

---

1) 겸겸군자(謙謙君子)는 '행동거지가 겸손하고 단정한 사람'을 의미한다.

二十日 舟猶欲待附者, 因令顧僕再往覓搨工. 遂同抵水月觀洞, 示所欲搨, 幷以紙價付之, 期以陽朔遊還索取所搨. 是日補紀遊程於舟中. 舟泊五勝橋下, 晚仍北移浮橋, 以就衆附也. 是日晴麗殊甚, 而暑氣逼人. 當午有王孫五人入舟强丐焉, 與之升米而去.

二十一日 候附舟者, 日中乃行. 南過水月洞[東], 又南, [雉山、穿山、鬪雞、劉仙、崖頭諸山, 皆從陸遍遊者, 惟鬪雞未到, 今舟]出鬪雞山東麓. [崖頭有石門淨瓶勝, 舟隔洲以行, 不能近悉. 去省已十里.] 又東南二十里, 過龍門塘, 江流浩然, 南有山嵯峨騈立. 其中峰最高處, 透明如月掛峰頭, 南北相透. 又東五里, 則橫山巖屼突江右. 漸轉漸東北行, 五里, 則大墟在江右, 後有山自東北迤邐來, 中有水口, 疑卽大澗榕村之流南下至此者. 於是南轉又五里, 江右復有削崖屛立. 其隔江爲逗日井, 亦數百家之市也. 又南五里, 爲碧崖, 崖立江左, 亦西向臨江, 下有庵. 橫山、碧崖二巖夾江右左立, 其勢相等, 俱不若削崖之崇擴也. 碧崖之南, 隔江石峰排列而起, 橫障南天, 上分危岫, 幾埒巫山, 下突轟崖, 數逾匡老. 於是扼江而東, 江流齧其北麓, 怒濤翻壁, 層嵐倒影, 赤壁、釆磯, 失其壯麗矣. 崖間一石紋, 黑鏤白章, 儼若泛海大士, 名曰沉香堂. 其處南雖崇淵極致, 而北岸猶[夷]豁, 是爲賣柴埠. 共東五里, 下寸金灘, 轉而南入山峽, 江左右自是皆石峰巑屼, 爭奇炫詭, 靡不出人意表矣. 入峽, 又下斗米灘, 共南五里, 爲南田站. 百家之聚, 在江東岸, [當臨桂、陽朔界.]山至是轉峽爲塢, [四面層圍, 僅受此村.] 過南田, 山色已暮, 舟人夜棹不休. 江爲山所託, 俛東俛南, 盤峽透崖, 二十五里, 至畫山, 月猶未起, 而山色空濛, 若隱若現. 又南五里, 爲興平.

群峰至是東開一隙, 數家綴江左, 眞山水中窟色也. 月亦從東隙中出, 舟乃泊而候曙, 以有客欲早起赴恭城耳. (由此東行, 有陸路通恭城.)

[灘江自林桂南來, 兩崖森壁迴峰, 中多洲渚分合, 無翻流之石, 直瀉之湍, 故舟行屈曲石穴間, 無妨夜棹; 第月起稽緩,[1] 闇行明止, 未免悵悵.]

---

1) 계완(稽緩)은 '지연되다, 더디다'를 의미한다.

二十二日 鷄鳴, 恭城客登陸去, 卽棹舟南行. 曉月漾波, 奇峰環棹, 覺夜來幽奇之景, 又翻出一段空明色相矣. 南三里, 爲螺螄巖. [一峰盤旋上, 轉峙江右], 蓋興平水口[山]也. 又七里, 東南出水綠村, [山乃斂峰]. 天猶未曉, 乃掩篷就寐. 二十里, 古祚驛. 又南十里, 則龍頭山錚錚露骨, [而陽朔縣之四圍, 攢作碧蓮玉笋[1]世界矣.

陽朔縣北自龍頭山, 南抵鑑山. 二峰巍峙, 當灘江上下流, 中有掌平之地, 乃東面瀬江, 以岸爲城, 而南北屬於兩山, 西面疊垣爲雉, 而南北之屬亦如之. 西城之外, 最近者爲來仙洞山, 而石人, 牛洞, 龍洞諸山森繞焉, 通省大路從之, 蓋陸從西而水從東也. 其東南門鑑山之下, 則南趨平樂, 水陸之路, 俱統於此. 正南門路亦西北轉通省道. 直南則爲南斗山延壽殿, 今從其旁建文昌閣焉, 無徑他達. 正北卽陽朔山, 層峰屛峙, 東接龍頭. 東西城俱屬於南隅, 北則以山爲障, 竟無城, 亦無門焉. 而東北一門在北極宮下, 僅東通江水, 北抵儀安祠與讀書巖而已, 然俱草塞, 無人行也. 惟東臨灘江, 開三門以取水. 從東南門外渡江而東, 瀬江之聚有白沙灣, 佛力司諸處, 頗有人烟云.

上午抵城, 入正東門, 卽文廟前, 從其西入縣治, 荒寂甚. 縣南半里, 有橋曰'市橋雙月', 八景之一也. [橋下水西自龍洞入城] 橋之東, 飛流注壑. [壑大四五丈, 四面叢石盤突,] 是爲龍潭, 入而不溢. 橋之南有峰巍然獨聳, 詢之土人, 名曰易山, 蓋卽南借以爲城者. 其東麓爲鑑山寺, 亦八景之一. (鑑寺鐘聲.) 寺南倚山臨江, 通道置門, 是爲東南門. 山之西麓, 爲正南門. 其南崖之側, 間有巉如合掌, 卽土人所號爲雌山者也. 從東南門外小磴, 可至巉傍. 余初登北麓, 卽覓道上躋, 蓋其山南東二面卽就崖爲城, 惟北面在城[內], 有微路級, 久爲莽棘所蔽. 乃攀條捫隙, 久之, 直造峭壁之下, 莽徑遂絶. 復從其旁躡巉石, 緣飛磴, 盤旋半空, 終不能達. 乃下, 已過午矣. 時顧僕守囊於舟, 期候於東南門外渡埠旁. 於是南經鑑山寺, 出東南門, 覓舟不得, 得便粥就餐於市. 詢知渡江而東十里, 有狀元山, 出西門二里, 有龍洞巖, 爲此中名勝, 此外更無古蹟新奇著人耳目者矣. 急於覓舟, 遂復入城, 登鑑山寺, 寺倚山俯江, 在翠微中, 城郭得此, 沈彬詩云"碧蓮峰裏住人家", 誠不虛矣. 時午日鑠金,2) 遂解衣當窗, 遇一儒生以八景授. (市橋雙月, 鑑寺鐘聲, 龍洞仙泉, 白沙漁火, 碧蓮波影, 東嶺朝霞, 狀元騎馬, 馬山嵐氣) 復北由二門覓舟, 至文廟門, 終不得舟. 於是仍出東南門, 渡江而東, 一里至白沙灣, 則舟人之家在焉. 而舟泊其南, 乃入舟解衣避暑, 濯足沽醪, 竟不復搜奇而就宿焉.

白沙灣在城東南二里, 民居頗盛, 有河泊所在焉. 其南有三峰幷列, [最東一峰曰白鶴山.] 江流南抵其下, 曲而東北行, 抱此一灣, 沙土俱白, 故以白沙名. [其東南一溪, 南自二龍橋來, 北入江. 溪在南三峰之東, 逼白鶴西址出. 溪東又有數峰, 自南趨北, 界溪入江口, 最北者, 書童山也, 江以此乃東北逆轉.]

---

1) 벽련(碧蓮)은 푸른 연꽃의 의미로서, 비취빛으로 우뚝 솟은 산봉우리를 가리키며, 옥순(玉筍)은 죽순의 의미로서, 수려하게 솟아오른 산봉우리를 가리킨다.
2) 삭금(鑠金)은 '쇠를 녹일 정도로 날씨가 몹시 무더움'을 가리킨다.

二十三日 早索晨餐, 從白沙隨江東北行. 一里, 渡江而南, 出東界書童山之東. 由渡口東望, 江之東北岸有高峰聳立, 四尖幷起, 障江南趨. 其北一峰, 又岐分支石, 綴立峰頭作人形, 而西北拱邑, 此亦東人山之一也. 旣渡, 南抵東界東麓. 陂塘高下, 林木翛然,1) 有澄心亭峙焉, [可憩.] 又東一里, 過穆山村, 復渡江而東, 循四尖之南麓, 趨出其東, [山開目曠, 奇致愈出. 前望]東北又起一峰, 上分二岐, 東岐矮而欹斜, [若僧帽垂空,] 西岐高而獨聳,此一山之二奇也. 四尖東枝最秀, 二岐西岫最雄, 此兩山之一致也. 而回眺西南隔江, 下則尖崖幷削, 上則雙岫齊懸, 此又卽晝童之南, 群峰所幻而出者也. 時循山東向, 又五里已出二岐, 東南踰一嶺而下, 是爲佛力司. [司當江南轉處, 北去縣十里.] 置行李於旅肆, 問狀元峰而上, 猶欲東趨, 居人指而西, 始知卽二岐之峰是也. 西峰最高, 故以狀元名之. 乃仍踰後嶺, 卽從嶺上北去, 越嶺北下, 西一里, 抵紅旗峒. 竟峒, 西北一里抵山下, 路爲草沒, 無從得上, 乃攀援踴躅, 漸高漸得磴道, 旋復失之, 蓋或翳或現, 俱草之疏密爲致也. 西北上一里, 踰山西下坳, 乃東北上二里, 踰山東上坳, 此坳乃兩峰分岐處也. 從坳西北度, 亂石重蔓, 直抵高峰, 崖畔則有洞東向焉. 洞門雖高, 而中不深廣, 內置仙妃像甚衆, 土人刻石於旁, 言其求雨靈驗, 又名富敎山焉. 洞上懸竅兩重, 簷覆而出, 無由得上. 洞前有峰東向, [卽似僧帽者. 其峰]亦有一洞西與玆山對, 懸崖隔莽, 不能兼收. 坐洞內久之, 東眺恭城, 東南瞻平樂, 西南睨荔浦, 皆重山橫亘. 時欲一登高峰之頂, 洞外南北俱壁立無磴, 從洞南攀危崖, 緣峭石, 梯險踔虛, 猿垂豹躍, 轉從峭壁之南, 直抵崖半, 則穹然無片隙, 非復手足之力所及矣. 時南山西市, 雨勢沛然, 計已旣無隙, 下多灌莽, 雨濕枝繆, 益難着足. 亟投崖而下, 三里, 至山足, 又二里, 逾嶺, 飯於佛力肆中. 居人蘇氏, 世以耕讀起家,(以明經貢者三、四人.) 見客至, 俱來聚觀, 言此峰懸削, 曾無登路. 數年前, 峰側有古木一株, 其僕三人禱而後登, 梯轉絙級, 備極其險, 然止達木所, 亦未登巓, 此後從無問津者. 下午, 雨中從佛力返, 共十里, 仍兩渡而抵白沙灣, 遂憩舟中.

佛力司之南, 山益開拓, 內雖尚餘石峰離立, 而外俱綿山亘嶺, 碧簪玉筍之森羅, 北自桂林, 南盡於此. 聞平樂以下, 四顧皆土山, 而巉厲之石, 不挺於陸而藏於水矣. 蓋山至此而頑, 水至此而險也.

---

1) 소연(翛然)은 '아무 것에도 구속받음이 없는 모양'을 형용한다.

二十四日 早飯白沙, 卽截江渡南峰下, 登岸問田家洞道. 乃循麓東南, 又轉一峰, 有巖高張, 外有門垣. 亟入之, 其巖東向, 軒朗平豁, 上多垂乳, 左後有竅, 亦幽亦爽. 巖中置仙像, 甚瀟洒, 下有石碑, 則縣尹王之臣重開茲巖記也. 讀記始知茲巖卽土人所稱田家洞, 卽古時所志爲白鶴山者. 三日求白鶴而不得, 片時遊一洞而兩邃之, 其快何如! (余至陽朔卽求白鶴山, 人無知者, 於入田家巖, 知其卽白鶴也.) 其山東對書童山, 排闥而南, 內成長塢, 二龍橋之水北注焉. 塢中舟行六十里, 可抵二橋.

既出白鶴, 遂循北麓溯江而西, 三里, 入東南門. 復由正南門出, 置行囊於旅肆, 乃携火肩炬, 西北循大道向龍洞巖. 先一里, 望見路右一山, 嶙岈崆峒, 裂竅重重, 以爲卽龍洞矣. 途人指云: "猶在北山." 乃出一石圈卷門, 共一里, 越小橋而東, 有兩洞門俱西向, 一南列、一北列. [其南列者爲龍躍巖, 地稍下, 門極危朗; 北洞地稍高, 草塞門徑.] 先入南洞, 洞內東[五丈, 層]陟一臺, 臺右有竅深入洞前. 左有石臺、石座、石龕, 可以憩思; 右有鄉人莫孝廉之先『開洞記』, 謂: "北乃潛龍幽蟄之宮, 此乃神龍騰躍之所, 因命之曰龍躍巖." 出, 由洞北登龍洞巖.

爇炬而入, 洞闊丈五, 高一丈, 其南崖半壁, 平亘如行廊: 入數丈, 洞乃南闢, 洞頂始高. 其後壁有龍影龍床, 俱白石萎蕤,[1] 上覆下裂, 爲取石錘鑿半去, 所存影響而已. 其下有方池一、圓池一, [深五六寸,] 內有泉澄澈如鏡, 久注不泄, 屢掬輒滿. 幽閟之宮有此靈泉, 宜爲八景第一也. 池前又有丹竈一圓, 四圍環起, 下剜一竅如門, 宛如砌造成者. 池上連疊小龕, 如峰房燕窩, 而俱無通道處. 由左壁窪陷處伏地而入, 漸入漸小, 穴僅如巨管, 蛇遊南透五六丈後, 始可屈伸. 已乃得一旁裂之龕, 得宛轉焉. 於是南明、小酉各啓洞天, 遂達龍躍後腋.

出洞, 仍半里, 由圈門入, 東望龍洞南列之峰, 闤闠[2]重重, 不勝登龍之企. 遂由圈內渡溪東行, 從棘莽沮洳[3]中, 又半里, 抵山下. 初入西向第一門, 高穹如峽, 內皆牛馬踐穢, 不可容足. 東入數丈, 轉北者愈昏黑莫窮, 轉南者旋明穴西透. 隨明躡峽, 仍西出洞門之上, 蓋初入洞, 南上西向第二門也. 由其外更南上西向第三門. 其洞東入, 成峽如初洞, 第峽下逼仄如衖衕, 峽上層疊如樓閣. 五丈之內, 下峽旣盡, 上懸重門, 圓整如剜琢而成者. 第峽壁峭削, 俱無從上. 與靜聞百計攀躋, 得上峽一層, 而上層復懸亘莫達. 乃出洞前, 仰望洞上又連啓二門, 此又南上西向第四, 第五門也. 冀其內下與峽內重門通. 靜聞欲從洞外攀枝躡縫直上, 余欲從洞外覓竇尋崖另入, 於是又過南上西向第六門, 仰望愈高, 懸崖愈削, 彌望而彌不可即. 又過南上西向第七門, 見其石紋層層, 有突而出者, 可以置足, 有竅而入者, 可以攀指. 遂覆身上躍, 凌數十級而抵洞門. 洞北又夾坳豎起, 高五六丈. 始入上層, 其夾光膩無級, 無計可上. 乃令顧僕下山覓樹, 意欲嵌夾以登, 而時無佩刀, 雖有豎條, 難以斷取, 姑漫往覓之. 時靜聞猶攀躡於第五門外, 度必難飛陟, 因令促來併力於此. 顧僕下, 余獨審視, 其夾雖無隙級, 而夾壁宛轉, 可以手撐足支, 不虞懸墜. 遂聳身從之, 如透井者然, 皆橫細豎聳, 不緣梯級也. 旣升夾脊, 其北復隤而成峽, 而穿映明透, 知與前所望洞必有一通, 而未審所通果屬何門. 因騎墙而坐, 上睇洞頂, 四達如穹廬; 下瞰峽底, 兩分如璇室. 因高聲促靜聞, 久之, 靜聞與顧僕後先至. 顧僕所取弱枝細不堪用, 而余已升脊, 亦不必用, 教靜聞如余法登, 眞所謂教猱也. 靜聞旣登, 余乃從脊西南上, 靜聞乃從脊東北上, 各搜目之所未及者, 俱不能遠達. 於是乃從脊北下峽中北進. 西上高懸一門, 則第六重門也, 不及上. 循峽更進, 轉而西出, 則第五門也. 門有石龍, 下垂三四丈, 頭分兩岐, 擊之鏗然. 旁有一坐平庋, 下臨重崖, 上矚垂乳, 懸龍在旁, 可臥而撼也. 由龍側循崖端而北, 又得一門, 則第四門也. 穿門東入, 稍下次層, 其中廓然四闢. 右向東轉, 深黑無窮, 左向西出, 卽前第三門之上層也. 知重門若剜處卽在其內, 因循崖窮之, 復隔一柱. 轉柱隙而入, 門內復另環一幽, 不遠亦不透也. 自第三門而上, 連歷四門, 初俱躋攀無路, 一入第七門, 如連環貫珠, 絡繹層分, 宛轉俱透, 升陟於層樓復閣之間, 淺深隨意, 疊層凭空, 此眞群玉山頭, 蕊珠宮[4]裏也. 有莫公臣者, 遍題"珠明洞"三字於四, 五二洞之上, 此亦有心表章茲洞者. 時當下午, 令顧僕先趨南門逆旅, 炊黃粱以待. 余與靜聞高憩懸龍石畔, 飄然欲仙, 嗒然[5]喪我, 此亦人世之極遇矣. 久之, 仍從第六門峽內,

西向攀崖以上. 其門雖高張, 內外俱無餘地, 不若四、五二門, 外懸臺榭,
內疊樓楹也. 旣乃逾眷, 仍[南]下第七門, 由門外循崖復南, 又得南下東向
第八門. 其洞亦成峽, 東上雖高崝, 而不能旁達. 洞右有大理寺丞題識, 然
不辨其爲何時何姓名也. 此山西向八洞, 惟南北之洞不交通, 而中央四洞
最高而可旁達, 較之他處一二門之貫徹, 一二洞之勾連, [輒攬奇譽,] 眞霄
壤矣.

南崖復北轉至第一洞, 乃下山循麓南行半里, 有峰巍然拔地屛崝於左,
有峰峭然分岐拱立於右. 東者不辨爲何名, 西者心擬爲石人, 而『志』言石
人峰在縣西七里, 不應若是之近, 然使更有一峰, 則此峰可不謂之‘人’耶?
旣而石人之南, 復突一石, 若傴僂而聽命者, 是一是二, 是人是石, 其幻若
此, 吾又焉得而辨之! 又南半里, 將抵南門逆旅, 見路南山半, 梵宇高懸, 一
復新構, 賈餘勇登之. 新構者文昌閣, 再上爲南斗延壽堂, 以此山當邑正南.
故‘南斗’之也. 時當午, 暑極, 解衣北窗, 稍涼而下. 飯肆中, 遂入南門, 抵北
山, 過城隍廟、報恩寺, 俱東向. 覓所謂‘大石巖’者, 乃大乘庵也, 廢然而下.
乃東過察院, (東向臨城上.) 北上北宸宮, 以爲卽龍頭山慈光寺也. 比至, 乃知
爲北宸. 問 : “龍頭山何在?” 云 : “北門外.” 問 : “慈光寺何似?” 云 : “已久
廢.” 問 : “讀書巖何託?” 云 : “有名而無巖, 有室而無路, 可無煩往也.” 余不
顧, 亟出北門, 沿江循麓, 忽得殿三楹, 則儀安廟也, 爲土人所虔事者. 又北,
路爲草蝕, 荊蔓沒頂, 已得頹坊敝室, 則讀書巖矣. 亦莫孝廉之先所重建,
中有曹能始學佺「碑記」, 而旁有一碑, 則嘉靖重建, 引解學士縉詩曰 : “陽
朔縣中城北寺, 云是唐賢舊隱居; 山空寺廢無僧住, 惟有石巖名讀書.” 觀
此, 則寺之廢不自今日矣. 時殷雷催雨, 急入北門, 過市橋, 入龍潭庵, 觀所
謂龍潭. 石崖四叢, 中窪成潭, 水自市橋東注, 隤墜潭中, 有納無泄, 潛通城
外大江也.

甫入庵, 有莫姓者隨余至, 問 : “遊巖樂否?” 余以珠明巖誇之. 曰 : “牛洞
也. 數洞相連, 然不若李相公巖更勝. 此間巖洞, 山山有之, 但少芟荊剔蔓,
爲之表見者耳. 惟李巖勝而且近, 卽在西門外, 不可失也.” 余仰見日色尙

高, 急別莫, 曳杖出西門, 覓火携具, 卽從岐北行, 遇一小石梁. 從梁邊岐而
西行, 已繞此山東北兩面矣. 始知卽前拔地屛峙之峰, 卽西與石人爲對者
也. 旣乃繞至西麓, 其洞正西向石人峰, 洞門之右, 有鐫記焉. 急讀之, 始知
其洞有來仙之名, 李公爲閬人李杜. 更知其外列之山, 有天馬、石人諸名,
則石人之不在七里, 而卽在此益徵矣. (李杜「來仙洞記」曰: "隆慶四年長至,6) 閬
雲臺山人李杜至陽朔, 出郭選勝, 得茲山倚天而中立, 其南面一竅, 可踰而入也. 內有巨
石當門, 募工鑿之, 如掘泥折瓦然. 其中有八音、五采、千怪、萬奇, 其外則屛風、蟠
桃、石人、天馬、陳搏、鐘離諸峰, 環列而拱向, 敞朗宏深, 夏凉冬燠, 眞足娛也. 其明年
大水, 有巨蛟長數丈, 乘水而去洞中, 故有專車7)之骨, 亦忽不見. 邑之人異之, 以余爲仙
人來也, 名之曰來仙洞. 夫余本遵倫謹業, 恬淡爲愉, 非有繆巧伳理也, 安足以騙蛟而化
骨! 然此山之幽奇, 涵毓於開闢之初, 而閟伏於億萬年之久. 去邑不能一里, 邑之人不知
有斯洞也. 一旦而見表於余, 夫不言而無爲, 莫過於山川, 而含章8)以貞終, 以時發, 是以
君子貴夫需9)也. 於稽其義, 有足以覺世者矣. 故爲之記. 門人靖藩雲岳朱經幷書.") 記謂
其洞南面, 余時占日影, 指石人似爲西面, 大抵西向而少兼夫南者也. 入洞
東行, 不甚高爽, 轉而南, 遂昏黑. 秉炬南入, 有岐竅焉. 由正南者, 數丈輒
窮; 由東南者, 乳竇初隘, 漸入漸宏, [瓊葩雲葉, 繽紛上下.] 轉而東北, 遂成
穹峽, 高不見頂, [其垂突蹲裂, 種種開勝.] 深入, 忽峽復下墜淵黑, 不可以
丈數計. 以炬火星散投之, 焱焱直下, 久而不得其底. 其左削崖不能受趾,
其右乳柱分楞, 窗戶歷歷, 以火炬隔崖探之, 內若行廊, 玲瓏似可逵達, 惟
峽上難於橫度, 而火炬有盡, 恐深入難出, 乃由舊道出洞前, 錄『來仙洞記』.
從南麓東入西門, 出東南門渡口, 則舟人已艤舟待, 遂入舟宿.

---

1) 위유(萎葵)는 '아래로 드리운 모양'을 가리킨다.
2) 창합(閶閤) 또는 창합(閶闔)은 전설 속의 하늘문을 가리킨다.
3) 여(洳)는 '물에 잠긴 땅, 늪'을 의미한다.
4) 예주궁(蕊珠宮)은 도교에서 신선이 살고 있다는 궁전이다.
5) 탑연(嗒然)은 '멍한 모습'을 가리킨다.
6) 장지(長至)는 하지를 가리키며, 하지에 낮이 가장 길기에 장지라 한다.
7) 전차(專車)는 '수레 한 대를 가득 채우다'를 의미한다.

二十五日 自陽朔東南渡頭發舟, 溯流碧蓮峰下. 由城東而北, 過龍頭山, 自是石峰漸隱. 十里, 古祚驛. 又十五里, 始有四尖山在江左, 其右亦起群尖夾江, 是爲水綠村. 又北七里, 有巖在江之西岸, 門甚高敞, 東向臨江, [前垂石成龍, 曰蛟頭巖.] 由右腋深入, 漸高而黑, 久乃空濛, 復東闢門焉. 由巖左腋上登, 其上前亙爲臺, 後結一竇, 有尼棲焉. 不環堵, 不覆屋, 因臺置垣, 懸梯爲道, 甚覺軒爽. 竇後復深陷成峽, 昏黑. 東下欲索炬深入, 尼言無奇多險, 固止之. 而雷聲復殷殷促人, 時舟已先移興平, 遂出洞. 由洞左循麓溯江, 草深齊項, 半里, 達螺螄峰下. 其峰數盤而上, 層累若螺螄之形, 而卓聳壓於群峰, 乃興平東南水口山也. 以前巖在其下, 土人卽指爲螺螄巖. 余覺巖在螺峰之南, 雙岐低峰之麓, 及入巖讀碑, 而後知其爲蛟頭, 非螺螄也. 螺螄以峰勝, 蛟頭以巖勝, 螺螄穹而上盤, 蛟頭垂而下絡, 不一山, 亦不一名也. 繞螺螄又二里, 及舟, 入半里, 少憩興平. 其地有溪自東北來, 石山隙中, 遙見巨嶺亙列於內, 卽所趨恭城道也. 崖上有室三楹, 下臨江渚, 軒欄橫綴, 爲此中所僅見, 額曰"月到風來", 字亦飛逸, 爲熊氏書館. 余闖入其中, 竟不見讀書人也. 下舟已暮, 又北二里而泊.

二十六日 昧爽發舟, 西北三里, 爲橫埠堡, 又北二里爲畫山. 其山橫列江南岸, 江自北來, 至是西折, 山受嚙, 半剖爲削崖; 有紋層絡, 綠樹沿映, 石質黃紅靑白, 雜彩交錯成章, 上有九頭, 山之名"畫", 以色非以形也. (土語:"堯山十八面, 畫山九筒頭, 有人能葬得, 代代出封侯." 後地師指畫山北面隔江尖峰下水繞成坪處爲吉壤, 土愚人輒戕其母欲葬之. 是夕峰墜, 石壓其穴, 竟不得葬, 因號其處爲忤逆地. 余所恨者, 石墜時不幷斃此逆也.) 舟人泊舟畫山下晨餐. 余遂登其麓, 與靜聞選石踞勝, 上罨彩壁, 下蘸綠波, 直是置身圖畫中也. 崖壁之半, 有洞北向, 望之甚深, 上下俱無所着足. 若緣梯綴級於石紋之間, 非直空中樓閣, 亦畫裏巖棲矣.

[返而登舟,] 又北一里, 上小散灘. 又北二里, 上大散灘. 又北七里爲鑼鼓灘, 灘有二石象形, 在東岸. 其處江之西涯, 有圓峰端麗; 江之東涯, 多危巖突兀. [其山南巖竅, 有水中出, 緣突石飛下墜江, 勢同懸瀑. 粵中皆石峰拔起, 水隨四注, 無待破壑騰空. 此瀑出崇竅, 尤奇絶.]

又北八里, 過攔州. [西北岸一峰純透, 初望之, 疑卽龍門穿穴, 以道里計之, 始知另穿一峰, 前以夜棹失之耳.] 舟轉西北向, 又三里, 爲冠巖. [先是江東岸嶄崖, 丹碧煥映, 采艷畫山. 冠巖卽在其北.] 山上突崖層出, 儼若朝冠. 北面山麓, 則穹洞西向臨江, 水自中出, 外與江通. 棹舟而入, 洞門甚高, 而內更宏朗, [悉懸乳柱, 惜通流之竇下伏, 無從遠溯.] 壁間有臨海王宗沐題詩, (號敬所, 嘉靖癸丑學憲.) 詩不甚佳, 時屬而和者數十人, (吉人劉天授等.) 俱鑴於壁. 觇玩久之, 棹舟出洞, [望隔江群峰叢合, 憶前攔州所見穿山當正對其西, 惜溪迴山轉, [并其峰亦莫能辨識. 頃之,] 矯首北見皎然一穴, 另懸江東峰半, 卽近在冠巖之北. 急呼舟人艤舟登岸, 而令其以舟候於南田站. 余乃望東北峰而趨, 一里, 抵山腋. 先踐蔓凌巉, 旣乃伏莽穿棘, 半里踰嶺坳. 度明穴在東, 而南面之崖絶不可攀, 反循崖北稍下懸級, 見有疊石阻隘者, 知去洞不遠矣. 盈北下, 則洞果南透. 其山甚薄, 上穹如合掌, 中罅. 北下俱巨石磊落, 南則峭崖懸亘, 故登洞之道不由南, 而由北云. 洞右復有旁門複室, 外列疏楞, 中懸團柱, 分幃裂隙, 東北彌深, 似昔有居者. 而洞北復時聞笑語聲, 謂去人境不遠, 以爲從北取道, 可近達南田. 時轟雷催雨, 亟出明洞. 北隅則巨石之隙, 多累塊叢棘, 宛轉數處, 北望一茅甚邇, 而絶不可通. 不得已, 仍踰西坳, 循前莽南下, 幸雷殷而雨不至. 一里, 轉至西北隅, 又得一洞. 南北橫貫. 其北峰之麓, (自冠巖來, 此爲北峰.) 北端亦透, 而不甚軒豁. 仍出南門, 遂西北行平疇中. 禾已將秀, 而槁無滴水, 時風雨忽至, 余甚爲幸之. [其西隔江屏立者, 皆穹崖削壁, 陸路望之, 更覺崢嶸; 東則石峰離立, 後託崇巒.] 共四里, 抵南田驛, 覓舟不得, 遂瀕江而北, 又一里, 乃入舟. 舟人帶雨夜行, 又五里, 泊於斗米、寸金二灘之間. 中夜仰視, 螢陣燭山, 遠近交映. 以至微而成極異, 合衆小而現大觀, 余不意山之能自繪, 更無物不能繪也.

二十七日 昧爽出峽口, 上寸金灘, 二里至賣柴埠. 西面峰崖駢立, 沉香堂在焉. 又西北三里, 其北麓有洞嵌江, 舟轉而東, 不及入. 東三里, 至碧巖. 其巖北向, 石嘴瞰江. 其上削崖高懸, 洞嵌其中, 雖不甚深, 而一楹當門, 倚雲迎水, 帆檣拂其下, 幛幄環其上, 亦凭空掣遠之異勝地也. 於是北轉五里, 過豆豉井. 又西北五里, 至大墟, 市聚頗盛, 登市蔬麵. 又西北五里, 至橫山巖. 其巖東向, 瞰流綴室, 頗與碧巖似. [右腋有竇, 旁穿而南, 南復闢一洞, 甚宏, 有門有奧. 奧西上則深入昏冥, 奧之南墜, 皆嵌空透漏. 門在墜奧東, 廓然凭流, 與前門比肩立.] 又北五里, 爲龍門塘. [南望橫山巖西透頂峰, 雖似穿石, 無從上躋.]又西五里, 爲新江口, 又夜行十里而泊.

二十八日 昧爽剌舟, 亟推篷, 已過崖頭山. 十餘里, 抵水月洞北城下, 令顧僕隨舟往浮橋, 余同靜聞過文昌門外, 又西抵寧遠門南, 過南關橋, 覓搨碑者, 所搨猶無幾, 急促之. 遂由寧遠門入, 經靖藩城後門, 欲入晤紺谷, 詢獨秀遊期, 而後門閉, 不得入. 乃循其東出東江門, 命顧僕以行囊入趨趙時雨寓, 而其女出痘, 遂携寓對門唐葵吾處. 聞融止已欲行, 而石猶未取. 飯後令靜聞往覓之, 至則已行, 止留字云: "待八月間來取." 殊可笑也.

二十九日 令靜聞由靖藩正門入晤紺谷. 余同顧僕再出寧遠門促搨碑者. 至是搨工始市紙携具爲往搨計, 余仍還寓. 午暑不堪他行, 惟偃仰臥憩而已. 下午, 靜聞來述紺谷之言, 甚不着意. 余初擬再至省, 一登獨秀, 卽往柳州, 不意登期既緩, 碑搨尚遲, 甚悵悵也.

三十日 余在唐寓. 因連日炎威午爍, 雨陣時沛, 既倦山跣, 復厭市行. 止令靜聞一往水月洞觀搨碑者, 下午反命, 明日當移搨龍隱云.

六月初一日 在唐寓. 是日暑甚, 余姑憩不出. 聞紺谷以焚靈事與藩王有不愜, 故欲久待. 而是時訛傳衡、永爲流寇所圍, 藩城亦愈戒嚴, 余遂無意候獨秀之登. 而搨者遷延索物, 余亦不能待, 惟陸務觀碑二副先搨者, 尾張少二字, 令彼再搨, 而彼復搨一付, 反并去此張, 及促再補, 彼愈因循, 遂遲吾行.
[獨秀山北面臨池, 西南二麓, 余俱繞其下, 西巖亦已再探, 惟東麓與絶頂未登. 其異於他峰者, 祇亭閣耳.]

初二日 令顧僕促搨工, 而余同靜聞再爲七星、棲霞之遊. 由七星觀左入巖洞'爭奇門'乃曹能始所書者, 卽登級爲碧虛閣. 是閣在摘星亭之左, 與七星洞前一片雲同向, ('一片雲'三字乃巡撫都御史許如蘭所書, 字甚古拙) 而稍在其南, 下登者先經焉. 余昔遊時急於七星, 以爲此軒閣不必煩展齒,[1] 後屢經其下, 見上有巖石倒垂, 心艶之, 至是先入焉. 則其額爲歙人吳國仕所題. '碧虛'之名, 昔在棲霞, 而今此復踵之. 豈彼以亭, 而此以閣耶! 余啜茗其間, 仰視閣爲瓦掩, 不見巖頂; 旣而轉入玄武座後, 以爲石窟止此, 而不意亦豁然透空, 頂上僅高跨如梁. 若去其中軒閣, 則前後通映, 亦穿山月巖之類, 而鋪瓦疊戶, 令人坐其內不及知, 可謂削方竹而淹斷紋者矣. 閣後透明之下, 復疊石爲垣, 高與閣齊, 以斷出入. 余訊其僧: "巖中何必疊瓦?"曰: "恐風雨斜侵, 石髓[2]下滴." "閣後何必堵墙?"曰: "恐外多山岐, 內難幽棲." 又訊: "何不移閣於巖後, 前虛巖爲門, 以通出入; 後倚閣爲垣, 以便居守, 豈不名山面日, 去室襟喉,[3] 兩爲得之!" 曰: "無錢糧." 然則巖中之結構, 巖後之窟塞, 又枵腹畫空而就者耶? 又訊: "垣外後山, 從何取道?"曰: "須南自大巖庵." (此庵卽花橋北第一庵, 庵僧自稱爲七星老庵, 余向所入, 見後有李彦弼碑者.) 余頷之, 遂出, 仍登摘星, 由一片雲[入]七星前洞. [由閣後東上數十級, 得小坪, 石盤其中. 遂] 北出後洞. 洞右壁外崖之上, 裂竅懸葩, 雲楞歷亂. 余急解衣攀緣而上, 連上重龕二層, 俱有列戶疏楞、蓮垂幄颺之勢, 其北下則棲霞洞穹然西向盤空矣. 洞外右壁古刻多有存者, 則范文穆成大「碧虛亭銘」, 并「將赴成都酉別七人」題名在焉. (七人卽「壺天觀銘」所題名字, 在棲霞者, 其歲月俱爲乙未二十八日.) 碧虛亭以唐鄭冠卿入棲霞遇日華、月華二君贈詩, 有"不因過去行方便,[4] 那得今朝會碧虛"之句, 遂取以名亭, 『石湖銘』中所云"名翁所命而我銘之"者也. 今亭已廢, 而新安吳公借以名南巖之閣, 不若撤南閣以亭此, 則南巖不掩其勝, 而此名亦賓其實, 豈不快哉! 蓋此處巖洞駢峙者三: 棲霞在北, 而下透山之東西; 七星在中, 而曲透山之西北; 南巖在南, 而上透山之東西. 故棲霞最遠而幽暗, 七星內轉而不徹, 南巖飛架而虛明. 三竅同懸, 六門各異, 可謂異曲同工, 其奈南巖之碧虛閣, 反以人掩何! 棲霞再北, 又有朝雲、高峙二巖, 俱西向. 此七星西面之洞也, 其數共五.

下棲霞, 少憩壽佛寺, 乃過七星觀, 遂南入大巖庵. 望南巖之後, 山石叢薄, 若可由庵外東北而登者. 時已過午, 余曰: "何不了此而後中食." 余遂從庵門右草坪中上, 靜聞就蔭山門, 不能從焉. 旣抵山坳, 草中復有石級, 而右崖石上鐫張孝祥「登七星山詩」, 張維依韻和之. 共一里, 再上, 得坪一區, 小石峰環列而拱之, 薄若綃帷, 秀分蕚瓣. 其北壁棘莽中, 亦有記, 磨崖爲鑿穴者戕損不可讀. 蓋其處西卽南巖透明之竇, 爲僧人窒垣斷之者; 北卽七星之頂, 與餘峰攢斗列者. 昔人上登七星, 此其正道, 而今則無問津者矣. 覓道草中, 有小徑出東南坳中. 從之, 共一里, 東南下山, 得一巖, 列衆神焉, 而不知其名. 下山而西, 則曾公巖在望矣. 忽涼飆襲人, 赤日減烈, 則陰氣自洞中出也. 此有玄風洞, 余夙求之不得, 前由棲霞入. 將抵曾公, 先過一隘口, 忽寒風拂燈, 至此又陰氣薄日, 信乎玄風當不外此, 後來爲曾公所掩耳, 非二洞也. 入洞, 更採葉拂崖, 觀劉誼「曾公巖記」及陳倩等詩, 已乃濯足澗水中. 久之出, 仰見巖右又有一洞在峰半, 與列神之巖東西并峙. 執入洞汲水者問之, 曰: "此亦有洞, 已不可登." 余再問其故, 其人不答去. 余亟攀崖歷莽而上, 則洞口亦東南向, 如曾公巖. 初由石峽入, 得平展處, 稍轉而北, 其外復有龕東列, 分楞疊牖, 外透多明, 內環重幄, 若堂之有室

焉. 其後則穿門西入, 門圓若圈, 入其內, 漸轉漸深, 而杳不可睹. 乃轉而出,
甫抵洞外, 則一人亦攀隙歷險而至, 乃慶林觀道士也. 見余獨入, 疑而踪跡
之, 至則曰: "慶林古觀, 而今移門易向, 遂多傷損, 公必精青烏[5]家言, 乞爲
我指示." 余謝不敏, 且問其巖何名? 道者不告, 强邀入觀. 甫下山, 則靜聞
見予久不返, 亦踵至焉. 時已下春, 亟辭道者. 道者送余出觀前新易門, 余
再索其巖名, 道者曰: "巖實無名. 昔有僧居此, 皆以爲不利於觀, 故去之而
湮其路, 公豈亦有意於此乎? 第恐非觀中所宜耳." 余始悟其踪跡之意, 蓋
在此不在彼也. 一笑與別, 已出花橋東街矣. 蓋此處巖洞駢峙者亦三: 曾
公在中, 而下透於西; 列神之巖在東上, 而淺不旁通; 慶林後巖在西上, 而
幽不能悉. 然曾公與棲霞, 前後雖分門而中通, 實一洞. 其北下與之同列者,
又有二巖, [予昔遊省春, 先經此] 亦俱東南向. 此七星山東南面之洞也, 其
數亦共五焉. 若北麓省春三巖、會仙一洞, [旁又淺洞一,] 乃余昔日所遊
者, 亦俱北向. 此七星山北面之洞也, 其數亦共五焉. [一山凡得十五洞云.]
旣度花橋, 與靜聞就麵肆中, 以補午餐. 過浮橋返唐寓, 則晚餐熟矣.

---

1) 극치(屐齒)는 '신발 밑바닥의 무늬' 혹은 '발자국 소리'를 의미한다.
2) 석수(石髓)는 종유석을 의미한다.
3) 금후(襟喉)는 본래 옷깃과 목구멍을 의미하며, 요충지의 비유로서 쓰인다.
4) 방편(方便)은 불교어로서, 융통성 있는 방식으로 사람에 따라 가르침을 베풀어 불법
   을 깨우치도록 하는 것을 의미한다.
5) 청오(靑烏)는 청오자(靑烏子)로서, 전설 중의 고대 풍수가이며, 이로써 풍수학설을
   의미하기도 한다.

初三日 簡[1]顧僕所促工搨「水月洞碑」, 始見陸碑尾張上每行失搨二字, 乃
同靜聞親携此尾往令重搨. 二里, 出南門, 一里, 抵搨工家, 坐候其飯. 上午
乃同往水月, 手指筆畫之. 余與靜聞乃少憩山南三敎庵, 錄張鳴鳳羽王父
所撰方、范二公「灘山祠記」. 遂二里, 南過雉山巖, 再登靑蘿閣, 別鄭、楊
諸君. 欲仍過水月觀所搨, 而酷暑釀雨, 雷聲殷殷. 靜聞謂搨工必返午餐,
不若趨其家便, 遂西一里, 至搨工家, 則工猶未返. 於是北一里, 入南門,

就麵肆爲午餐, 已下午矣. 雨勢垂至, 余聞鄭子英言, 十字街東口肆中, 有『桂故』、『桂勝』(俱張鳴鳳羽王輯.) 及『西事珥』(學憲魏濬輯.)、『百粤風土記』(司道謝肇淛輯.) 諸書, 强靜聞往市焉. 還由靖藩正門而南, 甫抵寓而雨至.

---

1) 간(簡)은 '점검하다, 검사하다'의 의미로 '검(檢)'과 통한다.

初四日 令顧僕再往搨工家索碑. 及至, 則所搨者止務觀前書碑三張, 而此尾獨無, 不特前番所搨者不補, 而此番所搨幷失之, 其人可笑如此. 再令靜聞往, 曰 : "當須之明日." 是日, 余換錢市點, 爲起程計.

初五日 晨餐後卽携具出南門, 冀得所補碑, 卽往隱山探六洞之深奧處. 及至, 而碑猶未搨也. 訂余 : "今日必往, 毋煩親待." 余乃仍入南門, 竟城而北, 由華景之左出西淸門. 門在西北隅, 再北則爲北城門, 西之山(卽王文成守仁祠在其南者.) 與之屬焉. 城外削崖之半, 有洞西向, 甚迤. 時[讀『淸秀巖記』], 欲覓淸秀巖, 出城卽渡濠壩而趨西. (濠中荷葉田田, 花紅白交映, 香風艷質, 遙帶於靑峰粉堞間, 甚勝也.) 有二岐, 一乃循山北西行, 一南從山南入峽. 其循北麓者, 卽北門西來之大道. 更有石峰突峙其北, 片片若削, 而下開大洞, 西南向焉. 與城崖西向之洞一高一下, 俱嶙岈誘人欲往, 但知非淸秀, 姑取道岐南峽中. 西行一里, 則峽北峽南, 其山俱中斷若闢門, 南北向, 其門徑路遂四交焉. 徑之西北, 有洞南向. 急覓道而登, 其洞北入, 愈入愈深, 無他旁竇, 而夾高底平, 灣環以進, 幽莫能測.

仍出洞, 候行者問之, 曰 : "此黑洞也." 問 : "淸秀何在?" 曰 : "不知." 問 : "旁近尙有洞幾何?" 曰 : "正西有山屛立峽中者, 其下洞名牛角. 西南出峽爲隱山, 其洞名老君. 由北出峽, 有塘曰淸[塘], 東界山巖曰橫洞, 西南瀕塘, 洞名下莊. 近洞惟此, 無所謂淸秀者." 余得淸塘之名, 知淸秀在此, 遂北轉從大道出峽門. 其峽門東西崖俱有小洞, 無徑路可登. 北出臨塘, 則瀦水一泓, 浸山西北麓大道. 余循大道而西, 沿淸塘而繞其右, 疑淸秀在其上,急遵之. 其路南嵌崖端, 北俯淵碧. 旣而一岐南上, 余以爲必清秀無疑. 攀躋漸高, 其磴忽沒, 仰望山坳, 幷無懸竅, 知非巖洞所在. 乃下, 隨路出塘之西, 其南山迴塢轉, 別成一壑, 而洞門杳然, 無可覓也. 其地去黑洞已一里矣.

於是仍從崖端東返, 復由峽門南下, 竟不得登巖之徑. 再過黑洞前, 乃西趨屏立峽中山. 一里, 抵屏之東北, 卽有洞斜騫, 門東北向, 其內南下, 漸入漸暗, 蓋與黑洞雖南北異向, 高下異位, 而灣環而入, 無異軌焉. 出洞, 繞屏北而西, 聞伐木聲丁丁, 知有樵不遠, 四望之, 卽在屏崖之半. 問此洞名, 亦云: "牛角." 問: "清秀何在?" 其人謬指曰: "隨屏南東轉, 出南峽乃是." 余初聞之喜, 繞西麓轉南麓, 則其屏南崖峭削, 色俱赭黃, 下有窪瀦水, 從山麓石崖出. 崖不甚高, 而中若崆峒, 蓋卽牛角南通之穴, 至此則墜成水窪也.

又東一里, 抵南峽門, 入北來大道. 復遇一人, 詢之, 其人曰: "此南去卽老君洞, 不聞所謂清秀. 惟北峽有清塘, 其上有洞, 南與黑洞通. [此外無他洞.] 此是君來道." 余始悟屏端所指, 乃誤認隱山, 而清秀所託, 必不離北峽. 時已當午, 遂不暇北轉, 而罔南炊隱山. 又一里, 則隱山在望矣. 仰見路西徑道交加, 多西北登崖者, 因令顧僕先往朝陽, 就庵而炊, 余呼靜聞遵徑西北入. 已而登崖躡嶠, 叢石雲軿,[1] 透架石而入, 上書'靈咸感應'四大字, 知爲神宇. 入其洞, 則隙裂成龕, 香煙紙霧, 氤氳其間, 而中無神像, 外豎竿標旗, 而不辨其爲何洞何神也. 下山, 見有以鷄酒來者, 問之, 知爲都籙巖. (言其神甚靈異, 而好食犬, 時有犬骨滿洞中.)

遂南半里, 抵隱山, 候炊於朝陽庵. 復由庵後入洞謁老君, 穿上下二巖, 乃出, 飯庵中. 僧月印力言: "六洞之下, 水深路閟, 必不可入." 余言: "鄧老曾許爲導." 僧曰: "此亦謾言, 不可信而以身試也." 旣飯, 又半里, 南過鄧老所居, 鄧老方運斤斲木, 余告以來求導遊之意. 鄧老曰: "旣欲遊洞, 何不携松明來. 余無覓處, 君明晨携至, 當爲前驅也." 余始悵悵, 問: "松明從何得?" 曰: "須往東江門. 此處多導遊七星者, 故市者積者俱在焉." 余復與之期, 乃西過西湖橋, 一里, 抵小石峰下.

其峰片裂如削, 中立於衆峰之間, 東北西之三面, 俱有垣環之, 而南則瀕陽江, 接南嶺, 四面俱不通. 出入大路至此折而循其北麓, 乃西還陽江之涯, 窺其垣中, 不知是何橐籥. 遍繞垣外, 見西北隅有踰垣之隙, 從而踰之. 其中莉莽四塞, 止有一家在深翳中. 披其東北, 指小峰南麓, 則磴級依然, 基砌疊綴. 其峰雖小, 如蓮瓣之間, 瓣瓣有房, 第雲構已湮, 而形迹如畫. 其半崖坪中有石如犀角, 獨聳無倚, 四旁多磨剔成碑, 但無字如泰山, 令人無從摸索耳. 其後又盤空而上, 片削枝攢, 尤爲奇幻. 從其東下, 崖半又裂石成巖, 上鐫三字, 祇辨其一爲“東”字, 而後二字, 則磨拭再三, 終莫得其似焉. (桂林城之四隅, 各有小峰特立. 東有曾公巖, 東有媳婦娘焉, 其峰雙岐而中剖; 北則明月洞, 西有望夫山焉, 其峰片立而端拱; 南則穿山巖, 西有荷葉山焉, 其峰窈窕中剖, 而若合若分; 西則西峰頂, 南有慈山焉, 其峰層疊中函, 而若披若簇. 四峰各去城一二里, 以小見奇, 若合筒節焉.) 搜剔久之, 知其奇而不知其名, 仍西蹈莽棘, 踰垣以出. 候途人問之, 曰: “秋兒莊.” 云昔宗室有秋英之號者, 結構此山爲菟裘.[2] 後展轉他售, 豐姓者得之, 逐營爲[冢]地, 父子連掇鄉科. 後爲盜發, 幸天明見棺而止, 故窒垣斷道云. 秋兒者, 卽秋英之誤也. 其西卽陽江西來, 有疊堰可渡; 而南趙家山、穆陵村、中隱諸洞, 隱隱在望.

循江北岸入. 西一里, 爲獅子巖. 西峰頂之西, 峰盡而南突, 若獅之迴踞而昂首者, 則獅巖山也. 其西又峙一峰, 高聳特立, 與獅巖相夾, 下有村落, 是爲獅巖村. 其西聳之峰, 有巖東向者, 凭臨峭石之上, 中垂一柱, 旁裂雙楞, 正東瞰獅巖之首. 其巖不深, 而軒夾有致, 可以駕風凌煙. 北轉有洞北向, 其門高穹, 其內深墜. 土人以爲中通山南, 而不知其道; 以爲舊有觀址, 而不知其名. 拭碑讀之, 知爲天慶巖. 由級南下, 中亘一壁, 洞界爲兩, 入數丈, 兩峽復合. 其北峽之上, 重門復竅, 懸綴甚高, 可望而不可攀焉, 想登此則南通不遠矣.

出洞北下, 由西北行, 石山叢薄間, 山俱林立圓聳, 人行其間, 松陰石影, 參差掩映. 又北一里, 經石山西麓, 見兩洞比肩俱西向. 輒捫棘披崖入, 由南洞進五六丈, 轉從北洞出. 其中宛轉森寒, 雖驕陽西射, 而不覺其暑. 出洞再北, 仰望洞上飛崖, 片片欲舞, 余不覺神飛. 適有過者, 問之, 以爲<u>王知府山</u>. 其西有林木逈叢在平疇間, <u>陽江</u>西環之, 指爲<u>王知府園</u>. 而滄桑已更, 山巒是而村社非, 竟不悉<u>王知府</u>爲何代何名也. 余一步一轉眺, 將轉西北隅, 思其西南有坳可踰, 仍還南向, 從雙洞之左東北而登. 忽得石磴, 共一里, 踰其坳間, 磴斷徑絶, 乃西攀石鍔而上, <u>靜聞</u>與<u>顧</u>俱不能從. 所攀之石, 利若劍鋒, 簇若林笋, 石斷崖隔, 中俱棘刺, 穿棘則身如蜂蝶, 緣崖則影共猿魅. 盤嶺腰而西, 遂出舞空石上, 而爲叢棘所翳, 反不若仰望之明徹焉. 久之, 仍下東坳, 瞰其北麓, 陡絶難下, 遂尋舊登之磴, 共一里, 下西麓, 而繞出其北. 又北過一峰, 其南有支峰疊石, 亦冕雲異. 抵其東麓, 有洞東向, 亟賈勇而登, 中皆列神所棲, 形貌獰惡. 從其右內轉, 復得明竅, 則支寶南通者也.

仍出洞, 東望有一村在叢林中, 時下午渴甚, 望之東趨, 共一里, 得<u>宋家莊</u>焉. 村居一簇, 當南北兩山塢間, 而西則列<u>神洞</u>山爲屏其後, 東則<u>牛角洞</u>山爲屏其前, 其前皆瀦水成塘, 有小石梁橫其上. 求漿村嫗, 得涼水一瓢, 共啜之. 隨見其汲東自小石崖邊來, 趨而視之, 則石崖亦當兩山之中, 其西瀦泉一方, 自西崖出, 蓋卽<u>牛角洞</u>西來之流也. 其泉淸冷, 可漱可咽, 甘沁塵胃. 又東一里, 卽屏風中立<u>牛角洞</u>之山. 從其南麓東趨, 又一里, 過北峽門, 北眺西峽之半, 有洞岈然, 其爲<u>淸秀</u>無疑. 而暮色已上, 竭蹶趨城, 又一里, 入<u>西淸門</u>. 回顧<u>靜聞</u>、<u>顧</u>僕, 俱久不至, 仍趁至門, 始知二人爲閽者所屏. (自<u>聞衡</u>、<u>永</u>有警, 卽議省城止開四門, 而餘俱閉塞. 居人以汲水不便, 苦求當道, 止容樵汲, 而行李俱屏之四門.) 乃與俱出, 循城而北. 半里, 過城外西懸之洞, 其下有級可攀而登, 日暮不及. 遂東轉, 又半里入北門焉, 已昏黑矣. 又一里, 抵<u>唐寓</u>.

<hr />

1) 병(軿)은 '덮다, 가리다'를 의미한다.
2) 토구(菟裘)는 원래 지금의 산동성 사수현(泗水縣)을 가리키는 지명이다. 『좌전·은공(隱公) 11년』에 "우보가 환공을 죽이기를 청하니, 대재의 벼슬을 차지하고자 함이 었다. 은공이 말하기를 '내가 임금이 된 것은 환공이 나이 어렸기 때문이매, 이제 그

에게 양위할 생각이오 토구의 당에 집을 짓게 하고 거기에서 여생을 보내겠소'(羽父請殺桓公, 以求大宰. 公曰: '爲其少故也, 吾將授之矣. 使營菟裘, 吾將老焉.')"라고 했는데, 이후로 토구는 '나이 들어 은거하는 곳'의 의미로 쓰이게 되었다.

初六日 晨起, 大雨如注. 晨餐後, 急冒雨赴南門, 行街衢如涉溪澗. 抵撝工家, 則昨日所期仍未往撝, 以墨瀋翻澄支吾; 再促同往, 又以雨濕石潤, 不能着紙爲解. 窺其意, 不過遷延需索耳. 及徵色發聲, 始再期明日往取, 余乃返寓. 是日雨陣連綿, 下午少止, 迨暮而傾倒不絶, 遂徹夜云.

初七日 夜雨達旦, 市間水湧如決堤, 令人臨衢而嘆河無舟也. 令靜聞、顧僕涉水而去索碑撝工家. 余停屐寓中, 覽『西事珥』、『百粤風土記』. 薄暮, 顧僕、靜聞返命. 問 : "何以遲遲?" 曰 : "候同往撝." 問 : "碑何在?" 曰 : "仍指索錢." 此中人之狡而貪, 一至於此! 付之一笑而已. 是日以僕去, 不及午餐, 迨其歸執爨, 已并作晚供矣.

初八日 夜雨仍達旦, 不及晨餐, 令靜聞、顧僕再以錢索碑. 余獨坐寓中, 雨霏霏不止. 上午, 靜聞及僕以碑至, 撝法甚濫惡, 然無如之何也. 始就炊, 晨與午不復并餐. 下午整束行李, 爲明日早行計, 而靜聞、顧僕俱病.

初九日 晨起, 天色暗爽, 而二病俱僵臥不行, 余無如之何, 始躬操爨具, (市犬肉, 極肥白, 從來所無者.) 以飮啖自遣而已. (桂林荔枝極小而核大, 僅與龍眼同形, 而核大過之, 五月間熟, 六月卽無之, 余自陽朔回省已無矣. 殼色純綠而肉甚薄, 然一種甘香之氣竟不減楓亭風味, 龍眼則絶少矣. 六月間又有所謂'黃皮'者, 大亦與龍眼等, 乃金柑之屬, 味甘酸之, 其性熱, 不堪多食. 不識然否?)

初十日 早覓擔夫, 晨餐卽行. 出振武門, [取柳州道.] 五里, 西過茶庵, 令顧僕同行李先趨蘇橋, 余拉靜聞由茶庵南小徑經演武場, 西南二里, 至琴潭巖. 巖東有村, 土人俱訛爲陳搏. 其西北大道, 又有平塘街. 余前遊中隱山,卽詢而趨之, 以晚不及, 然第知爲陳搏, 不知卽琴潭也. 後得『桂勝』, 知方信孺孚若[記云]: "最後得清秀、玉乳、琴潭、荔枝四巖." 故初四西出, 卽首索清秀, 幾及而復失之. 以下三洞, 更無知者. 然余已心疑陳搏之卽琴潭, 姑俟西行時并及之. 及今抵其村, 覓導者, 皆以爲水深不可入. 已得一人, 許余爲導, 而復欲入市, 訂余下午方得前驅. 余頷之, 聞其東南又有七寶巖, 姑先趨焉. 乃東南行, 度一嶺, 共三里, 又度一橋, 橋下水自西而東. 又南爲李家村. 村之南有石峰西向巉突, 有庵三楹綴其下, 前有軒, 已圮, 而中無居者. 其巖不深而峭, 其地蓋在南溪山白龍洞之正西, 卽向遊白龍洞時西望群山回曲處也. 時靜聞病甚, 憊不能行, 强之還陳搏村, 一步一息, 三里之程逾於數里. 及抵村, 其人已歸, 余强老嫗煮茶啖餌, 爲入巖計, 而令靜聞臥其家待之. 已而導者負松明并梯至, 遂西趨小山之南, 曰: "請先觀一水洞, 然不可入也." 余從之. 其門南向, 水匯其內, 上浸洞口, 而下甚滿黑, 深洞中寬衍, 四旁皆爲水際. 其左深入, 嵌空岹岈, 洞前左崖瀨水之趾, 有刻書焉, 卽方孚若筆也. 因出洞前遍徵之, 又得'琴潭'二大字, 始信"陳搏"之果爲音訛, 而琴潭之終不以俗沒矣. 洞左復開一旁門, 後與洞通, 其不甚異.[1] 余旣得琴潭之徵, 意所謂荔枝者當不遠. 導者篝火執炬, 請遊幽洞. 余徵幽洞何名, 則荔枝巖也. 問: "有水否?" 則曰: "無之." 然後知土人以爲水深不可入者, 指琴潭言; 導者以爲梯樓可深入者, 指荔枝言. 此中巖洞繁多, 隨人意所指, 跡其語似多矛盾, 循其實各有條理也.

　出琴潭巖, 沿山左潆塘而行. 繞塘北轉而西, 洞門東向琴潭西麓者, 荔枝巖也. 門不甚高, 旣入稍下, 西向進數丈, 循洞底右竅入其下穴. 其內不高而寬平, 有方池, 長丈餘, 闊五、六尺, 而深及丈, 四旁甚峻, 潆水甚洌. 再東南轉, 平入數十丈, 兩轉度低隘, 右崖之半有竅, 闊二尺, 高一尺, 內有洞, 上穹下平, 潆水平竅. 以首入竅東望, 其水廣邃, 中有石蜿蜒, 若龍之浮游水中. 穴內南崖, 有石盆一方, 長二尺, 闊一尺, 高六七寸, 平度水面, 若引繩度矩, 而弗之爽者. [不能以身入也.] 仍出至洞底, 少西進, 又循一右竅入其上峽. 其內忽岐爲兩層: 下穴如隊, 少西轉, 輒止; 上穴如樓, 以梯上躋,內復列柱分楞. 穿楞少西, 遂下南峽中. 平入數十丈, 又南旋成龕, 龕外洞頂有石痕二縷, 分絡夭矯, 而交其端. 仍出, 度梯下至洞底, 又循一左竅入其上峽, 則層壁累垂. 懸蓮嵌柱, 紛綴壁間, 可披痕蹈瓣而登也. 大抵此洞以幽閟見奇而深入. 在右水竅之側, 有小石塊如彈丸, 而痕多磊落, 其色玄黃, 形如荔枝, 洞名以此, 正似九疑之楊梅, 不足異也.

　出洞, 由琴潭之北共一里, 仍至其村, 已下午矣. 携靜聞西北由間道共二里, 抵平塘街. 其西石峰峭甚, 夾立如門, 南峰山頂忽有竅透腹, 明若展鏡. 余向從中隱尋銅錢巖不得, 晚趨西門, 曾過而神飛, 茲再經其下, 不勝躍躍. 問之, 皆云無路可登. 會靜聞病不能前, 有賣漿者在路旁, 亦向從中隱來, 曾與之詢穿巖之勝者. 其人曰: "有岐路在道旁打油坊後, 可捫而入, 東南轉至一古廟, 可登山而上也." 余乃以行李掛其桁間, 并令靜聞臥茅下以待, 曳杖遂行. 過打油者家問之, 則仍云巖無可登, 其居旁亦無徑可入. 余迴眺其後, 有蛇道伏草間, 遂披蔾穿隙, 隨山麓東行, 轉而南向, 將抵古廟, 見有路西上, 遂從之. 始捫級, 既乃梯崖. 崖之削者, 有石紋鋒利, 履足不脫, 拈指不滑; 崖之覺者, 有枝虯倒垂, 足可蹋藤, 指可攀杪. 惟崖窮跼峽, 棘蔓塡擁, 沒頂牽足, 鈎距紛紛, 如蹈弱水, 如蹈重圍, 淬不能出. 乃置傘插杖於石穴, 而純用力於指足, 久之, 抵叢石崖下. 其上迴獅舞象, 翥鳳騰龍, 分形萃怪, 排列繽紛. 計透明之穴已與比肩, 乃橫涉而北, 逾轉逾出峰頭, 俯瞰嵌崖削窟, 反在其下. 而下亦有高呼路誤, 指余下踐之級者. 余感其意, 隨之下, 竟不得所置傘杖處. 呼者乃二牧翁, 疑余不得下而憐之者, 余下謝之. 其人指登崖之道尙在古廟南, 蓋其巖當從崖後轉入, 不能從崖東入也. 余言傘置崖間, 復循上時道覓之. 未幾, 聞平塘街小兒呼噪聲, 已而有數十人呼山下者, 聲甚急, 余初不知其爲余, 迨獲傘下而後知之. 下至古廟側, 則其人俱執槍挾矢, 疑余爲伏莽而詢之者. 余告以遊巖之故, 皆不之信. 乃解衣示之, 且曰: "余有囊寄路口賣漿者茅中, 汝可往而簡也." 衆乃漸散. 余仍從古廟南歷磴披棘上. 遂西南轉出山後坳間, 眺其南, 一峰枝起, 頂豎一石, 高數丈, 靈怪之極.[2] 度已出巖後, 而遙瞻石壁之下, 猶未見洞門. 忽下有童子, 復高聲呼誤, 言不及登者. 時日已墜西峰, 而棘蔓當前, 度不可及, 且靜聞在茅店, 其主人將去, 恐無投宿, 乃亟隨之下, 則此童已颺而去, 不知其爲憐爲疑, 將何屬者. 乃仍轉北麓, 出打油坊後, 則賣漿主人將負所鋪張爲返家計. 余取桁間掛物, 隨其人東趨平塘街求託宿處. 其人言 : "家隘不能容." 爲余轉覓鄰居以下榻, 而躬爲執㸑, 且覓其宗人, 令明晨導遊焉. 是暮, 蘊隆3)出極, 而靜聞病甚, 顧僕㤗分. 迨晩餐後, 出坐當衢明月下, 而淸風徐來, 洒然衆峰間, 聽諸村婦蠻歌4)謔浪, 亦是群玉峰頭一異境也.

---

1) 건륭본에는 '其不甚異' 대신에 '中多列柱重葩, 嵌空虛皮(가운데에는 겹겹의 꽃잎 모양으로 늘어선 기둥들이 텅 빈 시렁처럼 허공에 박혀 있었다.)'라고 씌어 있다.
2) 건륭본에는 '靈怪之極' 대신에 '予所見石峰綴立, 雁巖翔鷺, 龜峰靈芝, 及此地笋石駢發, 未有靈怪至此者. (내가 보았던, 연이어 치솟은 바위 봉우리로는 안암의 상란봉, 구봉의 영지봉, 그리고 이곳의 죽순 모양으로 나란히 솟아 있는 봉우리인데, 이곳만큼 영묘하고 괴이한 곳은 없었다.)'라고 되어 있다.
3) 온(蘊)은 후텁지근함을 의미하고, 륭(隆)은 우레소리를 의미한다.
4) 만가(蠻歌)는 일문일답식으로 번갈아 노래를 부르는 것을 가리킨다.

十一日 晨起, 靜聞猶臥, 余令主宿者炊飯, 卽先過賣漿者家, 同其宗人南抵古廟南登山. 導者揚鑣斬棘, 共一里, 抵山西南坳. 從石隙再登一二步, 卽望見洞門西南向. 又攀石崖數十步, 卽入洞焉. 蓋其門前向東北, 後向西南, 中則直透, 無屈曲峻嶒之撑隔. 導者謂茲洞曰榜巖洞, 茲山曰楓木山. 下山, 仍過古廟, 遂南由田塍中渡西來小澗, [水自兩路口西塘迤邐東穿山麓, 卽南溪發源也.] 共東南一里, 入石巖洞. 其門西北向, 後門東北向, 其中幽朗曲折, 後門右崖, 有架虛之臺, 盤空之蓋, 皆窓楞旁透, 可憩可讀. 由後洞出, 北一里, 仍抵半塘街. 街北有石峰巑岏1)若屛, 東隅有巖東向, 是爲社巖. 外淺而不深, 土人奉社神於中. 導者又指其西北, 有石峰中立, 山下南北俱有匯塘, 北塘之上, 巖口高列, 南塘之側, 穴門下伏其內洞腹潛通, 水道中貫, 是名架梯巖, 又名石鼓洞, 蓋卽予前覓銅錢巖不得而南入之者. 導者言之, 而不知余之已遊; 余昔遊之, 而不知洞之何名. 今得聞所未聞, 更勝見所未見矣.

於是還飯於宿處, 强靜聞力疾行. 西二里, 經兩山之峽. 峽北山則巍然負扆, 下爲廣福王廟; 峽南山則森然北拱, 其東有巖焉. 門東向, 當門有石塔, 甚整而虛其中, 塔後不甚崇宏. 由其右穴入, 漸入漸隘而黑, 有狼兵數人調守於此, 就巖爨寢焉. 巖門外, 右有舊鐫磨崖, 泐不可讀. 乃下, 西出峽門, 是爲兩路口. 市肆夾路. 西北循山, 爲義寧道; 西南循山, 爲永福道. 余就西南行, 不一里, 靜聞從而後, 俟之不至. 望路東有巖西向, 撥棘探之, 巖不深而門異. 下矚靜聞, 猶然不見其過; 欲返覓, 又恐前行. 姑急追之, 又遲待之, 執前後至者詢焉, 俱茫然無指, 實爲欲前欲却. 久之, 又西行四里, 路右有小峰, 如佛掌高擎, 下合而上岐, 下束而上展, 於衆峰中尤示靈怪. 其南又騈峙兩山, 束而成峽, 路由其中. 峽南之峰, 其東層裂兩巖, 轉盼間, 覺上巖透明. 亟南向趨之, 祗下巖可入, 而上巖懸疊莫登, 乃入下巖. 巖中列柱牽帷, 界而爲峽, 剖而爲窗, 曲折明朗, 轉透其後, 則亦橫貫山腹者也. 以爲由後竅西出, 可反躋上巖透處, 而後竅上下俱削, 旁無可攀. 乃仍東出洞前, 見東北隅石頗坎坷, 姑攀隙而登, 遂達上層. [則前後二門, 俱與下巖幷列; 門內乳幄蓮柱, 左右環轉以達後門, 數丈之內, 紆折無竟. 前門一臺, 正對東北佛掌峰. 凭後龕牖,] 遙矚近視, 巖外之收攬旣奇, 巖內之縮結亦異, 誠勝境也. [予所見粤中重樓之勝, 此爲第一.]

旣而下山, 不知靜聞之或前或後, 姑西向行. 又見大路之左, 復有巖北向, 登之亦淺而不深, 此亦峽南之山也. 其在峽北者, 西向亦有二洞層列, 洞門上下, 所懸亦無幾, 而俱石色赭黃, 若獨爲之標異者. 一出峽門, 則匯水直浸兩峽之西, 中疊石爲堤, 以亘水面, 旁皆巨浸, 無從渡水一登赭巖. [旣又聞有八字巖, 亦不能至.] 遂由石道西向行匯水中. 又望其西峰之東崖壁高亘, 上懸三洞, 相去各二十餘丈, 俱東向騈列, 分南、北、中焉. [其山在匯水西南, 與東峽南峰東西夾塘成匯.] 遙睇崖端, 俱有微痕, 自南而北, 可以上躋, 惟北洞則嶄然懸絶, 若不可階焉. 途中行人見余趨巖, 皆竚呼莫前, 姑緩行堤間. 俟前後行人少間, 視堤西草徑, 循水遵南麓而行, 雖靜聞之前後, 俱不暇計. 已而抵南洞之下, 仰睇無級. 仍以攀崖梯隙之法, 猿升猱躍而上, 遂入南洞, 則洞門甚崇, 其內峌峒宏峻, 規模逈異. 稍下, 一岐由右入, 轉而西南, 漸覺昏黑, 莫究厥底; 一岐由左入, 不五丈, 忽一門西透山後, 返照炳焉; 一門北通中洞, 曲景穿焉. 於是先西向披後巖, [洞門高與東垾,] 上下俱懸崖陟絶, 可瞰而不可下. 遙望西南對山, 有洞亦若覆梁, 而門廣中邃, [曰生洞,] 東向暗黑而不知其涯. 仍入內, 旋北向上中洞, 洞內北轉而東透. 先探其北, 轉至洞門, 有石內皮, 架爲兩層, 上疊爲閣, 倒向洞內, 下裂爲門, 直嵌壁間, 蓋卽所望之北洞矣. 至此則茲洞之旁通曲達, 旣極崇宏, 復多曲折, 旣饒曠達, 復備幽奇, 余所觀旁穿之勝, 此爲最矣. 仍入中洞之內, 東臨洞門, [門愈高穹, 下則其外路絶崖轟,] 遂仍返其中, 循南洞而出焉. 始知是三洞者, 外則分門, 內俱連竅, 南洞其門戶也, 北洞其奧窟也, 中洞則左右逢原,[2] 內外共貫, 何巖洞之靈異, 出人意表如此!

於是仍由舊級下, 共一里, 北出大道, 亟西行. 循南山北麓而西, 三里, 越一平坡, [其南北巖洞甚多, 不暇詳步.] 歧而南爲通城墟. 墟房累累, 小若鴿戶, 列若蜂房, 虛而無人, 以俟趁墟者. 從墟又南一里, 是爲上巖[後洞.] 余循西路登巖, 門北向, 前臨深塘. 入其內, 擴然崇宏, [峽分左右.] 右峽下墜, 已潴爲淵, 水潄其底, 石壁東西夾之, 峻不可下. [其底南眺沉沉, 壁西之崖, 回覆淵上, 予所駐足下瞰者; 壁東則絶壁之下, 駢通二穴, 若環橋連亘, 水通其中, 不知所往; 北則石壁自洞頂下挿淵底, 壁半裂柱成隙, 泉淙淙隙端下注. 出右峽, 由左峽上入, 蹲石當門, 中聳爲臺, 臺上一頂柱直掛洞頂. 路從兩旁入, 其西復有石崖, 由洞北突而南, 若塞門焉. 與洞之南壁夾而成罅. 路循崖西出, 轉繞崖後, [外穹爲門, 門下橫閾, 而上多垂幨.] 踞門閾而坐, [門外峽復岹峣, 兩旁多倒懸下攫之石, 若龍爪猿臂, 紛拿其門,] 俯仰雙絶. 出洞, 循其東麓, 復開一門, 東向內漥, [下滴水空聲, 轉南漸黑, 當卽通後洞環橋水穴者.] 而下洞門之南, 則[上巖村]村居萃焉. 村後疊石開徑, 曲折而上, 是爲上巖[前洞]. 其門東向, [高齊後洞肩, 深折不及.] 前有神廬, 側有臺址. 有村學究聚群蒙於臺上. [由臺直躋洞後, 進寶成龕, 垂石如距 : 有垂至

地下離一線者, 有中懸四旁忽卷者, 有柱立輪囷其中者, 有爪攫分出其岐者. 其東南對山有泉源, 曰龍泉云.]

下臺端, [仍出後洞塘北] 西北行一里, 入東來大道. 又二里, 爲高橋, 石梁頗整. 越橋西南, 石山漸開, 北眺遙山連接, 自西而東, 則古田、義寧西來老龍矣. 又七里爲山蚤鋪, 其四旁雖間出土阜, 而石峰尤屼突焉. 又西南八里, 爲馬嶺墟. 其日當市, 余至已下午, 墟旣散, 而紛然俱就飮啜漿矣. 始於墟間及靜聞, 復與之飯. 又西南二里, 至繚江橋, 越橋爲繚江鋪, 於是山俱連阜回崗, 無復石峰崢嶸矣. 又南八里爲焉石鋪, 乃西入山塢. 二里轉而西南, 又十里爲蘇橋, [爲洛靑江上流, 水始捨桂入柳去, 予遂與桂山別.] 橋西是爲蘇橋之堡, 入東門, 抵南門, 時顧僕已先抵此一日, 臥南門內逆旅中. 是晩蘊隆之極, 與二病人俱殊益悶悶. 幸已得舟, 無妨明日行計也.

---

1) 찬완(巑岏)은 산이 뾰족하게 높이 솟은 모양을 가리킨다.

2) 봉원(逢原)은 『맹자·이루(離婁)하』의 다음과 같은 구절에서 비롯되었다. "군자가 깊이 탐구함에 도로써 하는 것은 스스로 그것을 체득하고자 해서이다. 그것을 스스로 체득하게 되면 거처하는 것이 안정되고, 거처하는 것이 안정되면 거기서 취하는 일에 깊이가 있게 되고, 거기서 취하는 일에 깊이가 있게 되면 곧 그 비근한 데에서 취하고서 그 근원에 이른다. 그러므로 군자는 그 스스로 체득하고자 하는 것이다(孟子曰: 「君子深造之以道, 欲其自得之也. 自得之則居之安, 居之安則資之深, 資之深則取之左右逢其原. 故君子欲其自得之也.)" 여기에서는 '근원에 이르러 서로 만나 통하다.'를 의미한다.

광서 유람일기2(粵西遊日記二)

해제

　「광서 유람일기2」는 서하객이 광서성 북동부를 유람한 데 이어 북부와 남동부를 유람한 기록이다. 서하객은 1637년 6월 12일 영복현(永福縣)을 지난 후 낙용현(洛容縣)을 거쳐 유주부(柳州府)로 들어서고, 8월 23일에는 남녕부(南寧府)에 들어가 이후 9월 중순까지는 남녕부에 있었다. 다만 8월 23일 이후의 일기 가운데 9월 9일 외에는 결락되어 있다. 이 시기의 유람은 서하객의 여러 유람 가운데 가장 힘들었는데, 정문 스님과 하인 고씨가 계림을 떠날 즈음부터 앓아누운 바람에 환자를 보살피면서 유람을 계속하지 않으면 안되었으며, 탐사 도중에 사다리에서 미끄러져 온몸에 상처를 입기도 했다. 이 시기에 서하객은 유종원(柳宗元)의 유적을 둘러보고 갈홍(葛洪)의 행적을 고증했으며, 건문황제(建文皇帝)의 유적을 찾아보았다. 또한 농민반란군이 이용했던 요새의 지형을 고찰하고,

당시 횡행했던 도적떼의 출몰 상황도 기록했으며, 각지의 카르스트 지형을 탐사하기도 했다. 「광서 유람일기2」는 건륭본과 계몽량본을 토대로 정리되었다.

이번 유람의 주요 여정은 다음과 같다. 영복현(永福縣) → 낙용현(洛容縣) → 나동암(羅洞巖) → 유주부(柳州府) → 입어산(立魚山) → 유성현(柳城縣) → 사궁(沙弓) → 진선암(眞仙巖) → 노인암(老人巖) → 융현(融縣) → 유성현(柳城縣) → 유주부(柳州府) → 선혁암(仙奕巖) → 삼강구(三江口) → 상주(象州) → 무선현(武宣縣) → 심주부(潯州府) → 백석산(白石山) → 목각촌(木角村) → 중도협(中都峽) → 울림주(鬱林州) → 상암(上巖) → 북류현(北流縣) → 보규동(寶圭洞) → 용현(容縣) → 석두포(石頭鋪) → 심주부(潯州府) → 귀현(貴縣) → 횡주(橫州) → 영순현(永淳縣) → 남녕부(南寧府)

역문

정축년 6월 12일

아침 식사 후 배를 띄워 물길을 따라 남쪽으로 달리다가 굽이굽이 서쪽으로 돌아들어 20리만에 소강구(小江口)에 이르렀다. 이곳은 영복현(永福縣)의 경계이다. 다시 20리를 달려 영복현을 지났다. 영복현 현성은 북쪽 언덕에 있는데, 뱃사공은 잠시 배를 대고 채소를 샀다. 다시 남서쪽으로 35리를 달려 난마탄(蘭麻灘)으로 내려갔다. 난마탄은 파도가 대단히 높이 치솟아 오르고, 그 위의 난마령(蘭麻嶺) 또한 다니기에는 너무 좁고 경사져 있다. 다시 20리를 달려 척탄(陟灘)을 내려오니 이정(理定)이다. 이정의 성은 강의 북쪽 언덕에 있다. 다시 25리를 달리자 날이 저물었다.

다시 15리를 나아가 신안포(新安鋪)에 배를 댔다.

6월 13일

날이 채 밝기도 전에 길을 떠나 40리를 달려 오전에 구가(舊街)를 지났다. 어느덧 유주부(柳州府)의 낙용현(洛容縣)의 경계에 들어서 있었다. 구가는 강의 북쪽 언덕에 있다. 다시 40리를 달려 정오에 우배(牛排)를 지났다. 또다시 40리를 나아가 오후에 낙용현의 남문에 이르렀다. 낙용현에는 비록 성이 있지만 저자는 황량하고 쓸쓸했으며, 성 안에는 초가가 수십 가구 있으나, 현성문에는 노부인 한 사람만 살고 있다.

(옛날의 낙용현은 지금의 현성의 북쪽 80리에 있으며, 그곳은 유주부까지 130리 길이다. 오늘날의 것은 새로운 현성이며, 남서쪽으로 유주까지는 50리 길이다.) [물길은 반드시 사흘간 유강(柳江)을 거슬러 가야 이를 수 있다.] 이날 밤 배안에서 묵었다. 말을 예약하여 정문(靜聞)이 타고 갈 수 있도록 했다.

6월 14일

동이 트기 전에 일어나 식사를 마쳤다. 짐꾼을 구해 광주리와 보따리를 지게 하고, 정문을 말에 태운 채 남문 밖에서 성을 에돌아 서쪽으로 나아갔다. 정문은 말에 올라타자마자 굴러 떨어지고 말았다. 하인 고(顧)씨는 정[문] 스님, 짐꾼을 따라 먼저 떠나고, 나는 말을 데리고 가서 바꾸려고 했다. 말을 두 번이나 바꾸었지만, 모두 나아가지 못했다. 그래서 수레를 타고 가려고 하자, 뭇사람들이 수레의 흔들림이 말보다 심하며, 비탈과 고개를 오르내릴 때마다 반드시 수레에서 내려 밀거나 끌어당겨야 하니 훨씬 불편하다고 말했다. 그래서 비싼 값을 치르고 가마꾼 세 명을 사서 배불리 먹인 후에 길에 올랐다. 어느덧 오전이었다. 나는 먼저 홀로 떠나 앞의 역참에서 그들을 기다릴 작정이었다. 가마가 빨라

서 내가 뒤쫓아갈 수 없을까봐 염려했던 것이다.

모두 1리를 걸어 서문을 지난 다음, 서쪽의 다리를 건너 서쪽으로 나아가 곧바로 비탈길을 올랐다. 사방을 둘러보니 온통 산등성이가 둘러싸고 고개가 연이어지며 잡초가 끝없이 이어져 있다. 오직 길의 남쪽 산등성이 너머에만 뾰족한 산이 우뚝 솟아 있고 바위등이 드러나 있다. 잡초더미 속을 걸어 18리만에 높은 고개를 넘었다. 뒤돌아보니 정문을 태운 가마는 아직 이르지 않았다. 고개를 내려와 다시 남서쪽으로 2리를 나아가니 고령포(高嶺鋪)이다. 비로소 띠집 몇 개가 나타나는데, 맹촌(孟村)이라는 마을이다. 이때에도 정문 스님이 여전히 이르지 않기에, 잠시 가게에서 쉬면서 그를 기다렸다. 그는 한참이 지나서야 왔는데, 훨씬 피곤해보였다.

여기에서 다시 서쪽으로 1리를 가서, 남쪽으로 꺾어들어 고개를 올랐다. 구불구불 남쪽으로 올라가 4리만에 남채산(南寨山)의 서쪽에 이르렀다. 유강이 그 서쪽 벼랑에 바짝 붙어 흐르고 있었다. 이에 서쪽으로 내려가, 뱃사공이 대고 있는 배를 타고 건넜다. [조그마한 시내가 남채충(南寨沖)에서 골짜기를 내리치며 서쪽의 유강으로 흘러든다. 이곳은 산문충(山門沖)이라는 곳이다.] 강의 동쪽은 낙용현에 속하고, 강의 서쪽은 마평현(馬平縣)에 속한다. 서쪽 강언덕에 올라 산세를 따르고 강가를 좇아 남쪽으로 나아가니 마록보(馬鹿堡)이다. 동쪽으로 강 너머를 바라보니 바위 벼랑이 강 위에 가로로 걸쳐 있다. 이곳은 남채산에서 갈라져 나와 솟구친 산줄기로, 위로 쭉쭉 뻗은 모습이 기이하다.

모두 5리를 나아간 다음 서쪽으로 움푹 꺼진 곳을 넘어 들어섰다. 바위 봉우리가 빽빽하게 치솟아 길 양쪽에 마치 대궐의 망루처럼 서 있다. 그 남쪽 봉우리는 나산(羅山)이라고 한다. 북쪽을 향해 있는 산꼭대기에 동굴이 비스듬히 뚫려 있고, 곁에는 두 곳의 입구가 갈라져 있다. 쳐다보니 기어오를 길이 없었다. 서쪽 기슭에도 동굴이 나란히 솟아 있다. 그 북쪽 봉우리는 이풍산(李馮山)이라고 하는데, 남쪽이 유달리 몹시 가파르다. 다시 2리를 가자 대궐의 망루와 같은 두 봉우리의 서쪽에 조그마한 봉우리가 한 가운데에 우뚝 서 있다. 이곳은 독수봉(獨秀峰)이다.

길을 가던 행인과 함께 나무 아래에서 쉬면서 정문 스님을 기다렸으나 그를 태운 가마는 오지 않았다. 뒤에 오는 사람에게 물어보니, 도중에 가마 같은 것은 없다고 말했다. 마음속으로 몹시 당혹스러웠다. 그런데 머리를 돌려 나산 서쪽 기슭의 동굴을 바라보자, 기이한 마음이 들었다. 함께 쉬고 있던 사람이 이렇게 말했다. "나산의 남쪽 기슭에서 나산의 동쪽으로 돌아들면 나동암(羅洞巖)이 있습니다. 동쪽에 패방이 있으니, 그걸 바라보면서 갈 수 있을 겁니다."

그의 말을 듣고 나는 더욱 기이한 마음이 들었다. 햇빛을 바라보니 아직 해가 서쪽으로 기울지 않았기에, 갈림길을 따라 남동쪽으로 여러 해 자란 풀숲을 헤치며 나아갔다. 1리만에 나산의 남서쪽 모퉁이에 이르렀다. 산머리에 무더기진 바위가 겹겹이 걸려 있다. 곁의 구멍은 규옥과 같고, 가로로 뚫린 구멍은 다리처럼 보였다.

여기에서 돌아들어 남쪽으로 가다가 동쪽으로 그 남쪽 기슭을 따라갔다. 북쪽으로 바라보이는 산 중턱에 남쪽을 향해 있는 동굴이 또 있다. 높이는 북쪽 산마루보다 약간 낮은 채 앞뒤로 서로 마주보고 있다. 남동쪽을 바라보니 조그마한 산이 강에 닿아 있다. 산의 남쪽 모퉁이에는 바위가 갈라져 틈새를 이루고 있고, 위로 봉우리 꼭대기까지 쭉 이어져 문을 이루고 있다.

이때 느닷없이 산비가 내렸다. 길게 자란 풀숲이 어깨까지 차올랐다. 오르는 길에 빗물이 쏟아져 내리는 것이야 성가시지 않으나, 오히려 주위의 젖어있는 풀잎 때문에 애를 먹었다. 산의 동쪽으로 돌아들어 모두 1리쯤을 가서 움푹 꺼진 곳을 넘어 들어가니, 평지가 마치 상자 덮개 모양으로 가운데에 펼쳐져 있다. 오른쪽 봉우리의 북쪽에는 거대한 바위가 비스듬히 겹쳐져 우뚝 솟아 있다. 높이가 수십 길이다. 영락없이 북쪽을 향해 두 손을 맞잡고 있는 사람의 모습인데, 옷주름이 매우 예스러웠다.

왼쪽 벼랑의 북쪽에는 골짜기로 푹 꺼져 내린 동굴 입구가 두 곳 있다. 안쪽 동굴은 북쪽을 향한 채 깊숙이 깎여 깊은 못을 이루고, 바닥에는 맑고도 투명한 복류(伏流)가 흐르고 있다. 양쪽에는 수십 길의 깎아지른 듯한 암벽이 남쪽으로 깊고도 멀리 뻗어 있는데, 어디에서 뻗어오는지 알 길이 없다.

북쪽의 동굴 입구에 이르니, 암벽이 우뚝 치솟아 있고, 위에는 가로누운 [두 자 높이의] 바위가 있다. 마치 문지방인 듯한 바위는 동굴 입구의 울타리 노릇을 하고 있다. 덕분에 앉아서 그 밑바닥을 굽어볼 수 있으나, 험준한 곳을 넘어 아래로 떨어져 내릴 리도 없고, 발을 헛디뎌 추락할 염려도 없었다. 문지방인 듯한 입구의 왼쪽 암벽에는 수십 길의 밧줄이 드리워져 빙글빙글 휘감긴 채 암벽 사이에 매달려 있다. 내 생각에는 호사가들이 낭떠러지 끄트머리에 매달아 동굴 밑바닥을 구경했던 것이 아닌가 싶다. 아쉽게도 짝이 없이 혼자 다니는 몸인지라, 내 몸을 도르래 삼아 이 그윽한 곳에서 물을 길어올 수는 없었다.

북쪽의 골짜기 입구 위로 나와 서쪽 봉우리를 바라보았다. 곧바로 오르는 길이 있는데, 과연 거기에 돌로 만든 패방이 있다. 급히 잰 걸음으로 가보니, 돌로 만든 패방 뒤에 동쪽을 향해 있는 동굴이 있다. 동굴은 멀리 두 손을 맞잡고 있는 사람 모양의 바위를 굽어보고 있다. 패방 위에는 '제일선구(第一仙區)'라 씌어졌을 뿐, 동굴 이름이 적혀 있지는 않다. 동굴 안에는 자물쇠를 채운 문이 늘어서 있고, 문 위에는 또 울타리가 가로 놓여 난간을 이루고 있다. 문틈으로 안을 들여다보니 동굴은 매우 널찍하지만, 길이 없어 안으로 들어갈 수 없었다.

이에 울타리를 붙잡고 암벽을 타고서 문 가장자리를 넘어 들어갔다. 동굴은 높고 평평하며 넓고 밝았다. 가운데에 불상은 없으나, 네모진 침대와 나무 안석, 남겨진 붓과 벼루가 있다. 그 왼쪽을 살펴보니 북쪽으로 돌아들어 차츰 어두워지고 좁아진다. 그 오른쪽 끝까지 가보니 서쪽으로 올라가 더욱 깊어지고 어두워졌다. 나는 뒤쪽에 구멍이 뚫려 밝은 빛이 새어드는 곳이 나타나기를 기대하면서 한참동안 찾아보았으나 찾지 못했다. 동굴을 나와 계속해서 문 위의 울타리를 넘어 동굴 앞에 이르렀다. 동굴 오른쪽에 서쪽으로 오르는 길이 보였다. 풀더미를 헤치고 틈새를 기어서 여러 겹의 바위 벼랑에 올라섰으나 길이 막혀 앞으로 나아갈 수 없었다. 이곳은 나무꾼들이 동굴 안을 다니는 길이다.

산비가 다시 세차게 내렸다. 높은 바위에 의지한 채 봉긋한 벼랑에 기대앉아 비가 그치기를 기다렸다. 홀연 아래쪽을 보니 동굴 북쪽의 평지 위에 비췻빛이 파릇파릇했다. 마음속으로 이곳의 풀빛이 특이하여 이상하다고 생각했는데, 어찌 갓 돋아난 볏잎이 비를 머금어 이러는 것이 아니랴? 얼마 지나지 않아 마치 컴퍼스처럼 둥글게 에워싼 채 오색이 서로 어우러져 사방의 골짜기에 평평히 펼쳐져 있다. 위에서 바라보니 마치 휘장이 빙 둘러 합쳐져 있는 듯한데, 홀연 빛이 사라져버렸다.

비가 그치자, 길을 내려왔다. 돌로 만든 패방에서 남쪽의 움푹 꺼진 곳을 넘어 2리만에 이 산의 서쪽 기슭으로 돌아들었다. 먼저 동굴 한 곳으로 들어가니, 그 입구는 서쪽을 향한 채 두 손을 모은 듯 우뚝 치솟아 있다. 동굴 안은 움푹 패여 내려간다. 왼쪽으로 돌아들어 서쪽으로 나아가니 어두워서 더듬어 나아갈 수 없고, 오른쪽으로 돌아들어 동쪽으로 내려가니 물로 인해 끝까지 갈 수 없다. 험준하고 비좁은 벼랑일 뿐, 그윽하고 아름다운 궁실은 아니다.

동굴을 나와 다시 북쪽으로 나아가자, 이전에 큰길에서 보았던 바로 그 동굴이 나왔다. 동굴 입구는 서쪽을 향한 채 두 겹으로 잇달아 겹쳐 있다. 동굴 밖에는 커다란 바위가 마치 문지방을 놓은 듯 가로누운 채 입구를 막고 있는데, 험준해서 오를 수 없었다. 북쪽에는 좁은 통로가 있다. 몸을 가로 뉘여 들어가니 아래쪽 동굴이 나온다. 동굴 속 가운데에는 바위가 매달려 있고, 그 사이에 이루어진 두 개의 문이 남북으로 나란히 늘어서 있다.

먼저 남쪽 문을 따라 들어가자, 약간 움푹 패여 내려갔다. 그 남쪽의 암벽은 갈라진 채 비스듬히 들려 있어 기어오를 수 없고, 그 북쪽 암벽에는 매달린 바위의 뒤쪽으로 틈새가 뚫려 북쪽 입구의 안까지 통해 있다. 틈새 안쪽 역시 아래로 푹 꺼져 내린다. 동쪽으로 동굴 밑바닥에 들어서자, 물이 콸콸 흐르는 소리가 들렸다. 남쪽 동굴의 오른쪽으로 돌아드는 밑바닥과 아래 구멍으로 보이지 않게 통해 있었던 것이다.

북쪽 문에서 나와 위를 쳐다보았다. 바위가 뒤덮어내린 연잎인 양 허공에 매달려 있는데, 위를 따라 기어오를 수 없었다. 다시 남쪽 문의 곁에서 왼쪽으로 바깥쪽 구멍을 뚫고 들어가자, 옆쪽에 감실이 나타났다. 감실 밖에는 마주 치솟은 골짜기가 서로 다섯 자 떨어져 있다. 그 위의 남쪽은 감실의 꼭대기가 끝나는 곳이고, 북쪽은 연잎 모양으로 뒤덮은 바위의 끄트머리이다.

골짜기 속에서 손으로 붙잡고 발로 버티면서 허공을 따라 그 위로 타올랐다. 위층의 동굴은 동쪽으로 깊숙하지 않으며 빛이 바짝 되비쳤지만, 가까이 다가갈 수 없었다. 오직 동굴 북쪽만은 갈라진 벼랑이 구멍을 이룬 채 기둥을 빙 둘러 입구로 통해 있다. 바위의 재질이 갑자기 영묘해지더니, 마치 젖처럼 기이해졌다.

틈새를 붙잡고 서쪽으로 뚫고 나아갔다. 벼랑은 남쪽으로 꺾어돌고, 두 칸의 석실이 이어져 있다. 아래에는 겹쳐진 누각이 걸터앉아 있고, 위로는 날듯한 종유석이 매달려 있다. 안쪽은 깊지 않으나 몹시 구불구불하고, 위쪽은 닿을 게 없이 거침없이 날아올랐다. 동굴이 허공을 가로질러 기이함을 드러낸 곳으로는, 양삭(陽朔)의 주명동(珠明洞)을 제외하면 이곳이 으뜸이었다.

오래도록 앉아 쉬다가 방금 전의 방법대로 내려왔다. 동굴 앞에 가로누운 문지방을 나서서 다시 북서쪽으로 큰길에 들어선 다음, 1리만에 독수봉 아래에 이르렀다. 다시 서쪽으로 5~6리 달려가다가 다가오는 이를 만나 물어보았더니, 가마를 타고 오는 스님은 보지 못하고 우마차에 누워가는 스님만 보았노라고 한다. 그제야 가마꾼들이 일부러 늑장을 부렸던 까닭을 알게 되었다. 정문을 우롱할 만한가 엿보아 제멋대로 우마차로 바꾸려 했던 것이다.

이곳에서 북쪽을 바라보니 쭉 뻗은 두 개의 봉우리가 양쪽에 서 있고, 남쪽을 바라보니 여러 봉우리가 빽빽이 둘러싸고 있다. 그 가운데에는 바위들이 봉우리 머리맡에 이어져 있는데, 대단히 고우면서도 변화무상하기 그지없다. 하지만 그곳의 이름을 알 수 없었다. 다시 서쪽으로 5~6리를 가자 유강(柳江)이 남쪽에서 북쪽으로 흘러왔다. 이곳은 유주부(柳州府) 부성의 동쪽을 감돌아 흐르는 물가였다. 강 동쪽의 남쪽 산에 누각이 비취빛이 어리는 산속에 매달려 있었다. 이곳은 황(黃)씨(즉 임술년[1])의 회시에 일등을 한 황계원(黃啓元이다)의 서원이다.

이때 정문 스님을 좇아가는 게 급하여 서쪽으로 강을 건넜다. 물가 언덕에 오르자 시가지가 이어져 있었다. 구불구불한 골목을 따라 2리만에 유주성(柳州城)에 들어갔다. 동문 안은 오히려 고요했다. 서쪽으로 부성의 관청을 지나 하인 고(顧)씨가 투숙한 곳을 찾았으나, 정문 스님은 종적을 찾을 길이 없었다. 곧바로 남문을 나와 길을 따라 사람이 보일 적마다 물어보았다. 어떤 사람은 보았다 하고, 또 어떤 사람은 보지 못했다 했다.

계속해서 동문을 지나 성을 에돌아 북쪽으로 당이현사(唐二賢祠)에서 개원사(開元寺)까지 갔다. 정문 스님이 절에서 나간 사실은 알았으나, 어디로 갔는지는 알 수 없었다. 그런데 절의 스님이 "이 근처에서는 천불루(千佛樓)와 삼관당(三官堂)만이 여러 사람을 받아들이는 곳이니, 그곳을 찾아가 보시지요"라고 말했다. 이에 절에서 나와 그 동쪽을 따라 곧바로 북쪽으로 달려 1리 남짓만에 천불루에 이르렀다. 어느덧 해는 저물어 있었다. 스님에게 정문 스님을 물었더니 없다고 했다.

다시 서쪽으로 삼관당으로 좇아갔다. 문에 들어서자 많은 이들이 스님이 안으로 들어갔다기에, 나는 정문 스님이리라 생각했다. 그러나 스님의 처소에 이르러보니 역시 없었다. 급히 되돌아나와 다시 남쪽으로 개원사 동쪽에 이르러 길가는 행인에게 다시 물어보았다. 물을 긷던 어떤 사람만이 강가에서 스님을 만났노라고 말했다. "강가에 어느 암자가 있습니까?"라고 묻자, "천비묘(天妃廟)가 있습니다"라고 대답했다.

어둠 속에서 북동쪽으로 1리를 가니, 천비묘가 있었다. 묘당에 들어가 정문 스님과 만났다. 우마차로 가마를 대신했던 가마꾼들은 마차로 강을 건너지 못하자, 오직 한 사람만 짐을 가지고 따르게 하였다. 게다가 정문 스님에게 돈을 더 뜯어낼 생각으로, 오직 나와 만나게 될까봐 일부러 빙 에돌아 성 밖의 황량한 묘당에 와서는, 정문 스님의 보따리와 이불을 묘당의 스님에게 저당 잡혀 돈을 뜯어갔던 것이다. 정문 스님이 비록 앓고 있다지만, 우롱함이 어찌 이 지경에 이르렀단 말인가! 이때 묘당의 스님이 대접한 밥을 먹고서, 나는 묘당 북쪽의 시골집에 함께 누웠다. 사방의 벽은 온통 말라비틀어진 대나무 울타리였다. 달이 아침까지 밝게 비추었다.

---

1) 임술년(壬戌年)은 천계(天啓) 2년인 1622년이다.

6월 15일

동이 트기도 전에 잠자리에서 일어났다. 세면 도구가 없는지라 서둘러 성안의 숙소로 들어왔으나, 정문 스님은 여전히 묘당 안에 누워 있었다. 처음에는 하인 고씨에게 정문 스님을 보살피러 갔다가, 보따리를 들고 함께 돌아오게 할 작정이었다. 그런데 하인 고씨 역시 누운 채 꼼짝하지 못한지라, 나는 종일토록 숙소의 건물에서 그를 보살펴야만 했다. 하인 고씨 또한 하루 종일 누워 있었는지라 유람하러 나갈 겨를이 없었다.

이 날은 무더위가 심한데다 환자 두 사람이 두 곳에 뻣뻣하게 누워 있는지라 마음이 울적했다. 나아가야 될지 물러서야 될지 어찌 해야 할 바를 모르겠다. 요 2~3일간의 계림 서쪽의 여정을 회상하여 일기를 적었다. 밤이 되어 잠자리에 누웠다.

6월 16일

하인 고씨가 일어나기 전에, 나는 직접 정문 스님을 맞으러 가려고 했다. 그런데 하인 고씨가 억지로 일어나서 가겠다고 했다. 나는 정문 스님의 보따리와 이불을 찾을 돈을 함께 보냈다. 오전에 돌아왔는데, 정문 스님은 오지 않고 묘당의 스님이 왔다. 그의 말에 따르면, 어제 정문 스님은 병이 조금 나아지더니 밤이 되자 더욱 악화되어, 지금 곧 숨을 거두려 하니 어서 가마로 그를 맞아가라는 것이었다. 나는 병이 위중한 바에야 더욱 옮겨서는 안된다고 생각하여, 스님에게 잠시만 더 머물러 있게 해달라고 부탁했다. 밖에 나가 의사를 수소문하여 모시고 가서 치료할 생각이었다. 묘당의 스님은 불쾌한 표정으로 마지못해 돌아갔다.

나는 점심을 기다리지 않은 채 동문을 나서서 당이현사를 지났다. 사당 안쪽에서 서쪽으로 돌아들자, 유후묘(柳侯廟)[1]가 나왔다. (그 앞에 「유후비柳侯碑」가 그 앞에 있는데, 한유韓愈의 시를 소식蘇軾이 써놓은 것이다.) 그 뒤에는 유종원(柳宗元)의 묘가 있다. (내가 『일통지』를 살펴보니, 유주에는 유분柳賁의 묘만 있을 뿐 유종원을 언급하지 않았으니, 어찌된 일인가? 내가 고증해보려 한다.) 서둘러 천비묘로 달려가 정문 스님을 살펴보았다. 그는 모습이 변하고 횡설수설 헛소리를 해댔다. 완전히 실성한 듯했다. 처음에 그에게 물어보았을 때에는 말도 제대로 하지 못했다. 계속해서 상세히 물어보고서야, 어제 과연 병세에 차도가 있어 밤에 창포와 웅황을 찾아 먹었는데, 그 뒤에 병세가 악화되었다는 것을 알게 되었다. 아마 체내의 열이 높은데다 이 따뜻하고 열을 내는 약을 복용했으니, 약의 성질이 대단히 뜨겁기에 이런 지경에 이르렀으리라.

(내가 며칠 전 『서사이西事珥』를 읽었는데, 이 일대 사람들 가운데 어떤 사람이 단오절에 창포주를 마시고 일가족이 목숨을 잃은 일이 실려 있는지라 경계해야 할 일로 여겼었다. 그런데 정문 스님이 병을 앓는 중에 이것을 복용했으니, 곧바로 죽지 않은 것만도 천만다행이었다.) 나는 익원산2)으로 약의 독성을 풀어주고 싶었으나, 그가 믿지 않을까봐 걱정스러웠다.

이에 2리를 걸어 북문으로 들어가 동(董)씨 성의 의사를 찾아 진찰하러 가자고 했다. 의사는 문제될 게 없으며 약을 먹으면 금방 좋아질 것이라고 말했다. 이에 다시 의사를 따라 그의 처소에 이르러 살펴보니, 치료제가 온통 아무렇게나 어지러이 널려 있었다. 약을 받아 성의 숙소에 이른 나는 달리 익원산을 구한 뒤, 하인 고씨에게 약제와 함께 정문 스님에게 전해달라고 했다. 그에게 의사의 처방을 알려주면서 먼저 익원산을 먹이고 나서 약을 달여 복용하게 했다. 저물녘에 하인 고씨가 돌아왔다. 익원산을 먹은 후 병세가 조금 가벼워졌다고 한다.

---

1) 유후(柳侯)는 당대의 문인이자 사상가인 유종원(柳宗元, 773~819)을 가리킨다. 유종원은 자가 자후(子厚)이며 산동성 하동(河東) 출신이기에 유하동(柳河東)이라 일컫는다. 그는 '영정(永貞)혁신'에 참여했다가 실패한 후 영주사마(永州司馬)로 폄적되었으며, 다시 유주자사(柳州刺史)로 폄적되었는데, 이로 인해 유유주(柳柳州)라 일컫기도 한다. 그는 유주자사로 재임하면서 노비를 석방하고 대중을 동원하여 우물을 파고 나무를 심는 등 선정을 베풀었다. 세상을 떠난 후, 그는 장안 교구의 서봉원(棲鳳原)에 묻혔지만, 현지인들은 그를 기념하여, 그의 영구를 멈추어 세웠던 곳에 의관묘(衣冠墓)를 세우고, 그가 늘 쉬었던 나지(羅池) 주변에는 나지묘(羅池墓)를 세웠는데, 나지묘는 훗날 유후사(柳侯祠)로 바뀌었다.
2) 익원산(益元散)은 활석(滑石) 6량과 감초(甘草) 1량의 비율로 배합하여 만든 한약으로, 흔히 육일산(六一散)이라고 하며, 기갈과 발열, 토사곽란 등을 치료하는 데에 사용한다.

6월 17일

한밤중에 우레소리가 우르르 쾅쾅거리더니, 동틀 무렵에 기어이 비가 내렸다. 아침 식사를 마친 후 하인 고씨에게 나가서 정문 스님의 병세를 알아보라고 했더니, 벌써 차차 호전되고 있다고 했다. 정오에 비가 개이자 날씨는 눅눅하고 찌는 듯했다. 숙소에 가만히 앉아 지냈다. 나가기가 지겨웠던 것이다.

유주부 부성은 삼면이 강으로 둘러싸여 있는지라 호성(壺城)이라 일컫는다. 강은 북쪽에서 흘러와 다시 꺾어져 북쪽으로 흘러가다가 남쪽으로 돌아들어 넓어지고, 다시 북쪽으로 흘러가면서 좁게 조여진다. 호리병 모양을 띠고 있으니, 유종원은 '강물이 굽어지는 것이 마치 굽이굽이 서린 창자'와 같다고 말했던 것이다.

이곳의 성은 꽤 가파른데, 동쪽 성곽에 모여 있는 집들이 오히려 성 안보다 밀집되어 있다. 황한간(黃翰簡)과 용천경(龍天卿, 용光씨의 이름은 문광文光이다)의 저택은 모두 거기에 있다. 황한간(이름은 계원桂元이다)은 임술년에 벼슬에 나아갔으며, 아버지의 이름은 [화(化)이다.] 향시에 합격하여 광동(廣東)의 평원현(平遠縣) 현령으로 부임했다가 도적을 평정한 공로가 있어 첨헌[1]으로 승진했다. 어머니인 허(許)씨는 정조를 지키다가 평원현에서 세상을 떠났기에, 허씨 부인만을 모시는 사당이 따로 있다.

내가 이전에 상공 문담지(文湛持)에게서 이 이야기를 들은 적이 있다. 부인은 평원현의 포위된 성 위에서 죽었다고 했는데, 최근 『서사이』를 읽어보니 회창현(會昌縣)에서 죽었다고 한다. 그 지명이 다르니, 사적 역시 차이가 있을 것이다. 이곳은 부인이 살았던 곳으로, 사당은 나지(羅池) 동쪽에 있다. (일부 결락됨.) 이 일은 마땅히 고증해보아야 할 것이다. (황한간의 두 아들은 모두 향시에 합격했다.)

---

1) 명대에는 도찰원에 좌우 도어사(都御史)를 두었는데, 이들을 흔히 첨원(僉院) 혹은 첨헌(僉憲)이라 일컬었다.

6월 18일

하인 고씨가 병이 나서 밥을 지을 수 없었다. 나는 가게에 가서 죽을 사먹고서, 곧바로 동문을 나와 정문 스님을 보러 갔다. 1리를 걸어 북쪽으로 이현사(二賢祠)를 넘고, 동쪽으로 개원사를 넘어 1리만에 천비묘에 이르렀다. 정문 스님의 병세는 조금 나아지기는 했지만, 몸과 정신은 여전히 원래 모습이 아니었다. 나는 처음에 묘당의 스님에게 돈을 주어 녹두와 잡곡을 사서 죽을 쑤고 나물과 날생강을 먹일 생각이었다. 전에 주었던 돈을 물어보고서, 나는 끝내 쌀을 사지 않고 밀가루 빵을 사서 먹이기로 했다. 나는 전철을 밟을까봐 돈을 주지 않고 직접 사다가 주었던 것인데, 정문 스님은 묘당의 스님과 쏙닥거려 내 마음을 아프게 했다.

(이 지방의 환자는 약을 믿지 않고 귀신을 믿었으며, 스님은 소식蔬食을 하지 않고 고기를 먹었다. 묘당의 스님은 기름진 채소를 많이 먹으라고 정문 스님을 미혹하고, 정문 스님은 그의 말을 믿었다. 묘당의 스님은 정문 스님이 의지할 것은 약이 아니라 음식이라고 말했다. 정문 스님은 나에게 자기의 목숨을 귀하게 여기지 않고 돈만 아까워한다고 말했는데, 아무래도 병이 들어 제 정신이 아닌 모양이다.)

나는 이에 돌아오는 길에 개원사에 들러 구경했다. 개원사는 당나라의 옛 사찰로, 크기는 하지만 멋진 경관은 달리 없었다. 다시 서쪽으로 당이현사에 들러 비문을 탁본하는 이를 찾아, 소식(蘇軾)이 쓴 한유(韓愈)의 글 두 폭을 샀다. 다시 다른 탁본을 찾아보니, 유종원이 쓴 「나지제석(羅池題石)」 한 점이 보였다. 필치가 힘차고 새긴 것이 예스러운데, 비록 뒷부분이 이미 떨어져나갔지만 원래의 모습이 완연했다. 내가 몇 장을 더 찾아오라고 부탁하자, 그 사람은 기뻐하며 이렇게 말했다. "그거야 쉽지요. 금방 가져오겠습니다." 탁본을 꺼내왔는데, 새로 본떠서 갓 새겨놓은 것이었다. 내가 "예전의 비는 어디에 있습니까?"라고 묻자, "이미 잘게 부숴져 버렸지요. 이번의 것은 지난번의, 떨어져 나가 온전하지 못했던 것만 못합니다"라고 말했다. 나는 몹시 아쉬워하면서 새로 탁본한 것은 사양하고, 낡은 것 한 점과 한유의 글 두 폭만을 가져 갔다.

나지(羅池)가 있는 곳을 묻자, "당이현사 오른쪽의 큰길을 따라 북쪽으로 가다가 꼬불꼬불한 골목길에서 동쪽으로 나아가면 바로 나옵니다. 하지만 인가의 담 속에 둘러싸여 있어 찾기가 쉽지 않을 겁니다"라고 말했다. 나는 그의 말에 따랐다. 그런데 북쪽으로 큰길을 따라 반리를 가도 나타나지 않았다. 동쪽으로 골목에 들어서서 다시 물었더니, 토박이들은 처음에 모두들 모른다고 대답했다.

마침내 나지를 아는 사람이 있었다. 그는 "'나지의 밤달(羅池夜月)'을 말씀하시나 보네요? 이 경관은 사라진 지 이미 오래되었으니 볼 수 없습니다"라고 말했다. 내가 "무슨 까닭입니까?"라고 묻자, 이렇게 대답했다. "큰 강 남동쪽에 등대산(燈臺山)이 있었지요. 달빛이 등대산 위에 걸리고, 그 그림자가 못 속에 어리면, 이 일대에서 제일가는 멋진 경치였지요. 그런데 관부에서 연회를 베풀어 노는 번거로움에 시달리던 토박이들이, 돌을 던져 넣고 쓰레기를 쌓아 버렸답니다. 그 바람에 못이 반쯤 막혀버린지라 그림자가 더 이상 빛을 내지 않으니, 찾아가보아야 볼 만한 것이 없습니다."

내가 한 번 보고 싶다고 하자, 그 사람은 나를 끌고서 집 모퉁이의 담 틈새를 지나 곁문으로 들어갔다. 물이 더럽기 짝이 없는 못이 하나 있었다. 못의 남쪽에는 두 곳의 무너진 터가 있고, 높은 담의 반쯤 남은 모퉁이가 아직 남아 있다. 옛적에 누각과 정자가 있던 곳이리라 짐작했다. 동쪽 언덕에는 대단히 커다란 용안수 두 그루기 있다. 무성한 나뭇가지에 마침 열매가 주렁주렁 매달려 있다. 추측해보건대, 이곳은 틀림없이 유후사의 뒤쪽이고, 옛적에 나지묘(羅池廟)였던 유후사에 유종원의 신상이 모셔져 있었을 것이다. 이제 못은 이미 신령을 위해 남아 있을 수 없게 되어버렸으니, 하물며 경관을 위해 존속되기를 어찌 바랄 수 있으랴?

한참동안 유종원을 추모하다가 숙소로 돌아와 밥을 먹었다. 그리고 나서 작은 남문을 나와 융현(融縣)으로 가는 배편을 알아보았다. 내일 길을 떠날 작정이었던 것이다. 그제야 내일이 유주 부성의 북문에 장이 서는 날인데, 장이 파하여 배가 돌아갈 때면 사궁(沙弓)으로 가는 조각배가 즐비하게 늘어서서 기다린다는 것을 알게 되었다.

이에 강의 동쪽을 따라 대남문(大南門)을 향하여 강을 건넜다. 강의 남쪽으로 약간 서쪽에는 마안산(馬鞍山)이 있다. 매우 높다란 이 산은 양 끝이 나란히 우뚝 솟아 있다. 유주부의 안산이라 할 수 있다. 약간 동쪽에는 병풍산(屏風山)이 있는데, 엎드린 형상에 반듯하다. 그 북동쪽은 등대산이며, 높이 솟은 채 강줄기를 내리누르면서 북쪽으로 돌아들고 있다. 마안산의 서쪽에는 입어산(立魚山)이라는 뾰족한 봉우리가 솟구쳐 있다. 이 산은 마치 곧추선 물고기처럼 우뚝 솟구쳐 있다. 남쪽에 있는 산이 이 산을 덮어 가리는지라, 그 아래로 다가가지 않으면 분별할 수 없다.

강을 건너자마자 나는 선혁암(仙奕巖)에 대해 물어보았다. 주민들 가운데에 아는 이가 아무도 없었다. 남서쪽으로 1리를 가서 입어산에 이른 다음에야, 그 동쪽에 마주 보이는 곳이 바로 선혁암임을 알았다. 선혁암은 마안산의 서쪽 기슭에 있다. 주민들은 마안산만 알 따름이지 선혁암은 전혀 알지 못하지만, 사실은 별개의 산이 아니다. 입어산은 빈주(賓州)로 가는 큰길에 있으며, 부성의 남서쪽 모퉁이에 있다.

입어산의 북동쪽에서 층계를 타고 벼랑을 감돌아 오르자, 동굴 입구가 동쪽을 향한 채 산 중턱에 걸터앉아 있다. 동굴 입구 바깥의 오른쪽 위에는 다시 감실 하나가 옆으로 갈라져 있다. 마치 둥지가 매달리고 누각이 허공에 엮여있는 듯하다. 그 안에는 산신이 모셔져 있다. 동굴 입구 바깥의 왼쪽 아래로 몇 걸음 층계를 내려가자, 구멍이 또 하나 갈라져 있다. 마치 두 개의 벼랑의 양쪽 암벽과 같다. 드높이 봉긋 솟은지라 쭉 들어가보니, 안에 관음대사가 모셔져 있다.

동굴에 들어서는 입구는 입을 쩍 벌리고 있는 듯하다. 그 안은 넓고 평탄하고 밝다. 꼭대기의 바위에는 '남래자혈(南來玆穴)'이라는 네 글자가 거꾸로 쓰여 있다. 이것은 사천 사람인 양방(楊芳)의 필적이다. (입구 밖에는 시를 적은 비석도 있다.) 동굴 안에는 신위가 매우 많이 늘어서 있다. 뒤로는 두 개의 구멍으로 통해 있는데, 하나는 남쪽, 다른 하나는 북쪽으로 산허리를 뚫고서 서쪽으로 들어간다. 모두 칼로 파낸 구멍처럼 보인다.

먼저 남쪽의 구멍으로 들어가자, 구멍 속은 홀연 봉긋한 채 높이 빙 두르면서 수직으로 갈라져 있다. 서쪽으로 또 입구가 나 있으며, 산의 서쪽으로 뚫려 있다. 그 안은 드높고 아늑한데, 안에 삼청(三淸)[1]의 거대한 상이 늘어서 있다. 뒤쪽 입구에서 문지방을 넘어 나와 서쪽으로 깎아지른 듯한 골짜기를 굽어보았다. 멀리 바라보니 남서쪽의 여러 봉우리들이 훤히 트인 채 굽이굽이 멀리 뻗어나간다.

입구의 곁에서 오른쪽으로 골짜기의 구멍을 뚫고 내려왔다. 동굴이 또 있는데, 입구는 서쪽을 향해 있다. 동굴 속은 높지는 않아도 드넓다. 가운데에 돌기둥이 매달려 있고, 어지러이 놓인 신상이 돌기둥을 둘러싸고 있다. 돌기둥 뒤에 구멍이 있는데, 앞쪽 동굴로 뚫려 있는 북쪽 구멍이다. 이에 이 산은 구불구불 가운데가 뚫려 있고, 가운데가 텅 비어 바깥 곳곳으로 이른다는 것을 알게 되었다. 사방팔면이 정교하고 세밀하니, 계림의 여러 동굴에서는 흔치 않은 곳이다.

동굴 입구 안에서 왼쪽으로 동굴의 암벽을 따라 올라갔다. 동굴은 남북으로 가로놓여 있고, 기세는 더욱 높고 커진다. 동굴의 꼭대기에는 다섯 개의 구멍이 칼로 파인 듯 뚫려 있다. 올려다보니 마치 밝은 별들이 함께 반짝이듯 황홀하다. 그 아래에는 동쪽으로 골짜기가 훤히 트여 있다. 앞으로 쭉 가자 스님의 거처가 나왔다. 그러나 문에 빗장을 질러놓아 통행할 수 없었다.

조금 남쪽으로 가서 서쪽으로 돌아들어 골짜기로 내려갔다가 다시 서쪽의 동굴 입구 한 곳을 지났다. 앞쪽은 아래로 서쪽의 골짜기를 굽어보고 있다. 입구에서 왼쪽으로 돌아 들어가자, 동굴 안은 아래로 푹 꺼져 골짜기를 이룬 채 동쪽 밑바닥까지 쭉 뻗어내린다. 멀고 험준하여 내려갈 수 없었다. 골짜기 위에서 벼랑을 붙들고서 옆으로 뚫고 나아가, 남쪽으로 또 하나의 동굴 입구로 나왔다. 그 동굴 입구는 남쪽을 향해 있고, 앞에는 조그마한 봉우리가 가지처럼 솟은 채, 큰 봉우리와 나란히 서서 움푹 꺼진 곳을 이루고 있다.

그 사이로 벼랑을 붙들고 바위를 밟으며 곧바로 입어산의 꼭대기로 올라섰다. 이 동굴은 산허리를 꿰뚫고 있다. 즉 동쪽으로 두 곳의 입구, 서쪽으로는 세 곳의 입구, 남쪽으로는 한 곳의 입구로 터져 있다. 그 꼭 대기에 매달린 채 옆으로 갈라진 곳에도 십여 곳의 구멍이 있다. 훤히 트이거나 비좁으니 담아낸 정취는 끝이 없고, 굽이굽이 꺾이니 심오한 경지는 막힘이 없다. 참으로 신이한 경계이다.

다시 여러 동굴을 굽이돌아 앞쪽 동굴로 나왔다. 동굴 입구 오른쪽에 서 층계를 타고 남쪽으로 올라가 승방에서 잠시 쉬었다. 동쪽으로 산 아래를 굽어보니, 물이 고여 있는 못이 하나 보였다. 가운데에는 웅덩이 가 패이고 안에 물이 스며 있는데, 어디에서 물이 흘러나오는지 알 수 없다. 그 북동쪽에 마주하고 있는 것은 마안산의 북서쪽 기슭이며, 선혁 암이 그곳에 있다. [주민들은 마안산만을 알 뿐, 선혁암은 알지 못하지 만, 실은 서로 다른 곳이 아니다.] 그 남동쪽에 마주하고 있는 것은 마 안산의 남서쪽 갈래 봉우리이며, 또 수성암이 그곳에 있다. 멀리 그 뒤 쪽을 바라보니, 겹겹의 바위가 빙빙 감돌아 있다. 마안산의 비경일 터이 나, 한 눈에 죄다 보이지는 않았다.

이때 해는 어느덧 서산에 지고, 비가 다시 쉬지 않고 내렸다. 나는 다 시 정문 스님을 보살피고자 하여, 선혁암은 훗날의 구경거리로 남겨두 었다. 산을 1리 내려와 남문을 건넌 다음, 다시 북동쪽으로 3리를 나아 갔다. 콩과 채소를 가지고 천비전(天妃殿)에 갔는데, 정문 스님이 묘당의 스님과 몹시 다투고 있었다. 그래서 돈을 주고 저당잡힌 이부자리를 되 찾으려 했으나, 주지 스님은 몸을 피한 채 금방 나타나지 않았다. 나는 이에 내버려두고서 급히 부성에 되돌아왔다. 벌써 성문에 빗장을 지르려던 참이었다. 캄캄한 가운데 숙소에 돌아와 저녁밥도 먹지 못한 채 잠자리에 누웠다.

---

1) 삼청(三淸)은 도교에서 옥청경동진교주(玉淸境洞眞敎主)인 원시천존(元始天尊), 상청경동현교주(上淸境洞玄敎主)인 영보천존(靈寶天尊), 태청경동신교주(太淸境洞神敎主)인 도덕천존을 합쳐 일컫는 말이다.

6월 19일

새벽에 일어나니 비가 억수같이 쏟아지고 있었다. 일찌감치 북문을 나서서 시장을 둘러보았으나, 거리에는 빗물이 넘쳐 도랑을 이루는지라 장이 제대로 서지 못했다. 오전에 숙소로 되돌아와 식사를 했다. 돈과 쌀, 녹두를 남겨 하인 고씨를 정문 스님에게 보낼 작정이었는데, 정문 스님이 벌써 왔다. 그는 아직 완쾌되지 않은 몸으로, 이불과 옷들은 몽땅 천비묘에 내버려둔 채 겨우 몸만 왔다. 내가 몰래 숙소 주인에게 부탁하여 하인 고씨와 함께 머물도록 했다. 나는 짐을 들고 남서쪽의 문을 나와 사궁으로 가는 조각배를 구해 탔다. 그러나 같은 배를 탄 사람들이 모두들 내일 아침에 출발하는지라, 결국 사제(沙際)에서 하룻밤을 묵었다.

6월 20일

함께 떠날 몇 사람을 기다리느라, 오전이 되어서야 배가 출발했다. 성 서쪽을 따라 북쪽으로 유강(柳江)을 거슬러 올라 서문을 지나는데, 성의 담은 약간 안쪽으로 물러서 있어서 강물에 닿지는 않았다. 강의 서쪽에는 아산(鵝山)이 쭉 뻗은 채, 드넓은 들판 속에 홀로 우뚝 솟아 있다. 마치 나무의 우듬지 같다. 좀더 북쪽으로 나아가자 강의 동쪽 언덕에는 띠로 엮은 많은 집들이 강을 굽어보고 있다. 띠집 아래의 물가에는 벼를 실은 배들이 즐비하게 늘어서 있고, 벼줄기로 묶은 것을 여러 아낙들이 물가로 나와 무게를 달아 팔고 있다. 모두 유주성과 융현에서 물길을 따라 내려온 배들이다. 다시 북쪽으로 20리를 나아가 밤에 고릉보(古陵堡)에 배를 댔다. 이곳은 강의 서쪽 언덕에 있다.

유주부에서 북서쪽으로 나아가자 양쪽 강언덕의 산은 흙과 바위가 섞여 나온다. 흙산이 구불구불 이어지는 사이로 홀연 바위 봉우리 수십 곳이 우뚝 치솟아 무리를 이루는데, 깎아지른 듯 험준하고 무성한 채 가려졌다 드러났다 한다. 양삭(陽朔)이나 계림(桂林)과 다른 점이라면, 그곳은 사방을 둘러보아도 온통 바위 봉우리로 흙산이 하나도 섞여 있지 않음에 반해, 이곳은 자루 속에 송곳이 들어 있는 것 같으나, 그래도 남다른 기이함이 있음을 느끼게 한다.

유강을 따라 북서쪽으로 올라가자 양쪽 물가에는 깎아지른 듯한 바위가 많다. 비록 바위가 빗장처럼 가로막지도 않고 여울에 골짜기가 거꾸로 박혀 있지 않아, 연꽃이 맑은 물에 솟아난 듯한 자태이지만, 구불거리는 벼랑에 골짜기의 암벽이 불쑥 튀어나온 양삭의 강물과 다르고, 깎아지른 듯한 여울에 모래톱이 황량한 낙용(洛容)의 강물과도 다르다.

이곳은 내가 지나온 곳에 세 줄기의 강이 있었으나, 모두 건계(建溪)만큼 험하지는 않다. 양삭의 이수(灕水)는 비록 물길에 여울이 많지만, 물길 속에 바위가 하나도 없다. 양쪽에 때때로 무너진 벼랑과 쭉 뻗은 암벽이 강줄기를 내리누르고 있고 뭇 봉우리들이 강줄기를 낀 채 구불구불 이어져 있다. 이곳은 강을 타고 가는 중에 가장 빼어난 곳이다.

낙용현의 낙청강(洛青)은 모래톱이 매달린 듯 높아 물결이 흉용하고, 언덕에는 물결이 넘실거리는 바위가 없으며, 산은 온통 띠풀이 이어진 산비탈이다. 이곳은 강을 타고 가는 중에 가장 처지는 곳이다.

유성현(柳城縣)의 유강은 여울이 강물과 나란하고 물가에 바위가 빽빽하게 들어서 있으며, 험준한 산악에는 봉우리가 거꾸로 매달린 채 때로 흙산과 더불어 나타났다 사라졌다 한다. 이곳은 양삭과 낙용현의 사이에 있으며, 강을 타고 가는 길에 중간 정도의 경관이다.

6월 21일

날이 밝기 전에 길을 떠났다. 20리를 나아가 오전에 삼령(杉嶺)을 지나자, 강 오른쪽에 뾰족한 봉우리가 겹겹이 나타난다. 다시 30리를 달려 오후에 유성현에 이르렀다. 현성에서 북쪽으로 회원강(懷遠江)을 거슬러 들어간 다음, 다시 10리를 달려 옛적의 구현(舊縣, 이곳은 지난날 현의 치소로서, 강의 북쪽 언덕에 있다)에 배를 댔다. 이날은 찌는 듯이 무더워, 배안이 마치 불로 굽는 듯했다.

유성현은 강의 동쪽 언덕에 있는데, 외로운 성이 쓸쓸하고 적막하다. 성의 남쪽에 바위 벼랑이 서쪽으로 불쑥 튀어나와 강을 굽어보고 있다. 이곳은 강줄기에 다가가 있는 깎아지른 듯한 암벽인데, 보이는 곳이라고는 이것뿐이다. 성 서쪽의 강줄기는 두 갈래로 나뉘어져 있다. 서쪽에서 흘러오는 것은 경원강(慶遠江)이다. [그 원류의 하나는 천하현(天河縣)에서 비롯되는 용강(龍江)이고, 다른 하나는 귀주도균사(貴州都勻司)에서 흘러나오는 오니강(烏泥江)인데, 흔성(忻城)을 거쳐 북쪽의 용강에 흘러들었다가 이곳에서 합쳐진다.] 북쪽에서 흘러오는 것은 회원강이다. [그 원류의 하나는 귀주(貴州) 평월부(平越府)에서 비롯되고, 다른 하나는 여평부(黎平府)에서 비롯되어 회원현과 융현을 지나 이곳에 이른다.] 두 강이 합쳐져 유강이 되는데, 이것이 이른바 검강(黔江)이다. 아래로 흘러 유주부를 거쳐 상주(象州)를 지나 울강(鬱江)과 함께 심강(潯江)에 합쳐진다.

오늘날 심주부(潯州府), 남녕부(南寧府), 태평부(太平府)의 세 부를 나누어 좌강도(左江道)라 하는데, 울강을 기준으로 좌측이라 한다. 또한 유주부,

경원부(慶遠府), 사은부(思恩府)를 나누어 우강도(右江道)라 하는데, 검강을 기준으로 우측이라 한다. 그런데 울강 상류에 또다시 좌와 우의 두 강이 있으니, 부주(富州)의 남반강(南盤江)을 기준으로 우측이라 하고, [교지(交趾)] 광원(廣源)의 여강(麗江)을 기준으로 좌측이라 한다. 좌강(左江)과 우강(右江)은 남녕 서쪽의 합강진(合江鎭)에서 합류하는데, 예전의 좌강과 우강은 이것을 가리키고, 오늘날에는 검강과 울강으로 나눈다.

남반강은 부주로부터 전주(田州)를 거쳐 남녕 합강진에 이르러 여강에 합쳐진다. 이것이 우강이다. 북반강(北盤江)은 보안(普安)에서 흔성을 거쳐 경원에 이르러 용강에 합쳐진다. 이것이 오니강이다. 아래로 흘러가면 검강이고, 유주와 상주(象州)를 거쳐 심주에 이르러 울강과 합쳐지는데, 역시 우강이다. 이 남반강과 북반강은 광서(廣西)에 있기에 모두 우강이지만, 한 곳에 합류하지 않을 따름이다. 『운남지』에서는 남반강과 북반강의 두 줄기가 천리를 나누어 흐르다가 합강진에서 합쳐진다고 했다. 그러나 이는 남녕의 좌강과 우강을 모두 반강(盤江)으로 착각한 것이다. 남반강이 여강(麗江)과는 무관하며, 북반강이 합강진에서 흘러나오지 않음을 알지 못한 탓이다.

6월 22일

날이 밝자 배가 출발했다. 북서쪽으로 20리를 달려 정오에 대보(大堡)를 지났다. 이곳은 강의 동쪽 언덕에 있다. 이날은 날이 무더운데다 비가 간혹 내렸다. 뜨거운 열기로 푹푹 쪘다. 뱃사공은 노를 저어 때로 가다가 때로 멈추니, 종일토록 애썼건만 나아간 길은 얼마 되지 않았다. 오후에 다시 15리를 달렸다. 큰비가 대야로 쏟아붓듯 내리는지라, 배안에 고인 물을 손으로 움켜 뜰 정도였다. 들판의 강언덕에 배를 댔다. 저물녘에 비가 그치자, 다시 5리를 간 다음 멈추었다.

6월 23일

날이 밝기 전에 북서쪽으로 15리를 나아가 초허(草墟)를 지났다. 강 오른쪽에 산이 우뚝 솟아 있다. 산위에는 가파른 바위가 감아돌고 아래로 깎아지른 듯한 절벽으로 이어져 있다. 이곳은 생선이 대단히 싸다. 10리를 달려 마두에 이르렀다. 강 왼쪽에 높은 산벼랑이 이어져 있고, 그 안쪽에는 멀리 봉우리들이 빽빽하게 늘어선 채 하늘 높이 모여 있다. 이곳에서 배는 동쪽으로 돌아들어 10리를 달리다가 다시 북쪽으로 5리를 나아가 오후에 사궁(沙弓)에 닿았다. 이곳은 융현의 남쪽 경계이며, 강의 남서쪽은 곧 나성현(羅城縣)의 동쪽 경계이다. 사궁은 강변의 마을로서, 북쪽으로 융현까지는 50리이고, 서쪽으로 나성까지도 역시 50리이다. 서쪽으로 강 너머 뭇 봉우리들이 모여 있는 곳을 바라보니, 모두 나성으로 가는 길에 거쳐 왔던 곳이다. 이날 밤 배안에서 묵었다.

6월 24일

동이 트기 전에 계속해서 원래의 배를 타고 화목허(和睦墟)로 향했다. 이에 앞서 사궁 사람이 "내일은 화목허의 장날입니다. 장이 파하면 융현으로 돌아가는 배가 있을 터이니 배를 타기가 매우 쉬울 것입니다"라고 말했다. 그런데 원래 타고 오던 배 역시 쌀을 사러 장에 간다기에 그대로 배를 타고 가기로 했다. 화목허는 사궁에서 10리 길이며, 수로와 육로가 모두 거치는 곳이다.

배가 사궁에서 서쪽으로 가다가 곧바로 북동쪽으로 꺾어 1리를 나아갔다. 북서쪽에서 흘러오는 강이 있으니, 곧 무양강(舞陽江)이다. [안쪽 여울의 바위가 몹시 험하다.] 다시 동쪽으로 쭉 4리를 달리고 나서야 북쪽으로 돌아들어, 다시 5리를 달리자 화목허에 이르렀다. 황량한 시장에는 띠집은 보이지 않은 채 갈대만 높이 자라나 있다. 장사꾼들은 해가 막 떠오를 때 모여 있더니 정오가 채 못되어 흩어져버렸고, 배를 수소문해보아도 구할 수 없었다. 한참만에야 소금을 짊어지고 돌아가는 사람을 만났다. 짐을 그에게 맡기고 그와 함께 길을 갔다.

북동쪽으로 1리를 가자 서쪽에서 동쪽으로 흐르는 자그마한 시내가 있다. 시내를 건너 북쪽으로 나아가 비탈길을 오르내리는데, 온통 잡초들로 뒤덮여 있고 먼 산이 사방을 둘러싸고 있다. 다시 4리를 걸어 황화령(黃花嶺)을 지나자, 비로소 움푹한 평지를 따라 밭이 펼쳐지기 시작했다. 북쪽으로 쭉 5리를 나아가 고영(古營)을 지났다. 이곳의 밭들은 모두 군부대에서 개간한 것이다.

다시 북쪽으로 5리를 나아가 조그마한 시내를 건너자, 고교(高橋)가 나타났다. 진(秦)씨 성의 사람이 산등성이 안에 살고 있다. 북쪽으로 1리를 내려가자 큰 시내가 나왔다. 물길은 서쪽에서 동쪽으로 흐르는데, 물길을 가로막는 제방이 있고 깊이는 무릎에 찼다. 이 일대의 물길 가운데 큰 편이지만 배가 지날 수는 없었다. 다시 북쪽으로 5리를 가자 큰길이 북쪽을 향하여 쭉 현성으로 뻗어 있다. 짐을 짊어진 사람은 성이 육(陸)씨이고 집은 동량(東梁)의 북서쪽인지라, 이곳 갈림길에서 북서쪽으로 나아갔다.

2리를 걸어 계롱암(鷄籠巖)을 올랐다. 움푹 꺼진 곳이 매우 가파르다. 서쪽에 고동산(古東山)이라는 큰 산이 우뚝 솟아 있다. 산 북쪽의 동쪽 모퉁이가 동량인데, 현성으로 통하는 큰길이 거쳐가고 있다. 북서쪽 모퉁이는 동양(東陽)인데, 역시 산속 마을이다. 육씨 성의 사람들은 동양 북쪽의 움푹한 평지의 맞은편 산 아래에 모여 살고 있다. 계롱암을 넘어 북서쪽으로 모두 3리를 걸어 그의 집에 당도했다. [진선암(眞仙巖)에서 아직 10리나 떨어져 있고 현으로부터 15리 떨어져 있다.] 이때 막 정오를 넘었으나 눅눅하고 무더운데다 몹시 피곤하여 그곳에 머물고 말았다.

6월 25일

날이 밝자 일어나 식사를 했다. 육씨의 아들이 여전히 나를 위해 짐을 어깨에 지고 바래다주었다. 어젯밤에 이곳의 북쪽 산을 바라보니, 동굴이 쩍 갈라진 채 위아래로 층층이 겹쳐 있다. 나는 밤에 목욕을 한 뒤 혼자서 둘러보려고 했으나, 논둑의 물이 가득 넘실거려 가기에 불편했다.

이제 길잡이가 타고 가는 지름길은 그 아래에 나 있었다. 나는 이에 밭 사이로 나 있는 물길을 따라 논둑을 넘어 동굴로 올라갔다. 동굴에는 두 곳의 입구가 있는데, 모두 남쪽을 향해 있다. 동서 양쪽에 나란히 늘어선 입구는 서로 몇 길 떨어져 있다. 토박이들은 이곳을 독학암(讀學巖)이라 일컫는다. 동굴 밖에는 벼랑이 병풍처럼 나란히 늘어서 있고, 동굴 안에는 구멍이 가로뉘어 뚫려 있다. [마치 허공에서 복도를 걷는 듯하고 신기루처럼 안쪽은 밝으며, 연꽃이 드리운 듯 거꾸로 선 기둥은 갈고리인 양 옆과 이어져 있다.] 훤히 넓고 영롱한지라 오두막을 지어 살 수도 있고 쉴 수도 있으니, 비좁은 점이 결점이라 할 수는 없다.

그 서쪽에 또 조그마한 바위 봉우리가 밭 사이에 우뚝 솟아 있는데, 옆에 붙어 있는 것이 아무 것도 없다. 동쪽을 향해 있는 입구가 있는지라, 물이 가득한 논둑을 넘어 들어갔다. 처음 들어갈 때에는 비좁고 기이한 점이 없다고 느꼈다. 입구를 지나 서쪽으로 들어가자 틈새가 십(十)자 모양으로 갈라진 채 서쪽으로 뚫려 환하고, 남북으로는 온통 구멍이 갈라져 있다. 토박이들이 구멍 사이에 나무를 걸쳐놓았는데, 마치 누각을 매달아 거처하려 한 듯했다. 다만 굽이돌며 높고 깊은지라, 앞의 동굴처럼 멀리로는 편안히 바라보고 가까이로는 은거할 만하지는 않다.

동굴을 막 나오자 길잡이가 이렇게 말했다. "서쪽으로 1~2리를 가면 적룡암(赤龍巖)이 있습니다. 대단히 기이하여 노군동(老君洞)만큼이나 멋진 곳인데, 아쉽게도 알아주는 이가 없습니다. 그대는 기이함을 좋아하시는데, 왜 길을 에돌아 구경하지 않으십니까?" 내가 어제 화목허(和睦墟)에서부터 융현 내의 기이한 경관을 여러 차례 물어보면서 노군동 외에 어떤 경관이 더 있는지 알아보았으나, 길잡이와 여러 토박이들은 모두 없다고 대답했었다. 아마 그들은 암자가 있는 곳을 경관이 빼어난 곳으로 여길 뿐, 산의 바위의 기이함을 알지 못하기 때문이리라. 이곳에 이르러 길잡이는 내가 좋아하는 것이 이런 것임을 알고서 비로소 자신의 의견을 내놓았던 것이다. 나는 그를 칭찬하고서 곧바로 적룡암으로 가자고 했다.

이리하여 북쪽으로 산속의 움푹 꺼진 곳에 가지 않고, 서쪽으로 시내의 둑을 따라 나아갔다. 1리쯤을 걸어 마침내 적룡암 아래에 이르렀다. 적룡암은 북쪽을 향해 있고 산중턱에 높이 솟아 있다. 등지고 있는 산은 바로 육씨가 거처하는 뒤쪽 고개인데, 서쪽에서 이곳까지 가로로 늘어서 있다. 동쪽으로는 육씨네 마을로 내려간다.

동굴 앞의 북쪽에는 두 개의 봉우리가 마치 용과 호랑이처럼 불쑥 솟아 있다. 그 가운데에 동굴이 있는데, 높고 널찍하고 깊다. 바닥은 평탄하고 위는 봉긋하며, 동굴 입구의 중앙에는 두 겹의 바위 평대가 그 사이를 나누고 있다. 동굴 뒤에는 기둥이 늘어서고 네모진 격자가 나뉘어 있으며, 규옥과 같은 문과 옥으로 장식한 방을 따로 이루고 있다.

동굴 안으로 몇 길 쭉 들어가자 등성이가 조금씩 높아지더니, 마침내 어지러이 선전(仙田)을 이루고 있으며, 그 안에는 물이 고여 있다. 좀 더 들어가자 점점 웅덩이지고 어두워지는데, 길잡이가 이렇게 말했다. "이 안쪽의 입구는 구멍처럼 조여지니 몸을 평평히 해야 겨우 들어갈 수 있습니다. 들어가고 나면 다시 넓어지고 다른 구멍으로 통합니다." 집에서 횃불을 가져와 그 깊은 곳으로 끝까지 들어가지 못함이 아쉬웠다.

산 앞에는 서쪽에서 흘러온 시내가 두 갈래로 나뉘어 흘렀다. 시내는 동쪽의 육씨네 집을 감아돌아 다시 동쪽으로 동량에 이르고, 북쪽으로 안령담(安靈潭)에 모인다. 이 물은 영수계(靈壽溪)의 상류라고 한다. 산에서 내려와 시내를 건너 북쪽으로 나아가다가 북쪽 산을 바라보니, 동굴이 쩍 갈라져 나란히 늘어서 있다. 물이 고인 논둑을 건너 그 위로 올라갔다. 이곳의 동굴 입구는 남쪽을 향해 있는데, 비록 드높고 옆으로 갈라져 있지만 그 안은 아래쪽으로 마치 달팽이처럼 빙글빙글 감아돌고 있다.

동굴 입구 밖에서 오른쪽으로 오르자, 또다시 낭떠러지가 날듯이 박혀 있다. 잠시 기대어 걸터앉아 구경할 만하지만 오래 머물러 있을 만한 곳은 아닌지라 내려왔다. 대체로 이 산은 적룡암과 남북으로 서로 마주하고, 독학암과는 동서로 나란히 늘어서 있다. [북쪽으로 샛길로 가려면 바로 이 산과 독학암 두 봉우리 사이를 지나야 한다.]

이 산의 동쪽 모퉁이에 두 개의 동굴이 또 열려 있다. 동굴의 입구는 모두 동쪽을 향해 있는데, 종동암(鐘洞巖)이라 일컫는다. 이 가운데 북쪽에 있는 것은 동굴이 깊숙하거나 험준하지 않은데, 마치 곧추선 종의 반을 잘라낸 듯하고 그 안에는 신상이 늘어서 있다. 남쪽에 있는 것은 골짜기의 입구가 대단히 높고 층층의 구멍이 겹겹이 보인다. 안으로 들어가자 깊숙하지 않으며, 위로는 뚫려 있으나 층계가 없다. 내가 들어간 아래층의 동굴은 입구에 거대한 기둥이 가운데에 매달려 있다. 빙글 굽이돌아 나오자, 남은 곳이 없었다.

이에 동굴에서 내려와 북쪽으로 쭉 나아가 2리만에 산등성이 하나를 넘었다. 등성이의 북쪽에는 백보당(百步塘)이 있다. 사방에 뾰족이 솟은 봉우리가 빙 둘러 늘어서고, 가운데에는 평탄한 골짜기가 훤히 트인 채 펼쳐져 있으며, 낮은 웅덩이가 널리 자리 잡고 아래쪽은 물에 잠겨 있다. 백보당의 북서쪽은 고정(古鼎)이고, 북동쪽은 양격산(羊膈山)이며, 남동쪽은 동량이고, 남서쪽이 이 등성이이다.

산등성이를 넘어 동굴을 따라 돌아들어 1리를 가자, 이 산은 불쑥 솟은 세 봉우리로 나뉜 채, 북쪽의 백보당을 향하여 늘어서 있다. 서쪽의 봉우리에는 산중턱의 동굴 입구가 서쪽을 향해 있다. 양치기가 그 안에서 쉬면서 노래를 부르고 있었으나, 나는 올라갈 겨를이 없었다. 가운데와 동쪽의 두 봉우리는 앞쪽으로 가운데를 둥글게 에워싸고 있다. 육씨네의 무덤이 그곳에 있으며, 북쪽의 고정을 향한 채 안산이 되고 있다. 가운데 봉우리에는 동쪽을 향해 있는 동굴이 있다. 동굴 입구는 겹겹의 누각이 층층이 기대어 있는 듯하다. 동쪽 봉우리에는 서쪽을 향해 있는 동굴이 있고, 동굴의 바위가 코끼리의 코처럼 아래로 끼워져 있다.

나는 먼저 서쪽을 향해 있는 동쪽 봉우리의 동굴에 올랐다. 그 동굴은 북쪽으로 골짜기가 가로누워 있고, 남쪽으로 비스듬한 구멍이 치켜들려 있다. 위쪽의 산꼭대기에서 아래의 골짜기 바닥까지 박혀 있는 바위가 있다. 이 바위는 사방으로 감돌아 나갈 수 있다. 이것이 바로 코끼리의 코처럼 생겼다고 한 곳이다. 그러나 그 안은 얕고 깊지 않은지라 몸을 의탁하여 거처할 만한 곳은 아니다.

다음으로 동쪽을 향해 있는 가운데 봉우리의 동굴에 올랐다. 그 동굴은 북쪽으로 바위 틈새가 아래로 갈라져 있고, 남쪽으로 창이 위에 걸려 있으며, 그 사이에 바위가 날듯이 걸쳐져 있다. 겉보기에는 마치 네모진 창이 늘어져 있는 듯하지만, 가운데는 뚫고 지날 수 있다. 위쪽 창에는 바위 평대가 앞으로 튀어나와 있어서 누워 쉬기에 안성맞춤이다. 다만 가파르기는 상비산(象鼻山)만 못하지만 좁고 구불거리기는 오히려 더 심하다. 그러나 역시 깊숙하지도 않고 널찍하지도 않은 점이 못내 아쉽다.

동굴에서 내려와 곧바로 북쪽의 길을 잡아 백보당쪽으로 갔다. 2리를 걸어 백보당 북쪽을 넘자 먼저 한 줄기 조그마한 시내가 서쪽에서 북쪽으로 흘러왔다. [고정에서 흘러오는 물길이다.] 시내를 가로질러 건너자, 또 한 줄기의 큰 시내가 남쪽에서 북쪽으로 흘러왔다. [곧 적룡암 앞의 물길로서, 동쪽의 동량을 지나 이곳에 이른 것이다.] 두 물길이 합쳐져 북쪽으로 흘러가는데, 가로 건너는 돌다리가 놓여 있다. 이곳에는 동서 양쪽에 나란히 뻗은 봉우리가 골짜기를 이루고 있다. 그 사이로 시내가 흐르는데, 이것은 영수계(靈壽溪)이다.

　다시 북쪽으로 1리를 나아가자, 시내물이 고여 못을 이루고 있다. 이곳은 안령담(安靈潭)으로, 신룡이 거처하는 움이다. 다시 북쪽으로 1리를 나아가자 가로누운 산이 마주하여 늘어서 있고, 봉우리 중턱이 쩍 갈라져 동굴 입구를 벌리고 있다. 나는 이곳이 진선암이리라 여겼다. 이곳에 이르자 길은 서쪽 기슭으로 돌아들다가 마침내 동쪽으로 나아가 그 북쪽을 감아돈다. 이 산의 뒤쪽에 동굴이 또 있다. 남쪽을 향해 벌려진 동굴 입구와 통해 있는지 어떤지는 알 수 없었다.

　이때 진선암이 있는 산을 바라보니, 여전히 그 북쪽에 있었다. [북쪽은 곧 안령계(安靈溪)의 물길이 진선암의 뒤쪽 동굴이 있는 곳으로 흘러든다.] 이에 온힘을 다해 동쪽으로 그 기슭을 따라 가기로 하고, 잠시 이 동굴은 남겨두어 훗날 둘러보기로 했다. 동쪽으로 산을 빠져나와 다시 북쪽으로 돌아들어 1리를 가자, 동량으로 가는 큰길과 만났다. 봉우리를 돌아들고 시내를 감아돌아서야 비로소 진선동(眞仙洞)의 입구가 보였다. 동굴 입구는 봉긋이 북동쪽에 높이 매달려 있다. 그 동굴 속에서 시냇물이 북쪽으로 흘러나온다. 동굴 앞에는 커다란 돌다리 두 개가 시내 위를 나란히 둘러싸고 있다.

　다리를 건너 서쪽으로 간 다음, 남쪽을 향해 동굴에 들어섰다. 동굴 입구는 마치 반달 모양으로 봉긋하며, 가운데는 산의 절반을 칼로 도려낸 듯하다. 동굴 안은 물과 뭍이 반반이다. 북쪽의 절반은 높은 벼랑이 평탄하고 널찍하며, 남쪽의 절반은 굽이진 물길이 그 속을 꿰뚫고 있다. 북쪽의 뭍의 벼랑을 따라 몇 길 들어갔다. 벼랑이 첩첩이 솟구쳐 있고, 가로로 널찍한 가운데의 암벽은 두 갈래로 나누어진다.

　암벽의 서쪽에는 남쪽으로 들어가는 구멍이 있다. 그곳에는 스님이 살고 있다. 암벽의 남동쪽으로 시내 언덕을 따라 동굴의 깊숙한 곳에 들어가자, 거대한 돌기둥이 가운데에 매달려 있다. 돌기둥의 위쪽은 마치 옥구슬을 꿰고 보석으로 매어 장식한 듯하고, 아래쪽은 하얀빛의 코끼리와 푸른빛 소가 둘러싸고 있는 듯하다. 좀 더 뒤쪽에는 마치 노군이 단정하게 앉아 있다. 수염과 눈썹은 희고 밝으며, 편안하게 앉은 채 돌기둥을 마주하고 있는 듯하다. 이것은 모두 백옥 같은 종유가 응결된 것이며, 이로 인해 진선동이라는 동굴 이름이 붙여졌다. 그 뒤쪽은 화려하고 성대하던 것이 문득 사라진 채, 굽이진 문이 감아 돌면서 나누어져 수천수만의 문과 창을 이루고 있다. 종유석의 자태는 더욱 어지러우나, 횃불이 없는지라 들어가지 못했다.

그 아래에는 시냇물이 모여 깊은 못을 이루고 있다. 물은 앞쪽의 골짜기 암벽으로 내달려 바위에 부딪쳐 우레와 같은 소리를 내고 있다. [시내 너머의 동쪽 벼랑 가운데, 남쪽으로 노군(老君)과 마주하고 있는 곳에는 평대가 시내 위에 평평하게 치솟아 있고, 뒤쪽은 깎아지른 듯한 절벽에 기대어 있다. 이곳은 아래층이다. 북쪽으로 스님의 거처와 마주하고 있는 곳에는 층층의 누각이 높이 매달려 있고, 바깥에서 밝은 빛이 스며들고 있다. 이곳은 위층이다. 다만 오작교가 없어서 건널 수 없다.] 뒤쪽에는 겹겹의 벼랑이 뒤덮고 있다. 구름을 뚫고 햇살이 비치니, 그 안에 별천지가 있을 것만 같았다.

이리저리 거닐면서 한참동안 서 있노라니, 스님의 거처 안에 있던 손님 두 분이 홀로 들어간 내가 오래도록 나오지 않자 참혜(參慧) 스님과 함께 들러보려 왔다. 그리하여 스님의 거처로 나와 쉬었다. 막 정오를 지나자, 참혜 스님이 밥을 지어 나와 육씨에게 대접했다. 얼마 지나지 않아 손님 두 분과 육씨가 작별하여 떠났다. 참혜 스님 역시 시장을 보러 간다기에 나는 그를 따라 나섰다.

북쪽으로 1리를 걸어 하곽(下廓)을 지나 광화사(廣化寺)에서 잠시 쉬었다. 광화사는 오래 되어 낡고 반쯤 허물어져 있다. 다시 북쪽으로 나아가자 대강(大江)이 동쪽에 있는데, 북쪽에서 남쪽으로 흘러온다. [곧 담강(潭江)으로, 북쪽의 회원과 대융(大融)에서 남쪽으로 흘러온다.] 또한 소강(小江)이 서쪽에 있는데, 서쪽에서 동쪽으로 흘러온다. [곧 채옹강(蔡邕江)

으로, 서쪽의 단강교(丹江橋)에서 노인암(老人巖)을 에돌아 이곳에 이르러 강으로 흘러든다.] 두 물길은 하곽(下郭)의 양옆을 비껴 흘러내려가고, 그 가운데에 길이 나 있다.

다시 1리를 걸어 채옹교(菜邕橋)를 건넜다. 북쪽으로 반리를 더 걸어 융현의 남쪽 관문에 들어섰다. 남쪽 관문의 바깥은 주택가 및 저자가 하곽과 서로 바라보는데, 성곽 안이 오히려 훨씬 썰렁했다. 북쪽에서 흘러오는 대강은 성곽의 동쪽을 에돌아 남쪽으로 흐르다가 하곽에 이르러 남동쪽으로 흘러간다. 그 물길이 감아돌지 않기에 스산하고 적막함이 날로 심해지는 것일까?

노인암으로 가는 길을 물어, 다시 하곽의 북쪽에서 작은 강을 따라 남서쪽으로 나아갔다. 서쪽으로 한 봉우리에 이르니, 바위의 기세가 첩첩이 솟구쳐 있다. 가시덤불을 헤치고 올라갔다. 바위 벼랑 아래에 이르자, 굽이지며 깎아지른 듯한 낭떠러지가 천 길 높이인데다 다른 구멍이 없는지라 내려오고 말았다. 길은 북쪽으로 시내 언덕을 거슬러 올라야 마땅한데도, 나는 그만 잘못하여 남쪽의 산골짜기로 들어서고 말았다. 이 골짜기는 노인암의 남쪽 갈래로서, 남쪽의 산과의 사이에 이루어져 있는 것이다.

남쪽 산의 북쪽 기슭에 돌층계가 있기에 산을 감돌아 올랐다. 그 아래에는 둥그런 바위 구멍이 하나 있다. 고인 물이 맑고 깊었다. 어떤 스님이 마침 물을 긷고 있다. 급히 달려가 물어보니, 그 위는 노인암이 아니라 독승암(獨勝巖)이다. 노인암은 하곽에서 남서쪽으로 1리 떨어져 있다는 것이다. 나는 이에 산에 올라 독승암을 둘러보았다. 독승암은 북쪽을 향한 채 봉우리 꼭대기에 높다랗게 꾸며져 있다. 스님의 거처가 동굴 입구를 가로막고 있는데, 아래로 들어가자 동굴이라는 느낌이 들지 않았다.

이때 날씨는 불볕이 내리쬐어 몹시 무더웠다. 세 사람의 선비가 동굴 속에서 피서를 하다가 좀 쉬어가라며 나를 붙들었다. 스님의 거처 뒤를 엿보니, 조그마한 구멍이 있다. 구멍을 뚫고 들어갔다. 그 안에는 감실 같은 구멍이 또 뚫려 있다. 약간 움푹 내려가자, 밖에는 드리워진 휘장이 늘어서 있고, 갈라진 틈새가 네모진 창을 이룬 곳도 있다. 하지만 스님의 집에 가려 밝은 빛이 들지는 않았다. [독승암의 북쪽에는 이어암(鯉魚巖)이 있는데, 예전의 탄자암(彈子巖)이다. 종유석 기둥이 매우 많다고 들었으나 가볼 틈이 없었다.]

산을 내려오는데, 해는 아직 서산 너머로 지지 않았다. 그래서 다시 북동쪽으로 1리를 나아가 하곽을 나온 뒤, 북서쪽으로 조그마한 시내를 거슬러 1리만에 노인암이 있는 산 아래에 이르렀다. 그 아래에 동쪽을 향해 있는 동굴이 있다. 서둘러 오르던 나는 잠시 그곳을 제쳐둔 채 서쪽으로 층계를 타고 올랐다. 양쪽 벼랑이 마주하여 조여들고, 그 사이에 돌길이 매달려 있다. 가는 길이 너무나 아름다웠다.

잠시 후 좁은 입구를 뚫고 들어갔다. 위에 '수성암(壽星巖)'이라는 세 글자가 새겨져 있는데, 매우 예스러웠다. 입구 위에서 북쪽으로 돌아들어 올라가니, 수성암(壽星巖)의 앞쪽 입구가 나왔다. 수성암은 동굴 하나에 입구가 두 곳이다. 앞쪽 입구는 남동쪽을 향해 있고 아래로 하곽을 굽어보며, 뒤쪽 입구는 북동쪽을 향해 있고 아래로 융현의 현성을 굽어보고 있다. 높이 걸쳐진 바위 벼랑이 동쪽으로 불쑥 튀어나와 있다. 그 아래에 동굴이 뚫려 있으며, 앞뒤의 거리는 그리 멀지 않다. 천암(穿巖)과 유사한 동굴이지만, 앞뒤에 모두 불감(佛龕)이 놓여져 가로막고 있는지라 밝은 빛은 금방 사라져버렸다.

이때 동굴의 스님이 마침 수박을 잘라 주어 먹었다. 서둘러 스님의 거처 옆에서 뒤쪽 동굴로 돌아들어가니, 그제야 허공에 감아도는 꼭대기가 쳐다보였다. 뒤쪽 동굴의 스님이 나무를 하러 갔다가 아직 돌아오지 않아 문이 닫혀 있는지라 들어갈 길이 없었다. 이때 해가 지고 우레소리가 우르르 쾅쾅 울렸다. 잠시 앞쪽 동굴의 스님과 훗날 구경하기로 약속하고서 산을 내려왔다. 오는 길에 뒤쪽 동굴의 스님이 돌아오는 것을 보았지만, 다시 올라갈 수는 없었다.

샛길을 따라 독승암의 동쪽 봉우리에서 덩굴진 잡초를 헤치고 나아갔다. 2리만에 날이 어둑어둑해질 무렵 진선암에 닿았다. 밤비가 마침 내리는데, 참혜 스님이 나를 위해 죽을 끓여주었다. 동굴 속에서 묵는데, 우레처럼 윙윙거리는 모기소리가 시냇물 소리와 함께 밤새도록 울렸다.

6월 26일

진선동(眞仙洞)에서 종일토록 쉬었다. 참혜 스님은 시장을 보러 나갔다. 나는 동굴 안에 씌어진 글을 털어내어 읽고서, 참고할 만한 한두 문단을 베껴 적었다.

『진선암기유』

가희(嘉熙) 무술년[1] 정월 23일 영릉(零陵) 사람 당용(唐容)은 연평(延平) 사람 황의경(黃宜卿), 건안(建安) 사람 전전진(田傳震) 등 몇 명과 약속하여, 아침 일찍 평채문(平寨門)에서 길을 나섰다. 뭇 산은 운무 사이로 아득하고, 길 양쪽에는 매화가 무성하게 피어나 맑은 향기가 코를 찌른다.

2리쯤 걸어 옥화암(玉華嚴)에 이르렀다. 옥화암은 세로가 열 길이요, 가로가 그 절반이다. 달리 기이한 경관은 없으나 밝고 깨끗하여 사랑스럽다. 그 앞에 있는 남동쪽의 여러 봉우리가 간간이 층층의 모습을 드러내는데, 자리를 옮기지 않아도 멀리 바라볼 수 있었다. 이에 식사를 준비했다.

식사를 마친 후 왔던 길을 따라 향산(香山)을 지나고 노인암 아래에 왔다. 잠시 서쪽으로 꺾어들어 단강교를 건너자 눈 깜짝할 사이에 탄자암에 이르렀다. 동굴 입구는 평탄하여 백 명의 놀이객이 앉고도 남을 만했다. 잠시 쉬면서 술을 세 순배 마시고서야 비로소 횃불을 들고서 들어갔다. 마치 전당과 같은 곳을 서너 군데 지났다.

불빛이 비치는 곳은 위아래 사방으로 온통 종유가 흘러내려 기괴하기 짝이 없으니, 마음과 눈이 놀라 바로 볼 수 없다. 사람이 서 있는 듯, 짐승이 쪼그려 앉은 듯, 교룡과 뱀이 똬리를 틀고 있는 듯, 파도가 사납게 넘실거리는 듯, 갖가지 모양이 있고, 또 부처처럼 단아하고 위엄있는 모양, 귀신처럼 흉물스러운 모양도 있으며, 기둥이나 칼, 바둑판과 같은 모양도 있고, 종과 북, 풍경과도 같아 두드리면 소리가 울릴 듯한 모양도 있다.

땅 여기저기에 탄환처럼 동글동글한 조약돌이 있다. 이 동굴의 명칭은 여기에서 비롯되었다. 그 사이에 구멍이 뚫린 채 영롱한 빛을 내뿜는다. 거의 온 산에 구멍이 나 있으니 끝까지 다 가볼 수 없는지라, 서로 탄복을 금치 못했다. 지금껏 보지 못한 경관이다.

동굴을 나와 서봉암(西峰巖)에 이르렀다. 보이는 것들이 탄자암과 같은데, 더욱 기이하고 동굴은 조금 비좁았다. 한참동안 머물러 있다가 남동쪽으로 돌아들어 진선암까지 달려간 뒤 쉬었다. 푸른 벼랑을 올려다보니, 위는 구름과 맞닿아 이어져 있고, 쪼갠 듯이 열려 있는 하늘은 높고 훤히 트여 있다. 시냇물이 그 사이를 뚫고 흐르면서 졸졸 소리를 내고 있다. 동서 양쪽의 암벽은 가파르게 쭉 뻗은 채 넓이가 수십 무(畝)인데, 탄자암과 서봉암에서 보았던 경관이 두루 모두 갖추어져 있다.

노군은 그 깊숙한 곳에 편안하게 앉아 있고 수염과 눈썹이 새하얗다. 빚은 듯 그린 듯 조물주께서 만드신 것이니, 어찌 우연이라 하겠는가! 전에 내가 뽐내며 했던 말을 돌이켜보니, 문득 스스로 잘못했음을 깨닫도다. 마치 처음으로 거상의 부잣집에 들어가 집안에 가득한 진주와 보석을 가지고 놀다가 차마 아쉬워 발걸음을 떼지 못했는데, 문득 왕족과 고관의 집에 올라보니 광대하고 빽빽한 궁실, 진기한 누대와 기이한 누각의 그윽하고 깊숙한 방에 온갖 아름다운 것이 다 갖추어져 있으니,

부유한 거상이 지니고 있는 것은 참으로 그 안에 있는 것과 같도다.

사람들이 "바다를 본 적이 있는 사람은 어지간한 물은 물이라고 보기 어렵다"[2]고 말하는데, 나 또한 "진선암을 구경한 적이 있는 사람은 어지간한 동굴은 동굴이라 보기 어렵다"고 말하련다. 그리하여 동굴 입구에 적어 이번 유람의 성대함을 기록하노라.

동굴 안에 새겨진 기록이 매우 많았으나, 이 글이 여러 멋진 경관에 대한 기록이 상세한지라 베껴 적었다.

송 소흥(紹興) 정사(丁巳)년 융주(融州) 지주 호방용(胡邦用)의
「진선암시서」

융주의 진선암은 나이든 어르신들로부터 오래전에 전해지기를, 노군께서 남쪽으로 유람하시다가 융주의 산고개에 이르러 사람들에게 이렇게 말했다고 한다. "이곳은 신선이 사는 절경이다. 산의 바위는 우뚝 치솟아 있고 시냇물은 맑고 깊으니, 더 이상 서쪽으로 사막을 건너지 않고 이곳에 은거하리라."

하룻밤 사이에 노군의 몸은 바위로 변하매, 깎아내거나 새기지 않고서도 만물의 본체를 갖추고, 꾸미거나 치장하지 않고서도 천연의 소질을 드러낸다. 연단하는 부엌과 신발 흔적이 또렷이 그곳에 남아 있다. 무지개와 구름 모양의 깃발이 서로 비껴 빛난다. 세차게 흐르는 샘물이 있고, 빈 산에는 (빠져 있음)

일찍이 금단을 그 가운데에 던져 넣어 이를 마시는 자는 모두 수명을 늘릴 수 있게 한지라 수계(壽溪)라 일컫는다. 동쪽으로 10여리를 흘러 영수(靈壽)라는 마을로 들어간다. 이 마을 사람들은 모두 장수를 누리고, 간혹 백팔십 살 먹은 이가 있다.

나는 명에 따라 나와 지키면서 문물과 고적을 탐구하고 현지의 풍속

을 묻고 찾아다녀, 마침내 신선의 자취의 상세한 사정을 알게 되었다. 그런데 이 모두가 서적이나 지리지에 실려 있지 않은지라, 시를 지어 이것을 기록하고 그것의 시말을 적어 바위에 새겨 후인들에게 알려주노라. 시는 다음과 같다.

영남(嶺南)의 지세는 산천이 많으나, 진선암만큼 멋진 경개를 갖춘 곳은 없다네. 옥과 같은 바위가 세속 너머 노군상을 천연스럽게 빚어내고, 수계(壽溪)는 곧바로 신선이 사는 절경으로 통하네. 제단에서는 살랑거리는 바람이 가을 달을 맞이하고, 단약을 만드는 부엌에서는 가벼운 구름이 몹쓸 장독의 안개를 내리누르네. 천천히 거닐매 사람들로 하여금 명리가 사라지게 하니, 미묘함을 구하여 삼전[3]을 기르고 싶게 하네.

형남(荊南)[4] 공대기(龔大器)의 「봄철 진선동의 여덟 곳의 절경」

천주석성(天柱石星): 우뚝 솟아 지축을 휘감고 아름다운 옥은 여기저기 흩어져 있네. 바람 불어 자줏빛 구름놀 흩어지고 반짝반짝 별들은 찬란하네.

용천주월(龍泉珠月): 얼음 수레바퀴 푸른 하늘을 굴러가고, 물에 비쳐 흐르는 달빛은 연단의 우물로 내려오네. 흑룡의 잠긴 눈을 놀라 깨우니, 두 발을 치켜들어 달 그림자를 희롱한다.

학암욱일(鶴巖旭日): 신선은 학에 걸터 앉아 바람에 나부끼듯 구주로 내려오네. 튼실한 날개짓에 부상 나무위로 날아오르니, 만리에 태양 곁으로 날아오르네.

우저명연(牛渚暝煙): 아침에 함곡관(函谷關)의 길을 떠나 저녁에 상수(湘水)가에 들어서네. 쇠피리 소리 울리니, 수많은 봉우리 안개 속에 퍼져 내리네.

한종비옥(寒淙飛玉): 낭떠러지는 삼천 길, 차가운 샘물은 부딪쳐 옥처럼 휘날리네. 세찬 물줄기는 푸른 물로 떨어지고 뭇 산의 푸른 빛은 끊어졌네.

벽동류홍(碧洞流虹) : 연단하던 동굴은 수문으로 이어지고, 흐르는 물은 수천 리를 달리네. 돌다리는 물결 속에 누워 있는데, 아련하게 무지개 피어나네.

군봉래수(群峯來秀) : 푸른 산은 끝까지 보이지 않고 흰 구름은 아득히 어디로 흘러가는가. 울울창창 빼어난 모습 펼쳐지는데, 저 멀리 봉우리 머리에 나무 바라보이네.

만상조진(萬象朝眞) : 본질과 현상은 모두 말이 없는데, 사물과 인정은 그림자와 소리 같구나. 태초의 이전을 되돌아보니, 본질도 현상도 모두 없구나.

---

1) 가희(嘉熙)는 남송 이종(理宗)의 연호로 1237년부터 1240년까지이며, 무술년은 1238년이다.
2) 이 말은 『맹자・진심(盡心)상』에 나오는 말로서, 원문은 다음과 같다. "공자께서 동산에 오르시어 노(魯)나라가 작다고 하시고 태산(泰山)에 오르시어 천하가 작다고 하셨다. 그래서 바다를 본 적이 있는 사람은 물(水)을 말하기 어려워하고, 성인(聖人)의 문하에서 공부한 사람은 언(言)에 대하여 말하기 어려워하는 법이다(孔子登東山而小魯登泰山而小天下. 故觀於海者難爲水, 遊於聖人之門者難爲言.)" '難爲水'에 대한 해석은 위의 해석처럼 '크게 깨달을수록 사소한 것에 대해서조차 오히려 말하기 어렵다'는 의미로 보기도 하고, '대해(大海)를 본 사람이 보기에 어지간한 물은 물이라고 하기가 어렵다'라는 의미로 풀기도 한다. 서하객의 경우는 후자의 뜻으로 보고 있다.
3) 삼전(三田)의 전(田)은 내단을 수련하는 곳인 단전을 가리킨다. 단전에는 세 곳이 있는데, 배꼽 아래를 하단전, 심장 아래를 중단전, 양 눈썹 사이를 상단전이라 하며, 이를 삼전이라 일컫는다.
4) 형남(荊南)은 당대의 진의 명칭으로, 지금의 호북성, 호남성 및 사천성의 일부를 포괄한다.

6월 27일

진선동 안에서 쉬었다. 탁본을 뜨는 이가 사도의 명을 받들어 「당적비(黨籍碑)」[1]를 탁본하러 왔다. 정오에 현의 아전이 자신의 마을 사람과 함께 와서 연회를 베풀었다. 나는 여러 비문을 조심스럽게 닦아내다가 한충헌(韓忠獻)이 지은 「화골행(畵鶻行)」과 황산곡(黃山谷)[2]이 지은 두 개의 비문을 찾아냈는데, 이들 모두 그의 후손들이 이곳에서 벼슬살이를 하면서 새긴 것이었다.

---

1) 당적비(黨籍碑)는 원우당적비(元祐黨籍碑)로서, 송대의 사회상황을 연구하는 데 중요한 사료이다. 원래의 비석은 1105년에 채경(蔡京)에 의해 쓰어졌으나, 이듬해 휘종(徽宗)의 영에 의해 파손되어 사라져 버렸다. 지금의 비석은 1211년에 심위(沈暐)가 집안에 전해져온 탁본에 근거하여 새로이 새긴 것이다.
2) 황산곡은 송나라의 시인이자 서예가인 황정견(黃庭堅, 1045~1105)을 가리킨다. 그는 강서성(江西省) 분녕(分寧) 출신으로, 자는 노직(魯直)이고 호는 산곡도인(山谷道人)이다. 소식과 함께 소황(蘇黃)으로 불렸던 그는, 북송 말부터 남송 초에 걸쳐 강서파(江西派)의 시조로서 크게 활약했다. 그는 서예에서도 채양(蔡襄)·소식·미불(米芾)과 함께 북송 4대가의 한사람으로 불린다.

6월 28일

참혜 스님이 횃불을 묶어 안내해준 덕분에 진선암 뒤쪽의 어두운 동굴을 구경했다. 처음에 천주노군상(天柱老君像) 뒤로 들어가니, 온통 시내 서쪽 벼랑의 뭍동굴이다. 동굴은 이곳에 이르러 천 개의 기둥이 층층이 늘어서 있고, 백 개의 동굴 구멍이 어지러이 쪼개져 있다. 앞의 높고 큰 모습은 홀연 그윽하고 깊은 모습으로 바뀌고, 앞의 웅장하고 흰한 모습은 홀연 영롱한 모습으로 바뀐다. 깊숙한 틈새로 구불구불 돌아들어 모조리 찾아다녔다.

바위 아래에 거대한 뱀이 가로누워 있다. 횃불로 비춰보니 머리와 꼬리는 보이지 않는데, 엎드려 꼼짝도 하지 않았다. 뱀을 타고 넘어 들어갔다가 다시 타고 넘어 나왔는데, 여전히 마찬가지였다. 그러나 이 깊숙한 곳이 비록 그윽하고 깊기는 하지만, 여전히 시내 서쪽의 한 모퉁이에 지나지 않았다. 때때로 그 틈새로 시냇물을 굽어보면서 적당한 곳을 찾아 건너가고 싶었으나, 끝내 건너가지 못했다.

동굴을 나와 시내가 흐르는 구멍을 돌아보니, 구멍 속에 밝은 빛이 비쳐들고 있다. 맞은편 벼랑 옆에 밝은 빛이 비치는 구멍이 뚫려 있다. 더욱 정신이 날아오를 듯 가뿐해마지 않았다. 참혜 스님에게 시장에 가서 뗏목이나 조각배를 찾아 달라고 부탁했다. 동굴에 들어갈 작정이었다.

[참혜 스님은 다시 횃불을 밝혀들고 나를 안내하여 동굴 앞의 왼쪽 바위 아래에서 북쪽으로 동굴 구멍 깊숙이 들어갔다. 구멍은 그윽하고 깊으나 허공 속에 변화무상한 종유석은 없다. 다만 아래에 용 모양의 수많은 바위 등성이가 서로 얽혀 휘감은 채 엎드려 있다. 영락없이 용의 비늘과 발톱을 닮았다. 이 또한 기이한 경관이다. 동굴을 나오자 참혜 스님은 곧바로 배를 구하러 갔다.]

얼마 지나, 참혜 스님이 가기는 했지만 금방 구하지 못한다면, 차라리 직접 가서 구하여 노인암과 향산(香山) 등의 여러 절경을 죄다 둘러보는 게 낫다는 생각이 들었다. 그래서 다시 동굴을 나와 북쪽으로 큰길을 따라 나아갔다. 잠시 후 서쪽의 산골짜기 사이를 바라보니, 봉우리와 산들이 특이하게 치솟아 있다. 마침 나이든 농부가 다가오기에 물어보았다. 그 안에 유공암(劉公巖)이 있음을 알게 되었지만, 풀숲이 깊고 길잡이가 없는지라, 하곽 남쪽을 따라 우선 노인암으로 갔다.

2리만에 노인암 아래에 이르러, 먼저 아랫 동굴로 들어갔다. 동굴 입구는 동쪽을 향해 있고, 그 안은 넓으나 그다지 높지 않다. 때는 정오에 가까워 후텁지근한데, 안에 들어서자 뼛속까지 시원했다. 그 북서쪽에 구멍이 있다. 깊이 들어가자 차츰 어두워지는지라 끝까지 가지는 못했다. 든자하니, 횃불을 들고 들어가면 그 길이 대단히 멀지만, 엎드려 기어가야 하니 끝까지 가볼 필요는 없다고 했다.

입구의 왼쪽에서 계속해서 바위 골짜기로 올라 앞 동굴에 이르러, 돌아들어 뒤 동굴로 뚫고 나왔다. 그 안에는 누각과 초막이 지어져 있는데, 모두 동굴 입구에 자리잡고 있다. 다만 누각 서쪽에 빈 땅이 있으니, 밥을 짓던 곳이리라는 생각이 들었다. 앞에는 평대가 하나 있고, 그 위의 석순에 불상이 새겨져 있다. 여기에서 다시 서쪽으로 들어서자 바위 구멍이 점점 좁아지면서 어두워졌다. 햇불을 밝혀 더듬으면서 몸을 가로 뉘여 들어갔다. 매달린 층계가 움푹 꺼져내리고, 온통 대단히 비좁아 달리 기이한 경관은 없었다.

바위 구멍을 나와 누각 앞에서 바라보니, 위아래의 낭떠러지가 몹시 가파르다. 서쪽으로 흘러오는 채웅강은 그 북쪽 기슭을 휘감아돌다가 절로 나누어졌다가 합쳐지더니, 동굴 아래에 이르러 북쪽으로 꺾어져 성을 굽어보고 있다. 대강이 그 앞에 있고, 고리 모양의 성은 그 아래에 모여 있는데, [까마득하여 마치 하늘 끝에 날아가는 신선과 같다.] 그 북쪽은 곧 향산이다. 여덟 가지 절경 가운데의 하나이다.

창가로 다가가 도인이 가리켜준 대로 길을 따라 산을 내려왔다. 물길을 넘어 채웅강을 건넜다. 물이 얕아 무릎에도 차지 않았다. 강을 거슬러 북쪽으로 나아가다가 그 서쪽으로 강이 흘러오는 곳을 바라보니, 봉우리와 산이 기이하고도 아름다웠다. [그 안에 계장동(雞場洞)이 있다.] 길을 따라 서쪽으로 1리를 나아가다가 땔나무를 지고 오는 스님을 만났다. 그에게 물어고서야, 향산이 아직 북동쪽에 있음을 알았다.

이에 몸을 돌려 풀숲길로부터 북쪽 산의 동쪽 기슭을 따라 1리만에 향산에 이르렀다. 이곳에서 서쪽으로 층계를 오르자, 두 산의 움푹 꺼진 곳 사이에 사당이 있다. 이 사당은 양후(梁侯)와 오후(吳侯)를 모시고 있다. 길은 쓸쓸하고 사당은 음산하여, 찌는 듯한 무더위 가운데에서도 음산한 바람이 쏴쏴 불어와 모골이 송연했다. 두 신이 대단히 영험하다는 이야기를 들었지만, 사당에 비문이 새겨진 게 없는지라, 그것이 어느 시대에 시작되고 어떤 공로를 드러냈는지 알 길이 없다. 처음에 나는 향산에 가서 식사를 할 작정이었다. 그런데 이곳에 와보니, 사당은 텅 빈채 아무도 없었다.

그리하여 북동쪽으로 다리 하나를 넘어 연무장을 지나 남쪽으로 1리만에 곧장 서문으로 들어갔다. 몹시 썰렁하고 적막한지라 동쪽으로 현청 앞에 이르러 식사를 했다. 남문을 나서서 약을 구하고 종이를 사려고 했는데, 모두 구할 수 없었다. 의원을 만나 물었더니 이렇게 대답했다. "이 일대의 돼지콩팥과 산두근[1])은 모두 나성(羅城)에서 나옵니다. 불사초라는 것은 괘란(掛蘭)으로, 허공에 매달아두어도 마르지 않지요. 풀이 죽지 않는 것이지, 사람을 죽지 않게 할 수야 없지요." 그의 말을 듣고 나는 웃음을 터뜨렸다.

다시 남쪽으로 하곽을 지나는 길에 나뭇꾼을 만났다. 그들에게 배를 구해 진선암으로 들어가자고 했더니, 두 사람이 흔쾌히 동의했다. 이에 앞서 나는 여러 차례 주민들에게 배를 구해보라고 했다. 그러나 모두들 "이곳에는 뗏목이 없는데다, 배는 비탈길에 막혀 동굴에 들어갈 길이 없으니, 몇 사람이 메고 들어가야 합니다"라고 말했다. 그런데 뜻밖에 이 두 사람만은 선선이 응락했다. 나는 마음속으로 '그렇지만은 않을텐데'라고 생각했다. 하지만 혼자 생각하기에, 동굴 안에 버려진 목재로 뗏목을 엮어 물에 띄울 수는 있지만, 목재가 너무 커서 혼자서는 옮길 수 없을 터이니 참혜 스님과 그 일을 의논할 참이었다.

얼마 지나지 않아 동굴에 이르니, 참혜 스님이 이미 돌아와 있었다. 그 역시 배를 구하지 못했으며, 사람을 구해 뗏목을 엮는 게 낫겠노라고 말했다. 그의 뜻은 나의 뜻과 일치했다. 나는 동굴에 들어갈 기회가 생겨 더욱 다행이다 싶어, 기쁜 맘으로 잠자리에 들었다.

---

1) 산두근(山豆根)은 상록의 관목으로, 꽃은 나비 모양의 흰색이고 콩꼬투리는 흑자색이며, 뿌리는 해열제나 소염제로 쓰인다.

6월 29일

아침에 일어나 참혜 스님에게 뗏목을 엮을 사람을 구해오라 재촉했다. 그런데 스님이 채 길을 나서기 전에, 어제 약속했던 나무꾼이 떼지어 우리를 부르면서 오더니, 나에게 "벌써 동굴에 들어가셨습니까?"라고 물었다. 나는 배를 기다리고 있노라고 대꾸했다. 나무꾼은 "배로는 갈 수가 없습니다. 나무를 엮어 뗏목을 만든다면, 우리가 물속 양쪽에서 잡아당겨 들어갈 수 있으니, 배와 마찬가지일 것입니다."

나는 참혜 스님에게 즉시 사람을 구할 돈을 그들에게 내주라고 했다. 그 사람들은 무리를 지어 나무를 메고서 시내로 뛰어들더니, 대나무를 베어 뗏목을 만들었다. 순식간에 연결된 뗏목이 이내 완성되었다. 그들은 또 동굴 속의 커다란 사다리를 뗏목 위에 걸쳐놓고, 그 위에 나무 대야를 놓았다. 나는 대야 안에 걸터앉아 다리를 사다리에 걸쳤다. 사람들이 앞에서는 밧줄로 끌어당기고 옆에서는 삿대를 끼워 버티고 뒤에서는 어깨로 떠받쳤다. 깊은 못을 만나면 뗏목을 물에 띄워 당기고, 너무 멀어져 당길 수 없으면 물에 띄운 채 양쪽에서 밀었다.

처음에 동굴 입구에서 물길을 거슬러 들어가면서 동굴 꼭대기를 쳐다보니, 봉긋하고 험준한 느낌이 더욱 들었다. 양쪽 벼랑의 암벽은 비취가 쪼개져 옥을 끼워놓은 듯하다. 들어갈수록 더욱 기이한 느낌이 들었다. 앞을 바라보니, 동굴 속의 빛은 멀리 아득하고, 층층의 입구와 겹겹의 구멍이 좌우에서 서로 비추었다. 맑은 물결이 솟아오르는 속에서 희미한 안개 속을 뚫고 들어가면서 이백의 "흐르는 물 아득하매, 별천지로다"[1]라는 시구를 읊조리니, 마치 오늘의 나를 위해 직접 읊은 듯하다.

겹겹의 문을 들어섰다. 위는 넓고 툭 트인 골짜기에 싸여 있고, 아래는 시커먼 못에 물이 고여 있다. 양쪽 암벽에는 온통 층층의 구멍들이 빙 둘러 움패어 있고, 일렁이는 물결의 빛이 어른거린다. 뒤돌아보니 내 자신이 들어왔던 곳이 앞쪽의 나아가는 곳과 더불어 휘영청 환하게 서로 비추고 있다. 이곳이 인간 세상인지 아니면 신선 세계인지, 무엇 때문에 이곳에 왔는지, 도무지 알 수 없도다!

뗏목을 들고 가던 이는 그 안에서 횃불을 밝혀든 채 벼랑을 올라 옆의 구멍을 끝까지 가보려고 했다. 나는 먼저 물길을 거슬러 뒤쪽 동굴

을 나와 환하게 빛나는 동굴을 끝까지 가보라고 했다. 이에 다시 뗏목
을 물에 띄운 채 잡아당겨 마침내 동굴 입구에 이르렀다. 동굴 입구는
남서쪽을 향한 채 내를 빨아들이고 골짜기를 집어삼키고 있다. 시내는
바위에 부딪치면서 흘러내리는데, 뗏목이 바위에 이르러 멈춰버리는 바
람에 시내에 들어갈 수 없었다.

이에 뗏목을 버린 채 바위를 딛고 동굴을 나왔다. 또다시 새로운 천
지가 눈앞에 떡 펼쳐져 있다. 시내 속의 바위가 울퉁불퉁하여 [발]을
내딛을 수 없었다. 왼쪽 벼랑을 바라보니 수북한 풀숲더미 속에 층계가
매달려 있다. 이에 잡초를 붙잡고 허공을 밟으면서 올라갔다. 수십 걸음
을 채 가지 않아 문득 지름길이 나타났다. 사방을 바라보니 평탄한 들
판이 가운데를 두르고 뭇 봉우리들이 고리 모양으로 모여 있다. 바로
내가 이전에 왔을 적에 길 북쪽에 가로누워 있던 동굴의 북동쪽 모퉁이
인데, 그때에 큰길은 남쪽에 있었다.

이에 산의 왼쪽을 따라 동쪽으로 자그맣게 움푹 꺼진 곳을 지났다.
짐작컨대, 그 앞쪽으로 돌아들면 곧 두 개의 다리 동쪽의 큰길일 것이
고, 샛길에서 북쪽으로 산꼭대기를 오르면 곧 노군좌(老君座) 맞은편의
벼랑 곁에 뚫려 있는 구멍이리라. 이는 방위에 근거하여 추측한 것이다.
뗏목을 들고 가는 이들이 모두 내가 계속해서 동굴 안을 구경하기를 기
다리고 있었다. 이에 되돌아와 뗏목에 올라 물길을 타고서 동굴로 들어
가 중간 문에 이르렀다.

동서 양옆을 바라보니 오를 수 있는 구멍이 있다. 그러나 서쪽 벼랑
의 구멍은 오르기 어려운데다, 이전에 어두운 동굴을 구경할 적에 이미
가까이 간 듯했다. 반면 동쪽 벼랑은 구멍과 문이 다투어 여기저기 어
지럽고 한 번도 와본 적이 없기에, 횃불을 밝혀들고 동쪽으로 들어갔다.
그 위에는 종유석이 휘장처럼 드리워져 있고 빙 둘러선 기둥이 문을 나
누고 있다. 노군좌 뒤의 어두운 동굴의 절경과 조금도 다름이 없다.

동굴 안의 벌어진 틈새와 뚫린 구멍을 따라 옆으로 뚫린 구멍이 많이

있다. 위에서는 햇빛이 비쳐들고, 밖에서는 구름 그림자가 어른거린다. 그 동쪽에 뚫려 있는 산의 표층이 매우 얇음을 알 수 있다. 다만 구멍이 작고 높이 매달려 있어서 사람의 발걸음을 받아들이지 않으니, 발 가는 대로 들락거릴 따름이다.

그 옆에서 굽이돌아 북쪽으로 나오자, 어느덧 노군좌 맞은편 벼랑의 아래층에 와 있다. 이곳에는 금성석(金星石), 용전(龍田) 등의 여러 절경이 있고, 벼랑을 따라 평대를 이루고 있으며, 아래로 시냇물을 굽어보고 있다. 위에는 바위 문지방과 화장실이 있으니, 예전에도 집을 짓고 살면서 다리를 걸쳐 건너지 않았을까? 그 뒤의 암벽에는 '수산복[지](壽山福地)'라는 네 글자가 커다랗게 새겨져 있는데, 필법이 매우 예스럽고 특이하나 누구의 필체인지 알 길이 없다.

다시 나가자 곧바로 맞은편 벼랑의 위층이다. 그 위에도 기둥이 가로 세로로 늘어서 있고 빛이 새어드는 구멍이 밖으로 뚫려 있다. 그러나 바위 벼랑이 가파르게 가로막고 있는지라 이 층과는 통하지 않았다. 계속해서 뗏목을 끌고서 아래로 떠내려와 시내를 따라 다시 올라갈 작정이었다. 그런데 시내의 벼랑이 높고 움패어 있는지라 올라갈 길이 없었다. 지금까지 걸어온 길을 따져보니, 틀림없이 동굴 앞쪽에서 남쪽으로 꺾어들어 자그맣게 움푹 꺼진 곳의 북동쪽에 이르러 산꼭대기를 넘어선 다음에야 들어갈 수 있을 것이다. 동굴 속에는 다리가 걸려 있지 않는 한 오를 길이 없을 터이다.

이에 뗏목을 따라 다시 동굴 속으로 들어갔다. 물이 흘러내리는 입구 옆의 동굴은 모두 얕고 좁아 달리 특이한 점이 없다. 이에 비로소 물길을 가로질러 뗏목을 끌고서 되돌아와 동쪽 벼랑에 올랐다. 여러 사람이 뗏목을 해체하고 나무를 거두어 원래 있던 자리에 옮겨놓았다. 나는 급히 그 중의 똑똑해보이는 사람을 불러, 남아 있는 횃불을 들고 유공동(劉公洞) 유람에 앞장서게 했다.

북쪽으로 큰길을 따라 반리를 가서 남서쪽으로 돌아들어 자그마한 갈림길로 들어섰다. 이어 산골짜기를 향하여 전에 나이든 농부가 가리켜준 대로 나아갔다. 길잡이는 그곳에서 여러 차례 나무를 했지만, 유공암(劉公巖)이 어디인지 알지 못했다. 다시 2리를 걸어 산 아래에 이르러 바라보았다. 남쪽 산에 동굴 하나가 동쪽을 향한 채 낮게 엎드려 있고, 또 하나의 동굴이 남쪽 산에 북쪽을 향한 채 높이 들려 있다. 북쪽 산속의 불쑥 치솟은 봉우리에도 동굴 하나가 동쪽을 향한 채 얕게 늘어서 있다.

어디로 가야 할지 몰라 망설이고 있는데, 문득 방목을 하고 있던 이의 기침소리가 들려왔다. 멀리 그를 불러 물어보니, 북쪽을 향한 채 높이 들려 있는 곳이 바로 유공암이었다. 급히 잡초를 붙들고 따라갔다. 그 사람은 내가 가지고 있는 횃불 하나를 보더니 비웃으며 말했다. "이 동굴에 들어가면 몇 개의 횃불이 있어야 끝까지 구경할 수 있소. 이 횃불 하나로 어찌 해낼 수 있겠소?" 나는 비로소 이 동굴이 깊숙하다는 것을 믿게 되었으며, 가지고 온 횃불이 적음을 아쉬워했다.

수북한 풀숲더미 속에 돌층계가 보일락말락했다. 돌층계를 따라 올라가자 동굴 입구에 거대한 바위가 가로누워 있다. 바위틈을 좇아 들어가니, 벼랑의 바위에 '서봉지암(西峰之巖)'이라는 네 글자가 크게 새겨져 있다. 보우(寶祐) 3년[2]에 이계고(李桂高)가 쓴 것이다. 그 앞에는 비문의 기록이 두 개 있다. 그 가운데 하나는 읽을 수 없다. 다른 하나는 소정(紹定) 원년[3]에 태수 유계조(劉繼祖)가 새로 다시 이 동굴을 열고, 계림 사리참군 요(饒)아무개가 지어 쓴 것이다. (이 기록은 대략 다음과 같다. "계림 서쪽의 신령스럽고도 기이한 기운은 대부분 산전에 모여 있다. 그 가운데 신선암이 전하으뜸이요, 노인암은 그 버금이요, 옥화암王華巖과 탄자암은 그 다음이다. 서봉암西峰巖은 진선암과 서로 막상막하인데, 최근에야 열리기 시작했다.")

나는 비로소 이 동굴의 이름을 유공암이라 지은 까닭이 이 때문임을 알게 되었다. 이 동굴이 개발된 초기에 길을 내고 건물을 세워 한때 대단히 아름다웠으리라는 것을 더욱 믿게 되었다. 그런데 오늘에 이르러 황폐해짐이 이 지경에 이르렀으니, 융현이 예전에는 얼마나 융성했는데 오늘날 어찌하여 이처럼 쇠락하게 되었는지 더욱 개탄스럽도다!

동굴에 들어갔다. 안은 대단히 넓고 훤히 트여 있다. 먼저 횃불을 밝혀들고 동굴 뒤쪽 오른쪽 가를 좇아 들어갔다. 종유석 기둥이 얽혀 있고 문과 같은 구멍이 구불구불하다. 몇 길 가지 않아 나와버렸다. 다시 동굴 뒤편의 왼쪽 가를 좇아 들어갔다. 종유석 기둥이 웅장하고 문과 같은 구멍이 가파른 골짜기를 이루고 있다. 몇 길을 나아간 후에는 돌아들수록 더욱 넓어졌다. 보석 같은 깃발과 옥 같은 죽순이 좌우에 빽빽하게 늘어선 채 오르락내리락 굽이굽이 아득하여 끝이 없으니, 다 기록할 수도 없다.

이때 횃불이 금방 꺼져버릴까 염려스러워 온 힘을 다해 엎어지고 넘어지면서 앞으로 나아갔다. 수박 겉핥듯 대충 구경하고 나오고 말았다. 마지막 장관이 어떠한지 알 길이 없었다. 당용(唐容)의 「진선전기(眞仙鐫記)」에서 "서봉암은 탄자암에 비해 기이하기는 마찬가지이나 조금 좁다"라고 했다. 여기에서의 '좁다'라는 말은, 어찌 동굴 입구가 거대한 바위에 시야가 가려진 탓에 담 안의 웅장하고도 깊음을 다 이해하지 못함이 아니겠는가?

산을 내려오다가 서쪽으로 북쪽 산을 바라보았다. 한 가운데에 동쪽을 향해 있는 동굴이 불쑥 솟아 있고, 그 너머는 얕지만 바위의 자태가 안개 속에 어른거렸다. 동굴 입구는 마치 쌍으로 늘어서 있는 듯한데, 가운데는 틀림없이 서로 통해 있을 것이다. 서둘러 그 아래로 가보니 깎아지른 듯한 벼랑에는 길이 없었다.

이때 이미 먼저 돌아갔던 길잡이는 내가 왔다 갔다 하면서 두리번거리는 것을 보더니, 다시 되돌아와 나를 끌고서 남쪽 기슭의 조그마한 동굴로 들어갔다. 동굴 입구는 남쪽을 향해 있고 야트막한데, 위쪽 동굴과는 통해 있지 않았다. 대체로 위쪽 동굴은 까마득히 봉우리 중턱을 굽어보고 있다. 멀리서 바라보면 대단히 특이하지만, 가까이서 바라보면 기이한 점이 없다. 게다가 길이 끊어져 기어오를 수 없는지라, 물러날 수밖에 없었다.

동쪽으로 나아가다가 고개를 돌려 다시 바라보니, 자욱한 구름 모양이 은근히 사람의 마음을 사로잡았다. 그리하여 길잡이를 강권하여 되돌아가 기어오르고자 했다. 길잡이는 풀숲더미를 잘라내고 바위를 밟으면서 원숭이처럼 기어올랐다. 나 역시 그를 본떠 뒤따라 마침내 그 위에 올라섰다. 깎아지른 듯한 암벽이 층층이 매달려 있다. 비록 양쪽 벼랑이 나란히 늘어서 있기는 해도 가운데가 서로 통하지 않은데다, 그 너머 또한 얕기 그지없다. 설사 영롱한 바탕은 지니고 있으나, 그윽하고 아름다운 관문으로 통해 있지 않은지라, 흥이 다하여 돌아왔다.

계속하여 남동쪽으로 2리를 걸어 진선암에 이르렀다. 때는 마침 정오였다. 바위 사이에서 여러 비문을 찾아서 둘러보던 중에, 나는 사다리가 바위에 미끄러지면서 사다리와 함께 떨어지고 말았다. 미간과 무릎에 온통 상처를 입고 말았다.

진선암 속은 밝고 선선하여 거처할 만하니, 티끌 하나 없이 고요하다. 오직 샘물소리만 콸콸 쉬지 않으며, 그윽한 곳에 뱀이 있어도 사람을 해치지 않는다. 다만 모기가 너무 많아 도저히 잠을 이룰 수 없다. 28일 한밤중에 아주 커다란 소리가 들려왔다. 마치 노인의 기침소리와도 같은데, 오래도록 그치지 않았다. 아침에 일어나 물어보니 큰 벌레의 울음소리라고 한다. 이 벌레는 머리가 몸보다 크며, 밤에 동굴 속으로 몰래 숨어든다고 한다. 이날 밤에만 소리내어 울었을 뿐, 다른 때에는 조용했다.

---

1) 이 시는 이백의 「산중문답(山中問答)」으로 전문은 다음과 같다. "그대는 왜 푸른 산에 사는가 물으니, 빙긋 웃을 뿐 답하지 않은 채 마음이 한가롭네. 복사꽃 띄운 물 아득히 흘러가나니, 별천지요 인간세상 아니라네(問余何事棲碧山, 笑而不答心自閑. 桃花流水杳然去, 別有天地非人間.)"
2) 보우(寶祐)는 남송의 이종(理宗)의 연호(1253~1258)로서, 보우 3년은 1255년이다.
3) 소정(紹定)은 남송의 이종의 연호(1228~1233)로서, 소정 원년은 1228년이다.

7월 초하루

아침에 일어났으나, 넘어져 다친 탓에 잠시 동굴 안에서 쉬었다. 그런데 어제 밤에 탁본을 뜨려고 두드려놓은 황정견의 비문이 아직 바위 사이에 있었다. 아직 먹즙을 바르기 전에 햇빛에 뜨거워질까봐 기어이 벼랑에 기어올라 그것을 탁본했다. 탁본을 막 마치자 참혜 스님이 아침을 먹으러 가자고 불렀다. 나는 자리를 떠나면서 말리느라 탁본을 놓아두었는데, 서둘러 식사를 하고 내려와보니 이미 누군가가 떼어가버렸다. 이전에 내가 왼쪽 벼랑 위의 「노군상비(老君像碑)」를 탁본했는데, 하룻밤을 넘겨 마르기를 기다리는 사이에 역시 없어진 일이 있었다. 두 번이나 잃어버리는 경우를 당하니, 서글픔을 견딜 수가 없었다.

원래 이 일대에는 종이가 없다. 전에 사도가 문서를 띄워 현에 속한 스님과 도사에게 종이를 가지고 동굴로 와서 「원우당적(元祐黨籍)」을 탁본하게 했다. 나는 여러 손을 거쳐 6장의 연사지[1]를 샀다. 탁본하는 이는 관리의 감독을 받고 있었다. 그는 「당적비」의 탁본을 마치고나서야 나를 위해 한충헌(韓忠獻)의 커다란 비석을 탁본해줄 수 있다고 했다. 그래서 나는 한참을 머물러 기다렸다.

나는 먼저 한가한 틈에 종이 한 장을 꺼내 이 비석을 나누어 탁본했는데, 여러 번 헛수고를 했다. 비석이야 다시 탁본할 수 있다지만, 종이는 다시 구할 수 없는지라, 탁본하는 이가 한충헌의 커다란 비석을 탁본해주기만을 앉아서 기다릴 따름이었다. 이날 스님과 도사가 내일까지는 사도가 부탁한 비문의 탁본을 마치고 초사흘에는 나를 위해 탁본해주겠노라고 약속했다. 한충헌의 비석은 크고 양 측면이 발을 딛을 수 없으므로, 나는 먼저 나무를 가져다가 가로로 걸쳐놓았다.

---

1) 연사지(連四紙)는 대나무로 만든 종이로서, 재질이 섬세하고 흰색을 띠며, 오랜 세월이 흘러도 변치 않는 고급지이다. 강서성과 복건성 등지에서 생산되며, 흔히 연사지(連史紙)라고도 한다.

7월 초이틀

이날은 현성에 장이 서는 날이다. 나는 탁본을 기다리느라 머물러 있다가, 잠시 성에 들어가 장터를 둘러보기로 했다. 동굴을 나온 후에야 비가 내리고 있음을 알았다. (동굴안에는 시냇물 소리가 섞여, 날이 맑은지 비가 오는지 분간할 길이 없었다.) 이에 동굴로 돌아와 다시 황정견의 비문을 탁본했다. 오후에 계속해서 동굴 안에서 쉬었다.

7월 초사흘

이른 아침에 안개가 끼더니 오전에 맑게 개었다. 동굴 안에 앉아 탁본하는 이가 오기를 기다렸다. 한참을 기다려서야 왔는데, 그는 현에서 계속해서 종이를 보내 탁본하라고 명했다면서 다시 초나흘로 약속을 미루었다.

나는 이에 동굴을 나와 벼랑 맞은편의 빛이 새어드는 구멍으로 오르는 길을 찾아 나섰다. 동쪽으로 동굴 앞의 돌다리를 건너 산의 남쪽을 따라 서쪽으로 돌아들었다. 길은 풀숲에 숨어 때로 보이지 않더니, 뒷산의 등성이 넘어가는 곳에 이르러 끝내 서쪽으로 벼랑에 오르는 길을 찾을 수가 없게 되었다.

이에 가시덤불을 밟고 바위를 움켜쥐며 거친 숨을 몰아쉬면서 산중턱에 기어올랐다. 동굴을 찾아보았으나, 온통 바위 벼랑이 치솟아 있는지라 들어갈 만한 구멍은 보이지 않았다. 아무래도 그곳을 지나쳐버린 성 싶은데다, 남쪽이 깎아지른 듯한 벼랑인지라 다시 내려왔다. 홀연 농부 두 사람이 그 앞을 지나기에 급히 쫓아가 물어보니, 과연 북쪽에 있었다.

두 사람이 가리켜준 대로 북서쪽으로 올라갔다. 풀숲과 가시덤불 속에 과연 구멍 하나가 있다. 겨우 몸 하나 들일 정도이지만, 아래로 푹 꺼져내려 매우 깊다. 몸을 구부려 굽어보니, 아래로 깊이가 세 길 남짓이며, 북쪽 벼랑의 스님의 거처에서 마주보이는 곳이다. 잠시 후 탁본을 뜨는 스님과 도사의 웃음소리와 말소리가 들렸다. 그렇지만 벼랑이 험준하고 아래쪽이 허공에 매달려 있는지라, 허공에 몸을 던져 떨어져내려갈 수는 없었다.

한참동안 둘러보니, 왼쪽 암벽에 수직으로 갈라진 틈새가 보였다. 이 틈새는 위로 쭉 뻗어오른지라 발걸음 하나 내디딜 곳도, 손가락 하나 붙들 곳도 없다. 그러나 틈새 양쪽이 서로 한 자 다섯 치쯤 떨어져 있으니, 팔로 붙들고 발로 버틸 수 있을 듯했다. 이에 조금 내려가 왼쪽으로 꺾어들어 틈새로 향했다. 꺾어드는 곳의 바위는 온통 아래로 드리워진 채 위로 갈라진 곳이 없으며, 둥글고 미끄러워 붙들거나 딛을 수가 없다. 별 수 없이 배를 밀착시켜 지나니, 마치 새가 허공을 스쳐 지나듯, 원숭이가 허공을 훌쩍 건너뛰듯, 손과 발이 아무리 민첩해도 도저히 미칠 수 없을 듯했다.

틈새 안에 이르러 그 안에 버티고 있으나, 손가락을 집어넣을 흔적이 없으니 어찌 발을 옮길 수 있으며, 발을 끼워넣을 곳이 없으니 어찌 몸을 매달 수 있겠는가? 두 팔과 두 발은 마치 아교로 붙인 듯, 못을 박은 듯하나, 조금만 움직여도 미끄러져 내렸다. 움직이지 않으려해도 오래도록 버티다 힘이 다하면 필연코 저절로 미끄러질 터였다. 차라리 미끄러지는 기세를 타고서 허벅지를 쪼그려 내려앉는 편이 나을 듯했다. 그리하여 미끄러져 내리다가 땅에 막 닿을 즈음 힘껏 버티어 다행히 넘어지지는 않았다. 이 방법 역시 막다른 궁지에 몰린 후에 자연스럽게 체득한 것이지, 시험 삼아 해볼 만한 일은 아니다.

내려와보니, 동굴은 네다섯 길의 너비에 가운데는 평평하며 아래로는 깊은 시내를 굽어보고 있다. 앞에는 기둥이 늘어서서 난간처럼 모서리를 이어 엮고 있다. 사람들이 발을 헛디뎌 깊은 벼랑에 빠질까 염려하여 사람들을 보호하기 위해 설치해놓은 것이다. 동굴 안에는 사방이 암벽으로 둘러싸여 있는데, 말아 올리다가 펴지면서 생동감넘치는 의취를 지니고 있다. 마치 조각하여 만든 듯하지만, 조각해서 만들 수 있는 것이 아니다.

앞쪽은 서쪽 벼랑과 어울려 서로 돋보이고, 뒤쪽은 동굴 꼭대기에 두 개의 밝은 구멍이 뚫려 있다. 그 안에서 멀리 시내의 양 끝을 바라보니, 시내가 들고 나는 곳이 한 눈에 훤히 보이면서 동굴의 전체 경관을 거두어들이고 있다. 여러 절묘한 것 가운데에서도 유독 빼어난 곳이다. 진선암은 천하의 으뜸이요, (송나라 장효상張孝祥은 "천하 제일 진선암"이라 제목을 붙였다.) 이곳은 또한 진선암의 으뜸이로다.

동굴의 오른쪽 벼랑 앞에는 바위 하나가 시냇물 위에 평평하게 불쑥 솟아 있다. 마치 책상다리를 하고서 앉는 자리처럼 보인다. 위에서 방울져 흘러내리던 종유가 마침 그 끄트머리에 달려 있다. 끄트머리에서 흘러 떨어지는 방울이 마치 옥처럼 밝고, 약간 움푹 팬 곳에 방울을 받아낸다. 어찌 신선의 감로를 받는 쟁반일 뿐이겠는가?

그 곁에서 벼랑을 기어올라 북쪽으로 나아갔다. 다시 잇달아 두 개의 감실이 열려 있는데, 안은 모두 밝고 깨끗하여 더러운 흔적이 조금도 없다. 움팬 채 빙 둘러 있는 암벽은 색깔과 형태가 서로 다르니, 마치 떨어져내린 지 얼마 지나지 않은 듯하다. 그 앞쪽 벼랑 위에 돌기둥 하나가 시내 곁에 우뚝 솟아 있다. 가운데는 마치 손가락처럼 가늘고도 둥근 채 위로 동굴 꼭대기에 닿는다. 다시 맺히면 휘장의 술 모양이고, 흩어지면 교룡처럼 보인다. 가는 손가락 같은 모양의 기둥을 휘감아내려와, 고리 모양으로 구부러진 것이 여러 가닥인데, ㄱ 끄트머리마다 물방울이 맺혀 있다.

그 안쪽의 감실 가까이에 또 하나의 바위가 둥글게 세 자나 솟아 있다. 이 바위는 술병처럼 밝게 빛나는데, 손으로 그것을 치자 커다란 종에서 울려나는 듯한 소리를 낸다. 그 곁에 거꾸로 매달린 바위 또한 마찬가지의 소리를 낸다. 이것은 불쑥 곧추선 모습으로 이채를 띠고 있다.

이 세 곳의 동굴은 안으로 서로 통하지 않지만, 겉으로는 연결되어 있는 옥고리를 이루고 있다. 길을 나누는 시내가 있고, 훤히 트여 밝은 구멍이 있으며, 동굴 안에 어지러이 떨어지는 물방울이 없는데다 허공에 드리운 종유석은 마침 문밖에 있다. 그러니 구름이 피어오르는 골짜기에 누운 채 시냇물을 베개 삼기에 이보다 더 나은 곳이 없도다!

이것은 시내 동쪽 위층의 벼랑이다. 그 남쪽은 아래층의 나란히 치솟은 벼랑과 거의 떨어져 있지 않으나, 가운데에 암벽이 시내바닥에 꽂혀 있는지라 그 너머로 건너갈 수 없었다. 약간 안쪽에 남쪽으로 들어가는 갈라진 틈새가 있다. 입구는 굽이지고 안쪽은 구불구불하며, 거꾸로 매달린 용 모양의 바위는 제멋대로 서로 얽혀 있다. 그 가운데가 남쪽 벼랑으로 통하기를 기대했으나, 바위 조각이 가로막고 있다. 만약 이 바위 조각을 뚫어 통하게 하여 여기에 길을 내고, 아래층의 평대 가에서 뜬 다리를 엮어 노군좌로 위로 건넌다면, 위아래 양쪽 벼랑의 절경을 아우를 수 있을 뿐만 아니라, 굽이굽이 가운데를 지나니 바깥으로 길을 에두를 필요도 없고, 허공에서 몸을 던질 위험도 없을 터이다. 이야말로 참으로 절경에 도움을 줄 수 있는 기막힌 방법이다.

이때 나는 아래를 따라 그 속으로 미끄러지면서도 기어오를 작정이었다. 그러나 붙잡고 오를 길이 없었다. 그래서 시내 너머로 스님의 거처에서 탁본하고 있는 이를 불러 그들에게 밧줄을 벼랑 아래로 드리워 내려달라고 부탁했다. 밧줄을 당겨 오를 수 있기를 바랐던 것이다. 그러나 탁본을 하는 이는 밖으로 굽어도는 길을 알지 못한지라 그저 헛되이 긴 사다리로 시내를 건너려고만 했다. 하지만 시내는 건너기 어렵고 사다리의 길이는 벼랑의 반에도 미치지 못한지라, 설사 시내를 건널지라도 내려올 수 없었다.

한참동안 이리저리 헤매다가 동굴의 참혜 스님이 돌아오기를 기다렸다가 길을 찾아 밧줄을 던져달라고 할 작정이었다. 나는 정오가 넘도록 아직 밥을 먹지 못한 처지였다. 거듭 사방을 둘러보다가 그 아래에 수

직으로 갈라진 틈새가 보였다. 비록 붙들 만한 것은 없지만, 그 옆의 뒤집힌 벼랑에 움푹 팬 구멍이 있다. 이 구멍은 위에서 굽어보면 보이지 않지만 아래에서 오르기에는 그래도 의지할 만했다.

그리하여 마치 새가 날개를 펴듯 그 구멍을 따라 몸을 솟구쳤다. 나도 모르게 어느덧 함정을 빠져 나와 있었다. 이 기쁨은 이루 말로 다할 수 없었다. 계속해서 잡초더미 속에서 산을 내려와 1리만에 돌다리를 돌아들어 동굴로 들어가 식사를 했다. 오후에 저고리와 바지에 더러운 때가 잔뜩 묻었기에 시내로 가서 빨았다. 어느새 해가 저물었다.

7월 초나흘

탁본을 하는 이가 아침에 왔는데, 아직 마치지 못한 나머지 비문은 정오가 되어서야 탁본을 끝마쳤다. 그는 곧바로 현에 바치러 가면서, 다시 내일로 약속을 정했다. 나는 그들을 기다리느라 몹시 답답했다. 그리하여 오후에 고정산의 철기암(鐵旗巖)(최근에 새로 열렸다)을 둘러보고자 했다. 그러나 탁본하는 이가 떠나고 참혜 스님은 아직 돌아오지 않은지라, 잠시 동굴 안에서 짐을 지키다가 끝내 길을 나서지 못하고 말았다.

7월 초닷새

오도사(吳道寺)와 경선사(鏡禪寺)의 제자가 오더니 한충헌의 비문을 탁본했다. 그 비문은 대단히 크고, 비석은 비스듬히 늘어서 있다. 그래서 내가 이전에 나무를 늘어놓고 틀을 가로질러 놓았는데도, 세 층으로 나누어 탁본해야 했다. 가로질러 놓은 틀이 방해가 되는지라 반드시 한 층을 탁본하고 나서는 틀을 해체한 다음에 다시 탁본할 수 있었다. 그렇지만 탁본해 놓은 것은 대단히 거친데다, 글자는 크고 새김은 너무 얕아 반쯤이 어슴푸레 희미했다. 나는 더러운 부분은 파내고 빠진 부분은 보충하느라 온종일 탁본을 윤색했으나, 끝내 몇몇 글자는 온전하지 못했다.

탁본하는 이들을 모아 남은 종이에 「원우당적」(이 비는 송나라 지군인 심위沈暐가 새긴 것이다. 그의 조상 역시 명부 속에 들어있기에 집에 전해져온 책에 근거하여 이를 새겼는데, 계림의 용은암龍隱巖에 새겨진 것과 똑같다. 다만 용은암의 것은 벼랑에 새기고 큰 데 반해, 이것은 비석에 새기고 가지런하다), 「노군동도」와 노군상을 탁본하라고 시켰다. 오후에 스님과 도사가 떠나고, 나는 한충헌비의 탁본을 날이 저물도록 윤색했다.

7월 초엿새

동굴 안의 일을 다 마치자, 나는 철기암을 구경하고 싶었다. 그리하여 길을 나설 채비를 했다. 그러나 이날 비가 퍼붓듯이 쏟아지는데, 나는 개의치 않고 아침 식사를 하고서 곧바로 길을 나섰다. 1리를 나아가 올 적에 가로로 늘어서 있던 북쪽 동굴을 지났다. 다시 반리를 나아가 가로로 늘어서 있는 남쪽 동굴을 지나는데, 빗발이 더욱 거세졌다. 나는 남쪽 동굴에 한 번 오르고 싶었다. 숲을 기어오르고 띠풀을 헤치며 비를 무릅쓰고 올랐다. 잇달아 두 개의 벼랑 아래에 이르렀으나 끝내 동굴을 찾아내지 못했다.

비가 대야로 퍼붓듯 쏟아지자, 벼랑에 바짝 붙어 비를 피했다. 거센 비가 쉬지 않고 내렸다. 머리끝에서 발끝까지 흠뻑 젖고 말았다. 벼랑에 오래도록 붙어 있을 수 없는지라 마침내 우산을 접어 지팡이로 삼고 띠풀을 붙들어 끈으로 삼아, 다시 비를 무릅쓰고 내려갔다. 대체로 그 동굴은 동쪽에 있고, 내가 기어오른 곳은 서쪽이다. 아래로 바라보면 분명히 있건만, 가까이에서 찾으면 아득하여 보이지 않았다.

다시 비를 무릅쓰고 1리를 나아가 남쪽으로 안령담을 지났다. 다시 반리를 나아가 서쪽으로 시내를 건넌 다음, 갈림길에서 서쪽으로 산의 움푹 꺼진 곳을 향했다. 반리를 나아가 움푹 꺼진 곳을 넘어 서쪽으로 나아가자, 길은 점점 넓어지고 비는 차차 가늘어졌다. 산골짜기를 뚫고 나와 모두 1리를 걸어 남쪽으로 조그마한 다리[즉 올 적에 가로질렀던 조그마한 시내의 상류이다]를 건너 다리 남쪽의 산 중턱을 바라보니, 북쪽을 향해 있는 동굴이 있다. 오를 수 있는 길이 있기에, 급히 그 길을 따라 올랐다.

동굴에 들어서자 제법 깊숙하고, 다른 갈림길은 없다. 토박이들이 그 안에서 종이를 만들고 있는데, 종이의 질은 매우 조잡했다. 그러나 동굴 안에는 못과 부뚜막, 취사도구가 갖추어져 있다. 안에는 아무도 없었지만, 고정산에서 멀리 떨어져 있지 않음을 알 수 있었다. 이에 동굴 안에서 옷의 빗물을 비틀어 짜고서 산을 내려왔다. 기슭을 따라 다시 서쪽으로 나아가니, 마을의 가옥들이 즐비하게 늘어서 있다. 산속의 촌락이 번성하다고 할만하다. 철기암이란 곳을 물어보자, 주민들은 북서쪽 봉우리의 중턱을 가리켰다.

다시 반리를 걸어 그 봉우리의 동쪽에 이르렀다. 남쪽으로 나아가자, 봉우리 허리의 동굴 틈새가 층층이 드러나 보였다. 나는 바로 이곳이라 생각했다. 좌우로 길을 찾으나 보이지 않아, 네 차례나 오갔다. 잠시 후 다시 서쪽으로 나아가 산중턱을 보니, 동굴이 위에 높이 매달려 있고 앞에는 누각이 기대 있다. 그러나 좌우로 끝내 길을 발견하지 못했다. 다시 한참동안 오가다가 물고기를 낚는 어린아이를 만나 앞장세워 길을 안내하게 했다. 알고 보니 그 길은 바로 산 아래에 있었는데, 들어서는 곳이 물에 잠기고 풀에 덮여 있는지라 아득하여 분간하지 못했던 것이다.

조금 위로 올라가자 층계가 나왔다. 층계 옆에는 커다란 나무가 가로 누워 있다. 위에는 목이버섯이 가득 자라나 있고, 아래에는 영지가 맺혀 있다. 하지만 이때에는 동굴에 들어가는 일이 급한지라 자세히 살펴볼 겨를이 없었다. 동굴에 이르렀다. 겹겹이 가려져 있는 동굴 입구는 끈으로 묶여 있다. 스님이 계시지 않음을 알겠으나, 비가 억수같이 퍼붓는지라 문짝을 밀고서 들어갔다.

이 동굴은 남쪽을 향해 있으며, 백보당 남쪽의 육롱산(陸壟山)과 마주하고 있다. 동굴 앞에는 고정촌(古鼎村)의 산이 왼쪽에 솟아 있고, 불수암의 산이 오른쪽에 솟아 있다. 동굴은 산 중턱에 매달려 있는데, 동굴 입구는 둥글게 뚫려 있고 안에는 누각이 늘어서 있다. 동굴 안은 그다지 드넓지 않으나 신상이 빽빽이 늘어서 있다. 오른쪽으로 돌아들자, 툭 트여 있으나 어둡다. 몇 길 이내 역시 꼬불꼬불 굽이도는데, 다른 갈림길은 없었다. 동굴 안의 경관은 비록 기이하고 아름다운 점은 없으나, 동굴 밖의 절경은 자못 서로 어우러져 돋보였다. 철기암이라는 이름은 봉우리로 인해 널리 알려진 것이지, 동굴로 인해 널리 알려진 것이 아니도다!

스님의 취사도구를 둘러보니 오른쪽으로 돌아드는 동굴 안에 있고, 침구와 모기장은 앞쪽 누각에 마련되어 있다. 그리하여 그 위로 올라가 옷을 벗어 물기를 짠 후 창 사이에 걸어놓고, 스님이 남겨둔 옷을 가져와 몸을 가린 채 스님이 오기를 기다렸다. 정오가 지나 산 아래를 바라보니 스님 한 분이 삿갓을 쓴 채 띠풀을 붙잡아 올라오고 있었다. 그런데 스님은 한참이 지나도록 이르지 않았다. 목이버섯을 따서 광주리에 담느라 늦어졌던 것이다.

스님은 도착하자마자, 내가 멋대로 잠근 문을 열었다면서 말과 안색이 자못 거만했다. 나는 먼길을 오다가 비를 만나는 바람에 어쩔 수 없이 들어와 밥을 얻어먹으려고 기다리고 있었노라고 말씀드렸다. 처음에는 쌀도 없고 땔감도 없다고 시치미를 뗐다. 내가 앞서 그의 항아리에 평소 비축해놓은 양식이 있음을 몰래 보았지만, 직접 들추어내지 않은 채 밥을 지어달라고 부탁했다. 밥이 지어지자, 나는 그에게 말을 건넸다. 이야기를 주고받게 되자, 그는 밥을 지어 대접할 뿐만 아니라 목이버섯을 삶아 채소요리를 만들고 땔감을 찾아 옷도 불에 쬐어 말리게 해주었다. (그 스님은 선에 관한 이야기를 좋아했는데, 호남성湖南省 사람이었다.) 식사를 마치고 돈으로 사례하자 그는 받지 않았다.

이때 비가 차츰 그치기에, 나는 용암龍巖이 어디 있는지 물었다. 산에 거주한 지 얼마 되지 않았던 스님은 비수암沸水巖을 용암으로 잘못 알고서 나에게 남서쪽으로 들어가라고 가리켜주었다. 나는 처음에 그 사실을 알지 못한 채 그의 말에 따랐다. 반리를 걸어 그 아래에 이르렀다. 산 아래에 북동쪽을 향해 있는 물동굴이 있다. 물이 가득 고여 있고 안쪽에서 나는 소리가 매우 컸다. 그 동쪽 또한 마찬가지였다. 아마 그 아래도 비어 있는 가운데에 온통 물이 가득 고여 있을 것이다.

그러나 나는 용암이 산중턱에 있다고 들었기에, 높은 곳을 바라보며 기어올랐다. 그 산위는 두 개의 봉우리로 갈라져 있고, 가운데는 깎아지른 듯 천 길 낭떠러지이다. 서쪽으로는 얕은 동굴이 가파른 벼랑 아래에 있고, 동쪽으로는 갈라진 틈새가 옆 봉우리의 측면에 있다. 가시덤불을 헤치며 찾았으나, 끝내 물이 고인 높은 동굴은 보이지 않았다. 이에 그곳에서 내려왔지만, 아직도 그 동굴이 비수암이지 용암이 아님을 깨닫지 못했다.

동쪽으로 반리를 나아가 고정촌으로 갔다. 마을 뒷산을 바라보니, 남쪽을 향하여 동굴이 열려 있다. 동굴 가운데의 하나는 높고도 좁게 위로 솟아 있고, 다른 하나는 둥글게 구멍이 난 채 나란히 치솟아 있다. 나는 이곳이 기이한 경관임에 틀림없다고 여겼다. 그냥 지나쳐서는 안 되겠다는 생각이 들어, 즉시 갈림길에서 동쪽으로 올랐다. 봉긋이 솟은 동굴은 마치 사다리를 타고 오르는 듯하다. 앞에는 드리워진 바위가 문을 막고 있다. 동쪽으로 뚫고 나아가자 평대가 나오고, 내려가 평대 앞을 따라 남쪽의 나란히 치솟은 구멍으로 들어갔다. 둥글게 구멍이 난 동굴은 마치 안을 도려낸 둥근 방과 같은데, 그 속에는 툭 튀어나온 바위가 중앙에 자리잡고 있다. 이때에도 여전히 비수암을 용암으로 잘못 알고 있었기에, 이곳에서 달리 용암을 찾을 수 있으리라고는 깨닫지 못했다.

여기에서 내려와 계속해서 마을 북쪽의 왔던 길을 되짚어 조그마한 다리를 지나려 했다. 그런데 시냇물이 갑자기 불어나는 바람에 다리가 물속에 두 자 남짓 잠겨 있었다. 그래서 우산으로 깊은지 얕은지 짚어 가면서 다리를 건넜다. 가만히 생각해보니, 이렇게 조그마한 시내가 이럴진대, 영수계의 바위제방이라면 물이 높이 불어나고 물살이 거세어서 틀림없이 동쪽으로 건너기가 어려우리라.

마침 죽순을 들고서 고정촌으로 돌아가는 토박이를 만나 물어보았다. 그는 이렇게 대답했다. "큰 시내는 참으로 건너기 어렵지요. 하지만 그곳을 건널 필요가 없어요. 고개를 넘어 시내에 이르자마자 시내를 따라 북쪽으로 내려가면, 건너는 곳이 기껏해야 조그마한 시내 정도이니, 곧바로 노군동 왼쪽으로 돌아나갈 수 있어요." 나는 그의 말을 듣고 매우 기뻐했다. 물길을 건너는 것을 피할 수 있을 뿐만 아니라, 안령담 북쪽의, 동굴로 흘러드는 물의 근원을 찾을 수 있기 때문이었다. 바로 나의 뜻과 딱 맞기에, 그의 말에 따르기로 했다.

움푹 꺼진 곳을 넘은 다음, 올 적에 건넜던 안령담의 서쪽 제방에 이르렀다. 물살이 사납게 솟구치는지라, 정말로 옷을 걷어부치고 건널 수 있는 곳이 아니었다. 이에 곧바로 시내 왼쪽을 따라 북쪽으로 반리를 나아갔다. 시내 너머에 가로로 늘어서 있는 남쪽 동굴에 다가가니, 시내는 서쪽으로 감아돌았다. 다시 서쪽으로 홀로 우뚝 솟은 봉우리를 빙글 돌아 그 서쪽 기슭에서 북쪽으로 돌아든 다음, 동쪽을 향하여 노군암 뒤쪽 동굴로 나아갔다. 길은 이곳에 이르러 온통 길게 자란 띠풀 속에 묻혀 있는지라 길의 흔적을 가늠할 길이 없었다. 오직 봉우리를 바라보며 방향에 근거하여 길을 갈 따름이었다.

모두 2리를 갔다. 영수계의 큰 시내는 어느덧 동쪽으로 흐르고 있다. 시내가 나의 갈 길을 가로막지는 못했던 것이다. 그런데 서쪽 산의 골짜기 안에 서쪽에서 쏟아져 흘러드는 조그마한 시내가 또 있고, 그 위에는 건널 수 있는 제방이 있다. 하지만 이 시냇물은 불어난 물을 끼고 기세가 사나운지라, 말채찍만 휘둘러도 물길을 끊어 건널 수 있는 곳임에도, 이리저리 걷다보면 신발이 젖겠구나 하는 탄식이 절로 나왔다. 잠시 머뭇거리다가 시내를 건넜다. 해는 어느덧 서산 너머로 지고 있었다. 시내를 따라 동쪽으로 나아갔다. 이곳에 길이 있는데, 북쪽의 유공암을 거쳐 하곽으로 나오는 큰 길이다. 방위를 따져 헤아려보니, 대단히 멀리 돌아온 셈이었다.

이때 어느덧 땅거미가 내려앉았다. 동굴 뒤에 와 있으니 그 왼쪽에서 움푹 꺼진 곳을 넘어 내려가면 곧바로 동굴 앞에 이를 수 있으려니 생각했다. 그러나 길이 없는지라, 띠풀을 붙잡고 가시덤불을 밟으면서 고작 1리 남짓의 거리를 온힘을 다해 나아갔다. 그 움푹 꺼진 곳에는 온통 높다란 바위들이 층층이 박혀 있고, 등나무 넝쿨과 가시나무가 서로 얽혀 있는지라, 머리끝까지 몸이 빠지고 손발을 꼼짝달싹 할 수가 없었다. 마치 커다란 파도에 뒤집힌 채 휩쓸리고, 세차게 흐르는 물살에 빠져나올 길이 없는 듯했다. 유공암으로 되돌아가려고 마음먹었으나 날이 이미 어두워진지라 갈 수도 없었다. 이러한 때라면 호랑이, 이리, 독사는 물론이고, 날고 걸을 수 있는 어느 무엇이든 나를 이겨낼 수 있으리라.

다행히 중간에 가로막고 있는 가시덤불이 마치 아직 개벽하지 않은 대혼돈과 같은데, 혹 그 가랑이 아래로 엎드려 지나고 혹 그 끄트머리를 밟은 채 뛰어넘어, 한참만에야 움푹 꺼진 곳의 등성이를 빠져나왔다. 몸을 구부려 가시덤불을 붙잡고서 벼랑을 굴러내리는데, 그래도 어둠속에서 떨어지는지라 무서움이 덜히디는 느낌이 들었다. 얼마 지니지 않아 동굴 왼쪽의 채소밭으로 나와 비로소 진선암에 이르렀다. 참혜 스님이 문빗장을 내려 문짝을 떠받쳐 놓았다. 그를 불러 문짝을 열고서 다시 동굴로 들어가니, 다시 태어난 듯한 기분이 들었다.

7월 초이레

참혜 스님은 아침 일찍 예불을 드리러 가고, 나는 젖은 옷이 아직 마르지 않은지라 동굴에서 혼자 밥을 짓고 옷을 말렸다. 이날 비가 주룩주룩 쉬지 않고 내리다가 정오가 되어서야 조금 뜸해졌다. 이에 성 남쪽으로 달려가 배편을 알아보고, 다시 성으로 들어가 옷을 기웠다. 이날 아침에 이미 세 척의 배가 떠났다고 하니, 반드시 이곳에 와서 배를 기다려야겠다는 생각이 들었다. 대체로 배는 회원(懷遠)에서 오지만 미리 알 수 없는데다, 현지의 배는 아무 때나 출발하기 때문이었다. 저녁 어스름에 동굴로 돌아와 짐을 꾸려서 성 남쪽의 여인숙으로 가려 했다. 참혜 스님이 아직 동굴로 돌아오지 않았으나, 그와 작별 인사를 나눌 겨를이 없는지라, 그의 제자에게 돈을 남겨주고서 떠났다.

이날은 칠석인데, 이 일대 사람들은 이날을 중원절[1]로 여기고 있다. 걸교[2]의 풍속을 전혀 모른 채, 그저 조상에게 제사지내는 것만 알 뿐이니, 이 또한 이 일대 사람의 선량함이다. 이때 소낙비가 느닷없이 내려 강물이 갑자기 불어났다. 나는 술을 사와 마음껏 마시다가 밤이 되어 건초더미를 안고 누웠다. 하지만 빗물이 띠집을 뚫고 떨어져 내리는 바람에, 이부자리가 온통 젖고 말았다.

---

1) 중원절(中元節)은 음력 7월 15일이다. 옛날 도관에서는 이날 초례를 지내고, 불사에 서는 우란분회(盂蘭盆會)를 열었으며, 민간에서는 조상의 제사를 지냈다.
2) 걸교(乞巧)는 음력 칠월 칠석날 밤에 아녀자들이 바느질을 잘 하게 해달라고 직녀성에게 빌던 민간 풍속이다.

7월 초여드레

비의 기세가 더욱 거세지고, 강물도 더욱 거칠게 불었다. 아침에 배 한 척을 수소문하여 급히 짐을 가지고 내려가 기다렸다. 한참을 기다려서야 배 주인이 왔다. 그러나 배가 너무 비좁아 함께 타기에 어려운 분위기인지라, 다시 짐을 짊어지고 여인숙으로 돌아왔다. 이날 정오에 물살이 쫙 퍼져 나가더니 물가를 넘어 강언덕에 철썩거렸다. 수위가 점점 올라가는 것을 본 저자의 사람들은 대부분 높은 언덕으로 옮겨가 홍수를 피했다. 나는 콸콸 흘러가는 강물을 마주하여 앉았다. 잎과 가지를 매단 채 강을 뒤덮어 떠내려오던 커다란 나무들이 진을 나누어 소용돌이치는 모습이 마치 전함이 앞을 다투는 듯했다.

토박이들은 대부분 조각배를 타고서 자잘한 나뭇가지를 잘라 싣는데, 금방 배에 가득 찼다. 또한 긴 밧줄로 나무줄기를 묶어서 물살을 타고 내려가다 소용돌이치는 곳에 이르면, 빙글빙글 감아도는 물길 속으로 뛰어들어 물가로 끌어냈다. 물가에 있던 사람이 "집조차도 장담할 수 없는 터에 땔나무를 어디에 쓴단 말이오?"라고 말하자, 뱃사공은 "나야 물살을 이용하여 이득을 보는 법이니, 당신처럼 물에 빠지는 것과는 다르지요"라고 대꾸했다. 서로 모두 웃었다.

7월 초아흐레

밤중에 또 간간이 비가 내리다가 동틀 무렵에야 조금 그쳤으나, 물은 더욱 불어났다. 나는 조각배를 구해 배 안에 앉아 있었다. 배는 성 남쪽의 줄다리 아래에 정박해 있었다. 그 다리는 높이가 두 길이고, 다리 아래의 물은 북서쪽의 연무장에서 흘러온다. 물은 처음에는 말라붙어 흐르지 않더니, 이곳에 이르러 불쑥 강언덕을 넘치고 느닷없이 다리를 넘어 흘렀다. 사람들마다 물에 잠긴 아궁이에 개구리가 생길까봐 걱정했다.

정오가 지나자 배를 관장하는 사람이 왔다. 그는 곧 표문(表文)을 올리도록 재촉하는 도사[1]였다. 또한 이 현의 관리가 네 척의 통나무배를 그 양쪽에 연결시켜 부성으로 가도록 했다. 이는 부성에서 소금을 받아다가 실어가는 것이었다. 내가 탄 배는 비록 작으나, 이 네 척의 통나무배를 얻으니, 마치 두 개의 날개를 단 듯했다.

오후에 배를 띄워 남동쪽으로 나아갔다. 잠시 후 남서쪽으로 돌아들어 20리를 달리자, 강 오른쪽에 산이 우뚝 솟아 있다. 이 산은 서쪽의 고동산(古東山)에서 계롱요(鷄籠坳)를 넘어 동쪽의 이곳에 이른 산이다. 다시 20리를 달리자 고가(高街)가 나왔는데, 백 가구가 강의 오른쪽에 모여 살고 있다. 다시 5리를 달리자, 부용산(芙蓉山)이 그 남동쪽에 뻗어 있으며 백 가구가 강의 왼쪽에 모여 살고 있다. 다시 남서쪽으로 5리를 달리자 화목허이다. 다시 서쪽으로 10리를 달려 무양강 어귀(舞陽江口)를 지나고, 저녁에 사궁에 배를 댔다. 물이 저자거리에 찰랑거렸다. 올 적에 보았던, 모래가 쌓인 가파른 벼랑은 완전히 사라져 보이지 않았다.

---

1) 도사(都司)는 관직의 명칭이다. 명대에는 도지휘사사(都指揮使司)가 한 성의 병무를 담당하는 최고기구였는데, 이를 도사라 약칭했다.

7월 초열흘

날이 밝기 전에 배를 띄웠다. 15리를 달리자 마두(馬頭)에 이르렀다. 5리를 달려 양성(楊城)에 이르자, 배는 멈추어 선 채 아전이 역참에서 공급을 받아오기를 기다렸다. 그 강의 북서쪽에 강 가까이의 벼랑이 있는데, 동쪽으로 마두와 마주하고 있다.

정오가 되어서야 비로소 배가 출발했다. 5리를 달리자 초허(草墟)에 이르고, 15리를 달려 나암(羅巖)에 이르렀다. 마을은 강 왼쪽에 있고, 나암은 강 오른쪽에 있다. 나암은 층층이 불쑥 튀어나오고 갖가지 색깔이 섞여 오색찬란하다. 남쪽 벼랑은 약간 낮은데, 영지 모양의 바위가 봉우리 꼭대기에 넘어져 있고, 표주박 모양의 동굴이 벼랑 중턱에 움패어 있다. 찾아볼 만한 절경이 틀림없이 있을 터이다. 그런데 올 적에는 무더운 날에 비가 내려 뜸에 가려지더니, 갈 적에는 다시 강 너머로 멀리 바라볼 따름이다. 벼랑 사이의 원숭이와 학이 어찌 사람을 비웃지 않을 손가!

다시 5리를 나아가니 양류(楊柳)이고, 5리를 더 나아가니 대보이다. 15리를 더 나아가니 구현(舊縣)이고, 5리를 더 나아가니 백사만(白沙灣)이다. 강의 북쪽에는 뾰족한 봉우리가 있다. 양쪽 모퉁이가 동서로 나뉜 채 솟구쳐 대단히 가파르게 쭉 뻗어 있다. 그 남쪽의 빽빽한 산이 바로 현성이 의지하고 있는 곳이다.

강은 백사만에 이르러 다시 구부려져 남쪽으로 흘러간다. 10리만에 오후에 유성현(柳城縣) 서문에 이르렀다. 용강이 서쪽의 경원에서 흘러와 합쳐졌다. 『지』에 따르면, 현성의 서쪽에 천산(穿山)이 있다고 했지만, 현성의 서쪽은 평탄한 채 강의 모래섬을 굽어보고 있고 땅 위에 산도 없는데, 어디에 '뚫을(穿)' 만한 곳이 있단 말인가?

또 『지』에 따르면, 현성 북쪽에 필가봉(筆架峰)과 문필봉(文筆峰)이 있다고 했는데, 그 근거를 찾을 수 없었다. 토박이에게 두루 물어보니, 안다는 사람들은 성 남서쪽의 강 너머로 봉우리가 가파르게 무리지어 서 있는 곳을 필가봉과 문필봉이라 가리켰다. 또한 그 꼭대기에 가운데가 뚫려 있는 동굴이 있으며, 천산은 틀림없이 이곳에 있다고 말했다. 그러나 방위가 『지』와 부합되지 않고, 『지』에서는 따로따로 표기하고 있는데, 이곳에서는 어찌하여 한데 모여 있단 말인가?

아전이 다시 역참으로 갔기에 나는 매우 오랫동안 배에 앉아 기다렸다. 정박하는 시간은 길고 달리는 시간은 짧으니, 물길을 타고 빨리 간다는 게 그만 이렇게 오래 지체될 줄은 생각지도 못했다! 날이 저물자 아전이 돌아와 뱃사공에게 밤길을 달리라 했다. 이렇게 하여 그나마 낮에 부족했던 만큼을 보충할 수 있었다.

남쪽으로 2리를 달렸다. 강의 왼쪽은 만란산(巒攔山)인데, 깎아지른 듯한 벼랑이 강줄기를 가로지른 채 현성 남쪽을 병풍처럼 가로막고 있다. 강의 오른쪽에는 험준한 봉우리가 빽빽이 치솟아 있다. 토박이들은 이곳이 필가봉과 천산이라고 가리키지만, 뚫려 빛이 새어드는 구멍은 끝내 보이지 않았다.

강물을 타고서 달밤에 노 저어 눈 깜짝할 사이에 15리를 달렸다가 북동쪽으로 돌아들어 나아갔다. 다시 5리를 가자 강의 동쪽 언덕에 우뚝 솟은 산이 줄을 지어 남쪽으로 뻗어있다. 강물 역시 산을 따라 남쪽으로 꺾어드는데, 여울의 요란한 물소리가 마치 우레소리처럼 끊이지 않았다. 이곳이 바로 도최탄(倒催灘)이다. 혹 산이 거꾸로 꽂히고 물이 거슬러 흐른지라 이를 '도(倒)'라 하고, 서로 가까이 다가가 있기에 '최(催)'라 한 것은 아닐까?

이때 물결에 어리는 빛과 산 그리메, 달빛과 여울의 물소리가 한데 어울려 돋보이니, 이른바 날아오른 신선과 함께 노니는 일이 아닐까보냐! 다시 남쪽으로 15리를 달리자 고릉(古陵)에 이르고, 20리를 더 달려 황택허(皇澤墟)에 이르렀다. 이곳은 서쪽의 아산(鵝山)과 산 너머로 서로 마주보는 곳이다. 다시 남쪽으로 3리를 달려 유주부에 이르러 그 남문에 배를 댔다. 성안에서 시각을 알리는 북소리가 막 울려왔다.

7월 11일

아침에 남서쪽의 문으로 들어가서 주(朱)씨의 숙소에 이르렀다. 정문 스님과 하인 고씨의 병은 여전히 다 낫지 않은 상태였다. 20일간 오가면서 두 사람 모두가 좋아지는 기색이 있기를 바랐건만, 하인 고씨는 더욱 쇠약해졌으니, 낙담하여 마음이 서글퍼졌다.

7월 12일

동문을 나와 왕한간(王翰簡)의 아들 나원공(羅源公, 이름은 왕당국王唐國이며, 향시에 합격하여 나원羅源의 현령으로 부임했다. 그의 동생은 회시에 응시했다가 낙방하여 아직 돌아오지 않았다)을 찾아뵈었으나, 병환이 났다고 사양했다. 되돌아 북문을 따라 들어갔다. 오후에 남문을 나와 강을 따라 심주(潯州)로 가는 배를 수소문했으나, 중원절인지라 길을 가는 이가 없었다.

7월 13일

아침 일찍 남문에서 강을 건너 마안산(馬鞍山) 북쪽 기슭을 따라 서쪽으로 나아갔다. 이어 남쪽으로 방향을 꺾어 그 서쪽 기슭을 따라 남서쪽 움푹한 평지에서 산을 올랐다. 돌층계는 풀숲에 파묻혀 있는데다 축축하고 미끄러워 발을 내딛을 수 없었다. 성곽 부근의 이름난 동굴도 그 황량함이 이와 같을진대, 가파른 벼랑과 깊은 계곡이야 어찌 탓할 수 있으랴!

선혁암(仙奕巖)은 산중턱의 깎아지른 듯한 벼랑 아래에 있는데, 입구는 서쪽을 향한 채 똑바로 입어산과 마주하고 있다. [다만 산 아래의 평탄한 골짜기 속의 못 하나를 사이에 두고 있을 뿐이다.] 선혁암 안은 마치 손을 모은 듯 달라붙어 비좁고, 깊이는 한 길 남짓에 지나지 않다. 동굴 가운데에는 신선의 상이 자리잡고 있고, 양쪽 벼랑에는 암벽 가득히 글이 새겨져 있다.

동굴 밖 오른쪽에는 바위 끄트머리가 솟아 있는데, 그 위는 쩍쩍 갈라져 무늬를 이룬 채 들쭉날쭉 가지런하지 않다. 올라가 쉴 만하고 검은 바탕에 붉은 줄기가 마치 18줄로 나뉘어 바둑도 둘 만하다고 생각하지만, 확실한 건 아니다. 위쪽에는 벼랑이 깎아지른 듯 솟아 있고, '조대(釣臺)'의 두 글자가 대전(大篆)[1]으로 씌어져 있다. 강은 아득히 멀고 못은 비좁은데 어찌 낚시할 생각을 했을까? 바둑을 두더라도 위숙경(魏叔卿)의 평대에는 미치지 못하고, 낚시를 하더라도 엄자릉(嚴子陵)[2]의 물가만 못할 터이다. 그저 벼랑 오른쪽 바위 끄트머리에 올라 쉬면서 입어산과 나란히 나란히 서 있노라니, 동굴 속에서 독경 소리와 종소리가 울려

퍼진다. 천상의 음악이 바람에 나부끼듯 온 산골짜기를 울리면서 넘쳐
난다.

벼랑의 왼쪽에는 남동쪽으로 올라가는 층계가 있고, 또 하나의 동굴
이 갈라져 있다. 동굴의 형상은 선혁암과 흡사하며 [남서쪽을 향해 있
다.] 그 가운데에는 돌을 쌓아 만든 자리가 있고, 뒤쪽에는 구멍이 아래
로 푹 꺼져 있는데, 자못 깊고 비좁다. 오른쪽에는 두 개의 둥근 구멍이
있다. 크기는 겨우 대나무통만 하고, 그 속은 바깥으로 뚫려 있다. 다만
비좁아 그 아래로 들어갈 수 없었다. 남동쪽으로 산의 움푹 꺼진 곳에
이르러 또 한 곳의 동굴에 들어가보니, 역시 얕고 비좁아 구경할 만한
것이 없다. 대체로 선혁암의 세 동굴은 산 중턱에 나란히 늘어선 채 그
저 고만고만할 따름이다.

얼마 지나지 않아 서쪽으로 산기슭을 내려오다가 되돌아보니 동굴
하나가 보였다. 동굴은 서쪽을 향한 채 가운데 동굴의 아래에 있다. 그
동굴 역시 얕고 비좁다. 동굴 안에는 전에 비석이 있었는데, 지금은 그
터만 남아 있을 뿐이다. 동굴 위에는 세 개의 둥근 바위가 덮고 있다.
마치 매화 꽃받침과 같다. 아쉽게도 두 개가 바람에 떨어져 다섯을 이
루지 못했다. 동굴 앞으로 나오자, 숫돌처럼 평평한 바둑판 모양의 바위
가 있다. 붉은색 무늬가 어지러이 엇섞여 있으니, 지금까지 보지 못했던
것이다.

동굴 오른쪽에는 골짜기와 같은 석굴이 있다. 북쪽으로 뚫려 밝은 빛
이 스며들었다. 동굴 안은 밝고 넓어 쉴 만했다. 하지만 환자가 그 앞에
누워 있는데, 벌레처럼 꿈틀거릴 뿐 몸을 제대로 굽히고 펴지도 못했다.
황량한 골짜기의 깎아지른 듯한 벼랑, 나무꾼도, 가축을 치는 이도 오지
않는 이곳에 이 사람은 목숨을 내맡기고 있으니, 애닯기도 하고 존경스
럽기도 하도다!

동굴을 나와 서쪽의 산부리를 감아돌아 그 남동쪽으로 돌아들었다.
산 중턱에 남서쪽을 향해 있는 동굴이 있다. 이에 가시덤불을 밟으면서

올라가니 동굴 입구는 휑하다. 그 안은 봉긋이 높이 솟아오르고 깊이 떨어져 내리며, 종횡으로 골짜기를 이루고 층층이 겹겹의 누각을 이루고 있다. 그다지 넓지는 않으나 험준하고 비좁게 갈라진 점이 기이함을 드러내는 곳이다.

입구를 들어서자 입구 오른쪽에 바위가 불쑥 튀어나와 있다. 마치 소처럼 쭈그려 앉은 채 푸른색을 띠고 있다. 그 뒤에는 또 하나의 바위가 높이 튀어나와 있는데, 마치 노인의 머리처럼 둥그렇다. 이전에 입어산의 스님이 이곳을 가리키면서 수성암이 있다고 했는데, 틀림없이 이것일 것이다. 다만 그가 가리킨 곳은 남동쪽의 노란색 벼랑이 깎아지른 듯 매달린 곳이었다. 아마 노란색 벼랑의 서쪽이 입어산과 마주하고 있는지라, 이곳이 북쪽에서는 옆으로 가려져 당시에는 보이지 않았을 따름이리라.

불쑥 튀어나온 바위의 왼쪽에 매달린 층계를 따라 아래로 내려와 서쪽의 툭 튀어나온 바위 아래로 나왔다. 아래로는 깊은 못이 깎아지른 듯하고, 위로는 층계가 허공에 매달려 있다. 온통 험준하게 갈라져 있는지라 다닐 수 없었다. 동쪽으로 골짜기 사잇길로 들어가 꼬불꼬불 감아 돌면서 나아갔다. 홀연 위에서 빛이 비쳤다. 고개를 들어 쳐다보니, 마치 층층의 누각이 허공에 걸쳐져 있는 듯하다. 양쪽 벼랑은 위쪽이 뒤덮여 있고 아래쪽은 움패어 있는지라, 허공을 밟고서 기어오를 수 없었다. 다만 빛이 비치는 곳을 멀리 바라보니, 안쪽으로는 동굴 입구가 가지런히 늘어선 채 양쪽 벼랑의 끄트머리에 높이 매달려 있다. 바깥쪽으로는 문이 격자처럼 나뉘어진 채 앞쪽 산 위로 뚫려 있다. 그 꼭대기는 뒤덮은 휘장처럼 평평하다. 밧줄을 당겨 오르지 못함이 못내 아쉬워 울적한 마음으로 나왔다.

다시 산을 내려와 동쪽으로 나아가다가 북쪽 산의 중턱을 쳐다보니, 남쪽을 향해 있는 동굴 입구가 또 보였다. 생각해보건대 그곳은 틀림없이 빛이 비치던 앞쪽 동굴이리라. 그 아래를 바라보니, 온통 굽이도는 벼랑이 층층이 이어져 있다. 이에 조금 동쪽으로 나아가 벼랑의 끄트머리를 따라 북서쪽으로 올라, 아래쪽 벼랑을 넘어 중간의 벼랑에 이르렀다. 하지만 위쪽 벼랑은 깎아지른 듯 가팔라서 도저히 오를 수 없었다.

다시 왔던 길을 되짚어 내려와 동쪽으로 벼랑의 모퉁이를 따라 북서쪽으로 위쪽 벼랑에 올랐다. 벼랑을 따라 서쪽에 오르자, 동굴 앞의 삼면에는 온통 험준하기 짝이 없는 암벽이 허공에 기대어 있고, 오직 이 한 줄기만이 벼랑을 감돌아 다닐 수 있다. 앞에는 평평한 바위가 있는데, 마치 노천무대와 같다. 바위의 안쪽은 사방으로 1자 크기의 석실이다. 석실의 사면의 암벽은 온통 돌기둥이 빙 둘러 있고, 그 갈래가 나란히 늘어서 있는데, 가늘기가 마치 실을 새겨 늘어뜨리고 베를 이어 빽빽하게 박아놓은 듯하다. 석실의 꼭대기는 장막처럼 평탄하고 아래쪽은 숫돌처럼 평평하다. 북서쪽은 안으로 동굴의 입구와 통해 있고 아래로 깊은 골짜기를 굽어보는데, 과연 방금 전에 바라보았던, 훤히 뚫린 바로 그곳이다. 만약 벼랑을 감돌아 오르는 이 한 줄기를 막아버리고 골짜기에 사다리를 놓아 오른다면, 이 동굴은 누각처럼 높고 밝으니 은거하기에 안성맞춤의 절묘한 곳이리라.

한참동안 앉아 쉬다가 벼랑의 끄트머리를 따라 남동쪽으로 내려왔다. 그 남쪽에 산이 기세 좋게 우뚝 솟아 있다. 양쪽 산골짜기에서 길을 잡아 동쪽으로 나아가면 마안산의 동쪽 모퉁이로 나올 터인데, 가운데가 막혀 길이 없었다. 그리하여 남쪽 산의 서쪽 기슭을 따라 길을 잡아 남쪽으로 나아가면 상룡담(上龍潭)에 이를 수 있다. 이 길은 행인들이 오가는 큰길이다. 서쪽 기슭에서 산 중턱을 쳐다보니, 험준한 벼랑이 봉긋이 드넓은데다, 노란색 반점과 붉은색 그림자를 지닌 채 기세 넘치도록 서쪽을 향해 있다. 한번 올라가 보고 싶은 생각이 들었으나 길이 없었다.

산을 따라 남쪽으로 나아가자, 풀숲에서 동쪽으로 오르던 희미한 길이 금방 사라져 보이지 않았다. 온힘을 다해 넘어지고 엎어지면서 올라가 동굴 입구를 찾아냈다. 입구의 밖은 비록 훵하게 드넓지만, 그 안은 겨우 두 손을 모은 듯하여 깊이 들어갈 길이 없었다. 노란색과 붉은색의, 기세 넘치도록 가파른 곳을 바라보니, 어느덧 그 북쪽에 있다. 벼랑의 부리는 가운데가 끊겨 있는지라 감돌아 오를 수 없다.

다시 내려와 산기슭에 이르러 풀숲더미 속을 다시 올랐다. 한참만에야 기세 넘치도록 가파른 벼랑 아래에 이르렀다. 수천 길의 깎아지른 듯 가파른 벼랑은 위쪽이 덮여 있고 아래쪽은 박혀 있다. 마치 허공에 드리운 구름이 하늘 높이 이어져 있는 듯하다. 평평하게 깎인 곳마다 구멍이 하나씩 갈라져 있고, [이 가운데 기이한 모습이 어지러이 얽혀 있다.] 다만 자질구레하여 깊이 들어갈 수 없었다. 벼랑 아래를 따라 북쪽으로 나아가니, 위에는 날듯이 불쑥 튀어나온 벼랑이 있고, 아래에는 겹겹이 쌓인 바위가 있다. 바위 틈새를 오르내렸다. 비록 그윽하고 멋진 동굴 입구는 없지만, 마치 높이 솟구친 누각을 건너는 듯하여 기이한 느낌이 들었다.

이때 날은 어느덧 정오를 지나 있었다. 산을 내려가 남쪽으로 상룡담을 찾아보려 하다가, 생각해보니 식사를 할 길이 없었다. 동쪽으로 골짜기를 향하여 마안산 동쪽 기슭을 따라가면 성곽 가까이로 강을 따라가는지라 밥을 구하기도 쉬울 뿐만 아니라, 병풍산과 등대산을 슬쩍 구경함과 더불어 왕씨산방(王氏山房) 등의 여러 절경을 살펴볼 수 있을 터이다. 게다가 두 산 사이로 길을 잡는 게 더욱 내 마음에 들었다.

이리하여 풀숲더미를 헤치고 동쪽으로 나아갔다. 양쪽 벼랑을 바라보니, 바위는 온통 가파르게 박혀 있고 비취빛 숲이 바위를 뒤덮고 있다. 마음은 더욱 날아오를듯 가뿐했다 얼마 후 채소를 심은 푸성귀밭이 나타났다. 다시 동쪽으로 1리를 가자 북쪽에서 뻗어오는 큰길이 나왔다. 큰길을 가로질러 동쪽으로 1리를 걸어가자 마을이 나타났다. 바로 부성 동문의 대강도(對江渡)이다. 이곳에서 강 남쪽 언덕을 따라 병풍산의 북쪽 기슭에 붙어서 동쪽으로 나아가는데, 이곳 마을의 민가들이 쭉 이어져 있다.

1리를 나아가 등대산에 이르자, 민가들이 더욱 옹기종기 모여 있다. 강은 산에 가로막혀, (토박이들은 등대산 꼭대기에 세 마리의 호랑이가 살고 있는데, 밤마다 산을 내려와 돼지와 개를 잡아먹는다고 이야기했다. 민가는 산기슭을 둥글게 둘러싸고 벼랑은 험준한데, 호랑이는 산모롱이를 의지하고 있는지라 감히 가까이 다가가는 이가 없었다.) 북쪽으로 돌아들어 흘러가고, 길은 산의 남쪽에서 그 동쪽 기슭을 에돌아 북쪽으로 뻗어 있다. 듣자하니, 그곳에 양문광동(楊文廣洞)이 있는데, 대단히 깊숙하고, 강바닥에서 부성의 관청까지 몰래 통해 있으나, 지금 그 동굴은 이미 막혀 있다고 한다. 토박이들 가운데 가리켜주거나 안내해주는 이는 아무도 없고, 그저 이 이야기만 들려줄 따름이었다.

등대산의 북쪽에서 다시 1리를 나아가자 산에 세 개의 봉우리가 가로로 늘어서 있다. 그 북쪽은 바로 왕씨산방이 기대어 있는 곳이며, 내가 전에 낙용현에서 올 적에 그 북쪽 기슭에서 강을 건넜던 곳이다. 이번에는 남쪽에서 오는 길인지라 남쪽 기슭에 나란히 늘어선 동굴이 바라보였다. 길은 마땅히 그 동쪽 모퉁이로 뻗어나갈 터인데, 동굴 앞에서 떠드는 왁자지껄한 사람들의 목소리가 멀리서 들려왔다.

이에 서쪽으로 에돌아 그 아래에 이르러보니, 마을 주민들이 떼를 지어 들판의 사당에서 토지신에게 제사를 지내고 있었다. 동굴은 사당의 북쪽 반리 되는 곳에 있으며, 남쪽을 향한 채 휑하게 솟아 있다. 그 산에는 허공에 바위가 거꾸로 매달려 있다. 동굴 안은 세 개의 골짜기로 갈라져 있고, 밖은 세 곳의 입구로 통해 있다. 굽이져 돌아드니, 그다지 깊거나 넓지는 않으나 바위는 푸른빛을 띤 채 반질반질하고 구멍이 옆으로 뚫려 있다. 뜻밖에 귀한 것을 얻은 느낌이 들었다.

동굴을 나와 서쪽 봉우리의 남쪽을 바라보니, 남쪽을 향해 있는 동굴이 또 있다. 웅덩이를 건너 그곳으로 따라갔다. 마침 꼴을 지고서 북쪽의 움푹 꺼진 곳에서 다가오는 아낙을 만나 동서 양쪽의 동굴의 이름이 무엇인지 물었더니, "동쪽 동굴은 만왕동(蠻王洞)이고, 서쪽 동굴은 얕아

서 이름이 없지만, 그 가운데에는 뱀구멍이 있지요"라고 대답했다. 내가 "북쪽의 산속 움푹 꺼진 곳에서 왕씨산방에 이를 수 있습니까?"라고 묻자, 이렇게 대답했다. "북쪽 움푹 꺼진 곳은 나무꾼들이 다니는 길인데, 그곳으로 통하는 갈림길이 없어요. 동쪽 기슭을 따라가는 큰길은 먼데 반해, 서쪽 비탈을 따라가는 오솔길은 가깝긴 해도 밤만 되면 호랑이가 나타나니 서둘러 가셔야 합니다."

나는 이에 서쪽 동굴로 올랐다. 동굴 입구는 남쪽을 향해 있다. 동굴 속은 과연 얕고 온통 붉은빛 바위인데다 아래에는 옆으로 통하는 구멍도 없다. 도대체, 뱀구멍 따위가 어디에 있단 말인가? 동굴 안은 높이가 5,6 자이고 평평한 시렁과 같은 널판 모양의 바위가 있으나, 허공에 매달려 있는지라 오를 수는 없었다. 그런데 널판 모양의 바위의 한 가운데에 둥근 구멍이 있는데, 마치 우물의 가운데를 파낸 듯하다. 아래에 마침 불쑥 튀어나온 바위가 있다. 그 바위를 밟고서 구멍을 빠져나오려고 고개를 구멍 위로 내미니 마치 죄인에게 씌워지는 칼과 같았으나, 어깨를 움추리고 팔을 모으자 여기에서 위로 뛰어오를 수 있었다. 하지만 그 위 역시 그다지 넓거나 깊지 않아 편안히 쉴 수는 없었다.

그리하여 동굴에서 내려와 서쪽 비탈의 오솔길을 따라 산을 내려왔다. 이어 서쪽 기슭을 따라 북쪽으로 등성이 한 곳을 넘자, 움푹한 평지에 대나무숲이 울창했다. 1리 남짓 나아가자 띠집이 보이는데, 동쪽으로 산기슭에 기대어 있고 서쪽으로 강언덕의 비탈을 굽어보고 있다. 비탈 위에는 빽빽한 대나무숲이 하늘을 가린 채 기슭에 잇닿아 그늘을 드리우고 있다. 길은 그 아래로 나 있는데, 마치 허공의 비취빛 동굴 속을 걷는 듯하다. 서쪽에 이글거리는 태양이 비치고 있음을 더 이상 느끼지 못했다.

1리를 나아가 북쪽으로 요부(姚埠)에 이르니, 곧 동문도(東門渡)이다. 그 위로 마을의 민가가 수십 채 있다. 마을 뒤를 따라 남쪽의 산에 오르자, 바로 왕씨산방이 나왔다. 이때 해는 어느덧 서산에 기울었다. 내가 앞서 동굴에 들어갈 때마다 가지고 온 용안(龍眼)과 말린 떡을 꺼내 책상다리를 하고 앉아 먹어버렸는지라, 이곳에 이른 후에 먹을거리를 구해 죽 네 사발을 얻었다. 밥과 차의 좋은 점을 함께 얻은 셈이다.

그리하여 남쪽의, 대나무가 무성한 움푹한 평지로 들어섰다. 크고 작은 대나무 만 그루가 빽빽하다. 푸른빛의 옥에 안개 자욱히 흩날리니, 세속의 소란한 기운이 싹 가시는 듯하다. 잠시 후 산에 오르자, 매우 가파른 돌층계가 나왔다. 서쪽으로 나아가다가 남쪽으로 꺾어들어 용수나무 뿌리 속을 뚫고서 그 가랑이 아래를 지났다. (이 나무는 계림의 용수문榕樹門보다 작다. 한 곳은 거리에 가로로 걸쳐 있고, 다른 한 곳은 벼랑 중턱에 비스듬히 기대어 있는데, 뿌리를 뚫고 틈새를 통과하기는 마찬가지이다.)

잠시 후 다시 동쪽으로 올라가 시렁 모양의 바위조각 아래를 지났다. [바위는 땅바닥에서 5~6자 떨어져 있고, 벼랑 옆으로 평평하게 시렁처럼 뻗어나와 있는데, 걸쳐놓은 나무판자만큼이나 얇다.] 바로 왕씨산방이 이곳에 있었다. 세 칸짜리 작은 누각이 동굴 앞에 가로로 늘어선 채 북쪽으로 깎아지른 듯한 골짜기를 굽어보고 있다. 서쪽으로는 가로세로로 뻗은 저자와 성곽이 내려다보이고, 북쪽으로는 세차게 달리는 강물이 보이며, 동쪽으로는 마록(馬鹿)과 나동(羅洞)의 여러 산이 줄지은 채 비취빛이 도드라져 있다. 한 눈에 숨김없이 모두 드러나 있다.

누각 뒤에 바로 동굴이 있는데, 동굴이 드높아 누각에 가려지지는 않는다. 동굴 안에는 여러 불상들이 놓여져 있고, 누각에는 스님이 거처하고 있다. 누각은 마치 동굴 입구를 지키는 자물쇠처럼 보인다. 아마 왕씨가 이전에 이곳에서 공부를 했을 터인데, 지금은 스님의 거처로 쓰이면서 이름도 동림동(東林洞)이라 일컫는다. 동굴 뒤에는 동쪽과 서쪽에 구멍이 나뉘어져 있다. 서쪽 구멍은 남쪽을 따라 들어가다가 조금 동쪽으로 돌아들어 나아가는데, 점점 어둡고 좁아져서 깊이 들어갈 수 없다. 동쪽 구멍은 남쪽을 따라 들어가다가 동쪽으로 돌아드는데, 갑자기 훤히 뚫려 있다.

동쪽의 바위 문지방을 넘어 나오자, 커다란 바위가 쩍 갈라져 두 개의 틈새를 이루고 있다. 북쪽으로 뚫고 나아가는 틈새에는 바위가 무더기로 쌓여 있고, 평대가 가운데에 매달려 있어 멀리 내다볼 수 있다. 동쪽으로 내려가는 틈새에는 벼랑이 깎아지른 듯 가파르고 띠풀로 지은 누각이 허공에 처박혀 있으니 숨어 지낼 만하다. 사방에는 온통 치솟은 바위가 구름을 토해내며, 물총새가 날고 난새가 춤추는 듯, 그윽하고 환상적이며 험준하고 번쩍거린다. 호리병 속의 별천지요, 세상 밖의 선경인 양 아득하기만 하니, 다른 산처럼 산허리를 뚫고 나와 한 번 보면 그만인 경우와는 다르다.

얼마 후 앞쪽 동굴로 되돌아왔다. 나룻배가 막 서쪽 강 언덕으로 떠나는 모습이 보였다. 이에 동굴에서 남동쪽의 고개 위로 올랐다. 돌층계는 가파르기 짝이 없으나 바라보이는 곳은 더욱 넓어져 남쪽의 등대산까지 굽어보인다. 한참 만에 산을 내려왔다. 마침 나룻배가 이르렀다. 동문을 거쳐 2리만에 숙소로 돌아왔다.

---

1) 대전(大篆)은 주(周)나라 선왕(宣王) 때 태사(太史) 주(籒)가 갑골·금석문 등 고체(古體)를 정비하고 필획(筆劃)을 늘려 만든 한자 서체이다.
2) 엄자릉은 동한의 은사인 엄광(嚴光)을 가리킨다. 『후한서·일민열전(逸民列傳)』에 따르면, 엄광은 회계(會稽) 여요(余姚) 출신으로, 자가 자릉이다. 광무제와 함께 공부했던 그는 광무제가 즉위한 후 성명을 바꾸고 은거했다.

7월 14일

유(柳)씨 숙소에 있었다.

7월 15일

유씨 숙소에 있었다.

7월 16일

왕한간의 아들 나원공에게 한 통의 편지를 썼다. 정문 스님에게 천비
묘에 얼른 가서 저당 잡힌 이부자리를 찾아오도록 재촉했는데, 끝내 찾
아오지 못했다.

7월 17일

편지를 나원공에게 부치고서 그의 회신을 기다리지 않은 채 곧바로
짐을 가지고 배를 탔다. 정오가 지나 비가 퍼부었다. 얼마 후 다시 남문
으로 들어가 북문에 이르러, 주(朱)씨 의원에게 산두근, 돼지콩팥, 천축
황,[1] 수라포,[2] 토금 등의 여러 민간 약재를 각각 조금씩 샀다. 배를 타
자, 어느덧 어둑어둑했다.

---

[1] 천축황(天竺黃)은 대나무과에 속하는 왕대류의 진을 말린 것인데, 고서에는 대나무
마디 사이의 먼지 등의 불순물이 모여 누런 흙같이 뭉쳐서 생긴 것이라고 기술되어
있다. 심장, 간에 작용하여 열을 내리고 담을 삭히며 정신을 안정시키는 데에 효능
이 있다.
[2] 수라포(水蘿葡)는 등롱화(燈籠花) 나무로서 운남성 서부가 원산지이다. 나무나 암석
에 붙어 자라는데, 그 모양이 라포(蘿葡)와 흡사하기에 '수라포'라 일컫는다. 분재를
만드는 데에 자주 사용되기도 한다.

7월 18일

아침을 먹은 후 배를 띄웠다. 10리를 달려 석구만(石狗灣)에 이르렀다.
강 왼쪽에 조그마한 산이 있고, 강물은 약간 굽이져 북동쪽으로 흘러간
다. 조그마한 산의 동쪽은 용선산(龍船山)이고, 다시 남서쪽으로 달리면
협도쌍산(夾道雙山)에 이른다. 이곳은 북문에서 육로로 지나는 곳이다. 석
구만에서 5리를 가자 유갑(油閘)에 이르고, 강은 동쪽으로 굽이돌기 시작

한다. 다시 북동쪽으로 10리를 가자 나구(羅溝)이다.

정동쪽으로 5리를 달리자 남쪽으로 굽이돌기 시작하고, 10리를 나아가자 산문충(山門冲)에 이르는데, 이곳은 지난날 낙용현에서 올 적에 강을 건넜던 곳이다. 강의 동쪽은 남채산(南寨山)[의 서쪽 기슭이며, 바위 벼랑이 감아돌아 아래로 강물에 박혀 있다.] 강의 서쪽은 마록보이다. 다시 남쪽으로 10리를 가니 나동이다. 앞쪽으로는 평탄한 벌판에 산이 불쑥 솟아 있고, 틈새가 남쪽으로 갈라져 있는데, [마치 바위문인 양] 위는 이어지고 아래는 뚫려 있다.

그 산꼭대기에는 또 둥근 바위가 위에 우뚝 솟아 있다. 마치 스님 한 분이 벼랑에 기댄 채 남쪽을 향해 있는 듯하다. 어깨는 벼랑과 나란히 하여 위로 머리를 드러내고 아래로 그 허리와 등이 뚫려 있다. 내가 전에 나산 남쪽에서 이미 동쪽으로 바라본 적이 있는데, 이제 다시 서쪽으로 바라보니 물과 뭍의 경관을 두루 거두었다고 할 수 있다.

다시 남쪽으로 5리를 달리자, 여러 봉우리가 강 오른쪽에 빽빽하게 모여 있다. 빙 둘러 뻗어 있는 바위 벼랑은 산의 바위문이 강 왼쪽에 늘어서 있는 듯하고, 그 위에 또 빽빽하게 늘어선 바위는 허리를 구부린 채 서 있거나, 책상다리를 한 채 앉아 있는 듯하다. 뱃사공이 이곳에 여덟 신선이 마주 앉아 바둑을 둔다는 '팔선대혁(八仙對奕)'이 있다고 했는데, 바로 이곳이란 말인가?

이곳에 이르자 강은 조금씩 남서쪽으로 돌아들었다. 그 동쪽 언덕에는 계랍(鷄臘)이라는 마을이 있다. 이곳은 유주(柳州) 남동쪽의 육로의 큰 길이 지니는 곳이다. 길가에는 서쪽에서 흘러드는 시내가 있다. 여기에서 배는 동쪽으로 돌아들어 달렸다. 5리만에 남쪽으로 돌아들자, 강 왼쪽에 벼랑이 매달린 듯 불쑥 튀어나와 있는데, 층층이 얽혀 있고 겹겹이 박혀 있다. [광채가 색다르면서 기이하다.] 그 동쪽을 바라보니 뾰족한 봉우리가 굽이진 채 곧추서 있다. 모양이 마치 소의 뿔과 같다.

잠시 후 동쪽으로 돌아들어 5리를 달렸다. 강의 북쪽에 이충(犁冲)이라

는 마을이 나타났다. 대체로 산줄기는 북쪽의 쇠뿔 모양의 봉우리에서
쭉 뻗어내리고, 강물은 그 [동, 남, 서] 삼면을 감돌아 흐른다. 가운데에
마치 쟁기 끄트머리처럼 물가가 휘감아돌기에 이충이라 일컬었으리라.

갑자기 북쪽으로 돌아들어 다시 5리를 달리자, 쇠뿔 모양의 산 아래
에 이르렀다가 동쪽으로 돌아들어 흘러간다. 북쪽의 산에 소나무와 측
백나무가 빽빽하다. 이곳은 나분(羅墳)이라 일컫는 곳이다. 멀리서 여울
의 물소리가 우레와 같이 들리더니 한참 지나서야 그곳에 이르렀다. 높
이 매달린 물길이 휘감아 돌면서 폭포로 떨어져 내리더니 거침없이 빠
르게 흘러간다. 이곳은 횡선탄(橫旋灘)이라는 곳이다. 이충에서 북쪽으로
돌아들어 이곳에 이르기까지, 물길은 벼랑의 암벽에 부딪치며 흘러나와
쏟아붓듯 거침없이 흘러내려오는데, 모두 5리 길이다.

남동쪽으로 여울을 5리 흘러내려오자, 산세는 점점 툭 트이고 얕으막
해졌다. 다시 5리를 달리자 차츰 꺾어져 북동쪽으로 나아가다가, 다시
동쪽으로 10리를 달려 삼강구(三江口)에 닿았다. 낙청[강](洛靑江)이 북동
쪽에서 쏟아져 흘러들고, 유강의 북쪽과 낙청강의 서쪽에 마을이 있다.
이전에는 이곳에 순검사와 역참이 있었으나, 지금은 운강(實江)으로 옮
겨갔다. 이때 해는 어느덧 서산에 걸려 있었다. 배를 댔다.

7월 19일

모기가 너무 많은지라, 뱃사공은 달빛 속에 배를 띄워놓고서, 물결
가는 대로 내버려두었다. 오경에 빈강(實江)에 이르렀다. 동쪽 언덕에 저
자가 모여 있다. 언덕 위에는 집이 이어져 자못 번성하고, 언덕 아래에
는 또 여울이 있다. 여울로 내려가 배는 잠시 정박했다가, 동틀녘에 출
발했다.

20리를 달려 상주(象州)에 닿았다. 강의 동쪽 언덕에 있다. 이충에서
오면서 바위산은 점차 모습을 감추고 흙산이 차츰 나타났는데, 유독 빈

강 아래에 벼랑이 강 왼쪽에 홀로 우뚝 솟아 있다. 강이 서쪽으로 돌아들자, 산의 형태가 아래는 깎아낸 듯하고 위는 불쑥 튀어나와 있다. 이것이 바로 『지』에서 말하는 '상대(象臺)'란 말인가?

상주성(象州城)은 강의 동쪽 언덕에 있다. 강가의 언덕은 자못 높고, 서문의 성벽이 언덕을 따라 지어져 있는데, 상주는 바로 이 안에 있다. 상주의 관아 안팎에는 띠집이 대부분이고 스산하다. 그 동쪽은 웅덩이져서 아래로 꺼져 들어가 있으며, 주민의 민가는 여기에 깃들어 있다. 서문 밖의 강 너머가 바로 상산(象山)이다.

상산은 흙산으로, 높지 않다. 토박이들은 "봄철에 구름 기운이 있을 적에 바라보면, 코끼리 모양 같은 것이 어지러이 산 위를 내달리지만, 다가가면 흩어져 버리기에 이렇게 부른다"고 말한다. 그 북쪽 언덕에는 산머리에 바위가 쪼그린 채 엎드려 있다. 이것은 '묘아석(猫兒石)'이라 일컫는데, 영락없이 고양이를 닮았다는 느낌이 들었다.

배를 대고서 채소와 쌀을 샀다. 정오가 가까워서야 출발했다. 10리를 달려 서쪽으로 돌아들자, 강 왼쪽에 벼랑이 우뚝 솟아 있다. 다시 서쪽으로 10리를 달려 대용보(大容堡)를 지난 다음 남서쪽으로 돌아들어 나아갔다. 양쪽 언덕이 드넓어지더니, 산이 보이지 않았다. 다시 5리를 달려 남동쪽으로 돌아들어 나아갔다.

다시 10리를 달리자, 도니강(都泥江)이 남서쪽에서 흘러와 합쳐졌다. 도니강의 강물은 황하(黃河)의 물길처럼 혼탁한지라, 도니강이 흘러든 후 유강의 맑은 물이 흐려졌다. 강의 북동쪽 언덕에 조그마한 산이 있고, 이 산의 북쪽은 두 갈래로 나뉘어 솟구쳐 있다. 서쪽 봉우리는 우뚝 치솟고, 동쪽의 봉우리는 뾰족하고 험준하다. 이 산은 도니강이 유강에 흘러드는 강 어귀와 마주보고 있다. 마치 식별하기 위한 표지인 듯하다.

다시 남동쪽으로 15리를 달려 북서쪽으로 꺾어들었다가 곧바로 남서쪽으로 돌아들었다. 10리를 더 달려 동쪽으로 커다란 여울을 흘러내려 갔다가 단숨에 5리를 달렸다. 이곳은 능각탄(菱角灘)이다. 여울을 흘러내려 5리를 달렸다. 해가 뉘엿뉘엿 서산에 지고 있었다. 다시 15리를 달려 농촌에 배를 댔다.(이곳은 강의 북쪽 언덕에 있다.)

도니강은 북반강의 물길로서, 곡정 동산(曲靖 東山)의 북쪽에서 발원하여 칠성관(七星關)을 거쳐 보안의 반산에 이른다. 이어 사성(泗城)에서 천강(遷江)으로 흘러내렸다가 빈주, 내빈(來賓)을 지나 이곳으로 흘러나온다. 강물을 거슬러 오르던 배는 천강(遷江)에 이르러 멈춘다. 대체로 상류는 곧 토사¹⁾가 관할하는 집단 거주지이다. 그래서 사람들이 감히 들어가지 못하는데다, 강물은 구멍으로 스며들어 땅위로 흐르지 않기에, 그 원류를 아는 이가 드물다.

또한 전적에 따르면, 경원부(慶遠府) 흔성현(忻城縣)에 오니강이 있는데, 현성의 서쪽을 따라 6리만에 북쪽의 용강(龍江)과 합류한다고 한다. 그러나 토박이에게 물어보니, 모두들 흔성현에는 용강과 북쪽으로 합류하는 강어귀가 없다고 한다. 도니강이 남쪽의 천강에 흘러내린다는 대목은 의심스럽다. 아마 천강과 흔성현이 남북으로 경계를 접하고 있고, '오니'와 '도니'의 발음이 서로 비슷한 걸로 보아, 아무래도 서로 다른 물길이 아닌 듯하다.

만약 오니강이 정말로 북쪽의 용강에 흘러든다면, 틀림없이 귀주 경내의 물길일 터인데, 흔성현에 가서 그 실체를 조사해보지 못하니 아쉬울 따름이다. 만약 이 강이 확실히 북반강의 하류라면, 『서사이(西事珥)』에서 오니강이라 가리킨 것은 아마 두 줄기 강으로 혼동한 듯한데, 상세히 고찰하지는 못했다.

---

1) 토사(土司)는 토관(土官)이라고도 하며, 원·명·청대에 북서 및 남서지구에 설치한 관직으로서, 소수민족의 수령이 담당했다. 때로 토사는 토관이 관할하는 소수민족의 집단 거주지를 가리키기도 한다.

7월 20일

날이 채 밝기 전에 배를 띄워 5리를 달려 대로탄(大鷺灘)이라는 여울한 곳을 내려갔다. 강 오른쪽에 바위 봉우리가 나란히 늘어선 채 나타났다. 다시 남쪽으로 5리만에 무선현(武宣縣)의 서문에 이르렀다. 현성은 강의 왼쪽에 있으며, 상주와 마찬가지로 서쪽으로 강의 모래톱을 굽어보고 있다. 다만 강 건너 서쪽 언덕의 산은 우뚝 치솟아 갈라진 채, 대오를 이끌면서 남쪽으로 뻗어나간다. [바위가 대단히 기괴하여, 마치 머리를 늘어뜨리고 목을 길게 뺀 채 허리가 굽은 곱사등이가 어깨를 나란히 하여 서 있는 듯하다. 갖가지 모습이 괴이하기 짝이 없다. 『지』에서 "현성 서쪽에 선인산(仙人山)이 있고, 남쪽에 선암산(仙巖山)이 있다"고 했는데, 틀림없이 바라다 보이는 여러 봉우리가 그곳이리라.] 상주의 서쪽 산처럼 구름 기운으로 인해 이름을 얻은 것이 아니다.

함께 배를 타고 온 다섯 명의 승객이 내리고 네 명이 바꿔 타느라, 뱃사공은 배를 대고 기다리다가 오전에야 출발했다. 남쪽으로 5리를 달리자, 강은 동쪽으로 꺾어들고, 다시 5리를 달리자 남동쪽으로 꺾어졌다. [양쪽 언덕은 다시 넓어졌다.] 다시 15리를 달리자 시내가 서쪽에서 흘러 들어왔다. 다시 남동쪽으로 10리를 달리자, 늑마보(勒馬堡)가 나왔다. 이 둑은 강 왼쪽에 있으며, 이곳을 지나면 심주부의 계평현(桂平縣) 경계이다.

다시 남쪽으로 10[리를 나아가자, 양쪽 언덕의 산이 차츰 합쳐졌다. 다시] 5리를 나아가 횡석기(橫石磯)에 이르렀다. 바위는 강 오른쪽의 산기슭에서 강 속으로 불쑥 튀어나와 있고, 거센 물길은 거꾸로 용솟음치면서 혼돈스럽기 그지없는 기세를 남김없이 드러내고 있다. 대체로 양쪽 벼랑은 산이 이어지면서 바짝 조여든다. 이곳은 골짜기에 들어서는 시작이다.

다시 남쪽으로 5리를 달리다가 남동쪽으로 돌아들어 20리를 달렸다.

강 왼쪽에 평지가 열려 있다. 이곳은 벽탄(碧灘)이다. 작은 성을 지어 군대를 주둔시키고, 골짜기 사이의 경계를 이루는 곳으로, 진협보(鎭峽堡)라 일컫는다. 다시 남동쪽으로 10리를 달리자 양쪽 언덕의 산세가 높이 치솟아 [뭇봉우리 가운데 홀로 으뜸이다.] 때로 바위 봉우리가 매달린 듯 가파르게 치솟아 있다. 강은 이곳에 이르러 동쪽으로 돌아들었다. 남쪽에서 동쪽으로 돌아드는 곳에서 강의 왼쪽으로 굽어보니 물길 위의 바위에 큰 글자가 새겨져 있다. 토박이들은 이것을 가리켜 도헌[1] 한옹(韓雍)[2]이 글을 써 남긴 것이라고 했으나, 배가 너무 빨리 달리는 바람에 알아볼 수 없었다.

다시 북동쪽으로 20리를 달리자 조그마한 시내가 북쪽에서 골짜기의 암벽에 부딪치면서 흘러나왔다. 골짜기 안은 깊고도 험준하며 굽이져 있으니, 마치 양쪽 담 사이로 흐르는 듯하다. 다시 동쪽으로 나아가자 대등협(大藤峽)이 나왔다. 큰 강의 남북 양쪽 벼랑에는 온통 바위가 강물 속에서 불쑥 튀어나와 있다. 전해 듣기로, 강 위에는 예전에 거대한 등나무가 가로로 걸쳐져 있었다. 그래서 남북 양쪽 산의 도적들은 이쪽에서 추격하면 저쪽으로 피할 때 이 등나무를 다리로 삼았기에 아군이 위력을 떨칠 수가 없었다. 한옹이 도적떼를 쳐부수고 이것을 끊어버린 후부터 단등협(斷藤峽)으로 이름을 고쳤다고 한다.

단등협을 지나 5리만에 노탄(弩灘)을 내려가 마침내 남쪽의 골짜기 어귀를 빠져 나왔다. 동쪽에서 흘러드는 물길이 있다. 이곳은 소강구(小江口)이다. 그 물길은 무정주(武靖州)에서 흘러나와 이곳에 이르러 합쳐진 뒤 남서쪽으로 흘러간다. 물살이 대단히 사납고 급하다. 대체로 물길은 골짜기를 빠져나와 제멋대로 흐르는데, 북쪽의 횡석기에서 골짜기로 들어갔다가 남쪽의 노탄에 이르러 빠져나온다. 그 도중의 산세는 굽이돌면서 바짝 조여진다. 마치 도주(道州)의 농강(瀧江), 엄릉(嚴陵)의 칠리롱(七里瀧)과 비슷하다.

다만 거리가 60~70리인 이 골짜기는 처음에 들어설 때에는 동서 방향의 골짜기이던 것이 중간에는 남북 방향으로 바뀐다. 골짜기에는 민가가 전혀 없고 울창한 나무만이 하늘을 가렸으며, 양쪽은 요(瑤)족과 동(僮)족의 굴집인지라 폭동을 일으키기 쉬웠다. 만약 나무를 베어내어 길을 뚫고 샘물을 따라 군대를 주둔시킨다면, 단애(丹崖)나 조대(釣臺)처럼 경치가 아름다울 것이다. 이제 벽탄 위에 진협보를 설치했으나 위세가 대단히 외로운지라, 태만해진 끝에 도적을 놀라게 하기에 부족할까 염려스럽다. 골짜기를 나와 다시 남서쪽으로 산을 따라 내려갔다. 15리를 달려 심주(浔州)에 이르자, 어느덧 어두워져 있었다. 대북문(大北門)에 배를 댔다.

대등협은 동쪽의 부성(府江)에 이르기까지 약 300여리이며, 이강과 유강의 중간에 끼어 있다. 두 강 유역의 요족의 도적떼가 이전에는 몹시 창궐했는데, 여러 차례 토벌한 후 오늘날 두 강 유역은 안정되었다. 도적떼들이 창궐했을 때, 도적떼는 동서로 서로 결탁했는데, 그 중간에 역산(力山)이 있다. 동쪽은 부강(府江)을 돕고, 서쪽은 대등협을 도와, 서로 도망쳐 숨었다. 이것이 이른바 '교활한 토끼는 굴을 세 개 파놓는다'라는 것이다. 왕신건(王新建)이 토벌하여 안정시킨 후에 틀림없이 조처를 취했을 터이니, 고찰해보아야 할 것이다.

---

1) 한대의 중승(中丞)은 어사대장관(御史臺長官)으로서 이를 도헌(都憲)이라 일컬었으며, 명대에 어사대는 도찰원(都察院)으로 바뀌었다.
2) 한옹(韓雍, 1422~1478)은 장주(長洲) 출신으로, 자는 영희(永熙)이다. 관직이 병부우시랑에 올랐다가 절강 우참정으로 강등되었던 그는, 광서의 요족(瑤族)의 반란을 진압하여 공을 세웠다.

7월 21일

배는 하룻밤을 넘겨 심주의 대북문 세관 아래에 정박했다. 한밤중에 비바람이 크게 일더니 오경이 되어서야 비는 그쳤는데, 바람의 기세는 천지를 뒤흔들 듯 그치지 않다가 아침 식사를 마친 후에야 약해졌다. 이에 강가에 올라 대북문으로 들어갔다. 남쪽으로 반리를 나아가 동쪽으로 돌아들어 1리를 걸어 부성의 관아를 지나고, 다시 반리를 걸어 사패방(四牌坊)에 이르렀다. 남쪽으로 꺾어 반리를 나아가 대남문(大南門)을 나서자, 울강(鬱江)이 서쪽에서 흘러온다. 울강은 성을 감돌아 북동쪽으로 흐르다가 소북문(小北門)에 이르러 검강(黔江)과 합류하여 북동쪽으로 흐르고, 평남현(平南縣)으로 흘러내려 오주(梧州)에 이른다. 남문의 역참 앞에 숙소를 정하기로 했다.

이에 소북문 성벽의 낮은 담에 올라 두 강이 합쳐지는 곳을 바라보았다. 그 한 가운데에 모래섬이 있고, 북쪽으로 흐르던 강물은 금방 남동쪽으로 돌아들어 창오(蒼梧)로 흘러내린다. 성벽의 낮은 담을 따라 서쪽으로 나아갔다. 서쪽의 산이 구름 너머로 우뚝 치솟아 있다. 산 아래로는 성 모퉁이를 굽어보고, 위에는 바위가 어지럽다. 토박이들은 그곳을 가리키면서 절이 있다고 하는데, 틀림없이 『지』에서 말한 삼청암(三淸巖)일 것이다. 그 뒷산이 바로 대등협이다.

이때 아직 여인숙을 정하지 못한 터라 가볼 겨를이 없었다. 잠시 배에 올라타 짐꾼을 구해 짐을 남문 밖 여인숙에 가져다놓게 했다. 정문 스님은 나의 뒤를 따라오고 있었다. 이리저리 찾아보아도 보이지 않더니, 오후에야 도착했다. 저물녘에 계속해서 비가 내렸다.

7월 22일

아침에 다시 비가 주룩주룩 쉬지 않고 내렸다. [정문 스님과 하인 고씨를 심주의 남문에 머물러 있으라 하고서,] 나는 짐꾼을 구해 구루(勾漏), 백석(白石), 도교(都嶠)의 세 산을 유람하기로 했다. 아침 식사를 마친 후에 비가 그치자, 곧바로 길을 떠났다. 역참 앞에서 남쪽으로 울강을 건넜다. 5리를 가자 탄두촌(灘頭村)이 나왔다. 다시 3리를 가자 차로강(車路江)이 나오고, 아래에 돌다리가 있었다. 다리 너머에는 큰물이 져 있는지라, [자그마한 물길이 남동쪽에서 북서쪽으로 울강에 흘러든다.] 배가 다닐 수 있다.

남쪽으로 2리를 가자 석교촌(石橋村)이다. (인가는 여기에 이르도록 탄두촌과 석교촌 두 마을뿐이고, 나머지는 온통 망망한 들판이다.) 이곳에서 남쪽을 바라보니, 백석산과 독수봉이 힘차게 솟구쳐 있다. 30리 너머에 있는 듯한데, 토박이는 "60리나 멀리 떨어져 있어서, 종일토록 애써 걸어도 이르지 못합니다"라고 말했다. 아마 산길이 돌아가고 막혀 있기 때문이리라.

석교촌에서 남쪽으로 나아갔다. 망망한 들판은 사방이 높고 가운데는 웅덩이처럼 꺼져 있다. 평지에는 풀숲에 숨은 채 땅바닥에서 불쑥 튀어나온 바위가 많이 있고, 갈라져 물이 고인 주름이 많이 있다. 2리를 가자 빙글 에두른 바위 골짜기가 나왔다. 골짜기는 사방이 나무숲으로 둘러싸이고 가운데는 맑은 물이 고여 있으며, 물이 떨어져 못을 이루고 틈새가 쩍 갈라져 있다. 못의 물과 바위가 유유자적 함께 있으니, 황량한 들판 가운데의 기이한 경관이다. (『지』에 따르면, 심주성 남쪽 15리에 요수涼水가 있으며, 광활한 들판 속의 천연의 괴석이 그 옆에 쌓여 있고 샘물은 짙푸르도록 맑은데, 그 안에 거대한 물고기가 살고 있으나 사람들이 감히 잡지 못한다고 했는데, 바로 이곳임에 틀림없다.)

좀 더 남쪽으로 나아가자 물이 고여 있는 못이 더욱 많아졌다. (『지』에서 말하는 남호南湖가 아닌가 싶다.) 위에는 횡남허(橫南墟, 혹 호남湖南의 잘못일 수도 있다)라는 등성이가 있다. 한 아낙네가 띠집을 지어놓고 그 위에서 술을 팔고 있다. 이곳은 아마 부성에서 15리쯤 떨어져 있으리라. 그 동쪽에 산이 있는데, 남쪽에서 북쪽으로 이곳까지 낮게 드리워져 내리다가, 그 서쪽에서 차차 남쪽으로 솟아오른다. 갈라진 구멍은 더욱 많아진다. 모두 평지에서 아래로 움푹 꺼진 것이다. 어떤 구멍은 골짜기처럼 길고, 어떤 구멍은 우물처럼 둥글다. 구멍의 가운데에는 온통 빽빽한 바위가 영롱한 빛을 뿜은 채 박혀 있고, 아래에는 못물이 맑고 깊다. 대체로 이 일대의 땅속 두세 길 아래에는 온통 지하수가 몰래 통해 있다. 땅위에는 뾰족한 바위등이 얽혀 있고, 간혹 뼈 모양의 바위가 땅을 뚫고 나와 있다. 바위는 튀어나오고, 구멍은 움푹 패어 있는 것이다.

이에 도랑과 밭두둑을 넘고 건너 다시 3리를 가서 산속의 움푹한 평지에 들어섰다. 산은 온통 흙투성이이다. 울쑥불쑥 늘어선 바위는 더 이상 보이지 않고, 움푹한 평지 속은 논밭이 사방의 기슭을 둘러싸고 있다. 다시 2리를 나아가 호당령(湖塘嶺)에 오르니, 산비탈을 사이에 둔 채 고개와 골짜기가 겹쳐 있다. 10리를 나아가 용당촌(容塘村)에 이르렀다. 이 마을에는 물이 고인 못이 있고, 수십 가구가 산 중턱에 모여 있다.

다시 남쪽으로 고개 하나를 넘어 2리만에 시내의 다리를 건너 관판허(官坂墟)라는 고개에 올랐다. 이 고개에 아낙이 띠집을 지어 술을 팔고 있다. 횡남허(橫南墟)와 마찬가지이다. 부성에서 이곳까지는 30리 길이다. 백석산으로 가는 도중인지라, 이 띠집 가게에서 죽을 먹었다. 갈림길에서 남동쪽으로 고개를 넘어 10리를 나아가 요촌(姚村)에 이르렀다. 이 마을에도 백여 가구가 모여 살고 있다. 산에 의지하고 물이 모여드니, 참으로 산속의 낙원이다.

자그마한 시내를 건너 다시 남쪽으로 고개를 넘어 5리를 가자, 목각촌(木角村)이 나왔다. 이 마을은 백석산의 북쪽 기슭에 있으며, 산으로부터 10리 떨어져 있다. 날은 해가 아직 남아 있으나, 산속에 비가 다시 내리기에 그곳에서 하룻밤을 묵으려 했다. 그러나 마을 사람 가운데 받아주는 이가 없었다. (마을 사람들은 양楊씨인데, 모두들 문을 걸어잠근 채 손님을 피했다.) 이리저리 배회하다가 해가 저물었다. 곡식을 찧는 창고에 앉아 밤을 새울 작정이었다. 얼마 지나지 않아 그 창고 옆의 집주인이 문을 열어 들어오게 하더니, 나를 위해 저녁을 지어주었다. 저녁을 먹고서 잠이 들었다.

7월 23일

아침밥을 먹고서 목각촌의 주인과 헤어지면서 땔감비를 주었다. 그러나 주인은 굳이 사양하며 받지 않았다. 전에는 오만불손하더니 나중에는 공손해지는 건 무엇때문일까? 그 남동쪽을 따라 고개 하나를 넘고서 갈림길에서 백석산을 바라보며 나아갔다. 백석산은 봉우리가 한데 모이고 벼랑이 깎아지른 듯하다. 북동쪽에 홀로 우뚝 솟은 봉우리는 독수봉으로, 험준하게 치솟은 채 외로이 매달려 있다. 쭉 뻗어오른 독수봉은 위로는 백석산과 꼭대기를 나란히 하고, 아래로는 닿을 듯 말 듯 그 발치까지 갈라져 있다. 벼랑의 바위는 대부분 붉은색이니, '백석'이라는 이름은 설마 색깔 때문에 붙여진 것이 아니리라.

5리를 나아가자 길은 점점 풀 사이에 파묻혀버렸다. 시내 한 줄기를 건너자 고개 중턱에 산간의 집이 보였다. 집 근처에 심은 파초가 매우 무성했다. 급히 달려가 길을 물어보고서야, 큰길은 아직 남서쪽에 있으며, 이곳은 갈림길 속의 갈림길임을 알게 되었다. 집의 왼쪽에서 산을 타고서 동쪽을 향해 올라갔다. 주당촌(周塘村)이 길 오른쪽의 움푹한 평지에 있는데, 두세 겹의 구덩이와 비탈 너머에 있다.

흙산 등성이에서 남쪽으로 돌아들어 5리만에 산속의 움푹 꺼진 곳을 넘었다. 약간 동쪽으로 나아가다가 남쪽으로 꺾어 쭉 북쪽 기슭에 이르렀다. 독수봉은 어느덧 보이지 않고, 오직 무너져버린 벼랑이 깎아지른 듯할 뿐이다. 벼랑 아래에는 평지에서 불쑥 튀어나온 바위가 많다. 바위의 재질은 영롱하지 않지만, 빙 둘러 이어진 채 겹겹이 솟은지라 또다른 자태를 빚어내고 있다.

위로 쭉 1리를 걸어 벼랑의 바위 아래에 이르렀다. 남쪽으로 돌아들어 1리를 가자 삼청암(三淸巖)이 나타났다. 삼청암은 서쪽을 향한 채 커다란 구멍을 가로로 벌리고 있다. 너비는 십여 길이고 높이는 두 길이 채 안되며 깊이는 다섯 길이 채 안된다. 바위는 온통 평평하고도 메말라 있다. 오직 왼쪽 뒤편으로 깊숙이 들어가 동쪽으로 나아가자, 1자를 넘지 않을 만큼 낮아진다. 이른바 남쪽의 구루산으로 통하는 동굴은 바로 이것을 가리킨다. 내 생각에, 산줄기가 여기에서 구루산과 남쪽으로 이어진다는 것은, 이 동굴이 산중턱에 높이 치솟아 있는데다 그 산의 사면이 외로이 높다랗게 매달려 있는데도, 구멍의 길이 암암리에 통해 있다는 말과 같다. 도대체 누가 들어가보았고, 누가 시험해보았단 말인가?

오른쪽 암벽이 끝나는 곳에 피리만한 크기의 구멍이 있고, 그 구멍 안에서 샘물이 떨어져 내린다. 스님이 네댓 자 위에 매달린 구멍에 대나무를 깔아 물을 받고 있는데, 대단히 맑고 시원하다. 샘물은 한 길 남짓을 내려가 고여 못을 이루고 있다. 썩 깊거나 맑지 않은데도 '용담'이라 일컫는다. 동굴 안에는 배 모양의 바위가 하나 있다. 누우면 침상으로 삼고 앉으면 책상으로 삼을 만하다. 동굴에는 삼청의 신상이 늘어서 있기에 '삼청'이라 일컫는다. 이 동굴은 백석산의 아래 동굴이다.

다시 남쪽으로 반리를 나아가자 대사(大寺)가 나타났다. 이 절은 매우 오래되었는데, 뒤로는 벼랑의 암벽에 기대어 있고, 대단히 널찍한 관음당(觀音堂)이 있다. 그 왼쪽의 험준한 암벽 아래에는 원주지(圓珠池)가 있다. 이 못의 물은 벼랑의 중턱에서 떨어져 내리고, 아래에 돌로 쌓여 만들어진 못이 그 물을 받아낸다. 달리 기이한 점은 없었다.

『지』에 따르면 산의 북쪽에 수옥천(漱玉泉)이 있다고 한다. 『서사이』와 『백월풍토기(百粤風土記)』에서는 모두, 이 샘이 저녁에 종소리와 북소리가 들리면 끓어올라 넘쳐흐르다가 종소리와 북소리가 그치면 고요해진다고 했다. 매우 기이하다고 여겼다. 나는 샘물이 끓어올랐다가 잠잠해지는 것은 불변의 규칙이 있다는 생각이 들었다. 스님이 샘물이 끓어오르기를 기다렸다가 종과 북을 쳤던 것이지, 샘물이 그 소리를 듣고 끓어올랐다가 잠잠해진 것은 아니리라.

백석산에 이르러 먼저 삼청관(三淸觀)을 수소문해본 다음, 백석사(白石寺)와 수옥천의 이름을 물어보았다. 그러나 모두들 어디를 가리키는지 알지 못했다. 종소리를 듣고 샘물이 끓어오른다는 이야기에 대해서도 산의 스님은 어리둥절한 표정을 지었다. 이 모든 것은 참으로 호사가들이 지어낸 이야기일 뿐이다. 스님이 나를 위해 차를 달여주었다. 나는 회선암(會仙巖)의 절경을 보고 싶은 마음이 간절했다. 그래서 곧바로 짐을 스님의 처소에 맡겨놓고서 차도 마시지 않은 채, 절 뒤쪽을 따라 남쪽 벼랑의 암벽을 따라 나아갔다.

잠시 후 동쪽으로 돌아들어 올라가다가 바위 골짜기 속으로 들어갔다. 이 골짜기의 양쪽 봉우리는 가운데가 쪼개져 있다. 봉우리는 위로 층층의 구름에 닿을 듯하고, 가운데에는 틈새가 두 갈래로 갈라져 있다. 두 틈새의 거리는 한 길이 채 되지 않고, 천여 자 높이로 매달린 채 닿을 듯 말 듯하다. 마치 먹줄을 대고 잘라낸 듯하다. 사람들이 '일선천(一線天)'이라 자랑하는 것도 결코 지나친 말이 아니다.

그 안에 돌층계가 매달려 있다. 간혹 커다란 바위가 가로막고 있었는데, 그때마다 사다리를 놓아 건넜다. 잇달아 여섯 개의 사다리를 건너고서야 비로소 골짜기를 넘어 산속의 움푹 꺼진 곳에 올랐다. 움푹 꺼진 곳의 남북 양쪽에는 온통 두 겹의 벼랑이 바짝 다가서 있다. 이에 조금 북쪽으로 돌아들어 움푹 꺼진 곳을 따라 왼쪽으로 나아갔다. 구불구불한 나무에 구름이 빙 둘러 걸려 있고 대나무 숲이 해를 가렸다. 몸이 하늘 위를 지나건만 정오의 뜨거운 태양이 걸려 있음을 알지 못했다. 참으로 기이한 경관이다.

이곳에 이르러 동쪽의 가파른 산이 조금씩 트이더니 북동쪽에 있는 독수봉이 보이기 시작했다. 남동쪽의 움푹한 평지에 또 하나의 봉우리가 독수봉과 마주한 채 솟구쳐 있다. 높이는 독수봉의 3분의 1 정도로 낮다. [영락없이 연꽃의 꽃술 같은 바위가 가운데를 떠받치고 있다. 하지만 사방이 여러 봉우리에 가려져 있고, 오직 이곳에서만 전체의 모습을 바라볼 수 있을 뿐이다.]

다시 북쪽으로 낭떠러지를 붙들고서 올라갔다. 나무뿌리가 바위 사이에 얽혀 사다리가 되고 밧줄이 되어준 덕에, 발로 딛고 손으로 붙들었다. 곳곳마다 이렇지 않은 곳이 없었다. 잠시 후 골짜기를 돌아들자, 산꼭대기에서 서쪽의 골짜기로 떨어져 내린 산골물이 못에 쌓이고 구멍을 내리쳤다. 골짜기 오른쪽에서 다시 높다랗게 매달린 사다리를 타고 올랐다. 세 곳의 사다리를 타고서 돌아들어 마침내 평탄한 등성이 사이로 나아갔다. 등성이 바깥은 만 길 높이의 깎아지른 듯한 벼랑이고, 등성이 안쪽은 꼭대기가 발치를 개먹어 들어가는 골짜기이다. 안팎으로 온통 높은 소나무 숲이 짙푸른빛을 띠고 있고, 사이사이로 햇빛이 쏟아져 내린다. 마치 금을 체질하고 비취를 날리듯 무시로 반짝반짝 빛나고 있다.

수풀을 나서자, 바위를 뚫어 층계가 만들어져 있고, 에돌아 막힌 곳에는 대나무가 심겨져 있다. 돌층계를 타고 막힌 곳을 돌아드니, 회선암이 남쪽을 향한 채 휑하게 열려 있다. 회선암은 바위가 온통 노랗고 붉으며, 위아래에 입구가 열려 있다. 동굴 속은 점점 모여 합쳐지고, 옆에는 자욱한 구름을 내뿜는 구멍이 없다. 위쪽에는 물방울이 떨어지는 종유석도 없으며, 아래 동굴도 마찬가지이다. 이곳의 지세와 위치는 높고 멀며, 가는 길은 아득히 떨어져 있다. 5리 길의 구름다리는 그윽하고, (대사人寺에서 오는 길이 약 5리이다.) 천년 학의 그림자는 제멋대로 날아오르니, 노을에 깃들고 이슬을 먹는 인연이 없다면, 어느 누가 올 수 있겠는가!

이때 어느덧 정오가 지나 있었다. 동굴 안에 도사의 집이 있으나, 문이 잠긴 지 이미 오래되었다. 아궁이에는 불기운이 없고, 자루에는 식량도 모자라니, 낙엽을 쓸어모아 샘물을 끓일 길이 없다. 그저 대나무에 기대거나 바위에 누운 채 되는 대로 베개 위에서 자다 깨다 하면서 하계의 구름이 오고 가는 것을 구경했다.

얼마 지나지 않아 해가 저물었다. 무더위의 기세가 조금 누그러지자, 몸을 일으켜 동굴 오른쪽에서 깎아지른 듯한 벼랑을 타고서 꼭대기로 올라갔다. 벼랑은 몹시 가파르고 층층이 까마득하다. 휘감아도는 저 너머에 거위 알처럼 둥근 바위가 있다. 바위는 움푹 패이고 불쑥 튀어나온 채 울퉁불퉁 이어져 있다. 위쪽에 바위의 절반이 드러나 있는지라 이것을 발을 딛을 층계로 삼고 손으로 붙잡을 사다리로 삼았다.

나도 모르게 1리를 나아갔다. 어느덧 봉우리 꼭대기에 훌쩍 올라와, 동쪽으로 독수봉을 나란히 마주보았다. 대체로 이 봉우리는 심주에서 뻗어오며, 독수봉 서쪽의 백석산 꼭대기가 바라보인다. 독수봉은 마치 하늘을 떠받치는 기둥처럼 사면을 칼로 깎아낸 듯 우뚝 솟아 있으니, 신선의 수레가 없이는 그 위로 날아갈 수 없으리라. (광서성에는 세 곳의 독수봉이 있는데, 계림성의 것이 가장 유명하다. 유주의 것은 널리 알려져 있지 않으나, 험준하게 치솟아 있어도 올라갈 수는 있다. 이곳만은 홀로 외로이 가장 높게 치솟아 있다.)

이 봉우리의 삼면에는 가파른 벼랑이 불쑥 솟아 있고, 오직 남쪽에만 틈새가 나 있다. 이 틈새의 골짜기에 사다리를 걸쳐 오르게 되어 있으니, 자못 태화산(太華山)의 세 봉우리와 흡사하다. 봉우리의 위는 신선의 손처럼 나뉘어 있고, 아래는 한 자 넓이의 골짜기가 매달린 채 험하고 가파르기 그지 없다. 이곳은 참으로 풍수가가 최고의 묘자리로 꼽는 곳이니, 다른 곳에서는 이만한 곳을 보지 못했다. 왜 그러한가?

계림, 양삭, 유주, 융현의 여러 봉우리도 비취빛 옥잠과 반죽(斑竹)의 죽순처럼 매끈하게 쭉 뻗어 있지 않은 곳이 없다. 그렇지만 바위의 재질이 푸르고 변화무상하며 조각조각 연꽃처럼 모여 있으니, 구멍은 발을 딛고 흔적은 손으로 붙들 수 있는지라 어렵지 않게 올라갈 수 있다. 그러나 이 봉우리의 바위는 붉은색을 띤 채 만 길의 높이로 도끼로 찍어낸 듯하다. 설사 엎어진 종 모양의 바위와 늘어선 돌기둥이 연이어 솟구쳐 나란히 서 있지만, 틈새를 헤치고 구멍을 따르지 않으면, 바위의 결을 따라 허공을 타고 날 수가 없다. [독수봉과 연예봉(蓮蘂峰)의 두 봉우리는 이 봉우리의 문에 해당된다. 그 안쪽에는 골짜기가 둘러싸고 구덩이가 깊어 해와 달을 가려 덮고, 겹겹의 등성이가 사이에 놓여 있는

지라, 이를 수 있는 사람이 없다.]

한참동안 앉아 바라보다가 회선암을 내려왔다. 회선암과 작별하고 내려오는 길에, 세 개의 사다리를 지나 3리만에 골짜기의 움푹 꺼진 곳에 이르렀다. 골짜기 왼쪽에 바위 하나가 보였다. 벼랑에 기대어 솟은 바위 위에는 벼랑 끄트머리와 더불어 구름에 닿아 있고, 아래에는 한 줄기 틈새로 빛이 새어들고 있다. 급히 힘을 내어 틈새 속으로 파고들었다. 그 틈새는 닿을 듯 말 듯하여 몸을 가로뉘어야만 들어갈 수 있다. 그 위는 이어졌다 떨어졌다 한다. 얼마 후 점점 내려가다가 남쪽으로 돌아들어 틈새를 빠져나왔다. 날듯한 바위가 위에 매달려 있고 아래는 움패어 있다. 너무나 가팔라서 오를 수가 없었다.

골짜기의 움푹 꺼진 곳으로 되돌아 나와 벼랑에 기대어 있는 바위의 옆을 바라보니, 바위 끄트머리로 올라나오는 길이 있다. 길은 대단히 높고 험준한데, 모래가 흘러내려 만들어진 길이었다. 마음속으로 도저히 그만 멈출 수가 없었다. 다시 나무뿌리를 붙들고 덩굴을 당기면서 올라갔다. 그 끄트머리에 올라가 바위의 패인 부분을 뚫고 들어갔다. 기대어 있는 바위의 서쪽 끝이었다. 앞쪽 벼랑과의 사이에 틈이 갈라져 있다.

갈라진 틈을 지나 남쪽으로 나아갔다. 남쪽에 높이 걸려 있는 날듯한 바위의 위쪽이 나왔다. 방금 전에 뚫고 지났던 틈새를 바라보니 바로 그 아래에 있다. 마침내 벼랑에 기대어 있는 바위의 꼭대기에 기어올랐다. 바위 평대 하나가 가운데에 걸려 있고, 사방에는 벼랑이 빙 두른 채 솟구쳐 있다. 바위의 윗부분은 이어졌다 떨어졌다 들쑥날쑥 고르지 않았다.

바위에 기대어 바라보고 있노라니, 우레소리가 우르르 쾅쾅 울렸다. 골짜기의 움푹 꺼진 곳으로 내려와 여섯 곳의 사다리를 지나서 1리만에 서쪽의 골짜기를 나온 다음, 다시 1리만에 대사로 되돌아왔다. 급히 스님에게 식사를 부탁하고서 샘에서 발을 씻었다. 우레소리와 함께 비가 내리기 시작했다.

이에 앞서, 나는 내려오면서 사다리를 타다가 절에서 공부하는 유생들을 만났다. 내가 동굴에 올라간 지 한참이 되어도 내려오지 않자, 그들도 흥에 겨워 함께 올랐었다. 그런데 그들은 아직까지 되돌아오지 않았으니, 비에 묶인 듯하다. 평남현의 향공[1] 양릉소(梁淩霄)라는 사람이 절 안에 강좌를 열어 가르치고 있었는데, 나를 보더니 문득 정담을 나누고 싶은 마음이 들었다. 우리는 등불을 밝힌 채 밤늦도록 이야기를 나누었다. 한밤중에 우레소리와 함께 비가 억수같이 내렸다. 침실에 빗물이 흥건했다.

---

1) 향공(鄕貢)은 당나라 때에 학관의 고시를 거치지 않은 채, 주나 현의 추천에 의해 과거에 응시하는 자제를 가리킨다.

7월 24일

시를 지어 양씨와 작별했다. 서로 은근하게 손을 잡고 훗날 다시 만나자고 약속했다. 서쪽으로 산을 내려가 나총암(羅叢巖)을 바라보니, 30리 너머에 있다. 애초에는 여기에서 남쪽의 울림(鬱林)으로 갈 작정이었다. 1리를 나아가 산 아래에 이르러 조그마한 산골물을 건넜다. 다시 서쪽으로 2리를 나아가 주당(周塘)을 지났다. 산골짜기가 서로 감돌아 얽혀 있고, 나총암은 어느덧 보이지 않았다. 나총암으로 가는 길을 물어보았으나, 대부분 알지 못했다. 남쪽으로 마동허(麻洞墟)까지 가야 서쪽으로 가는 길이 있다고 했다.

다시 남쪽으로 3리를 가자, 길이 두 갈래로 나누어졌다. 큰길은 남동쪽을 좇아 산으로 올라가고, 갈림길은 남서쪽을 좇아 움푹한 평지를 건너간다. 나는 일부러 남서쪽의 길을 좇았는데, 1리를 걸어 고개 하나를 넘자 점점 길이 보이지 않았다. 2리를 나아가 남쪽으로 산속 풀숲 사이를 걸었다. 다시 1리를 나아가 남쪽으로 산을 내려가서야 북서쪽에서 뻗어오는 길이 나타났다. 그 길을 따라 남동쪽으로 나아가 움푹한 평지의 밭두둑를 좇아 산골짜기를 나왔다.

2리를 나아가 건충(乾沖)에 이르러서야 북쪽에서 뻗어오는 큰길을 만났다. 산이 훤히 트이기 시작했다. 조그마한 시내가 동쪽에서 서쪽으로 흐르고, 또 남쪽에서 흘러드는 물길이 있다. 산골물을 넘어 남쪽에서 흘러드는 물을 따라 오르자, 마을이 물길에 의지해 있다. 이곳에서 산은 동서 양쪽으로 경계를 나누고, 가운데에는 평탄한 들판이 남쪽으로 쭉 펼쳐져 있고, 깊은 시내가 북쪽으로 흘러간다. 남서쪽으로 2리를 나아가 외나무다리를 지났다. 다시 남쪽으로 3리를 가자, 불쑥 솟은 산비탈이 나타났다. 이곳에 마동허가 있다.

이날은 장이 서는 날이었다. 때가 어느덧 정오를 넘었기에 주점에 가서 밥을 사먹었다. 그 서쪽에 갈림길이 있다. 서쪽으로 나아가 산을 넘으니, 곧 고당(高塘)으로 가는 길이다. 고당에서 시장을 보러 오는 이를 만나 물으니, "여기에서 나총암까지는 50리나 남았는데, 고당까지 가는 길에는 점심을 먹을 만한 곳이 없습니다. 북서쪽으로 울강을 건너가면 닿을 겁니다"라고 대답했다. 그의 말을 듣고 나는 적이 실망했으나, 잠시 훗날의 유람지로 남겨두기로 했다. 그리하여 남쪽으로 시장을 보고 돌아가는 사람들을 좇아 서쪽 경계의 산을 따라 나아갔다.

5리를 가자 동쪽 경계의 큰 산 아래에 마을이 잇달아 모여 있다. 여전히 마동허의 마을이다. 다시 남쪽으로 나아가자, 산속의 움푹한 평지는 조금 서쪽으로 돌아들었다. 남쪽으로 모두 5리를 가니 석마촌(石馬村)이다. 마을은 서쪽 기슭에 의지하고 있는데, 동쪽 기슭에 의지하고 있는 바위는 마치 말이 돌진하고 있는 듯하다. 서쪽 기슭의 뒤쪽에는 그 위에 바위 봉우리가 불쑥 솟아 있다. 이곳은 천석채(穿石寨)이다. 토박이들의 이야기에 따르면, 이 바위는 중간에 구멍이 뚫려 있어서 산 뒤로 빠져나갈 수 있다고 한다. 하지만 내가 보기에 그런 것은 없었다.

다시 남쪽으로 5리를 가자 대충(大沖)이 나왔다. 마을은 서쪽 기슭에 빙 둘러 의지하고 있다. 여기에서 움푹한 평지는 끝나고 평탄한 들판으로 바뀌었으며, 산을 잘라 못을 만들고 비탈을 감아돌아 밭을 일구었다. 나는 산속의 움푹 꺼진 곳으로 향했다. 대충에서 위로 나아가다가 다시 5리를 가자, 길은 마두령의 남쪽으로 나와 산등성이를 넘어간다. 이곳의 물길 가운데 북쪽으로 흘러가는 것은 건충을 거쳐 차로강에서 심강으로 흘러들고, 남쪽으로 흘러가는 것은 도합(都合)을 지나 수강(秀江)으로 흘러들었다가 북쪽으로 고당과 나행(羅行)을 지나 울강으로 흘러든다. 움푹 꺼진 곳을 나오자, 다시 남동쪽에 평탄한 들판이 나왔다. 산은 여전히 양쪽에 펼쳐져 있다. 5리를 나아가 중도협(中都峽)에서 묵었다.

7월 25일

중도협에서 남쪽으로 2리만에 다리 하나를 건너자, 갈림길이 남동쪽에서 물길을 따라 비탈을 따라 뻗어 있다. 1리를 가자 회룡허(迴龍墟)가 나왔다. 장터에는 사람들이 아직 모여 있지 않았다. 비탈 남쪽의 물길은 남서쪽으로 흘러간다. 판교(板橋)를 건너 남쪽으로 3리를 가자, 움푹한 평지는 끝이 났다. 고개를 넘어 남쪽으로 1리를 내려가 산을 나서자, 산속의 움푹한 평지가 다시 열렸다. 남쪽으로 3리를 나아가 나파촌(羅播村)에 이르렀다.

동쪽으로 시내 한 줄기를 건너 조그마한 고개를 넘은 다음, 다시 시내 한 줄기를 건너 1리만에 남쪽의 산에 올랐다. 산은 몹시 험준한데, 대산평(大山坪) 혹은 육합령(六合嶺)이라 일컫는다. 그 위에서 북쪽으로 바라보니, 심주의 서산(西山)이 멀리 백리 너머에 있다. 동쪽에는 커다란 산이 병풍처럼 늘어서 있고, 남서쪽에도 높은 봉우리가 있다. 백석산만은 북동쪽 가까이의 산에 가려 보이지 않는다.

그 위의 평탄한 길을 2리를 나아가 남쪽의 움푹 팬 곳을 나오니, 고갯마루에는 숲이 울창했다. 그 오른쪽을 좇아 나아가 1리만에 산을 내려왔다. 1리를 더 가자, 산골짜기가 사방으로 얽혀 있다. 가운데에는 깊은 계곡이 이루어져 있고, 조그마한 물길이 동쪽에서 서쪽으로 흘러가고 있다. 시내의 남쪽을 넘어 중간 골짜기의 길에서 다시 고개에 올랐다. 1리만에 고개를 넘어 동쪽으로 나아가 산골짜기로 들어갔다. 골짜기의 북쪽 기슭에는 움푹한 평지에 제방을 쌓아 물이 가득 차 있고, 감돌아 흐르는 물결이 산골짜기에 철썩이고 있다. 이에 골짜기를 따라 물을 좇아 동쪽으로 들어갔다가 남쪽으로 돌아들어 1리를 갔다. 지세는 점점 높아지는데, 물은 차츰 얕아진다.

다시 산속의 움푹 꺼진 곳을 넘었다. 길은 고개 오른쪽을 따라 고개의 분계선으로 올라간다. 2리를 나아갔다가 내려가 산등성이를 건넜다. 고개의 왼쪽을 따라 1리를 나아가 핵도령(核桃嶺)을 내려가자, 커다란 시내가 남쪽에서 흘러오다가 이곳에 이르러 서쪽으로 꺾어져 흘러간다. [바로 심주부 서쪽 수강(繡江)의 상류이다. 평산허(平山墟)에서 발원하는 이 물길은 대용산(大容山) 북서쪽의 물길이다. 대용산의 동서 양쪽에 두 줄기의 수강이 있다. 하나는 남쪽의 광동성 고주(廣東省 高州)에서 북쪽의 북류현(北流縣)으로 흘러 대용산 남동쪽의 물과 합쳐진 뒤 용현을 거쳐 울강으로 흘러든다. 이것은 용현의 수강이다. 또 하나의 수강은 바로 이 시내로서, 심주 상류의 수강이다.]

길은 시내를 따라 남동쪽으로 두 개의 고개를 넘어 뻗어 있다. 모두 3리를 나아가 물길을 건너고 강을 넘었다. 강물이 배까지 차오르는데, 이곳은 횡당도(橫塘渡)이다. 심주 남쪽의 경계는 여기에서 끝난다. 강의 남쪽은 울림주(鬱林州)에 속하고, 오주부(梧州府)의 북서쪽 경계이다. 강의 남쪽 언덕에서 다시 물길을 거슬러 고개를 넘어 4리를 나아가서야 마을이 보이기 시작했다. 이때 어느덧 정오가 지났기에, 마을로 가서 밥을 먹었다.

식사를 마치자 산비가 세차게 쏟아졌다. 앉아서 한참동안 비가 그치기를 기다렸다. 조그마한 고개를 넘어 남쪽으로 나아가자, 마을의 인가가 다닥다닥 이어져 있다. 이곳은 백제(白堤)라는 곳으로서, 깊은 산속의 오지이다. 장터의 점포를 지나 가운데 길을 잡아 자그마한 다리를 건넜다. 이어 시내 오른쪽으로 거슬러 올라 남쪽으로 8리를 나아갔다. 그런데 그만 잘못하여 길옆 작은 갈림길에서 서쪽으로 들어가는 바람에 대채촌(大寨村)에 이르렀다. 주인이 이(李)씨인 노인댁에 묵게 되었다. 노인은 술을 마련하고 계란을 삶아주었다. 산촌의 풍미는 도시의 객점과는 사뭇 달랐다.

대채 등의 여러 마을은 산과 골짜기에 에워싸여 있으며, 산속 움푹한 평지를 끼고서 못이 이루어져 있다. 시냇가의 나무는 구름에 닿을 듯 솟아 있고, 제방 위의 대나무 숲에는 비취빛이 어려 있다. 닭과 개의 울음소리 속에 시골집들은 온통 파랗게 물들어 아득히 인간세상을 벗어나 있다. 장터와 밭두둑 너머는 영락없이 진나라를 피해 도망온 도화원이다.

7월 26일

주인이 싱싱한 붕어를 가져와 나그네를 대접했다. 이 산속의 진미는 갓 불어난 시내에서 잡아온 것이다. 산을 나와 또다시 잘못하여 서쪽으로 나아갔다. 2리를 가자, 구름기운 자욱하고 비취빛이 감돌며 쭉쭉 뻗은 대나무가 못을 휘감아도는 집이 나타났다. 마을 아낙에게 길을 묻고서야 길을 잘못 들었음을 알고서 동쪽으로 나왔다. 「산골마을로 길을 잘못 들어(誤入山村詩)」와 「마을 아낙과 헤어지며(村婦留別)」의 두 수의 절구를 지었다. 2리를 나아가 대판교(大板橋)에 이르자, 비로소 큰 시내의 서쪽 언덕을 따라 남쪽으로 나아갔다.

3리를 나아가 마록산(馬祿山)을 지나고 통명교(通明橋)를 건너, 드디어 남서쪽으로 꺾어들어 산골짜기로 들어섰다. 두 산은 바짝 조여들고, 그 가운데에는 오직 시내 한 줄기뿐이다. 시내 양쪽에는 밭두둑이 없고, 길 위에는 온통 풀이 얽혀 있다. 5리를 나아가자 커다란 나무다리가 시냇물 위에 가로 걸려 있다. 이것은 남동쪽의 산길로 통하는 길이다.

나는 다리 위로 건너지 않고 다리 오른쪽을 좇아 지났다. 이 다리는 거대한 나무인데, 이것이 강의 양쪽을 이어주고 있다. 강 오른쪽에 있는 커다란 나무가 벼랑 밑바닥에서 강 속으로 비스듬히 쓰러져 있다. 이 거대한 나무의 양쪽 끄트머리가 강의 양쪽 끝에 가로로 걸쳐져 다리의 기둥 노릇을 하고 있다. 횡강교(橫江橋)라 일컫는다. 다시 남서쪽으로 5리를 나아가 약모산(箬帽山)을 지나자, 산골짜기가 차츰 트이면서 남쪽의 대용산이 보였다.

다시 남서쪽으로 3리를 걸어 시내를 건너 오른쪽으로 나아갔다가, 시내를 건너 왼쪽으로 나아가 2리만에 등성이를 넘어 올라갔다. 이곳은 평산촌(平山村)이다. 백제(白堤)에서 평산촌까지의 30리 길은 좁고 잡초가 무성하여 인적이 끊겨 있다. 평산촌을 나올 즈음 앞길에 도적이 많다고들 수군거렸다.

평산촌에서 남쪽으로 나아가자, 길은 어느덧 훤히 트여 있다. 장터의 점포를 지나 고갯가를 넘어 나아갔다. 동쪽을 바라보니 대용산이 30리 너머에 있는데, 층층의 봉우리가 그 사이를 가로막고 있다. 5리를 나아가 산골짜기로 내려 들어서서 황초당(黃草塘)을 지났다. 남서쪽으로 2리를 걸어 도장묘(都長廟)에 이르렀다. 이곳의 두 산 사이에는 훤히 트인 움푹한 평지가 서쪽으로 뻗어나가고, 길은 움푹한 평지를 가로질러 남쪽으로 나아간다. 고개를 넘어 오르는 길은 얼마 되지 않으나, 남쪽으로 내려가는 길은 매우 멀었다.

모두 3리를 걸어 골짜기를 돌아들어 서쪽으로 나왔다. 이곳은 늑채구(勒榮口)이다. 이곳에서 산은 두 경계로 나누어진다. 대용산은 북동쪽에 치솟아 있고, 한산(寒山)은 남서쪽에 치솟아 있다. 두 산은 마치 문이 늘어서 있듯 남동쪽으로 뻗어나간다. 그 사이에 커다란 움푹한 평지가 끼어 있고, 시냇물은 남쪽으로 흘러간다. 이 시내는 나망강(羅望江)의 원류이다. 이곳에서 한산의 북쪽 기슭을 따라 남동쪽으로 나아갔다가 3리를 갔다. 커다란 나무 아래에 물을 파는 이가 있었다. 정오가 어느덧 지났기에 좌판을 거두어 떠나려는 참이었다. 그를 붙들어 불을 피워서 밥을 지어 먹었다.

다시 5리를 나아가 시내의 다리를 건넜다. 이 다리는 붕강교(崩江橋)이다. 다리 남쪽에 사당이 있다. 물을 팔면서 밥을 지어먹는 이들이 무리를 지어 기숙하고 있다. 다시 남동쪽으로 2리를 나아가 풍라묘(馮羅廟)를 지났다. (풍라묘는 풍馮씨와 나羅씨의 두 사람이 지은 것이다.) 풍라묘의 남쪽에는 산골짜기가 더욱 훤히 트여 있다. 한산이 남쪽으로 끝이 나고, 대용산은 동쪽으로 돌아드는지라, 이곳에 평탄한 들판이 드넓게 펼쳐져 있다. (풍라묘 남쪽에 갈림길이 있는데, 동쪽으로 나망강을 건너 대용산의 남쪽 기슭을 따라 동쪽으로 40리를 나아가면 북류현北流縣에 닿는다. 토박이들은 도적떼가 남쪽 기슭의 육마묘陸馬廟를 소굴로 삼고 있으니, 나에게 주성을 거쳐 가라고 권유했다.) [나는 울림주(鬱林州)로 가는 길을 택했다.]

밭두둑에서 남쪽으로 7리를 걸어 다시 등성이를 넘어 남쪽으로 나아갔다. 북을 치고 피리를 불면서 동쪽으로 가는 이들이 있었다. 길가는 이를 붙잡고서 물어보니, 도적을 잡는 군관이 대오를 이끌고 이곳을 지나고 있다고 했다. 투구와 갑옷 차림의 기마병 두 사람이 보이는데, 주성에서 정보를 정탐하는 기병이다. 다시 3리를 나아가 송성허(松城墟)에 이르렀다. 이곳 장터 옆에 여인숙이 한 채 있다. 해가 아직 많이 남아 있으나, 길에 경비가 삼엄한지라 걸음을 멈추고 묵기로 했다.

2경 무렵 기마병이 남쪽으로 말을 달리는 소리가 들렸다. 여인숙 주인이 나가 살펴보니, 마병(麻兵)들이 밤에 도적의 소굴에 바짝 접근하여 도적 한 명의 목을 베었으며, 도적은 이미 밤을 틈타 도망쳤다고 한다. 한밤중에 정보를 탐색하던 이가 문을 두드리고 들어와 주인과 함께 묵었다. 마병이란 곧 토사의 방어를 위해 주둔한 병사로서, 이전에는 도적과 서로 내통하던 사이였다. 오늘은 명을 받들어 이곳에 와서는, 먼저 두 기병을 정탐하러 보내 몰래 "오늘 대군이 이미 도착했으니 너희들은 어서 준비해라"라고 알려주었다. 그래서 도적떼들은 귀순한 사람을 한 명 묶어 목을 베고, 그 목을 마병에게 넘겨주어 공적으로 삼게 한 뒤, 도적떼들은 모두 야음을 틈타 도망쳐 산속으로 도망쳤다. 그럼에도 '소 탕하여 평정했다.'는 보고를 올렸다고 말해주었다. 아마도 눈 깜짝할 사 이에 곧 (이하는 빠져 있음)

평산(平山)은 대용산의 서쪽에서 뻗어나오는 산줄기이다. 대체로 난창 강(瀾滄江) 동쪽의 산은 남쪽으로는 교지(交趾)의 북부를 지나고, 동쪽으로 는 흠주(欽州), 염주부(廉州府), 영산현(靈山縣)으로 돌아들어 다시 북동쪽으 로 흥업(興業)으로 뻗어나가며, 평산에서 동쪽으로 건너가서야 우뚝 솟 아 대용산을 이룬다. 이곳에서 남북의 강줄기로 나누어진다.

한산(寒山)은 울림주(鬱林州) 북서쪽의 산이다. 여러 산들이 낮게 엎드 린 채 대용산을 둘러싸고 있지만, 이 산만은 대용산과 맞서고 있다. 대 체로 이 산줄기는 흥업에서 갈라졌으며, 나망강과 정천강(定川江)의 사이 에 있다. 그 산등성마루는 늑채구에 이르러 끝난 채, 홀로 우뚝 서 있다. 『구역지(九域志)』의 기록에 따르면, 월왕 조타(趙陀)가 사람을 보내 산에 들어가 귤을 따오게 했는데, 열흘만에야 돌아왔다. 그 까닭을 묻자, "산 속이 너무 추워 돌아올 수 없었습니다"라고 대답한지라 한산이라 일컬 었다.

육마묘(陸馬廟)는 대용산 남쪽 기슭에 있으며, 토박이들이 육적(陸績)[1] 과 마원(馬援)[2]을 제사지내는 사당이다. 떠돌이 도적 70~80명이 예전부 터 마을을 약탈하러 오곤 했는데, 최근 관군과 맞붙어 여섯 명이 죽임 을 당했다. 곧바로 남쪽으로 육천현(陸川縣)의 경내로 숨어들어 평락허(平 樂墟)를 약탈하고 수십 명을 죽였다. 돌아오는 길에 북류현을 지나다가 이 사당을 소굴로 삼아 아녀자와 부자를 붙잡아놓고, 정해진 기한 내에 몸값을 달라고 하여 보내오지 않으면 이 인질들을 죽였다.

7월 27일

아침 일찍 송성허에서 밥도 먹지 않은 채 길을 떠났다. 4리를 나아가 곡산촌(谷山村)을 지나, 밭두둑 사이를 걸었다. 다시 5리를 나아가 바라보니 매우 높고 가지런한 돌다리 하나가 나망강 위에 걸쳐져 있다. 이 다리는 '북교(北橋)'라고 일컫는다. 세 개의 동굴이 잇달아 봉긋 솟아 있고, 아래에는 바위를 쌓아 만든 제방이 있다. 제방에 가득 차 흘러내린 물은 서쪽으로 감아돌아 나아가다가 울림성(鬱林城) 북쪽에서 남서쪽으로 돌아든 다음, 정천강의 남쪽 강물과 합쳐져 남쪽으로 흘러가 염주(廉州)를 거쳐 바다로 유입된다. 돌다리의 서쪽에 또 나무를 걸쳐 다리로 삼아 하류를 건너다닌다. 길가는 이들은 가까이의 돌다리로 다니지 않고 나무다리로 다녔다.

다리를 지나 남쪽의 고개 하나를 넘고서 1리만에 울림성 북문에 들어섰다. 북문 밖의 인가들은 모두 등성이의 못에 기대어 있다. 마을처럼 보이나 거리가 없으니 성곽 같지가 않다. 그러나 성곽의 담이 높고 정연한데, 광서에서만 볼 수 있는 광경이다. 성 안 역시 황량하고 을씨년스러웠다. 울림성의 길을 지나 서쪽으로 나아가, 주의 관아에 이르렀다.

이에 여인숙에서 밥을 지어 먹고서 이곳의 병비도(兵備道)에 대해 알아보니, 창오에 주둔한 지 이미 오래되었다고 한다. 이에 앞서, 창오도의 고동서(顧東曙, 이름은 응양이다)는 우리 무석(無錫) 사람인데, 그의 아들이 집안 편지를 그에게 전해달라고 부탁했다. 그런데 형양(衡陽)을 지나는 도중에 강도에게 빼앗겨버린 채 나 혼자 이곳에 이르게 되었다. 설령 그가 이곳에 주둔하고 있다 할지라도 집안 소식을 알려줄 겨를이 없을 터인데, 하물며 그가 멀리 창오에 있음에랴!

밥을 먹고서 남문을 나섰다. 못은 더욱 넓어졌다. 남서쪽으로 1리를 가자, 남류강(南流江)이 동쪽에서 서쪽으로 흘러오는데, 그 물길은 나망강보다 크다. 강가 아래에는 배들이 즐비하게 늘어서 있고, 강가 위에는 제방이 있다. 제방 안은 둥글게 못을 이루고 있다. 제방 위에는 비석이 나란히 솟구쳐 있고, 제방 아래에는 바위 조각이 누운 채 강가 사이에 가로로 늘어서 있다.

보노라니 이상한 느낌이 들어 급히 비석으로 달려가 읽어보니, 이곳은 자천(紫泉)이다. 샘의 틈새는 강가에 있는 제방 중턱의 [바위조각 사이에 있다. 바위에는 가로의 틈새가 남북으로 끼어 있는데, 가로가 세 자, 너비는 두 자이다. 틈새는 동쪽에서 휘감아돌아 서쪽으로 뻗어 있고, 남쪽이 터져 있다. 바닥에서 솟아나온 물은 그 안에 고여 있으며, 고여 있는 맑은 물은 깊이가 세 자이다. 물은 남쪽의 터진 곳을 따라 쏟아져내리는데, 이때 진주와도 같은 물거품이 수면에 떠 있는 것이 보인다.]

제방 안의 못물은 높이가 한 길 남짓이며, 강가 아래의 강물은 낮긴 해도 역시 한 길 남짓이다. 물은 대단히 맑고 푸르다. 이것을 자줏빛의 '자(紫)'로 바꾸어 부르게 된 것은 송대 순희(淳熙)[1] 연간에 일어난 이상한 징조 때문이니, 평범한 샘이 아니었다. 샘 위에는 예전에 탁영정(濯纓亭)이 있었지만, 지금은 이미 없어져버렸다. 샘의 서쪽에는 남교(南橋)라는 돌다리가 있는데, 물가의 바위 세 덩어리가 남류강 위에 높이 걸려 있다. 돌다리의 북쪽에는 문창각(文昌閣)이 있다. 강물이 돌아드는 가운데에 3층으로 높이 지어져 있는 이 누각은 넓고 훤히 트여 멀리 바라볼 수 있으니, 이 일대에서 아름다운 풍광을 감상할 수 있는 좋은 곳이다.

돌다리의 남쪽은 염주로 가는 큰길이다.

다리 남쪽에서 갈림길을 좇아 강 언덕을 거슬러 동쪽으로 나아가자, 수월암(水月巖)으로 가는 길이 나왔다. 강을 거슬러 반리를 나아갔다. 강은 북동쪽에서 흘러오고, 길은 남동쪽으로 뻗어나간다. 이에 강을 제쳐두고 길을 따라 걸었다. 처음에는 밭두둑을 좇아 나아갔다. 널찍한 이 길은 육천현과 평락허로 가는 길이다. 8리를 나아가 등성이를 넘자, 마을이 나타났다. 마을 왼쪽의 갈림길에서 북동쪽으로 가다가 2리만에 갈림길에서 북쪽으로 향했다. 길이 점점 사라졌다.

다시 2리를 나아가 북쪽의 못 한 곳에 이르자, 비로소 서쪽에서 뻗어오는 길이 보인다. 그 길을 따라 동쪽으로 2리를 걸어 마을 한 곳을 지났다. 다시 고개에 오르자, 길이 또 사라졌다. 이에 산을 넘어 동쪽으로 나아가 풀숲에서 왔다 갔다 하다가 동쪽으로 나아갔다. 1리만에 동쪽의 산 아래에 이르자, 남쪽에서 뻗어오는 길이 보였다. 그 길을 따라 북쪽으로 2리를 걷다가 계속해서 동쪽으로 돌아들어 산속 움푹한 평지로 들어섰다.

1리를 나아가 조그마한 돌다리를 건넜다. 이어 동쪽의 산을 따라 북쪽으로 향하여 마을 한 곳을 지난 뒤, 다시 동쪽으로 돌아들어 산속 움푹한 평지로 들어섰다. 그 움푹한 평지는 매우 깊다. 동쪽으로 2리를 들어서자, 길은 점점 황량해지더니 사라져버렸다. 다시 움푹 꺼진 곳을 바라보며 동쪽으로 올라 1리만에 고개에 이르렀다. 비로소 서쪽에서 뻗어오는 큰길이 나타났다. 역시 남쪽의 평락허로 가는 길이다.

고개를 넘어 동쪽으로 가다가 남쪽으로 가는 큰길을 제쳐둔 채, 갈림길에서 동쪽으로 산을 내려왔다. 움푹한 평지속에서 모두 2리를 나아간 뒤 산골짜기를 넘어 동쪽으로 내려오자, 골짜기 동쪽에는 바위 봉우리가 빽빽한 채 북쪽에서 남쪽으로 뻗어온다. 마치 깃발을 가지런히 하여 줄지어선 대오와 같은지라, 달리 멋진 경계를 이루고 있다. 골짜기를 나와 서쪽 산의 동쪽 기슭을 따라 북쪽으로 나아갔다. 산에 의지해 있는 마을이 동쪽을 향해 있고, 마을 앞에 큰 못이 있다. 나는 용당촌(龍塘村)이리라 여겼다. 물어보니 용당촌은 아직 북쪽에 있다고 한다.

다시 북쪽으로 1리 남짓 나아가 동쪽으로 돌아들자, 용당촌이 나타났다. 마을은 등성마루의 가운데에 자리잡고 있다. [마을 남쪽의 물길은 남쪽으로 흐르다가 동쪽으로 흘러가고, 마을 북쪽의 물길은 북쪽의 수월동(水月洞)에 흘러든다.] 마을 동쪽에서 다시 북쪽으로 1리 남짓 나아가 곧장 동쪽으로 바위산의 가운데 봉우리에 이르렀다. 돌다리를 건너 북쪽으로 나아가니, 상암(上巖)이 서쪽을 향한 채 봉우리 중턱에 높다랗게 봉긋하다.

상암은 수월동의 남쪽의, 산에 기댄 채 허공에 의지하여 있는 동굴 구멍이다. 북동쪽에서 남쪽으로 뻗어내리던 바위산이 갈라진 채 줄지어 솟구쳐 있다. 그 중의 한 갈래가 중간에 불쑥 튀어나온 곳이다. 서쪽에 평탄한 황무지가 보이고, 깎아지른 듯한 벼랑에는 구멍이 매달려 있다. 층층마다 모두 그다지 깊지 않은데, 이 층이 가장 낮고도 가장 드넓다. 봉우리를 둘러싸고 있는 바위는 온통 푸른빛에 매끄럽다. 유독 동굴이 갈라진 부분만은 색깔이 붉게 변해 있다. 바위의 재질이 대단히 영묘하고 환상적이다. 여덟 자에서 열 자 사이의 바위는 층층의 시렁마다 실가닥 같은 무늬가 걸려 있으며, 구멍이 뚫리고 덮개가 드리워져 있다. 갖추지 않은 것이 없고 기이하지 않은 것이 없다. 동굴 앞에 지어진 집이 입구를 가로막고 있으나, 위쪽이 훤히 트여 있다. 집은 머물 만하고, 위로 멋진 경관을 가로막지 않으며, 구조 또한 나쁘지 않다.

동굴의 오른쪽 겨드랑이에서 구멍을 뚫고 올랐다. 구멍은 대롱만하다. 돌층계를 따라 구불구불 굽이돌아 다시 한 층을 뚫고 들어가니, 마치 반쪽짜리 누각처럼 보인다. 구름이 자욱한 바위 창문은 허공으로 뛰어오르고, 별 모양의 격자창으로 빛이 스며들었다. 이 안에 앉아 쉬노라니, 또 하나의 '작은 서방정토'이도다.

동굴의 왼쪽 겨드랑이에서 기둥을 감돌아 돌아나왔다. 돌기둥은 용을 그린 깃발이 아래로 드리운 듯하다. 그 옆에서 벼랑을 따라 위로 올라 돌아들어 동굴 끄트머리로 나오자, 또 하나의 층이 나타났다. 이 암동 역시 서쪽을 향한 채 절로 좌우 두 겹의 층으로 나뉘어져 있다.

[왼쪽의 겹쳐진 층은 아래에 있는데, 돌기둥이 드리워지고 구멍이 갈라져 있다. 고개를 들어 위를 힐끗 쳐다보니, 오른쪽의 겹쳐진 층이지만 올라갈 층계가 없다. 밖에서 북쪽으로 올라가서야 오른쪽의 겹쳐진 층에 들어섰다. 절벽을 장식하고 있는 누각은 왼쪽 층과 날개처럼 마주하여 아름다움을 더해준다. 이 모두 동굴의 가운데층이다.] 그 위로 깎아지른 듯한 벼랑의 꼭대기에는 또 한 층이 허공에 매달려 있다. 그러나 올라갈 층계가 없는지라 [그저 고개를 쳐들고 바라볼 뿐이다.]

수월동은 그 북쪽에서 약간 아래로 내려간 곳에 있다. 용당의 물은 산 앞의 돌다리를 지나 북쪽으로 흘러가 상암의 앞을 지난 뒤, 동쪽을 향하여 동굴 속으로 파고든다. 동굴 입구는 서쪽을 향해 있다. 길은 그 남쪽에서 뻗어오고 물길은 그 북쪽에서 흘러오다가, 서로 따라 들어갔다가 북쪽으로 뚫고 나온다. 앞뒤의 두 입구는 한 눈에도 훤히 통해 있으니, 이곳은 밝은 동굴이다.

물길이 그 속을 꿰뚫고, 바위는 그 옆에 웅크린 채 물길 양쪽으로 우뚝 솟아 있다. 모두 사자와 코끼리의 형상을 하고 있다. [동굴의 꼭대기에서 드리워진 바위는 구불구불한데, 용이 휘감고 교룡이 춤을 추듯 어지럽게 얽혀 있다.] 물은 동굴 속으로 평평하게 흘러가는데, 융현의 진선암만큼 크지 않다. 양쪽 벼랑 역시 그곳만큼 깊숙하고 가파르지 않으니, 바지를 걷어 부치고 시내를 건너갈 수 있다. 벼랑의 오른쪽에는 또 조그마한 물길이 남쪽으로 갈래진 동굴에서 흘러나온다. 이곳은 어두운 동굴이다.

[왼쪽에는 시내를 따라 석순과 종유석이 굽이지고, 위쪽 역시 문이 갈라지고 구멍이 이어져 있다. 층층의 누각 위에도 물이 고여 못을 이루고 있는데, 기이하기 짝이 없다. 이것은 밝은 동굴의 안쪽 절경이다.

뒤쪽 동굴 입구의 벼랑 어귀에는 여러 개의 커다란 돌기둥이 늘어서 있다. 입구 꼭대기에서 합쳐져 거꾸로 매달려 있는데, 동굴 안에서 바라보니 꿈틀꿈틀 흔들리는 듯하다. 이것은 밝은 동굴의 바깥 절경이다.] 어두운 동굴은 밝은 동굴의 옆에 있는 동굴이다. 이 동굴 안은 또다시 물동굴과 뭍동굴로 나누어진다.

[물길은 그다지 크지 않다. 남동쪽의 우롱牛隴으로부터 또 하나의 입구가 열려 있는데, 산허리를 뚫고서 이곳에 이르러 밝은 동굴과 합쳐진다. 물길을 거슬러 남쪽으로 반리를 들어가자, 동굴은 차츰 어두워지고, 벼랑은 더욱 가팔라지며, 물은 더욱 깊어진다. 뗏목을 엮고 횃불을 모아 굽이굽이 약 2리를 나아가 우롱을 빠져나왔다. 이곳은 어두운 동굴의 물속 절경이다.

어두운 동굴에서 물길을 거슬러 나아가자, 벼랑 왼쪽에 박혀 있는 바위 아래에 몹시 비좁은 구멍이 있다. 구멍을 뚫고서 횃불을 앞세워 나아갔다. 홀연 가파르게 휑하게 봉긋해지더니, 위아래에 드리우고 치솟은 돌기둥이 빙 두른 채 갖가지 괴이한 자태를 드러낸다. 이 속을 오르내리노라니 마음과 눈이 깜짝 놀라지 않을 수 없는데, 굽이굽이 끝이 없다. 이것은 어두운 동굴의 뭍 위의 절경이다.]

나는 수월동을 유람하고 싶었다. 그러나 때가 어느덧 정오를 넘겼고, 아직 식사도 하지 않았기에 상암으로 갔다. 도사가 방금 문을 잠그고 외출했는지라, 나는 벼랑 아래의 여지나무 그늘에 앉아 그를 기다렸다. 한참 만에 도사가 낚시를 마치고 돌아와 문을 열고 식사를 준비했다. 나는 그를 재촉하여 횃불을 묶어서 수월동을 구경하러 갔다.

밝은 동굴에 들어갔다가 횃불을 밝혀 어두운 동굴로 들어갔다. 도사는 지류를 따라 들어가지 않고, 그 곁의 낮게 엎드린 웅덩이에서 틈새를 뚫고 들어갔다. 어두운 동굴의 물과 벼랑의 절경을 두루 살펴보았다. 동굴 속은 높고 넓으며 그윽하고 깊다. 갖가지 괴이한 모습이 빽빽한지라 횃불을 다섯 번이나 바꾼 다음에야 나왔다.

물길을 거슬러 물이 흐르는 벼랑의 끝까지 가보고 싶었다. 그런데 도사는 물이 깊다면서 이렇게 거절했다. "달리 옆길로 그 뒤쪽 벼랑을 살펴보세요. 굳이 이곳에서 나갈 필요는 없어요." 이에 다시 밝은 동굴을 나와 물을 건너 왼쪽 벼랑의 절경을 다 구경하고서 뒤쪽 동굴을 나와, 규룡이 매달려 춤을 추는 듯한 모양의 바위를 올려다보았다. 상암으로 돌아와 밥을 먹었다. 어느덧 해는 서산 너머로 기울었다.

---

1) 순희(淳熙)는 남송 효종(孝宗)의 연호로서, 1174년부터 1189년까지이다.

7월 28일

아침에 상암에 앉아 있었다. 도사는 용당에 가서 나를 위해 쌀을 샀다. 나는 지팡이를 끌면서 상암의 제일 위층까지 올라갔다가, 잠시 후 내려오는 길에 바위 구멍속의, 반쪽짜리 누각에서 쉬었다. 이 동굴은 서쪽을 향해 있으니 오후에 햇빛이 되비쳐 들리라 여겨, 나는 오전에 쉬었다가 오후에 산 가까이의 여러 동굴을 찾아보기로 마음먹었다.

정오가 되자, 도사가 쌀을 가지고 왔다. 정오에 점심을 막 마치고서 산을 따라 남쪽으로 나아갔다. 어제 건넜던 돌다리에 이르러 다리 곁에서 동쪽으로 꺾어져 고리 모양의 골짜기 속으로 들어갔다. [이 산은 바위 봉우리가 세 갈래로 나누어져 있다. 온통 날카로운 모서리가 가파르게 솟아 있으며, 북동쪽에서 남서쪽으로 치달린다. 가운데 갈래는 수월암이 기대어 있는 곳이며, 이 골짜기는 가운데 갈래와 남쪽 갈래 사이에 끼어 있다. 남쪽 갈래는 깎아지른 듯한 벼랑에 구멍이 많이 뚫려 있다. 나는 그 서쪽 기슭을 따라 오면서,] 수월암이 그 아래에 있으리라 짐작했다. 토박이에게 물어보자 모두들 "동굴 속은 그다지 깊지 않고, 아래에는 길이 없습니다"라고 말했다.

골짜기에서 북쪽으로 돌아들자 중앙에 평탄한 웅덩이가 나왔다. 그 안에는 수천 수백 마리의 소가 떼를 지은 듯한 바위가 흩어져 있다. 이로 인해 우롱(牛隴)이라 일컫는다. 그 북서쪽의 끝까지 가보니 [물이 고여 못을 이루고 있다.] 마침내 어두운 동굴의 뒤쪽 입구로 들어왔다. [남동쪽으로 못 위를 굽어보니, 사방은 온통 깎아지른 듯한 바위이다. 들어올 길이 없는지라 못을 건너야만 오를 수 있다.] 동굴은 대단히 널찍하고 훤히 트여 있다. 나누어지면 두 곳의 동굴이요, 합해지면 한 곳의 동굴이다.

[물길을 따라 서쪽으로 들어가 차츰 북쪽으로 돌아들자, 바위 벼랑은 골짜기를 이루고 물길 역시 점점 깊고 어두워졌다. 수월동의 어두운 동굴에서 보았던 것과 마찬가지이다. 동굴 안으로 나오지는 않았지만, 물길 양쪽의 근원은 다 구경했으니, 굳이 번거롭게 어둠 속을 더듬고 다닐 필요가 없었다. 동굴 입구의] 오른쪽 벼랑에 바위의 흔적이 가득 모여 있는데, 모두 말발굽의 모양을 띠고 있다. 『서사이』에서 말한 '천마(天馬)'가 바로 이곳이리라 생각했다.

동굴을 나와 다시 골짜기를 따라 북쪽으로 나아갔다. 동서 양쪽 경계를 쳐다보았다. 봉우리는 날아오를 듯하고, 바위는 솟구쳐 있는데, 줄지어 합쳐지고 층층이 나뉘어 있다. [두 갈래의 봉우리가 북쪽으로 끝나는 곳에 불쑥 치솟은 북쪽 갈래의 봉우리는, 가운데 갈래의 북쪽 기슭과 대치한 채 골짜기를 이루고 있다.] 멀리 그 아래를 바라보니, 남쪽을 향해 있는 동굴이 세 곳 있다. 동굴 위로는 구름노을이 날아오르고 번갯불이 흐르면서 번쩍번쩍 기이함을 띠고 있다. 급히 잡초더미를 밟으면서 달려갔다.

그 왼쪽 가에는 두 곳의 동굴 입구가 나란히 늘어서 있고, 벼랑 아래에는 비록 종유석이 어지럽게 매달려 있지만 안은 깊지 않다. 그 오른쪽 가의 입구 한 곳은 봉우리 중턱에 외롭게 매달려 있다. 동굴 입구는 비록 허공에 박혀 있지만, 가운데가 문득 뚝 떨어져 깊은 못을 이루고 있다. 깊이가 수십 길인 못은 구불구불 안으로 뚫고 지나는데, 기세가 대단히 아득하고 깊다. 그런데 양쪽 벼랑은 깎아지른 듯 가파르지만, 오르내릴 층계가 없다. 벼랑 끄트머리에 자리를 잡고서 바라보니, 동굴 안에 수없이 많은 박쥐들이 떼를 짓고 있다가 사람을 보더니 날개를 파닥거리면서 안으로 달아난다. 그 소리가 매우 아득하다. 이 안에 편복동(蝙蝠洞)이 있다고 들었는데, 혹 이곳이 아닐까?

동굴을 나와 산을 내려오다가 북서쪽의 산부리를 바라보니 꽤 가까웠다. 이곳에서 수월동의 뒤쪽 동굴을 뚫고 들어가면 상암에 이르기에 매우 편하겠다는 생각이 들었다. 온힘을 다해 1리를 나아가니, 그 아래가 움푹 꺼졌다. 산등성이를 기어오르자, 거대한 바위가 날 듯 솟구쳐 있다. 그 가운데에는 온통 덩굴이 얽혀 있고, 아래로는 맑은 못에 박혀 있는지라, 길이 모두 끊겨 있다. [멀리서 동굴 밖의 여러 기이한 바위를 살펴보았지만, 아득하여 제대로 보이지 않았다. 시냇물이 골짜기에 부딪치며 흘러나오는 것 또한 그 흔적조차 보이지 않았다.]

이에 북쪽의 기슭을 따라 계속해서 동쪽으로 1리만에 남쪽의 전에 왔던 골짜기로 향했다. 다시 우롱을 거쳐 남쪽으로 모두 3리를 나아가 상암의 앞쪽으로 되돌아왔다. 해를 보니 아직 시간이 남아 있기에 수월동에 들어가 밝은 동굴의 안쪽을 이리저리 거닐었다. 다시 물길을 따라 동굴 뒤쪽으로 나와, 걸어왔던 길이 끊긴 곳을 바라보니, 여전히 봉우리 부리 하나를 사이에 두고 있다. 비로소 이 일대의 산의 형태가 제멋대로 불쑥 변하는지라 자기 마음대로 이러하리라 추측해서는 안됨을 깨달았다. 이날 저녁에도 여전히 상암에 묵었다.

7월 29일

상암에서 북동쪽 골짜기로 돌아들어 우롱을 지나 3리만에 골짜기를 빠져나오자, 갈림길이 나왔다. 줄곧 북쪽으로 북쪽 갈래의 동쪽 기슭을 따라 뻗은 길은 북류(北流)로 가는 큰길이고, 동쪽으로 돌아들어 고개를 넘어가는 길은 북류로 가는 샛길이다. 이에 동쪽의 밭두둑을 지난 다음, 흙고개를 넘어 동쪽으로 나아갔다. 다시 2리를 걸어 마을 하나를 지난 다음, 동쪽으로 조그마한 바위봉우리 아래에 이르렀다. 이곳은 당안허(塘岸墟)이다. 이때 산비가 북동쪽에서 몰려와 산골짜기를 가득 채웠다. 이 바람에 시장이 섰음에도 모여든 사람이 없었다. [당안허는 육천현의 북쪽 경계이다.]

이곳에서 북쪽으로 돌아들어 비를 무릅쓴 채 산을 따라 걸었다. 황량한 등성이가 두루 펼쳐져 있다. 어느덧 북류의 경계에 와 있었다. 10리를 가자 과자산(菓子山)이 나오는데, 몇몇 가구가 등성이에 기대어 살고 있다. 움푹 꺼진 곳을 지나자, 비가 차츰 그쳤다. 다시 10리를 가자 횡림(橫林)이 나오고, 길 오른쪽 움푹한 평지에 마을이 있다. 이 마을은 며칠 전 강도들이 평락허를 약탈하고 돌아오는 길에 묵었던 곳이다. 이곳은 북류로부터 10리밖에 떨어져 있지 않다.

그 북쪽에 바위산이 한 갈래 있다. 북쪽에서 남쪽으로 뻗어오는 갈래에는 뾰족한 봉우리들이 비췻빛을 띤 채 모여 있다. 나는 맨 처음 이곳을 보면서 구루산(勾漏山)이 여기로구나 생각했다. 점점 가까이 다가가자 길은 그 남동쪽으로 뻗어나간다. 서쪽을 바라보며 걸어가자, 빼어난 경색이 날듯이 어우러져 있다. 알고 보니 이 산은 북류현의 서쪽 10리에 있다. 구루산은 아직 북류현 동쪽 10리에 있었다.

횡림(橫林)에서 북동쪽으로 5리를 나아가 흙고개 한 곳을 넘어 내려가 밭두둑 사이를 걸었다. 돌다리가 조그마한 시내에 걸쳐져 있고, 시냇물은 북서쪽으로 흘러간다. 다시 동쪽으로 평평한 등성이를 걸어 5리를 나아가 북류현(北流縣) 서문에 이르렀다. 서문은 닫힌 채 열려 있지 않은데, 서쪽이 도적들의 요충지인지라 경계를 삼엄하게 펴고 있다. 성밖을 따라 남문으로 들어서서 현의 관청 앞을 지나 동문으로 나왔다. 거리는 제법 번성했다. 한 줄기 거리가 성을 따라 북쪽으로 뻗어 있는데, 이곳은 가허(街墟)이다. 다른 한 줄기 거리는 강을 따라 동쪽으로 뻗어 있는데, 이곳은 사가(沙街)이다.

　가허는 성의 북쪽 모퉁이에서 동쪽으로 돌아든다. 성의 북쪽에서 흘러오는 시내가 있고, 그 위에 등룡교(登龍橋)라는 돌다리가 걸려 있다. 이 시내는 대용산 동쪽에서 흘러오는 물길로서, 다리 아래에서 남쪽의 수강(繡江)에 흘러든다. 사가는 성의 남쪽에서 동쪽으로 돌아든다. 수강이 남쪽 광동의 고주부(粵東 高州府)에서 흘러와 이곳에 이르면 큰 배를 띄울 수 있기에, 시가지는 물길에 바짝 붙어 있다. 송나라 사람들이 역참을 조종(朝宗)이라 했던 것은 바로 이 강을 가리켜 말한 것이다. (지금의 역참 이름은 보규實圭이다.) 사가는 북동쪽의 광제교(廣濟橋)를 지나간다. 북쪽의 시냇물은 이곳에 이르러 수강에 흘러들고, 광제교를 건너 등룡교에서 오는 길과 마주친다. 길은 북쪽으로 좁은 관문을 지나고, 강은 동쪽으로 흘러간다.

　나는 이에 사가에서 밥을 먹었다. 좁은 관문을 나와 북쪽의 산 아래에 이르러, 그 남쪽 기슭을 따라 동쪽으로 5리를 나아갔다. 조그마한 시내의 다리를 건너 바위산 골짜기 속으로 들어갔다. [남쪽은 망부석(望夫石)으로, 황파암(黃婆巖)의 서쪽 자락의 산이다. 북쪽은 구불구불 이어진 바위봉우리인데, 동쪽으로 나아갈수록 바위등은 더욱 앙상해졌다. 독수암(獨秀巖)이 기대어 있는 곳이 아닌가 싶은데, 지금은 이미 그 흔적조차 사라져 버렸다. 봉우리의 동쪽 벼랑에 '구루동'이라는 세 글자가 크게 씌어져 있다. 이 남북의 두 바위봉우리는 동쪽의 보규동(實圭洞)을 감싸 안고 있다.]

　다시 동쪽으로 5리를 나아가자, 바위산이 빙 둘러 만나는 곳의 가운데에 또 봉우리 하나가 불쑥 솟아 있다. 보규동은 그 서쪽 모퉁이에 있으며, 구루암(勾漏庵)은 그 남쪽 기슭에 있다. 이때 우레소리가 우르르 쾅쾅 울리기에 우선 구루암 속으로 뛰어들었다. 구루암은 자못 정결했다. 이곳은 만력(萬曆) 연간에 관청에서 새로 지은 곳이다. 내당은 세 칸이고 가운데에 여래불이 늘어서 있다. 동쪽에는 관우상(關羽像)이, 서쪽에는 갈홍상(葛洪像)[1]이 모셔져 있다. 갈홍의 상은 비단으로 만든 두건을 쓰고 붉은빛 신발을 신고 있는데, 나부껴 살아있는 듯했다. 뒤쪽 집에는 준제보살(準提菩薩)[2]이 중앙에 있다. 서쪽에는 취사도구가 놓여 있고 동쪽에는 좌석이 놓여 있다.

앞마당에는 활짝 피어난 부상[3]의 분홍빛 꽃떨기가 어우러져 있으며, 뒷마당에는 칠을 한 담이 가운데를 두르고 대나무와 계화나무가 빽빽하게 둘러싸고 있다. 아무도 보이지 않은 채, 암자는 적막 속에 잠겨 있다. 어떤 도사의 부인이 뒤에서 문을 잠그기에 "동굴을 구경하려면 어디로 가야 합니까?"라고 묻자, "도사가 밤에 돌아오니 기다리십시오"라고 대답했다. 이에 짐을 집에 내려놓고, 그녀를 따라오게 하여 그 안에서 밥을 지어먹었다.

얼마 지나지 않아, 비가 그치고 날이 이미 저물어서야, 도사가 돌아왔다. 권력을 쥐고 있던 현령이 겁을 주어, 갈홍이 동굴 속에 남겨놓은 단사와 선인의 쌀을 찾으려고 붙잡아 갔던 것이다. 그러나 갈홍이 단사를 연단하겠다고 한 것은 일시적으로 흥에 겨워 했던 말이며, 그 후 나부산(羅浮山)에서 몸만 남겨놓은 채 신선이 되었으니 실제로 이곳에는 오지도 않았다. 이 일대에는 오래도록 단사도 없는 터에, 남겨놓은 단사와 신선미가 어디에 있단 말인가? 도사의 얼굴에 걱정하는 기색이 가득했다. 나는 돈을 주면서 대나무를 많이 구해 횃불을 묶어서 내일 아침의 유람에 가져가게 했다. 도사는 나의 명령을 받아들여 앞장서기를 원했다.

북류현은 대용산 남쪽의 한가운데에 있다. 이곳의 산줄기는 대용산에서 남쪽으로 뻗어가는데, 녹람산(綠藍山)이라 일컫는다. 물길은 동서 양쪽으로 나뉘어 흐른다. 동쪽으로 흐르는 물길은 북계(北溪)로서, 성의 동쪽을 따라 등룡교를 흘러내려 수강으로 흘러든다. 서쪽으로 흐르는 물길은 남류강(南流江)의 원류로서, 남서쪽으로 수월동의 물과 합쳐진 뒤, 울림성의 남문을 지나 서쪽의 나망강과 정천강(定川江) 등의 여러 물길과 합쳐져서 남쪽의 염주부(廉州府)로 흘러내려가 바다로 흘러든다. 이처럼 북류[현]은 실로 남류(南流)의 근원이기에, 이를 '북류'라 일컫는다. 이 물길은 수강에서 남쪽으로 흘러내려 이곳에 이르러 비로소 커지기 시작하고, [동쪽으로 용현의 경계를 지나 낙상도(洛桑渡)의 물과 합쳐진 뒤, 용현의 남문을 거쳐 등현(藤縣)으로 흘러내려오다가 북쪽으로 울강에 흘러든다.] 북류가 이곳에서 발원하는 것이 아니다.

예전에 북류와 남류의 두 현이 있었다. 남류는 바로 오늘날의 울림주인데, 남북의 두 물길 모두 배를 띄워 만나는 곳이며, 동서로 서로 40리 떨어져 있다. 북류현 산줄기의 등성이는 현성에서 남서쪽으로 수월동으로 치달린다. 이어 남쪽의 고주부에 이르러, 흩어진 채 여러 산을 이루고 있다.

북류의 동쪽 10리에 구루동이 있고, 북류의 서쪽 10리에 귀문관(鬼門關)이 있다. 두 곳의 바위산은 갈라져 우뚝 솟은 채 동서 양쪽에 마주 늘어서 있다. 비록 한 곳은 신선이 살고 있는 명산이고, 다른 한 곳은 귀신의 소굴이지만, 마치 창을 든 채 관아에 늘어서고 현성을 호위하는 듯한 점에 있어서는 두 곳의 산이 엇비슷하다.

귀문관은 북류의 서쪽 10리에 있다. 높이 치솟은 벼랑과 깊숙한 골짜기에 두 개의 봉우리가 마주보고 있고, 그 사이에 길이 나 있다. 속담에서 "귀문관으로 열 명이 가면 아홉 명은 살아서 돌아오지 못한다"고 말했다. 이는 습하고 더운 땅에서 나는 독기가 지독함을 말하는 것이다. 『여지기승(輿地紀勝)』에서는 계문관(桂門關)이 잘못 전해진 것이라 여겨, 선덕(宣德)[4] 연간에 천문관(天門關)으로 개칭했다. 이곳은 광서의 관문 가운데에서 으뜸이라 일컬어지는 곳이다.

---

1) 갈홍(葛洪, 284~364)은 단양(丹陽) 구용(句容) 출신으로, 자는 치천(稚川)이고 호는 포박자(抱朴子)이다. 교지(交趾)에서 단사가 나온다는 말을 들은 그는 구루령(勾漏令)으로 임관된 후, 아들 및 조카를 데리고 광동성 나부산(羅浮山)에 들어가 연단했다.
2) 준제보살(準提菩薩)은 준제관음보살(準提觀音菩薩)이라고도 하며, 이 보살의 산스크

리트명은 춘디(cundi)로서, 준제(准提) 혹은 준니(准尼)로 음역된다. 춘디는 청정(淸淨)을 의미한다고 한다.
3) 부상(扶桑), 혹은 불상(佛桑)은 계란형의 잎에 붉은색이나 흰색의 꽃부리를 지닌 관목이다. 일 년 내내 꽃을 피우기에 흔히 관상식물로 이용된다.
4) 선덕(宣德)은 명대 선종(宣宗)의 연호로서, 1426년부터 1435년까지이다.

8월 초하루

아침밥을 먹은 후 나는 먼저 보규동에 가기로 하고, 도사는 횃불을 지고 뒤따라오기로 약속했다. 동굴은 암자 북쪽의 반리 되는 곳에 있다. 암자 뒤에는 먼저 남쪽을 향해 있는 동굴이 한 곳, 그리고 서쪽을 향해 있는 동굴이 한 곳 있는데, 모두 얕아 보인다. 보규동은 다시 그 북쪽에 있다. 앞쪽에는 북서쪽에서 흘러온 세찬 물살이 동쪽으로 곧장 산기슭에 철썩인다.

그 북쪽을 건너 산에 오르자, 동굴 입구가 있다. 동굴 입구는 서쪽을 향해 있으며, 왼쪽에 열려 있는 동굴은 오른쪽으로 깊숙이 들어간다. 동굴이 열려 있는 곳은 늘어선 비석들이 쌓인 채 널찍한데, 나란한 높이로 서쪽 봉우리를 굽어보고 있다. 오른쪽의 웅덩이가 움팬 곳을 따라 내려가자, 돌기둥이 입구를 가로막고 있다. 돌기둥의 끄트머리에 날듯한 바위가 비스듬히 걸려 있다.

돌층계가 그 옆에서 동굴 바닥까지 뻗어 있는데, 엇갈린 채 네 갈래 길을 이루고 있다. 즉 한 갈래는 동쪽에서 들어오고 다른 한 갈래는 남쪽에서 들어온다. 이 두 갈래는 모두 깊숙하고 어둡다. 또 다른 한 갈래는 서쪽으로 뚫려 있고 나머지 한 갈래는 북쪽으로 통해 있다. 이 두 갈래는 모두 텅 빈 채 밝다. 동쪽 갈림길의 남쪽으로 꼭대기 측면에 홀연 거꾸로 늘어뜨린 잎사귀 모양의 바위가 허공 속에 평평하게 걸쳐져 있다. 이 바위는 입구를 가로막고 있는 바깥의 돌기둥과 마주하고 있다. [위아래로 허공에 기대어 있는데, 각기 수십 길의 길이로 말아 올리다가 퍼지면서 매달려 있으며, 마치 매미 날개처럼 얇다.] 잎사귀 사이에 둥글고 굽이진 구멍이 또 있는데, 새어나오는 구멍이 특이하다.

왼쪽 벼랑에서 층계를 타고 올라 평평하게 걸쳐져 있는 곳에 이르렀다. 그 속에서 이리저리 오가다가 잎사귀 모양의 바위에 책상다리를 하고서 앉아보았다. 참으로 구름수레를 타고 구름노을을 달리는 듯하여 인간세상 같지가 않다. 한참동안 앉아 있다가 다시 잎사귀 모양의 바위를 감아돌아 내려와 북쪽으로 통하는 갈림길로 향했다. 갈림길에는 종유석 하나가 거꾸로 드리워져 있다. 몇 길 길이의 이 종유석은 끄트머리가 허공에 매달려 있다. 물이 끄트머리에서 똑똑 떨어져 내린다.

다시 북쪽의 골짜기 속에 들어갔다. 그 오른쪽은 웅덩이가 진 채 북쪽으로 뻗어나가 아래 동굴 입구에 이른다. 그 왼쪽은 높다랗게 북쪽으로 건너뛰어 위층에 이른다. [위층은 층층이 위쪽 누각을 이룬다. 누각 앞은 평평하게 북서쪽을 굽어보며, 역시 종유석 기둥이 그 안의 경계를 나누고 있다.] 이곳은 밝은 동굴의 서쪽과 북쪽의 두 갈림길의 상황이다.

한참동안 둘러보고 있노라니, 도사가 횃불을 매고 왔는데, 광주리를 가지고 있는 사람을 함께 데려 왔다. 내가 그 까닭을 묻자, 도사는 이렇게 말했다. "현에서 사도의 명령이라면서 단사와 선인의 쌀을 가져오라 했답니다. 마침 현의 학교 학생이 이미 나를 위해 신선의 쌀을 구했지요. 단사는 동굴 안에서 찾아낼 수 있다고 하기에, 광주리를 들고서 횃불을 밝혀 찾으려 합니다." 그제야 그가 말하는 단사라는 것이 단사가 아니라 단사 모양의 모래 알갱이이며, 색깔은 흰색을 최고로 치고 노란색을 다음으로 여기기에 그 북쪽 동굴을 백사(白砂)라 일컫는다는 것을 알았다.

이른바 '신선의 쌀'이란 것은 산웅덩이 속의 고미[1]이다. 토박이들이 '신선'이라는 명칭을 덧붙였을 따름이다. (동굴 밖 황량한 수풀 속에는 또 탄환 모양의 노란색 과실이 있다. 토박이들은 이것을 '전가顚茄,'[2]라 한다. 이것을 따다가 가루로 만들어 술에 담그면, 그 액은 사람을 미치게 하고 착란을 일으키게 할 수 있다.

『교남쇄기(嶠南瑣記)』에 실린 민타라(悶陀羅)가 바로 이것이다.)

이에 횃불을 밝혀 들고 먼저 남쪽 동굴 구멍으로 들어갔다. 양쪽의 암벽은 마치 골짜기처럼 솟아 있는데, 높기는 하지만 넓지는 않다. 반리쯤 들어가자, 왼쪽 암벽에 가로로 이어진 흔적이 있다. 이것은 선상(仙牀)이라고 한다. 땅위에서 한 길 남짓한 높이에 매달려 있다. 그 곁에 돌기둥이 매달리고 구멍이 갈라져 있는데, 모두 짧고 비좁다. 구멍의 가운데는 절구처럼 매끄럽다. 손으로 더듬어보니 안에 알갱이들이 쌓여 있다. 네모진 것, 둥그런 것을 가리지 않고 모두 광주리 안에 쓸어 담았다. 잇달아 서너 곳의 구멍을 더듬어 쓸어 담았으나 한 되도 채 되지 않는다. 동굴을 나와 그 중에서 더러운 것을 가려내 씻고 둥글고 깨끗한 알갱이만을 골라내니, 십분의 일도 채 되지 않는다. 그러나 이 또한 평범한 모래 알갱이에 지나지 않으니, 어찌 온갖 노력을 기울여 얻은 금단의 찌꺼기라 하겠는가?

다시 조금 더 들어가자, 골짜기는 돌연 아래로 푹 꺼져 못을 이루고 있다. 동굴에서 물까지 그 깊이는 두 길인데, 물의 깊이가 얼마나 되는지 알 길이 없었다. 양쪽 벼랑은 온통 가파르기 짝이 없는지라 발을 딛을 수가 없다. 남쪽으로 그 안을 바라보니 칠흑처럼 어둡고 끝이 보이지 않았다. 처음에 도사에게 못을 건너라고 재촉하자, "물이 깊어서 지금까지 걸어서 건넌 이가 없습니다"라고 말했다. 다시 도사에게 뗏목을 구해보라고 재촉하자, "너무 비좁아서 뗏목을 타고 들어간 이도 없습니다"라고 대답했다. "그렇다면 어떻게 해야 들어갈 수 있습니까?"라고 묻자, "겨울철에 물이 마르고서야 벼랑에서 내려와 건널 수 있습니다"라고 대답했다. "들어가려면 어떻게 해야겠습니까?"라고 묻자, "그 안은 너무 깊어서 밝은 빛이 보이기는 하지만, 기어오를 수는 없습니다"라고 대답했다.

그의 말을 듣고 나는 적이 낙담했다. 돌을 집어 들어 물속에 던져보았다. 물이 깊은지라 금방 바닥에 닿지 않았다. 한참동안 뚫어져라 바라보다가 왼쪽 암벽 위를 쳐다보니 옆을 통하는 틈새가 있었다. 급히 들어갔다. 틈새의 돌기둥을 가까스로 빠져나왔는데, 점점 들어갈수록 더욱 조여들고 다른 구멍은 보이지 않았다. 이에 내려와 사방으로 통하는 곳의 가운데로 되돌아나왔다. 다시 햇불을 밝혀 들고서 동쪽 구멍으로 들어갔다. 처음에는 양쪽 역시 골짜기의 암벽을 이루고, 그 아래가 차츰 높아졌다. 잠시 후 구멍 속은 대청처럼 넓어지고 규옥처럼 옆으로 꺾어지는데, 온통 캄캄한 동굴이다.

점점 북쪽으로 걷다가 동쪽으로 나아가자, 길은 이내 끝나고 말았다. 남쪽 구멍에 비해, 구멍이 구불구불하기는 하지만, 깊이는 그 반에도 미치지 못했다. 남쪽 구멍에는 구멍이 있으나 물에 막혀 있고, 이곳 구멍은 물이 없으나 구멍이 막혀 있다. 동쪽 동굴에는 물가 언덕이 없으리라는 생각이 들었다.

다시 네 갈래 갈림길이 통하는 곳으로 나왔다. 백사동(白砂洞)을 유람할 작정이었다. 『지』에 따르면, 백사동은 구루동의 북쪽에 있으며, 구루동은 천하 으뜸이고, 이 동굴 또한 구루동에 못지 않는다고 한다. 옥허동(玉虛洞), 옥전동(玉田洞) 등의 여러 동굴과 보조암(普照巖), 독수암(獨秀巖) 등의 여러 동굴에 대해서는 도사가 전혀 언급하지 않았지만, 이곳만은 흥미진진하게 이야기했다.

나는 서둘러 그 앞으로 달려갔다. 도사는 또다시 햇불을 메고 불씨를 담아 묶은 채 광주리를 들고 앞장섰다. 북쪽을 따라 반쪽짜리 입구의 아래층을 뚫고 나와 그 북서쪽 기슭을 따라 나아갔다. 그 산의 앞뒤의 두 봉우리가 보이기 시작했다. 나란히 늘어선 두 봉우리는 가운데가 연결되어 있다. 봉우리의 남서쪽에 불쑥 솟은 곳은 보규동이 기대어 있는 곳이고, 봉우리의 북동쪽에 치솟은 곳은 백사동이 엎드려 있는 곳이다.

백사동의 앞뒤로 두 곳의 동굴 입구가 있다. 앞쪽 입구는 북쪽을 향한 채 높이 특 트여 있는데, 세 곳의 입구로 나누어져 있다. 양쪽 옆의 입구는 매달린 듯 험준하지만 가운데의 입구는 몸을 구부려 층계를 타고 들어갈 수 있다. (『지』에 따르면, 옥전동은 동굴 앞에 세 곳의 입구가 있는데, 중간의 입구는 밝고 넓어 다닐 수가 있다고 했다. 이 입구와 딱 맞는 듯하다. 토박이에 게 두루 물어보았으나, 옥전동을 아는 이가 없었다. 혹시 뒤쪽 동굴을 백사동이라 하고, 이 입구를 옥전동이라 하지 않을까?) 뒤쪽 입구는 남쪽을 향한 채 높고 비좁아 겨우 구멍 하나만 통해 있다. 앞으로는 보규동의 뒤쪽과 마주하고 있으며, 그 왼쪽은 중간으로 이어진 등성이다.

먼저 뒤쪽 입구의 산속 움푹 꺼진 곳을 지나자, 풀숲에 묻혀 길이 보이지 않았다. 도사는 동굴로 들어가지 않고 북쪽으로 갔다. 1리만에 동쪽으로 돌아들어 산의 북쪽 기슭을 에돌아 남쪽에 있는 앞쪽 동굴의 입구에 올랐다. 입구를 들어서자마자 푹 꺼져 내리더니, 수십 층계를 내려가 바닥에 닿았다. 입구의 좌우를 쳐다보니, 각기 옆으로 갈라진 틈새가 높다랗게 매달려 있다. 이곳이 이른바 좌우의 입구이다. 되비치는 빛이 사방으로 비쳐들어 오지만, 움패어 있는지라 기어오를 길이 없었다.

동굴 속에서 오른쪽으로 돌아들자, 제법 높고 커졌다. 그렇지만 차츰 어두워지면서 끝나고 말았다. 나는 먼저 여기저기 사방을 두루 살펴보면서 길을 찾았으나, 깊숙이 들어가는 길은 없었다. 여기에서 나와 횃불을 밝혀 앞장서라고 재촉하여, 그곳에서 그 안으로 계속 들어갔다. 불빛으로 사방을 비추어보았으나 옆으로 뚫린 길은 보이지 않았다. 도사가 갑자기 오른쪽 암벽 아래에서 횃불을 던져넣고 뱀처럼 기어들어갔다. 구멍의 높이는 한 자를 넘지 않고, 너비 역시 마찬가지였다. 들어가보니 홀연 허공을 감아돌듯 넓어졌다. 갖가지 모습이 늘어서 있는데, 마치 천문이 아래로 열려 천지가 서로 통하는 듯하다. 차근차근 살펴보니, 사방은 높고 넓으며, 옆으로 빠지는 틈새도 달리 없었다.

문득 구멍이 보이기에 방금 전과 마찬가지로 뚫고 동쪽으로 나아가다가 남쪽으로 돌아들었다. 나뉘었다가 합쳐지기를 반복하면서 모두 네 개의 동굴 구멍을 거쳤다. 모두 대나무 피리를 묶은 듯이 비좁다. [구멍의 두께는 겨우 병풍을 지날 정도로 얇았다. 그래서 아무리 비좁아도

궁색한 처지를 잊게 해주었으며, 여러 차례 지났으나 지루한 줄을 몰랐다.] 얼마 지나지 않아 왼쪽 벼랑 위를 바라보니, '단사'라는 두 글자가 크게 쓰어져 있다. 그 아래에 감실이 하나 있다. 도사가 "이곳은 단혈입니다"라고 말했다. 다시 기어가서 모래를 쓸어 한 움큼을 움켜 담았다. 그곳의 약간 남쪽에 갈림길이 나 있다. 들어가 보았으나, 그리 깊지 않다.

나와서 서쪽으로 돌아들었다가 다시 남쪽으로 꺾어져 나아갔다. 햇빛이 환하게 밝으니, 마치 밝은 별빛이 안으로 비쳐들어오는 듯하다. 뒤쪽 동굴의 입구가 눈앞에 보였다. 이 동굴은 안은 푹 꺼져내리고 가운데는 대단히 평평하다. 오직 암벽에 구멍이 터져 있을 뿐, 오르내릴 도랑이나 비탈이 없는 채, 앞뒤 두 곳의 입구가 모두 위에 높이 매달려 있다. 도사는 앞쪽 동굴 입구을 따라 되돌아가고자 했지만, 나는 뒤쪽 구멍을 넘어 나가고 싶었다. 도사는 "뒤쪽 동굴 입구는 좁아서 오를 수 없는데다, 동굴 바깥에 풀이 무성하여 걸을 수 없습니다"라고 말했다. 나는 "앞쪽의 어둠 속 비좁은 곳도 번거롭다고 꺼리지 않았는데, 하물며 이곳은 넓고 밝으니 구불구불 돌아갈 만합니다. 풀숲이 깊든 얕든 저는 개의치 않습니다"라고 대꾸했다.

마침내 구멍을 뚫고 나오니, 한낮의 태양이 중천에 걸려 있다. 보규동의 뒤쪽 봉우리가 보이고, 군자수[3]가 문을 가로막고 있다. 이에 띠풀을 헤치고 가시덤불을 밟으면서 남서쪽으로 산속의 움푹 꺼진 곳을 나왔다. 이어 보규동을 거쳐 북쪽으로 치우친 동굴 입구를 지나 2리만에 암자 뒤에 이를 즈음, 짐꾼과 도사에게 암자로 돌아가 밥을 지어놓으라 했다. 나는 암자에 기숙하고 있는 사람과 함께 동쪽으로 청천암(淸泉巖)을 찾아갔다. [전에 지났던 남쪽을 향해 있는 동굴이다.]

동굴은 깊지 않으나 밝고 깨끗하여 거처할 만했다. 동굴 앞에는 송나라 때의 비석이 있는데, '청천암(淸泉巖)'이라는 세 글자가 크게 쓰어져 있다. 동굴의 좌우에는 샘이 없는데도 유독 청천이라는 이름을 지니고 있는데, 그 옛 사실을 증명할 길이 없다. 암자로 되돌아와 밥을 먹었다.

오후에 짐꾼과 암자에 기숙하는 사람(이 사람이 어디 사람인지 모르겠으나, 먼저 이 암자에 살고 있었다. 몸에는 돈 한 푼 갖고 있지 않았기에 나를 좇아 여러 동굴을 유람하는 동안 그에게 밥을 먹여주었는데, 이틀 뒤 어디론가 가버렸다)을 데리고, 근처 산의 여러 동굴을 찾아다니다가, 남서쪽의 황파암(黃婆巖)에 들어갔다.

황파암은 보규동 남서쪽의 여러 봉우리에서 갈라져 나온 동굴이다. 그 산은 서쪽의 망부석에서 모여 얽힌 채 동쪽으로 뻗어나간다. 황파암은 그 북동쪽 모퉁이에 자리잡고 있는데, 보규동과 동서로 마주보고 있으나, 이곳이 약간 남쪽으로 치우쳐 있다. 동굴 입구는 대단히 높으며, 가운데에는 황애(黃崖)가 겹겹이 이어져 있다.

동굴 밖의 바위 봉우리의 꼭대기는 몇 갈래로 나뉘어 기이한 모습으로 우뚝 솟아 있다. 그 모습이 마치 아낙의 기운 머리와 같다. 쪽진 머리를 허공에 휘감은 채 고개를 돌려 뒤돌아보는 듯한 자태를 취하고 있다. 그 북쪽에도 빽빽하게 치솟은 바위봉우리가 있다. 남쪽으로는 이 산과 나란히 늘어서고, 동쪽으로는 보규동과 마주서 있다. 남동쪽의 암벽 위에 '구루산'이라는 세 글자가 크게 씌어져 있다. 글자의 크기는 산만큼 높다. 토박이들은 신선이 남긴 흔적이라고 한다.

이 글자 아래에 틀림없이 옛날에는 도관이 기대어 있었을 것이다. 그러나 지금은 고증할 길이 없다. (『지』에 따르면, 구루산에는 영보관靈寶觀과 도진관韜眞觀이 있다고 했지만, 지금은 어디에 있는지 알 수 없다. 영보관은 혹시 구루암의 터가 있던 곳이 아닌가 싶으며, 도진관은 혹시 바로 이곳이 아닐까? 당시에는 틀림없이 비석들이 많이 있었을 터인데, 상전벽해의 변화를 겪은 후, 주춧돌은 끊긴 채 사라져버렸다.) 그 아래에서 이리저리 거닐었다.

다시 서쪽으로 망부산 서쪽 기슭에 이르러 산벼랑을 바라보니, 달리 동굴이 보이지 않았다. 오직 남동쪽 한 면만 보이는데, 산봉우리들이 떼를 지어 있다. 혹 무산채(巫山寨, 무산채는 석채石寨라고도 한다. 산봉우리가 마치 성벽의 망루나 성가퀴처럼 빙빙 감아도는데, 봉우리의 갯수가 열둘이기에 무산巫山이라 일컫는다)라는 곳이 아닐까 싶다. 아득히 멀어 고증할 길이 없으니, 그저 빼어나게 아름다운 산과 서로 마주볼 따름이다.

잠시 후 황파암의 동쪽 기슭을 따라 구경하면서 걸음을 옮겼다. [남쪽으로 남동쪽 모퉁이에 이르니, 높다랗게 솟구친 가파른 벼랑이 조각구름 사이로 날아들어 허공을 수놓고 있다. 바깥층의 벼랑에서 험준한 바위 위를 기어올라 곧추선 틈새를 타고서 여러 차례 층층의 허공을 건너 봉우리 꼭대기에 이르니, 까마득히 박혀있는 자태가 빠짐없이 드러나 있다. 산을 내려와] 돌아들어 남쪽 기슭을 따라갔다. 가파른 벼랑이 봉긋한데, [바위의 색깔은 진한 붉은색이다.] 아래쪽에 동굴 입구가 있다. 안으로 들어가보니 깊지 않은지라, 입구를 뚫고 방안으로 들어갈 수 없었다. 이에 동쪽의 병영(이곳은 구루암 앞의 남동쪽 들판 위에 있다. 초가는 수십 칸이며, 병영의 사병들이 그곳에 살고 있는데, 잠시 쉬어가거나 음료를 파는 곳이다)에서 구루암을 가로질러, 뒤쪽 봉우리의 남동쪽 모퉁이에 이르렀다.

[보규동이 기대어 있는 봉우리는 남쪽으로 나란히 솟은 채 가운데가 이어져 있다. 서쪽에 솟은 봉우리는 암자 뒤쪽의 청천암이 기대어 있는 곳이고, 동쪽에 솟은 봉우리는 그곳과 어깨를 나란히 한 채 남쪽을 향해 있다. 봉우리의 동쪽 기슭을 따라 북쪽으로 나아가자, 길 왼쪽에 동쪽을 향해 있는 동굴이 하나 나타났다. 동굴 안은 제법 깊숙하나, 소뿔처럼 점점 오그라든다. 동굴을 나와 다시 북쪽으로 나아갔다.] 한 줄기 맑은 물이 졸졸거리면서 어지러운 바위 속에서 흘러나온다. 그 위로는 풀과 바위가 무성하게 뒤덮여 있고, 그 아래로는 남서쪽으로 작은 시내를 이루어 흘러간다. 길가는 이들은 모두들 여기에서 벼랑을 건너고, 암자와 병영 모두 이곳에서 물을 길었다. 그렇지만 이 물이 어디에서 흘러오는지 묻는 이가 없었다.

내가 바야흐로 그 시내의 근원을 찾아보려고 할 때, 갑자기 한 젊은 이가 오더니 우리를 보고서 함께 온 짐꾼에게 이렇게 말했다. "여러분들은 동굴을 찾고 계십니까? 이 위에 동굴이 두 곳 있는데, 서로 수십 길 떨어져 있습니다. 길이 풀숲에 파묻혀 있으나, 찾아 들어갈 수는 있을 겁니다." 또 한 사람은 이렇게 말했다. "어제 저녁이 채 안되어 두 사람이 개를 데리고 동쪽에서 왔었는데, 호랑이가 벼랑에서 뛰어내려와 개를 물고 가버렸소. 호랑이굴이 위에 있으니, 가지 마시오."

나는 개의치 않고 서둘러 짐꾼과 기숙하고 있던 사람을 데리고서 가시덤불을 헤치면서 기어올랐다. 깊은 덩굴 속에서 동굴을 찾아냈다. 동굴 입구는 동쪽을 향해 있으나, 바깥이 덩굴에 둘러싸이고 바위에 가려져 금방 찾아낼 수는 없었다. 동굴 입구에 들어서자, 아래로 푹 꺼져 내려갔다. 아래를 굽어보자, 시내가 [남쪽에서 북쪽으로] 그 밑바닥을 뚫고 흘러간다. 물소리가 졸졸거리고 벼랑의 기세는 깎아지른 듯 가파르다. 무언가 붙들고서 기어 내려갈 수 있는 곳이 아니었다.

사방으로 그 위를 바라보니, 남쪽 벼랑에 푹 꺼져 내리다가 그쳐 있는 곳이 있다. 조각난 바위가 허공에 매달려 있는데, 마치 잔도가 암벽에 가설되어 있는 듯하다. 너비는 한 자가 채 되지 않고, 길이는 푹 꺼져 내린 곳이 서쪽 벼랑에까지 이를 정도이다. 그렇지만 잔도에는 두 개의 기둥이 나란히 서 있어, 마치 나무로 만든 울짱이 길을 가로막고 있는 듯하다. 게다가 바깥쪽의 기둥 하나는 이미 누군가에게 잘려나가 한 자 남짓밖에 남아 있지 않지만, 건너 넘어갈 수는 있다. 그러나 그곳은 더욱 비좁아 두 손으로 안쪽 기둥을 붙잡은 채 바깥쪽 기둥을 감돌아 넘어갔다. 깊은 곳을 굽어보니, 위험하기가 이보다 더 심한 곳은 없다.

잔도를 지나 서쪽 벼랑에 이르니, 어느덧 동굴 입구와는 시내를 사이에 두고 서로 마주보고 있다. 이에 횃불을 밝혀 사방을 비추어보았다. 벼랑의 아래는 깊숙이 꺼져내리는 모습이 바깥 벼랑과 마찬가지이고, 벼랑의 위는 안으로 들어가자 드리워진 종유석과 늘어선 돌기둥이 서로 엇섞여 열리고 닫힌 채, [훤히 트인 격자창처럼 그윽하고 아름답다.] 홀연 고리처럼 둥글어 옥으로 장식한 방인 듯하다가 어느 샌가 훤히 뚫려 굽이진 정자가 되니, 이 안에 감추어진 비밀은 이루 형언할 수 없다.

이에 벼랑을 나와 시내를 굽어보다가, 깊이 푹 꺼져 내린 곳에서 허공에 몸을 날리듯 험한 길을 미끄러져 내려와 시내 속에 닿았다. [고개를 들어 동굴의 꼭대기를 쳐다보니 높이 봉긋하다. 쏟아지는 햇빛이 안으로 비쳐 들어오고, 측면의 잔도는 허공에 걸려 있다. 바람에 나부끼며 아득한 느낌이 훨씬 더해졌다.] 물길은 깊이가 무릎에도 차지 않은데, 남쪽의 벼랑 아래에서 솟구쳐 흘러와 북쪽의 벼랑 아래로 떨어져 흘러간다. [여기에서 동쪽으로 흘러나가 어지러운 바위 사이로 샘물의 원천이 된다.]

나는 이에 남쪽 벼랑 아래에서 물길을 거슬러 들어갔다. 그 동굴 구멍은 대단히 낮아 수면을 뒤덮고 있다. 서로 떨어진 거리는 한 자밖에 되지 않는다. 따라오던 짐꾼과 암자에 기숙하고 있던 사람은 횃불이 물에 젖어 동굴 속 깊은 곳에서 길을 찾지 못할까 염려하여, 모두들 들어가지 말라고 만류했다. 나는 기운을 내어 물길을 거슬러 올랐다. 부딪쳐 튀어 오르는 물거품이 이마를 스쳤다. 남쪽으로 몇 길을 들어가 바라보니, 앞쪽에 밝게 반짝이며 흐르는 빛이 보였다. 마음속으로 기뻐하면서 좀 더 동굴 속으로 뚫고 들어간 뒤, 큰 소리로 함께 온 두 사람을 불렀다. 비록 물속에 엎드린 바위가 가로막고는 있지만, 머리를 숙인 채 기어가면서 앞뒤를 둘러보니 불빛과 햇빛이 비끼며 사방을 비추고 있다.

더욱 앞으로 쉬지 않고 들어갔다. 다시 남쪽으로 몇 길을 나아가자 봉긋한 동굴이 동서로 가로지르고 있다. 동굴의 위쪽은 동쪽으로 열린 채 바깥 동굴의 입구가 되고, 동굴의 안쪽은 서쪽으로 들어가 거대한 골짜기를 이루고 있다. [높이 치솟은 입구는 방금 전에 들어왔던 입구와 기세가 흡사하다.] 이때 두 사람이 당도했다. 그들에게 횃불을 들고 더 앞으로 나아가라고 했다. 서쪽으로 물길을 거슬러 나아가자, 동굴은 더욱 높고 커지며, 물길은 더욱 깊고 넓어졌다.

다시 몇 길을 나아가자 숫돌처럼 매끄러운 바위가 물길 가운데에 있다. 바위 위에 올라가 안쪽을 바라보니, 동굴은 넓은 건물처럼 훤히 트여 있고, 깊은 못의 물이 사방으로 그 아래에 닿아 있다. 지팡이로 물의 깊이를 헤아려보았으나, 바닥에 닿지 않았다. 횃불로 동굴을 비추었으나, 동굴은 대단히 깊고 어두웠다. [몇 번이나 더 돌아들어야, 보규동의 남쪽 구멍 앞에서 바라보았던, 깊게 푹 떨어져 내린 곳에 닿을 수 있을지 알 수 없었다.]

이에 숫돌 같은 바위에서 발길을 되돌려 물길을 따라 나왔다. 동쪽으로 열린 바깥 입구의 아래에 이르렀다. 따라오던 두 사람은 머리를 숙이고서 횃불을 가로로 든 채 나지막한 구멍을 향하여 북쪽으로 기어들어갔다. 나는 그들을 제지하면서 이렇게 말했다. "이 입구는 험준하기는 하지만, (방금 전에) 들어왔던 곳과 별반 다를 게 없습니다. 허리를 구부린 채 내려가 들어왔던 입구로 가느니, 차라리 허공의 험한 곳을 기어올라 이 입구로 올라가는 게 더 나을 겁니다." 따라온 두 사람이 "입구 밖으로 통해 있지 않으면, 어떻게 합니까?"라고 물었다. 나는 "입구 바깥이라 해보았자 결국 이 산을 벗어나지는 못할 터이고, 설사 들어온 입구라 할지라도 그 바깥이 어찌 평탄한 길이겠습니까?"라고 대꾸했다.

마침내 벼랑을 기어 먼저 올라가고, 두 사람 역시 횃불을 팽개친 채 뒤따라 동굴 입구로 나왔다. [동쪽을 향해 있는 입구는 들어왔던 입구와 어깨를 나란히 하고 있다. 다만 불쑥 튀어나온 바위와 이어진 덩굴에 가려진지라 서로 보이지 않았다.] 왼쪽 벼랑을 따라 평평하게 걸으면서 입구 위를 둘러보았다. 위로 또 하나의 층이 열려 있다. 마치 매달린 누각이 허공을 가로막고 있는 듯하다. 하지만 타고 오를 만한 층계가 없었다. [대체로 북쪽 동굴은 깊숙한 방이 동굴 속에 늘어서 있는데, 이 동굴은 층층의 누각이 바깥에 이어져 있다. 이 점만이 다를 뿐이다.]

이리하여 북쪽으로 한 굽이 돌아들어 방금 전에 샘물을 긷던 구멍에 이르렀다. 여유롭게 발을 씻으면서 뒤따르는 사람이 오기를 기다렸다가, [북쪽 동굴에서 올랐던 방법으로 단숨에 내려왔다. 벼랑 중턱의 바위 틈새와 덩굴 그림자 사이에서는 북쪽 동굴조차도 보이는 듯하더니,

맨 아래에 이르러 올려다보니 아득히 사라진 채 보이지 않았다.] 서둘러 남동쪽 산모퉁이에서 병영으로 돌아들어 1리만에 구루암에 들어갔다. 비가 억수같이 쏟아지기 시작했다.

이날 먼저 서쪽으로 옥허동과 옥전동 등의 여러 동굴을 찾아보았으나 찾아내지 못했다. 대신 얼마 지나지 않아 동쪽에서 이 두 곳의 동굴을 찾았는데, 더욱 기묘하고 빼어났다. 그러나 이 두 곳의 동굴은 기인이 문득 가리켜주지 않았더라면, 반걸음도 채 안되는 거리인데도 스쳐지나가고 말았을 것이다. 서쪽 봉우리의 큰 글자가 새겨진 동굴의 측면이 가시덤불과 덩굴로 가려져 있을 줄이야 누가 알겠는가? 어찌 황파암 남동쪽의 가파른 여러 바위들처럼, 봉우리마다 손으로 더듬고 발로 헤칠 수 있으리오!

---

1) 고(菰)는 다년생의 초본식물로서, 못에서 자란다. 땅속 줄기는 희고, 땅위 줄기는 곧으며, 자홍색의 작은 꽃을 피운다. 열매는 쪄서 먹을 수 있는데, 쌀 모양이기에 '고미(菰米)'라 일컫는다.
2) 전가(顚茄)는 다년생의 유독 초본식물로서, 여름철에 종 모양의 옅은 자줏빛의 꽃을 피운다. 잎사귀와 뿌리는 복통, 위궤양이나 십이지장 궤양을 치료하는 약제로 쓰인다.
3) 군자수(君子樹)는 소나무와 흡사한 나무이며, 훗날 소나무의 대칭으로 사용되었다.

8월 초이틀

아침 식사를 마친 후 짐꾼에게 도사를 따라 서쪽으로 북류성에 가서 야채와 쌀을 사오라고 시켰다. 나는 암자 안에서 홀로 쉬었다. 이에 앞서 암자에 기숙하고 있던 이가 밤에 모기를 피해 어디로 갔는지 보이지 않더니, 이제 와서 "이미 물어서 독승암(獨勝巖)이 현성의 북쪽에 있다는 것을 알아냈습니다"라고 말했다. 나는 현성 북쪽의 동굴은 아마 새로 개발된 다른 동굴로, 틀림없이 독승암이 아닐 거라고 짐작했다. 그러나 암자에 아무도 없어서 그와 함께 곧장 떠날 수 없는지라 내일 가자고 사양했다. 그런데 이 사람은 떠나더니 다시 돌아오지 않았다.

정오가 되자 짐꾼이 야채와 쌀을 사가지고 돌아왔다. 나는 서둘러 그에게 점심을 준비하라 이르고서, 붓과 벼루를 가지고 보규동 안에 남겨진 시를 베끼러 갔다. 그런데 갑자기 도사가 바람처럼 달려와 "병비도가 곧 도착할 텐데, 아마 암자에서 식사를 할 듯합니다"라고 말하면서, 나의 짐을 잠시 그의 거처로 들여놓으려 했다.

나는 개의치 않고 보규동으로 달려갔다. 막 암자를 나서자, 사자의 깃발이 당도다. 이곳을 관할하는 울림도가 아니라 염주부의 북해도(北海道)의 사자였다. (장포漳浦 사람인 장국경張國徑은 자가 인량印梁이며, 내가 전에 감당역甘棠驛에서 황석재黃石齋와 함께 그를 만난 적이 있었다. 지금은 염주부에 주둔하고 있었다. 이때 군문1)인 웅문찬熊文燦이 형계荊溪의 노상숙盧象叔을 대신하여 중주中州 총독을 맡아 떠돌이 도적떼를 뒤쫓아 체포했다. 장국경이 가서 그들을 호송하고 돌아오는 길에 이곳을 지나던 터라, 구루동을 유람하고자 했던 것이다.)

나는 담 서쪽에 숨어 있다가 그가 암자로 들어서자마자 곧바로 동굴의 시를 베끼러 달려갔다. 시를 채 반도 베끼지 못했는데, 그가 동굴에 들어섰다. 나는 급히 북쪽 갈림길의 첩첩의 누각 위로 피했다. 『오지(梧志)』의 기록을 떠올려 보니, 서쪽의 조그마한 방은 동굴이 밝고 바깥이 내다보이며, 천연의 바위 침상이 평평하게 깔린 채 겹겹이 가설되어 있는데, 누워 잠을 잘 수도 있고 책상다리를 하고 앉아 있을 수도 있으며, 동쪽의 동굴과 마주하여 마치 서로 부축하는 듯하다고 했다. 이곳의 경관이 영락없다.

장국경은 남쪽의 동굴 구멍으로 들어왔다가 물가에 이르러 되돌아갔다. 나는 바위 위에 잠시 누워 있는 동안, 동굴 속의 사람들이 문득 조용해졌다가 홀연 와자지껄 시끄러워지는 것을 듣고 있었다. 색다른 정취가 느껴졌다. 장국경은 남쪽의 구멍을 나와 북쪽의 반쪽짜리 입구 아래로 갔으나, 끝내 위층으로 기어 올라오지는 않았다. 그는 현성의 관원에게 뭐라고 기이함을 칭찬하면서 손가락으로 가리켰지만, 그 안에 누군가 누워 있다는 사실은 전혀 알지 못했다.

그가 떠나자, 나는 다시 나와 여러 시들을 베꼈다. 시는 모두 우리 시대의 것이었다. 다만 송나라 때의 비문이 하나 있었으나, 그리 뛰어나지는 못했다. 대부분 병란의 화재에 말끔히 사라져버렸다. 베끼기를 막 마치니, 해는 서산에 걸려 있었다. 암자로 되돌아왔다.

---

1) 군문(軍門)은 명대에 총독이나 순무를 가리키는 명칭이다.

8월 초사흘

구루암에서 식사를 하자마자 북동쪽으로 길을 나섰다. 병영에서 산의 남동쪽 모퉁이를 돌아들었다. 바위를 뚫고 동쪽으로 흘러나오는 샘을 지나, 잡초가 무성한 비탈을 걸어 나아갔다. 5리만에 비탈을 하나 넘으니 물로 가득 찬 못이 있는데, 빙 둘러 산골짜기에 찰랑거렸다. 다리를 건너 다시 2리를 나아가자, 둑을 쌓은 못은 더욱 커졌다. 바위 봉우리는 이곳에 이르러 동쪽으로 끝이 나고, 그 북쪽에는 뾰족한 봉우리가 우뚝 솟아 있다. 그 모습이 마치 독수봉과 같다. 산의 북쪽 틈새로 대용산이 모습을 드러냈다. 굽이굽이 이어진 모습이 마치 병풍을 둘러친 듯하다.

다시 동쪽으로 10리를 나아가자, 물길이 북서쪽의 대용산에서 흘러와 남동쪽으로 수강에 흘러든다. 이곳은 용현(容縣)과 울림주가 나뉘는 경계로서, 낙상도(洛秦渡)라 일컫는다. 물길이 상당히 세차게 흐르는데, 강을 가로질러 등나무 줄기를 양쪽 강언덕 위에 묶어놓았다. 등나무 줄기에 배를 묶은 뒤, 강을 건너는 사람에게 등나물 줄기를 따라 배를 잡아당기게 하니, 삿대와 노가 필요 없었다. 복숭아나무 잎사귀를 타고 강을 건너는 것도 등나무 줄기를 이용한 것보다 더 절묘하지는 않으리라.

다시 동쪽으로 5리를 가니 서산허(西山墟)가 나왔다. 이곳에는 공관이 있다. 여행객이 머무는 곳이다. 남동쪽으로 고개위로 올라갔다가 잠시 후에 내려와 자그마한 다리를 건넜다. 모두 5리 길이다. 다시 동쪽으로 산을 나와 10리를 나아가자, 쓸쓸한 점포가 있고 널다리가 있다. 다시 동쪽으로 5리를 가자 청경신교(淸景新橋)가 나왔다. 대용산의 동쪽 봉우리가 우뚝한 채 북쪽으로 굽어보는데, [마치 병풍이 곧추서 있는 듯하다.]

다시 동쪽으로 5리만에 용현의 서쪽 바깥문에 들어섰다. 다시 1리를 걸어 현성의 서문에 들어가 현성의 관아 앞을 지나자마자, 남쪽으로 돌아들어 현성의 남문을 나왔다. 성문 밖에는 서쪽에서 동쪽으로 흐르는 물길이 있다. 이 물길은 곧 수강(繡江)이다. 이 물길은 고주(高州)에서 북쪽의 북류를 거쳐 동쪽의 낙상(洛桑)과 위룡(渭龍)의 두 물길과 합쳐진 뒤, 현성의 남쪽을 에돌아 북동쪽으로 흘러간다.

나는 등강(藤崗)의 등성이 비탈에서 동쪽 기슭으로 잘못 들어가고 말았다. 2리를 나아가 돌아들어 서쪽으로 향하여 2리만에야 큰길을 만났다. 남서쪽으로 나아가 다시 5리를 걸어 고루촌(古樓村)에 묵었다. 이 마을의 주민은 모두 이(李)씨이다.

8월 초나흘

고루촌에서 식사를 했다. 계속해서 남서쪽으로 큰길을 따라 도교산(都嶠山)을 휘감아 지났다. 이에 앞서 나는 『지』의 "도교산은 현성 남쪽 20리에 있다"는 기록을 믿고 있었는데, 현성에서부터 물어보니 모두들 "남산(南山)은 현성에서 7~8리 떨어져 있다"고 말했다. 그래서 산이 가깝다는 말에 기뻐한 나는, 남문을 나서서 강을 건너자마자 산을 바라보며 나아갔다. 길을 잘못 들었다고는 아예 생각지도 않았다. 도교산은 곧 남쪽 산이며, 그 북쪽에는 온통 깎아지른 듯한 벼랑이 매달려 이어져 있다. 하지만 오를 수 있는 층계가 없는지라, 반드시 산의 남쪽으로 에돌아나가야 북쪽으로 오를 수 있다. 그들이 말한 7~8리는 북쪽에서 산에 이르는 거리를 가리킨 것이고, 20리라는 것은 남쪽에서부터 산에 오르는 거리를 가리킨 것이었다.

　모두 5리를 걸어 석채촌(石寨村)을 지났다. 다시 1리를 나아가 석취포(石嘴鋪)에 닿았다. [석취포의 남동쪽 8리에 황토암(黃土巖)이 있는데, 오를 겨를이 없었다.] 동쪽의 다리 하나를 건너 갈림길에서 북쪽을 향하여 산으로 오르기 시작했다. 산에 올라 동쪽으로 돌아들어 산골짜기에서 북쪽으로 5리를 나아가 남산사(南山寺)에 이르렀다. 예전에는 영경사(靈景寺)라 일컬었던 곳이다. 커다란 동굴이 동쪽 벼랑에 기대어 있는데, 동굴 입구는 서쪽을 향해 있다. 동굴 속에는 지붕이나 가설물은 없지만, 바깥에 높은 담이 있고 중앙에 연화좌가 마련되어 있다. 밝고 널찍하며 훤히 트여 있으니, '사(寺)'라고 말하지만 실제로는 동굴이다.

　대체로 도교산의 형세는 그 봉우리가 북쪽에 봉긋이 높게 솟아 있다. 남쪽으로는 두 개의 곁 봉우리로 나누어지는데, 마치 아래로 늘어뜨린 팔을 쭉 내리뻗은 듯하고, 아래로 에워싸면서 움푹한 평지를 이루고 있다. 그 가운데에 맑은 못 하나가 자리잡고 있다. 양쪽 곁의 봉우리는 바위 벼랑이 겹겹이 층층으로 감아돌아 이어진다. 위는 날듯하고 아래는 움패어 있어, 마치 갈라진 입술처럼 보인다. 동굴 하나가 막 끊기자 다시 동굴 하나가 열리고, 층층의 구멍의 꼭대기에 또다시 층층의 구멍이 둘러싸고 있다. 바깥에는 여러 개의 입구가 있으나 안에는 옆으로 통하는 구멍이 없다. 백석산 아래의 동굴이 '구루산으로 몰래 통하는 곳'과 같은 곳을 찾아보아도 그럴 만한 곳이 없었다.

　총체적으로 살펴보건대, 영경사는 봉우리의 동쪽 겨드랑이의 으뜸이며, 동굴은 가장 높고 크다. [높이는 세 길 다섯 자이고, 깊이는 다섯 길이며, 가로 너비는 십여 길이고 가운데는 반달처럼 봉긋하다.] 그 북쪽에 있는 세 곳의 동굴은 모두 서쪽을 향해 있고 약간 작은데, 담을 둘러 입구로 삼고 있다. 이곳은 원래 공부하는 이들이 거처했던 곳이지만, 지금은 아무도 없다.

　삼청암은 봉우리의 겨드랑이가 갈라져 에워싸인 곳에 자리잡고 있으며, 동굴은 매우 반듯하고 깨끗하다. [높이와 깊이, 가로의 너비는 영경사와 비슷하다.] 그 동쪽에 있는 두 개의 석실은 모두 남쪽을 향해 있고, 석실에 기대어 담이 둘러싸고 있다. 서쪽을 향해 있는 세 곳의 동굴과는 모퉁이를 달리한 채 나란히 늘어서 있다. 삼청암의 서쪽에는 날듯한 벼랑이 남쪽으로 돌아들어 동쪽을 향해 있는데, 서쪽 겨드랑이의 문이라 할 수 있다. 봉긋이 솟구쳐 있으나 안쪽은 그다지 깊지 않을 뿐이지만, 굽이굽이 남쪽으로 이어진 채 영경사와 입구를 달리하여 마주보고 있으니, 마치 두 개의 곁채인 듯하다. 이곳은 아래층이다.

삼청암 위에는 겹겹의 입구가 늘어선 채 가운데층을 이루고 있는데, [기어오를 길이 없었다.] 그 위로 또 하나의 동굴이 열린 채 위층을 이루고 있다. 이곳은 보개암(寶蓋巖)이다. [높이는 열다섯 자요, 깊이는 두 길이요, 너비는 대여섯 길이며, 뒤로는 봉우리 꼭대기에 기대어 있다. 지세는 갈수록 위로 높아지는데, 홀로 가운데의 줄기를 자리 잡은 채 평평하게 양쪽 겨드랑이의 꼭대기를 굽어보고 있다. 조금 더 올라가자 가운데에 꼭대기가 휘감겨 있다.]

대체로 이 동굴은 신령스럽고 교묘함으로써 기이함을 드러내는 것이 아니라, 겹겹이 굽이도는 모습을 장점으로 취하고 있다. 그래서 가파른 북쪽을 제쳐두고 구불구불한 남쪽으로 나아가는데, 참으로 여러 신선들의 거처가 이어져 있는 듯하다. [오전에 먼저 영경사에 이르렀는데, 동굴 입구 밖의 대나무 숲에 햇빛이 비쳐 어우러지고, 동굴 속에는 안개노을의 휘장이 높이 펼쳐져 있었다. 그윽하면서도 시원스러운 분위기가 마음에 들었다.]

이때 어느덧 해는 중천에 떠 있었다. 영경사의 스님이 식사를 하자며 붙들었다. 불좌 아래를 보니 당나라 때의 비문이 한 통, 송나라 때의 경당이 하나 있다. 대단히 예스럽게 새겨져 있는지라, 스님에게 종이를 구해달라고 했더니 겨우 누런 종이를 내놓았다. 돌 위에 먹을 갈아 먹즙을 내고 옷소매를 찢어 먹을 먹이며, 종을 치는 당목을 망치로 삼고, 발

싸개를 모전(毛氈)으로 삼아, 비석을 씻어낸 후 두드려 탁본을 했다. 두 가지를 모두 탁본하고 나니 날은 이미 저물었다. 삼청관(三淸觀)을 찾아 갔으나, 도사는 출타하여 쓸쓸히 텅 빈 채 아무도 없다. 동굴 안에 머물 렀다.

8월 초닷새

영경사에서 아침을 먹었다. 동굴 오른쪽에서 북쪽으로 가면서 서쪽 을 향해 있는 세 곳의 동굴을 들렀다. 이어 돌층계를 휘감아 올라 남쪽 을 향해 있는 두 곳의 동굴에 들어가 1리 남짓만에 삼청암(三淸巖)에 이 르렀다. 동굴은 텅 빈 채 고요하고, [나뭇가지가 밝은 허공을 스친다.] 발걸음을 쉬어갈 만 했다. 다시 서쪽으로 동쪽을 향해 있는 텅 빈 동굴 을 거쳐, 왔던 길을 되짚어 1리만에 세 곳의 동굴 사이로 되돌아와 북쪽 으로 올라가는 길을 잡았다.

다시 1리 남짓을 나아가 벼랑을 따라 끄트머리로 올라 옥제전(玉帝殿) 에 닿으니, 바로 보개암이 나왔다. 잠시 후 겹겹의 벼랑의 위로 올라 아 래를 굽어보았다. 가운데의 동굴은 발 밑바닥 아래 움패어 있고, 아래층 의 삼청암은 나뭇가지 끝에 비취옥을 흩어놓고 구름을 펼쳐놓은 듯하 다. 상청암은 마치 허공에 뜬 채 실려 있는 듯하다.

동굴의 왼쪽에서 벼랑을 따라 바위를 올랐다. 휘감아 돌면서 이어지 는 그 위층의 바위는 마치 쪽진 머리가 위로 불쑥 튀어나와 있는 듯하 고, 가운데에는 텅 빈 곳이 없다. 비록 깎아지른 듯 가팔라서 발을 딛을 층계조차 없지만, 벼랑 끄트머리에 바위가 움푹 패이거나 불쑥 튀어나 와 있다. 백석산의 꼭대기에 올라갔을 때와 마찬가지의 방법으로 올라 갔다.

약 1리만에 드디어 봉우리 꼭대기에 올라섰다. 그 사이로 가로로 불 쑥 튀어나온 벼랑, 옆으로 꽂혀진 봉우리, 그리고 산골물을 감싸고 있는 밭, 시내 곁의 가옥들이 멀리 가까이로 바라다보인다. 온통 기이한 경관이 아닌 곳이 없다. [이제야 이곳의 산은 동서로 나란히 늘어서 있다. 오직 세 곳의 봉우리가 가장 높은데 모두 북쪽으로 솟구치고 남쪽으로 낮게 누워 있다. 이곳이 그 맨 서쪽 봉우리임을 알게 되었다. 맨 동쪽을 둘러보니, 층층이 겹쳐진 봉우리가 더욱 많으나 이곳만큼 험준하지는 않다. 북쪽으로 또 하나의 봉우리가 가로로 불쑥 튀어나와 있는데, 이곳 봉우리를 위해 북쪽으로 호위하는 듯하다. 이 봉우리는, 현성에서 남쪽을 바라보며 내달려온 봉우리이다. 그 북쪽으로는 깎아지른 듯 가파르기가 특히 심하다. 서쪽으로는 옆으로 봉우리 하나가 꽂힌 채 자못 뾰족한데, 이 봉우리에 딸려 있는 봉우리이다. 북쪽과 서쪽에 딸려 있는 두 봉우리 사이로 동굴 입구가 하나 열려 있고, 안쪽에 둘러싸여 골짜기를 이루고 있다. 이곳은 북쪽으로 호위하는 듯한 산봉우리와 서쪽으로 높은 봉우리에 사이에 이루어져 있다. 골짜기 안에 또 높고 가파른 산이 불쑥 솟아 한 가운데에 자리 잡고 있다. 문을 가로막고 있는 병풍과 같다. 병풍과 같은 산에서 동쪽의 골짜기로 들어서서 남쪽으로 돌아들자, 동서 양쪽의 높은 봉우리 사이에 틈새가 있다. 틈새는 굽이돌며 한데 모아져 몹시 깊고 굽이져 있다.]

　한참 뒤에 왔던 길을 되짚어 3리만에 영경암(靈景巖)에 이르렀다. 이곳에서 짐을 찾은 뒤, 남쪽으로 5리를 내려가 산기슭에 이르렀다. 이어 서쪽의 다리 하나를 건너 석취포에서 밥을 먹었다. 북쪽으로 돌아들어 1리만에 석채촌을 지났다. 동쪽의 골짜기 어귀를 바라보니 깊고도 그윽한지라 한번 들어가 구경해보고 싶었다. 그러나 짐꾼이 도중에 가로막으면서 나아가려 하지 않았다. 골짜기 오른쪽을 보니 깊숙한 동굴이 있다. 그에게 억지로 잠시 가서 살펴보도록 했는데, 이 짐꾼은 마찬가지로 완강했다. 어느 토박이가 이를 보고서 묻기에, 나는 사정을 이야기했다. 그러자 토박이는 이렇게 말했다. "이 동굴은 아주 얕아서 안에 들어갈 만하지 않습니다. 산 중턱에 죽간암(竹簡巖)이 있는데, 산 북쪽의 동굴로는 이곳만이 들어가 구경할 만합니다." 짐꾼은 그제야 고개를 숙인 채 나의 말에 따랐다.

드디어 동쪽으로 골짜기 어귀로 들어서서 골짜기 북쪽을 지났다. 동굴은 과연 얕았으며, 동굴 속 북쪽으로는 발을 들여놓을 수 없었다. 1리를 나아가 서쪽으로 높은 봉우리의 동쪽 기슭에 이르렀다. 높고 험준한 벼랑이 홀로 펼쳐진 채, 안쪽으로 빙빙 돌면서 골짜기를 이루고 있다. [문을 가로막고 있는 병풍과 같은 산 아래에 이르니, 그 남쪽은 갈라져 틈새를 드리운 채 깎여 세 곳의 벼랑을 이루고 있다. 서쪽은 아래로 북쪽의 호위하는 듯한 봉우리에 이어진 채 그 봉우리와 나란히 솟구쳐 있고, 동쪽은 높고 험준한 벼랑이 홀로 펼쳐진 채 서쪽의 높은 봉우리의 기슭과 서로 마주하여 골짜기를 이루고 있다.]

골짜기 남쪽에는 둑에 물을 가두어 만든 못이 있다. [남쪽에 갈라진 세 곳의 벼랑 아래를 빙 둘러 물이 고여 있고, 서쪽에는 작은 봉우리들이 달라붙은 채 남쪽에 방망이처럼 서 있다.] 못 위에 띠풀을 엮어 살고 있는 인가가 한 채 있다. 이 집은 대나무로 문을 에워싸고 있다. 그윽한 운치가 넘쳐흘렀다. 여기에서 골짜기를 건너 서쪽 봉우리의 북쪽 기슭으로 돌아 올랐다.

다시 1리만에 고개를 넘어 조금 내려갔다. 그곳에 또 골짜기가 이루어져 있다. 남쪽으로 향하던 가느다란 물길은 [몽둥이처럼 서 있는 조그마한 봉우리의 겨드랑이로 곧장 쏟아져 내린다.] 나는 이에 물길을 거슬러 북쪽으로 들어섰다. 산골의 암벽이 음산하고 을씨년스러웠다. 등나무와 대나무는 서로 얽혀 그늘을 지우고, 산골의 바위는 여기저기 펼쳐져 있으며, 흐드러지게 피어난 창포는 물속에 꽂혀 있다. 푸른 것을 밟으면 발에 밟히는 것이 창포인 줄로만 알았지, 그것이 바위인 줄을 몰랐다.

산골물을 따라 동쪽으로 오르다가 다시 남동쪽의 고개에 올랐다. 1리를 가자, 두 길 높이의 날듯한 바위가 길을 가로막고 있다. 층계를 타고 올라가보니, 죽간암이 그 왼쪽에 끼어 있다. 두 곳의 동굴이 나란히 늘어서 있고, 동굴 입구는 모두 북서쪽을 향해 있다. 동굴은 비록 그리 깊지는 않지만, 유달리 높고 시원스럽다. 남쪽 동굴에서는 나는 듯한 샘물이 바깥으로 떨어져 내린다. 북쪽 동굴은 마르고 깨끗하며 가운데가 텅비어 있다. 어떤 스님이 동굴 속에 새로 집을 엮었기에 길이 뚫려 있었다. [동굴 아래로 벼랑이 산골 바닥까지 쭉 이어져 있다. 짐작컨대, 벼랑 뒤쪽은 곧 서쪽의 높은 봉우리의 꼭대기로서, 마땅히 삼청암과 앞뒤로 마주할 터이다. 만약 여기에서부터 돌층계를 놓는다면, 먼저 봉우리 꼭대기에 오른 다음, 차례차례 여러 동굴로 내려갈 수 있을 것이다.]

잠시 후 2리를 내려갔다가 둥글게 에워싸인 못 근처의 띠집이 있는 곳에 이르렀다. [남쪽의 갈라진 틈새를 살펴보니, 틈새는 서로 다섯 자 떨어져 있다. 두 곳의 틈새는 나란히 솟아올라 벼랑을 세 개로 나누고 있다. 죄다 깎아지른 듯 험하고 가파르다.] 동쪽 기슭을 바라보니 길이 북쪽으로 험준하기 짝이 없는 벼랑에 의지해 있다. 띠집을 두드려 물어보니, 마침 방목을 하고 있던 그 집 사람이 그 길을 가리켜 "그건 석배촌(石背村)으로 가는 길이오"라고 말했다.

이에 앞서 짐꾼과 함께 험준하기 짝이 없는 벼랑을 따라 북쪽으로 나아갔다. 오솔길은 온통 빽빽한 등나무와 나무로 그늘이 진 채 짙푸른 빛이 자욱하다. 오솔길 동쪽에는 산골물이 졸졸졸 소리를 낸다. 마치 가을날 귀뚜라미가 소곤거리는 듯하다. 오솔길 서쪽에는 날듯한 벼랑이 천 자인데, 거대한 그림자가 허공에 떠 있는 채 천지와 격절되어 있다. 이 길이 아니었더라면 도교산 남쪽의 큼과 북쪽의 험준함만을 알 뿐, 한 번 휘 둘러보는 것으로 끝났으리라. 그 그윽하고 고요함이 이러할 줄이야 누가 알았겠는가!

때는 어느덧 오후였다. 짐꾼은 갑자기 고집 피우던 기색을 내던지고, 산을 넘고 물을 건너는 피로를 까맣게 잊어버렸다. 2리만에 험준하기 짝이 없는 벼랑은 북쪽으로 끝이 났다. 움푹한 평지와 더불어 서쪽으로 돌아들었다. [이곳은 문을 가로막는 병풍과 같은 산의 북쪽 기슭이다. 남쪽 기슭의 세 갈래로 갈라진 벼랑에 비해 그 험준함은 약간 미치지 못하지만, 빙글 둘러싼 채 움푹한 평지를 이루고 있다.]

길은 이내 동쪽으로 뻗어 있다. 움푹한 평지를 가로질러 고개에 올랐다. [이 고개는 서쪽으로 높이 치솟은 북동쪽 갈래로서, 북쪽으로 내뻗어 북쪽의 호위하는 듯한 봉우리로 이어진다.] 고개를 넘자, 그 움푹한 평지는 북쪽에서 남쪽으로 뻗어나가다가 [다시 남북으로 움푹한 평지가 펼쳐져 있다. 움푹한 평지의 동쪽에는 가운데에 높은 봉우리가 휘감은 채 이어지고, 위쪽에는 동굴이 매달려 있으며, 아래쪽에는 서쪽의 높은 봉우리와의 사이에 이 움푹한 평지가 끼어 있다. 북쪽에는 겹겹의 벼랑이 그 사이를 나누고 있고, 남쪽으로는 끝을 알 수 없이 굽이져 둘러싼 채 뻗어나간다.

얼마 지나지 않아] 남쪽으로 나아갔다. 두세 채의 인가가 서쪽 봉우리의 북쪽 기슭에 기대어 있다. 급히 달려가 물어보니 바로 석배촌이다. 석배촌을 찾고 나니, 보개암의 도사가 "산 북쪽에 그곳과 가까운 동굴이 있다오"라고 한 말이 떠올랐다. 그곳의 소재를 상세히 물어보자, 마을 사람은 이렇게 대답했다. "이곳 동쪽에 파파암(婆婆巖)이 있는데, 동굴은 높고 길이 끊어져 있는지라 바라볼 수만 있을 뿐 가볼 수는 없습니다. 서쪽에 새로운 동굴이 최근에 열렸는데, 석채촌(石寨村)으로 내려갈 수 있는 길이 있습니다."

이에 나를 데리고 집의 오른쪽 오솔길을 따라 가리켰다. 바라보니 곧 죽가암이었다. 대체로 북쪽 산의 동굴은 바로 죽간암이다. 이 일대의 동굴 이름과 마을의 경계를 물어보면 서로 어긋나는 경우가 많지만, 올라보면 맥락이 차례대로 드러난다. 산의 영험함이 지팡이 및 신발과 한데 모였으니, 이처럼 가려내지 못할 만큼 그윽하고 깊은 곳이 어디 있으랴!

이때 해는 어느덧 서산에 기울어 있었다. 현성에 이르기까지 20리 길이라고 한다. 서둘러 고개를 넘어 험준하기 짝이 없는 벼랑을 따라 나아갔다. 3리를 나아가 석채촌에 아직 이르지 못했는데, 북쪽으로 뻗어가는 길이 보이기에 그 길을 따라갔다. 고개 하나를 감아돌자 길이 점점 희미해졌다. 나뭇꾼에게 물어보니, "길을 잘못 들었습니다"라고 대꾸했다. 그는 무성한 잡초더미를 가로질러 가라고 가리키면서, "여기에서 남서쪽으로 나아가면 큰길을 만날 수 있을 것입니다"라고 말했다.

그의 말대로 나아갔다. 길은 더욱 황량해지고 가시덤불로 가득했다. 한참 후에 남서쪽으로 향하는 가느다란 길이 나타났다. 대략 3~4리 길을 잘못 들었던 것이다. 계속해서 석채촌 옆의, 남쪽에서 뻗어오는 큰길로 나왔다. 저녁해는 어느덧 서산에 걸려 있었다. 비로소 북쪽으로 돌아들어 큰길로 나아가 5리만에 고루촌(古樓村)의 서쪽을 지났다. 어느덧 날은 어두컴컴해졌다. 전에 투숙했던 곳이 생각났으나, 사례비를 주어도 받지 않았으니 다시 찾아들기가 곤란했다. 다른 집에 가는 것도 날이 저물어서 편치 않은지라, 어둠속에서 큰길을 따라 북쪽으로 내달렸다.

4리를 나아가 좁은 어귀를 건넌 뒤, 다시 2리를 나아가 산 하나를 돌아들었다. 이어 비탈길을 내려가 산골물을 건너 2리만에 수강(繡江)에 이르렀다. 거리에는 야경을 알리는 북소리가 울리고, 여인숙은 죄다 정적에 잠겨 있었다. 이에 남쪽 강 언덕의 여인숙 문을 두드려, 들어가서 밥을 지어먹고 잠자리에 들었다. 이곳은 어제 오던 길에 밥을 지어먹었던 그 집이기에, 두드리는 소리에 곧바로 문을 열어주었던 것이다.

8월 초엿새

이른 아침에 북쪽의 강을 건너 남문으로 들어갔다가 서문으로 나와 가게에서 밥을 먹었다. 식사를 마치자마자 바깥 성곽 안을 따라 북쪽으로 나아갔다. 연무장을 지나자, 큰 못에 물이 가득 고여 있고, 그 사이로 둑이 뻗어 있다. 둑의 북쪽에서 옛 성문으로 나왔다. 이곳은 옛 주의 북쪽 성곽의 남은 터이다. 비문에는 이렇게 씌어 있다. "천순(天順) 연간[1]

에 정과(鄭果), 가정(嘉靖) 연간²⁾에 오현종(吳顯宗), 이 두 도적이 난을 일으켰다. 이는 모두 주를 현으로 바꾸면서 성이 요새로서의 기능을 잃어버렸기 때문이다. 그래서 숭정(崇禎)³⁾ 초에 다시 옛터에 성문을 복구하여 외곽의 보호벽으로 삼았다." 나는 주를 현으로 바꾼 것은 사람이 흩어지고 성이 움츠러들었기 때문이지, 현으로 바뀐 이후에 요새의 기능을 잃은 것은 아니리라고 생각했다.

[용현의 북쪽] 문을 나오자마자 서쪽으로 나아갔다. 잠시 후 북쪽으로 돌아들어 대용산의 동쪽 기슭을 따라 10리를 가자, 북서쪽에서 흘러오던 물길이 [동쪽의 수강에 흘러든다.] 이에 잇달아 그 오른쪽을 건넌 뒤 그 왼쪽을 건너, 세 번만에 마침내 시내를 따라 물길을 거슬러 올랐다. 골짜기 사이로 5리를 걷자 석두포(石頭鋪)가 나타났다. 이곳에서 다시 어지럽게 흐르는 물을 건넜다. 물살은 더욱 움츠러들고 산의 형세는 더욱 좁아진다.

서쪽으로 꺾어져 산골짜기로 들어섰다. 골짜기를 지나 모두 5리를 가자, 산의 형세가 다시 훤히 트였다. 이곳은 이촌(李村)이다. 잠시 후 다리 하나를 건넌 뒤, 차츰 그윽하고 험한 곳으로 들어갔다. 산골짜기 사이를 빙글빙글 돌아가면서 바라보니, 시내는 골짜기 바닥을 흐르고, 나무와 덩굴이 허공에 뻗어 있다. [울창하게 우거진 등나무와 대나무가 가리고 있는지라, 고개를 쳐들어도 해가 보이지 않았다.] 5리를 나아가 고개를 넘은 뒤, 다시 그 위쪽 골짜기로 빙글 돌아들었다.

다시 5리를 나아가자, 홀연 산과 골짜기가 휘감아 돌고, 비탈에 가득 고인 물은 산기슭을 둘러싸고 찰랑거렸다. 훤히 트인 곳은 호수와 같고 비좁은 곳은 산골물과 같은데, 물은 잔잔하여 흐르지 않은 채, 좌우로 엇섞이고 위아래로 일렁거렸다. 참으로 깊은 산속의 기이한 경관이다. 잠시 후 길은 남쪽 산을 향하고, 물은 동쪽의 움푹한 평지로 이어져 있다. 그 가운데에 사람이 다닐 수 있는 제방이 쌓여 있다.

다시 남쪽으로 골짜기를 나왔다. 물은 서쪽으로 흘러갔다. 이곳은 수원(水源)인데, 대체로 대용산의 북쪽으로 뻗어 내린 산줄기가 휘감아도는 곳에 형성된 것이다. 이곳에서 물길은 동서 양쪽으로 나뉘어 길의 양쪽으로 흐른다. 물길을 따라 북서쪽으로 산을 나왔다. 2리를 나아가 동산허(同山墟)에 이르러서야 산이 비로소 훤히 열렸다. 비옥한 들판과 논밭이 펼쳐져 있고, 마을은 높거니 낮거니 늘어서 있다. 서쪽으로 돌아들어 나아가니, 남쪽에 대용산의 서쪽 봉우리가 우뚝 솟구쳐 있는 것이 보인다.

5리를 나아가자, 커다란 시내가 남쪽에서 흘러오고 조그마한 시내가 서쪽에서 흘러왔다. 두 시내는 합쳐진 뒤 동쪽에서 흘러오는 시내와 나란히 북쪽으로 흘러간다. 이에 남쪽에서 흘러오는 시내를 건넌 뒤, 서쪽에서 흘러오는 시내를 거슬러 북쪽의 고개를 따라 계서산(雞黍山)을 지나자, 길 왼쪽에 마을이 나타났다. 시내를 넘어 북쪽으로 나아갔다. 해는 아직 남아 있었으나, 길을 가던 이가 이곳에서 북쪽으로 골짜기 깊숙이 들어가면 사람이 살고 있지 않을 것이라고 말하는지라, 진요(秦窯)에서 발걸음을 멈추었다.

진요라는 곳은 계서산 북쪽의 움푹한 평지에 매달려 있는 조그마한 언덕이며, 좌우에 모두 골짜기가 있다. 좁은 오솔길로 가다보니, 두세 가구가 언덕에 자리잡고 있다. 길은 그 앞쪽에서 나누어지고, 시내는 그 아래에서 합쳐진다. 집 주인은 마침 대나무를 갈라 집을 지을 준비를 하고 있었다. (큰 대나무를 가져와 망치질하여 잘게 쪼개는데, 대나무 조각의 크기는 한 자 남짓이고 길이는 대나무 마디 끝까지이다. 이것으로 지붕을 덮어 서까래와 기와의 용도를 겸하고 있다.) 나그네를 맞는 태도에 산촌 인가의 풍미가 스며 있다. 다른 곳처럼 손님을 마치 호랑이인 양 피하지 않았다.

---

1) 천순(天順)은 명대 영종(英宗)의 연호로서, 1457년부터 1464년까지이다.
2) 가정(嘉靖)은 명대 세종(世宗)의 연호로서, 1522년부터 1566년까지이다.
3) 숭정(崇禎)은 명대 의종(毅宗)의 연호로서, 1628년부터 1644년까지이다.

8월 초이레

아침 식사를 마친 후, 진요에서 북쪽으로 나아갔다. 골짜기를 뚫고서 2리를 가자, 산은 다시 둥글게 에워싸면서 움푹한 평지를 이루고 있다. 이곳에 노록당(盧綠塘)이라는 마을이 있다. 여기에서 골짜기를 따라 북서쪽으로 나아갔다. 산골짜기는 더욱 그윽해지고 길은 갈수록 막혔다. 산에는 온통 무성한 띠풀과 황량한 가시나무로 가득하다. 수원이 있는 지역과 같은 커다란 나무와 깊은 숲은 찾을래야 더 이상 찾을 수가 없다. 하물며 띠풀 가운데 키가 큰 것은 머리 꼭대기를 뒤덮어 그 위가 동쪽인지 서쪽인지 분간할 수도 없고, 키가 작은 것은 가슴을 가려 그 아래가 평탄한지 울퉁불퉁한지 보이지도 않음에랴!

이렇게 3리를 나아가 대충당(大蟲塘)을 지났다. 다시 2리를 걸어 장령(長嶺)의 꼭대기를 넘어서자, 북쪽의 백석산이 겹겹의 봉우리 너머로 보이기 시작했다. 이리하여 북서쪽의 고개 머리에서 2리를 내려간 뒤, 다시 움푹한 구덩이에서 1리를 내려갔다. 석담촌(石潭村)이 나타났다. 마을 북쪽의 조그마한 다리를 건너 동쪽 갈림길을 좇아 5리를 나아가자, 산속에 움푹한 평지가 크게 펼쳐지고, 강물이 남쪽에서 북동쪽으로 쏟아져 내린다. 이곳은 서라강(西羅江)이다. 대용산의 북서쪽에서 발원한 이 물길은 [이곳에 이르러서야 배를 띄우기 시작하며,] 동쪽으로 두가채(頭家寨)에 이르러 수강에 흘러든다. 제법 커다란 이 물길을 가로질러 건너자, 물이 정강이까지 차올랐다. 북쪽의 강 언덕은 평지허(平地墟)이며, 수강(繡江)으로 갈 수 있는 배편이 있다.

강변의 선창에서 서쪽으로 고개에 올라 2리만에 움푹한 평지에 들어섰다. 이곳은 판동(板洞)이란 마을인데, 제법 번성한 곳이다. 판동 뒤쪽에서 서쪽의 고개에 올라 고개 중턱의 평탄한 길로 2리를 나아갔다. 이어 북쪽으로 돌아들어 다시 고개 중턱의 평탄한 길로 2리만에 내려왔다. 잠시 후 북동쪽으로 올라가 드디어 고갯마루를 넘었다. 남쪽을 바라보니, 대용산 동서 양쪽의 뭇 봉우리 가운데 훤히 드러나지 않은 곳이 없다. 다만 북쪽의 백석산만은 북쪽 봉우리에 가려 있을 따름이다.

다시 고개 위를 평탄하게 걸어 1리만에 고개 북쪽으로 내려갔다. 이곳 물길은 동쪽으로 흘러간다. 골짜기 서쪽을 건너 움푹 꺼진 곳을 약간 넘자, 물길은 동서 양쪽으로 나뉘기 시작한다. 동쪽의 물길은 모두 서라강으로 흘러들고, 오주부(梧州府)에 속한다. 서쪽의 물길은 모두 대수하(大水河)로 흘러들고, 심주부에 속한다. 이곳은 그 분계선이다.

1리를 걸어 움푹한 평지를 나와 상주충(上周沖)에 이르자, 산이 열리기 시작했다. 5리를 나아가 나수(羅秀)에 이르자, 산이 크게 열렸다. 가게에서 식사를 했다. 나수에서 북쪽으로 3리를 나아가니 노당(盧塘)이다. 사방의 산이 훤히 열린 채 에워싸고, 수천 가구가 비늘처럼 늘어서 있다. 산에 의지하여 못이 만들어져 있고, 제방은 못을 나눈 채 겹쳐 있다. 이곳은 산속 마을 가운데 훨씬 번성한 곳이다.

나수에서 노당으로 가는 길가에 공심수(空心樹)가 한 그루 있었다. 키는 지면에서 한 자 다섯 치이고 둘레는 다섯 자이며, 가운데에는 물이 흥건히 고여 있다. 수면 위로 나무 둘레에 물이 차지 [않은] 길이는 대여섯 치이고, 수면 아래로 지면에서 떠 있는 거리는 거의 한 자이다. 물은 깊고 푸르며 맑다. 지팡이로 밑을 재보았만, 깊이를 헤아릴 수가 없다. 구슬같은 물거품이 쉬지 않고 뽀글뽀글 넘쳐 오른다.

공심수는 비록 지면보다 높긴 하지만, 나무속의 물의 경우 지면과 나란해야 마땅할 것이다. 그런데 지면의 좌우에 온통 시냇물이 흐르고 있는데도, 나무속에 고여 있는 물은 지면보다 유독 높은 채 넘치지도 않고 줄지도 않는다. 도대체 누가 나무에 물을 따르고 퍼내는 것일까? (나무는 마치 우물의 울타리와 같았다. 누군가 구멍을 파내고서 땅속에 심어놓은 것이리라. 그렇지만 물이 지면위에 떠있는 것은 참으로 기이한 일이다.)

노당에서 북쪽으로 5리만에 노망촌(盧忘村)을 지나 한 줄기 고개의 골짜기에 올랐다. 내려왔다가 다시 올라 2리만에 산 중턱을 따라 나아갔다. 백석산의 얼굴을 마주보는듯한 두 개의 뾰족한 봉우리가 보이기 시작했다. 이 고개는 동서 양쪽으로 나뉘어 마주하고 있으며, 북쪽 아래로는 깊은 구덩이를 이루고 있다. 구덩이 바닥에는 벼들이 가득 자라나 있다.

1리를 나아가자 뻗어오던 등성이가 문득 두 벼랑 사이에서 가로로 끊겨 있다. 세 곳의 등성이를 건너고 벼랑을 따라 모두 6리를 올랐다. 구덩이 속을 굽어보니, 어떤 곳은 옆으로 통해 있고, 또 어떤 곳은 중간이 갈라져 있다. 이른바 '십이차당(十二岔塘)'이 바로 이곳이다. 등성이를 넘은 후 북서쪽으로 고개를 넘어 1리만에 점점 내려가다가, 다시 동쪽으로 등성이 하나를 넘었다. 이어 북쪽의 큰길을 따라 곧바로 백석산 기슭을 바라보며 나아갔다.

북쪽으로 1리를 내려간 뒤 다시 골짜기를 따라 서쪽으로 돌아들어 1리를 나아갔다. 구덩이 바닥에 이르자마자 조그마한 고개를 넘었다. 서쪽으로 1리를 내려가자, 대수하가 남쪽에서 북쪽으로 쏟아져 흘러내린다. 그 물길을 따라 북쪽으로 내려갔다. 1리만에 물길은 동쪽으로 돌아들어 꺾이는데, 북쪽의 백석산에서 흘러오는 조그마한 물길이 합쳐져 동쪽으로 흘러간다.

이에 그 큰 강물을 건너고 나서 다시 조그마한 물길을 건너 북동쪽 강가에 올랐다. 어느덧 어둠이 깔려 있었다. 고개 위의 진촌(陳村)에서 하룻밤을 묵었다. 대수하라는 물길은 동충(同沖)과 나수에서 북쪽으로 흘러 이곳을 지나, 무림(武林)으로 흘러내렸다가 심강(潯江)으로 흘러든다.

8월 초여드레

대수하에서 뒷산에 올라 심주부로 들어섰다. 길은 마땅히 산의 왼쪽에서 조그마한 물길을 따라 북쪽으로 가야 했는데, 나는 그만 잘못하여

산의 오른쪽에서 큰 강물을 따라 북쪽으로 가고 말았다. 1리를 나아가
자 큰 강물은 동쪽으로 꺾여 흘렀다. 나는 서쪽으로 고개를 넘었다. 3리
를 걸어 나첩(羅捷, 혹 '나삽羅揷'이라고도 하며, 산 중턱에 마을이 있다)을 나오
자, 북쪽에서 흘러오는 조그마한 물길과 만났다. 물길을 거슬러 나아가
서야 큰길을 만났다.

다시 2리를 나아가 다시 물길을 건너 고개에 올랐다. 고개 위에서 2
리를 나아가 서쪽으로 독수봉을 바라보며 걸었다. 산을 내려와 2리만에
진충(陳冲)에 이르렀다. 어느덧 독수봉 북동쪽에 나와 있었다. 다시 백석
산이 보였다. 진충에서 움푹한 평지의 자그마한 물길을 따라 북동쪽으
로 나아갔다. 이곳에 이르자 다시 반관산(潘觀山)이 서쪽에 바라보인다.
반관산은 동쪽으로 이웃한 산과 더불어 마치 문을 늘어놓은 듯 북쪽으
로 뻗어내린다.

10리를 나아가 다시 북서쪽으로 산등성이에 올랐다. 서쪽의 이웃한
산 가운데 아래로 드리워진 산부리를 감아돌았다가, 산등성이를 따라
걸었다. 10리만에 고개 하나를 넘어 내려가니, 이곳은 유마허(油麻墟)이
다. 이날은 마침 장이 서는 날이었다. 식사를 한 후 길을 나섰다. 10리를
나아가 잇달아 두 곳의 다리를 건넜다. 다리 북쪽은 주촌(周村)이고, 물
길은 북쪽으로 에돌아 흘러간다. 길을 따라 서쪽 고개를 넘었다. 5리를
나아가 상합촌(上合村, 마합麻슴이라고도 하며, 두세 가구가 고개 안에 살고 있다)
을 지났다.

다시 10리를 걸어 진방(陳坊)에 이르렀다. 진방의 남쪽은 주촌에서부
터 산이 그다지 높지 않고 물길은 시내를 이루지 못하지만, 산등성이와
고개가 간간이 겹쳐 있고 비탈이 휘감아 돌았다. 진방의 북쪽에는 평평
한 들판이 널찍하고 서쪽의 산이 바라보인다. 마을이 모여 저자를 이루
고 있는지라, 비로소 텅 빈 산에 적막한 경관이 보이지 않는다.

8월 초아흐레

진방허(陳坊墟)에서 서쪽으로 황량한 들판 사이로 나아갔다. 들판 가운데는 마치 동굴처럼 움푹 패어 있는데, 동굴 같은 곳에서 불쑥 튀어나온 바위가 빙 둘러 엇섞인 채 자리잡고 있다. 다만 아래로 깊이 꺼져 들어가는 틈새가 없고, 안에 깊은 못에 고인 물도 없다. 이전에 들렀던 석교촌(石橋村)의 남쪽 웅덩이의 비탈에 불쑥 튀어나온 바위와 다를 바가 없다.

서쪽으로 10리를 나아가 쭉 사령산(思靈山) 아래로 바짝 다가섰다. 울강이 남서쪽에서 부성을 휘감아 북동쪽으로 흘러가고, 강 너머 산의 경치와 성가퀴가 언뜻 바라다 보였다. 강을 건너 부성의 남동쪽 모퉁이에 이르러 남문으로 가서 역참 앞에 이르렀다. [심주부의 숙소로 되돌아오니,] 두 환자가 전보다는 약간 호전된 기미를 보였다. 횡주(橫州)로 가는 나룻배를 알아보니, 내일 아침 일찍 출발한다기에 짐을 가지고 배에 올라 기다렸다.

이번 유람길은 열엿새 동안인데, 네 곳의 현(계평현, 육천현, 북류현, 용현)과 한 곳의 주(울림주)의 경내를 거치면서 이름난 네 곳의 동굴을 찾아다녔다. 이 가운데 세 곳이 신선이 사는 선경이라는 동천(洞天)이다. 즉 백석산은 수락장진(秀樂長眞) 제21동천이라 하고, 구루산은 옥관보규(玉闕寶圭) 제22동천이라 하며, 도교산은 대상보현(大上寶玄) 제20동천이라 한다. 오직 수월동만은 동천의 대열에 끼어 있지 않으나, 사실 대용산의 주된 줄기이다.

대체로 내가 다녀본 곳은 모두 사방으로 대용산을 둘러싸고 있는 기슭이다. 주된 등성마루는 남서쪽의 흠주, 영산현(靈山縣)에서 북동쪽의 흥업현(興業縣)을 거치고, 평산허의 건너편 줄기를 따라 동쪽으로 뻗어 높이 치솟은 곳이 대용산이다. 그것이 북쪽으로 뻗어나간 갈래는 우뚝 솟아 백석산이 되고, 산줄기는 그곳에서 끝이 난다. 그것이 남쪽으로 뻗어나간 갈래는 북류현을 거쳐 동쪽으로 갈라져 구루산이 되고, 산줄기는 끝이 난다. 남쪽으로 뻗어나간 주된 산줄기는 귀문관에서 더 남쪽으로 뻗어 수월동이 되고, 더 남쪽으로 고주부와 서녕현(西寧縣)의 경내를 거친 뒤 흩어져 광동 남쪽 경계의 줄기가 된다. 북쪽으로 돌아든 줄기는 나면에서 시작되어 북쪽으로 뻗어나가다가 도교산으로 맺어진다.

이렇듯 백석산, 구루산, 수월동은 모두 대용산의 정통 적계이고, 도교산은 먼 손자뻘이라 할 수 있다. 세상 사람들은 대용산의 각 주현의 세 곳의 동굴이 모두 보이지 않게 구멍으로 통해 있다고 말하지만, 그렇지 않다. 백석산이 구루산과 통해 있다는 말은 단지 그 산줄기가 이어져 있음을 가리킬 따름이니, 어찌 반드시 구멍이 서로 뚫려 있다고 할 수 있겠는가? 도교산이 구루산과 통해 있다는 말은 다만 그 땅의 경계가 서로 맞닿아 있음을 가리킬 뿐이니, 그 맥락이 이미 나누어져 있음을 어찌 알겠는가? 그러므로 나는 도교산에서는 자취로 인해 쉽게 혼동될 수 있음을 알았고, 수월동에서는 비슷함으로 인해 쉽게 놓쳐버릴 수 있음을 깨달았다.

귀문관은 북류현의 서쪽 10리 지점에 있고, 횡림의 북쪽에 자리하고 있다. 이곳을 바라보면, 쭉 늘어선 바위 봉우리가 동쪽의 구루산과 나란히 서 있다. 북류현은 현의 중간이 우뚝 치솟아 있는데, 동쪽의 것은 신선의 구역이라 하고 서쪽의 것은 귀신의 지역이라 한다. 왜 그럴까? 나는 처음에 횡림에서 북쪽을 바라보면서 신선의 경계라는 기이한 마음이 들었다. 북류에 이르고 나서야 그곳이 '귀문(鬼門)'임을 알게 되었다. 그 속으로 나아가 신선과 귀신의 경계를 깨뜨리지 못함이 유감스럽다.

8월 초열흘

날이 밝기도 전에 배가 출발했다. 새벽놀이 강물에 어렸다. 뜸 바닥에서 내다보니 마치 자줏빛 실로 짠 휘장속을 걷는 듯, 갖가지 빛깔이 찬란하다. 이 또한 배를 타고 가는 길의 기이한 경관이다. 서쪽 산을 따라 남쪽으로 물길을 거슬러 10리, 밖으로 돌아들어 북동쪽으로 구불구불 에돌아 또 10리, 남쪽으로 돌아들어 다시 10리를 갔다. 남동쪽에 매끈하게 쭉 뻗어 있는 백석산이 매우 가깝다.

이리하여 북서쪽으로 돌아드니, 이곳은 대만(大灣)이다. 다시 서쪽으로 10리를 달려 우란촌(牛欄村)을 지나고, 남쪽으로 돌아들었다가 다시 서쪽으로 돌아들어 15리를 더 달리니 날이 저물었다. 또다시 달빛을 타고 5리를 나아가 진문(鎭門)에서 묵었다. 이날 밤 달빛은 대낮처럼 밝다. 모두 60리를 달렸다.

8월 11일

동이 트기 전에 길을 나섰다. 20리를 달려 백사에 이르고, 다시 5리를 달려 강가 언덕에 올랐다. 오솔길을 좇아 북쪽으로 1리만에 큰길을 만나자, 약간 동쪽으로 꺾어져 가다가 뇌충교(雷沖橋)를 건넜다. 다리 동쪽의 조그마한 갈림길에서 북쪽의 바위 봉우리를 바라보며 나아갔다. 시내 한 줄기를 건넌 뒤 무성한 수풀 속을 걸었다.

4리를 나아가 조그마한 바위 봉우리 아래에 이르렀다. 다시 봉우리의 골짜기를 지나 3리만에 나총암에 닿았다. 동굴 입구는 남쪽을 향해 있다. (이곳 사람 여소란黎莩鸞은 향공의 진사인데, 비문에 이렇게 기록했다. "남동쪽으로는 백석산의 동친을 바라보고, 북서쪽으로는 사자산獅子山과 봉소산鳳巢山의 수려한 경관과 이어져 있으며, 민안산艮案山이 그 앞쪽에 우뚝 치솟고 태평산太平山이 그 뒤쪽을 감싸안고 있다.")

나총암에 이르니, 날은 아직 정오가 되지 않았다. 그래서 횃불을 구해 도사와 함께 동굴을 구경하는 한편, 식사를 준비해놓으라고 시켰다. 이 동굴은 앞쪽에 동서 양쪽의 입구가 있으며, 입구 안에는 동서 양쪽에 두 개의 동굴이 있다. 서쪽 동굴 안은 갑자기 좁아졌다고 갑자기 툭 트이며, 느닷없이 봉긋이 높이 휘감아돌다가 느닷없이 아래로 낮아져 푹 꺼졌다. 꼭대기는 장막처럼 평평하고, 갈라진 틈새는 무늬를 이루고 있다. 바위 모양은 기이하여, 겹겹의 연꽃이 허공으로 휘감아오르고 쭉 뻗은 죽순이 빽빽하게 서 있는 듯 곳곳마다 꾸미고 있으니, 종유석 기둥만으로 기이함을 드러내는 것이 아니었다.

서쪽 동굴을 끝까지 둘러본 후, 도사는 다시 횃불을 든 채 동쪽 동굴을 구경했다. [1리 남짓만에 북쪽의 비좁은 어귀를 지나 서쪽으로 돌아드니 골짜기가 있는데, 북쪽에서 햇빛이 스며든다.] 그 안은 비좁고 높지만, 갈림길이 없다. 바위 무늬는 물이 용솟음치는 듯하고, 흘러내린 바위 모양은 마치 날개를 펼친 듯하다. 연꽃 모양의 돌기둥과 종유석, 석순 역시 범상치 않았다.

[이때 몇 묶음의 횃불을 다 써버린지라 더 이상 안쪽 동굴로는 되돌아올 수 없었다. 그래서 북쪽의 뒤쪽 동굴로 올라 나왔다. 동굴 구멍은 북쪽을 향해 있는데, 간신히 기어서 동굴을 빠져 나왔다. 잠시 후 북쪽 기슭을 내려와 기슭을 따라 동쪽으로 나아가 북동쪽 모퉁이를 지났다. 도사가 그 위에 늘어선 구멍을 가리키면서 "저곳이 동쪽 동굴의 뒤쪽 구멍입니다"라고 말했다. 나는 즉시 그를 따라 들어가고 싶었는데, 도사가 "횃불이 없습니다. 앞쪽 동굴에서 횃불을 가져오지 않으면 안됩니다"라고 말했다.

그의 말에 따라, 그 동쪽 기슭으로 돌아갔다. 기슭의 동쪽에는 둥그런 봉우리 하나가 우뚝 솟아 있는데, 높이는 이 산을 뛰어넘고 구멍이 들쑥날쑥 어지럽게 흩어져 있다. 도사는 깊이 들어가는 구멍은 없다고 말했다. 그러나 그 북쪽에 바위 봉우리 한 갈래가 이곳 봉우리와 나란히 솟아 있으니, 이곳을 거치지 않으면 볼 수 없었다. 다시 동쪽의 앞쪽 동굴로 들어가 횃불을 묶어 동굴 속을 구경했다. 종유석이 기이하고 변화무상함은 서쪽의 안쪽 동굴과 마찬가지이다. 그러나 깊이는 그 절반

밖에 되지 않으며, 거듭 돌아들수록 넓어지는 서쪽과는 다르다. 동쪽 벼랑 위에 동굴 구멍이 쭉 늘어서 있는지라 급히 올라가보았다. 세 개의 동굴 입구가 잇달아 이어진 채 북쪽을 향해 있으나, 아래에 층계가 없었다. 도사는 "그 안에서 서쪽을 향해 어둡고 비좁은 길을 올라가면 나갈 수 있는 길이 있기는 합니다. 그러나 오를수록 비좁아지니, 앞쪽 동굴로 나가느니만 못합니다"라고 말했다.] 구경을 모두 마치고 동굴 바닥으로 내려와 왔던 길을 되짚어 나왔다.

도사의 거처에서 식사를 하고서, 다시 횃불을 묶어 수동(水洞)과 용동(龍洞)을 구경하러 나섰다. 수동은 산의 남서쪽 모퉁이에 있고, 그 입구는 남쪽을 향해 있다. 동굴 안은 넓이가 몇 무나 되고 사방에 못물이 가득하다. 고인 채 흐르지 않는 못물은 깊이를 헤아릴 길이 없고, 눈썹먹처럼 짙푸르다. 그 바깥의 얕은 곳에는 자줏빛과 비췻빛이 일렁거린다. 햇빛에 반짝여서 그러하리라. 동굴의 좌우에는 온통 겹겹의 벼랑이 못 위를 휘감아도는지라, 그곳을 따라 들어갈 수 있었다.

못가에 이르렀다. 벼랑은 바닥에 박힌 듯 솟아 있고 길은 옆으로 끊겨 있다. [위로는 갈래진 구멍이 없고 수동이 어디에서 끝날지 알 수 없었다.] 동굴을 나와 서쪽의 기슭을 따라 북쪽으로 돌아들어 동쪽으로 나아가자 용동이 나타났다. 용동은 산의 북서쪽 모퉁이에 있으며, 동굴 입구는 북쪽을 향해 있다. 동굴 안에는 물이 흐르는 골짜기가 있고, 그 위에는 조각조각의 바위가 동서로 비긴 채 쌓여 천연의 다리를 이루고 있다. [다섯 길 이내에서 다시 다리 하나를 넘어 횃불을 밝혀든 채 들어갔다. 서쪽으로 돌기둥을 뚫고 지나자, 골짜기는 점점 커졌다.]

남쪽으로 반리쯤 들어갔다. [길은 끊기고 아래쪽이 캄캄한지라 횃불을 많이 밝혀 비추었다.] 깊은 못이 하나 있다. 고인 물은 깊이를 헤아릴 길이 없는데, 수동보다 훨씬 크다. [돌멩이를 던져보니 묵직한 소리가 들리고, 고인 채 흐르지 않았다.] 참으로 신룡이 사는 못이다.

[잠시 후 횃불이 꺼져 불빛이 사라졌다. 남쪽으로 못 너머를 바라보

니, 깊숙하여 아득한 곳에 빛이 수면에 떠 있다. 신기하게 여긴 도사는 괴이한 빛이 그렇게 만들었다고 말했다. 나는 동굴 구멍의 그림자가 옆으로 비쳐든 것이라고 여겼다. 도사는 "예전에 마을 사람들이 뗏목을 엮어 그 끝까지 가보았으나, 번번이 구멍을 찾지 못했습니다. 어디에서 빛이 비쳐들어온단 말입니까?"라고 말했다. 나는 "이곳은 깊숙하고 낮게 엎드려 있는지라 동굴 꼭대기에서 아주 멀리 떨어져 있지만, 입구에서 남쪽으로 나가면 수동에서 멀리 떨어져 있지 않으니, 혹 수동의 빛이 물속 깊숙이에서 비칠 수도 있습니다. 뗏목에 떠 있는 사람이 그저 위에서만 본다면 빛이 물에서 나온다는 것을 깨닫지 못할 것입니다. 만약 신령스러운 괴물이라고 한다면, 어찌 예부터 한 번도 쉬지 않을 수 있단 말입니까?" 이에 다시 횃불을] 밝혀 용동을 나왔다.

[도사와 헤어지자마자] 서쪽의 돌다리를 넘어 남서쪽으로 산속의 움푹 꺼진 곳을 바라보며 나아갔다. 온통 흙산이 쭉 이어져 있는데, 3리를 나아가자 문득 길이 사라져버렸다. 이에 마구 남서쪽을 향하여 언덕과 비탈을 기어올라 5리만에 길을 찾았다. 이에 길을 따라 남서쪽으로 1리만에 돌다리를 건넜다. 이어 1리를 가자 마을이 모여 있다. 이곳은 후록(厚祿)이며, 공관이 있다. 후록의 남서쪽은 귀현(貴縣)으로 가는 큰길이고, 후록의 북쪽은 안록영(安祿營)으로, 심주에서 뻗어나온 곳이다.

나는 샛길을 타고 후록의 뒷산으로 나왔다. 잠시 후 안록을 지나 남쪽의 평갈(平碣)로 가려 했다. 그러나 아직 30리나 떨어져 있는데, 중간에 투숙할 만한 인가가 없었다. 토박이들이 나에게 안록(安祿)으로 돌아가 가게에서 묵으라고 권했다. 이때 해가 어느덧 서산에 기울었기에 나도 거스를 수 없었다. (안록영에는 수십 가구의 병영이 있는데, 나그네를 묵어가게 하는 것을 본업으로 삼고 있다.)

나총암 북서쪽에는 높은 산이 가로로 뻗어 있다. 북동쪽의 심주에서 뻗어오는 서산과 남서쪽의 귀현에서 뻗어오는 북산의 두 산이 두 개의 뿔처럼 높다랗게 펼쳐진 채 동서 양쪽으로 140리 떨어져 있다. 중간에는 산봉우리들이 가로로 뻗어 있고, 비취빛이 둘러싸고 구름이 에워싸니 대용산과 매우 흡사하다. 대용산은 울강 남쪽의 가늘고 긴 모양의 산으로, 수강과 울강의 사이에 있다. 이 산은 울강 북쪽의 가늘고 긴 모양의 산으로 검강과 울강의 사이에 있다. (이 산줄기는 남동쪽의 곡정 동산東山에서 사성주의 경계까지 뻗어있으며, 사은부思恩府와 빈주의 경내를 지나 동쪽의 심주에서 끝난다.)

귀현이 북산에 의지해 있음은 울림주가 대용산의 서쪽 고개에 의지해 있는 것과 마찬가지이고, 심주가 서산에 기대 있음은 용현이 대용산의 동쪽 봉우리에 기대 있는 것과 마찬가지이다. 두 곳 모두 동서 양쪽에 소뿔 모양의 봉우리가 우뚝 솟아 있으며, 가운데는 가로누워 있다. 다만 대용산은 [동서의 거리가 80리 길로] 비교적 가깝고, 가운데에는 북류현이 사이를 나누고 있다. 이 산은 꽤 먼데, 다른 현성이 없으며 오직 안록영만이 중간의 경계를 이루고 있을 따름이다.

안록영 동쪽에 흙산이 있다. 이 산줄기는 대산大山의 북동쪽의 갈래에서 남쪽으로 뻗어내린다. 다만 대산은 남서쪽에서 북동쪽으로 치달리고, 흙산은 북동쪽에서 남서쪽으로 돌아들어 (남쪽으로 심주와 귀현의 강가의 여러 산에 이르러 멈춘다.) 그 가운데에 커다란 움푹한 평지가 끼어 있는데, 서로 비춘 채 대단히 아득하다. 평탄한 들판 속에는 널찍한 시내가 구불구불 남서쪽으로 이어져 있다.

8월 12일

날이 밝자, 안록영 남서쪽에서 밭두둑 사이를 걸었다. 4리를 나아가 남쪽으로 산등성이를 넘었다. 서쪽으로 2리를 내려가니 표촌飄村이 나오는데, 마을은 후록의 3분의 1에 미치지 못한다. 서쪽의 대산 아래를 바라보니, 마을이 다닥다닥 붙어 있다. 다시 남서쪽으로 4리를 나아가 조그마한 다리 하나를 넘었다. 이곳부터는 온통 물에 잠겨 있는데, 양쪽에는 띠풀이 널리 펼쳐진 채 볏모가 더 이상 무성하지 않았다.

다시 1리를 나아가 임징교를 건너 남쪽의 산등성이의 흙언덕에 올랐다. 다시 남서쪽으로 3리를 가니, '귀현동계(貴縣東界)'라는 글씨가 크게 씌어진 비석이 있다. 다시 남서쪽으로 차츰 산등성이의 흙언덕을 향하니, 잡초와 덩굴이 여전히 한 눈에 가득하다. 다시 8리를 나아가 곧바로 바위 산 아래에 이르렀다. 이곳은 평갈영(平碣營)이다.

이에 앞서 표촌에서 남쪽으로 바라보니, 오른쪽에는 대산이, 왼쪽에는 흙고개가 양쪽에서 마주본 채 멀리 남서쪽으로 뻗어간다. 대산은 길고 뒤쪽이 서쪽으로 불쑥 솟아 있는 반면, 흙산은 짧고 점점 남쪽으로 낮아진다. 두 경계 사이에는 바위산이 띄엄띄엄하고, 소라를 엮어놓은 듯 푸르다. 이곳에 이르자, 길이 그 사이에 나 있다. 평갈영 역시 등성이 언덕 위에 있는데, 병영이 몇 채 있고 장터로 쓰이는 집들이 빙 둘러 있다. 앞길에 인가가 없을까봐, 마실 것을 파는 가게에서 식사를 했다.

평갈영의 동쪽에는 바위봉우리가 우뚝 솟아 있다. 이 봉우리는 대암산(大巖山)이라 일컫는데, 수천 명을 들일 수 있을 만큼 대단히 커다란 동굴이 있다. 그 남쪽에 불쑥 솟아 있는 조그마한 산은 낮고 길다. 그 위에 가로로 걸쳐 있는 바위는 마치 평평한 다리가 높게 걸려 있는 듯하고, 그 아래는 훤히 뚫려 있다. 조그마한 산의 서쪽, 곧 평갈영의 남쪽은 마안산(馬鞍山)이다. 이 산 역시 치솟아 있는데, 이 모두 평갈영 근처의 산이다. 남쪽으로 바라보니, 마치 붓걸이처럼 나란히, 마치 곧추세운 망치처럼 날카롭게, 몇 리 밖에 서 있다.

이 산을 바라보며 나아가 3리를 걸어 석농교(石弄橋)라는 돌다리를 건넜다. 다시 남쪽으로 10여리를 나아가, 곧바로 남쪽에 보이던 여러 봉우리의 기슭에 이르렀다. 저택 한 채가 길 오른쪽에 불쑥 튀어나온 언덕 위에 있다. 이곳은 벽죽포(劈竹鋪)이다. 길 왼쪽의 여러 봉우리를 바라보

니, 나뉘고 갈라져 기이함을 다투고 있다. 길가는 이를 붙들어 물어보고
서야 비로소 귀현(貴縣)의 동산(東山)임을 알게 되었다. 그 북서쪽으로 큰
산이 끝나는 곳에 높이 치솟아오른 것은 귀현의 북산(北山)이다.

『지』에 따르면, 귀현에는 동·서·남·북의 네 산이 있다. 동산은 현
성 동쪽 20리에 있고, 허씨 성의 두 사람이 은거했던 곳으로, (『일통지』에
는 "당나라 때에 하특진(何特進)과 하리광(何履光) 두 사람이 이곳에 은거했다"고 기록되어
있다. 『풍토기(風土記)』에는 특진은 관직의 명칭이고 리(履)와 광(光)을 나누어 두 사람, 즉
하리(何履)와 하광(何光)이라 했다. 『서사이』에는 개원(開元) 연간[1]에 하리광이 병사를 이끌
고 남조(南詔)[2]를 평정하고 안녕을 빼앗았으며 청동 기둥을 세웠다고 적혀 있다. 이에
따르면, 하리광은 한 사람으로서, 특진은 그의 다른 이름이며 관직 명칭이 아니다.) 밝
고도 빼어난 채 쭉 뻗어 있다.

대체로 사방의 산 가운데 북산만이 높고 험준한 산과 등성이일 뿐,
동·서·남쪽의 산들은 모두 바위 봉우리가 빽빽하게 치솟아 있다. 동
산은 남산에 버금가지만, 서산보다는 높다. 북서쪽에는 아낙이 어깨 덧
옷을 걸치고 꽃을 꽂은 듯한 봉우리가 있다. 사람들은 신부암(新婦巖)이
라 일컫는다. 가운데 봉우리는 바위 꼭대기가 갈라져 있다. 신선의 손바
닥이 허공에 펼쳐져 있는 듯하기도 하고, 두 사람이 나란히 서 있는 듯
하기도 하다. 요즘 사람들은 이를 가리켜 두 명의 하씨가 변화한 것이
라 하여 이하(二何)라고 바꿔 부른다. 그렇지만 이 산은 우뚝 치솟아 절
로 기이하니, 굳이 형상을 신부에 비유하고 흔적을 신선이 된 사람에
기탁할 필요가 있을까! 그 남쪽 갈래는 점점 바위가 흙이 되고 봉우리
는 등성이로 바뀐 채, 구불구불 남서쪽으로 이어지고 있다.

그 오른쪽을 따라 모두 9리를 나아가자, 황령(黃嶺)이 나왔다. 그 남쪽
의 흙등성이가 끝나는 곳에, 등성이에 기대어 있는 마을이 보이기 시작
한다. 집들이 높다랗게 늘어서 있다. 그 북쪽 모퉁이의 평평한 웅덩이
속에는 조그마한 바위 봉우리가 서 있다. 동쪽을 바라보니 마치 용마루
처럼 가로로 늘어선 채 양쪽 끄트머리가 우뚝 솟아 있으며, 서쪽을 바

라보니 영지를 높이 들고 우산을 드리운 듯 괴이한 모습으로 어지러이 섞여 있다.

다시 남서쪽으로 1리를 나아갔다. 길 오른쪽에 또 하나의 바위 봉우리가 불쑥 솟아 있다. 봉우리는 높이 솟구쳐 관문을 막고 있는데, 마치 길 가는 이들을 굽어보고 있는 듯하다. 여기에서 북동쪽으로 나아가자, 바위 봉우리는 끝이 나고, 멀리 점점이 보이는 남산이 푸릇푸릇 앞쪽에 늘어서 있다. 다시 2리를 나아가 돌다리 하나를 건넜다. 이곳의 물살과 바위 모양은 벽죽포(劈竹鋪)와 비슷했다. 다시 5리를 나아가자 길 양쪽마다 커다란 못에 물이 고여 있는데, 산의 그림자가 일렁이면서 성곽을 휘감고 있다.

다시 1리를 나아가 접룡교(接龍橋)를 지났다. 못 안에 바위를 쌓아 남북으로 다니게 했으니, 제방이지 다리가 아니다. 이곳에 주민들의 민가가 쭉 이어져 있다. 다시 서쪽으로 1리를 나아가 귀현의 동문을 거쳐 남문에 이르자, 큰 강이 그 아래에 있다. [정문 스님과 하인 고씨가 타고 온 배는 어느덧 남문에 배를 댄 지 오래되었다.] 오후에 배에 올라 해질 녘에 배가 출발했다. 달빛을 타고 서쪽으로 나아가 15리를 달리고서 멈추었다.

---

1) 개원(開元)은 당대 현종(玄宗)의 연호로서, 713년부터 741년까지이다.
2) 남조(南詔)는 8세기 중엽 당(唐)나라 때에 운남성 지역에 세워졌던 왕국으로서, 대리(大理) 분지와 곤명(昆明) 분지의 백족(白族)이 정권의 토대를 이루었다.

8월 13일

날이 밝기 전에 출발했다. 10리를 나아가 서쪽의 서산(西山)의 남쪽에 이르러 남쪽으로 돌아들어 나아갔다. 5리를 나아가 동쪽으로 돌아들어 10리를 달리니 송촌(宋村)이 나왔다. 귀현에서 남쪽으로 남산(南山)에 이르기까지는 10리이고, 남산에서 송촌에 이르기까지도 10리이지만, 배로 가는지라 구불구불하여 물길로는 배나 걸린다.

이에 앞서 나는 귀현에 도착하자마자 곧바로 남산에 숙소를 잡았다. 하인 고씨를 남겨두어 배를 기다리게 했다. 다음날 아침에 배가 떠날 때까지 기다리게 할 작정이었다. 그런데 귀현에 이르러 보니, 배가 남문에 정박한 지가 오래되었다. 나는 따로 배를 구해 건너고자 했다. 뱃사공은 "배는 밤새껏 달릴 겁니다"라고 말하면서 나에게 가지 말라고 막았다. 나는 "배로 가면 구불구불할 것이니, 남산에서 샛길로 가서 앞에서 기다리겠소. 어느 편이 나을지 모르겠소"라고 말했다. 뱃사공은 모르겠다면서 거절했는데, 아마 배가 빠를지 더딜지 기약하기 어려워 도착이 이를지 늦을지 착오가 생길까봐 걱정했기 때문이리라.

배가 출발하여 겨우 10여리를 달리고서 정박했다. 오늘은 송촌을 지나고 때도 아직 오전이니, 어찌 남산으로 가서 묵은 다음, 이곳에서 배를 타지 않겠는가? 이곳에 이르러 배는 남서쪽으로 돌아들어 돛을 단 채 10리만에 남동쪽으로 돌아들었다. 이어 밧줄로 배를 끌어 15리를 간 다음 다시 남쪽으로 돛을 단 채 달려 5리를 가서 서쪽으로 돌아들었다. 이곳은 와정보(瓦亭堡)이다. 그 북쪽 언덕에는 바위가 강 쪽으로 마치 웅크린 호랑이처럼 툭 튀어나와 있고, 그 남쪽 언덕 안에는 산이 가로로 늘어서 있다.

다시 15리를 가자 강줄기를 사이에 두고 양쪽의 산이 나란히 솟구쳐 있다. 배는 강물을 거슬러 들어갔다. 다시 5리를 가자 날이 저물었다. 달빛을 타고 10리를 달려 향강역(香江驛)에 배를 댔다.

8월 14일

5경에 돛을 달고 배가 출발했다. 새벽에 오사보(烏司堡)를 지나더니, 어느덧 10리 길을 달렸다. 이곳은 횡주(橫州)의 경계이다. 동풍이 매우 순조로워 정오에 용산탄(龍山灘)을 지난 뒤 40리를 갔다. 여울 위는 바로 오만탄(烏蠻灘)인데, 이곳에 마복파묘(馬伏波廟)가 있다. 여울은 높고 물살이 거센데다가, 돌을 쌓은 제방이 가로 막고 있는지라 그 위로 오르기가 몹시 힘들었다. 위로 올라선 뒤 뱃사공이 신묘 아래에서 제사를 지내는 바람에, 잠시 배를 멈추었다가 길을 떠났다.

북서쪽으로 5리를 나아가니 오만역(烏蠻驛)이다. 다시 남쪽으로 10리를 나아가자 바위산이 강 오른쪽에 가파르게 서 있다. 이곳은 봉황산(鳳凰山)이다. 귀현의 서산을 지난 이후 산은 온통 흙산으로 바뀌더니, 이곳에 이르러 바위 봉우리가 다시 불쑥 솟아 있다. 이곳에 두 개의 벼랑이 치솟고 남쪽으로 강에 박혀 있는 곳이 바로 봉황암(鳳凰巖)이다. 다시 남쪽으로 2리를 달려 마부(麻埠)에 이르렀다. 해는 어느덧 서산에 기울어 있었다. 나는 이곳에서 하룻밤을 묵으면서 봉황암을 둘러보고 싶었으나, 마을 주민들 모두가 나그네를 받아들이려 하지 않는지라 한참 서성거리다가 떠났다.

다시 서쪽으로 10리를 갔다. 이곳에는 높다란 산이 강 왼쪽에 불쑥 솟구쳐 있다. 산 위에는 도군암(道君巖)이라는 동굴이 있고, 아래에는 사촌(謝村)이라는 마을이 있다. 날이 이미 저물었지만, 이 산이 강에서 아직 멀리 떨어져 있는지라, 쉬어갈 겨를이 없었다. 다시 남쪽으로 5리를 가니 백사보(白沙堡)가 나왔다. 달빛을 타고 5리를 나아가 배를 댔다. 이 날 밤 달빛은 대낮처럼 밝았다.

오만탄은 횡주의 동쪽 60리에 있고, 위에는 오만산(烏蠻山)과 마복파묘가 있다. 『지』에서는 "예전에 오만족(烏蠻族)이 이곳에 거처했기에 이렇게 이름지었다"라고 했는데, 내 생각에는 오허만(烏滸蠻)은 귀현 북쪽에 있으니 이와는 무관하리라. 마복파묘 앞에는 비석이 있다. 가정 29년[1]에 남녕부(南寧府)의 지부인 왕정길(王貞吉)이 세운 것인데, "오만(烏蠻)이라는 이름으로 옛 명현의 사당을 더럽힐 수는 없기에 이름을 기경탄(起敬灘)으로 바꾼다"고 적혀 있다. 커다란 비석에 깊게 새겨 사람들에게 옛 명칭을 쓰지 못하게 했으나, 부르는 사람은 예전과 다름없다.

사당을 두루 살펴보니, 비석이 매우 많았다. 모두 최근에 이곳에서 관리를 지냈던 이들의 것인데, 왕문성(王文成)의 「상탄시(上灘詩)」는 보이지 않았다. 사당 밖에 비석 하나가 노천에 세워져 있다. 송나라 경력(慶曆) 병술년[2]에 횡주 지주를 지낸 임수(任粹)가 짓고 장거정(張居正)이 쓴 것이다. 비문은 예스럽고 필체는 힘찼다. 비문에는 이렇게 씌어 있었다.

"내가 처음으로 관직을 배수받았을 때, 봉상시(奉常寺) 소경(少卿)인 유공(劉公)이 시를 보내주었는데, 그 시에 '오암적취관주도(烏巖積翠貫州圖)'라는 시구가 있었다. 부임하자마자 그곳을 알아보았으나 끝내 찾지 못했다. 마을의 연세 드신 분들에게 두루 물어보니, 아는 사람이 '오늘의 오만산이 바로 오암산(烏巖山)입니다. 예전에 유(劉)정권[3]이 광주(廣州)를 차지했을 적에 피휘하기 위해 명칭을 바꾸었는데, 현재까지 바뀌지 않은 것입니다'라고 말했다. 만(蠻)은 한 지역의 추악한 오랑캐이며, 피휘 또한 한때 왕이라 참칭한 그릇된 일이다. 이름난 현인의, 천고에 전해진 사당의 면모가 그릇되이 이 이름을 물려받게 되었으니, 시급히 옛 이름으로 바꾸어야 하리라. 이 말을 듣는 이들 모두가 '옳으신 말씀입니다'라고 말했다. 이에 사당을 정비하고 비석을 세워 그 그릇됨을 바로잡는다."

그의 뜻은 남녕부의 지부인 왕정길의 뜻과 일치했다. 그러나 왕정길이 바꾼 기경탄(起敬灘)이란 이름보다는, 예전 이름을 그대로 사용하는 것이 훨씬 절묘하리라.

---

1) 가정(嘉靖)은 명대 세종(世宗)의 연호로서, 1522년부터 1566년이다. 가정 29년은 1550년이다.

2) 경력(慶曆)은 북송대 인종(仁宗)의 연호로서, 1041년부터 1048년까지이다. 병술(丙戌)년은 경력 6년으로 1046년이다.

3) 유 정권이란 오대 십국시대에 유은(劉隱)이 지금의 광주지역에 세운 남한(南漢) 정권을 가리킨다. 남한은 지금의 광동과 광서 지역을 차지했으며, 5대에 걸쳐 67년간

존속하다가 971년에 송의 장군 반미(潘美)에게 멸망되었다.

8월 15일

5경에 돛을 달아 배를 띄우고, 15리를 달려 청강(淸江)에 닿았다. 강물이 강의 왼쪽에서 큰 강으로 흘러들었다. 다시 20리를 달려 횡주의 남문에 이르니, 아직 오전이었다. 횡주성은 큰 강의 북동쪽 언덕에 있다. 서쪽에서 흘러온 큰 강이 성에 이르러 남동쪽으로 흘러가고, 횡주성은 그 왼쪽을 굽어보고 있다. 그 강가에 있는 두 곳의 문은 비록 남쪽을 향하여 굽어보고 있으나, 실제로는 남서쪽을 향해 있다.

성 가까이에는 남북 양쪽에 산이 있다. 북쪽으로 7리 되는 곳의 고발산(古鉢山)은 성 서쪽의 북쪽 모퉁이에 있다. (이 산은 속칭 낭낭산娘娘山이라고 한다. 당나라 정관貞觀 연간에 진陳씨라는 아낙이 물고기를 사서 삶으려는 순간, 홀연 흰 옷을 입은 사람이 "이 물고기를 먹어서는 안되오, 어서 물속에 던지고 산꼭대기에 올라 피하시오"라고 했다. 진씨는 그의 말대로 했다. 고개를 돌려 살던 곳을 바라보니, 이미 푹 꺼진 채 못이 되어 있었다. 그 못은 지금 용지龍池라고 불리며, 산꼭대기의 사당은 성파묘聖婆廟라고 한다.) 남쪽으로 15리 되는 곳의 보화산(寶華山)은 성 남동쪽 모퉁이에 있다. (보화산에는 수불사壽佛寺가 있는데, 건문제建文帝가 은거했던 곳이다.) 이 두 산은 모두 구불구불 이어지는 흙산인데, 보화산이 가장 높다. 이른바 '빼어남은 성 남쪽에서 비롯된다(秀出城南)'는 말은 바로 이것을 가리킨다. (이 말은 송나라 태수인 서안국徐安國의 시구이다.)

이때 이곳의 관리는 우리 고향 사람인 제초여(諸楚餘, 이름은 사교士翹이다)이다. 나는 그에게 전해줄 편지를 가지고 있었다. 울림도의 고동서의 집안 편지와 함께 대나무 상자에 두었으나, 형주를 지날 적에 강도를 만나 빼앗겨 버렸다. 그래서 지난번에는 울림을 지나면서, 그리고 이번에는 횡주를 지나면서 고개를 떨군 채 갈 수밖에 없었다. 마치 조물주가 일부러 강도의 손을 빌어 시종 관원을 만나지 않는 의리를 온전히 지키게 했으니, 은홍교(殷洪喬)[1]를 남몰래 본받도록 하는 것이 아니겠는가?

이 날은 중추절이다. 나는 짐과 환자 두 사람을 남녕부로 가는 배에 태워 보냈다. 나는 성에 들어가 저자에서 식사를 하고, 성을 따라 강을 곁에 끼고서 동쪽으로 나아가 2리를 걸어 하도(下渡)에 이르렀다. (횡주에 는 세 곳의 나루터가 있다. 맨 서쪽의 나루터는 횡주의 성문 밖에 있는 상도上渡이다. 맨 동쪽의 나루터는 하류가 동쪽으로 돌아드는 곳에 있는 하도이다. 중도中渡는 그 가 운데에 있다.)

남쪽 언덕을 건너자 [보화산으로 가는 길이 나온다.] 산비탈에 올라 섰다. 대단히 넓은 길을 따라 2리만에 고개 중턱을 지나 들어가자, 고개 속에 산이 빙 둘러싼 채 동굴을 이루고 있다. 동굴에서 북동쪽으로 나 아가니 오솔길이 있다. 20리를 걸으면 봉황산에 닿을 수 있다.

잠시 후 다시 골짜기를 따라 남쪽으로 나아갔다. 5리만에 오른쪽 갈 림길에서 남쪽으로 다시 고개에 올랐다. 남쪽으로 1리를 내려갔다가 다 시 1리를 걸어 몽(蒙)씨 산장을 지났다. 이어 1리를 간 뒤 동쪽의 산에 들어섰다. 다시 2리를 나아가 산 아래 마을을 지났다. 나는 이곳이 보화 사(寶華寺)이겠거니 생각했다. 풀숲을 헤치고 들어가서야 절이 아직 산중 턱에 있음을 알게 되었다. 산골물을 건너 층계를 따라 반리를 나아가니 절이 나타났다.

때는 겨우 오후인데 스님이 문을 닫아걸었기에, 한참 두드려서야 들 어갈 수 있었다. 그 절은 서쪽을 향해 있다. 절의 문은 자못 가지런하고, 편액에는 '만산제일(萬山第一)'이리 씌어 있다. 글씨기 매우 예스럽고 힘 찬지라 처음 보는 순간 건문제가 옛적에 쓴 것이라 생각했다. 그런데 달려가 살펴보니 만력 말년에 이곳 마을 사람인 시이(施恰)가 세운 것이 었다. 시이는 절문을 세우고 그 편액을 새로이 만들면서, 자신의 이름을 적음과 아울러 건문제의 필적을 함께 걸어놓았다. 후에 스님에게 물어 보고서야, 과연 건문제가 손수 쓴 필적임을 알게 되었다. 내가 "마땅히 이 사실을 널리 알리셔야지요"라고 말하자, 스님은 "예, 예, 그래야지요"라고 대꾸했다.

절 안에는 다른 유적은 없었다. 스님 한 분만이 절을 지키고 있을 뿐 종소리도 들리지 않았다. 산 뒤의 폭포에 대해 물었더니, 스님은 이렇게 대답했다. "폭포는 뒤쪽 고개에서 떨어지는데, 높이가 백 길입니다. 골짜기는 우거진 수풀에 가려져 있으니, 가려 해도 층계가 없고 보려 해도 보이지 않습니다. 오직 고개 위로 올라가야만 폭포 소리를 들을 수 있습니다." 나는 이에 스님에게 절에 밥을 지어놓으라 하고서, 홀로 지팡이를 짚고서 고개에 올라 곧바로 꼭대기로 나아갔다. 바람소리와 폭포소리가 서로 포효하듯이 그치지 않았으나, 폭포는 끝내 보이지 않았다. [고개 남쪽으로 50리를 내려오면 곧 영산현(靈山縣)이다.]

이에 산을 내려와 절로 돌아왔다. 절 뒤의 산등성이 위에 벽돌이 겹겹이 쌓여 있는 것이 보였다. 스님에게 물어보자, "이곳의 양(楊)씨 성을 가진 이들이 건문제묘(建文帝廟)를 지으려고 자재를 준비하여 기다리고 있습니다"라고 대답했다. 아! 시이는 새롭게 바꾸면서 그 유적을 가려 버리는데, 이 사람들은 오래 전의 선대를 추억하여 그의 사당을 지으려고 하는구나. 한 마을 사람사이에도 지혜로움과 우둔함의 차이가 이렇게 하늘과 땅 사이란 말인가!

얼마 지나지 않아 해가 서산에 졌다. 바람은 쉬지 않고 울부짖고, 뜬구름은 제멋대로 모이고 흩어진다. 순식간에 구름의 자취가 문득 사라지고, 환한 달이 공중에 얼굴을 내밀었다. 삼일(參一) 스님이 빚어둔 술을 가져와 나그네를 취하게 만들었다. 노란색 바나나와 붉은색 유자를 안주로 삼았다. 공활한 산은 고요히 정적에 싸여 있고, 옥같은 우주는 티끌 하나 없이 정결한데, 나그네 한 사람과 스님 한 분이 아득한 천지간에 서로 마주하고 있으니, 참으로 군옥산¹⁾이라 일컬을 만하다. 지팡이를 짚고서 나온 가을 경관 유람의 기대를 저버리지 않도다.

1) 『세설신어(世說新語·임탄(任誕)』에 따르면, 진(晉)나라 말기에 은홍교(殷洪喬)가 예
   장(豫章)의 태수가 되어 부임하게 되자, 벗들이 백여 통의 편지를 전해달라고 부탁했
   다. 그는 남경 북쪽 교외의 석두(石頭)에 이르자 그 편지들을 모조리 강물 속에 집어
   던지면서 "가라앉을 것은 절로 가라앉고, 떠오를 것은 절로 떠오를 터, 나는 편지 심
   부름꾼 노릇은 하지 않을 테다"라고 말했다.
2) 군옥산(群玉山)은 전설상의 서왕모(西王母)의 거처이다.

8월 16일

보화사에서 아침 식사를 했다. 5리를 걸어 산을 내려와 큰 길로 나온
뒤, 다시 5리를 나아가 동굴 앞의 고개로 나왔다. 북동쪽을 바라보니 봉
황산의 여러 바위 봉우리가 30리 밖에 있다. 정신을 황홀하게 만들었다.
거듭 물어보았으나 길이 멀어 오고가기에 시간이 빠듯하고, 남녕으로
가는 배가 내일 아침 일찍 출발하기로 정해져 있는지라 산을 내려오고
말았다. 서쪽으로 5리를 나아가 주성의 성문에 당도했다. 상도에서 강
을 건너 배에 올랐다.

8월 17일

동틀녘에 배가 출발했다. 비가 추적추적 내리고, 순풍이던 바람은 금
세 역풍으로 바뀌었다. 배가 남서쪽으로 30리를 달리자, 강어귀에 강의
남쪽 언덕에서 흘러오는 조그마한 물길이 나타났다. 이 물길은 남강이
다. 배는 북쪽으로 돌아들어 나아가다가 다시 10리를 달려 진보강(陳步
江)에 이르렀다. (강의 남쪽 언덕에 있으며, 자은 배가 다닌다. 안에 진보강시陳步江
寺가 있는데, 역시 건문제가 머물렀던 곳이다.) [흠주의 소금 모두가 여기에서
나온다.]

북쪽 언덕에 배를 댔다. 이날 모두 40리를 달렸다. (정문 스님이 병을 앓
은 후 이질에 걸렸다. 평소에 계율을 지켜오던 그는 오물이 강물을 더럽힐까봐 그것들
을 몸 주변에 쌓아두었다. 그 바람에 악취가 배에 가득했다. 그러나 한 번도 제대로 씻

어내지 않은 채, 배에 가득 오물이 쌓여도 아랑곳하지 않았다.)

8월 18일

아침 식사를 한 후 배가 출발했다. 처음에는 비가 보슬보슬 내리더니 오전에 맑게 갰다. 배는 이곳에 이르러 대부분 북서쪽으로 나아갔다. 바람도 역풍으로 바뀌었다. 산은 이곳에 이르러 온통 흙산으로 둘러싸이고, 우뚝 솟은 바위 봉우리는 더 이상 보이지 않았다. [대체로 울강에 들어서면서부터 봉황산만 바위 벼랑이 늘어선 채 강을 굽어보았을 뿐, 나머지는 온통 흙산이었다.]

20리를 달리자 비룡보(飛龍堡)가 나오고, 다시 10리를 가자 동롱보(東隴堡)에 이르렀다. 다시 5리를 달려 강의 왼쪽 언덕에 정박했다. 이곳은 화연역(火煙驛) 하류에서 5리 되는 곳에 있다. 흙산 위에는 너럭바위가 평탄하게 이어져 있다. 마치 하늘 높이 매달려 있는 돈대처럼 허공으로 들려 있다. 이 또한 기이한 경관이다. 이날 35리를 달렸다.

8월 19일

날이 밝아 길을 나섰다. 5리를 나아가 화연역을 지났다. 이곳은 영순현(永淳縣)의 경내이다. 여기에서 배는 북쪽으로 돌아들어 나아가 십이기(十二磯)를 지났다. 강가 자갈밭은 강 오른쪽 물가에 있고, 너럭바위가 비스듬히 쌓인 채 강가에 가로로 툭 튀어나와 있다. 횡주에서부터 산의 바위는 온통 검붉거나 진한 검정색이고, 형태는 모두 쟁반 모양으로 툭 튀어나와 있다. 더 이상 영롱하게 반짝이고 깎아지른 듯한 모습이 아니다.

모두 15리를 달려 녹촌(綠村)에 닿았다. 배는 북동쪽으로 돌아들어 다시 10리를 나아가 삼주두(三洲頭)에 이르렀다. 다시 5리를 달리니 고촌(高村)이 나왔다. 남동쪽으로 돌아든 뒤 배에 돛을 달았다. 3리를 달려 다시 북동쪽으로 돌아들고, 5리만에 동쪽으로 돌아들어 나아갔다. 다시 2리를 달려 영순현(永淳縣)의 남문에 이르러 배를 댔다. 이날 45리를 나아갔다.

영순현은 괘방산(掛榜山)에 웅크린 채 성을 쌓았다. 울강이 북서쪽에서 흘러와 곧바로 산 아래에 이르러서야 비로소 동쪽에서 남쪽으로 꺾였다가, 남문을 감돌아 서쪽으로 흘러간다. 현성의 서쪽에는 등성이 하나만이 뻗어내린 산줄기가 있다. 등성이 북쪽은 흘러오는 강물이고, 등성이 남쪽은 흘러가는 강물인데, 서로의 거리는 매우 가깝다. 등성이의 북동쪽에 바위 벼랑이 둥글게 이어져 가다가 우뚝 솟구쳐 괘방산을 이루고 있다. 성이 그 위를 뒤덮고 있고, 강물이 사방을 둘러싸고 있는지라 성 곁에는 빈 터가 없다.

8월 20일

배는 정박한 채 사람을 기다리다가 오전에야 출발했다. 북쪽으로 영순현의 동쪽을 에돌았다가 잠시 후 서쪽으로 성의 북쪽을 에돌았다. 성의 사방 모퉁이를 거의 다 휘감아돌고나서야 비로소 북서쪽으로 나아갔다. 15리를 달려 녹경보(鹿頸堡)에 이르니, 어느덧 정오가 지나 있었다. 돌아들어 서쪽으로 나아가면서 돛을 달았다. 이곳에서 양쪽 언덕의 흙산이 다시 나타나는데, 강 한복판에 바위가 물길을 가로막은 채 버티고 있다.

5리를 달려 남서쪽으로 나아갔다. 다시 15리를 달려 영리수(伶俐水)에 이르렀다. 강의 북쪽 언덕에 부두가 있다. 뱃사공은 부두에 배를 대고서 땔감을 사러 갔다. 비바람이 갑자기 휘몰아치더니 해질녘에야 그쳤다. 다시 5리를 달려 배를 댔다. 이날 40리를 달렸다.

8월 21일

닭이 두 번 울자 즉시 길을 떠났다. 5리를 가자, 날이 밝았다. 남서쪽으로 20리를 달려 대충항(大蟲港)을 지나자, 강의 북쪽 언덕에 항구가 있다. 돌아들어 남쪽으로 5리를 간 뒤, 다시 서쪽으로 5리를 달려 정오에 유인동(留人峒)을 지났다. 강 오른쪽에 바위가 우뚝 솟구쳐 있는데, 영락없이 아낙네가 손을 흔들어 가지 말라고 붙드는 모습이다. 산이 굽이돌고 물이 굽이진 곳에 바위가 있기에 동(峒)이라 일컬었으리라.

다시 북쪽으로 굽이돌아 서쪽으로 나아가 5리를 달려 사의탄(蓑衣灘)을 지났다. 다시 10리를 나아가 북쪽으로 돌아들어 나아가니, 팔척강(八尺江)이 서쪽에서 흘러든다. [팔척강은 흠주에서 발원하고, 다니는 배는 상사주(上思州)까지 닿을 수 있다.] 팔척강의 북쪽과 큰 강의 서쪽에서는 순검사를 팔척(八尺)이라 부르며, 역참 또한 황범(黃范)이라 한다. 왼쪽 봉우리에서 묵었다.

8월 22일

날이 밝자 황범에서 북쪽으로 5리를 나아가 오밤탄(烏湴灘)에 올랐다. 강물은 이곳 여울에 이르러, 서쪽의 팔척강으로 흘러가는 지류가 나뉘어졌다. 배는 여울에 올라 서쪽으로 돌아들기 시작하다가 차츰 다시 남서쪽으로 나아간다. 20리를 나아가자 북쪽 언덕에 흙산이 우뚝 솟아 있다. 이곳은 청수산(青秀山)인데, 위로 오층탑이 푸른 소나무 사이로 드러나 보인다. 이곳은 남녕부(南寧府) 남동쪽의 하구이다. 다시 서쪽으로 5리를 나아가 사염도(私鹽渡)에 이르렀다.

다시 서쪽으로 5리를 달려 꽤 기다란 여울에 올랐다. 강의 서쪽 언덕의 조그마한 산 위에 바위가 불쑥 튀어나와 있다. 바위 아래에는 뾰족한 받침 모양의 바위가 있고, 위에는 모자 모양의 바위가 실려 있다. 이곳은 표자석(豹子石)이다. 배는 이곳에 이르러 북쪽으로 돌아들어 다시 10리를 나아가 백만(白灣)을 지났다. 산이 훤히 열리고 하늘이 훤히 트였다. 강 양쪽에 마을이 많아지니, 비로소 변방의 황량한 곳처럼 보이지 않았다. 남쪽으로 돌아들어 3리를 나아가니 평남(坪南)이 나왔다. 강의 남쪽 언덕에 마을이 매우 흥성했다. 다시 서쪽으로 3리를 달려 정자도(亭子渡)에 배를 댔다.

8월 23일

동이 트기 전에 길을 떠났다. 5리를 달려 남녕부의 남서쪽 성벽 아래에 닿았다.

(여기에서부터 9월 초여드레까지의 기록이 빠져 있다.)

9월 초아흐레

서쪽의 진북교(鎭北橋) 관제묘(關帝廟)를 지난 뒤, 서쪽으로 3리를 나아가 횡당(橫塘)에 이르렀다. 동쪽을 바라보니 망선파(望仙坡)가 동서로 서로 떨어져 있었다. 이곳에서 서쪽으로 꺾어들어 5리를 나아가 바라보니, 나수산(羅秀山)은 벌써 북동쪽에 있고, 길은 점점 희미해진다. 약간 앞으로 가자 시내 한 줄기가 보였다. 시냇물은 무강(武江)보다 작지만, 물살은 그보다 거셌다.

시내를 건너 북쪽으로 나아갔다. 2리를 나아가자, 서쪽으로 가면 신허(申墟)로 가는 길이고, 북쪽으로 가면 나뢰촌(羅賴村)이다. 어느덧 서쪽 산의 동쪽 기슭에 바짝 다가와 있었다. 북동쪽으로 되돌아 다시 2리를 나아가 적토촌(赤土村)의 서쪽을 지났다. 서쪽에서 동쪽으로 산기슭을 돌아들어 흐르는 조그마한 물길은 적토촌을 감돌아 가운데의 장터로 흘러내린다. 산골물을 넘어 산에 올라 조그마한 산을 한 겹 더 넘자, 그 안에 전동(田峒)이 이루어져 있다.

다시 동굴을 넘어 조그마한 다리를 지나 올라가자, 길이 다시 넓어졌다. 길 왼쪽에 절이 있는데, 이층의 누각이 매우 가지런하다. 바라보아도 사람이 없기에, 기운을 내어 곧장 북쪽의 고개에 올랐다. 고개 서쪽에는 산골물이 있고, 겹겹의 산이 서쪽의 높은 봉우리에서 뻗어온다. 이곳은 곧 마퇴산(馬退山)을 끼고 이루어진 것이다.

1리를 나아가 산속의 움푹 꺼진 곳을 넘었다. 대체로 북서쪽의 사은부에서 뻗어오는 대산은 동서 양쪽을 마치 성처럼 둘러싸고 있다. 이 산이 구불구불 남서쪽에서 북동쪽으로 뻗어 있는데, 남서쪽에서 가장 높은 곳이 마퇴산이다. 다시 동쪽으로 나아가자 나란히 늘어선 봉우리들이 어지러이 불쑥 솟아 있는데, 온통 이와 비길 만한 곳이 없다. 그곳의 동쪽에 있는 나수산은 마치 하나의 산인 양 이어져 있는데, 봉우리는 들쑥날쑥하다. 길은 이곳을 따라 나 있다.

길은 가운데 봉우리에 이르러 홀연 두 갈래로 나뉘었다. 왼쪽은 북서쪽을 향하여 무연현(武緣縣)으로 가는 길이고, 오른쪽은 쭉 북쪽으로 나아가 산을 내려가는 샛길이다. 두 갈래 길 사이로 한 가운데에 봉우리 하나가 있다. 이곳은 나수산의 꼭대기이다. 이때 나는 두 갈래 길이 어디로 통하는지 알지 못해 소나무 그늘 아래에서 길가는 이를 기다렸다. 그러나 오후가 지나도록 한 사람도 오지 않았다.

그래서 오른쪽이 그윽하기에 그 길을 따라 북쪽으로 움푹 꺼진 곳을 나왔다. 이 길이 고개를 내려가는 것을 보고 되돌아가려고 했다가 봉우리 꼭대기까지 올라가보지 않으면 안되겠다는 생각이 들어 곧바로 그곳에서 남쪽으로 올랐다. 그 봉우리 꼭대기는 서쪽으로 마퇴산과 이어져 있고, 동쪽으로는 황범에서 북쪽의 빈주(賓州)로 뻗어 나간다.

대체로 이 산줄기는 곡정의 동산에서 뻗어와, 영녕주(永寧州), 사성주, 사은부를 지나 이곳에 이르고, 동쪽의 빈주에 이르러 남쪽에 치솟아 귀현의 북산을 이루고, 또 동쪽에 치솟아 심주의 서산을 이루고서야 비로소 끝난다. 남녕부의 산줄기는 나수산 동쪽에서 갈라져 남쪽으로 뻗어내리고, 등성이와 구릉들이 구불구불 몇 리를 가서 망선파로 맺혀진다. 남녕부의 부성은 이곳에 기대어 있다. 다시 동쪽에서 갈라져 남쪽으로 뻗어내려와 청산(靑山)으로 맺혀지는데, 이곳은 남녕부의 하구이다. 청산은 마퇴산과 동서로 마주보면서 뒤쪽을 빙 둘러 크게 감싸고 있다. 이 산은 가운데에 평지가 있고, 서로 30리 떨어져 있으며, 변경은 툭 트여 있다. 이제껏 이처럼 공활한 곳은 없었다.

꼭대기에서 사방을 바라보니, 오직 북쪽만이 겹겹의 봉우리가 마치 수많은 꽃받침이 모여 있는 듯 빽빽하게 불쑥 솟은 채, 쭉 무연(武緣)까지 이어져 있다. 그러나 온통 흙산이 어지러이 널려 있고, 그 사이를 나눌 만한 바위 봉우리 하나 없다. 이 때문에 청산의 표자석이 이곳의 제일봉이 되었던 것이다. 꼭대기에서 서쪽의 무연으로 내려가는 길에 움푹 꺼진 곳 사이로 북쪽을 바라보니, 적막하여 묵을 만한 곳이 도통 보이지 않았다.

이에 되돌아와 갈림길에서 1리쯤 내려왔다. 길가에서 나수사(羅秀寺)로 들어갔으나 텅 빈 채 아무도 없는지라, 그곳에 올라가 서성거리면서 바라보았다. 다시 1리를 나아가 방금 전에 지났던 전동으로 내려간 뒤, 그 왼쪽에서 큰 길을 따라 모두 2리를 걸어 적토촌에 이르렀다. 육(陸)씨 집에서 하룻밤을 묵었다.

(이후 9월 초열흘에서 21일까지 남녕부를 유람한 일기가 빠져 있다.)

원문

丁丑六月十二日 晨餐後登舟, 順流而南, 曲折西轉, 二十里, 小江口, 爲永福界. 又二十里, 過永福縣. 縣城在北岸, 舟人小泊而市蔬. 又西南三十五里, 下蘭麻灘. 其灘懸涌殊甚, 上有蘭麻嶺, 行者亦甚逼仄焉. 又二十里, 下陟灘爲理定, 其城在江北岸. 又十五里而暮. 又十五里, 泊於新安鋪.

十三日 昧爽行四十里, 上午過舊街, 已入柳州之洛容界矣, 街在江北岸. 又四十里, 午過牛排. 又四十里, 下午抵洛容縣南門. 縣雖有城, 而市肆荒落, 城中草房數十家, 縣門惟有老嫗居焉. (舊洛容縣在今城北八十里, 其地抵柳州府一百三十里. 今爲新縣, 西南抵柳州五十里.) [水須三日溯柳江乃至.] 是晚宿於舟中. 預定馬爲靜聞行計.

十四日 昧爽起飯, 覓担夫肩筐囊, 倩馬馱靜聞, 由南門外繞城而西. 靜聞甫登騎, 輒滾而下. 顧僕隨靜[聞]、担夫先去, 余携騎返換, 再易而再不能行, 計欲以車行, 衆謂車之岻嶸甚於馬, 且升降坡嶺, 必須下車扶挽, 益爲不便. 乃以重价覓肩輿三人, 擠其欲而後行, 已上午矣. 余先獨行, 擬前鋪待之, 慮轎速余不能踵其後也. 共一里, 過西門, 西越一橋而西, 卽升陟坡坂. 四顧皆迴崗複嶺, 荒草連綿, 惟路南隔崗有山尖聳, 露石骨焉. 跋荒莽共十八里, 踰高嶺, 迴望靜聞轎猶不至. 下嶺又西南二里, 爲高嶺鋪, 始有茅舍數家, 名孟村. 時靜聞猶未至, 姑憩鋪肆待之. 久之乃來, 則其憊彌甚. 於是復西一里, 乃南折而登嶺, 迤邐南上, 共四里, 抵南寨山之西, 則柳江逼其西崖矣. 乃西向下, 舟人艤舟以渡. [有小溪自南寨破壑, 西注柳江, 曰山門沖.] 江之東爲洛容界, 江之西爲馬平界. 登西岸, 循山瀕江南向行, 是爲馬鹿堡. 東望隔江, 石崖橫亘其上, 南寨山分枝聳幹, 亭亭露奇. 共五里, 乃西向踰坳入, 則石峰森立, 夾道如雙闕. 其南峰曰羅山, 山頂北向, 有洞斜騫, 側裂旁開兩門, 而仰眺無蹟攀路, 西麓又有洞駢峙焉. 其北峰曰李馮山, 而南面峭削尤甚. 又二里, 雙闕之西, 有小峰當央而立, 曰獨秀峰.

行者共憩樹下, 候靜聞輿不至. 問後至者, 言途中幷無肩輿, 心甚惶惑. 然迴眺羅山西麓之洞, 心異之. 同憩者言: "從其南麓轉山之東, 有羅洞巖焉, 東面有坊, 可望而趨也." 余聞之益心異, 仰視日色尚未令昃, 遂從岐東南披宿草行. 一里, 抵羅山西南角, 山頭叢石疊架, 側竇如圭, 橫穴如梁. 從此轉而南, 東循其南麓, 北望山半亦有洞南向, 高少遜於北巓, 而面背正相値也. 東南望一小山瀕江, 山之南隅, 石剖成罅, 上至峰頂, 復連而爲門. 其時山雨忽來, 草深沒肩, 不虞上之傾注, 而轉苦旁之淋灕矣. 轉山之東, 共約一里, 遂踰坳北入, 一坪中開, 自成函蓋. 右峰之北, 有巨石斜疊而起, 高數十丈, 儼若一人北向端拱, 衣褶古甚. 左崖之北, 有雙門墜峽而下, 內洞北向, 深削成淵, 底有伏流澄澈, 兩旁俱峭壁數十丈, 南進窅然, 不知其宗. 北抵洞口, 壁立斬絶, 上有橫石[高二尺,] 欄洞口如閾, 可坐瞰其底, 無能踰險下墜, 亦無虞失足隕越也. 閾之左壁, 有懸綆數十丈, 圈而繫之壁間, 余疑好事者引端懸崖以遊洞底者. 惜余獨行無偶, 不能以身爲轆轤, 汲此幽閟也. 旣北出峽門上, 復西眺西峰, 有道直上, 果有石坊焉. 亟趨之, 石坊之後, 有洞東向, 正遙臨端拱石人, 坊上書'第一仙區', 而不署洞名. 洞內則列門設鎖, 門之上復橫柵爲欄, 從門隙內窺, 洞甚崆峒, 而路無由入. 乃攀柵踐壁踰門端入, 則洞高而平, 寬而朗, 中無佛像, 有匡床、木几, 遺管城、墨池[1]焉. 探其左, 則北轉漸黑而隘; 窮其右, 則西上愈邃而昏. 余冀後有透明處, 摸索久之不得. 出, 仍踰門上柵, 至洞前. 見洞右有路西上, 撥草攀隙而登, 上躡石崖數重, 則徑窮莫前, 乃洞中剪薪道也. 山雨復人至, 乃據危石, 倚穹崖而坐待之. 忽下見洞北坪間, 翠碧茸茸, 心訝此間草色獨異, 豈新禾沐雨而然耶? 未幾, 則圓繞如規, 五色交映, 平鋪四壑, 自上望之, 如步帳迴合, 倏忽影滅. 雨止乃下, 仍從石坊逾南坳, 共二里, 轉是山西麓. 先入一洞, 其門西向, 豎若合掌, 內窪以下, 左轉而西進, 黑不可捫; 右轉而東下, 水不可窮, 乃峻逼之崖, 非窈窕之宮也. 出洞又北, 卽向時大道所望之洞.

洞門亦西向, 連疊兩重. 洞外有大石, 橫臥當門, 若置閾焉, 峻不可踰. 北有隘, 側身以入, 卽爲下洞. 洞中有石中懸, 復間爲兩門, 南北幷列. 先從南門入, 稍窪而下, 其南壁峻裂斜騫, 非攀躋可及; 其北崖有隙, 穿懸石之後, 通北門之內焉. 其內亦下墜, 而東入洞底, 水聲汩汩, 與南洞右轉之底, 下穴潛通. 由北門出, 仰視上層, 石如荷葉下覆, 虛懸無從上躋. 復從南門之側, 左穿外竅, 得一旁龕. 龕外有峽對峙, 相距尺五, 其上南卽龕頂盡處, 北卽覆葉之端. 從峽中手攀足撐, 遂從虛而凌其上, 則上層之洞, 東入不深, 而返照逼之, 不可嚮邇; 惟洞北裂崖成竇, 環柱通門, 石質忽靈, 乳然轉異; 攀隙西透, 崖轉南向, 連開二楹, 下跨重樓, 上懸飛乳, 內不深而宛轉有餘, 上不屬而飛凌無礙. 巖之以憑虛駕空爲奇者, 陽朔珠明之外, 此其最矣.

坐憩久之, 仍以前法下. 出洞前橫閾, 復西北入大道, 一里抵獨秀峰下. 又西向而馳五、六里, 遇來者, 問無乘肩輿僧, 止有一臥牛車僧. 始知輿人之故遲其行, 窺靜聞可愚, 欲私以牛車代易也. 其處北望有兩尖峰亭亭夾立, 南望則群峰森繞, 中有石綴出峰頭, 纖幻殊甚, 而不辨其名. 又西五、六里, 則柳江自南而北, 卽郡城東繞之濱矣. 江東之南山, 有樓閣高懸翠微, 爲黃氏書館. (卽壬戌會魁[2]黃啓元.) 時急於追靜聞, 遂西渡江, 登涯卽闤闠連絡; 從委巷二里入柳州城. 東門以內, 反寥寂焉. 西過郡治, 得顧僕所止寓, 而靜聞莫可踪跡. 卽出南門, 隨途人輒問之, 有見有不見者. 仍過東門, 繞城而北, 由唐二賢祠躡之開元寺. 知由寺而出, 不知何往, 寺僧言 : “此惟千佛樓、三官堂爲接衆之所, 須從此覓.” 乃出寺, 由其東卽北趨, 里餘而得千佛樓, 已暮矣. 問之僧, 無有也. 又西趨三官堂. 入門, 衆言有僧內入, 余以爲是矣; 抵僧棲, 則仍烏有. 急出, 復南抵開元東, 再詢之途人, 止一汲者言, 曾遇之江邊. 問 : “江邊有何庵?” 曰 : “有天妃廟.” 乃暗中東北行, 又一里, 則廟在焉. 入廟與靜聞遇. 蓋輿人以牛車代輿, 而車不渡江, 止以一人隨携行李, 而又欲重索靜聞之資, 惟恐與余遇, 故迂歷城外荒廟中, 竟以囊被詒僧抵錢付去. 靜聞雖病, 何愚至此! 時廟僧以飯餉, 余、輿同臥廟北野室中, 四壁俱竹篱零落, 月明達旦.

十五日 昧爽起, 無梳具, 乃亟趨入城寓, 而靜聞猶臥廟中. 初擬令顧僕出
候, 幷攜囊同入, 而顧僕亦臥不能起, 余竟日坐樓頭俟之, 顧僕復臥竟日,
不及出遊焉. 是日暑甚, 余因兩病人僵臥兩處, 憂心忡忡, 進退未知所適從,
聊追憶兩三日桂西程紀, 迨晚而臥.

十六日 顧僕未起, 余欲自往迎靜聞. 顧僕强起行, 余幷付錢贖靜聞囊被.
迨上午歸, 靜聞不至而廟僧至焉. 言昨日靜聞病少瘥, 至夜愈甚, 今奄奄垂
斃, 亟須以輿迎之. 余謂病旣甚, 益不可移, 勸僧少留, 余當出視, 幷攜醫就
治也. 僧怏怏去. 余不待午餐, 出東門, 過唐二賢祠, 由其內西轉, 爲柳侯廟,
(『柳侯碑』在其前, 乃蘇子瞻書, 韓文公詩.) 其後則柳墓也. (余按『一統志』, 柳州止有
劉賁墓, 而不及子厚, 何也? 容考之.) 急趨天妃視靜聞, 則形變語譫, 盡失常度.
始問之, 不能言, 繼而詳訊, 始知昨果少瘥, 晚覓菖蒲、雄黃服之, 遂大委
頓,[1] 蓋蘊熱之極, 而又服此溫熱之藥, 其性悍烈, 宜其及此. (余數日前閱『西
事珥』, 載此中人有食飮端午菖蒲酒, 一家俱斃者, 方以爲戒. 而靜聞病中服此, 其不卽斃
亦天幸也.) 余欲以益元散解之, 恐其不信. 乃二里入北門, 覓醫董姓者出診
之. 醫言無傷, 服藥卽愈. 乃復隨之抵醫寓, 見所治劑俱旁雜無要. 余攜至
城寓, 另覓益元散, 幷藥劑令顧僕傳致之, 諭以醫意, 先服益元, 隨煎劑以
服. 迨暮, 顧僕返, 知服益元後病勢少殺矣.

十七日 中夜雷聲殷殷, 迨曉而雨. 晨餐後, 令顧僕出探靜聞病, 已漸解. 旣
午雨止, 濕蒸未已. 匡坐寓中, 倦於出焉.

柳郡三面距江, 故曰壺城. 江自北來, 復折而北去, 南環而寬, 北夾而束, 有壺之形焉, 子厚所謂'江流曲似九迴腸'也. 其城頗峻, 而東郭之聚廬, 反密於城中, 黃翰簡、龍天卿之第俱在焉. (龍名文光.) 黃翰簡(名啓元.)壬戌進士, 父(名化)由鄉科任廣東平遠令, 平盜有功, 進僉憲. 母夫人許氏, 以貞烈死平遠, 有顓[1]祠. 余昔聞之文相公湛持, 言其夫人死於平遠城圍之上, 而近閱『西事珥』, 則言其死於會昌, 其地旣異, 則事亦有分. 此其所居, 有祠在羅池東. [缺] 當俟考之. (翰簡二子俱鄉科.)

---

1) 전(顓)은 전(專)의 의미이다.

十八日 因顧僕病不能炊, 余就粥肆中, 卽出東門觀靜聞. 一里, 北過二賢祠, 東過開元寺, 又共一里, 抵天妃廟, 則靜聞病雖少痊, 而形神猶非故吾也. 余初意欲畀錢廟僧, 令買綠豆雜米作糜, 以芽荣鮮姜爲供. 問前所畀, 竟不買米, 俱市粉餠食. 余恐踏前轍, 遂弗與, 擬自買畀之, 而靜聞與廟僧交以言侵余. (此方病者不信藥而信鬼, 僧不齋食而肉食, 故僧以大餔[1]惑靜聞, 而靜聞信之. 僧謂彼所恃不在藥而在食. 靜聞謂予不惜其命而惜錢, 蓋猶然病狂之言也.)

余乃還, 過開元寺入瞻焉. 寺爲唐古刹, 雖大而無他勝. 又西過唐二賢祠覓搨碑者家, 市所搨蘇子瞻書韓辭二紙. 更覓他搨, 見有柳書「羅池題石」一方, 筆勁而刻古, 雖後已剝落, 而先型宛然. 余囑再索幾紙, 其人欣然曰 : "此易耳. 卽爲公發硎.[2]" 出一石搨, 乃新摹而纔鑴之者. 問 : "舊碑何在?" 曰 : "已碎裂. 今番不似前之剝而不全矣." 余甚悗惜, 謝其新搨, 只攜舊者一紙幷韓辭二大紙去. 詢羅池所在, 曰 : "從祠右大街北行, 從委巷東入卽是. 然已在人家環堵中, 未易覓也." 余從之. 北向大街行半里, 不得; 東入巷再詢之, 土人初俱云不知. 最後有悟者, 曰 : "豈謂'羅池夜月'耶? 此景已久湮滅, 不可見矣." 余問 : "何故?", 曰 : "大江東南有燈臺山, 魄懸臺上而影浸池中, 爲此中絶景. 土人苦官府遊宴之煩, 抛石聚垢, 池爲半塞, 影遂不耀, 覓之無可觀也." 余求一見, 其人引余穿屋角垣隙, 進一側門, 則有池一灣, 水甚汚濁. 其南有廢址兩重, 尚餘峻垣半角, 想卽昔時亭館所託也. 東岸龍眼二株, 極高大, 鬱偋垂實, 正纍纍焉. 度其地當卽柳祠之後, 祠卽昔之羅池廟, 柳侯之所神棲焉者. 今池已不能爲神有, 況欲其以景耶?

憑弔久之, 還飯於寅. 乃出小南門, 問融縣舟, 欲爲明日行計. 始知府城北門明日爲墟期, 墟散舟歸, 沙弓便舟鱗次而待焉. 乃循江東向大南門渡江. 江之南, 稍西爲馬鞍山, 最高而兩端幷聳, 爲府之案山; 稍東爲屛風山, 形伏而端方, 其東北爲燈臺山, 則又高而扼江北轉者也. 馬鞍之西, 尖峰峭聳, 爲立魚山. 其山特起如魚之立, 然南復有山映之, 非近出其下不能辨. 旣渡, 余卽詢仙奕巖, 居人無知者. 西南一里至立魚山, 而後知其東之相對者, 卽仙奕巖也. 巖在馬鞍之西麓, 居人止知爲馬鞍, 不知爲仙奕, 實無二山也. 立魚當賓州大道, 在城之西南隅. 由東北躡級盤崖而登, 巖門東向, 踞山之半. 門外右上復旁裂一龕, 若懸窩綴閣, 內置山神; 門外左下拾級數層, 又另裂一竅, 若雙崖夾壁, 高穹直入, 內供大士. 入巖之門, 如張巨吻, 其中寬平整朗, 頂石倒書'南來茲穴'四大字, 西蜀楊芳筆也. (門外又有詩碑.) 內列神位甚多, 後通兩竅, 一南一北, 穿腹西入, 皆小若剜竇. 先由南竅進, 內忽穹然, 高盤豎裂. 西復有門, 透山之西, 其中崇偯窈窕, 內列三淸巨像. 後門踰閾而出, 西臨絶壑, 遙瞻西南群峰開繞, 延攬甚擴. 由門側右穿峽竅以下, 復有洞, 門西向. 其內不高而寬, 有一石柱中懸, 雜置神像環倚之. 柱後有穴, 卽前洞所通之北竅也. 乃知是山透腹環轉, 中空外達, 八面玲瓏, 卽桂林諸洞所不多見也. 由門內左循巖壁而上, 洞橫南北, 勢愈高盤. 洞頂五穴剜空, 仰而望之, 恍若明星共曜. 其下東開一峽, 前達僧棲, 置門下鍵,[3] 不通行焉. 稍南, 西轉下峽, 復西透□門, 前亦下臨西壑. 由門左轉而入, 其內下墜成峽, 直迸東底, 深峻不可下. 由其上捫崖透腋, 又南出一門. 其門南向, 前有一小峰枝起, 與大峰駢立成坳. 由其間攀崖梯石, 直躡立魚之顚焉. 蓋是洞透漏山腹, 東開二門, 西開三門, 南開一門, 其頂懸而側裂者, 復十有餘穴, 開夾而趣括無窮, 曲折而境深莫閟, 眞異界矣. 復由諸洞宛轉出前洞, 從門右歷級南上, 少憩僧廬. 東瞰山下, 有塘匯水一方, 中窪而內沁,不知何出; 其東北所對者, 卽馬鞍山之西北麓, 仙奕巖在焉. [居人祇知馬鞍, 不復曉仙奕, 實無二巖也.]4) 其東南所對者, 乃馬鞍山西南枝峰, 又有壽星巖焉. 遙望其後重巖迴複, 當馬鞍之奧境, 非一覽可盡. 時日已下舂, 雨復連綿, 余欲再候靜聞, 并仙奕巖俱留爲後遊. 下山一里, 復渡南門, 又東北三里, 攜豆蔬抵天妃殿, 而靜聞與僧相侵彌甚; 欲以錢贖被, 而主僧復避不卽至. 余乃不顧而返, 亟入城, 已門將下鍵矣. 昏黑抵寓, 不得晚餐而臥.

---

1) 포(鋪)는 기름진 채소를 의미한다.
2) 형(硎)은 숫돌을 의미한다. 발형(發硎)은 원래 숫돌에 새로이 칼을 가는 것을 의미하며, 흔히 포부를 막 펼치기 시작하거나 재능을 드러냄, 혹은 끄집어내어 정리함을 가리킨다.
3) 건(鍵)은 '문을 가로질러 잠그는 빗장'을 가리킨다.
4) 이 부분과 똑같은 내용이 바로 같은 날의 기록에 언급되어 있다. 삭제해도 무방하리라 생각한다.

十九日 凌晨而起, 雨勢甚沛, 早出北門觀墟市, 而街衢雨溢成渠, 墟不全集. 上午還飯於寓. 計留錢米綠豆, 令顧僕往送靜聞, 而靜聞已至. 其病猶未全脫, 而被襆之屬俱棄之天妃廟, 隻身而來. 余陰囑寓主人, 同顧僕留棲焉. 余乃挈囊出西南門, 得沙弓小舟一艘, 遂附之. 而同舟者俱明晨行, 竟宿沙際.

二十日 候諸行者, 上午始發舟. 循城西而北泝柳江, 過西門, 城稍遜而內, 遂不濱江云. 江之西, 鵝山亭亭, 獨立曠野中, 若爲標焉. 再北, 江東岸猶多編茅瞰水之家, 其下水涯, 稻舟鱗次, 俱帶梗而束者, 諸婦就水次秤而市焉, 俱從柳城、融縣順流而下者也. 又北二十里, 晚泊古陵堡,1) 在江西岸.

自柳州府西北, 兩岸山土石間出, 土山迤邐間, 忽石峰數十, 挺立成隊, 峭削森羅, 或隱或現. 所異於陽朔、桂林者, 彼則四顧皆石峰, 無一土山相雜; 此則如錐處囊中, 猶覺有脫穎之異耳.

柳江西北上, 兩涯多森削之石, 雖石不當關, 灘不倒壑, 而芙蓉倩水之態,不若陽朔江中俱迴崖突壑壁, 亦不若洛容江中俱懸灘荒磧也.

此處余所歷者, 其江有三, 俱不若建溪之險. 陽朔之灘水, 雖流有多灘, 而中無一石, 兩旁時時轟崖綴壁, 扼掣江流, 而群峰逶迤夾之, 此江行之最勝者; 洛容之洛青, 灘懸波湧, 岸無凌波之石, 山皆連茅之坡, 此江行之最下者; 柳城之柳江, 灘既平流, 涯多森石, 危巒倒岫, 時與土山相爲出沒, 此界於陽朔、洛容之間, 而爲江行之中者也.

---

1) 고릉보(古陵堡)는 원래 '고성보(古城堡)'라 되어 있으나, 진본(陳本)과 건륭본에 의거하여 고쳤다.

二十一日 昧爽行. 二十里, 上午過杉嶺, 江右尖峰疊出. 又三十里, 下午抵柳城縣. 自城北溯懷遠江而入, 又十里, 泊於古舊縣. (此古縣治也, 在江北岸.) 是日暑甚, 舟中如炙.

柳城縣在江東岸, 孤城寥寂, 有石崖在城南, 西突瞰江, 此地瀨流峭壁, 所見惟此. 城西江道分而爲二. 自西來者, 慶遠江也, [其源一出天河縣爲龍江, 一出貴州都勻司爲烏泥江, 經忻城北入龍江, 合流至此;] 自北來者, 懷遠江也, [其源一出貴州平越府, 一出黎平府, 流經懷遠、融縣至此] 二江合而爲柳江, 所謂黔江也. 下流經柳州府, 歷象州, 而與鬱江合於潯.

今分潯州、南寧、太平三府爲左江道, 以鬱江爲左也; 分柳州、慶遠、思恩爲右江道, 以黔江爲右也. 然鬱江上流又有左、右二江, 則以富州之南盤爲右, [交趾]廣源之麗江爲左也. 二江合於南寧西之合江鎮, 古之左右二江指此, 而今則以黔、鬱分耳.

南盤自富州徑田州, 至南寧合江鎮合麗江, 是爲右江. 北盤自普安經忻城, 至慶遠合龍江, 是爲烏泥江. 下爲黔江, 經柳、象至潯州合鬱, 亦爲右江. 是南、北二盤在廣右俱爲右江, 但合非一處耳. 『雲南志』以爲二盤分流千里, 至合江鎮合焉, 則誤以南寧之左、右二江俱爲盤江, 而不知南盤之無關於麗江水, 北盤之不出於合江鎮也.

二十二日 平明發舟. 西北二十里, 午過大堡, 在江東岸. 是日暑雨時作, 蒸燠殊甚. 舟人鼓掉, 時行時止, 故竟日之力, 所行無幾. 下午又十五里, 大雨傾盆, 舟中水可掬, 依野岸泊. 既暮雨止, 復行五里而歇.

二十三日 昧爽, 西北行十五里, 過草墟, 有山突立江右, 上盤危巖, 下亘峭壁. 其地魚甚賤. 十里, 馬頭, 江左山崖危亘, 其內遙峰森列, 攢簇天半. 於是舟轉東行, 十里復北, 五里, 下午抵沙弓, 融縣南界也, 江之西南卽爲羅城縣東界. 沙弓, 水濱聚落, 北至融五十里, 西至羅城亦然. 西望隔江群峰攢處, 皆羅城道中所由也. 是晚卽宿舟中.

二十四日 昧爽, 仍附原舟, 向和睦墟. 先是沙弓人言 : "明日爲和睦墟期, 墟散有融縣歸舟, 附之甚便." 而原舟亦欲往墟買米, 故仍附之行. 和睦去沙弓十里, 水陸所共由也. 舟自沙弓西卽轉而東北行, 一里, 有江自西北來, 舞陽江也, [內灘石甚險.] 又直東四里, 始轉而北, 又五里爲和睦墟. 荒墟無茅舍, 就高萑[1]草, 日初而聚, 未午而散, 問舟不得. 久之, 得一荷鹽歸者, 乃附行囊與之偕行. 始東北行一里, 有小溪自西而東. 越溪而北, 上下陂陀, 皆荒草靡靡, 遠山四繞. 又四里過黃花嶺, 始有隨塢之田. 直北行五里, 過古營, 其田皆營中所屯也. 又北五里, 越一小溪爲高橋, 有秦姓者之居在岡中. 北下一里爲大溪, 有水自西而東, 有堰堰之, 其深及膝, 此中水之大者, 第不通舟耳. 又北五里, 大道直北向縣, 而荷行李者陸姓, 家於東梁西北, 遂由此岐而西北行. 二里, 上鷄籠嶺, 其坳甚峻, 西有大山突兀, 曰古東山. 山北東隅爲東梁, 縣中大道所徑也. 西北隅爲東陽, 亦山中聚落也, 而陸姓者聚居於其北塢對山之下, 越鷄籠共西北三里, 而抵其家. [去眞仙巖尙十里, 去縣十五里.] 時甫踰午, 而溽[2]暑疲極, 遂止其處.

---

1) 퇴(萑)는 갈대를 의미한다.
2) 욕(溽)은 한여름의 습기 차고 무더운 날씨를 가리킨다.

二十五日 平明起飯, 陸氏子仍爲肩囊送行. 先隔晚, 望其北山, 有巖洞劃然,[1] 上下層疊 . 余晚浴後, 欲獨往一探, 而稻畦水溢, 不便於行. 及是導者欲取徑道行, 路出於其下, 余乃從田間水道越畦而登之. 巖有二門, 俱南向. 東西幷列, 相去數丈, 土人名爲讀學巖. 外嶂駢崖, 中通橫穴, [若複道行空, 蜃樓內朗, 垂蓮倒柱, 鉤連旁映.] 軒爽玲瓏, 可廬可憩, 不以隘迫爲病也. 其西又有小石峰特起田間, 旁無延附, 亦有門東向, 遂幷越水畦入之. 初入覺峽逼無奇, 穿門西進, 磚迸'十'字, 西旣透明, 南北俱裂竅, 土人架木竅間, 若欲爲懸閣以居者. 但宛轉軒迥, 不若前巖之遠可舒眺而近可退藏也. 甫出洞, 導者言 : "西去一二里, 有赤龍巖奇甚, 勝當與老君洞等, 惜無知者. 君好奇, 何不迂道觀之!" 余昨從和睦墟卽屢問融中奇勝, 自老君洞外更有何景, 導者與諸土人俱云無有, 蓋彼皆以庵棲爲勝, 而不復知有山石之異也. 至是, 其人見余所好在此, 始以其說進. 余獎勞之, 令卽趨赤龍. 於是不北向山坳, 而西循溪膝. 里餘, 遂抵巖下. 其巖北向, 高穹山半, 所倚之山, 卽陸氏所居之後嶺, 自西橫列至此, 而東下陸村者也. 洞前北突兩峰, 若龍虎然, 而洞當其中, 高曠宏遠, 底平而上穹, 門之中有石臺兩重界其間. 洞後列柱分楞, 別成圭門璇室. 洞中直入數丈, 脊稍隆起, 遂成仙田每每,[2] 中貯水焉. 更入則漸窪漸黑, 導者云 : "其內門束如竇, 祇平身入, 旣入乃復廓然透別竅焉." 恨不從家攜炬, 得一窮其奧也. 山前有溪自西來, 分兩派, 而東縈陸氏之居, 又東抵東梁, 而北匯安靈潭, 爲靈壽溪之上流云. 下山, 越溪而北向, 望北山有洞劃然駢列. 跣水畦而攀其上, 其洞門南向, 雖高穹側裂, 而中乃下旋如墜螺. 由門外右躋, 復飛嵌懸崖, 凭踞則有餘, 深棲則不足, 乃下. 蓋此山正與赤龍巖南北相向, 其與讀學巖則東西肩列者也. [北趨間道, 正由此山、讀學兩峰中.] 此山之東隅, 復開兩巖, 其門皆東向, 名鐘洞巖 : 在北者, 其巖不深峻, 若豎鐘而剖其半, 中列神像; 在南者, 峽門甚高, 層竇疊見, 而內入不深, 上透無級. 所入下層之洞, 當門卽巨柱中懸, 環轉而出, 無餘地矣. 乃下, 直北趨, 共二里, 越一脊. 脊之北爲百步塘, 四面尖峰環列, 中開平壑一圍, 廣漠低窪, 下有溺水. 塘之西北爲古鼎, 東北爲羊膈山，東南爲東梁，西南爲此脊。越脊，循巖轉又一里，其山分突三峰，北向百步而列。西一峰，山半洞門西向，有牧者憩歌於中，余不及登；中與東二峰前抱中環，有陸氏家焉，北向古鼎以爲案者也。中峰有洞東向，洞門層倚若重樓；東峰有洞西向，巖石下挿如象鼻。余先登東峰西向之洞。其洞北迸橫峽，南騫斜竇，而有石上自山巔，下嵌峽底，四面可繞而出，所云象鼻者也。但其內淺而不深，不堪爲棲託之所。次登中峰東向之洞。其洞北竅下裂，南膈上懸，有石飛架其間，外若垂楞，中可透屓，上膈有石臺前突，憩臥甚適，唯峻不如象鼻，而夾曲過之，所恨者亦不深廣耳。既下，乃直北徑百步塘。二里越塘之北，先有一小溪自西而北，[自古鼎來，]橫涉而過；又有一大溪自南而北，[卽赤龍巖前水，東過東梁至此，]二水合而北行，有石梁橫渡，於是東西俱駢峰成峽，溪流其中，是爲靈壽溪。又北一里，溪匯爲潭，是爲安靈潭，神龍之所窟也。又北一里，當面有山橫列，峰半割然開張洞門，余以爲眞仙巖矣。至則路轉西麓，遂東行環繞其北，則此山之後復有洞焉，不知與南向開張者中通否也？時望眞仙巖之山尚在其北，[北卽安靈溪水流入眞仙後洞處，]遂竭蹶東循其麓，姑留此洞，以俟後探焉。東出山，又北轉一里，則與東梁之大道會。峰轉溪迴，始見眞仙洞門，穹然東北高懸，溪流從中北出，前有大石梁二道駢圈溪上。越梁而西，乃南向入洞焉。洞門圓迴，如半月高穹，中剜一山之半。其內水陸平分，北半高崖平敞，南半迴流中貫。由北畔陸崖入數丈，崖疊而起，中壁橫拓，復分二道。壁之西有竅南入，而僧棲倚之；壁之東南，溯溪岸入其奧局，則巨柱中懸，上綴珠旒寶絡，下環白象、青牛，稍後則老君危然，[3] 鬚眉皓潔，晏坐而對之，皆玉乳之所融結，而洞之所以得名也。其後則堂皇忽閟，曲戶旋分，千門萬膈，乳態愈極繽紛，以無炬未及入。其下則溪匯爲淵，前趨峽壁，激石轟雷。[其隔溪東崖，南與老君對者，溪上平聳爲臺，後倚危壁，爲下層；北與僧棲對者，層閣高懸，外復疏明，爲上層，但非鵲橋不能度。]後覆重崖，穿雲逗日，疑其內別有天地。

方徘徊延竚，而僧棲中有二客見余獨入而久不出，同僧參慧入而問焉。

遂出憩其棲, 將已過午, 參慧以飯餉余及陸. 既而二客與陸俱別去, 參慧亦欲入市, 余乃隨之. 北一里, 過下廓, 少憩廣化寺. 寺古而牛圮. 又北, 則大江在東, 自北而南, [卽潭江, 北自懷遠、大融南來者;] 小江在西, 自西而東, [卽[茉邕江, 西自丹江橋繞老人巖, 至此東入江.] 二水交流下廓兩旁, 道當其中. 又一里, 渡茉邕橋, 又北半里, 入融之南關焉. 南關之外, 與下廓猶居市相望, 而城以內則寥落轉甚. 大江北來, 繞城東而南, 至下廓遂東南去. 其水不迴拱, 所以蕭條日甚耶? 既問老人巖道, 復從下廓之北, 循小江西南行. 既西抵一峰, 見其石勢疊聳, 遂披棘登之. 至石崖下, 乃迴削千仞, 無池旁竇, 乃下. 路當北泝溪岸, 余誤而南入山峽, 其峽乃老人巖之南枝, 又與南山夾而成者. 南山北麓, 有石磴盤山而上. 其下有石竇一圓, 瀦水泓然, 有僧方汲. 急趨而問之, 始知其上爲獨勝巖, 而非老人巖也, 去下廓西南一里矣. 余始上探獨勝. 其巖北向, 高綴峰頭, 僧廬塞其門, 入其下, 不知爲巖也. 時暑氣如灼, 有三士人避暑其間, 留余少憩. 覘其廬後有小穴焉, 因穿穴入. 其內復開竅一龕, 稍窪而下, 外列垂幛, 亦有裂隙成楞者, 但爲僧廬掩映, 不得明光耳. [獨勝北有鯉魚巖, 卽古彈子巖. 聞乳柱甚豐, 不及往.] 下山, 日色猶未薄崦嵫, 乃復東北一里, 出下廓, 又西北泝小溪一里, 抵老人巖山下. 其下有洞東向, 余急於上躋, 姑置之, 遂西向拾級上, 兩崖對束, 磴懸其間, 取道甚勝. 已透入一隘門, 上鐫'壽星巖'三字, 甚古. 門之上, 轉而北上, 則巖之前門也. 蓋其巖一洞兩門, 前門南向, 下瞰下廓, 後門東北向, 下瞰融城. 乃石崖高跨而東突, 洞透其下, 前後相去不遙, 亦穿巖之類, 而前後俱置佛龕障之, 遂令空明頓失. 時前巖僧方剖瓜, 遂以相餉. 急從廬側轉入後巖, 始仰見盤空之頂, 而後巖僧方樵未而返, 門閉無出入. 時日暮雷殷, 姑與前巖僧期爲後遊, 遂下山; 則後巖僧亦歸, 余不能復上矣. 指小徑, 仍從獨勝東峰披蔓草行, 二里乃幕, 抵眞仙. 夜雨適來, 參慧爲炊粥以供. 宿巖中, 蚊聚如雷, 與溪聲同徹夜焉.

---

1) 괵연(馘然)은 깨뜨리고 찢어지는 소리를 가리킨다. 여기에서는 쩍 갈라져 있다는 의

미이다.

2) 매매(每每)는 '풀이 무성한 모양, 어지러운 모양을 가리킨다.

3) 위연(危然)은 바르고 단정한 모양을 가리킨다.

二十六日 憩息眞仙洞中者竟日. 參慧出市中. 余拂巖中題識讀之, 爲錄其一二可備考者.

『眞仙巖記遊』

嘉熙戊戌正月二十有三日, 零陵唐容約延平黃宜卿、建安田傳震等數人, 早自平寨門出行. 群山杳藹間, 夾道梅花盛開, 淸香襲人. 二里許, 至玉華巖. 巖縱可十丈, 橫半之, 無他奇瑰, 而明潔可愛. 東南諸峰當其前, 間見層出, 不移席而可以遠眺望. 乃具飯. 飯已, 循舊徑過香山, 歷老人巖下. 稍折而西, 渡丹江橋, 頃之至彈子巖. 洞口平夷, 坐百客不啻. 少憩, 酒三行, 始秉炬以進, 過若堂殿者三四. 火所照耀, 上下四方, 皆滴乳流注, 千奇萬怪, 恫心駭目, 不可正視. 有如人立, 如獸蹲, 如蛟蛇結蟠, 如波濤洶湧, 又有如仙佛之端嚴, 鬼神之獰惡, 如柱, 如劍, 如棋局, 如鐘鼓鈴鐸, 考擊之有聲. 布地皆小石, 正圓如彈丸, 此巖之所以得名也. 其間玲瓏穿穴, 大率全山皆空, 不可窮極, 相與驚嘆, 得未曾有. 遂出至西峰巖, 所見比彈子同, 尤加奇而巖稍窄. 盤薄久之, 乃轉而東南, 馳至眞仙巖而休焉. 仰瞻蒼崖, 上與雲氣接, 劃然天開, 高朗軒豁, 溪流貫其間, 潺潺有聲, 東西石壁峭拔, 廣袤數十畝, 彈子、西峰所見, 往往皆具. 老君晏坐其奧, 鬚眉皓潔, 如塑如畵, 殆造物者之所設施, 豈偶然也耶! 回視先所誇詡者, 恍然自失矣. 正如初入富商巨賈之家, 珠璣寶貝, 充棟盈室, 把玩戀嫪, 殆不能去. 而忽登王公大人之居, 宮室廣大, 位置森然, 而珍臺異館, 洞房曲戶, 百好備足, 而富商巨賈之所有. 固亦在其間也. 人之言曰 : "觀於海者難爲水." 予亦曰 : "遊於眞仙者難爲巖." 於是書於巖口, 以識茲遊之盛.

洞間勒記甚多, 而此文紀諸勝爲詳, 錄之.

宋紹興丁巳[1]融守胡邦用「眞仙巖詩叙」

融州眞仙巖, 耆舊相傳, 老君南遊至融嶺, 語人曰 : "此洞天之絶勝也. 山石巑岏, 溪流淸邃, 不復西度流沙, 我當隱焉." 一夕身化爲石, 匪雕匪鐫, 太質具焉. 匪塈匪䐉, 太素著焉. 丹竈履跡, 炳然在焉. 霓旌雲幢, 交相映焉. 有泉湍激, 空山[缺]嘗以金丹投於其中, 使飮之者咸得延壽, 故號壽溪. 東流十餘里, 入一村曰靈壽. 其民皆享高年, 間有三見甲子者. 余被命出守, 窮文考古, 詢訪土俗, 遂得仙迹之詳, 皆非圖經[2]所載, 故作詩以紀之, 書其始末, 勒石以示來者. 詩曰 : 嶺南地勢富山川, 不似仙巖勝槪全, 石璞渾成塵外像, 壽溪直徹洞中天. 醮壇風細迎秋月, 丹竈雲輕壓瘴烟; 散步使人名利泯, 欲求微妙養三田.

荊南龔大器「春題眞仙洞八景」

天柱石星	嵯峨盤地軸, 錯落布瓊玖; 風吹紫霞散, 熒熒燦星斗.
龍泉珠月	冰輪碾碧天, 流光下丹井; 驚起驪龍眼, 騰驤弄塞影.
鶴巖旭日	仙人跨白鶴, 飄飄下九垓; 矯羽扶桑上, 萬里日邊來.
牛渚暝烟	朝發函關道, 暮入湘水邊; 一聲鐵笛起, 吹落萬峰烟.
寒淙飛玉	懸崖三千尺, 寒泉漱玉飛; 奔流下滄海, 群山斷翠微.
碧洞流虹	丹洞連海門, 流水數千里; 石梁臥波心, 隱隱螮蝀起.
群峰來秀	靑山望不極, 白雲渺何處, 鬱鬱秀色來, 遙看峰頭樹.
萬象朝眞	眞象兩無言, 物情如影響; 迥看大始前, 無眞亦無象.

---

1) 소흥(紹興)은 남송 고종(高宗)의 연호로 1131년부터 1154년까지이며, 정사년은 1137년이다.

2) 도경(圖經)은 그림이나 지도를 실은 서적이나 지리지를 가리킨다.

二十七日 憩息眞仙洞中. 有搨碑者, 以司道命來搨「黨籍碑」. 午有邑佐同其鄉人來宴. 余摩拭諸碑不輒, 得韓忠獻王所書「晝鶺行」, 幷黃山谷書二方, 皆其後人宦此而勒之者.

二十八日 參慧束炬導遊眞仙後暗洞. 始由天柱老君像後入, 皆溪西崖之陸洞也. 洞至此千柱層列, 百寶紛披, 前之崇宏, 忽爲窈窕, 前之雄曠, 忽爲玲瓏, 宛轉奧隙, 靡不窮搜. 石下有巨蛇橫臥, 以火燭之, 不見首尾, 然伏而不動. 踰而入, 復踰而出, 竟如故也. 然此奧雖幽邃, 猶溪西一隅, 時時由其隙東瞰溪流, 冀得一當, 而終未能下涉. 旣出, 迴顧溪竇, 內透天光, 對崖旁通明穴, 益覺神飛不能已. 遂託參慧入市覓筏倩舟, 以爲入洞計. [參慧復爇炬引予, 由巖前左石下, 北入深穴. 穴雖幽深, 無乳柱幻空, 然下多龍脊, 盤錯交伏, 鱗爪宛然, 亦一奇也, 出洞, 參慧卽往覓舟.] 旣而念參慧雖去, 恐不能遽得, 不若躬往圖之, 且以了老人、香山諸勝. 乃復出洞, 北遵大道行. 已而西望山峽間, 峰巒聳異. 適有老農至, 詢知其內有劉公巖, 以草深無導者, 乃從下廓南先趨老人巖. 共二里至其下, 遂先入下巖. 巖門東向, 其內廣而不甚崇. 時近午鬱蒸, 入之卽淸凉心骨. 其西北有竅, 深入漸暗, 不能竟. 聞秉炬以進, 其徑甚遠, 然幽伏不必窮也. 從門左仍躋石峽, 上抵前巖, 轉透後巖. 其內結閣架廬, 盡踞洞口, 惟閣西則留餘地以爲焚爨之所. 前有臺一方, 上就石笋鐫象焉. 由此再西入, 石竇漸隘而暗, 爇炬探之, 側身而入, 懸級而墜, 皆甚逼仄, 無他奇也. 出就閣前凭眺, 則上下懸崖峭絶, 茱邕江西來瀠其北麓, 自分自合, 抵巖下而北轉臨城, 大江當其前, 環城聚其下, [緲然如天表飛仙;] 其直北卽爲香山, 爲八景之一. 就窗中令道人指示所從道, 遂下山. 絶流渡茱邕江, 水淺不及膝. 遂溯江北行, 望其西江所從來處, 峰巒瑰異, [內有雞場洞.] 幾隨路而西, 一里, 遇一僧荷薪來, 問之, 始知香山向在東北也. 乃轉從草徑循北山之東麓, 一里抵香山. 於是向西登級, 有廟在兩山坳間, 其神爲梁、吳二侯. 徑寂而殿森, 赤暑中蕭蕭令人毛悚. 聞其神甚靈異, 然廟無碑刻, 不知其肇於何代, 顯以何功也. 始余欲就飯香山,既至而後知廟虛無人. 遂東北踰一橋, 過演武場, 南共一里, 卽入西門, 寥寂殊甚, 東抵縣前飯焉. 出南門, 欲覓藥市紙, 俱不能得. 遇醫者詢之, 曰: "此中猪腰子・山豆根俱出羅城. 所云不死草者, 乃掛蘭, 懸空不槁, 乃草不死, 非能不死人也." 爲之一笑. 又南過下廓, 遇樵者, 令其覓舟入眞仙. 二人慨然許之. 先是, 余屢覓之居人, 俱云: "此地無筏, 而舟爲陂阻, 無由入洞, 須數人負之以趨." 不意此二人獨漫許之, 余心不以爲然. 然竊計巖中有遺構, 可以結桴浮水, 但木巨不能自移, 還將與參慧圖之. 旣抵巖, 則參慧已歸, 亦云覓舟不得, 惟覓人結桴爲便. 意與余合, 余更幸入洞有機, 欣然就臥.

二十九日 晨起, 余促參慧覓結桴者, 未行而昨所期樵者群呼而至, 謂予曰: "已入洞否?" 余應以待舟. 樵者曰: "舟不能至. 若聯木爲桴, 余輩從水中挾之以入, 便與舟同." 余令參慧卽以覓人錢畀之. 其人群而負木入溪, 伐竹爲筏. 頃間聯桴已就, 復以巖中大梯架其上, 上更置木盆. 余乃踞坐盆中, 架足梯上. 諸人前者縴引, 旁者篙挾, 後者肩聳, 遇深淵輒浮水引之, 遙不能引, 輒浮水挾之. 始由洞口溯流, 仰矚洞頂, 益覺穹峻, 兩崖石壁劈翠夾瓊, 漸進漸異, 前望洞內天光遙遙, 層門複竇, 交映左右. 從澄瀾回湧中破空濛而入, 誦謫仙[1]"流水杳然, 別有天地"句, 若爲余此日而親道之也. 旣入重門, 崆峒上涵, 淵黛下瀯, 兩旁俱有層竇盤空上嵌, 瀲映幌漾, 回睇身之所入, 與前之所向, 明光皎然, 彼此照耀, 人耶仙耶, 何以至此耶, 俱不自知之矣! 挾桴者欲從其中爇炬登崖, 以窮旁竅, 余令先朔流出後洞, 以窮明竇. 乃復浮水引桴, 遂抵洞門. 其門西南向, 吸川飲壑. 溪破石而下, 桴抵石爲所格, 不能入溪. 乃捨桴踐石而出洞, 又劃然一天也. 溪石坎坷, 不能置[踵], 望左崖有懸級在伏莽中, 乃援莽躡空而上. 不數十步, 輒得蹊徑. 四望平疇中圍, 衆峰環簇, 卽余昔來橫道北巖之東北隅也, 予來時大道尙在南耳. 乃隨山左東過一小坳, 計轉其前, 卽雙梁以東大道, 從小徑北躋山椒, 卽老君座對崖旁透之穴, 俱可按方而求. 而挾桴者俱候余仍遊洞內, 乃返而登桴, 順流入洞, 仍抵中扃. 視東西兩旁俱有穴可登, 而西崖穴高難登, 且前遊暗洞, 已彷彿近之, 而東崖則穴竸門紛, 曾未一歷, 遂爇炬東入. 其上垂乳成幄, 環柱分門, 與老君座後暗洞之勝絲毫無異. 從其內穿隙透竅, 多有旁穴, 上引天光, 外逗雲影, 知其東透山膚甚薄. 第穴小竇懸, 不容人跡, 漫爲出入耳. 從其側宛轉而北出, 已在老君對崖之下層, 其處有金星石、龍田諸跡, 因崖爲臺, 下臨溪流. 上有石閾圍池, 豈昔亦有結榭以居, 架飛梁以渡者耶? 其後壁大鐫'壽山福[地]'四大字, 法甚古異, 不辨其爲何人筆. 再出卽爲對崖之上層, 其上亦列柱縱橫, 明竅外透, 但石崖峻隔, 與此層旣不相通. 仍引桴下浮, 欲從溪中再上, 而溪崖亦懸嵌, 無由上躋. 計其取道, 當從洞前南轉, 抵小坳之東北, 躋山椒而後可入; 洞中非架飛梁, 不能上也. 乃從桴更入洞, 其下水口旁洞俱淺隘, 無他異. 始絕流引桴, 還登東崖, 諸人解桴撤木, 運歸舊處. 余急呼其中一點者, 携餘炬, 令導爲劉公洞遊.

北遵大道半里, 卽西南轉入小岐, 向山峽中, 依前老農所指示行; 導者雖屢樵其處, 不識誰爲劉公巖也. 又二里, 抵山下. 望一洞在南山, 東向而卑伏; 一洞在南山, 北向而高騫; 一洞在北山中突之峰, 東向而淺列. 方莫知適從, 忽聞牧者咳嗽聲, 遙呼而詢之, 則北向高騫者是. 亟披莽從之. 其人見余所携炬一束, 哂曰 : "入此洞須得炬數枚乃可竟. 此一炬何濟?" 余始信此洞之深邃, 而恨所携之炬少也. 伏莽中石磴隱隱, 隨之而躋, 洞門巨石前橫. 從石隙入, 崖石上大鐫'西峰之巖'四字, 爲寶祐三年李桂高書. 其前又有碑記二方, 其一不可讀, 其一爲紹定元年太守劉繼祖重開此巖, 而桂林司理參軍饒某記而并書者也. (其記大約云 : 桂西靈異之氣多鍾於山川, 故眞仙爲天下第一, 而曰老人者次之, 曰玉華、彈子者又次之, 而西峰巖則與眞仙相頡頑, 而近始開之.) 余始知此洞之名爲劉公者以此, 而更信此洞之始, 其開道建閣, 極一時之麗. 而今乃荒塞至此, 盍慨融之昔何以盛, 今何以衰耶! 入洞, 內甚寬敞, 先爇炬由其後右畔入, 則乳柱交絡, 戶竇環轉, 不數丈而出. 又從其後左畔入, 則乳柱宏壯, 門竇峻峽, 數丈之後, 愈轉愈廓, 寶幢玉笋, 左右森羅,升降曲折, 杳不可窮, 亦不可記. 其時恐火炬易盡, 竭蹶前趨, 嘗臠而出,[2] 不知蔗境[3]更當何如也.　　唐容「眞仙鐫記」謂: "西峰巖比彈子同於加奇而稍窄." 所云'窄'者, 豈以洞門巨石虧蔽目前, 未悉其宮墻之宏邃耶? 下山, 西望北山中突東向之洞, 其外雖淺而石態氤氳, 門若雙列, 中必相通. 亟趨其下, 則崖懸無路. 時導者已先歸, 見余徘徊仰眺, 復還至, 引入南麓小洞. 其門南向而淺, 與上巖不通. 蓋上巖危瞰峰半, 遙望甚異, 而近眺無奇, 且路絶莫援, 不得不爲却步. 旣東行, 回首再顧, 則氤氳之狀, 復脈脈縈人. 仍强導者還圖攀躋, 導者乃芟翳級石, 猿攀以登, 余亦倣而隨之, 遂歷其上. 則削壁層懸, 雖兩崖幷列, 而中不相通, 外復淺甚, 蓋縱有玲瓏之質, 而未通窈窕之關, 始興盡而返. 仍東南二里, 抵眞仙巖. 時適當午, 遂憩巖中, 搜覽諸碑於巨石間, 而梯爲石滑, 與之俱墜, 眉膝皆損焉.

眞仙巖中明爽可棲, 寂靜無塵, 惟泉聲轟轟不絶, 幽處有蛇, 不爲害, 而蚊蚋甚多, 令人不能寐. 廿八中夜, 聞有聲甚宏, 若老人謷咳然, 久而不絶. 早起詢之, 乃大蟲鳴也. 頭大於身, 夜潛穴中, 然惟此夕作聲, 餘寂然.

---

1) 적선(謫仙)은 당나라의 시인 이백(李白)을 가리킨다.
2) 련(臠)은 잘게 썬 고기를 의미하며, 상련이출(嘗臠而出)은 '잘게 썬 고기만을 맛보았을 뿐 완전한 돼지고기를 먹지 못한 채 나왔다'는 의미에서, 수박 겉핥기식으로 대충 감상했다는 뜻이다.
3) 자경(蔗境)은 『진서(晉書)』에 나오는 말로서, 글자 그대로 '사탕수수의 경지'라는 의미이다. 동진의 화가인 고개지(顧愷之)는 매일 사탕수수를 먹었는데, 먼저 끄트머리를 먹고 나서 차차 뿌리부분을 먹자 먹을수록 더욱 달착지근했다. 이로 말미암아 자경은 맨 마지막에 맛보는 멋진 경계를 의미하게 되었다.

七月初一日 早起, 以跌傷故, 始暫憩巖中. 而昨晩所搥山谷碑猶在石間, 木上墨瀋, 恐爲日爍, 强攀崖搨之. 甫竟而參慧呼赴晨餐, 余乃去而留碑候燥, 亟餐而下, 已爲人揭去. 先是, 余搨左崖上「老君像碑」, 越宿候乾, 亦遂烏有. 至是兩番失之, 不勝悵悵. 蓋此中無紙, 前因司道檄縣屬僧道携紙來巖搨「元祐黨籍」, 余轉市其連四陸張. 搨者爲吏所監督, 欲候「黨籍碑」完, 方能爲余搨韓忠獻大碑, 故棲遲以待. 余先以餘閒取一紙分搨此碑, 而屢成虛費. 然碑可再搨, 而紙不可再得, 惟坐候搨者, 完忠獻大碑而已. 是日僧道期明日完道碑, 初三日乃得爲余搨, 而韓碑大, 兩側不能着脚, 余先運木橫架焉.

初二日 是日爲縣城墟期, 余以候搨淹留, 欲姑入市觀墟; 出洞而後知天雨, (洞中溪聲相溷, 晴雨不辨.) 乃還洞, 再搨黃碑. 下午仍憩巖中.

初三日 早霧, 上午乃霽. 坐洞中候搨碑者. 久之至, 則縣仍續發紙命搨, 復旣期初四焉. 余乃出洞, 往覓對崖明竅之徑. 東越洞前石梁, 遂循山南轉而西, 徑伏草中, 時不能見; 及抵後山過脊, 竟不得西向登崖之徑; 乃踐棘攀石, 莽然躋山半覓之, 皆石崖嵯峨, 無竅可入. 度其處似過, 而南乃懸崖, 復下. 忽有二農過其前, 亟趨詢之, 則果尙在北也. 依所指西北上, 則莽棘中果有一竅, 止容一身, 然下墜甚深, 俯而瞰之, 下深三丈餘, 卽北崖僧棲所對望處也. 已聞搨碑僧道笑語聲, 但崖峻而下懸, 不能投虛而墜. 眺視久之, 見左壁有竪隙, 雖直上無容足攀指處, 而隙兩旁相去尺五, 可以臂綳而足撑. 乃稍下, 左轉向隙, 而轉處石皆下垂, 無上岐, 圓滑不受攀踐, 磨腹而過, 若鳥之摩空, 猿之踔虛, 似非手足之靈所能及也. 旣至隙中, 撑支其內, 無指痕安能移足, 無足銜安能懸身. 兩臂兩足, 如膠釘者然, 一動將溜而下. 然卽欲不動, 而撑久力竭, 勢必自溜. 不若乘其勢而蹲股以就之, 迨溜將及地, 輒猛力一撑, 遂免顚頓. 此法亦勢窮而後得之, 非可嘗試者也. 旣下, 則巖寬四五丈, 中平而下臨深溪, 前列柱綴楞如勾欄然, 恐人之失足深崖, 而設以護之者. 巖內四圍環壁, 有卷舒活潑之意, 似雕鏤而非雕鏤所能及者. 前旣與西崖罨映, 後復得洞頂雙明, 從其中遙顧溪之兩端, 其出入處俱一望皎然, 收一洞之大全, 爲衆妙之獨擅. 眞仙爲天下第一, (宋張孝祥題: "天下第一眞仙之巖.") 而此又眞仙之第一也. 巖右崖前一石平突溪上, 若跏趺之座, 上有垂乳滴溜, 正當其端, 而端爲溜滴, 白瑩如玉, 少窪而承之, 何啻仙掌[1]之露盤也. 由其側攀崖而北, 又連闢兩龕, 內俱明潔無纖汚, 而石壁迴嵌, 色態交異, 皆如初墜者. 其前崖上, 亦有一柱旁溪而起, 中忽纖圓若指, 上抵洞頂, 復結爲幢絡, 散爲蛟龍, 繞纖指下垂, 環而夭矯者數縷, 皆有水滴其端. 其內近龕處, 復有一石圓起三尺, 光瑩如甁卣, 以手拍之, 聲若宏鐘, 其旁倒懸之石, 聲韻皆然, 而此則以突豎而異耳. 此三洞者, 內不相通而外成聯壁, 旣有溪以間道, 復有竅以疏明, 旣無散漫之滴亂洒洞中, 又有垂空之乳恰當戶外, 臥雲壑而枕溪流, 無以逾此! 此溪東上層之崖也. 其南與下層幷峙之崖相隔無幾, 而中有石壁下揷溪根, 無能外渡. 稍內有隙南入, 門曲折而內宛轉, 倒垂之龍, 交繆縱橫. 冀其中通南崖, 而尚有片石之隔, 若鑿而通之, 取道於此, 從下層臺畔結浮橋以渡老君座後, 旣可以兼上下兩崖之勝, 而宛轉中通, 無假道於外, 以免投空之險, 眞濟勝之妙術也. 時余雖隨下溜其中, 計上躋無援, 隔溪呼僧棲中搨碑者, 乞其授索垂崖, 庶可挽之而上. 而搨者不識外轉之道, 漫欲以長梯涉溪. 而溪旣難越, 梯長不及崖之半, 卽越溪亦不能下. 傍徨久之, 擬候巖僧參慧歸, 覓道授索. 予過午猶未飯, 反覆環眺, 其下見豎隙, 雖無可攀援, 而其側覆崖反有凹孔, 但上瞰不得見, 而下躋或可因. 遂聳身從之, 若鳥斯翼, 不覺已出窈而透井, 其喜可知也. 仍從莽中下山, 一里, 由石梁轉入巖而飯焉. 下午, 以衣褌積垢, 就溪浣濯, 遂抵暮.

---

1) 한나라 무제(武帝)는 신선이 되고자 하여 건장궁(建章宮) 신명대(神明臺) 위에 구리로 만든 선인(仙人)을 만들었는데, 선인은 손으로 동판 옥배(玉杯)를 받쳐 들어 하늘의 이슬을 받아냈다고 하는데, 이를 선장(仙掌)이라 한다.

初四日 搨碑者晨至, 以餘碑未了, 及午乃竟, 卽往呈縣, 夏約厥明焉. 余待之甚悶. 欲以下午探古鼎鐵旗巖, (新開者.) 而搨者旣去, 參慧未歸, 姑守囊巖中, 遂不得行.[1]

---

1) 건륭본의 이날의 기록은 다음과 같다. "듣자하니 남서쪽 10리의 고정산에 용암이

높이 매달려 있고 철기암이 최근에 새로 열렸는데, 진선암 뒤쪽에서 영수계의 상류를 거슬러 오를 수 있다고 한다(聞西南十里古鼎山, 有龍巖高懸, 鐵旗新闢, 且可從眞仙後溯靈壽上流.)"

初五日 吳道與鏡禪之徒始至, 爲搨韓碑. 其碑甚大, 而石斜列, 余先列木橫架, 然猶分三層搨, 以橫架中礙, 必搨一層解架, 而後可再搨也. 然所搨甚草率, 而字大鐫淺, 半爲漫漶, 余爲之剟污補空, 竟日潤色之, 而終有數字不全. 會搨者以餘紙搨『元祐黨籍』(此碑爲宋知軍沈暐所刻. 以其祖亦與名籍中也, 故以家本刊此, 與桂龍隱巖所刊同. 但龍隱鐫崖而大, 此鐫碑而整.)·『老君洞圖』與像. 下午, 僧道乃去, 余潤色韓碑抵暮.

初六日 洞中事完, 余欲一探鐵旗巖, 遂爲行計. 而是日雨忽沛然, 余不顧, 晨餐卽行. 一里, 過來時橫列之北洞, 又半里, 抵橫列之南洞, 雨勢彌大. 余猶欲一登南洞, 乃攀叢披茅, 冒雨而上, 連抵二崖下, 竟不得洞. 雨傾盆下注, 乃倚崖避之. 盆不止, 頂踵淋漓, 崖不能久倚, 遂去蓋扶傘爲杖, 攀茅爲絚, 復冒雨下. 蓋其洞尙東, 余所躋者在西, 下望則了然, 而近覓則茫不得見耳. 又冒雨一里, 南過安靈潭. 又半里, 西渡溪, 乃從岐西向山坳. 半里, 踰坳而西, 路漸大, 雨漸殺. 透山峽而出, 共一里, 南踰小橋, [卽來時橫涉小溪上源也,] 則仰望橋南山半, 有洞北向, 有路可登, 亟從之. 洞入頗深, 而無他岐, 土人製紙於中, 紙質甚粗, 而池竈烘具皆依巖而備. 中雖無人, 知去古鼎不遠. 乃就其中絞衣去水, 下山, 循麓再西, 則村居鱗次, 稱山中聚落之盛焉. 問所謂鐵旗巖者, 居人指在西北峰半. 又半里, 抵其峰之東南, 見峰腰巖罅層出, 余以爲是矣. 左右覓路不得, 爲往返者數四. 旣乃又西, 始見山半洞懸於上, 閣倚於前, 而左右終不得路. 復往返久之, 得垂釣童子爲之前導. 蓋其徑卽在山下, 入處爲水淹草覆, 故茫無可辨. 稍上卽得層級, 有大木橫偃級旁, 上叢木耳, 下結靈芝, 時急於入巖, 不及細簡. 及抵巖, 則巖門雙掩, 以繩縮扣, 知僧人不在, 而雨猶沛, 爲之推扉以入. 其巖南向, 正與百步塘南之陸龜山相對. 蓋巖前古鼎村之山峙於左, 沸水巖之山峙於右, 巖懸山半, 洞口圓通, 而閣衙於內. 其內不甚寬廣, 叢列神像, 右轉宏擴而暗然, 數丈之內, 亦迴環無他岐入矣. 洞內之觀雖乏奇瑰, 而洞外之勝, 頗饒罨映. 鐵旗之名, 其以峰著, 非以洞著耶! 環視僧之爨具, 在右轉洞中, 而臥帳設於前閣. 因登其上, 脫衣絞水而懸之窗間, 取僧所留衣掩體以俟之. 過午, 望見山下一僧, 戴笠撥茅而登, 旣久不至, 則採耳盈筐, 故遲遲耳. 初至, 以余擅啓其閉, 辭色甚倨. 余告以遠來遇雨, 不得不入以待餔. 初辭以無米且無薪, 余先窺其盍有夙儲, 不直折之而穿, 强其必炊. 旣炊, 余就與語, 語遂合, 不特炊米供飯, 且瀹耳爲蔬, 更覓薪炙衣焉. (其僧好作禪語. 楚人.) 旣飯, 酬以錢, 復不納. 時雨漸止, 余因問龍巖所在. 僧初佳山, 誤以沸水巖爲龍巖, 指余西南入. 余初不知, 從之. 半里至其下, 山下有水穴東北向, 瀦水甚滿, 而內聲崆峒,[1] 其東復然, 蓋其下皆中空, 而水滿瀦之. 然余所聞龍巖在山半, 因望高而躋. 其山上岐兩峰, 中削千仞, 西有淺穴在削崖之下, 東有夾罅在側峰之側, 踐棘披搜, 終無危巖貯水. 乃下, 然猶不知其巖之爲沸水不爲龍巖也. 東半里, 趨古鼎村. 望村後山南向洞開, 一高峽上穹, 一圓竅幷峙. 私念此奇不可失, 卽從岐東上. 上穹者, 如樓梯內升, 而前有一垂石當門, 東透爲臺, 下從臺前南入幷峙之竅; 圓竅者, 如圓室內剜, 而內有一突石中踞. 此時亦猶以沸水爲龍巖, 不復知此地可別覓龍巖也. 旣下, 仍由村北舊路過小橋, 則溪水暴漲, 橋沒水底者二尺餘, 以傘拄測以渡. 念此小溪如此, 若靈壽石堰, 漲高勢湧, 必難東渡. 適有土人取笋歸古鼎, 問之, 曰 : "大溪誠難涉, 然亦不必涉. 踰嶺抵溪, 卽隨溪北下, 所涉者止一小溪, 卽可繞出老君洞左." 余聞之喜甚. 蓋不特可以避涉, 而且可以得安靈以北入洞源流, 正余意中事, 遂從之. 踰坳, 抵來所涉安靈西堰, 則水勢洶湧, 迥非揭厲所及. 乃卽隨溪左北行, 里半, 近隔溪橫列之南洞, 溪遂西轉. 又環西面一獨峰, 從其西麓轉北, 東向以趨老君後洞焉. 路至是俱覆深茅間, 莫測影響, 惟望峰按向而趨. 共二里, 見靈壽大溪已東去, 不能爲余阻; 而西山夾中, 又有一小溪西來注之, 其上有堰可涉. 然挾漲勢驕, 以投鞭可渡之區, 不免有望洋濡足之嘆. 躊躇半晌, 旣濟而日已西沉, 遂循溪而東. 蓋此處有徑, 乃北經劉公巖出下廓大道者, 按方計里, 迂曲甚多; 時暮色已上, 謂已在洞後, 從其左越坳而下, 卽可達洞前, 卽無路, 攀茅踐棘, 不過里許, 乃竭蹶趨之, 其坳皆懸石層嵌, 藤刺交絡, 陷身沒頂, 手足莫施, 如傾蕩洪濤中, 汨汨終無出理. 計欲返轍劉公巖, 已暝莫能及. 此時無論虎狼蛇虺, 凡飛走之族, 一能勝予. 幸棘刺中翳, 反似鴻蒙[2]未鑿, 或伏穿其跨下, 或蹂踔其翳端, 久之竟出坳脊. 俯而攀棘滾崖, 益覺昏暗中下墜無恐. 旣乃出洞左蔬畦中, 始得達洞, 則參慧已下楗支扉矣. 呼而啓扉, 再以入洞, 反若更生焉.

---

1) 공동(崆峒)은 '산이 높고 험준한 모양, 넓게 툭 트이고 공활한 모양'을 가리키나, 여기에서는 '소리가 매우 큼'을 의미한다.
2) 홍몽(鴻蒙)은 우주가 탄생하기 이전의 대혼돈 상태를 의미한다.

初七日 參慧早赴齋壇, 余以衣濡未乾, 自炊自炙於巖中. 而是日雨淋漓不止, 將午少間, 乃趨城南訊舟, 更入城補衣焉. 是早有三舟已發, 計須就其處俟之, 蓋舟從懷遠來, 非可預擬, 而本地之舟則不時發也. 薄暮乃返洞取囊, 以就城南逆旅, 而參慧猶未返巖, 不及與別, 爲留錢畀其徒而去. 是日七夕, 此方人卽以當中元, 益不知乞巧, 祇知報先, 亦一方之厚道也. 其時雨陣時作, 江水暴漲, 余爲沽酒漫酌, 迨夜擁芻而臥, 雨透茅滴瀝, 臥具俱濕.

初八日 雨勢愈急, 江漲彌甚. 早得一舟, 亟携囊下待; 久之, 其主者至, 舟甚隘, 勢難并處, 余乃復負囊還旅肆. 是午水勢垂垂, 踰涯拍岸, 市人見其略長刻增, 多移棲高原以避之. 余坐對江流滔滔, 大木連株蔽江而下, 分陣漩渦, 若戰艦之爭先. 土人多以小舟截其零枝, 頃刻滿載; 又以長索繫其巨幹, 隨其勢下至漩灣處, 始挈入洄溜, 曳之涯間. 涯人謂: "廬且不保, 何有於薪?" 舟人謂: "余因水爲利, 不若汝之胥溺." 交相笑也.

初九日 夜雨復間作, 達旦少止, 而水彌漲. 余仍得一小舟, 坐其間, 泊城南吊橋下. 其橋高二丈, 橋下水西北自演武場來, 初涸不成流, 至是倏而凌岸, 倏而踰梁, 人人有產蛙沉竈之慮. 過午, 主舟者至, 則都司促表差也. 又有本邑差以獨木舟四, 綴其兩旁, 以赴郡焉, 乃郡徵取以載鹵者. 其舟雖小, 得此四舟, 若添兩翼. 下午發舟, 東南行, 已轉西南, 二十里, 有山突立江石, 乃西自古東山踰鷄籠坳而東抵於此者, 又二十里爲高街, 有百家之聚在江右. 又五里, 爲芙蓉山亘其東南, 有百家之聚在江左. 又西南五里爲和睦墟. 又西十里過舞陽江口. 晚泊於沙弓, 水且及街衢, 盡失來時之砂磧懸崖矣.

初十日 昧爽放舟. 一十五里, 馬頭. 五里, 楊城, 舟泊而待承差[1]取供給於驛. 其江之西北有崖瀨江, 蓋東與馬頭對者也. 抵午始放舟. 五里, 草墟, 十五里, 羅巖. 村在江左, 巖在江右. 其巖層突沓斑駁, 五色燦然. 南崖稍低, 有石芝偃峰頂, 有洞匏剜崖半, 當亦有勝可尋, 而來時以暑雨掩篷, 去復僅隔江遙睇, 崖間猿鶴, 能不笑人耶! 又五里楊柳, 又五里大堡, 又十五里舊縣, 又五里古城, 又五里白沙灣. 江北有尖峰, 兩角分東西起, 峭拔特甚, 其南叢山卽縣治所倚也. 江至白沙又曲而南, 又十里, 下午抵柳城縣西門. 龍江西自慶遠來會. 按『志』, 縣治西有穿山, 而治西平臨江渚, 地且無山, 安得有'穿'? 又按, 城北有筆架、文筆峰, 而不得其据. 遍詢土人, 有識者指城西南隔江峭峰叢立者爲筆架、文筆, 又言其巔有洞中透, 穿山當亦卽此. 然方隅與『志』不合, 而『志』旣各標, 兹何以幷萃耶? 承差復往驛中, 余坐待甚久, 泊多行少, 不意順流之疾, 淹留乃爾! 旣暮, 差至, 促舟人夜行, 遂得補日之不足焉. 南二里, 江之左爲巒攔山, 削崖截江, 爲縣城南障; 江之右卽峭峰叢立, 土人所指爲筆架、穿山者, 而透明之穴終無從矚. 棹月順流, 瞬息十五里, 轉而東北行. 又五里, 有山兀聳江東岸, 排列而南, 江亦隨之南折, 灘聲轟轟, 如殷雷不絶, 是爲倒催灘. 豈山反插而水逆流, 故謂之"倒", 而交幷逼促, 故謂之"催"耶? 其時波光山影, 月色灘聲, 爲之掩映, 所云挾飛仙者非歟! 江南十五里爲古陵, 又二十里爲皇澤墟, 西與鵝山隔山相向矣. 又南三里抵柳州府, 泊其南門, 城鼓猶初下也.

十一日 早入西南門, 抵朱寓, 則靜聞與顧僕病猶未瘥也. 往返二十日, 冀俱有起色, 而顧僕削弱尤甚, 爲之悵然.

十二日 出東門, 投刺[1]謁王翰簡之子羅源公, (名唐國, 以鄕薦任羅源令. 其弟上春官[2]下第, 猶未歸.) 以疾辭. 還從北門入. 下午出南門, 沿江詢往潯州舡, 以中元節無有行者.

十三日 早, 從南門渡江, 循馬鞍山北麓西行, 折而南, 循其西麓, 由西南塢中登山. 石級草沒, 濕滑不能投足. 附郭名巖, 其荒蕪乃爾, 何怪深崖絶谷耶! 仙奕巖在山半削崖下, 其門西向, 正與立魚山對, [祗隔山下平塹中一潭.] 其巖內逼如合掌, 深止丈餘, 中坐仙像, 兩崖鐫題滿壁. 巖外右有石端聳, 其上迸裂成紋, 參差不齊, 雖可登憩, 而以爲黑肌赤脈, 分十八道可弈, 似未爲確; 左有崖上削, 大篆'釣臺'二字, 江遙潭隘, 何堪羡魚? 蓋博不及魏叔卿之臺, 釣不及嚴子陵之磯, 惟登憩崖右石端, 平揖立魚, 巖中梵音磬響, 飄然天鈞,[1] 振溢山谷也. 崖左有級東南上, 又裂一巖, 形與仙奕同, [西南向]. 中砌石爲座, 後有穴下墜, 頗深而隘. 右有兩圓穴, 大僅如筒, 而中外透漏, 第隘不能入其下. 東南抵坳中, 又進一巖, 亦淺隘不足觀. 蓋仙奕三巖, 齊列山半, 俱相伯仲而已. 旣西下山麓還望, 復得一巖, 亦西向, 正在中巖之下. 其巖亦淺隘, 中昔有碑, 今止存其趺. 巖上覆有三圓巖, 若梅花之瓣, 惜飄零其二, 不成五. 出巖前, 有石平砥如枰, 而赤紋縱橫, 亦未之有. 巖右有石窟如峽, 北透通明, 其中開朗可憩. 而有病夫臥其前, 已蠕蠕不能屈伸. 荒谷斷崖, 樵牧不至, 而斯人託命於此, 可哀亦可敬也! 出巖, 西盤一山嘴,轉其東南, 山半有洞西南向. 乃踐棘而登, 洞門岈然, 其中高穹而上, 深墜而下, 縱橫成峽, 層疊爲樓, 不甚寬宏, 而以危峻逼裂見奇者也. 入門, 有石突門右, 蹲踞若牛而靑其色, 其背復高突一石, 圓若老人之首. 先是, <u>立魚</u>僧指其處有<u>壽星巖</u>, 必卽此矣. 但所指尙在東南黃崖懸削處, 蓋黃崖西面與<u>立魚</u>對, 而此則側隱於北, 當時未見耳. 由突石之左懸級下墜, 西出突石之下, 則下墜淵削, 而上級虛懸, 皆峭裂不通行. 東入峽道中, 灣環而進, 忽得天光上映, 仰睇若層樓空架, 而兩崖上覆下嵌, 無由躡虛上躋. 第遙見光映處, 內門規列, 高懸夾崖之端, 外戶楞分, 另透前山之上, 其頂平若覆帷, 恨不能牽絢一登, 悵悵而出.

更下山而東, 仰見北山之半, 復有一門南向, 計其處當卽前洞光映所通也. 見其下俱迴崖層亙, 乃稍東, 循崖端西北而上, 踰下崖, 抵中崖, 而上崖懸絶不得上. 復從前道下, 更東循崖角西北登上崖. 沿崖西陟, 則洞前三面皆危壁倚空, 惟此一線盤崖可通. 前有平石如露臺, 內旋室方丈, 四壁俱環柱駢枝, 細若鏤絲垂絡, 聯布密嵌, 而頂平如幕, 下平如砥. 西北內通一門, 下臨深峽, 果卽前所仰望透空處也. 若斷塞所登一線盤崖, 從峽中設梯以上, 此巖高朗如閣, 正巢棲穴處之妙境矣. 坐憩久之, 仍循崖端東南下, 其南復有山鵲起.[2] 從兩山夾中取道而東, 可出<u>馬鞍</u>之東隅, 而中塞無路; 循南山西麓取道而南, 可抵<u>上龍潭</u>, 乃往來大道也. 從西麓仰眺山半, 懸崖穹拓, 黃斑赭影, 轟然西向, 欲一登無路. 循山南行, 有微徑從草中東上, 頃卽翳沒. 竭蹷上登, 得一門, 外雖穹然, 而內僅如合掌, 無可深入. 望黃赭轟削處, 已在其北, 而崖嘴間隔, 不可盤陟. 復下至山麓, 再從莽中望崖而登, 久之抵轟崖下. 其崖危削數千尺, 上覆下嵌, 若垂空之雲, 亙接天半. 每當平削處, 時裂孔一方, [中多紛綸奇詭.] 第瑣碎不能深入. 循崖下北行, 上有飛突之崖, 下有累架之石, 升降石罅中, 雖無窈窕之門, 如度凌虛之榭, 亦足奇也.

時日已過午, 下山欲南尋<u>上龍潭</u>, 計無從得飯; 而東向峽中, 循<u>馬鞍</u>東麓, 卽傍郭循江, 旣易得食, 而又可闞<u>屛風</u>、<u>登臺</u>, 兼盡<u>王氏山房</u>諸勝, 且取道兩山間, 更愜所願也. 乃披莽而東, 見兩崖石皆巉嵌, 叢翠翳之, 神愈飛動. 旣而得藝蔬之畦. 又東一里, 得北來大道. 截大道橫過, 東去一里得聚落, 則郡東門之對江渡也. 於是瀕江南岸倚屏風山北麓東行, 其處村居連絡. 一里, 抵登臺山, 居聚愈稠. 江爲山扼, (土人謂登臺山巔有三虎, 夜輒下山噉猪犬. 民居環山麓而崖峻, 虎得負嵎, 莫敢攖焉.) 轉而北去, 路從山南繞其東麓而北. 聞其處有楊文廣洞, 甚深杳, 從江底潛通府堂, 今其洞已塞, 土人莫能指導, 僅人人言之而已. 登臺之北又一里, 有山橫列三峰, 其陰卽王氏山房所倚, 余昔從洛容來, 從其北麓渡江者也. 玆從南至, 望見南麓有洞駢列, 路當出其東隅, 而遙聞洞前人聲沸然, 乃迂而西北至其下, 則村氓之群社於野廟者也. 洞在廟北半里, 南向岈然. 其山倒石虛懸, 內裂三峽, 外通三門, 宛轉迴合而不甚深擴, 然石青潤而穴旁通, 亦不意中所難得者. 出洞, 望西峰之陽, 復有一巖南向, 乃涉窪從之. 適有婦負芻自北坳來, 問東西二洞何名, 曰: "東洞名蠻王, 西洞淺而無名, 然中有蛇穴之." 問: "北坳可達王氏山房?" 曰: "北坳乃樵徑, 無岐可通; 大路從東麓而遙, 小徑緣西坡而近, 然晚輒有虎, 須急行." 余乃上西洞. 洞門亦南向, 而中果淺, 皆赭赤之石, 下無旁通之竅, 何以穴蛇? 內高五六尺, 復有石板平庋, 虛懸不能上. 而石板中央有孔一圓, 如井欄中剜, 下適有突石, 踐石透孔, 頸項恰出孔上, 如罪人之囊三木[3]者, 然聳肩束臂, 可自此上躍也. 但其上亦不寬奧, 不堪舒憩. 遂下, 從西坡小徑下山, 循西麓而北踰一崗, 竹塢蓊叢. 里餘而得一茅舍, 東倚山麓, 西臨江坡. 坡上密箐蔽空, 連麓交蔭, 道出其下, 如行空翠穴中, 不復知有西爍之日也. 一里, 北抵姚埠, 卽東門渡也. 其上村居數十家. 由村後南向登山, 卽王氏山房. 時日已昃. 余先每入一巖, 輒以所攜龍眼、餠餌箕踞啖之, 故至此而後索餐, 得粥四甌, 飯與茶兼利之矣. 遂南入竹塢中, 箊簜萬个, 森森俱碧玉翔烟, 覺塵囂之氣俱盡. 已而上山, 石磴甚峻, 西緣南折, 穿榕樹根中, 透其跨下. (其樹小於桂林之榕樹門, 而一橫跨街衢, 一側倚崖半, 穿根透隙則同也.) 已又東上, 過一庋石片下, [石去地五六尺, 崖旁平庋出, 薄齊架板,] 則山房在焉. 小樓三楹橫列洞前, 北臨絶壑, 西瞻市堞縱橫, 北眺江流奔衍, 東指馬鹿、羅洞諸山, 分行突翠, 一覽無遁形. 樓後卽洞, 洞高不爲樓掩, 中置西方諸像, 而僧則託栖樓中, 若爲洞門鎖鑰者. 蓋王氏昔讀書於此, 今則以爲僧廬, 而名東林洞焉. 洞後西、東分兩竅: 西竅從南入, 稍轉而東, 漸黑隘, 不堪深入; 東竅從南入, 轉而東忽透明焉. 踰東闠而出, 巨石迸裂成兩罅: 一罅北透則石叢, 而平臺中懸, 可以遠眺; 一罅東下則崖削, 而茅閣虛嵌, 可以潛棲. 四旁皆聳石雲嘘, 飛翠鸞舞, 幽幻險爍, 壺中之透別有天,[4] 世外之棲杳無地, 非若他山透腹而出, 一覽卽盡也. 旣而還至前洞, 望渡舟甫去西岸. 乃從洞東南躋嶺上, 石磴危峻, 所望愈擴, 遂南瞰登臺焉. 久之下山, 則渡舟適至, 遂由東門, 共二里返寓.

---

1) 천균(天鈞)은 신화에 나오는 천계(天界)의 음악을 가리킨다.
2) 『태평어람(太平御覽)』92권에 따르면, "까치는 성벽의 제일 높은 곳에 올라가 키가 큰 나무의 꼭대기에 둥지를 튼다. 성벽이 무너지고 둥지가 망가지면 바람을 타고 날아오른다. 그러므로 군자의 세상에서의 처세는 때를 얻으면 의를 행하고, 때를 얻지 못하면 까치처럼 날아오르는 것이다(鵲上高城之絶, 而巢於高樹之顚. 城壞巢折, 陵風而起. 故君子之居世也, 得時則義行, 失時則鵲起也)"라고 했다. 이로부터 작기(鵲起)는 흔히 '기회를 타서 일어나다'의 의미로 쓰이게 되었다.
3) 낭삼목(囊三木)은 예전에 죄수의 목과 손, 발에 채운 형구를 가리킨다.
4) 『후한서(後漢書)·방술전(方術傳)』에는 비장방(費長房)이 선경을 다녀온 이야기가 씌어 있다. 즉 시장을 관리하는 하급관리를 지내던 비장방은 저자에서 호리병을 매단 채 약을 파는 노인이 시장이 파한 뒤에 단지 속으로 뛰어드는 것을 보았다. 노인이 비범한 인물이리라 생각한 비장방은 이튿날 노인을 찾아가 노인과 함께 호리병 속으로 뛰어들어 선계를 구경하게 되었다.

十四日 在柳寓.

十五日 在柳寓.

十六日 作一書與王翰簡之子羅源公. 促靜聞往天妃廟贖所當被, 竟不得.

十七日 以書投王羅源, 不俟其回書, 卽攜行李下舟. 過午, 雨如注. 旣而復從南門入抵北門，市土藥於朱醫士，得山豆根、猪腰子、天竺黃、水蘿葡、兔金藤諸藥各少許，下舟已昏黑矣.

十八日 晨餐後放舟. 十里，石狗灣. 有小山在江左，江稍曲而東北. 小山之東爲龍船山，又西南爲夾道雙山，此北門陸路所出也. 由石狗灣五里，爲油閘，江始轉而東. 又東北十里爲羅溝. 向正東行者五里，始轉而南，十里爲山門冲，卽昔日洛容來渡江處也. 江東爲南寨山[西麓，石崖迴返，下嵌江流;] 江西岸爲馬鹿堡. 又南十里爲羅峒. 前有山突兀坪中，有礴南裂，上連下透[如石門]. 其巔又有一圓石突綴於上，若一僧倚崖南向，肩與崖齊，而上露其頭顱，下透其腰背. 余昔在羅山南已東望而見之，今復西眺，蓋水陸兼收之矣. 又南五里，諸峰森叢江右，石崖迴亘，亦猶山門之列於江左者，而其上復有石森列，若立而傴僂，若坐而箕踞者. 舟人謂此處有'八仙對奕'，豈卽此耶? 至此江稍轉西南，其東岸有聚落曰鷄臘，乃柳州東南陸路大道也. 道側有溪自西來入，於是舟轉東行. 五里，轉而南，有崖懸突江左，層纍疊嵌，[光采離奇.] 眺其東，有尖峰灣竪，形若牛角. 旣而東轉五里，江北聚落出焉，名曰犁冲. 蓋山脈北自牛角尖直下，江流環其[東、南、西]三面，中成盤洄，若犁之尖，故名. 忽轉而北，又五里，直抵牛角山下，復轉東去. 北山松檜森然，名曰羅墳. 遙聞灘聲如雷，久之始至，則懸流迴瀑，一瀉數里，是曰橫旋灘. 自犁冲北轉至此，破壁而出，建瓴[1]而下，又共五里矣. 東南下灘五里，山漸開伏，又十里，稍折而東北，又東十里，三江口. 洛青[江]自東北來注，有聚落在柳江北、洛青西，昔有巡司幷驛，今移賣江矣. 時日已西銜山半，遂泊.

---

1) 『사기・고조본기(高祖本紀)』에 따르면, "비유컨대 높은 집 위에서 동이의 물을 쏟아 붓는 듯하다(譬猶居高屋之上建瓴水也)"고 했는데, 건령(建瓴)은 '높은 곳에서 아래로 흘러 가로막기 어려운 형세'를 가리킨다.

十九日 舟人因蚊蚋甚多，乘月放舟中流，聽其隨波去. 五鼓抵賓江，市聚在東岸, 其上連室頗盛, 其下復有灘. 下灘, 舟稍泊, 既曙乃行. 二十里, 象州, 在江東岸. 自犁冲來, 石山漸隱, 土山漸開, 唯賓江之下有崖特立江左, 江轉而西, 山形下削上突, 豈卽『志』所謂'象臺'耶? 象州城在江東岸, 瀕江岸頗高, 西門城垣因之, 州卽在其內. 州廨內外, 多茅舍蕭條, 其東卽窪而下, 居民之廬託焉. 西門外隔江卽爲象山. 山土而不高, 土人曰 : "春月有雲氣, 望若象形, 紛走其上, 卽之則散, 故名." 其北岸有石蹲伏山頭, 謂'猫兒石'也, 頗覺宛然. 舟泊, 市蔬米, 瀕午乃發. 十里, 轉而西, 有崖峙江左. 又西十里, 過大容堡, 轉而西南行, 兩岸始擴然無山. 又五里, 轉而東南行. 又十里, 都泥江自西南來會, 其水渾濁如黃河之流, 既入而澄波爲之改色. 江東北岸有小山, 北面分聳兩岐, 西突兀而東尖峭, 正與都泥入江之口相對, 若爲建標以識者. 又東南十五里, 折而西北, 旋轉西南. 又十里, 乃東下大灘, 一瀉五里, 曰菱角灘. 下灘五里, 曰薄崦嵫. 又十五里, 泊於瀧村. (在江北岸.)

都泥江者, 乃北盤之水, 發源曲靖東山之北, 經七星關抵普安之盤山, 由泗城而下遷江, 歷賓州、來賓而出於此. 溯流之舟, 抵遷江而止. 蓋上流卽土司蠻峒,[1] 人不敢入; 而水多懸流穿穴, 不由地中, 故人鮮諳其源流者. 又按慶遠忻城有烏泥江, 由縣西六里北合龍江. 詢之土人, 咸謂忻城無與龍江北合水口, 疑卽都泥南下遷江者. 蓋遷江、忻城南北接壤, "烏泥"、"都泥"聲音相合, 恐非二水. 若烏泥果北出龍江, 必亦貴州之流, 惜未至忻城一勘其蹟耳. 若此江, 則的爲北盤之委, 『西事珥』指爲烏泥, 似以二水爲混, 未詳核之也.

---

1) 만동(蠻峒)은 남방의 소수민족의 집단 거주지 혹은 그 일대의 주민을 가리킨다.

二十日 昧爽放舟, 五里下一灘, 曰大鷺灘, 江右石峰復駢列而出. 又南五里, 爲武宣縣西門. 縣城在江之左, 亦猶象州之西臨江渚也. 但隔江西岸之山, 卓立岐分, 引隊而南, [嚴皆奇詭, 若垂首引項, 傴僂比肩, 种种怪異.

『志』謂"縣西有仙人山, 南有仙巖山", 當卽所望諸異峰也.] 不似象州西山
以雲氣得名也. 其附舟去五人, 復更四人, 舟人泊而待之, 上午乃發. 南五
里, 江折而東, 又五里, 乃東南折而去, [兩岸復擴然.] 又十五里, 有溪自西
來注. 又東南十里, 爲勒馬堡, 堡江左, 過此卽爲潯州之桂平界矣. 又南十
[里, 兩岸山漸合, 又]五里爲橫石磯. 有石自江右山麓橫突江中, 急流倒湧,
遂極澒洞[1]之勢. 蓋兩崖皆連山逼束, 至此爲入峽之始. 又南五里, 轉而東
南二十里, 江左涯闊一坪, 是爲碧灘, 設堡置戍, 爲峽中之界, 名鎭峽堡焉.
又東南十里, 兩岸山勢高聳, [獨冠諸峰,] 時有石峰懸峙. 江至是轉而東, 其
南迴東轉處, 江左瞰流之石, 有大書鐫石者, 土人指爲韓都憲留題, 然舟疾
不能辨也. 又東北二十里, 有小溪自北破壁而出, 其內深峻屈曲, 如夾堵墻.
又東爲大藤峽, 大江南北兩崖, 俱有石突江中. 云昔有巨藤橫駕江上, 故南
北兩山之賊, 此追彼竄, 彼得藉爲津梁, 而我不能施其威武. 自韓公雍破賊
而斷之, 易名斷藤峽. 過斷藤五里, 下弩灘, 遂南出峽口. 有水自東來注, 曰
小江口. 其水由武靖州來, 至此, 合幷西南下, 勢甚湧急, 蓋出峽而恣其放
逸也. 北自橫石磯入峽, 南至弩灘而出, 其中山勢迴逼, 正如道州之瀧江,
巖陵之七里瀧. 但此峽相去六、七十里, 始入爲東西峽, 中轉爲南北峽, 中
無居廬, 叢木虧蔽, 兩旁爲瑤、僮窟宅, 故易於爲暴. 使伐木開道, 因泉置
屯, 則亦丹崖、釣臺, 勝槪所麗矣. 今碧灘之上置鎭峽堡, 聲勢甚孤, 恐怠
玩之後, 不足以震懾戒心也. 出峽, 又西南循山下, 十五里抵潯州. 已暮, 泊
於大北門.

大藤峽東抵府約三百餘里, 乃灘、柳二江之夾中也. 兩江瑤賊昔甚猖
獗, 屢征之後, 今兩江晏然. 當其猖獗時, 賊東西相結, 蓋其中有力山焉.
東助府江, 西援藤峽, 互相竄伏, 所謂狡兔之三窟也. 王新建討定之後,
當有布置, 俟考之.

---

1) 홍동(鴻洞)은 '끝없는 혼돈의 모습, 아득하게 멀고 깊은 모양, 끝없이 서로 이어진

모양을 가리킨다.

二十一日 隔晚泊潯州大北門稅廠下. 夜半風雨大作, 五更雨止, 而風勢震撼不休, 晨餐後乃殺. 乃登涯入大北門. 南行半里, 轉而東一里, 過府前, 又半里, 抵四牌坊. 折而南半里, 出大南門, 則鬱江自西南來, 繞城而東北, 至小北門與黔江合而東北去, 下平南達梧州者. 下定寅南門驛前. 乃登小北門城埤, 望二江交合處, 有洲當其中, 其江雖北去, 旋轉而東南下蒼梧也. 循埤西行, 望西山屼嶋出雲表, 下瞰城隅, 上有石縱橫, 土人指其處有寺, 當卽『志』所稱三淸巖也. 其後山卽大藤峽. 時以舍館未定, 不遑命屐, 姑下舟覓夫, 擔行囊置南門外逆旅. 靜聞從而後, 遍覓不得, 下午乃至. 薄暮仍雨.

二十二日 早, 雨復淋漓不休. [留靜聞、顧僕寓潯之南門.] 覓擔夫爲勾漏、白石、都嶠三山遊. 晨餐後雨止, 乃發, 卽從驛前南渡鬱江. 五里, 灘頭村. 又三里爲車路江, 下有石梁. 梁外水發, [小水自東南西北入鬱.] 舟得而至焉. 南二里爲石橋村. (人家至此, 惟灘頭及石橋二村, 餘俱蒼莽矣.) 從此南望, 白石山與獨秀挺峙, 若在三十里外, 而土人云:"尙六十里而遙, 竟日之力猶不能到." 蓋山路迂隔也. 由石橋村而南, 蒼莽中四高中窪, 平地多伏莽突土之石, 多分裂區匯之波. 二里, 得迴石一壑, 四面環叢, 中瀦淸流, 有淵墜成潭, 有迸裂成隙, 水石容與, 亦荒野中異景也. (按『志』潯城南十五里有涎水, 曠野中天然怪石磬其旁, 水泉深碧淸澄, 中有巨魚, 人不敢捕, 卽此無疑.) 更南, 則匯潭更多. (疑卽『志』所稱南湖.) 上有崗爲橫南墟, (或湖南之訛.) 有一婦人結茅貰酒其上, 去郡蓋十五里矣. 其東有山, 自南而北垂抵此, 從其西漸升而南, 迸穴愈多, 皆平地下陷, 或長如峽, 或圓如井, 中皆叢石, 玲瓏攢嵌, 下則淵水澄澈. 蓋其地中二三丈之下, 皆伏流潛通, 其上皆石骨噓結, 偶骨裂土迸, 則石出而穴陷焉. 於是升涉溝壟, 又三里, 乃入山塢, 則山皆純土, 無復嶙峋之石, 而塢中皆禾田曲蟠四麓矣. 又二里, 上湖塘嶺, 坡陀相間, 嶺壑重疊. 十里, 抵容塘村, 有潭匯水, 數十家聚居山半. 又南陟一嶺, 共二里, 渡一溪橋, 上嶺爲官坂墟. 墟有一婦結茅賣酒, 與橫南同. 郡中至此三十里, 爲白石山行之中道, 乃餐粥茅店中. 從岐東南踰嶺, 十里, 爲姚村. 村亦百家之聚, 依山匯水, 眞山中之樂墅也. 渡一小溪, 又南踰嶺, 五里, 爲木角村. 村在白石山之北麓, 去山尙十里, 日有餘照而山雨復來, 謀止宿其處而村人無納者. (村楊姓, 俱閉門避客.) 徘徊抵暮, 坐舂舍間, 擬度其夜. 旣而一舂傍主人啓扉納焉, 爲之晚炊而宿.

二十三日 早飯, 別木角主人, 授火錢, 固辭不納. 何前倨而後恭耶? 由其東南越一嶺, 由岐徑望白石而趨. 其山峰攢崖絶, 東北特聳一峰爲獨秀, 峭拔孤懸, 直上與白石齊頂, 而下則若傍若離, 直剖其根. 崖石多赭赤之色, 謂之"白石", 豈不以色起耶? 五里, 路漸沒草間. 渡一溪, 嶺半得一山家, 傍舍植芭蕉甚盛. 亟投問路, 始知大道向在西南, 而此乃岐中之岐也. 由其左登山, 東向而上, 望周塘村在路右塢中, 相隔坑坂已兩三重也. 由土山之脊轉而南, 五里, 度一山坳. 稍東而南折, 直抵山之北麓, 則獨秀已不可見, 惟轟崖盤削, 下多平突之石, 石質雖不玲瓏, 而盤亘疊出, 又作一態也. 直上一里, 抵崖石下. 轉而南, 一里, 爲三淸巖. 其巖西向, 橫開大穴, 闊十餘丈, 高不過二丈, 深不過五丈, 石俱平燥, 惟左後深入而東, 然低庳不踰尺, 所云南通勾漏者卽指此. 余謂山脈自此與勾漏南接, 若此洞高峙山半, 而其山四面孤懸, 謂穴道潛通, 夫誰入而誰試之耶? 右壁盡處有穴大如管, 泉自中滴下, 懸四五尺, 僧布竹承之, 淸冷異常. 下丈餘, 匯爲一潭, 不甚深澈, 指爲'龍潭'云. 巖內有一石如舡, 臥可爲榻, 坐可爲几. 巖列三淸像, 故以'三淸'爲名, 卽白石之下洞矣. 又南半里, 爲大寺. 甚古, 後倚崖壁, 有觀音堂甚敞. 其左峭壁下有圓珠池, 亦水自半崖滴下者, 下甃圓潭承之, 無他異也. 按『志』, 山北有漱玉泉, 而『西事珥』與『百粤風土記』俱謂其泉暮聞鐘鼓則沸溢而起, 止則寂然, 詫以爲異. 余謂泉之沸寂, 自有常度, 乃僧之候泉而鳴鐘鼓, 非泉之聞聲而爲沸寂也. 及抵白石, 先詢之三淸觀, 再徵之白石寺幷漱玉之名, 不知何指, 而聞鐘泉沸之說, 山僧茫然. 洵皆好事之言也.

寺僧爲瀹茗, 余急於會仙之勝, 卽以行囊置僧舍, 不候茗, 由後寺南循崖壁
行. 已東轉而上, 入石峽中. 其峽兩峰中剖, 上摩層霄, 中裂騈隙, 相距不及
丈, 而懸亙千餘尺, 俱不卽不離, 若引繩墨而裁削之者, 卽俗所誇爲'一線
天', 無以過也. 磴懸其中, 時有巨石當關, 輒置梯以度, 連躋六梯, 始踰峽登
坳. 坳之南北, 俱猶重崖摩夾. 乃稍北轉, 循坳左行, 則虬木盤雲, 叢篁蔭日,
身度霄漢之上, 而不知午日之中, 眞異境也. 至是東嶂稍開, 始見獨秀峰在
東北, 而東南塢中又起一峰, 正與獨秀對峙, 而高殺其三之一, [宛然蓮蕊
中擎, 但四面爲諸峰所掩, 惟此得睹全體耳.] 又北攀懸崖而上, 木根交絡
石間, 爲梯爲絙, 足躡手緣, 無非此矣. 已轉一壑, 有硐自頂西向隊峽, 虆潭
搗穴. 由峽右復懸梯上登, 宛轉三梯, 遂行平岡間. 其外乃萬丈下削之崖,
其內卽絕頂漱根之峽, 內外皆喬松叢木, 一道深碧, 間有日影下隊, 如篩金
颺翠, 閃映無定. 出林則鑿石成磴, 又植竹迴關, 躋磴轉關, 而會仙之巖岈
然南向矣. 其巖皆黃赤之石, 上下開窟, 而內漸湊合, 旁無氤氳之竅, 上無
滴瀝九乳, 與下巖同; 而地位高迥, 境路幽去. 五里之雲梯杳藹, (自大寺來,
約有五里.) 千秋之鶴影縱橫, 非有棲霞餐液之緣, 誰得而至哉! 時已過午, 中
有雲寮, 緼鑰已久, 竈無宿火, 囊乏黃粱, 無從掃葉煮泉, 惟是倚笻臥石, 隨
枕上之自寐自醒, 看下界之雲來雲去. 日旣下春, 炎威少退, 乃起, 從巖右
躡削崖, 凌絕頂. 崖雖危峭而層遙, 盤隔處中有子石, 圓如鵝卵, 嵌突齒齒,[1]
上露其半, 藉爲麗[2]趾之級, 援手之階. 不覺一里, 已騰踊峰頭, 東向與獨秀
對揖矣. 蓋此峰正從潯州來, 所望獨秀峰西白石絕頂, 而獨秀四面聳削如
天柱, 非羽輪不能翔其上. (粤西三獨秀, 而桂城最著, 柳州無聞, 然皆巉岏可登, 此獨
最高聳, 最孤峭.) 而此峰二面亦皆危崖突立, 惟南面一罅, 梯峽上躋, 頗如人
華三峰, 上分仙掌, 下懸尺峽, 透險蹦危. 此眞青柯嫡冢, 他未見其比也. 何
者? 桂、朔、柳、融諸峰非不亭亭如碧簪班笋, 然石質青幻, 片片如芙蓉
攢合, 竅受躡, 痕受攀, 無難直躋; 而此則赤膚赭影, 一劈萬仞, 縱覆鐘列柱,
連轟騈峙, 非披隙導窾, 隨其腠理, 不能排空挿翅也. [獨秀、蓮蕊二峰, 爲
此峰門戶, 其內環壑深墊, 虧蔽日月, 重岡間之, 人無至者.] 坐眺久之, 乃仍

下會仙. 別巖而下, 歷三梯, 三里至峽坳上, 見峽左一石, 倚崖而起, 上幷崖端倚雲, 下有線罅透日. 急賈勇穿其中, 則其隙不卽不離, 僅容側身而進. 其上或連或缺, 旣而漸下, 南轉出罅, 則飛石上下懸嵌, 危不可躋矣.

返出峽坳, 見倚石之側, 復有一道上出石端, 危懸殊甚, 乃流沙滾溜而成者. 心益不能已, 復攀根引蔓而登. 躋其端, 透入石關中, 則倚石西盡處也, 與前崖夾而成闕. 穿關而南, 則飛石南懸之上也, 瞰前罅正在其下. 遂攀登倚石之頂, 則一臺中懸, 四崖環峙, 見上又或連或缺, 參錯不齊. 正憑眺間, 聞雷聲殷殷, 仍下峽坳, 歷六梯, 一里西出峽, 又一里, 北返大寺. 亟問餐於僧, 濯足於泉, 而雷雨適至. 先是, 余下至上梯, 遇寺中肄業諸生, 見余登巖久不下, 亦乘興共登, 至是未返, 困於雨. 而平南有鄕貢梁凌霄者, 開絳帷[3]寺中, 見余輒有傾蓋[4]之雅, 爲之挑燈夜談. 中夜雷雨大奮, 臥室淋漓.

1) 치치(齒齒)는 '이빨 모양으로 계속 이어져 있는 모양'을 가리킨다.
2) 려(麗)는 '부착하다, 붙다'의 의미이다.
3) 강유(絳帷)는 원래 붉은 휘장을 의미한다. 예전에 스승이 지식을 전수할 때 높은 전당에 앉아 붉은 휘장을 친 채 제자들을 마주했기에, '강유'는 스승이나 강좌를 대신하는 경어로 사용되었다.
4) 개(蓋)는 원래 수레의 덮개를 의미한다. 경개(傾蓋)는 두 대의 수레가 가던 길을 멈추고 수레 덮개를 기울인다는 뜻에서, 벗이 서로 만나 정담을 나눔을 가리킨다.

二十四日 作詩與梁君別, 各慇懃執手, 訂後期焉. 西向下山, 望羅叢巖在三十里外, 初欲從此而南趨鬱林. 及一里, 抵山下, 渡小硎. 又西二里, 過周塘, 則山谷迴互, 羅叢已不可見. 問其道, 多未諳者. 云須南至麻洞墟, 始有路西行. 又南三里, 路分爲二, 大道由東南上山, 岐徑由西南涉塢. 余强從西南者, 一里, 踰一嶺, 漸不得道. 二里, 南行山莽間. 又一里南下山, 始有路自西北來, 隨之東南去, 由塢塍出山夾中. 二里, 抵乾冲, 始値北來大道, 山始開. 有小溪自東而西, 又有自南向入之者. 涉澗, 隨南水而上, 村落依焉. 於是山分東西兩界, 中則平疇南衍, 深溪北流. 西南二里, 過一獨木橋. 又南三里, 山坡突處, 麻洞墟在焉. 是日墟期, 時已過午, 乃就墟[1]而餐. 其西有岐, 西向踰山爲高塘路, 覓高塘趁墟者問之, 言: "由此至羅叢巖尙五十里, 高塘未得其中火, 欲西北渡鬱江乃至." 余聞之悵然, 姑留爲後遊, 遂南隨散墟者循西界山而趨. 五里, 有村連聚於東界大山之下, 猶麻洞之聚落也. 又南, 山塢稍轉而西, 仍南共五里, 爲石馬村. 村倚西麓, 有石倚東麓, 若馬之突焉. 西麓之後, 其上石峰突兀, 是爲穿石寨. 土人言其石中穿, 可透出山後, 余望而未之見也. 又南五里爲大冲, 聚落環倚西麓. 於是塢窮疇轉, 截山爲池, 迴坡爲田, 遂復向山坳矣. 由大冲上行, 又五里, 路出馬頭嶺之南, 過山脊. 其水北流者, 經乾冲由車路江入潯; 南流者, 經都合入秀江, 北轉高塘, 羅行而入鬱. 出坳, 復東南得平疇, 山仍兩開. 五里, 宿於中都峽.

<hr />

1) 노(墟)는 술집에서 술독을 놓기 위해 쌓은 흙더미를 의미하는데, 흔히 주점을 가리킨다.

二十五日 由都峽南行, 二里, 渡一橋, 有岐從東南隨水登坡, 一里爲迴龍墟, 墟猶未全集也. 坡南水復西南去, 渡板橋, 更南三里, 則塢窮而上嶺. 逾嶺南下, 一里出山, 則山塢復開. 南行三里, 爲羅播村. 東渡一溪, 踰小嶺, 又涉一溪, 共一里, 南向登山甚峻, 曰大山坪, 又曰六合嶺. 從其上北眺潯州西山, 遠在百里外, 而東有大山屛列, 西南亦有高峰, 惟白石反爲東北近山所掩不得見. 平行其上二里, 出山坳, 嶺頭叢木翳密. 從其右行, 又一里下山. 又一里, 山壑四交, 中成奧谷, 有小水自東而西. 越其南, 從中道復登嶺, 一里, 踰而東, 入山峽. 峽北麓堰水滿塢, 瀠浸山谷. 乃循峽沿水東入南轉, 一里漸升, 水亦漸涸. 復踰山坳, 路循嶺右升分嶺矣. 二里, 復下渡山脊, 路循嶺左一里, 下核桃嶺, 則有大溪自南而來, 至此西折去. [卽潯郡西繡江上流也. 發源自平山墟, 乃大容山西北水. 大容東西有兩繡江: 一南自廣東高州, 北至北流縣, 合大容東南水, 經容縣注於鬱, 此容縣繡江也; 一卽此水, 爲潯上流之繡江.] 路循溪向東南踰二嶺, 共三里, 涉流渡江. 其水及腹, 所謂橫塘渡也, 潯州南界止此, 江南卽鬱林州屬, 爲梧西北境焉. 由江南岸復溯流踰嶺, 四里始有聚落, 時已過午, 遂就炊村廬. 炊飯畢, 山雨大作, 坐待久之. 踰小嶺而南, 村聚益連絡, 所謂白堤者是, 亦深山之奧區也. 過墟舍, 取中道渡小橋, 溯溪右南行八里, 誤從路旁小岐西入, 得大寨村, 遂投宿主人李翁家. 翁具酒烹蛋, 山家風味, 與市邸迥別.

大寨諸村, 山迴谷轉, 夾塢成塘, 溪木連雲, 堤篁夾翠, 鷄犬聲皆碧映室廬, 杳出人間, 分墟隔隴, 宛然避秦處也.

二十六日 主人以鮮鯽餉客, 山中珍味, 從新漲中所得也. 及出山, 復誤而西. 二里, 復得倚雲繞翠, 修竹迴塘之舍. 問道於村婦, 知誤, 東出. 作「誤入山村詩」及「村婦留別」二絶句. 二里, 抵大板橋, 始循大溪西岸南行. 三里, 過馬祿山, 越通明橋, 遂西南折入山峽. 兩山逼束, 中惟一溪, 無夾水之畦, 俱灤路之草. 五里, 有巨木橋橫架溪上, 乃通東南山路之道. 余從橋右過, 不從橋渡. 其橋巨木兩接, 江右有大樹, 自崖底斜偃江中, 巨木兩端俱橫架其杪, 爲梁柱焉, 是名橫江橋. 又西南五里, 過篛帽山, 山峽稍開, 南見大容焉. 又西南三里, 涉溪而右, 又涉溪而左, 共二里, 踰崗而上, 是爲平山村. 由白堤至平山三十里, 路隘草荒, 隔絶人境, 將出平山, 則紛紛言前途多盜矣. 由平山南行, 路已開闢. 過墟舍, 越嶺畔行, 東望大容在三十里外, 猶有層峰間之. 五里, 下入山峽, 過黃草塘. 西南二里, 抵都長廟. 其處兩山開塢西去, 而路橫塢而南, 越嶺, 所上無幾, 南下甚遙. 共三里, 峽轉西出, 是爲勒菜口. 於是山分兩界, 大容峙東北, 寒山峙西南, 排闥而東南去, 中夾成大塢, 溪流南注, 則羅望江之源矣. 於是循寒山北麓東南行, 又三里, 巨樹下有賣漿者, 以過午將撤去, 乃留之就炊而飯. 又五里, 渡溪橋, 是名崩江橋. 橋南有廟, 賣漿炊飯者群託焉. 又東南二里, 過馮羅廟. (廟爲馮、羅二姓所建.) 廟之南, 山峽愈開, 蓋寒山南盡, 大容東轉, 於是平疇擴然矣. (其南有岐, 東涉羅望, 循大容南麓而東, 四十里抵北流; 土人以群盜方據南麓陸馬廟爲巢, 俱勸余由州而往.) [予取鬱林道.] 由畦塍中南行七里, 復涉崗而南, 見有鼓吹東去者, 執途人問之, 乃捕尉勒部過此也. 又見有二騎甲冑而馳者, 則州中探報之騎也. 又三里, 抵松城墟. 墟舍旁有逆旅一家, 時日色尙高, 而道多虞警, 遂停宿焉. 二鼓, 聞騎聲驟而南, 逆旅主人出視之, 則麻兵已夜薄賊巢, 斬一級, 賊已連夜遁去. 夜半, 復有探者扣扉, 入與主人宿, 言麻兵者, 卽土司汛守之兵,¹夙皆與賊相熟, 今奉調而至, 輒先以二騎往探, 私語之曰: "今大兵已至, 汝早爲計." 故群賊麇遯者一人斬之, 以首級畀麻兵爲功, 而賊俱夜走入山, 遂以'蕩平'入報. 恐轉眼之後, 將 (以下缺).

平山乃大容西來之脈. 蓋瀾滄以東之山, 南徑交趾北境, 東轉過欽、廉、靈山, 又東北至興業, 由平山東度, 始突爲大容, 於是南北之流分焉.
寒山者, 鬱林西北之望也. 諸山俱環伏於大容, 而此獨與之抗. 蓋其脈分自興業, 在羅望、定川二江之間. 其脊至勒萊口而盡, 故錚錚特起『九域志』: 越王陀遣人入山採橘, 十日方回, 問其故, 曰: "山中大寒, 不得歸." 因名.
陸馬廟者, 在大容南麓, 乃土人以祀陸績、馬援者. 流賊七八十人, 夙往來劫掠村落, 近與官兵遇, 被殺者六人. 旋南入陸川境, 掠平樂墟, 又殺數十人. 還過北流, 巢此廟中, 麇諸婦女富人, 刻期索贖, 不至者輒殺之.

二十七日 早自松城墟, 不待飯而行. 四里, 過谷山村, 復行田塍中. 又五里, 望見一石梁甚高整, 跨羅望江上, 所謂'北橋'也. 三洞連穹, 下疊石爲堰. 水漫堰而下, 轉西向行, 由鬱林城北轉而西南, 與定川南流合而南去, 經廉州入海者也. 石梁之西, 又有架木爲橋, 以渡下流者, 行者就近不趨石梁而趨木橋焉. 過橋, 又南踰一嶺, 共一里, 入鬱林北門. 北門外人居俱倚崗匯池, 如村落然, 旣無街衢, 不似城郭, 然城垣高聳, 粤西所僅見也. 城中亦荒落. 過鬱林道而西, 卽爲州治. 乃炊飯旅肆, 問此中兵道, 已久駐蒼梧矣. 先是蒼梧道顧東曙, [名應暘.] 余錫邑人也, 其乃郎以家訊寄來, 過衡陽, 爲盜劫去, 余獨行至此, 卽令其仍駐此地, 亦將不及與通, 況其遠在蒼梧耶!
飯後出南門, 陂池益廣. 西南一里, 則南流江自東而西, 其流較羅望爲大. 涯下泊舟鱗次, 涯上有堤, 內環爲塘, 堤上石碑駢立, 堤下臥石片片, 橫列涯間. 余視之有異, 亟就碑讀之, 則紫泉也. 泉隙在涯堤之半[石片中, 石南北夾成横罅, 横三尺, 闊二尺, 東迴環而西, 缺其南, 水從底上溢潴其中, 停泓者三尺, 上從南缺處流瀉去, 時見珠泡浮出水面.] 堤內塘水高丈餘, 涯下江流低亦丈餘. 水澄碧異常, 其曰變'紫'者, 乃宋淳熙間異兆, 非泉之常也. 泉上舊有濯纓亭, 今已成烏有. 泉之西有石梁曰南橋, 亦三碧, 高跨南流江上. 橋北有文昌閣, 當江流環轉之中, 高架三層, 虛敞可眺, 爲此中勝覽. 橋南爲廉州大道; 橋南由岐溯江岸東行, 則水月巖道也. 溯江半里, 江自東北來, 路向東南去, 乃捨江從路. 始由田塍行, 其路猶大, 乃陸川、平樂墟道也. 八里, 陟崗, 有村焉. 由村左岐東北行, 又二里, 從岐而北, 路益沒. 又二里, 北遍一塘堤, 始得西來路. 循之東二里, 經一村, 復上一嶺, 路仍沒. 乃蹂山而東, 從莽中躑躅東向, 一里抵東山下, 得南來之路. 遂循之而北, 二里, 仍東轉入山塢. 一里, 渡一小石橋, 又循東山而北, 過一村, 復東轉入山塢. 其塢甚深, 東入二里, 路漸蕪沒. 又望坳東登, 一里至嶺, 始得西來大道, 則亦南向平樂墟路也. 越嶺而東, 仍捨南行大道, 岐而東下山, 徑塢中共一里, 蹂山峽東下, 則峽東石峰森森, 自北而南, 如列旗整隊, 別成一界矣. 出峽, 循西山東麓而北, 一村倚山東向, 前有大塘, 余以爲龍塘村矣, 問之, 則龍塘猶在北也. 又北一里餘, 轉而東, 得龍塘村. 村踞崗脊之中, [其南水南流東去, 其北水北入水月洞.] 由其東又北一里餘, 直東抵石山中峰. 渡石橋而北, 則上巖西向, 高穹峰半矣.

上巖者, 水月洞南倚山憑虛之竅也; 石山自東北來, 南引而下, 支分隊聳, 而一支中出者. 西瞰平蕪, 削崖懸竇, 層級皆不甚深, 而此層最下, 亦最擴. 環峰石皆青潤, 獨裂巖處色變赭赤, 然其質猶極靈幻, 尋丈之間, 層皮縷掛, 竇穿蓋偃, 無所不備, 亦無所不奇. 巖前架廬當門, 而敞其上, 廬可以棲, 而上不掩勝, 結構亦自不惡. 由巖右腋穿竅而上, 竅僅如管, 歷級宛轉, 復透一層, 若偏閣焉. 雲牖騰空, 星楞透影, 坐憩其內, 又別一'小西天'矣. 由巖左腋環柱而出, 柱如龍旗下垂, 從其側緣崖上躋, 轉出巖端, 復得一層. 其巖亦西向, 自分左右兩重, [左重在下, 垂柱裂竅, 仰睇上卽右重也, 然歷磴無階. 由外北躋, 始入右重. 閣綴絶壁, 與左層翼對增妍, 皆巖之中層也.] 其上削崖之頂, 尙有一層虛懸, 而躋之無級, [惟供矯首耳.] 水月洞尙在其北而稍下. 龍塘之水, 經山前石橋而北, 過上巖之前, 乃東向搗入洞中. 洞門亦西向, 路由其南, 水由其北, 相沿而入, 透北而出. 前後兩門, 一望通明, 是爲明洞. 水貫其中, 石蹲其旁, 夾流突兀, 俱作獅象形. [洞頂垂石夭矯,[1] 交龍舞螭, 繽紛不一.] 其水平流洞中, 無融州眞仙巖之大, 而兩崖亦無其深峭, 可褰裳而涉溪. 崖之右, 又有一小水, 南自支洞出, 是爲陰洞. [左則沿溪笋乳迴夾, 上亦裂門綴穴. 層閣之上, 又匯水一池爲奇. 此明洞以內勝也. 後門崖口, 列大柱數條, 自門頂合幷倒懸, 洞內望之, 蜿蜒浮動. 此明洞以外勝也.] 陰洞乃明洞旁穴, 其中又分水陸. [流不甚大, 東南自生隴又開一門, 穿山腹至此合明洞. 溯流南入半里, 洞漸沉黑, 崖益陡, 水益深, 結筏積炬, 曲屈約二里, 出生隴. 此陰洞水中勝也. 從陰洞溯流, 始崖左嵌石下, 竇甚隘, 匍匐下穿, 引炬而前, 忽歸然上穹, 上下垂聳盤柱, 詭狀百出, 升降其中, 怕心駭目, 邃曲莫盡. 此陰洞陸中勝也.]

余欲爲水月遊, 時已過午, 尙未飯, 抵上巖. 道者方扃戶而出, 余坐崖下荔陰間. 久之, 道者罷釣歸, 啓扉具炊, 余促其束炬遊水月. 旣入明洞, 篝火入陰洞, 道人不隨支流入, 由其側伏窪穿隙, 遍觀陰洞陸崖之勝, 其中崇宏幽奧, 森羅諸詭, 五易炬而後出. 欲溯流窮水崖, 道者以水深辭: "請別由側道以探其後崖, 不必從中出也." 乃復出明洞, 涉水窮左崖之勝, 邃出後洞, 仰睇垂虬舞龍之石. 還飯於上巖, 已日銜西山矣.

二十八日 早坐上巖中. 道者出龍塘爲予買米. 余曳杖窮其最上層, 已下, 憩石竇偏閣中. 蓋是巖西向, 下午則返照逼人, 余故以上午憩, 而擬以下午搜近山諸洞. 旣午, 道人以米至. 午炊甫畢, 遂循山而南, 至昨來所渡石橋, 由橋側東折入環峽中. [是山石峰三支, 俱鋒棱巉削, 由東北走西南. 中支爲水月巖所託, 是峽則中支、南支相夾者. 南支多削崖裂竅, 予來時循其西麓.] 以爲水月在其下. 詢之土人, 皆曰: "中不甚深, 下無蹊徑." 從峽轉北, 得中央平窪一圍, 牛千百爲群, 散處其內, 名爲牛隴. 窮其西北, [水匯成潭,] 遂入陰洞後門, [卽東南臨潭上, 四旁皆陟石, 無路入, 必涉潭乃登.] 洞甚虛敞, 分之則二, 合之則一. [隨水西入, 漸北轉, 石崖成峽, 水亦漸深昧, 與水月陰洞所見等. 雖未出其中, 兩端源流悉見, 可無煩暗中摸索也. 洞門右崖, 石痕叢沓, 俱作馬蹄形, 『西事珥』所謂‘天馬’, 意卽此矣. 出洞, 益遵峽而北, 仰矚東西兩界, 峰翔石聳, 隙合層分. [二支北盡處, 北支又兀突起, 與中支北麓對峙成峽.] 遙望其下, 有三洞南向, 其上轟霞流電, 閃爍有異, 亟歷莽趨之. 其左畔二門駢列, 崖下雖懸乳繽紛, 而內俱不深; 其右畔一門, 孤懸峰半, 雖洞門嵌空, 而中忽淵墜, 其深數十丈, 宛轉內透, 極杳邈之勢. 而兩崖峭削, 無級下躋. 踞崖端望之, 其中飛鼠千百成群, 見人蓬蓬內竄, 其聲甚遙, 聞此中有蝙蝠洞, 豈卽此耶? 出洞下山, 望西北山嘴頗近, 以爲由此穿水月後洞而入, 抵上巖甚便. 竭蹶一里趨之, 其下旣窪, 乃攀陟山崗, 則巨石飛聳, 中俱蔓絡, 下嵌澄淵, 路斷徑絶. [遙探洞外諸奇石, 杳不可見, 卽溪流破堅出者, 亦盡沒其跡.] 乃循北麓, 仍東趨一里, 南向前來之峽. 又經牛隴而南, 共三里, 返上巖之前. 見日有餘照, 仍入水月, 徜徉明洞之內. 復隨流出洞後, 睇望所涉路斷處, 猶隔一峰嘴, 始知此中山形橫側倏變, 不可以意擬如此. 是夕仍宿上巖.

二十九日 由上巖轉入東北峽, 過牛隴, 共三里出峽, 有岐焉. 一直北循北支東麓者, 爲北流大道; 一轉東向踰嶺者, 爲北流間道. 乃東過田塍, 更踰土嶺而東. 又二里, 過一村, 又東抵小石峰下, 是爲塘岸墟. 時山雨自東北來, 瀰漫山谷, 墟無集者. [墟爲陸川北境.] 從此轉而北, 冒雨循山, 荒崗漫衍, 已爲北流境矣. 十里爲菓子山, 有數家倚崗而居. 過坳, 雨漸止. 又十里爲橫林, 有聚落在路右塢, 數日前盜劫平樂墟, 還宿於此, 去北流祇十里也. 其北有石山一支, 自北而南, 叢尖簇翠. 余初望之, 以爲勾漏在是, 漸近而路出其東南, 西望而行, 秀色飛映. 蓋此山在北流西十里, 而勾漏尚在北流東十里也. 由橫林東北五里, 踰一土嶺, 下行田塍中, 有石橋跨小溪, 溪流

西北去. 又東行平崗上, 五里, 抵北流西門. 西門閉不啓, 以西當賊沖, 故戒
嚴也. 循城由南門入, 經縣前, 出東門, 則街市頗盛. 一街循城而北者, 爲街
墟; 一街隨江而東者, 爲沙街. 街墟由城北隅東轉, 有溪自城北來, 石橋跨
之, 曰登龍橋. 其溪爲大容東流之水, 由橋下而南注繡江者也. 沙街由城南
轉東, 繡江南自粤東高州來, 至此已勝巨舟, 故闤闠依之, 宋人名驛爲朝宗
者, 指此江而言也. (今驛名寶圭.) 沙街東北過廣濟橋, 則北溪之水至此入繡,
渡橋而與登龍之路合, 路乃北出隘門, 江乃東流而去. 余於是飯於沙街. 出
隘門, 抵北山下, 循其南麓東行, 五里, 渡一小溪橋, 遂入石山夾中. [南爲望
夫石, 卽黃婆巖西垂山也. 北則石峰逶迤, 愈東石骨盆瘦, 疑卽獨秀巖所託,
今已失其迹. 峰東崖大書'勾漏洞'三字. 此南北二石峰, 俱東拱寶圭洞.] 又
東五里, 石山迴合處, 中復突一峰, 則寶圭洞在其西隅, 而勾漏庵在其南麓.
時殷雷轟轟, 先投庵中. 庵頗整潔, 乃萬曆間有司重構者. 內堂三楹, 中列
金仙, 東則關聖, 西則葛令. 而葛令之像, 綸巾朱履, 飄然如生. 後軒則準提
大士在其中, 西置炊而東設坐焉. 前庭佛桑盛開, 紅粉簇映; 後庭粉墻中護,
篁桂森繞其中, 寂然無人. 有老道之妻掩關於後, 詢"遊洞何自?" 對以"俟
道者晚歸." 乃停囊軒中, 令從去, 就炊於中. 旣而雨止, 時已暮, 道入始歸.
乃縣令攝以當道, 欲索洞中遺丹及仙人米, 故勾攝而去. 然葛令欲就丹砂,
乃其一時乘興之言, 其後蟬蛻羅浮, 實未至此, 此中久已無丹砂, 安得有遺
丹仙粒耶? 道者憂形於色, 余姑界錢, 令多覓竹束炬, 爲明晨遊具. 道者領
命, 願前驅焉.

北流縣當大容南面之中, 其脈由大容南下, 曰綠藍山. 水分東西流 : 束
流者卽北溪, 循城東, 下登龍橋而入繡江者也; 西流者爲南流江之源, 西南
合水月洞之水, 經鬱林南門而西合羅望、定川諸水, 南下廉州入海. 是北
流[縣]實南流之源, 其曰"北流"者, 以繡江南來, 至此始大, [東過容縣界, 合
洛桑渡水, 經容邑南門, 下藤縣, 北入鬱江去,] 非北流源此也.
舊有北流、南流二縣, 南流卽今之鬱林州, 皆當南北二水勝舟之會, 東

西相距四十里焉. 北流山脈中脊, 由縣而西南趨水月, 南抵高州, 散爲諸山.
而北流之東十里, 爲勾漏洞; 北流之西十里, 爲鬼門關. 二石山分支聳秀,
東西對列, 雖一爲洞天, 一爲鬼窟, 然而若排衙[1]擁戟以衛縣城者, 二山實
相伯仲也.

鬼門關在北流西十里, 巓崖邃谷, 兩峰相對, 路經其中, 諺所謂: "鬼門
關, 十人去, 九不還." 言多瘴也. 『輿地紀勝』以爲桂門關之訛, 宣德中改爲
天門關, 粤西關隘所首稱者.

八月初一日 晨餐畢, 余先作寶圭行, 約道者肩炬籌火後至. 洞在庵北半里,
庵後先有一巖南向, 一巖西向, 望之俱淺, 而寶圭更在其北. 先有漫流自西
北來, 東向直漱山麓, 涉其北登山, 則洞門在矣. 其門西向, 左開巖而右深
入. 開巖處甃以列碑軒敞, 平臨西峰; 右窪嵌而下, 有石柱當門, 其端有石
斜飛. 磴道由其側下至洞底, 交關爲四岐: 一由東入, 一由南進, 二岐俱深
黑; 一向西豁, 一向北透, 二岐俱虛明. 東岐之南, 頂側忽倒垂一葉, 平庋半
空, 外與當門之柱相對, [上下憑虛, 各數十丈, 卷舒懸綴, 薄齊蟬翅,] 葉間
復有圓竅曲竇, 透漏異常. 由左崖攀級而上, 抵平庋處, 盤旋其間, 踞葉而
坐, 眞雲軿霞馭, 不復人間也. 坐久之, 復盤葉而下, 向北透之岐. 岐中倒垂
一乳, 長數丈, 其端空懸, 水由端涓涓下. 更北入峽中, 其右則窪而北出, 爲
下門, 其左則高而北渡, 爲上疊, [疊成上閣, 閣前平臨西北, 亦有乳柱界其
中.] 此明洞之西北二岐也. 探歷久之, 道者負炬至, 又攜伴持筐. 余詢其故,
道者曰: "縣以司道命, 取砂米二丹, 適有庠士已爲我覓仙米, 而砂從洞穴
中可探而得, 將攜筐就炬以覓之." 始知所爲砂者, 非丹砂, 乃砂粒如丹, 其
色以白爲上, 而黃次之, 故其北洞以白砂命名; 所謂米者, 乃山窪中菰米,
土人加以'仙人'之名耳. (洞外蕪莽中又有黃果如彈丸. 土人謂之"顚茄", 云採以爲

末, 置酒中, 腋能令人發枉迷悶, 『嶠南瑣記』所載悶陀羅者是.) 乃爇炬先入南穴, 兩旁壁起如峽, 高而不廣. 入半里, 左壁有痕橫亘, 曰仙牀, 懸地丈許. 其側垂柱裂簇, 皆短而隘. 簇腹宕如臼, 以手探之, 中有磊磊之粒, 方圓不計, 姑掃置筐中. 連探三四穴, 不及升許, 計出而淘濯其汚, 簡取其圓潔成粒者, 又不及十之一也. 然此亦砂粒之常, 豈眞九轉[1]之餘哉? 又少進, 峽忽下墜成淵, 由洞抵水, 其深二丈, 而水之深, 更不知其幾也. 兩崖俱危峭無可着足, 南眺其內, 窅黑無盡. 始促道者涉淵, 言: "水深, 從無能徒涉者." 再促道者覓筏, 言: "隘逼, 曾無以筏進者." "然則何如可入?" 曰: "冬月水涸, 始可墜崖而涉." "入當何如?" 曰: "其內甚深, 能見明而不能升也." 余聞之, 爲之悵悵. 捫石投水中, 淵淵不遽及底. 旁矚久之, 仰見左壁之上, 有隙旁通, 亟入焉. 隙柱透漏, 漸入漸束, 亦無餘簇. 乃下, 返而仍出四達之中, 更爇炬而入東穴. 初, 兩旁亦成峽壁, 而其下漸高, 旣而中闢如堂皇, 旁折如圭竇, 皆暗窟也. 稍北而東, 其徑遂窮, 比之南簇, 雖有穴宛轉, 而深不及其半. 彼有穴而水阻, 此無水而穴阻, 轉覺東穴之無涯涘矣.

復出至四達處, 謀爲白砂洞遊. 按『志』, 白砂在勾漏北, 勾漏甲天下, 而此洞復甲勾漏. 如玉虛、玉田諸洞, 普照、獨秀諸巖, 道者俱不言, 而獨津津言此洞. 余急趣其前, 道者復肩炬束火攜筐等以導. 從北透偏門之下層出, 乃循其西北麓而行, 始見其山前後兩峰, 駢立而中連, 峰之西南突者, 爲寶圭所倚, 峰之東北峙者, 爲白砂所伏. 白砂前後亦有兩門: 前門北向而高敞, 分爲三門, 兩旁懸峻, 而中可俯級而入; (按『志』云, 玉田洞, 洞前三門, 中門明廣可通, 似與此門合. 遍詢土人, 無知玉田洞者. 豈卽以後洞爲白砂, 以此門爲玉田洞耶?) 後門南向, 而高隘僅通一孔, 前對寶圭之背, 其左卽中連之脊也. 先過後門山坳, 草沒無路, 道者不入而北去. 共一里, 轉而東, 繞山北麓而南躋前門. 入門卽窪下, 數十級及底. 仰視門左右, 各有隙高懸旁啓, 卽所謂左、右門也. 倒光流影, 餘照四達, 然虛嵌莫攀焉. 從洞中右轉, 頗崇宏, 而漸暗漸窮. 余先遍探而四覓之, 無深入路. 出, 促炬命導, 仍由之入抵其中, 以火四燭, 旁無路也. 道者忽從右壁下, 投炬蛇伏而入, 竇高不踰尺, 而廣亦如之. 旣入, 忽廓然盤空, 衆象羅列, 如閶闔下啓, 天地復通. 方瞻顧不遑, 而崇宏四際, 復旁無餘隙. 忽得寶如前, 透而東, 轉而南, 倏開倏合, 凡經四寶, 皆隘若束管, [薄僅透屛, 故極隘忘窘, 屢經不厭其煩也.] 旣而見左崖之上, 大書'丹砂'二字. 其下有一龕, 道者曰: "此丹穴也." 復伏而掃砂盈掬焉. 其南稍有一岐, 入之不深. 出向西轉, 再折南行, 則天光炯然, 若明星內射, 後洞門在望矣. 是洞內窪而中甚平, 惟壁寶閣閾, 無溝陀升降, 前後兩門, 俱高懸於上. 道者欲仍從前門返, 余欲踰後寶出. 道者曰: "後門隘不可躋, 而外復草深莫從." 余曰: "前暗中之隘, 尙不憚其煩, 況此空明, 正可宛轉, 草之深淺, 余所不顧也." 遂穿寶出, 則午日方中, 始見寶圭後峰, 君樹塞門焉. 乃披茅踐棘, 西南出山拗, 仍過寶圭透北偏門, 共二里, 將及庵後, 命夫同道者還炊於庵, 余挾寄宿庵中者東探淸泉焉, [卽前所經南向巖也.] 洞不深而明潔可棲. 洞前有宋碑, 大書'淸泉巖'三字. 洞左右無泉, 而獨得此名, 無從徵其故實. 還飯於庵.

下午, 挾夫與寄宿庵中人, (此人不知何處人, 先停庵中, 身無半文, 隨余遊諸洞, 余與之飯, 兩日後不知所往.) 探近山諸巖, 乃西南入黃婆巖焉. 黃婆巖者, 寶圭西南諸峰所裂之巖也. 其山西自望夫石攢沓而東, 巖當其東北隅, 與寶圭東西相對, 而茲稍南遜. 巖門甚高, 中有黃崖疊綴. 巖外石峰之頂, 分岐聳異, 有敧若婦人之首, 縈髻盤空, 作迴睇顧影之態. 其北面亦有石峰叢突, 南與此山幷夾, 東與寶圭對峙. 東南石壁上, 大書'勾漏山'三字, 大與山齊, 土人指爲仙蹟. 此其下必昔時宮觀所託, 而今不可徵矣. (按『志』, 勾漏有靈寶、韜眞二觀, 今皆不知其處. 靈寶疑卽庵基所因, 韜眞豈其在此耶? 當時必多碑碣, 而滄桑之後, 斷礎無存矣.) 徘徊其下. 又西抵望夫山西麓, 眺望山崖, 別無巖洞. 惟見東南一面, 巒岫攢簇, 疑卽所云巫山寨者, (巫山寨一名石寨. 山峰如樓櫓²⁾雉堞, 周迴環繞, 其數十二, 故有巫山之名.) 而渺漠無徵, 惟與山靈互相盼睞而已. 已乃循黃婆巖東麓, 且盼且行, [南抵東南隅, 石崿懸峭, 片片飛雲綴空. 自外崖攀峭石上, 歷竪隙, 屢出層空, 達峰頂, 遂盡發其危嵌態. 下山,] 轉循南麓, 見峭崖穹然, [石色雄赭.] 下雖有門, 內入不深, 無從穿扉透室. 乃東由營房(在勾漏庵前東南坪上. 草房數十間, 營兵居之, 爲居停賣漿之所.) 橫過勾漏庵, 抵後峰東南角, [蓋寶圭所託之峰, 南面駢立而中連, 西立一峰, 卽庵後淸泉巖所倚, 東立者與之比肩南向, 循峰東麓北行, 路左得一東向巖, 內頗深, 漸縮如牛角. 出洞又北], 有淸流一方, 淙淙自亂石中流出, 其上則草石蒙茸, 其下則西南成小溪去, 行道者俱從此渡崖, 庵與營俱從此取汲, 而無問其所從來者. 余正欲求其源委, 忽一少年至, 見之, 語從夫曰: "汝輩欲尋洞乎? 此其上有二洞, 相距數十丈, 路爲草翳, 可探而入也." 又一人曰: "昨未晚, 有二人攜犬自東來者, 虎自崖上躍下攫犬去. 虎穴其上, 不可往." 余不顧, 亟挾夫與寄宿者攀棘踐刺上躋, 覓之深蔓中, 則洞門果穹然東向, 但外爲蔓擁石蔽, 無從卽見耳. 入洞門, 卽隤然下墜. 俯瞰之, 則有溪[自南而北]貫其底, 水聲潺溪, 崖勢峻削, 非攀緣可下. 四矚其上, 南崖有墜而未盡者, 片石懸空, 若棧道架壁, 闊不盈咫, 而長竟墜處直達西崖, 但棧中有二柱駢立, 若樹柵斷路者. 而外一柱已爲人截去, 止下存尺餘, 可跨而過. 但其處益狹, 以雙手握內柱, 而盤越外柱, 臨深越險, 莫此爲甚. 過棧達西崖, 已與洞門隔溪相向. 乃明炬四燭: 崖之下, 深墜與外崖同, 崖之上, 內入則垂乳列柱, 迴錯開闔, [疏櫺窈窕,] 忽環而爲璇室, 忽透而爲曲榭, 中藏之秘, 難以言罄. 乃出崖臨溪, 從深墜處溜險投空而下, 遂抵溪中. [仰視洞頂高穹, 延照內映, 側棧凌虛, 尤增飄渺.] 水深不及膝, 南從崖下湧來, 北從崖下墜去, [卽由此東出, 爲亂石泉源也.] 余於是從南崖下溯流入. 其穴甚低, 垂覆水面, 相距止尺. 從夫暨寄宿者恐炬爲水濕, 內深莫辨, 共阻莫入. 余賈勇溯流, 衝沫過額. 南入數丈, 望前有流光熠熠,[3] 余喜, 更透一洞, 益高聲呼二從人. 雖伏水礙石, 匍匐垂首, 而瞻前顧後, 火光與天光交通旁映, 益前入不停. 又南數丈, 有洞穹然東西橫貫, 其上東闢而爲外門, 其內西入而成巨壑, [門高聳與前所入門等勢.] 時二人已至, 乃令其以炬更前. 於是西向溯流, 洞愈崇宏, 流愈深闊. 又數丈, 有石砥中流. 登石內望, 洞闢如廣廈, 淵水四際其下, 以杖測水, 不竟其底, 以炬燭洞, 洞甚深黑, [不知更幾轉, 得抵寶圭南穴前所望深墜處也.] 乃自砥石返步隨流; 仍抵東闢外門之下. 二從者將垂首横炬, 匍匐向低穴北入. 余止之曰: "此門雖峻, 與[先]所入者無異. 若傴僂下涉而就所入之門, 不若攀空蹭危, 竟登此門爲便." 二從者曰: "門外不通, 奈何?" 余曰: "門以外總不出此山, 卽所入之門, 其外豈坦途哉?" 遂攀崖先登, 二人亦棄炬從之, 乃出洞口. [門亦東向, 與所入門比肩, 特翳於突石連蔓, 遂相顧不見.] 循左崖平行, 還眺門上, 又上闢一層, 若懸閣當空, 然無級以登. [蓋北洞奥室內羅, 此洞外綴層樓, 所異者此耳.] 於是北轉一曲, 至前汲泉之穴, 從容濯足, 候從者至, [遂一以北洞上登法而下. 崖半石隙蔓影中, 彷彿幷北洞見之, 迨極下仰眺, 仍茫然失所睹矣.] 亟自東南山角轉過營房, 共一里, 入勾漏庵, 大雨如注. 是日, 先西覓玉虛、玉田諸洞而不得, 旣而東得此二洞, 尤爲奇絶. 然此洞非異人忽指, 則跬步之間, 亦交臂而過, 安知西峰大字巖之側, 無棘霾蔓鎖者? 安得峰峰手摩足执, 如黃婆巖東南諸峭石也耶!

---

1) 구전(九轉)은 아홉 번 제련함을 의미한다. 도교에서 연단하는 방법에는 일전(一轉)부터 구전(九轉)까지 차이가 있는데, 구전을 최고로 친다.
2) 루로(樓櫓)는 '루로(樓樐)' 혹은 '루로(樓樐)'라고도 하는데, 고대에 군영에서 망을 보거나 공격하기 위해 설치한, 지붕이 없는 높은 누대를 가리킨다.
3) 습습(熠熠)은 '밝게 빛나는 모양, 선명한 모양'을 가리킨다.

初二日 晨餐後, 令從夫隨道者西向北流市蔬米於城, 余獨憩庵中. 先是, 寄宿者夜避蚊不知何往, 至是至, 曰: "已詢得獨勝巖在縣北." 余知在縣北者或新開他巖, 必非獨勝, 而庵中無人, 不能與卽去, 姑辭明日, 而此人遂去不復來. 旣午, 從夫以蔬米返, 余急令其具餐, 將攜硯載筆往錄寶圭洞中遺詩. 忽道者馳至, 曰: "兵道將至, 恐治餐庵中." 欲攜余囊暫入所棲處. 余不顧, 竟趨寶圭. 甫出庵, 而使者旗旄至矣, 非所轄鬱林道, 乃廉州北海道也. [乃漳浦張國徑印梁, 余昔在甘棠驛同黃石齋曾會之. 茲駐廉州. 時軍門熊文燦代荊溪盧象叔總督中州, 追捕流寇, 張往送之, 回轅過此, 故欲爲勾漏遊.] 余隱墻西, 俟其入庵, 卽趨錄洞詩. 錄未半而彼已至洞, 余趨避於北岐疊閣之上. 回憶『梧志』所紀西小室, 洞朗外矚, 自然石榻, 平輔疊架, 可眠可踞, 與東洞對, 正如兩掖, 其景宛然. 彼入南穴, 亦抵水而返; 余石臥片時, 聽洞中人倏寂倏喧, 亦一異趣. 張出南穴, 亦北趨偏門下, 終不能攀上層而登, 與縣官嘖嘖稱奇指盼, 而不知有人臥其中也. 俟其去, 仍出錄諸詩. 詩俱代, 祇有一宋碑而不佳, 蓋爲兵燹蕩淨也. 錄甫畢, 日銜西山, 乃返於庵.

初三日 飯勾漏, 卽東北行. 由營房轉山之東南角, 過透石東出之泉, 徑草坡而行. 五里, 越一坡, 有塘衍水, 環浸山谷. 渡橋, 又二里, 堰塘愈大, 石峰至此東盡, 其北有尖峰兀立, 若獨秀焉. 山北隙中露大容, 蜿蜒若列屏. 又東十里, 有水自西北容山來, 東南入繡江, 爲容、鬱分界, 名洛桑渡. 其水頗急, 以藤跨水橫繫兩涯之上, 而繫舟於藤, 令渡者緣藤引舟, 不用篙楫. 桃葉渡江, 不若藤枝更妙矣. 又東五里爲西山墟, 有公館, 客之所庭也. 東南由嶺上行, 已下渡小橋, 共五里矣. 又東出山十里, 有荒鋪, 有板橋. 又東五里爲清景新橋, 則大容東峰, 巍然北臨[若負扆]. 又東五里, 入容縣西外門. 又一里, 入城西門, 經縣治前, 卽南轉出城南門. 門外江水自西而東, 卽繡江. 自高州北經北流, 又東合洛桑、渭龍二水, 繞城南而東北, 由藤崗岡坂, 誤入東麓. 二里, 仍轉西向, 又二里而得大道. 西南行, 又五里, 宿於古樓村. 一村皆李姓.

初四日 飯於古樓村. 仍西南隨大路盤都嶠而過. 先是, 余按『志』言 : "都嶠在城南二十里." 自城問之, 皆曰 : "南山去城七八里." 故余喜其近, 出南門渡江, 卽望山而趨, 而不意其誤也. 蓋都嶠卽南山, 其北俱削崖懸亙, 無級可階, 必繞出其南, 始可北向而登. 其曰七八里, 乃北面抵山之數, 而二十里者, 并從南陟山而言也. 共五里, 過石寨村. 又一里, 抵石嘴鋪. [鋪東南八里有黃土巖, 不及登.] 東渡一橋, 始從岐北向上山. 登山東轉, 遂由山峽北向五里, 抵南山寺, 古所稱靈景寺也. 大巖倚東崖, 其門西向, 中無覆架, 而外有高垣, 設蓮座於中, 明敞平豁, 雖云'寺', 實巖也. 蓋都嶠之形, 其峰北穹高頂, 南分兩腋, 如垂臂直下, 下兜成塢, 而淸塘一方當其中焉. 兩腋石崖, 皆重疊迴亘, 上飛下嵌, 若張吻裂脣. 一巖甫斷, 復開一巖, 層穴之巓, 復環層穴, 外有多門, 中無旁竇, 求如白石下巖所云'潛通勾漏'者, 無可託矣. 總而披之, 靈景爲東腋之首, 巖最高而大, [高三丈五尺, 深五丈, 橫闊十餘丈, 兩端稍低, 中穹如半月.] 其北有三巖, 皆西向而差小, 亦有環堵爲門者, 皆讀書者所託, 而今無人焉. 三淸當分腋之兜, 巖最正而潔, [高深橫闊同靈景.] 東有二室, 皆南向, 亦有環堵倚之, 與西向三巖易隅而齊列. 其西有飛崖, 則南轉東向, 爲西腋之戶. 高穹虛敞, 第內不甚深, 然逶邐而南, 與靈景分門對峙, 若兩廡焉. 此下層也. 三淸之上, 又列重門爲中層, [無緣陟道.] 其上又啓一巖爲上層, 是名寶蓋. [高十五尺, 深二丈, 闊五六丈, 後倚峰頂, 地愈高上, 獨當中幹, 平臨兩腋巓. 再上, 卽中盤頂.] 蓋是巖不以靈巧見奇, 而以迴疊取勝, 故舍其北峭, 就其南巋, 信列仙望衡對宇[1]之區矣. [上午, 先抵靈景, 門外竹光旁映, 巖中霞幄高張, 心樂其幽曠.] 時日已中, 靈景僧留飯, 見佛座下唐碑一通、宋幢一柱, 刻鏤甚古, 就僧覓紙, 僧僅以黃色者應. 遂磨墨瀋於石, 取搨月[2]於抽, 以鐘敲爲鎚, 以裹足爲氈, 洗碑而敲搨之. 各完兩通, 而日色已暮. 問三淸觀, 道者他出, 空寂無人, 竟止巖中.

1) 망형대우(望衡對宇)는 '거처가 이어져 있는 모양'을 가리킨다.
2) 육(月)은 육(肉)과 같으며, 탑육(搨月)은 '탁본할 때 먹을 묻혀 먹이는 부분'을 가리킨다.

初五日 早飯於靈景. 由巖右北行, 歷西向三巖, 又盤磴而上, 入南向二巖, 共里許, 然後抵三淸巖. 巖空境寂, [樹拂空明,] 甚堪憩足. 又西歷東向虛巖, 乃仍從來路一里, 返三巖之間, 取道北上. 又里餘, 沿崖躡端, 遂抵玉帝殿, 卽寶蓋巖也. 蓋已歷重崖之上, 下視中巖嵌入足底, 而下巖三淸, 樹杪衍翠鋪雲, 若浮空而載之者. 由巖左循崖躋石, 其上層石迴亘, 如盤髻上突, 而俱不中空, 雖峭削無容足之級, 而崖端子石嵌突, 與白石之頂同一升法.

約一里, 遂凌峰頂. 其間橫突之崖, 旁挿之峰, 與夫環澗之田, 傍溪之室, 遐覽近觀, 俱無非異境. [乃知是山東西駢列, 惟三峰最高, 皆北聳南俯, 此其最西者也. 迴睇最東, 層疊更多, 但不及此峻耳. 北又橫突一峰, 爲此峰北護, 卽縣南望之趣者. 其北面峭削特甚, 西則旁挿一峰, 頗尖銳, 爲此峰附. 西北兩附間, 下開一門, 內環爲峽, 乃北護山與西高峰夾而成者. 峽中又突嶂中盤, 爲當門屛. 由屛東進峽南轉, 則東西二高峰交夾隙也, 迴合甚深曲.] 久之, 乃從舊道下, 三里, 至<u>靈景巖</u>取行囊, 又五里, 南下至山麓, 西渡一橋, 飯於<u>石嘴鋪</u>. 轉而北, 一里過<u>石寨村</u>, 東望峽門深窈, 冀一入探, 而從夫阻梗不前; 眺峽右有巖岈然, 强其姑往探, 此夫佝强如故. 有土人見而問之, 余以情告. 土人曰: "此巖甚淺, 不足入其內. 山半有<u>竹簡巖</u>, 山北之巖, 惟此可入而遊也." 夫乃俛首從命. 遂東向峽門入, 過峽北, 巖果淺, 而中北不堪置足. 一里, 西抵一高峰東麓, 見危崖獨展, 內環成峽. [抵當門屛下, 其南面裂垂礴, 削爲三崖; 西則下屬北護峰, 與之幷起; 東面危崖獨展, 與西高峰麓相對成峽.] 峽南堰水成塘, [環匯南礴三崖下, 西附小峰, 卽椎立於南.] 塘上一家, 結茅而居, 環戶以竹, 甚有幽致. 由此渡峽, 轉上西峰北麓. 又一里, 越嶺稍下, 其處又成峽焉. 細流南向, [直墜椎立小峰腋.] 余乃溯流北入, 澗壁陰森, 藤竹交蔭, 澗石磊落, 菖蒲茸之, 嵌水踐綠, 足之所履, 知菖蒲不知其爲石也. 緣澗東上, 復東南躋嶺, 共一里, 有飛石二丈當道, 緣梯而上, 則<u>竹簡巖</u>在其左夾. 兩巖幷列, 門俱西北向, 雖不甚深, 高爽殊甚, 南有飛泉外墜, 北則燥潔中虛, 有僧新結廬其間, 故其道開闢. [巖下崖直達澗底. 計巖後卽西高峰絶頂, 當與<u>三淸巖</u>胸背値, 若由此置磴, 可先登峰頂, 次第下諸巖.] 旣而下二里, 仍至環塘結茅處, [探南面裂礴. 礴相距五尺, 兩礴幷起, 界崖爲三, 俱危懸絶峭.] 見東麓有徑北倚危崖, 款茅而問之, 其人方牧, 指曰: "此石背村路也." 先是, 偕從夫循危崖北行, 夾徑藤樹密蔭, 深綠空濛, 徑東澗聲啁啁, 如寒蛩私語; 徑西飛崖千尺, 轟影流空, 隔絶天地. 若不有此行, 祇謂<u>都嶠</u>南魁北峭, 一覽可盡, 而誰覺其幽悄至此哉! 時已下午, 從夫頓捐佝强之色, 幷忘跋履之勞. 二里, 危崖北窮, 與塢西轉,

[卽當門屛北麓也, 較南麓三裂崖稍遜其峻, 亦環亙成塢焉.] 路乃東向, 截塢登嶺. [嶺乃西高東北支, 北走屬北護峰者.] 踰嶺, 其塢自北而南. [復開南北塢. 塢東乃中高盤亙, 上亦有巖懸綴, 下與西高夾爲此塢, 北更有重崖間之, 南則灣環以出, 不知所極. 旣而南] 見兩三家倚西峰北麓而居, 亟趨而問之, 卽石背村也. 余旣得石背, 因憶寶蓋道者所云 : "山北有巖與之相近." 更詳詢其所在, 村人曰 : "此處東有婆婆巖, 巖高路絶, 可望而不可到; 西有新巖, 其巖新闢, 有徑可別下石寨." 乃引余從屋右小徑, 指而望之, 卽竹簡巖也. 蓋北山之洞卽爲竹簡. 此中巖名、村界, 詢之則彼此多錯, 陟之則脈絡遞現, 山靈與杖屨輻輳, 其無幽不抉如此! 時日已下迫, 問抵縣城尙二十里, 亟踰嶺, 循危崖而行. 三里, 未至石寨, 見有路北去, 遂隨之. 盤一嶺, 路漸微, 問之樵者, 曰 : "誤矣!" 指從蒼莽中橫去, 曰;"從此西南, 可得大道." 從之, 路益荒棘. 久之, 得微徑向西南, 約共誤三四里. 仍出石寨傍南來大道, 日已逼虞淵1)矣. 始北轉向大道行, 五里, 過古樓村西, 已昏黑. 念前所投宿處, 酬錢不受, 難再入, 入他家又昏暮不便, 從暗中歷大道北向而馳. 四里, 越一隘, 又二里, 轉一岣, 復下一坡, 渡一澗, 共二里而抵繡江, 則街鼓旣動, 宿肆俱寂. 乃叩南涯之肆, 入炊而宿焉. 卽昨來炊飯家, 故聞聲而卽啓也.

---

1) 우연(虞淵)은 '우천(虞泉)'이라고도 하며, 전설 속의 해가 지는 곳이다.

初六日 早, 北渡江入南門, 出西門, 飯於肆, 卽從外垣內北向行. 經演武場, 有大塘瀦水甚富, 堤行其間. 堤北出古城門, 此古州北城遺址也. 有碑言 : "天順間鄭果、嘉靖間吳顯宗二寇爲亂, 皆因改州爲縣, 城失其險. 故崇禎初復門舊基爲外護"云. 余疑改州爲縣, 因人散城縮, 非改縣而後失險也. 出[容縣北]門卽西行, 已而北轉, 循大容東麓十里, 有水自西北來, [東入繡.] 乃連渡其右, 復渡其左, 三渡遂循溪溯流而上, 行夾谷間五里, 爲石頭鋪. 於是復亂流涉水, 水勢愈縮, 山勢愈夾. 西折入山峽行, 透峽共五里, 山勢復開, 是爲李村. 已渡一橋, 復漸入幽阻, 盤旋山峽間, 見溪流觻底, 樹蔓空中, [藤篝沉翳, 擧首不見天日.] 五里, 躋嶺, 復盤旋其上峽. 又五里, 忽山迴谷轉, 瀦水滿陂, 環浸山麓, 開處如湖, 夾處如澗, 皆平溢不流, 左右迴錯, 上下幌漾, 眞深山中異境也. 已而路向南山, 水連東塢, 乃築堤界其間, 以通行者. 再南出峽, 水遂西流, 是爲水源, 蓋大容北下之脈所盤夾而成者. 於是水分東西夾路, 隨水西北出山. 二里爲同山墟, 山乃大開, 原田每每, 村落高下. 轉而西行, 仍南見大容西峰巍然穎出也. 五里, 有大溪自南, 小溪自西, 二溪會而東來之溪相幷北去. 乃涉南溪, 溯西溪, 北循嶺過雞黍山, 有村落在路左. 越溪而北, 日有餘照, 途中人言, 從此將北入深峽中, 無居人, 遂止於秦窯. 秦窯者, 雞黍山北塢中懸小阜也. 左右俱有峽, 通狹徑, 兩三家當阜而居, 徑分其前, 溪合其下. 主人方裂竹爲構屋具, (取大竹椎扁裂之, 片大尺許, 而長竟其節, 以覆屋兼椽瓦之用.) 迎客有山家風味, 不若他方避客如虎也.

初七日 晨餐畢, 從秦窯北行. 透峽二里, 山復環而成塢, 有聚落焉, 是爲盧綠塘. 從此循壑西北行, 山谷愈幽, 徑路愈塞, 山俱叢茅荒棘, 求如水源一帶高樹深林, 無復可得. 況草茅高者沒頂, 不辨其上之或東或西, 短者翳胸, 不見其下之爲平爲坎. 如是者三里, 過大蟲塘. 又二里蹝長嶺頂, 始北望白石山在重峰之外. 於是西北從嶺頭下二里, 又從坑中下一里, 爲石潭村. 村北蹝小橋, 從東岐行五里, 山塢大開, 有江自南而東北注, 是爲西羅江, 乃發源大容西北, [至此始勝舟,] 而東至頭家寨入繡江者. 其流頗大, 絶流而渡, 沒股焉. 北岸爲平山墟, 有卽下達繡江. 由其埠西上嶺, 二里, 入一塢, 爲板洞, 聚落亦盛. 由洞後西上嶺, 平行嶺半二里, 轉而北, 復平行嶺半二里, 乃下. 旋東北上躋, 遂蹝嶺頭, 南望大容東西諸峰無不畢獻, 惟北瞻白石, 爲北峰所掩. 復平行嶺上, 一里而下嶺北, 其水猶東行. 度峽西, 稍蹝一坳, 水始分東西焉: 東水俱入西羅江, 屬梧; 西水俱入大水河, 屬潯, 是爲分界. 一里出塢, 爲上周冲, 山始開. 五里抵羅秀, 山乃大開. 飯於肆. 由羅秀北行三里, 爲盧塘. 四山開繞, 千室鱗次, 倚山爲塘, 堤分坡疊, 亦山居之再盛者也.

羅秀、盧塘之中, 道旁有空樹一圓, 出地尺五, 圍大五尺, 中貯水一泓, 水面上[不]盈樹圍者五六寸, 下浮出地面者幾及尺焉. 深碧澄瑩, 以杖底之, 深不可測, 而珠泡亹亹[1]上溢. 空樹雖高於地, 若樹中之水, 止可與地相平, 乃地之左右俱有溪流就下, 而水貯樹中者較地獨高, 不溢不臧, 此孰爲之斟酌其間耶? (樹若井欄, 或人之剜空而植之地中者. 但水之浮地爲可異耳.) 盧塘北五里, 過盧忘村, 登一嶺夾. 下而復上, 又二里, 循山半行, 始望白石雙尖如覿面. 其嶺東西兩界夾持, 而北下成深坑, 布禾滿底坑. 一里, 輒有過脊橫斷兩崖間, 凡渡三脊, 約循崖上者共六里焉. 俯瞰坑中, 或旁通, 或中岐, 所謂‘二岔塘’者是矣. 渡脊後, 遂西北踰嶺, 一里稍下, 復東度一脊, 乃北向大路, 直望白石山麓. 北下一里, 又隨夾西轉一里, 下至坑底, 卽踰小嶺. 一里西下, 則大水河從南北注. 隨之北下, 又一里, 水轉東折, 又有一小水北自白石來, 合幷東向. 乃旣渡其大, 復渡其小, 上東北涯, 已暮色逼人, 投宿於嶺上之陳村. 大水河者, 自同沖、羅秀北流過此, 下流至武林入潯江.

---

1) 미미(亹亹)는 ‘근면하여 지칠 줄 모르는 모양을 가리킨다.

初八日 自大水河登後山入潯, 路當從山左循小水北行, 余誤從山右大水北去. 一里, 大水折而東, 余乃西踰嶺. 三里出羅捷, (或作‘挿’, 有村落在山半.) 仍與北來小水遇, 溯之行, 始得大道. 又二里, 復踰水上嶺, 從嶺上行二里, 西瞻獨秀而行. 下山二里, 爲陳沖, 已出獨秀東北, 復見白石矣. 自陳沖循塢中小水東北行, 至是又以潘觀山爲西瞻矣. 潘觀山與東界山排闥而北. 十里, 復西北陟崗, 盤西界中垂之嘴, 於是復循崗隴行. 共十里, 踰一嶺而下, 是爲油麻墟. 時値墟期, 飯而後行. 十里, 連渡二橋, 橋北爲周村, 水北繞而去, 路陟西嶺. 五里, 過上合村. (又謂之麻合, 居民二三家在嶺內.) 又十里, 抵陳坊. 陳坊之南, 自周村來, 山不甚高, 水不成溪, 然猶崗嶺間疊, 陂陀盤繞; 陳坊之北, 則平野曠然, 西山在望, 聚落成市, 始不作空山寂寞觀矣.

初九日 自陳坊墟西行荒野之中, 中窪如巖, 巖中突石, 盤錯蹲踞, 但下無深墜之隙, 中無淵涵之水, 與前所過石橋村南窪坡突石無以異也. 西行十里, 直逼思靈山下, 則鬱江自西南環城東北, 而隔江山光雄堞, 恍然在望矣. 渡江, 抵城東南隅, 往南門, 至驛前, [返潯郡寓中,] 則二病者比前少有起色. 詢橫州渡舡, 以明晨早發, 遂攜囊下舟以俟焉.

是行也, 爲日十有六, 所歷四縣(桂平、陸川、北流、容)一州(鬱林)之境, 得名巖四, 而三爲洞天: 白石名秀樂長眞第二十一洞天, 勾漏名玉闕寶圭第二十二洞天, 都嶠名大上寶玄第二十洞天. 惟水月洞不在洞天之列, 而實容山之正脈. 蓋余所歷, 俱四面環容山之麓. 蓋大脊西南自欽州、靈山, 東北經興業, 由平山墟度脈而東, 卽高峙爲大容. 其北出之支, 發爲白石, 而山脈盡焉; 其南出之支, 經北流縣東分爲勾漏, 而山脈亦盡, 南行正脈, 自鬼門關又南爲水月洞, 又南經高州、西寧之境, 散爲粤東南界之脈, 而北轉者始自羅㹩而北, 結爲都嶠. 是白石、勾漏、水月皆容山嫡冢, 而都嶠則雲礽[1]之後矣. 世謂容州三洞天俱潛穴相通, 非也. 白石之通於勾漏者, 直指其山脈聯屬, 而何必竅穴之相徹; 都嶠之通於勾漏者, 第泥其地界之接軫, 而豈知脈絡之已分. 故余於都嶠而知迹之易混, 於水月而知近之易遺也.

鬼門關在北流西十里, 當橫林之北, 望之石峰排列, 東與勾漏并矣. 北流而縣中峙, 乃東者名仙區, 西者稱鬼城, 何耶? 余初是橫林北望, 心異仙境, 及抵北流而後知其爲'鬼門', 悔不能行其中, 一破仙、鬼之關也.

---

1) 잉(礽)은 원래 자신으로부터 여덟 번째 손을 가리킨다. 운잉(雲礽)은 운잉(雲仍)이라고도 하며, 먼 손자뻘을 의미한다.

初十日 未明發舟, 曉霞映江, 從篷底窺之, 如行紫絲步帳中, 彩色繽紛, 又是江行一異景也. 隨西山南向溯流十里, 外轉而東北行, 迂曲者又十里, 始轉而南又十里, 望白石山亭峙東南, 甚近. 於是轉而西北, 是爲大灣. 又西十里過牛欄村, 轉而南, 復轉而西, 又十五里而暮. 又乘月行五里, 宿於鎭門. 是夕月明如畫, 共行六十里.

十一日 未曙而行. 二十里, 白沙, 又五里登涯. 由小路北行, 一里得大路, 稍折而東, 渡雷冲橋. 從橋東小岐北望石峰而行, 涉一溪, 行蒼莽中. 四里抵小石峰下, 復透一峰峽, 又三里抵羅叢巖, 巖門南向. (邦人黎霄鸞, 鄉貢進士, 有記曰: "東南望白石洞天, 西北接獅子、鳳巢之秀, 艮案峙其前, 太平擁其後.") 既至, 日猶未午, 一面索炬同道者遊, 一面令具餐焉. 蓋茲巖前有東西兩門, 內有東西兩洞. 西洞之內, 倏夾倏開, 倏穹而高盤, 倏垂而下覆, 頂平若幬, 裂隙成紋; 至石形之異, 有疊蓮盤空, 挺笋森立者, 亦隨處點綴, 不顓以乳柱見奇也. 西洞既窮, 道者復攜炬遊東洞. [計里許, 北過一隘, 西轉有峽, 北透天光.] 其內夾而不寬, 高而無岐, 石紋水湧, 流石形如劈翅, 而蓮柱乳笋, 亦復不汎. [時數炬更盡, 不復能由內洞返. 北躋後洞出, 穴北向, 僅中匍匐, 出洞. 已下北麓, 循麓東行, 過東北隅, 道者指其上列竇曰: "此東洞後穴也." 予卽欲從之入, 道者曰: "無炬. 須仍由前洞攜炬出." 從之, 環其東麓. 麓東一峰圓峙, 高逾此山, 竅穴離披.[1] 道者謂都無深入竇. 然其北有石一枝離立起, 不由此不得睹也. 復入東前洞, 縛炬內遊. 乳石奇變, 與西內洞等, 而深止得半, 不若西屢轉愈擴也. 東崖上穴駢迸, 亟躋上, 則有門三穴, 聯翩北向, 而下無階級. 道者謂: "從其內西向躋暗夾中, 有道可出, 然愈上愈隘, 不若仍出前洞也."] 遊畢, 下洞底, 循故道出.

飯於道者, 復束炬爲水洞、龍洞遊. 水洞在山西南隅, 其門南向, 中寬數畝, 潭水四際, 瀦而不流, 其深不測, 而淵碧如黛; 其外淺處, 紫碧浮映, 想爲日光所爍也. 洞左右俱有重崖迴環潭上, 可循行以入. 及抵潭際, 則崖插底而路旁絶, [上無岐穴, 不識水洞何所止.] 出洞, 循西麓北轉而東, 又得龍洞. 洞在山西北隅, 其門北向, 中有水夾, 其上片石東西交疊, 成天生橋焉.
[五丈以內, 又度一梁, 篝火入, 西穿石柱, 夾漸大.] 南入約半里, [路窮下黑,
乃多燃火炬照耀之,] 亦有深潭一泓, 瀦水莫測, 大更逾於水洞, [投石沉沉,
亦止而不流,] 洵神龍之淵宅也. [已而熄炬消燄, 南望隔潭, 深處杳杳, 光浮
水面, 道人神以爲怪光使然. 予謂穴影旁透. 道人曰: "昔村人結筏窮之, 至
其處, 輒不得穴, 安所得倒影?" 予曰: "此地深伏, 雖去洞頂甚遙, 然由門南
出, 計去水洞不遠, 或水洞之光, 由水中深映, 浮筏者但從上矚, 不及悟光
從水出耳. 若系靈怪, 豈有自古不一息者哉?" 乃復明炬]出龍洞.

[別道人,] 卽西踰石梁, 西南望山坳行. 皆土山漫衍, 三里, 輒不得路. 乃
漫向西南升陟壟坂, 五里始得路. 乃隨向西南一里, 度一石梁, 又一里得村
聚, 是爲厚祿, 有公館焉. 厚祿西南, 乃往貴縣大道; 厚祿之北爲安祿營, 乃
潯州所從來者, 余從間道出厚祿後山, 已過安祿, 而南欲趨平碣, 尙三十里,
中無人烟可以託宿. 土人勸余返安祿宿鋪中, 時日纔下舂, 余不能違也. (安
祿營有營兵數十家, 以宿客爲業.)

羅叢巖西北有崇山橫亘, 東北自潯之西山, 西南自貴之北山, 二山兩角
高張, 東西相距百四十里, 中間峰巒橫亘, 翠環雲繞, 頗似大容. 蓋大容爲
鬱江南條之山, 界於繡、鬱兩江之間; 而此山爲鬱江北條之山, 界於黔、
鬱兩江之間. (其脈自東南曲靖東山至泗城州界, 經思恩、賓州之境, 而東盡於潯.) 貴
縣之倚北山, 猶鬱林之於大容西嶺; 潯州之倚西山, 猶容縣之於大容東峰
: 皆東西突聳兩角, 而中則橫亘焉. 第大容[東西八十里,] 較近, 而中有北
流縣界其間; 玆山較遠, 而別無縣治, 惟安祿營爲中界. 安祿東有土山, 脈
由人山東北分支南下. 第大山自西南趨東北, 土山自東北轉西南, (南抵潯、
貴濱江諸山而止.) 其中夾成大塢, 映帶甚遙, 平疇廣溪, 迤邐西南矣.

---

1) 리피(離披)는 '흩어진 채 드리워진 모양, 쉼없이 떨어지는 모양, 무성하게 많은 모양,
들쑥날쑥 어지러운 모양' 등을 가리킨다.

十二日 平明, 自<u>安祿</u>西南行田塍間. 四里, 南越山崗, 西下二里爲<u>飄村</u>, 聚落不及<u>厚祿</u>三之一, 而西望<u>大山</u>之下, 則村落累累焉. 又西南四里, 過一小橋, 於是皆沮洳之境, 兩旁茅草彌望, 不復黍苗芃芃[1]矣. 又一里, 過<u>臨徵橋</u>, 乃南踰崗隴. 又西南三里, 有碑大書爲‘<u>貴縣</u>東界’. 又西南漸向崗隴, 而草萊一望如故. 又八里, 直抵石山下, 是爲<u>平碨營</u>. 先是, 由<u>飄村</u>南望, 右<u>大山</u>, 左土嶺, 兩界夾持, 遙遙西南去, <u>大山</u>長後西突而起, 土山短漸南殺焉. 而兩界之中, 有石山點點, 青若綴螺, 至是而道出其間. <u>平碨</u>亦在崗阜上, 有營兵數家, 墟舍一環. 就飯於賣漿者, 恐前路無人烟也.

　<u>平碨</u>之東, 石峰峭方, 曰<u>大巖山</u>, 有巖甚巨, 中容數千人. 其南又突小山, 低而長, 上有橫架之石, 若平橋高懸, 其下透明. 小山之西, <u>平碨</u>之南, 爲<u>馬鞍山</u>, 亦峭聳而起, 此皆<u>平碨</u>之近山也. 南望有騈若筆架、銳若卓錐者, 在數里之外. 望之而趨, 三里, 度石梁, 爲<u>石弄橋</u>. 又南十余里, 直抵南望諸峰之麓, 有一第舍在路右突阜上, 曰<u>劈竹鋪</u>. 眺路左諸峰, 分岐競異, 執途人而問之, 始知卽<u>貴縣</u>之<u>東山</u>也. 其西北大山盡處高峙而起者, 卽<u>貴縣</u>之<u>北山</u>也. 按『志』, <u>貴縣</u>有東、<u>西</u>、南、北四山, 而<u>東山</u>在縣東二十里, 爲二何隱處, (『一統志』曰:唐時有何特進、履光二人隱此『風土記』謂特進乃官銜, 分履、光爲二人, 曰何履、何光.『西事珥』載, 開元中, 何履光以兵定南詔, 取安寧, 立銅柱. 按此, 則履光乃一人, 其一名特進, 非銜也.) 明秀挺拔. 蓋四山惟北爲崇巒峻脊, 而東、西、南三山俱石峰森立. <u>東山</u>亞於南而軼於西. 西北一峰如婦人搭帔簪花, 俗呼爲<u>新婦巖</u>. 中峰石頂分裂, 如仙掌舒空, 又如二人幷立, 今人卽指爲二何化名. 然茲山聳拔自奇, 何必摹形新婦, 託跡化人也! 其南支漸石化爲土, 峰化爲崗, 逶迤西南. 循其右行, 共九里, 爲<u>黃嶺</u>. 其南面土崗盡處, 始見村聚倚崗, 室廬高列. 其北隅平窪中, 復立一小石峰, 東望如屋脊橫列, 兩端獨聳; 西眺則擎芝偃蓋, 怪狀紛錯. 又西南一里. 路右復突一石峰, 高聳當關, 如欲俯瞰行人者. 從此東北, 石峰逵盡, 遙望南山數點, 又青青前列矣. 又二里, 度一石梁, 其水勢石狀與<u>劈竹</u>同. 又五里, 則路兩旁皆巨塘瀦水, 漾山瀠郭. 又一里, 過<u>接龍橋</u>. 疊石塘中, 以通南北, 乃堤而非橋也. 於是居

聚連絡. 又西一里, 由貴縣東門抵南門, 則大江在其下矣. [靜聞與顧僕所附舟, 已先泊南門久.] 下午下舡, 蒲暮放舟, 乘月西行, 十五里而泊.

---

1) 봉봉(芃芃)은 초목이 울창한 모양을 가리킨다.

十三日 未明而發. 十里, 西抵西山之南, 轉向南行. 五里, 轉向東行, 十里, 是爲宋村. 由貴縣南至南山十里, 由南山至宋村十里, 而舟行屈曲, 水路倍之. 先, 余擬一至貴縣, 卽往宿南山, 留顧僕待舟, 令其俟明晨發. 及余至; 而舟且泊南門久矣. 余別欲覓舟南渡. 舟人云: "舟且連夜發." 阻余毋往. 余謂: "舟行屈曲, 當由南山間道相待於前, 不知何地爲便?" 舟人復辭不知, 蓋恐遲速難期, 先後有誤耳. 及發舟, 不過十餘里而泊. 今過宋村, 時猶上午, 何不往宿南山, 至此登舟也? 至是, 舟轉西南, 掛帆十里, 轉東南, 仍織十五里, 復南掛帆行, 五里, 西轉, 是爲瓦亭堡. 其北涯有石突江若蹲虎, 其南涯之內, 有山橫列焉. 又十五里, 則夾江兩山幷起, 舟溯之入. 又五里而暮, 乘月行十里, 泊於香江驛.

十四日 五鼓掛帆行, 晨過烏司堡, 已一十里矣, 是爲橫州界. 東風甚利, 午過龍山灘, 又四十里矣. 灘上卽烏蠻灘, 有馬伏波廟. 灘高溜急, 石壩橫截, 其上甚艱. 旣上, 舟人獻神廟下, 少泊後行. 西北五里, 爲烏蠻驛. 又南十里, 則石山峥嵘立江右, 爲鳳凰山. 自過貴縣西山, 山俱變土, 至是石峰復突而出. 其雙崖壁立、南嵌江中者, 卽鳳凰巖也. 又南二里爲麻埠, 日已西昃. 余欲留宿其處爲鳳凰遊, 而村氓皆不肯停客, 徘徊久之而去. 又西十里, 其處有山高突江左, 其上有洞曰道君巖, 下有村曰謝村. 日色已暮, 而其山去江尚遠, 亦不及停. 又南五里, 曰白沙堡, 又乘月行五里而泊, 是夜月明如晝.

烏蠻灘在橫州東六十里, 上有烏蠻山、馬伏波廟. 『志』謂: "昔有烏蠻人居此, 故名." 余按: 烏滸蠻在貴縣北, 與此不相及. 而廟前有碑, 乃嘉靖二十九年知南寧郡王貞吉所立. 謂: "烏蠻非可以瀆前古名賢之祠, 易名起敬灘." 大碑深刻, 禁人舊稱, 而呼者如故. 余遍觀廟中碑甚多, 皆近時諸宦其地者; 卽王文成『上灘詩』亦不在. 而廟外露立一碑, 爲宋慶曆丙戌知橫州任粹所撰, 張居正所書. 碑古字遒. 碑言: "粹初授官時, 奉常二卿劉公以詩見送, 有'烏巖積翠貫州圖'之句. 抵任卽覓之, 不得也. 遍詢之父老, 知者曰: '今烏蠻山卽烏巖山也, 昔僞劉擅廣, 以諱易其稱, 至今不改.' 夫蠻乃一方醜彝, 諱亦一時僭竊, 遂令名賢千古廟貌, 訛襲此名, 亟宜改仍其舊. 聞者皆曰: '諾.' 遂爲之修廟建碑, 以正其訛." 其意與王南寧同. 而王之易爲起敬, 不若仍其舊更妙.

十五日 五鼓掛帆, 十五里, 清江, 有江自江左入大江. 又二十里, 抵橫州南門, 猶上午也. 橫州城在大江東北岸, 大江自西來, 抵城而東南去, 橫城臨其左. 其瀕江二門, 雖南面瞰之, 而實西南向也. 近城有南、北兩界山: 北七里爲古鉢, 在城西北隅; (俗名娘娘山, 以唐貞觀中, 有婦陳氏買魚將烹, 忽白衣人謂曰: "魚不可食, 急擲水中, 上山頂避之." 陳如其言. 回望所居, 已陷爲池矣. 其池今名龍池, 山頂廟曰聖婆廟.) 南十五里曰寶華, 在城東南隅. (寶華山有壽佛寺, 乃建文君遁跡之地.) 二山皆土山逶迤, 而寶華最高, 所謂'秀出城南'是也. (宋守徐安國詩.) 時州守爲吾郡諸楚餘, (名士翹.) 有寄書者, 與鬱林道顧東曙家書俱置篋中, 過衡州時爲盜劫去. 故前在鬱, 今過橫, 俱得掉頭而去. 若造物者故藉手此盜, 以全余始終不見之義, 非敢竊效殷洪喬也.

是日爲中秋節. 余以行李及二病人入南寧舟. 余入城, 飯於市, 乃循城傍江而東, 二里, 抵下渡. (橫州有三渡: 極西者在州門外, 爲上渡; 極東者在下流東轉處北極廟前, 爲下渡; 而中渡在其中.) 渡南岸, [爲寶華山道,] 遂登山坡而入. 其道甚大, 共二里, 透入嶺半, 其內山環成峒. 由峒東北行, 有小徑, 二十里可抵鳳凰山. 已而復隨峽南行, 共五里, 乃由右岐南復登嶺. 一里南下, 又一里過蒙氏山莊, 又一里, 乃東向入山. 又二里, 過山下村居, 予以爲卽寶華寺也. 披叢入之, 而後知寺尙在山半. 渡澗拾級, 又半里, 得寺. 日纔下午, 而寺僧閉門, 扣久之, 乃得入. 其寺西向, 寺門頗整, 題額曰'萬山第一'. 字甚古勁, 初望之, 余憶爲建文君舊題, 及趨視之, 乃萬曆末年里人施恰所立. 蓋施恰建門而新其額, 第書己名而并設建文之跡; 後詢之僧, 而知果建文手蹟也. 余謂"宜表彰之." 僧"唯唯." 寺中無他遺蹟, 惟一僧守戶, 而鐘磬無聲. 問所謂山後瀑布, 僧云: "墜自後嶺, 其高百丈. 而峽爲叢木所翳, 行之無蹊, 望之不見, 惟從嶺而上, 可聞其聲耳." 余乃令僧炊於寺, 而獨曳杖上嶺, 直造其頂. 而風聲瀑聲, 交吼不止, 瀑終不見. [嶺南下五十里, 卽靈山縣矣.] 乃下返寺. 寺後崗上, 見積磚累累. 還問之, 僧曰: "此里人楊姓者, 將建文帝廟, 故庀材以待耳." 吁! 施恰最新而掩其跡, 此人追遠而創其祠, 里閭之間, 智愚之相去何霄壤哉! 旣而日落西陲, 風吼不息, 浮雲開合無定. 頃之而雲痕忽破, 皓魄當空. 參一出所儲醢醉客, 佐以黃蕉丹柚. 空山寂靜, 玉宇無塵, 一客一僧, 漫然相對, 洵可稱群玉山頭, 無負我一笻秋色矣.

十六日 早飯於寶華. 下山五里, 出大路, 又五里, 出岷前嶺. 望東北鳳凰諸石峰在三十里外, 令人神飛. 而屢詢路遠, 不及往返, 南寧舟定於明日早發, 遂下山. 西五里抵州門, 由上渡渡江入舟.

十七日 平明發舟, 雨色凄凄, 風時順時逆. 舟西南行三十里, 江口有小水自江南岸入, 江名南江. 舟轉北行, 又十里抵陳步江, (在江南岸, 通小舟. 內有陳步江寺, 亦建文君所樓.) [欽州鹽俱從此出.] 泊於北岸. 是日共行四十里. (靜聞以病後成痢, 堅守夙戒, 恐污穢江流, 任其積垢遍體, 遺臭滿艙. 不一浣濯, 一舟交垢而不之顧.)

十八日 晨餐始發舟. 初猶雨色霏霏, 上午乃霽. 舟至是多西北行, 而風亦轉逆. 山至是皆土山繚繞, 無復石峰嶙峋矣. [蓋自入鬱江, 惟鳳凰山石崖駢立瞰江, 餘皆壤阜耳.] 二十里, 飛龍堡, 又十里, 東隴堡, 又五里, 泊於江之左岸. 其處在火煙驛下流五里, 土山之上有盤石平亘, 若懸臺中天, 擎是向空, 亦一奇也. 是日行三十五里.

十九日 平明行. 五里過火煙驛, 是爲永淳縣界. 於是舟轉北行, 歷十二磯焉. 磯在江右涯, 盤石斜疊, 橫突江畔. 蓋自橫以來, 山石色皆赭黯, 形俱盤突, 無復玲瓏透削之狀矣. 共十五里, 綠村. 舟轉東北, 又十里, 三洲頭. 又五里, 高村, 轉而東南, 乃掛帆焉. 三里, 復轉東北, 又五里, 轉而東. 又二里, 抵永淳之南門而泊. 是日行四十五里.

永淳踞掛榜山而城. 鬱江自西北來, 直抵山下, 始東折而南, 仍環南門西去. 當城之西, 只一脊過脈, 脊北則來江, 脊南則去江, 相距甚近. 脊之東北, 石崖圓亘, 峙爲掛榜山, 而城冒其上, 江流四面環之, 旁無餘地.

二十日 舟泊而候人, 上午始行. 乃北繞永淳之東, 旋西繞其北, 幾環城之四隅, 始西北行. 十五里, 鹿頸堡, 已過午, 始轉而西, 乃掛帆焉. 於是兩岸土山復出, 江中有當流之石. 五里, 西南行. 又十五里, 伶俐水, 有埠在江北岸, 舟人泊而市薪. 風雨驟至, 迨暮而止. 復行五里而泊. 是日行四十里.

二十一日 鷄再鳴卽行, 五里而曙. 西南二十里, 過大蟲港, 有港口在江北岸. 轉而南五里, 又西五里, 午過留人峒, 有石聳立江右, 宛若婦人招手留房者. 石當山迴水曲處, 故曰峒. 又北曲而西, 五里, 過蓑衣灘, 又十里, 轉而北行, 則八尺江自西來入. [江發源自欽州, 通舟可抵上思州.] 八尺之北, 大江之西, 巡司名八尺, 驛又名黃范. 宿於左峰.

二十二日 平明, 由黃范北行五里, 上烏溢灘. 江流至灘分一支西出八尺. 舟上灘, 始轉而西, 漸復西南. 二十里, 有土山兀出北岸, 是爲靑秀山, 上有浮屠五級出靑松間, 乃南寧東南水口也 : 又西五里, 爲私鹽渡. 又西五里, 上一灘, 頗長, 有石突江西岸小山之上, 下有尖座, 上戴一頂如帽, 是爲豹子石. 舟至是轉而北, 又十里過白灣, 山開天闊, 夾江多聚落, 始不似遐荒矣. 轉而南三里, 爲坪南, 江南岸村聚甚盛. 又西三里, 泊於亭子渡.

二十三日 昧爽行, 五里, 抵南寧之西南城下.

九月初九日 西過鎮北橋關帝廟, 西行三里, 抵橫塘, 東望望仙坡東西相距. 於是西折行五里, 望羅秀已在東北, 路漸微. 稍前始得一溪, 溪水小於武江, 而急流過之. 渡溪始北行, 二里, 西去爲申墟道, 北去爲羅賴村, 已直逼西山東麓矣. 返轉東北又二里, 過赤土村之西, 有小水自西而東濚山麓, 繞赤土下中墟. 越澗登山, 越小山一重, 內成田峒. 又越峒過小橋而上, 其路復大. 路左有寺, 殿閣兩重甚整, 望之無人, 遂賈餘勇先直北躋嶺. 嶺西有澗, 重山自西高峰來, 卽馬退山夾而成者. 一里, 登越山坳, 蓋大山西北自思恩來, 東西環繞如城. 迤邐自西南走東北, 而西南最高者爲馬退. 又東, 駢峰雜突, 皆無與爲幷. 而羅秀在其東, 聯絡若一山, 而峰岫錯落, 路亦因之. 路抵中峰, 忽分爲二: 左向西北者, 爲武緣道; 右走直北者, 爲下山間道. 二道界一峰於中, 則羅秀絶頂也. 時余未識二道所從, 坐松陰待行人, 過下午而無一至者. 以右道幽地, 從之北出拗, 而見其下嶺, 乃謀返轅, 念峰頂不可不一登, 卽從其處南向上. 其頂西接馬退, 東由黃范北走賓州. 蓋其脈自曲靖東山而來, 經永寧、泗城、思恩至此, 東至於賓, 乃南峙爲貴縣北山, 又東峙爲潯州西山, 而始盡焉. 南寧之脈, 自羅秀東分支南下, 崗陀蜿蜒數里, 結爲望仙坡, 郡城倚之. 又東分支南下, 結爲青山, 爲一郡水口. 青山與馬退東西對峙, 後環爲大圍, 中得平壤, 相距三十里, 邊境開洋, 曾無此空闊者. 從頂四望, 惟北面重峰叢突, 萬瓣幷簇, 直連武緣, 然皆土山雜沓, 無一石峰界其間, 故青山豹子遂爲此巨擘. 從頂西下武緣道, 坳間北望, 寥寂皆無可停宿處. 乃還從岐約一里下, 從路旁入羅秀寺, 空無人, 爲之登眺徘徊. 又一里, 下至前田峒, 由其左循大道, 共二里, 抵赤土村, 宿於陸氏.